dtv

»Mein ferneres Leben kann ich nunmehr als ein reines Geschenk ansehen, und es ist jetzt im Grunde ganz einerlei, ob
und was ich noch etwa tue.« So lautete Goethes eigenes Urteil,
als er zehn Monate vor seinem Tod den zweiten Teil seines
›Faust‹ abgeschlossen hatte. Über einen Zeitraum von sechzig
Jahren hatte ihn sein Meisterwerk begleitet, und was ursprünglich Volksbuch und Puppenspiel gewesen, wurde zur berühm-
testen Dichtung der deutschen Literatur, zu einem Glanzlicht
der Weltliteratur.

Denn mit diesem dramatischen Werk, in dessen Mittelpunkt
der nach unbedingter Erkenntnis strebende Faust steht, gelang
Goethe ein allgemeingültiges Gleichnis menschlichen Lebens,
das jeder Zeitströmung widerstand. Gegen vaterländische My-
stifikationen und falsche Weihe zeigen vor allem die modernen
Faust-Interpretationen auf den Bühnen den universellen Charakter dieses Stückes. Viele Passagen fanden zudem Eingang in
den deutschen Sprachschatz und belegen nachhaltig seine unge-
brochene Popularität.

Die vorliegende Neuausgabe enthält den vollständigen Text
nach der ›Weimarer Ausgabe‹ und einen umfangreichen Anhang zur Entstehungs- und Wirkungsgeschichte sowie Zeittafel
und Erläuterungen.

Johann Wolfgang Goethe (geadelt 1782) wurde am 28. August
1749 in Frankfurt am Main geboren und starb am 22. März 1832
in Weimar. Sein Werk prägte die Epochen des Sturm und Drang
und der deutschen Klassik. Es umfaßt sämtliche literarischen
Gattungen, dazu autobiographische Schriften und naturwissenschaftliche Studien. Nicht nur im eigenen Lande gilt Goethe als
größter Dichter der Deutschen.

Johann Wolfgang Goethe

Faust
Eine Tragödie

Erster und zweiter Teil

Mit einem Nachwort,
Anmerkungen und einer Zeittafel
von Sybille Demmer

Deutscher Taschenbuch Verlag

Von Johann Wolfgang Goethe sind
im Deutschen Taschenbuch Verlag u. a. erschienen:
Werke (Kassette in 14 Bänden – 59038)
Goethes Briefe und Briefe an Goethe (5917)
Die Leiden des jungen Werther (12401)
Italienische Reise (12402)
Die Wahlverwandtschaften (12403)
Wilhelm Meisters Lehrjahre (12404)

Michael Lösch. Who's who bei Goethe (32535)

Juli 1997
9. Auflage April 2006
Deutscher Taschenbuch Verlag GmbH & Co. KG,
München
www.dtv.de
© 1997 Deutscher Taschenbuch Verlag, München
Umschlagkonzept: Balk & Brumshagen
Umschlagbild: ›Hexenszene‹ (1776/77) von Johann Wolfgang von Goethe
Stiftung Weimarer Klassik, Goethe-National-Museum
Gesamtherstellung: Druckerei C. H. Beck, Nördlingen
Gedruckt auf säurefreiem, chlorfrei gebleichtem Papier
Printed in Germany
ISBN-13: 978-3-423-12400-3
ISBN-10: 3-423-12400-8

INHALT

FAUST · EINE TRAGÖDIE

ZUEIGNUNG

Ihr naht euch wieder, schwankende Gestalten,
Die früh sich einst dem trüben Blick gezeigt.
Versuch ich wohl, euch diesmal festzuhalten?
Fühl ich mein Herz noch jenem Wahn geneigt?
Ihr drängt euch zu! nun gut, so mögt ihr walten,
Wie ihr aus Dunst und Nebel um mich steigt;
Mein Busen fühlt sich jugendlich erschüttert
Vom Zauberhauch, der euren Zug umwittert.

Ihr bringt mit euch die Bilder froher Tage,
Und manche liebe Schatten steigen auf;
Gleich einer alten, halbverklungnen Sage
Kommt erste Lieb und Freundschaft mit herauf;
Der Schmerz wird neu, es wiederholt die Klage
Des Lebens labyrinthisch irren Lauf
Und nennt die Guten, die, um schöne Stunden
Vom Glück getäuscht, vor mir hinweggeschwunden.

Sie hören nicht die folgenden Gesänge,
Die Seelen, denen ich die ersten sang;
Zerstoben ist das freundliche Gedränge,
Verklungen, ach! der erste Widerklang.
Mein Leid ertönt der unbekannten Menge,
Ihr Beifall selbst macht meinem Herzen bang,
Und was sich sonst an meinem Lied erfreuet,
Wenn es noch lebt, irrt in der Welt zerstreuet.

Und mich ergreift ein längst entwöhntes Sehnen
Nach jenem stillen, ernsten Geisterreich,
Es schwebet nun in unbestimmten Tönen
Mein lispelnd Lied, der Äolsharfe gleich,
Ein Schauer faßt mich, Träne folgt den Tränen,
Das strenge Herz, es fühlt sich mild und weich;
Was ich besitze, seh ich wie im Weiten,
Und was verschwand, wird mir zu Wirklichkeiten.

VORSPIEL AUF DEM THEATER
Direktor, Theaterdichter, Lustige Person

DIREKTOR. Ihr beiden, die ihr mir so oft
In Not und Trübsal beigestanden,
Sagt, was ihr wohl in deutschen Landen
Von unsrer Unternehmung hofft!
Ich wünschte sehr, der Menge zu behagen,
Besonders weil sie lebt und leben läßt.
Die Pfosten sind, die Bretter aufgeschlagen,
Und jedermann erwartet sich ein Fest.
Sie sitzen schon mit hohen Augenbrauen
Gelassen da und möchten gern erstaunen.
Ich weiß, wie man den Geist des Volks versöhnt;
Doch so verlegen bin ich nie gewesen:
Zwar sind sie an das Beste nicht gewöhnt,
Allein sie haben schrecklich viel gelesen.
Wie machen wirs, daß alles frisch und neu
Und mit Bedeutung auch gefällig sei?
Denn freilich mag ich gern die Menge sehen,
Wenn sich der Strom nach unsrer Bude drängt
Und mit gewaltig-wiederholten Wehen
Sich durch die enge Gnadenpforte zwängt,
Bei hellem Tage, schon vor Vieren,
Mit Stößen sich bis an die Kasse ficht
Und, wie in Hungersnot um Brot an Bäckertüren,
Um ein Billett sich fast die Hälse bricht.
Dies Wunder wirkt auf so verschiedne Leute
Der Dichter nur: mein Freund, o tu es heute!
DICHTER. O sprich mir nicht von jener bunten Menge,
Bei deren Anblick uns der Geist entflieht!
Verhülle mir das wogende Gedränge,
Das wider Willen uns zum Strudel zieht!
Nein, führe mich zur stillen Himmelsenge,
Wo nur dem Dichter reine Freude blüht,
Wo Lieb und Freundschaft unsres Herzens Segen
Mit Götterhand erschaffen und erpflegen!

Ach! was in tiefer Brust uns da entsprungen,
Was sich die Lippe schüchtern vorgelallt,

Mißraten jetzt und jetzt vielleicht gelungen,
Verschlingt des wilden Augenblicks Gewalt.
Oft, wenn es erst durch Jahre durchgedrungen,
Erscheint es in vollendeter Gestalt.
Was glänzt, ist für den Augenblick geboren;
Das Echte bleibt der Nachwelt unverloren.

LUSTIGE PERSON.
Wenn ich nur nichts von Nachwelt hören sollte!
Gesetzt, daß ich von Nachwelt reden wollte,
Wer machte denn der Mitwelt Spaß?
Den will sie doch und soll ihn haben!
Die Gegenwart von einem braven Knaben
Ist, dächt ich, immer auch schon was.
Wer sich behaglich mitzuteilen weiß,
Den wird des Volkes Laune nicht erbittern;
Er wünscht sich einen großen Kreis,
Um ihn gewisser zu erschüttern.
Drum seid nur brav und zeigt Euch musterhaft,
Laßt Phantasie mit allen ihren Chören,
Vernunft, Verstand, Empfindung, Leidenschaft,
Doch, merkt Euch wohl! nicht ohne Narrheit hören!
DIREKTOR. Besonders aber laßt genug geschehn!
Man kommt zu schaun, man will am liebsten sehn.
Wird vieles vor den Augen abgesponnen,
So daß die Menge staunend gaffen kann,
Da habt Ihr in der Breite gleich gewonnen,
Ihr seid ein vielgeliebter Mann.
Die Masse könnt ihr nur durch Masse zwingen,
Ein jeder sucht sich endlich selbst was aus.
Wer vieles bringt, wird manchem etwas bringen,
Und jeder geht zufrieden aus dem Haus.
Gebt Ihr ein Stück, so gebt es gleich in Stücken!
Solch ein Ragout, es muß Euch glücken;
Leicht ist es vorgelegt, so leicht als ausgedacht.
Was hilfts, wenn Ihr ein Ganzes dargebracht?
Das Publikum wird es Euch doch zerpflücken.
DICHTER. Ihr fühlet nicht, wie schlecht ein solches Handwerk sei,
Wie wenig das dem echten Künstler zieme!
Der saubern Herren Pfuscherei

Ist, merk ich, schon bei Euch Maxime.
DIREKTOR. Ein solcher Vorwurf läßt mich ungekränkt:
Ein Mann, der recht zu wirken denkt,
Muß auf das beste Werkzeug halten.
Bedenkt, Ihr habet weiches Holz zu spalten
Und seht nur hin, für wen Ihr schreibt!
Wenn diesen Langeweile treibt,
Kommt jener satt vom übertischten Mahle,
Und was das Allerschlimmste bleibt,
Gar mancher kommt vom Lesen der Journale.
Man eilt zerstreut zu uns, wie zu den Maskenfesten,
Und Neugier nur beflügelt jeden Schritt;
Die Damen geben sich und ihren Putz zum besten
Und spielen ohne Gage mit.
Was träumet Ihr auf Eurer Dichterhöhe?
Was macht ein volles Haus Euch froh?
Beseht die Gönner in der Nähe!
Halb sind sie kalt, halb sind sie roh.
Der, nach dem Schauspiel, hofft ein Kartenspiel,
Der eine wilde Nacht an einer Dirne Busen!
Was plagt ihr armen Toren viel
Zu solchem Zweck die holden Musen?
Ich sag Euch: gebt nur mehr und immer, immer mehr,
So könnt Ihr Euch vom Ziele nie verirren.
Sucht nur die Menschen zu verwirren,
Sie zu befriedigen, ist schwer! –
Was fällt Euch an? Entzückung oder Schmerzen?
DICHTER. Geh hin und such dir einen andern Knecht!
Der Dichter sollte wohl das höchste Recht,
Das Menschenrecht, das ihm Natur vergönnt,
Um deinetwillen freventlich verscherzen!
Wodurch bewegt er alle Herzen?
Wodurch besiegt er jedes Element?
Ist es der Einklang nicht, der aus dem Busen dringt
Und in sein Herz die Welt zurückeschlingt?
Wenn die Natur des Fadens ewge Länge,
Gleichgültig drehend, auf die Spindel zwingt,
Wenn aller Wesen unharmonsche Menge
Verdrießlich durcheinanderklingt:
Wer teilt die fließend immer gleiche Reihe

Belebend ab, daß sie sich rhythmisch regt?
Wer ruft das Einzelne zur allgemeinen Weihe,
Wo es in herrlichen Akkorden schlägt?
Wer läßt den Sturm zu Leidenschaften wüten?
Das Abendrot im ernsten Sinne glühn?
Wer schüttet alle schönen Frühlingsblüten
Auf der Geliebten Pfade hin?
Wer flicht die unbedeutend-grünen Blätter
Zum Ehrenkranz Verdiensten jeder Art?
Wer sichert den Olymp? vereinet Götter?
Des Menschen Kraft, im Dichter offenbart!
LUSTIGE PERSON.
So braucht sie denn, die schönen Kräfte,
Und treibt die dichtrischen Geschäfte,
Wie man ein Liebesabenteuer treibt:
Zufällig naht man sich, man fühlt, man bleibt,
Und nach und nach wird man verflochten;
Es wächst das Glück, dann wird es angefochten,
Man ist entzückt, nun kommt der Schmerz heran,
Und eh man sichs versieht, ists eben ein Roman.
Laßt uns auch so ein Schauspiel geben!
Greift nur hinein ins volle Menschenleben!
Ein jeder lebts, nicht vielen ists bekannt,
Und wo Ihrs packt, da ists interessant.
In bunten Bildern wenig Klarheit,
Viel Irrtum und ein Fünkchen Wahrheit,
So wird der beste Trank gebraut,
Der alle Welt erquickt und auferbaut.
Dann sammelt sich der Jugend schönste Blüte
Vor Eurem Spiel und lauscht der Offenbarung,
Dann sauget jedes zärtliche Gemüte
Aus Eurem Werk sich melancholsche Nahrung,
Dann wird bald dies, bald jenes aufgeregt:
Ein jeder sieht, was er im Herzen trägt.
Noch sind sie gleich bereit, zu weinen und zu lachen,
Sie ehren noch den Schwung, erfreuen sich am Schein;
Wer fertig ist, dem ist nichts recht zu machen,
Ein Werdender wird immer dankbar sein.
DICHTER. So gib mir auch die Zeiten wieder,
Da ich noch selbst im Werden war,

Da sich ein Quell gedrängter Lieder
Ununterbrochen neu gebar,
Da Nebel mir die Welt verhüllten,
Die Knospe Wunder noch versprach,
Da ich die tausend Blumen brach,
Die alle Täler reichlich füllten!
Ich hatte nichts und doch genug:
Den Drang nach Wahrheit und die Lust am Trug!
Gib ungebändigt jene Triebe,
Das tiefe, schmerzenvolle Glück,
Des Hasses Kraft, die Macht der Liebe,
Gib meine Jugend mir zurück!

LUSTIGE PERSON.
Der Jugend, guter Freund, bedarfst du allenfalls,
Wenn dich in Schlachten Feinde drängen,
Wenn mit Gewalt an deinen Hals
Sich allerliebste Mädchen hängen,
Wenn fern des schnellen Laufes Kranz
Vom schwer erreichten Ziele winket,
Wenn nach dem heftgen Wirbeltanz
Die Nächte schmausend man vertrinket.
Doch ins bekannte Saitenspiel
Mit Mut und Anmut einzugreifen,
Nach einem selbstgesteckten Ziel
Mit holdem Irren hinzuschweifen,
Das, alte Herrn, ist eure Pflicht,
Und wir verehren euch darum nicht minder.
Das Alter macht nicht kindisch, wie man spricht,
Es findet uns nur noch als wahre Kinder.

DIREKTOR. Der Worte sind genug gewechselt,
Laßt mich auch endlich Taten sehn!
Indes ihr Komplimente drechselt,
Kann etwas Nützliches geschehn.
Was hilft es, viel von Stimmung reden?
Dem Zaudernden erscheint sie nie.
Gebt ihr euch einmal für Poeten,
So kommandiert die Poesie!
Euch ist bekannt, was wir bedürfen:
Wir wollen stark Getränke schlürfen;
Nun braut mir unverzüglich dran!

Was heute nicht geschieht, ist morgen nicht getan,
Und keinen Tag soll man verpassen;
Das Mögliche soll der Entschluß
Beherzt sogleich beim Schopfe fassen:
Er will es dann nicht fahren lassen
Und wirket weiter, weil er muß.

Ihr wißt, auf unsern deutschen Bühnen
Probiert ein jeder, was er mag;
Drum schonet mir an diesem Tag
Prospekte nicht und nicht Maschinen!
Gebraucht das groß' und kleine Himmelslicht,
Die Sterne dürfet Ihr verschwenden;
An Wasser, Feuer, Felsenwänden,
An Tier- und Vögeln fehlt es nicht.
So schreitet in dem engen Bretterhaus
Den ganzen Kreis der Schöpfung aus
Und wandelt mit bedächtger Schnelle
Vom Himmel durch die Welt zur Hölle!

PROLOG IM HIMMEL

Der Herr, die Himmlischen Heerscharen. Nachher Mephistopheles
Die drei Erzengel treten vor

RAPHAEL. Die Sonne tönt nach alter Weise
In Brudersphären Wettgesang,
Und ihre vorgeschriebne Reise
Vollendet sie mit Donnergang.
Ihr Anblick gibt den Engeln Stärke,
Wenn keiner sie ergründen mag;
Die unbegreiflich hohen Werke
Sind herrlich wie am ersten Tag.
GABRIEL. Und schnell und unbegreiflich schnelle
Dreht sich umher der Erde Pracht;
Es wechselt Paradieseshelle
Mit tiefer, schauervoller Nacht;
Es schäumt das Meer in breiten Flüssen
Am tiefen Grund der Felsen auf,
Und Fels und Meer wird fortgerissen
In ewig-schnellem Sphärenlauf.
MICHAEL. Und Stürme brausen um die Wette
Vom Meer aufs Land, vom Land aufs Meer,
Und bilden wütend eine Kette
Der tiefsten Wirkung ringsumher.
Da flammt ein blitzendes Verheeren
Dem Pfade vor des Donnerschlags;
Doch deine Boten, Herr, verehren
Das sanfte Wandeln deines Tags.
ZU DREI. Der Anblick gibt den Engeln Stärke,
Da keiner dich ergründen mag,
Und alle deine hohen Werke
Sind herrlich wie am ersten Tag.
MEPHISTOPHELES. Da du, o Herr, dich einmal wieder nahst
Und fragst, wie alles sich bei uns befinde,
Und du mich sonst gewöhnlich gerne sahst,
So siehst du mich auch unter dem Gesinde.
Verzeih, ich kann nicht hohe Worte machen,
Und wenn mich auch der ganze Kreis verhöhnt;
Mein Pathos brächte dich gewiß zum Lachen,
Hättst du dir nicht das Lachen abgewöhnt.

Von Sonn' und Welten weiß ich nichts zu sagen;
Ich sehe nur, wie sich die Menschen plagen.
Der kleine Gott der Welt bleibt stets von gleichem Schlag
Und ist so wunderlich als wie am ersten Tag.
Ein wenig besser würd er leben,
Hättst du ihm nicht den Schein des Himmelslichts gegeben;
Er nennts Vernunft und brauchts allein,
Nur tierischer als jedes Tier zu sein.
Er scheint mir, mit Verlaub von Euer Gnaden,
Wie eine der langbeinigen Zikaden,
Die immer fliegt und fliegend springt
Und gleich im Gras ihr altes Liedchen singt.
Und läg er nur noch immer in dem Grase!
In jeden Quark begräbt er seine Nase.
DER HERR. Hast du mir weiter nichts zu sagen?
Kommst du nur immer anzuklagen?
Ist auf der Erde ewig dir nichts recht?
MEPHISTOPHELES.
Nein, Herr! ich find es dort, wie immer, herzlich schlecht.
Die Menschen dauern mich in ihren Jammertagen;
Ich mag sogar die Armen selbst nicht plagen.
DER HERR. Kennst du den Faust?
MEPHISTOPHELES.   Den Doktor?
DER HERR.   Meinen Knecht!
MEPHISTOPHELES. Fürwahr, er dient Euch auf besondre Weise!
Nicht irdisch ist des Toren Trank noch Speise!
Ihn treibt die Gärung in die Ferne;
Er ist sich seiner Tollheit halb bewußt:
Vom Himmel fordert er die schönsten Sterne
Und von der Erde jede höchste Lust,
Und alle Näh und alle Ferne
Befriedigt nicht die tiefbewegte Brust.
DER HERR. Wenn er mir jetzt auch nur verworren dient,
So werd ich ihn bald in die Klarheit führen.
Weiß doch der Gärtner, wenn das Bäumchen grünt,
Daß Blüt und Frucht die künftgen Jahre zieren.
MEPHISTOPHELES.
Was wettet Ihr? den sollt Ihr noch verlieren,
Wenn Ihr mir die Erlaubnis gebt,
Ihn meine Straße sacht zu führen!

DER HERR. Solang er auf der Erde lebt,
Solange sei dirs nicht verboten:
Es irrt der Mensch, solang er strebt.
MEPHISTOPHELES. Da dank ich Euch; denn mit den Toten
Hab ich mich niemals gern befangen.
Am meisten lieb ich mir die vollen, frischen Wangen,
Für einen Leichnam bin ich nicht zu Haus:
Mir geht es wie der Katze mit der Maus.
DER HERR. Nun gut, es sei dir überlassen!
Zieh diesen Geist von seinem Urquell ab
Und führ ihn, kannst du ihn erfassen,
Auf deinem Wege mit herab –
Und steh beschämt, wenn du bekennen mußt:
Ein guter Mensch, in seinem dunklen Drange,
Ist sich des rechten Weges wohl bewußt.
MEPHISTOPHELES. Schon gut! nur dauert es nicht lange.
Mir ist für meine Wette gar nicht bange.
Wenn ich zu meinem Zweck gelange,
Erlaubt Ihr mir Triumph aus voller Brust.
Staub soll er fressen, und mit Lust,
Wie meine Muhme, die berühmte Schlange!
DER HERR. Du darfst auch da nur frei erscheinen;
Ich habe deinesgleichen nie gehaßt;
Von allen Geistern, die verneinen,
Ist mir der Schalk am wenigsten zur Last.
Des Menschen Tätigkeit kann allzu leicht erschlaffen,
Er liebt sich bald die unbedingte Ruh;
Drum geb ich gern ihm den Gesellen zu,
Der reizt und wirkt und muß als Teufel schaffen. –
Doch ihr, die echten Göttersöhne,
Erfreut euch der lebendig-reichen Schöne!
Das Werdende, das ewig wirkt und lebt,
Umfaß euch mit der Liebe holden Schranken,
Und was in schwankender Erscheinung schwebt,
Befestiget mit dauernden Gedanken!
Der Himmel schließt, die Erzengel verteilen sich.
MEPH. *allein.* Von Zeit zu Zeit seh ich den Alten gern,
Und hüte mich, mit ihm zu brechen.
Es ist gar hübsch von einem großen Herrn,
So menschlich mit dem Teufel selbst zu sprechen.

DER TRAGÖDIE ERSTER TEIL

NACHT

In einem hochgewölbten, engen gotischen Zimmer
Faust unruhig auf seinem Sessel am Pulte

FAUST. Habe nun, ach! Philosophie,
Juristerei und Medizin
Und leider auch Theologie
Durchaus studiert, mit heißem Bemühn.
Da steh ich nun, ich armer Tor,
Und bin so klug als wie zuvor!
Heiße Magister, heiße Doktor gar
Und ziehe schon an die zehen Jahr
Herauf, herab und quer und krumm
Meine Schüler an der Nase herum –
Und sehe, daß wir nichts wissen können!
Das will mir schier das Herz verbrennen.
Zwar bin ich gescheiter als alle die Laffen,
Doktoren, Magister, Schreiber und Pfaffen;
Mich plagen keine Skrupel noch Zweifel,
Fürchte mich weder vor Hölle noch Teufel –
Dafür ist mir auch alle Freud entrissen,
Bilde mir nicht ein, was Rechts zu wissen,
Bilde mir nicht ein, ich könnte was lehren,
Die Menschen zu bessern und zu bekehren.
Auch hab ich weder Gut noch Geld,
Noch Ehr und Herrlichkeit der Welt:
Es möchte kein Hund so länger leben!
Drum hab ich mich der Magie ergeben,
Ob mir durch Geistes Kraft und Mund
Nicht manch Geheimnis würde kund,
Daß ich nicht mehr mit sauerm Schweiß
Zu sagen brauche, was ich nicht weiß,
Daß ich erkenne, was die Welt
Im Innersten zusammenhält,
Schau alle Wirkenskraft und Samen
Und tu nicht mehr in Worten kramen.

O sähst du, voller Mondenschein,
Zum letztenmal auf meine Pein,
Den ich so manche Mitternacht
An diesem Pult herangewacht:
Dann über Büchern und Papier,
Trübselger Freund, erschienst du mir!
Ach! könnt ich doch auf Bergeshöhn
In deinem lieben Lichte gehn,
Um Bergeshöhle mit Geistern schweben,
Auf Wiesen in deinem Dämmer weben,
Von allem Wissensqualm entladen,
In deinem Tau gesund mich baden!

Weh! steck ich in dem Kerker noch?
Verfluchtes dumpfes Mauerloch,
Wo selbst das liebe Himmelslicht
Trüb durch gemalte Scheiben bricht!
Beschränkt von diesem Bücherhauf,
Den Würme nagen, Staub bedeckt,
Den bis ans hohe Gewölb hinauf
Ein angeraucht Papier umsteckt;
Mit Gläsern, Büchsen rings umstellt,
Mit Instrumenten vollgepfropft,
Urväterhausrat drein gestopft –
Das ist deine Welt! das heißt eine Welt!

Und fragst du noch, warum dein Herz
Sich bang in deinem Busen klemmt?
Warum ein unerklärter Schmerz
Dir alle Lebensregung hemmt?
Statt der lebendigen Natur,
Da Gott die Menschen schuf hinein,
Umgibt in Rauch und Moder nur
Dich Tiergeripp und Totenbein!
Flieh! auf! hinaus ins weite Land!
Und dies geheimnisvolle Buch,
Von Nostradamus' eigner Hand,
Ist dir es nicht Geleit genug?
Erkennest dann der Sterne Lauf,
Und wenn Natur dich unterweist,
Dann geht die Seelenkraft dir auf,

Wie spricht ein Geist zum andern Geist.
Umsonst, daß trocknes Sinnen hier
Die heilgen Zeichen dir erklärt!
Ihr schwebt, ihr Geister, neben mir:
Antwortet mir, wenn ihr mich hört!
Er schlägt das Buch auf und erblickt das Zeichen
des Makrokosmos.
Ha! welche Wonne fließt in diesem Blick
Auf einmal mir durch alle meine Sinnen!
Ich fühle junges, heilges Lebensglück
Neuglühend mir durch Nerv und Adern rinnen.
War es ein Gott, der diese Zeichen schrieb,
Die mir das innre Toben stillen,
Das arme Herz mit Freude füllen
Und mit geheimnisvollem Trieb
Die Kräfte der Natur rings um mich her enthüllen?
Bin ich ein Gott? mir wird so licht!
Ich schau in diesen reinen Zügen
Die wirkende Natur vor meiner Seele liegen.
Jetzt erst erkenn ich, was der Weise spricht:
»Die Geisterwelt ist nicht verschlossen;
Dein Sinn ist zu, dein Herz ist tot!
Auf! bade, Schüler, unverdrossen
Die irdsche Brust im Morgenrot!«
Er beschaut das Zeichen.
Wie alles sich zum Ganzen webt,
Eins in dem andern wirkt und lebt!
Wie Himmelskräfte auf- und niedersteigen
Und sich die goldnen Eimer reichen!
Mit segenduftenden Schwingen
Vom Himmel durch die Erde dringen,
Harmonisch all das All durchklingen!

Welch Schauspiel! Aber ach! ein Schauspiel nur!
Wo faß ich dich, unendliche Natur?
Euch Brüste, wo? Ihr Quellen alles Lebens,
An denen Himmel und Erde hängt,
Dahin die welke Brust sich drängt –
Ihr quellt, ihr tränkt, und schmacht ich so vergebens?

Er schlägt unwillig das Buch um und erblickt das Zeichen des Erdgeistes.
Wie anders wirkt dies Zeichen auf mich ein!
Du, Geist der Erde, bist mir näher;
Schon fühl ich meine Kräfte höher,
Schon glüh ich wie von neuem Wein.
Ich fühle Mut, mich in die Welt zu wagen,
Der Erde Weh, der Erde Glück zu tragen,
Mit Stürmen mich herumzuschlagen
Und in des Schiffbruchs Knirschen nicht zu zagen!
Es wölkt sich über mir –
Der Mond verbirgt sein Licht –
Die Lampe schwindet –
Es dampft – Es zucken rote Strahlen
Mir um das Haupt – Es weht
Ein Schauer vom Gewölb herab
Und faßt mich an!
Ich fühls, du schwebst um mich, erflehter Geist:
Enthülle dich!
Ha! wies in meinem Herzen reißt!
Zu neuen Gefühlen
All meine Sinnen sich erwühlen!
Ich fühle ganz mein Herz dir hingegeben!
Du mußt! du mußt! und kostet' es mein Leben!
Er faßt das Buch und spricht das Zeichen des Geistes geheimnisvoll
aus. Es zuckt eine rötliche Flamme, der Geist erscheint in der Flamme.
GEIST. Wer ruft mir?
FAUST *abgewendet.*   Schreckliches Gesicht!
GEIST. Du hast mich mächtig angezogen,
An meiner Sphäre lang gesogen,
Und nun –
FAUST.   Weh! ich ertrag dich nicht!
GEIST. Du flehst eratmend, mich zu schauen,
Meine Stimme zu hören, mein Antlitz zu sehn;
Mich neigt dein mächtig Seelenflehn:
Da bin ich! – Welch erbärmlich Grauen
Faßt Übermenschen dich! Wo ist der Seele Ruf?
Wo ist die Brust, die eine Welt in sich erschuf
Und trug und hegte? die mit Freudebeben
Erschwoll, sich uns, den Geistern, gleichzuheben?
Wo bist du, Faust, des Stimme mir erklang,

Der sich an mich mit allen Kräften drang?
Bist du es, der, von meinem Hauch umwittert,
In allen Lebenstiefen zittert,
Ein furchtsam weggekrümmter Wurm?
FAUST. Soll ich dir, Flammenbildung, weichen?
Ich bins, bin Faust, bin deinesgleichen!
GEIST. In Lebensfluten, im Tatensturm
Wall ich auf und ab,
Wehe hin und her!
Geburt und Grab,
Ein ewiges Meer,
Ein wechselnd Weben,
Ein glühend Leben:
So schaff ich am sausenden Webstuhl der Zeit
Und wirke der Gottheit lebendiges Kleid.
FAUST. Der du die weite Welt umschweifst,
Geschäftiger Geist, wie nah fühl ich mich dir!
GEIST. Du gleichst dem Geist, den du begreifst,
Nicht mir! *Verschwindet.*
FAUST *zusammenstürzend.* Nicht dir?
Wem denn?
Ich Ebenbild der Gottheit!
Und nicht einmal dir! *Es klopft.*
O Tod! ich kenns – das ist mein Famulus!
Es wird mein schönstes Glück zunichte!
Daß diese Fülle der Gesichte
Der trockne Schleicher stören muß!
*Wagner im Schlafrock und der Nachtmütze, eine Lampe
in der Hand. Faust wendet sich unwillig.*
WAGNER. Verzeiht! ich hör Euch deklamieren;
Ihr last gewiß ein griechisch Trauerspiel?
In dieser Kunst möcht ich was profitieren;
Denn heutzutage wirkt das viel.
Ich hab es öfters rühmen hören,
Ein Komödiant könnt einen Pfarrer lehren.
FAUST. Ja, wenn der Pfarrer ein Komödiant ist;
Wie das denn wohl zuzeiten kommen mag.
WAGNER. Ach! wenn man so in sein Museum gebannt ist
Und sieht die Welt kaum einen Feiertag,
Kaum durch ein Fernglas, nur von weiten,

Wie soll man sie durch Überredung leiten?
FAUST. Wenn ihrs nicht fühlt, ihr werdets nicht erjagen,
Wenn es nicht aus der Seele dringt
Und mit urkräftigem Behagen
Die Herzen aller Hörer zwingt.
Sitzt ihr nur immer! leimt zusammen,
Braut ein Ragout von andrer Schmaus
Und blast die kümmerlichen Flammen
Aus eurem Aschenhäufchen 'raus!
Bewundrung von Kindern und Affen,
Wenn euch darnach der Gaumen steht —
Doch werdet ihr nie Herz zu Herzen schaffen,
Wenn es euch nicht von Herzen geht.
WAGNER. Allein der Vortrag macht des Redners Glück;
Ich fühl es wohl, noch bin ich weit zurück.
FAUST. Such Er den redlichen Gewinn!
Sei Er kein schellenlauter Tor!
Es trägt Verstand und rechter Sinn
Mit wenig Kunst sich selber vor.
Und wenns euch Ernst ist, was zu sagen,
Ists nötig, Worten nachzujagen?
Ja, eure Reden, die so blinkend sind,
In denen ihr der Menschheit Schnitzel kräuselt,
Sind unerquicklich wie der Nebelwind,
Der herbstlich durch die dürren Blätter säuselt!
WAGNER. Ach Gott! die Kunst ist lang,
Und kurz ist unser Leben.
Mir wird, bei meinem kritischen Bestreben,
Doch oft um Kopf und Busen bang.
Wie schwer sind nicht die Mittel zu erwerben,
Durch die man zu den Quellen steigt!
Und eh man nur den halben Weg erreicht,
Muß wohl ein armer Teufel sterben.
FAUST. Das Pergament, ist das der heilge Bronnen,
Woraus ein Trunk den Durst auf ewig stillt?
Erquickung hast du nicht gewonnen,
Wenn sie dir nicht aus eigner Seele quillt.
WAGNER. Verzeiht! es ist ein groß Ergetzen,
Sich in den Geist der Zeiten zu versetzen,
Zu schauen, wie vor uns ein weiser Mann gedacht

Und wie wirs dann zuletzt so herrlich weit gebracht.
FAUST. O ja, bis an die Sterne weit!
Mein Freund, die Zeiten der Vergangenheit
Sind uns ein Buch mit sieben Siegeln.
Was ihr den Geist der Zeiten heißt,
Das ist im Grund der Herren eigner Geist,
In dem die Zeiten sich bespiegeln.
Da ists denn wahrlich oft ein Jammer!
Man läuft euch bei dem ersten Blick davon:
Ein Kehrichtfaß und eine Rumpelkammer,
Und höchstens eine Haupt- und Staatsaktion
Mit trefflichen pragmatischen Maximen,
Wie sie den Puppen wohl im Munde ziemen!
WAGNER. Allein die Welt! des Menschen Herz und Geist!
Möcht jeglicher doch was davon erkennen.
FAUST. Ja, was man so erkennen heißt!
Wer darf das Kind beim rechten Namen nennen?
Die wenigen, die was davon erkannt,
Die töricht gnug ihr volles Herz nicht wahrten,
Dem Pöbel ihr Gefühl, ihr Schauen offenbarten,
Hat man von je gekreuzigt und verbrannt.
Ich bitt Euch, Freund, es ist tief in der Nacht,
Wir müssens diesmal unterbrechen.
WAGNER. Ich hätte gern nur immer fortgewacht,
Um so gelehrt mit Euch mich zu besprechen.
Doch morgen, als am ersten Ostertage,
Erlaubt mir ein- und andre Frage!
Mit Eifer hab ich mich der Studien beflissen;
Zwar weiß ich viel, doch möcht ich alles wissen. *Ab.*

FAUST *allein.*
Wie nur dem Kopf nicht alle Hoffnung schwindet,
Der immerfort an schalem Zeuge klebt,
Mit gierger Hand nach Schätzen gräbt
Und froh ist, wenn er Regenwürmer findet!

Darf eine solche Menschenstimme hier,
Wo Geisterfülle mich umgab, ertönen?
Doch ach! für diesmal dank ich dir,
Dem ärmlichsten von allen Erdensöhnen.
Du rissest mich von der Verzweiflung los,

Die mir die Sinne schon zerstören wollte.
Ach! die Erscheinung war so riesengroß,
Daß ich mich recht als Zwerg empfinden sollte.

Ich, Ebenbild der Gottheit, das sich schon
Ganz nah gedünkt dem Spiegel ewger Wahrheit,
Sein selbst genoß in Himmelsglanz und Klarheit,
Und abgestreift den Erdensohn,
Ich, mehr als Cherub, dessen freie Kraft
Schon durch die Adern der Natur zu fließen
Und, schaffend, Götterleben zu genießen
Sich ahnungsvoll vermaß, wie muß ichs büßen!
Ein Donnerwort hat mich hinweggerafft.

Nicht darf ich dir zu gleichen mich vermessen!
Hab ich die Kraft, dich anzuziehn, besessen,
So hatt ich dich zu halten keine Kraft.
In jenem selgen Augenblicke
Ich fühlte mich so klein, so groß;
Du stießest grausam mich zurücke
Ins ungewisse Menschenlos.
Wer lehret mich? was soll ich meiden?
Soll ich gehorchen jenem Drang?
Ach! unsre Taten selbst, so gut als unsre Leiden,
Sie hemmen unsres Lebens Gang.

Dem Herrlichsten, was auch der Geist empfangen,
Drängt immer fremd und fremder Stoff sich an;
Wenn wir zum Guten dieser Welt gelangen,
Dann heißt das Bessre Trug und Wahn.
Die uns das Leben gaben, herrliche Gefühle
Erstarren in dem irdischen Gewühle.

Wenn Phantasie sich sonst mit kühnem Flug
Und hoffnungsvoll zum Ewigen erweitert,
So ist ein kleiner Raum ihr nun genug,
Wenn Glück auf Glück im Zeitenstrudel scheitert.
Die Sorge nistet gleich im tiefen Herzen,
Dort wirket sie geheime Schmerzen,
Unruhig wiegt sie sich und störet Lust und Ruh;
Sie deckt sich stets mit neuen Masken zu,
Sie mag als Haus und Hof, als Weib und Kind erscheinen,
Als Feuer, Wasser, Dolch und Gift:

Du bebst vor allem, was nicht trifft,
Und was du nie verlierst, das mußt du stets beweinen.

Den Göttern gleich ich nicht! zu tief ist es gefühlt!
Dem Wurme gleich ich, der den Staub durchwühlt,
Den, wie er sich im Staube nährend lebt,
Des Wandrers Tritt vernichtet und begräbt!

Ist es nicht Staub, was diese hohe Wand
Aus hundert Fächern mir verenget?
Der Trödel, der mit tausendfachem Tand
In dieser Mottenwelt mich dränget?
Hier soll ich finden, was mir fehlt?
Soll ich vielleicht in tausend Büchern lesen,
Daß überall die Menschen sich gequält,
Daß hie und da ein Glücklicher gewesen? –
Was grinsest du mir, hohler Schädel, her?
Als daß dein Hirn, wie meines, einst verwirret
Den lichten Tag gesucht und in der Dämmrung schwer,
Mit Lust nach Wahrheit, jämmerlich geirret!
Ihr Instrumente freilich spottet mein
Mit Rad und Kämmen, Walz und Bügel:
Ich stand am Tor, ihr solltet Schlüssel sein;
Zwar euer Bart ist kraus, doch hebt ihr nicht die Riegel.
Geheimnisvoll am lichten Tag,
Läßt sich Natur des Schleiers nicht berauben,
Und was sie deinem Geist nicht offenbaren mag,
Das zwingst du ihr nicht ab mit Hebeln und mit Schrauben.
Du alt Geräte, das ich nicht gebraucht,
Du stehst nur hier, weil dich mein Vater brauchte;
Du alte Rolle, du wirst angeraucht,
Solang an diesem Pult die trübe Lampe schmauchte.
Weit besser hätt ich doch mein Weniges verpraßt,
Als mit dem Wenigen belastet hier zu schwitzen!
Was du ererbt von deinen Vätern hast,
Erwirb es, um es zu besitzen!
Was man nicht nützt, ist eine schwere Last;
Nur was der Augenblick erschafft, das kann er nützen.

Doch warum heftet sich mein Blick auf jene Stelle?
Ist jenes Fläschchen dort den Augen ein Magnet?

Warum wird mir auf einmal lieblich helle,
Als wenn im nächtgen Wald uns Mondenglanz umweht?

Ich grüße dich, du einzige Phiole,
Die ich mit Andacht nun herunterhole!
In dir verehr ich Menschenwitz und Kunst.
Du Inbegriff der holden Schlummersäfte,
Du Auszug aller tödlich-feinen Kräfte,
Erweise deinem Meister deine Gunst!
Ich sehe dich: es wird der Schmerz gelindert,
Ich fasse dich: das Streben wird gemindert,
Des Geistes Flutstrom ebbet nach und nach.
Ins hohe Meer werd ich hinausgewiesen,
Die Spiegelflut erglänzt zu meinen Füßen,
Zu neuen Ufern lockt ein neuer Tag.

Ein Feuerwagen schwebt auf leichten Schwingen
An mich heran! Ich fühle mich bereit,
Auf neuer Bahn den Äther zu durchdringen
Zu neuen Sphären reiner Tätigkeit.
Dies hohe Leben, diese Götterwonne!
Du, erst noch Wurm, und die verdienest du?
Ja, kehre nur der holden Erdensonne
Entschlossen deinen Rücken zu!
Vermesse dich, die Pforten aufzureißen,
Vor denen jeder gern vorüberschleicht!
Hier ist es Zeit, durch Taten zu beweisen,
Daß Manneswürde nicht der Götterhöhe weicht:
Vor jener dunkeln Höhle nicht zu beben,
In der sich Phantasie zu eigner Qual verdammt,
Nach jenem Durchgang hinzustreben,
Um dessen engen Mund die ganze Hölle flammt,
Zu diesem Schritt sich heiter zu entschließen,
Und wär es mit Gefahr, ins Nichts dahinzufließen!

Nun komm herab, kristallne, reine Schale!
Hervor aus deinem alten Futterale,
An die ich viele Jahre nicht gedacht!
Du glänztest bei der Väter Freudenfeste,
Erheitertest die ernsten Gäste,
Wenn einer dich dem andern zugebracht.

Der vielen Bilder künstlich-reiche Pracht,
Des Trinkers Pflicht, sie reimweis zu erklären,
Auf Einen Zug die Höhlung auszuleeren,
Erinnert mich an manche Jugendnacht.
Ich werde jetzt dich keinem Nachbar reichen,
Ich werde meinen Witz an deiner Kunst nicht zeigen:
Hier ist ein Saft, der eilig trunken macht;
Mit brauner Flut erfüllt er deine Höhle.
Den ich bereitet, den ich wähle,
Der letzte Trunk sei nun mit ganzer Seele
Als festlich-hoher Gruß dem Morgen zugebracht!
Er setzt die Schale an den Mund. Glockenklang und Chorgesang.

CHOR DER ENGEL. Christ ist erstanden!
Freude dem Sterblichen,
Den die verderblichen,
Schleichenden, erblichen
Mängel umwanden!

FAUST. Welch tiefes Summen, welch ein heller Ton
Zieht mit Gewalt das Glas von meinem Munde?
Verkündiget ihr dumpfen Glocken schon
Des Osterfestes erste Feierstunde?
Ihr Chöre, singt ihr schon den tröstlichen Gesang,
Der einst um Grabesnacht von Engelslippen klang,
Gewißheit einem neuen Bunde?

CHOR DER WEIBER. Mit Spezereien
Hatten wir ihn gepflegt,
Wir, seine Treuen,
Hatten ihn hingelegt;
Tücher und Binden
Reinlich umwanden wir –
Ach, und wir finden
Christ nicht mehr hier!

CHOR DER ENGEL. Christ ist erstanden!
Selig der Liebende,
Der die betrübende,
Heilsam- und übende
Prüfung bestanden!

FAUST. Was sucht ihr, mächtig und gelind,
Ihr Himmelstöne, mich am Staube?
Klingt dort umher, wo weiche Menschen sind!
Die Botschaft hör ich wohl, allein mir fehlt der Glaube;
Das Wunder ist des Glaubens liebstes Kind.
Zu jenen Sphären wag ich nicht zu streben,
Woher die holde Nachricht tönt;
Und doch, an diesen Klang von Jugend auf gewöhnt,
Ruft er auch jetzt zurück mich in das Leben.
Sonst stürzte sich der Himmelsliebe Kuß
Auf mich herab in ernster Sabbatstille;
Da klang so ahnungsvoll des Glockentones Fülle,
Und ein Gebet war brünstiger Genuß;
Ein unbegreiflich-holdes Sehnen
Trieb mich, durch Wald und Wiesen hinzugehn,
Und unter tausend heißen Tränen
Fühlt ich mir eine Welt entstehn.
Dies Lied verkündete der Jugend muntre Spiele,
Der Frühlingsfeier freies Glück;
Erinnrung hält mich nun mit kindlichem Gefühle
Vom letzten, ernsten Schritt zurück.
O tönet fort, ihr süßen Himmelslieder!
Die Träne quillt, die Erde hat mich wieder!

CHOR DER JÜNGER. Hat der Begrabene
                 Schon sich nach oben,
                 Lebend-Erhabene,
                 Herrlich erhoben,
                 Ist er in Werdelust
                 Schaffender Freude nah:
                 Ach, an der Erde Brust
                 Sind wir zum Leide da!
                 Ließ er die Seinen
                 Schmachtend uns hier zurück,
                 Ach, wir beweinen,
                 Meister, dein Glück!

CHOR DER ENGEL. Christ ist erstanden
                Aus der Verwesung Schoß!
                Reißet von Banden
                Freudig euch los!

Tätig ihn Preisenden,
Liebe Beweisenden,
Brüderlich Speisenden,
Predigend Reisenden,
Wonne Verheißenden,
Euch ist der Meister nah,
Euch ist er da!

VOR DEM TOR

Spaziergänger aller Art ziehen hinaus

EINIGE HANDWERKSBURSCHE. Warum denn dort hinaus?
ANDRE. Wir gehn hinaus aufs Jägerhaus.
DIE ERSTEN. Wir aber wollen nach der Mühle wandern.
EIN HANDWERKSBURSCH. Ich rat euch, nach dem Wasserhof zu
ZWEITER. Der Weg dahin ist gar nicht schön.   [gehn.
DIE ZWEITEN. Was tust denn du?
EIN DRITTER.   Ich gehe mit den andern.
VIERTER. Nach Burgdorf kommt herauf: gewiß, dort findet ihr
Die schönsten Mädchen und das beste Bier,
Und Händel von der ersten Sorte!
FÜNFTER. Du überlustiger Gesell,
Juckt dich zum drittenmal das Fell?
Ich mag nicht hin, mir graut es vor dem Orte.
DIENSTMÄDCHEN. Nein! nein, ich gehe nach der Stadt zurück.
ANDRE. Wir finden ihn gewiß bei jenen Pappeln stehen.
ERSTE. Das ist für mich kein großes Glück:
Er wird an deiner Seite gehen,
Mit dir nur tanzt er auf dem Plan!
Was gehn mich deine Freuden an!
ANDRE. Heut ist er sicher nicht allein:
Der Krauskopf, sagt er, würde bei ihm sein.
SCHÜLER. Blitz, wie die wackern Dirnen schreiten!
Herr Bruder, komm! wir müssen sie begleiten.
Ein starkes Bier, ein beizender Toback,
Und eine Magd im Putz, das ist nun mein Geschmack.
BÜRGERMÄDCHEN. Da sieh mir nur die schönen Knaben!
Es ist wahrhaftig eine Schmach:

Gesellschaft könnten sie die allerbeste haben –
Und laufen diesen Mägden nach!
ZWEITER SCHÜLER *zum ersten:*
Nicht so geschwind! dort hinten kommen zwei:
Sie sind gar niedlich angezogen.
's ist meine Nachbarin dabei;
Ich bin dem Mädchen sehr gewogen.
Sie gehen ihren stillen Schritt
Und nehmen uns doch auch am Ende mit.
ERSTER. Herr Bruder, nein! ich bin nicht gern geniert.
Geschwind, daß wir das Wildbret nicht verlieren!
Die Hand, die samstags ihren Besen führt,
Wird sonntags dich am besten karessieren.
BÜRGER. Nein, er gefällt mir nicht, der neue Burgemeister!
Nun, da ers ist, wird er nur täglich dreister,
Und für die Stadt was tut denn er?
Wird es nicht alle Tage schlimmer?
Gehorchen soll man mehr als immer
Und zahlen mehr als je vorher.

BETTLER *singt.* Ihr guten Herrn, ihr schönen Frauen,
So wohlgeputzt und backenrot,
Belieb es euch, mich anzuschauen,
Und seht und mildert meine Not!
Laßt hier mich nicht vergebens leiern!
Nur der ist froh, der geben mag.
Ein Tag, den alle Menschen feiern,
Er sei für mich ein Erntetag!

ANDRER BÜRGER.
Nichts Bessers weiß ich mir an Sonn- und Feiertagen
Als ein Gespräch von Krieg und Kriegsgeschrei,
Wenn hinten, weit, in der Türkei,
Die Völker aufeinanderschlagen.
Man steht am Fenster, trinkt sein Gläschen aus
Und sieht den Fluß hinab die bunten Schiffe gleiten;
Dann kehrt man abends froh nach Haus
Und segnet Fried und Friedenszeiten.
DRITTER BÜRGER. Herr Nachbar, ja! so laß ichs auch geschehn:
Sie mögen sich die Köpfe spalten,
Mag alles durcheinandergehn;

Doch nur zu Hause bleibs beim alten!
ALTE *zu den Bürgermädchen.*
Ei! wie geputzt! das schöne junge Blut!
Wer soll sich nicht in euch vergaffen? –
Nur nicht so stolz! es ist schon gut!
Und was ihr wünscht, das wüßt ich wohl zu schaffen.
BÜRGERMÄDCHEN. Agathe, fort! ich nehme mich in acht,
Mit solchen Hexen öffentlich zu gehen;
Sie ließ mich zwar in Sankt-Andreas-Nacht
Den künftgen Liebsten leiblich sehen.
DIE ANDRE. Mir zeigte sie ihn im Kristall,
Soldatenhaft, mit mehreren Verwegnen:
Ich seh mich um, ich such ihn überall,
Allein mir will er nicht begegnen.

SOLDATEN. Burgen mit hohen
Mauern und Zinnen,
Mädchen mit stolzen,
Höhnenden Sinnen
Möcht ich gewinnen!
Kühn ist das Mühen,
Herrlich der Lohn!

Und die Trompete
Lassen wir werben,
Wie zu der Freude
So zum Verderben.
Das ist ein Stürmen!
Das ist ein Leben!

Mädchen und Burgen
Müssen sich geben.
Kühn ist das Mühen,
Herrlich der Lohn!
Und die Soldaten
Ziehen davon.

Faust und Wagner

FAUST. Vom Eise befreit sind Strom und Bäche
Durch des Frühlings holden, belebenden Blick,
Im Tale grünet Hoffnungsglück;

Der alte Winter, in seiner Schwäche,
Zog sich in rauhe Berge zurück.
Von dorther sendet er, fliehend, nur
Ohnmächtige Schauer körnigen Eises
In Streifen über die grünende Flur;
Aber die Sonne duldet kein Weißes:
Überall regt sich Bildung und Streben,
Alles will sie mit Farben beleben;
Doch an Blumen fehlts im Revier:
Sie nimmt geputzte Menschen dafür.
Kehre dich um, von diesen Höhen
Nach der Stadt zurückzusehen!
Aus dem hohlen, finstern Tor
Dringt ein buntes Gewimmel hervor.
Jeder sonnt sich heute so gern.
Sie feiern die Auferstehung des Herrn;
Denn sie sind selber auferstanden:
Aus niedriger Häuser dumpfen Gemächern,
Aus Handwerks- und Gewerbesbanden,
Aus dem Druck von Giebeln und Dächern,
Aus der Straßen quetschender Enge,
Aus der Kirchen ehrwürdiger Nacht
Sind sie alle ans Licht gebracht.
Sieh nur, sieh! wie behend sich die Menge
Durch die Gärten und Felder zerschlägt,
Wie der Fluß in Breit und Länge
So manchen lustigen Nachen bewegt,
Und, bis zum Sinken überladen,
Entfernt sich dieser letzte Kahn.
Selbst von des Berges fernen Pfaden
Blinken uns farbige Kleider an.
Ich höre schon des Dorfs Getümmel,
Hier ist des Volkes wahrer Himmel,
Zufrieden jauchzet groß und klein:
»Hier bin ich Mensch, hier darf ichs sein!«

WAGNER. Mit Euch, Herr Doktor, zu spazieren
Ist ehrenvoll und ist Gewinn;
Doch würd ich nicht allein mich herverlieren,
Weil ich ein Feind von allem Rohen bin.

Das Fiedeln, Schreien, Kegelschieben
Ist mir ein gar verhaßter Klang;
Sie toben, wie vom Bösen Geist getrieben,
Und nennens Freude, nennens Gesang.

Bauern unter der Linde. Tanz und Gesang

Der Schäfer putzte sich zum Tanz
Mit bunter Jacke, Band und Kranz,
Schmuck war er angezogen.
Schon um die Linde war es voll,
Und alles tanzte schon wie toll.
Juchhe! Juchhe!
Juchheisa! Heisa! He!
So ging der Fiedelbogen.

Er drückte hastig sich heran,
Da stieß er an ein Mädchen an
Mit seinem Ellenbogen;
Die frische Dirne kehrt' sich um
Und sagte: »Nun, das find ich dumm!«
Juchhe! Juchhe!
Juchheisa! Heisa He!
»Seid nicht so ungezogen!«

Doch hurtig in dem Kreise gings,
Sie tanzten rechts, sie tanzten links,
Und alle Röcke flogen.
Sie wurden rot, sie wurden warm
Und ruhten atmend Arm in Arm –
Juchhe! Juchhe!
Juchheisa! Heisa! He! –
Und Hüft an Ellenbogen.

»Und tu mir doch nicht so vertraut!
Wie mancher hat nicht seine Braut
Belogen und betrogen!«
Er schmeichelte sie doch beiseit,
Und von der Linde scholl es weit:
Juchhe! Juchhe!
Juchheisa! Heisa! He!
Geschrei und Fiedelbogen.

945 – 980

ALTER BAUER. Herr Doktor, das ist schön von Euch,
Daß Ihr uns heute nicht verschmäht
Und unter dieses Volksgedräng,
Als ein so Hochgelahrter, geht.
So nehmet auch den schönsten Krug,
Den wir mit frischem Trunk gefüllt!
Ich bring ihn zu und wünsche laut,
Daß er nicht nur den Durst Euch stillt:
Die Zahl der Tropfen, die er hegt,
Sei Euren Tagen zugelegt!
FAUST. Ich nehme den Erquickungstrank,
Erwidr euch allen Heil und Dank.
Das Volk sammelt sich im Kreis umher.
ALTER BAUER. Fürwahr, es ist sehr wohlgetan,
Daß Ihr am frohen Tag erscheint;
Habt Ihr es vormals doch mit uns
An bösen Tagen gut gemeint!
Gar mancher steht lebendig hier,
Den Euer Vater noch zuletzt
Der heißen Fieberwut entriß,
Als er der Seuche Ziel gesetzt.
Auch damals Ihr, ein junger Mann,
Ihr gingt in jedes Kranken Haus;
Gar manche Leiche trug man fort,
Ihr aber kamt gesund heraus,
Bestandet manche harte Proben:
Dem Helfer half der Helfer droben.
ALLE. Gesundheit dem bewährten Mann,
Daß er noch lange helfen kann!
FAUST. Vor jenem droben steht gebückt,
Der helfen lehrt und Hülfe schickt!
Er geht mit Wagnern weiter.
WAGNER. Welch ein Gefühl mußt du, o großer Mann,
Bei der Verehrung dieser Menge haben!
O glücklich, wer von seinen Gaben
Solch einen Vorteil ziehen kann!
Der Vater zeigt dich seinem Knaben,
Ein jeder fragt und drängt und eilt,
Die Fiedel stockt, der Tänzer weilt.
Du gehst, in Reihen stehen sie,

Die Mützen fliegen in die Höh,
Und wenig fehlt, so beugten sich die Knie,
Als käm das Venerabile.
FAUST. Nur wenig Schritte noch hinauf zu jenem Stein:
Hier wollen wir von unsrer Wandrung rasten.
Hier saß ich oft gedankenvoll allein
Und quälte mich mit Beten und mit Fasten.
An Hoffnung reich, im Glauben fest,
Mit Tränen, Seufzen, Händeringen
Dacht ich das Ende jener Pest
Vom Herrn des Himmels zu erzwingen.
Der Menge Beifall tönt mir nun wie Hohn.
O könntest du in meinem Innern lesen,
Wie wenig Vater und Sohn
Solch eines Ruhmes wert gewesen!
Mein Vater war ein dunkler Ehrenmann,
Der über die Natur und ihre heilgen Kreise,
In Redlichkeit, jedoch auf seine Weise,
Mit grillenhafter Mühe sann,
Der in Gesellschaft von Adepten
Sich in die Schwarze Küche schloß
Und nach unendlichen Rezepten
Das Widrige zusammengoß.
Da ward ein Roter Leu, ein kühner Freier,
Im lauen Bad der Lilie vermählt
Und beide dann mit offnem Flammenfeuer
Aus einem Brautgemach ins andere gequält.
Erschien darauf mit bunten Farben
Die Junge Königin im Glas,
Hier war die Arzenei, die Patienten starben,
Und niemand fragte, wer genas!
So haben wir mit höllischen Latwergen
In diesen Tälern, diesen Bergen
Weit schlimmer als die Pest getobt.
Ich habe selbst den Gift an Tausende gegeben:
Sie welkten hin, ich muß erleben,
Daß man die frechen Mörder lobt!
WAGNER. Wie könnt Ihr Euch darum betrüben!
Tut nicht ein braver Mann genug,
Die Kunst, die man ihm übertrug,

Gewissenhaft und pünktlich auszuüben?
Wenn du als Jüngling deinen Vater ehrst,
So wirst du gern von ihm empfangen;
Wenn du als Mann die Wissenschaft vermehrst,
So kann dein Sohn zu höhrem Ziel gelangen.
FAUST. O glücklich, wer noch hoffen kann,
Aus diesem Meer des Irrtums aufzutauchen!
Was man nicht weiß, das eben brauchte man,
Und was man weiß, kann man nicht brauchen. –
Doch laß uns dieser Stunde schönes Gut
Durch solchen Trübsinn nicht verkümmern!
Betrachte, wie in Abendsonneglut
Die grünumgebnen Hütten schimmern!
Sie rückt und weicht, der Tag ist überlebt,
Dort eilt sie hin und fördert neues Leben.
O daß kein Flügel mich vom Boden hebt,
Ihr nach und immer nach zu streben!
Ich säh im ewigen Abendstrahl
Die stille Welt zu meinen Füßen,
Entzündet alle Höhn, beruhigt jedes Tal,
Den Silberbach in goldne Ströme fließen.
Nicht hemmte dann den göttergleichen Lauf
Der wilde Berg mit allen seinen Schluchten;
Schon tut das Meer sich mit erwärmten Buchten
Vor den erstaunten Augen auf.
Doch scheint die Göttin endlich wegzusinken;
Allein der neue Trieb erwacht:
Ich eile fort, ihr ewges Licht zu trinken,
Vor mir den Tag und hinter mir die Nacht,
Den Himmel über mir und unter mir die Wellen.
Ein schöner Traum, indessen sie entweicht.
Ach, zu des Geistes Flügeln wird so leicht
Kein körperlicher Flügel sich gesellen!
Doch ist es jedem eingeboren,
Daß sein Gefühl hinauf- und vorwärtsdringt,
Wenn über uns, im blauen Raum verloren,
Ihr schmetternd Lied die Lerche singt,
Wenn über schroffen Fichtenhöhen
Der Adler ausgebreitet schwebt
Und über Flächen, über Seen

Der Kranich nach der Heimat strebt.
WAGNER. Ich hatte selbst oft grillenhafte Stunden,
Doch solchen Trieb hab ich noch nie empfunden.
Man sieht sich leicht an Wald und Feldern satt;
Des Vogels Fittich werd ich nie beneiden.
Wie anders tragen uns die Geistesfreuden
Von Buch zu Buch, von Blatt zu Blatt!
Da werden Winternächte hold und schön,
Ein selig Leben wärmet alle Glieder,
Und ach, entrollst du gar ein würdig Pergamen,
So steigt der ganze Himmel zu dir nieder!
FAUST. Du bist dir nur des einen Triebs bewußt;
O lerne nie den andern kennen!
Zwei Seelen wohnen, ach! in meiner Brust,
Die eine will sich von der andern trennen:
Die eine hält in derber Liebeslust
Sich an die Welt mit klammernden Organen;
Die andre hebt gewaltsam sich vom Dust
Zu den Gefilden hoher Ahnen.
O gibt es Geister in der Luft,
Die zwischen Erd und Himmel herrschend weben,
So steiget nieder aus dem goldnen Duft
Und führt mich weg zu neuem, buntem Leben!
Ja, wäre nur ein Zaubermantel mein!
Und trüg er mich in fremde Länder,
Mir sollt er um die köstlichsten Gewänder,
Nicht feil um einen Königsmantel sein!
WAGNER. Berufe nicht die wohlbekannte Schar,
Die strömend sich im Dunstkreis überbreitet,
Dem Menschen tausendfältige Gefahr
Von allen Enden her bereitet!
Von Norden dringt der scharfe Geisterzahn
Auf dich herbei mit pfeilgespitzten Zungen;
Von Morgen ziehn vertrocknend sie heran
Und nähren sich von deinen Lungen.
Wenn sie der Mittag aus der Wüste schickt,
Die Glut auf Glut um deinen Scheitel häufen,
So bringt der West den Schwarm, der erst erquickt,
Um dich und Feld und Aue zu ersäufen.
Sie hören gern, zum Schaden froh gewandt,

Gehorchen gern, weil sie uns gern betriegen;
Sie stellen wie vom Himmel sich gesandt
Und lispeln englisch, wenn sie lügen. –
Doch gehen wir! Ergraut ist schon die Welt,
Die Luft gekühlt, der Nebel fällt!
Am Abend schätzt man erst das Haus. –
Was stehst du so und blickst erstaunt hinaus?
Was kann dich in der Dämmrung so ergreifen?   [streifen?

FAUST. Siehst du den schwarzen Hund durch Saat und Stoppel

WAGNER. Ich sah ihn lange schon, nicht wichtig schien er mir.

FAUST. Betracht ihn recht! für was hältst du das Tier?

WAGNER. Für einen Pudel, der auf seine Weise
Sich auf der Spur des Herren plagt.

FAUST. Bemerkst du, wie in weitem Schneckenkreise
Er um uns her und immer näher jagt?
Und irr ich nicht, so zieht ein Feuerstrudel
Auf seinen Pfaden hinterdrein.

WAGNER. Ich sehe nichts als einen schwarzen Pudel;
Es mag bei Euch wohl Augentäuschung sein.

FAUST. Mir scheint es, daß er magisch-leise Schlingen
Zu künftgem Band um unsre Füße zieht.

WAGNER. Ich seh ihn ungewiß und furchtsam uns umspringen,
Weil er statt seines Herrn zwei Unbekannte sieht.

FAUST. Der Kreis wird eng! schon ist er nah!

WAGNER. Du siehst, ein Hund, und kein Gespenst ist da!
Er knurrt und zweifelt, legt sich auf den Bauch,
Er wedelt: alles Hundebrauch.

FAUST. Geselle dich zu uns! komm hier!

WAGNER. Es ist ein pudelnärrisch Tier.
Du stehest still, er wartet auf;
Du sprichst ihn an, er strebt an dir hinauf;
Verliere was, er wird es bringen,
Nach deinem Stock ins Wasser springen.

FAUST. Du hast wohl recht: ich finde nicht die Spur
Von einem Geist, und alles ist Dressur.

WAGNER. Dem Hunde, wenn er gut gezogen,
Wird selbst ein weiser Mann gewogen.
Ja, deine Gunst verdient er ganz und gar,
Er, der Studenten trefflicher Skolar.
Sie gehen in das Stadttor.

1139 – 1177

STUDIERZIMMER

FAUST *mit dem Pudel hereintretend*

Verlassen hab ich Feld und Auen,
Die eine tiefe Nacht bedeckt,
Mit ahnungsvollem, heilgem Grauen
In uns die beßre Seele weckt.
Entschlafen sind nun wilde Triebe
Mit jedem ungestümen Tun;
Es reget sich die Menschenliebe,
Die Liebe Gottes regt sich nun. –

Sei ruhig, Pudel! renne nicht hin und wider!
An der Schwelle was schnoperst du hier?
Lege dich hinter den Ofen nieder:
Mein bestes Kissen geb ich dir.
Wie du draußen auf dem bergigen Wege
Durch Rennen und Springen ergetzt uns hast,
So nimm nun auch von mir die Pflege
Als ein willkommner, stiller Gast.

Ach! wenn in unsrer engen Zelle
Die Lampe freundlich wieder brennt,
Dann wirds in unserm Busen helle,
Im Herzen, das sich selber kennt.
Vernunft fängt wieder an zu sprechen,
Und Hoffnung wieder an zu blühn;
Man sehnt sich nach des Lebens Bächen,
Ach! nach des Lebens Quelle hin. –

Knurre nicht, Pudel! Zu den heiligen Tönen,
Die jetzt meine ganze Seel umfassen,
Will der tierische Laut nicht passen.
Wir sind gewohnt, daß die Menschen verhöhnen,
Was sie nicht verstehn,
Daß sie vor dem Guten und Schönen,
Das ihnen oft beschwerlich ist, murren:
Will es der Hund wie sie beknurren?

Aber ach! schon fühl ich, bei dem besten Willen,
Befriedigung nicht mehr aus dem Busen quillen.

Aber warum muß der Strom so bald versiegen
Und wir wieder im Durste liegen?
Davon hab ich so viel Erfahrung.
Doch dieser Mangel läßt sich ersetzen:
Wir lernen das Überirdische schätzen,
Wir sehnen uns nach Offenbarung,
Die nirgends würdger und schöner brennt
Als in dem Neuen Testament.
Mich drängts, den Grundtext aufzuschlagen,
Mit redlichem Gefühl einmal
Das heilige Original
In mein geliebtes Deutsch zu übertragen.
Er schlägt ein Volum auf und schickt sich an.
Geschrieben steht: »Im Anfang war das Wort!«
Hier stock ich schon! Wer hilft mir weiter fort?
Ich kann das Wort so hoch unmöglich schätzen,
Ich muß es anders übersetzen,
Wenn ich vom Geiste recht erleuchtet bin.
Geschrieben steht: Im Anfang war der Sinn.
Bedenke wohl die erste Zeile,
Daß deine Feder sich nicht übereile!
Ist es der Sinn, der alles wirkt und schafft?
Es sollte stehn: Im Anfang war die Kraft!
Doch auch indem ich dieses niederschreibe,
Schon warnt mich was, daß ich dabei nicht bleibe.
Mir hilft der Geist! auf einmal seh ich Rat
Und schreibe getrost: Im Anfang war die Tat! –

Soll ich mit dir das Zimmer teilen,
Pudel, so laß das Heulen,
So laß das Bellen!
Solch einen störenden Gesellen
Mag ich nicht in der Nähe leiden.
Einer von uns beiden
Muß die Zelle meiden.
Ungern heb ich das Gastrecht auf,
Die Tür ist offen, hast freien Lauf. –
Aber was muß ich sehen!
Kann das natürlich geschehen?
Ist es Schatten? ists Wirklichkeit?

Wie wird mein Pudel lang und breit!
Er hebt sich mit Gewalt:
Das ist nicht eines Hundes Gestalt!
Welch ein Gespenst bracht ich ins Haus!
Schon sieht er wie ein Nilpferd aus,
Mit feurigen Augen, schrecklichem Gebiß.
O, du bist mir gewiß!
Für solche halbe Höllenbrut
Ist Salomonis Schlüssel gut.

GEISTER *auf dem Gange.* Drinnen gefangen ist einer!
   Bleibet draußen! folg ihm keiner!
   Wie im Eisen der Fuchs
   Zagt ein alter Höllenluchs.
   Aber gebt acht!
   Schwebet hin, schwebet wider,
   Auf und nieder,
   Und er hat sich losgemacht.
   Könnt ihr ihm nützen,
   Laßt ihn nicht sitzen!
   Denn er tat uns allen
   Schon viel zu Gefallen.
FAUST. Erst, zu begegnen dem Tiere,
Brauch ich den Spruch der Viere:
   Salamander soll glühen,
   Undene sich winden,
   Sylphe verschwinden,
   Kobold sich mühen.
Wer sie nicht kennte,
Die Elemente,
Ihre Kraft
Und Eigenschaft,
Wäre kein Meister
Über die Geister.
   Verschwind in Flammen,
   Salamander!
   Rauschend fließe zusammen,
   Undene!
   Leucht in Meteorenschöne,
   Sylphe!

> Bring häusliche Hülfe,
> Incubus! incubus!
> Tritt hervor und mache den Schluß!

Keines der Viere
Steckt in dem Tiere.
Es liegt ganz ruhig und grinst mich an;
Ich hab ihm noch nicht weh getan.
Du sollst mich hören
Stärker beschwören.

> Bist du, Geselle,
> Ein Flüchtling der Hölle?
> So sieh dies Zeichen,
> Dem sie sich beugen,
> Die schwarzen Scharen!

Schon schwillt es auf mit borstigen Haaren.

> Verworfnes Wesen!
> Kannst du ihn lesen?
> Den nie Entsproßnen,
> Unausgesprochnen,
> Durch alle Himmel Gegoßnen,
> Freventlich Durchstochnen?

Hinter den Ofen gebannt,
Schwillt es wie ein Elefant,
Den ganzen Raum füllt es an,
Es will zum Nebel zerfließen.
Steige nicht zur Decke hinan!
Lege dich zu des Meisters Füßen!
Du siehst, daß ich nicht vergebens drohe:
Ich versenge dich mit heiliger Lohe!
Erwarte nicht
Das dreimal glühende Licht!
Erwarte nicht
Die stärkste von meinen Künsten!

MEPHISTOPHELES *tritt, indem der Nebel fällt, gekleidet wie ein fahrender Scholastikus, hinter dem Ofen hervor.*
Wozu der Lärm? was steht dem Herrn zu Diensten?
FAUST. Das also war des Pudels Kern!
Ein fahrender Skolast? Der Kasus macht mich lachen.

MEPHISTOPHELES. Ich salutiere den gelehrten Herrn!
Ihr habt mich weidlich schwitzen machen.
FAUST. Wie nennst du dich?
MEPHISTOPHELES.   Die Frage scheint mir klein
Für einen, der das Wort so sehr verachtet,
Der, weit entfernt von allem Schein,
Nur in der Wesen Tiefe trachtet.
FAUST. Bei euch, ihr Herrn, kann man das Wesen
Gewöhnlich aus dem Namen lesen,
Wo es sich allzu deutlich weist,
Wenn man euch Fliegengott, Verderber, Lügner heißt.
Nun gut, wer bist du denn?
MEPHISTOPHELES.   Ein Teil von jener Kraft,
Die stets das Böse will, und stets das Gute schafft.
FAUST. Was ist mit diesem Rätselwort gemeint?
MEPHISTOPHELES. Ich bin der Geist, der stets verneint!
Und das mit Recht: denn alles, was entsteht,
Ist wert, daß es zugrunde geht;
Drum besser wärs, daß nichts entstünde.
So ist denn alles, was ihr Sünde,
Zerstörung, kurz das Böse nennt,
Mein eigentliches Element.
FAUST. Du nennst dich einen Teil, und stehst doch ganz vor
MEPHISTOPHELES. Bescheidne Wahrheit sprech ich dir.   [mir?
Wenn sich der Mensch, die kleine Narrenwelt,
Gewöhnlich für ein Ganzes hält:
Ich bin ein Teil des Teils, der anfangs alles war,
Ein Teil der Finsternis, die sich das Licht gebar,
Das stolze Licht, das nun der Mutter Nacht
Den alten Rang, den Raum ihr streitig macht.
Und doch gelingts ihm nicht, da es, soviel es strebt,
Verhaftet an den Körpern klebt:
Von Körpern strömts, die Körper macht es schön,
Ein Körper hemmts auf seinem Gange;
So, hoff ich, dauert es nicht lange,
Und mit den Körpern wirds zugrunde gehn.
FAUST. Nun kenn ich deine würdgen Pflichten!
Du kannst im Großen nichts vernichten
Und fängst es nun im Kleinen an.
MEPHISTOPHELES. Und freilich ist nicht viel damit getan.

Was sich dem Nichts entgegenstellt,
Das Etwas, diese plumpe Welt,
Soviel als ich schon unternommen,
Ich wußte nicht ihr beizukommen,
Mit Wellen, Stürmen, Schütteln, Brand –
Geruhig bleibt am Ende Meer und Land!
Und dem verdammten Zeug, der Tier- und Menschenbrut,
Dem ist nun gar nichts anzuhaben:
Wie viele hab ich schon begraben,
Und immer zirkuliert ein neues, frisches Blut!
So geht es fort, man möchte rasend werden!
Der Luft, dem Wasser wie der Erden
Entwinden tausend Keime sich,
Im Trocknen, Feuchten, Warmen, Kalten!
Hätt ich mir nicht die Flamme vorbehalten,
Ich hätte nichts Aparts für mich.
FAUST. So setzest du der ewig-regen,
Der heilsam-schaffenden Gewalt
Die kalte Teufelsfaust entgegen,
Die sich vergebens tückisch ballt!
Was anders suche zu beginnen
Des Chaos wunderlicher Sohn!
MEPHISTOPHELES. Wir wollen wirklich uns besinnen,
Die nächsten Male mehr davon!
Dürft ich wohl diesmal mich entfernen?
FAUST. Ich sehe nicht, warum du fragst.
Ich habe jetzt dich kennenlernen,
Besuche nun mich, wie du magst.
Hier ist das Fenster, hier die Türe,
Ein Rauchfang ist dir auch gewiß.
MEPHISTOPHELES. Gesteh ichs nur! Daß ich hinausspaziere,
Verbietet mir ein kleines Hindernis:
Der Drudenfuß auf Eurer Schwelle –
FAUST. Das Pentagramma macht dir Pein?
Ei, sage mir, du Sohn der Hölle:
Wenn das dich bannt, wie kamst du denn herein?
Wie ward ein solcher Geist betrogen?
MEPHISTOPHELES: Beschaut es recht! es ist nicht gut gezogen:
Der eine Winkel, der nach außenzu,
Ist, wie du siehst, ein wenig offen.

FAUST. Das hat der Zufall gut getroffen!
Und mein Gefangner wärst denn du?
Das ist von ungefähr gelungen!
MEPH. Der Pudel merkte nichts, als er hereingesprungen!
Die Sache sieht jetzt anders aus:
Der Teufel kann nicht aus dem Haus.
FAUST. Doch warum gehst du nicht durchs Fenster?
MEPHISTOPHELES. 's ist ein Gesetz der Teufel und Gespenster:
Wo sie hereingeschlüpft, da müssen sie hinaus.
Das erste steht uns frei, beim zweiten sind wir Knechte.
FAUST. Die Hölle selbst hat ihre Rechte?
Das find ich gut, da ließe sich ein Pakt,
Und sicher wohl, mit euch, ihr Herren, schließen?
MEPH. Was man verspricht, das sollst du rein genießen,
Dir wird davon nichts abgezwackt.
Doch das ist nicht so kurz zu fassen,
Und wir besprechen das zunächst;
Doch jetzo bitt ich hoch und höchst
Für dieses Mal mich zu entlassen.
FAUST. So bleibe doch noch einen Augenblick,
Um mir erst gute Mär zu sagen!
MEPHISTOPHELES. Jetzt laß mich los! ich komme bald zurück:
Dann magst du nach Belieben fragen.
FAUST. Ich habe dir nicht nachgestellt,
Bist du doch selbst ins Garn gegangen.
Den Teufel halte, wer ihn hält!
Er wird ihn nicht so bald zum zweiten Male fangen.
MEPHISTOPHELES. Wenn dirs beliebt, so bin ich auch bereit,
Dir zur Gesellschaft hierzubleiben;
Doch mit Bedingnis, dir die Zeit
Durch meine Künste würdig zu vertreiben.
FAUST. Ich seh es gern, das steht dir frei;
Nur daß die Kunst gefällig sei!
MEPHISTOPHELES. Du wirst, mein Freund, für deine Sinnen
In dieser Stunde mehr gewinnen
Als in des Jahres Einerlei.
Was dir die zarten Geister singen,
Die schönen Bilder, die sie bringen,
Sind nicht ein leeres Zauberspiel.
Auch dein Geruch wird sich ergetzen,

Dann wirst du deinen Gaumen letzen,
Und dann entzückt sich dein Gefühl.
Bereitung braucht es nicht voran:
Beisammen sind wir, fanget an!

GEISTER

Schwindet, ihr dunkeln
Wölbungen droben!
Reizender schaue
Freundlich der blaue
Äther herein!
Wären die dunkeln
Wolken zerronnen!
Sternelein funkeln,
Mildere Sonnen
Scheinen darein.
Himmlischer Söhne
Geistige Schöne,
Schwankende Beugung
Schwebet vorüber;
Sehnende Neigung
Folget hinüber.
Und der Gewänder
Flatternde Bänder
Decken die Länder,
Decken die Laube,
Wo sich fürs Leben,
Tief in Gedanken,
Liebende geben.
Laube bei Laube!
Sprossende Ranken!
Lastende Traube
Stürzt ins Behälter
Drängender Kelter;
Stürzen in Bächen
Schäumende Weine,

Rieseln durch reine
Edle Gesteine,
Lassen die Höhen
Hinter sich liegen,
Breiten zu Seen
Sich ums Genügen
Grünender Hügel.
Und das Geflügel
Schlürfet sich Wonne,
Flieget der Sonne,
Flieget den hellen
Inseln entgegen,
Die sich auf Wellen
Gauklend bewegen,
Wo wir in Chören
Jauchzende hören,
Über den Auen
Tanzende schauen,
Die sich im Freien
Alle zerstreuen.
Einige klimmen
Über die Höhen,
Andere schwimmen
Über die Seen,
Andere schweben:
Alle zum Leben,
Alle zur Ferne
Liebender Sterne,
Seliger Huld.

MEPH. Er schläft! So recht, ihr luftgen, zarten Jungen!
Ihr habt ihn treulich eingesungen!
Für dies Konzert bin ich in eurer Schuld.

Du bist noch nicht der Mann, den Teufel festzuhalten!
Umgaukelt ihn mit süßen Traumgestalten,
Versenkt ihn in ein Meer des Wahns!
Doch dieser Schwelle Zauber zu zerspalten,
Bedarf ich eines Rattenzahns.
Nicht lange brauch ich zu beschwören:
Schon raschelt eine hier und wird sogleich mich hören.
Der Herr der Ratten und der Mäuse,
Der Fliegen, Frösche, Wanzen, Läuse
Befiehlt dir, dich hervorzuwagen
Und diese Schwelle zu benagen,
So wie er sie mit Öl betupft –
Da kommst du schon hervorgehupft!
Nur frisch ans Werk! Die Spitze, die mich bannte,
Sie sitzt ganz vornen an der Kante.
Noch einen Biß, so ists geschehn! –
Nun, Fauste, träume fort, bis wir uns wiedersehn!
FAUST *erwachend*. Bin ich denn abermals betrogen?
Verschwindet so der geisterreiche Drang,
Daß mir ein Traum den Teufel vorgelogen
Und daß ein Pudel mir entsprang?

STUDIERZIMMER

Faust · Mephistopheles

FAUST. Es klopft? Herein! Wer will mich wieder plagen?
MEPHISTOPHELES. Ich bins.
FAUST.   Herein!
MEPHISTOPHELES.   Du mußt es dreimal sagen.
FAUST. Herein denn!
MEPHISTOPHELES.   So gefällst du mir!
Wir werden, hoff ich, uns vertragen;
Denn dir die Grillen zu verjagen,
Bin ich als edler Junker hier:
In rotem, goldverbrämtem Kleide,
Das Mäntelchen von starrer Seide,
Die Hahnenfeder auf dem Hut,
Mit einem langen, spitzen Degen –

Und rate nun dir kurz und gut,
Dergleichen gleichfalls anzulegen,
Damit du, losgebunden, frei,
Erfahrest, was das Leben sei.

FAUST. In jedem Kleide werd ich wohl die Pein
Des engen Erdelebens fühlen.
Ich bin zu alt, um nur zu spielen,
Zu jung, um ohne Wunsch zu sein.
Was kann die Welt mir wohl gewähren?
Entbehren sollst du! sollst entbehren!
Das ist der ewige Gesang,
Der jedem an die Ohren klingt,
Den, unser ganzes Leben lang,
Uns heiser jede Stunde singt.
Nur mit Entsetzen wach ich morgens auf,
Ich möchte bittre Tränen weinen,
Den Tag zu sehn, der mir in seinem Lauf
Nicht Einen Wunsch erfüllen wird, nicht Einen,
Der selbst die Ahnung jeder Lust
Mit eigensinnigem Krittel mindert,
Die Schöpfung meiner regen Brust
Mit tausend Lebensfratzen hindert.
Auch muß ich, wenn die Nacht sich niedersenkt,
Mich ängstlich auf das Lager strecken:
Auch da wird keine Rast geschenkt,
Mich werden wilde Träume schrecken.
Der Gott, der mir im Busen wohnt,
Kann tief mein Innerstes erregen;
Der über allen meinen Kräften thront,
Er kann nach außen nichts bewegen:
Und so ist mir das Dasein eine Last,
Der Tod erwünscht, das Leben mir verhaßt.

MEPHISTOPHELES.
Und doch ist nie der Tod ein ganz willkommner Gast.

FAUST. O selig der, dem er im Siegesglanze
Die blutgen Lorbeern um die Schläfe windet,
Den er, nach rasch durchrastem Tanze,
In eines Mädchens Armen findet!
O wär ich vor des hohen Geistes Kraft
Entzückt, entseelt dahingesunken!

1540 – 1578

MEPHISTOPHELES. Und doch hat jemand einen braunen Saft,
In jener Nacht, nicht ausgetrunken!
FAUST. Das Spionieren, scheints, ist deine Lust.
MEPHISTOPHELES.
Allwissend bin ich nicht; doch viel ist mir bewußt.
FAUST. Wenn aus dem schrecklichen Gewühle
Ein süß-bekannter Ton mich zog,
Den Rest von kindlichem Gefühle
Mit Anklang froher Zeit betrog,
So fluch ich allem, was die Seele
Mit Lock- und Gaukelwerk umspannt
Und sie in diese Trauerhöhle
Mit Blend- und Schmeichelkräften bannt!
Verflucht voraus die hohe Meinung,
Womit der Geist sich selbst umfängt!
Verflucht das Blenden der Erscheinung,
Die sich an unsre Sinne drängt!
Verflucht, was uns in Träumen heuchelt,
Des Ruhms, der Namensdauer Trug!
Verflucht, was als Besitz uns schmeichelt,
Als Weib und Kind, als Knecht und Pflug!
Verflucht sei Mammon, wenn mit Schätzen
Er uns zu kühnen Taten regt,
Wenn er zu müßigem Ergetzen
Die Polster uns zurechtelegt!
Fluch sei dem Balsamsaft der Trauben!
Fluch jener höchsten Liebeshuld!
Fluch sei der Hoffnung! Fluch dem Glauben,
Und Fluch vor allen der Geduld!

GEISTERCHOR *unsichtbar*

Weh! weh!
Du hast sie zerstört,
Die schöne Welt,
Mit mächtiger Faust;
Sie stürzt, sie zerfällt!
Ein Halbgott hat sie zerschlagen!
Wir tragen
Die Trümmer ins Nichts hinüber

Und klagen
Über die verlorne Schöne.
Mächtiger
Der Erdensöhne,
Prächtiger
Baue sie wieder,
In deinem Busen baue sie auf!
Neuen Lebenslauf
Beginne
Mit hellem Sinne,
Und neue Lieder
Tönen darauf!

MEPHISTOPHELES

Dies sind die Kleinen
Von den Meinen.
Höre, wie zu Lust und Taten
Altklug sie raten!
In die Welt weit,
Aus der Einsamkeit,
Wo Sinnen und Säfte stocken,
Wollen sie dich locken.

Hör auf, mit deinem Gram zu spielen,
Der wie ein Geier dir am Leben frißt!
Die schlechteste Gesellschaft läßt dich fühlen,
Daß du ein Mensch mit Menschen bist.
Doch so ists nicht gemeint,
Dich unter das Pack zu stoßen.
Ich bin keiner von den Großen;
Doch willst du mit mir vereint
Deine Schritte durchs Leben nehmen,
So will ich mich gern bequemen,
Dein zu sein, auf der Stelle.
Ich bin dein Geselle,
Und mach ich dirs recht,
Bin ich dein Diener, bin dein Knecht!
FAUST. Und was soll ich dagegen dir erfüllen?
MEPHISTOPHELES. Dazu hast du noch eine lange Frist.
FAUST. Nein, nein! der Teufel ist ein Egoist
Und tut nicht leicht um Gottes willen,

Was einem andern nützlich ist.
Sprich die Bedingung deutlich aus!
Ein solcher Diener bringt Gefahr ins Haus.
MEPHISTOPHELES.
Ich will mich hier zu deinem Dienst verbinden,
Auf deinen Wink nicht rasten und nicht ruhn;
Wenn wir uns drüben wiederfinden,
So sollst du mir das Gleiche tun.
FAUST. Das Drüben kann mich wenig kümmern;
Schlägst du erst diese Welt zu Trümmern,
Die andre mag darnach entstehn.
Aus dieser Erde quillen meine Freuden,
Und diese Sonne scheinet meinen Leiden:
Kann ich mich erst von ihnen scheiden,
Dann mag, was will und kann, geschehn.
Davon will ich nichts weiter hören,
Ob man auch künftig haßt und liebt
Und ob es auch in jenen Sphären
Ein Oben oder Unten gibt.
MEPHISTOPHELES. In diesem Sinne kannst dus wagen.
Verbinde dich! du sollst in diesen Tagen
Mit Freuden meine Künste sehn:
Ich gebe dir, was noch kein Mensch gesehn!
FAUST. Was willst du, armer Teufel, geben?
Ward eines Menschen Geist in seinem hohen Streben
Von deinesgleichen je gefaßt?
Doch hast du Speise, die nicht sättigt? hast
Du rotes Gold, das ohne Rast,
Quecksilber gleich, dir in der Hand zerrinnt?
Ein Spiel, bei dem man nie gewinnt?
Ein Mädchen, das an meiner Brust
Mit Äugeln schon dem Nachbar sich verbindet?
Der Ehre schöne Götterlust,
Die wie ein Meteor verschwindet?
Zeig mir die Frucht, die fault, eh man sie bricht,
Und Bäume, die sich täglich neu begrünen!
MEPHISTOPHELES. Ein solcher Auftrag schreckt mich nicht,
Mit solchen Schätzen kann ich dienen.
Doch, guter Freund, die Zeit kommt auch heran,
Wo wir was Guts in Ruhe schmausen mögen.

FAUST. Werd ich beruhigt je mich auf ein Faulbett legen,
So sei es gleich um mich getan!
Kannst du mich schmeichelnd je belügen,
Daß ich mir selbst gefallen mag,
Kannst du mich mit Genuß betriegen:
Das sei für mich der letzte Tag!
Die Wette biet ich!
MEPHISTOPHELES.   Topp!
FAUST.   Und Schlag auf Schlag!
Werd ich zum Augenblicke sagen:
Verweile doch! du bist so schön!
Dann magst du mich in Fesseln schlagen,
Dann will ich gern zugrunde gehn!
Dann mag die Totenglocke schallen,
Dann bist du deines Dienstes frei,
Die Uhr mag stehn, der Zeiger fallen,
Es sei die Zeit für mich vorbei!
MEPHISTOPHELES.
Bedenk es wohl! wir werdens nicht vergessen.
FAUST. Dazu hast du ein volles Recht!
Ich habe mich nicht freventlich vermessen:
Wie ich beharre, bin ich Knecht,
Ob dein, was frag ich, oder wessen!
MEPHISTOPHELES.
Ich werde heute gleich, beim Doktorschmaus,
Als Diener meine Pflicht erfüllen.
Nur eins! – Um Lebens oder Sterbens willen
Bitt ich mir ein paar Zeilen aus.
FAUST. Auch was Geschribnes forderst du Pedant?
Hast du noch keinen Mann, nicht Manneswort gekannt?
Ists nicht genug, daß mein gesprochnes Wort
Auf ewig soll mit meinen Tagen schalten?
Rast nicht die Welt in allen Strömen fort,
Und mich soll ein Versprechen halten?
Doch dieser Wahn ist uns ins Herz gelegt:
Wer mag sich gern davon befreien?
Beglückt, wer Treue rein im Busen trägt,
Kein Opfer wird ihn je gereuen!
Allein ein Pergament, beschrieben und beprägt,
Ist ein Gespenst, vor dem sich alle scheuen.

1692 – 1727

Das Wort erstirbt schon in der Feder,
Die Herrschaft führen Wachs und Leder. –
Was willst du böser Geist von mir?
Erz? Marmor? Pergament? Papier?
Soll ich mit Griffel, Meißel, Feder schreiben?
Ich gebe jede Wahl dir frei.
MEPHISTOPHELES. Wie magst du deine Rednerei
Nur gleich so hitzig übertreiben?
Ist doch ein jedes Blättchen gut.
Du unterzeichnest dich mit einem Tröpfchen Blut.
FAUST. Wenn dies dir völlig Gnüge tut,
So mag es bei der Fratze bleiben.
MEPHISTOPHELES. Blut ist ein ganz besondrer Saft.
FAUST. Nur keine Furcht, daß ich dies Bündnis breche!
Das Streben meiner ganzen Kraft
Ist grade das, was ich verspreche.
Ich habe mich zu hoch gebläht,
In deinen Rang gehör ich nur.
Der große Geist hat mich verschmäht,
Vor mir verschließt sich die Natur.
Des Denkens Faden ist zerrissen,
Mir ekelt lange vor allem Wissen.
Laß in den Tiefen der Sinnlichkeit
Uns glühende Leidenschaften stillen!
In undurchdrungnen Zauberhüllen
Sei jedes Wunder gleich bereit!
Stürzen wir uns in das Rauschen der Zeit,
Ins Rollen der Begebenheit!
Da mag denn Schmerz und Genuß
Gelingen und Verdruß
Miteinander wechseln, wie es kann:
Nur rastlos betätigt sich der Mann.
MEPHISTOPHELES. Euch ist kein Maß und Ziel gesetzt.
Beliebts Euch, überall zu naschen,
Im Fliehen etwas zu erhaschen,
Bekomm Euch wohl, was Euch ergetzt!
Nur greift mir zu und seid nicht blöde!
FAUST. Du hörest ja: von Freud ist nicht die Rede!
Dem Taumel weih ich mich, dem schmerzlichsten Genuß,
Verliebtem Haß, erquickendem Verdruß.

Mein Busen, der vom Wissensdrang geheilt ist,
Soll keinen Schmerzen künftig sich verschließen,
Und was der ganzen Menschheit zugeteilt ist,
Will ich in meinem innern Selbst genießen,
Mit meinem Geist das Höchst- und Tiefste greifen,
Ihr Wohl und Weh auf meinen Busen häufen
Und so mein eigen Selbst zu ihrem Selbst erweitern
Und, wie sie selbst, am End auch ich zerscheitern!
MEPHISTOPHELES. O glaube mir, der manche tausend Jahre
An dieser harten Speise kaut,
Daß von der Wiege bis zur Bahre
Kein Mensch den alten Sauerteig verdaut!
Glaub unsereinem: dieses Ganze
Ist nur für einen Gott gemacht!
Er findet sich in einem ewgen Glanze,
Uns hat er in die Finsternis gebracht,
Und euch taugt einzig Tag und Nacht.
FAUST. Allein ich will!
MEPHISTOPHELES.   Das läßt sich hören!
Doch nur vor einem ist mir bang:
Die Zeit ist kurz, die Kunst ist lang.
Ich dächt, Ihr ließet Euch belehren.
Assoziiert Euch mit einem Poeten,
Laßt den Herrn in Gedanken schweifen
Und alle edlen Qualitäten
Auf Euren Ehrenscheitel häufen:
Des Löwen Mut,
Des Hirsches Schnelligkeit,
Des Italieners feurig Blut,
Des Nordens Daurbarkeit.
Laßt ihn Euch das Geheimnis finden,
Großmut und Arglist zu verbinden
Und Euch mit warmen Jugendtrieben
Nach einem Plane zu verlieben!
Möchte selbst solch einen Herren kennen:
Würd ihn Herrn Mikrokosmos nennen.
FAUST. Was bin ich denn, wenn es nicht möglich ist,
Der Menschheit Krone zu erringen,
Nach der sich alle Sinne dringen?
MEPHISTOPHELES. Du bist am Ende – was du bist.

Setz dir Perücken auf von Millionen Locken,
Setz deinen Fuß auf ellenhohe Sokken,
Du bleibst doch immer, was du bist.
FAUST. Ich fühls, vergebens hab ich alle Schätze
Des Menschengeists auf mich herbeigerafft,
Und wenn ich mich am Ende niedersetze,
Quillt innerlich doch keine neue Kraft;
Ich bin nicht um ein Haar breit höher,
Bin dem Unendlichen nicht näher.
MEPHISTOPHELES. Mein guter Herr, Ihr seht die Sachen,
Wie man die Sachen eben sieht;
Wir müssen das gescheiter machen,
Eh uns des Lebens Freude flieht.
Was Henker! freilich Händ und Füße
Und Kopf und Hintern, die sind dein;
Doch alles, was ich frisch genieße,
Ist das drum weniger mein?
Wenn ich sechs Hengste zahlen kann,
Sind ihre Kräfte nicht die meine?
Ich renne zu und bin ein rechter Mann,
Als hätt ich vierundzwanzig Beine.
Drum frisch! laß alles Sinnen sein,
Und grad mit in die Welt hinein!
Ich sag es dir: ein Kerl, der spekuliert,
Ist wie ein Tier, auf dürrer Heide
Von einem bösen Geist im Kreis herumgeführt,
Und ringsumher liegt schöne, grüne Weide.
FAUST. Wie fangen wir das an?
MEPHISTOPHELES.   Wir gehen eben fort.
Was ist das für ein Marterort!
Was heißt das für ein Leben führen,
Sich und die Jungens ennuyieren!
Laß du das dem Herrn Nachbar Wanst!
Was willst du dich das Stroh zu dreschen plagen?
Das Beste, was du wissen kannst,
Darfst du den Buben doch nicht sagen.
Gleich hör ich einen auf dem Gange!
FAUST. Mir ists nicht möglich, ihn zu sehn.
MEPHISTOPHELES. Der arme Knabe wartet lange,
Der darf nicht ungetröstet gehn.

1807 – 1845

Komm, gib mir deinen Rock und Mütze!
Die Maske muß mir köstlich stehn. *Er kleidet sich um.*
Nun überlaß es meinem Witze!
Ich brauche nur ein Viertelstündchen Zeit;
Indessen mache dich zur schönen Fahrt bereit! *Faust ab.*

MEPHISTOPHELES *in Fausts langem Kleide.*

Verachte nur Vernunft und Wissenschaft,
Des Menschen allerhöchste Kraft,
Laß nur in Blend- und Zauberwerken
Dich von dem Lügengeist bestärken,
So hab ich dich schon unbedingt! –
Ihm hat das Schicksal einen Geist gegeben,
Der ungebändigt immer vorwärtsdringt
Und dessen übereiltes Streben
Der Erde Freuden überspringt.
Den schlepp ich durch das wilde Leben,
Durch flache Unbedeutenheit,
Er soll mir zappeln, starren, kleben,
Und seiner Unersättlichkeit
Soll Speis' und Trank vor giergen Lippen schweben:
Er wird Erquickung sich umsonst erflehn,
Und hätt er sich auch nicht dem Teufel übergeben,
Er müßte doch zu Grunde gehn!

Ein Schüler tritt auf

SCHÜLER. Ich bin allhier erst kurze Zeit
Und komme voll Ergebenheit,
Einen Mann zu sprechen und zu kennen,
Den alle mir mit Ehrfurcht nennen.
MEPHISTOPHELES. Eure Höflichkeit erfreut mich sehr!
Ihr seht einen Mann wie andre mehr. –
Habt Ihr Euch sonst schon umgetan?
SCHÜLER. Ich bitt Euch, nehmt Euch meiner an!
Ich komme mit allem guten Mut,
Leidlichem Geld und frischem Blut;
Meine Mutter wollte mich kaum entfernen;
Möchte gern was Rechts hieraußen lernen.
MEPHISTOPHELES. Da seid Ihr eben recht am Ort.
SCHÜLER. Aufrichtig: möchte schon wieder fort!
In diesen Mauern, diesen Hallen

Will es mir keineswegs gefallen.
Es ist ein gar beschränkter Raum,
Man sieht nichts Grünes, keinen Baum,
Und in den Sälen, auf den Bänken
Vergeht mir Hören, Sehn und Denken.
MEPHISTOPHELES. Das kommt nur auf Gewohnheit an.
So nimmt ein Kind der Mutter Brust
Nicht gleich im Anfang willig an;
Doch bald ernährt es sich mit Lust.
So wirds Euch an der Weisheit Brüsten
Mit jedem Tage mehr gelüsten.
SCHÜLER. An ihrem Hals will ich mit Freuden hangen;
Doch sagt mir nur: wie kann ich hingelangen?
MEPHISTOPHELES. Erklärt Euch, eh Ihr weitergeht:
Was wählt Ihr für eine Fakultät?
SCHÜLER. Ich wünschte, recht gelehrt zu werden,
Und möchte gern, was auf der Erden
Und in dem Himmel ist, erfassen,
Die Wissenschaft und die Natur.
MEPHISTOPHELES. Da seid Ihr auf der rechten Spur;
Doch müßt Ihr Euch nicht zerstreuen lassen.
SCHÜLER. Ich bin dabei mit Seel' und Leib;
Doch freilich würde mir behagen
Ein wenig Freiheit und Zeitvertreib
An schönen Sommerfeiertagen.
MEPH. Gebraucht der Zeit, sie geht so schnell von hinnen!
Doch Ordnung lehrt Euch Zeit gewinnen.
Mein teurer Freund, ich rat Euch drum
Zuerst Collegium Logicum.
Da wird der Geist Euch wohl dressiert,
In Spanische Stiefeln eingeschnürt,
Daß er bedächtiger so fortan
Hinschleiche die Gedankenbahn
Und nicht etwa, die Kreuz und Quer,
Irrlichteliere hin und her.
Dann lehret man Euch manchen Tag,
Daß, was Ihr sonst auf Einen Schlag
Getrieben, wie Essen und Trinken frei,
Eins! Zwei! Drei! dazu nötig sei.
Zwar ists mit der Gedankenfabrik

Wie mit einem Webermeisterstück,
Wo Ein Tritt tausend Fäden regt,
Die Schifflein herüber-hinüberschießen,
Die Fäden ungesehen fließen,
Ein Schlag tausend Verbindungen schlägt.
Der Philosoph, der tritt herein
Und beweist Euch, es müßt so sein:
Das Erst wär so, das Zweite so
Und drum das Dritt und Vierte so,
Und wenn das Erst und Zweit nicht wär,
Das Dritt und Viert wär nimmermehr.
Das preisen die Schüler aller Orten,
Sind aber keine Weber geworden.
Wer will was Lebendigs erkennen und beschreiben,
Sucht erst den Geist herauszutreiben,
Dann hat er die Teile in seiner Hand,
Fehlt, leider! nur das geistige Band.
Encheiresin naturae nennts die Chemie,
Spottet ihrer selbst und weiß nicht wie.
SCHÜLER. Kann Euch nicht eben ganz verstehen.
MEPHISTOPHELES. Das wird nächstens schon besser gehen,
Wenn Ihr lernt alles reduzieren
Und gehörig klassifizieren.
SCHÜLER. Mir wird von alledem so dumm,
Als ging' mir ein Mühlrad im Kopf herum.
MEPHISTOPHELES. Nachher, vor allen andern Sachen,
Müßt Ihr Euch an die Metaphysik machen!
Da seht, daß Ihr tiefsinnig faßt,
Was in des Menschen Hirn nicht paßt!
Für was drein geht und nicht drein geht,
Ein prächtig Wort zu Diensten steht.
Doch vorerst dieses halbe Jahr
Nehmt ja der besten Ordnung wahr!
Fünf Stunden habt Ihr jeden Tag;
Seid drinnen mit dem Glockenschlag!
Habt Euch vorher wohl präpariert,
Paragraphos wohl einstudiert,
Damit Ihr nachher besser seht,
Daß er nichts sagt, als was im Buche steht!
Doch Euch des Schreibens ja befleißt,

Als diktiert Euch der Heilig Geist!
SCHÜLER. Das sollt Ihr mir nicht zweimal sagen!
Ich denke mir, wie viel es nützt:
Denn was man schwarz auf weiß besitzt,
Kann man getrost nach Hause tragen.
MEPHISTOPHELES. Doch wählt mir eine Fakultät!
SCHÜLER.
Zur Rechtsgelehrsamkeit kann ich mich nicht bequemen.
MEPHISTOPHELES. Ich kann es Euch so sehr nicht übel nehmen,
Ich weiß, wie es um diese Lehre steht.
Es erben sich Gesetz und Rechte
Wie eine ewge Krankheit fort;
Sie schleppen von Geschlecht sich zum Geschlechte
Und rücken sacht von Ort zu Ort.
Vernunft wird Unsinn, Wohltat Plage:
Weh dir, daß du ein Enkel bist!
Vom Rechte, das mit uns geboren ist,
Von dem ist, leider! nie die Frage.
SCHÜLER. Mein Abscheu wird durch Euch vermehrt.
O glücklich der, den Ihr belehrt!
Fast möcht ich nun Theologie studieren.
MEPHISTOPHELES. Ich wünschte nicht, Euch irrezuführen.
Was diese Wissenschaft betrifft,
Es ist so schwer, den falschen Weg zu meiden;
Es liegt in ihr so viel verborgnes Gift,
Und von der Arzenei ists kaum zu unterscheiden.
Am besten ists auch hier, wenn Ihr nur Einen hört
Und auf des Meisters Worte schwört.
Im ganzen: haltet Euch an Worte!
Dann geht Ihr durch die sichre Pforte
Zum Tempel der Gewißheit ein.
SCHÜLER. Doch ein Begriff muß bei dem Worte sein.
MEPHISTOPHELES. Schon gut! Nur muß man sich nicht allzu
Denn eben, wo Begriffe fehlen,   [ängstlich quälen;
Da stellt ein Wort zur rechten Zeit sich ein.
Mit Worten läßt sich trefflich streiten,
Mit Worten ein System bereiten,
An Worte läßt sich trefflich glauben,
Von einem Wort läßt sich kein Iota rauben.
SCHÜLER. Verzeiht, ich halt Euch auf mit vielen Fragen,

Allein ich muß Euch noch bemühn.
Wollt Ihr mir von der Medizin
Nicht auch ein kräftig Wörtchen sagen?
Drei Jahr ist eine kurze Zeit,
Und, Gott! das Feld ist gar zu weit.
Wenn man einen Fingerzeig nur hat,
Läßt sichs schon eher weiterfühlen.

MEPHISTOPHELES *für sich*.
Ich bin des trocknen Tons nun satt,
Muß wieder recht den Teufel spielen. *Laut*.
Der Geist der Medizin ist leicht zu fassen!
Ihr durchstudiert die groß- und kleine Welt,
Um es am Ende gehn zu lassen,
Wies Gott gefällt.
Vergebens, daß Ihr ringsum wissenschaftlich schweift,
Ein jeder lernt nur, was er lernen kann;
Doch der den Augenblick ergreift,
Das ist der rechte Mann.
Ihr seid noch ziemlich wohlgebaut,
An Kühnheit wirds Euch auch nicht fehlen,
Und wenn Ihr Euch nur selbst vertraut,
Vertrauen Euch die andern Seelen.
Besonders lernt die Weiber führen!
Es ist ihr ewig Weh und Ach,
So tausendfach,
Aus Einem Punkte zu kurieren,
Und wenn Ihr halbwegs ehrbar tut,
Dann habt Ihr sie all unterm Hut.
Ein Titel muß sie erst vertraulich machen,
Daß Eure Kunst viel Künste übersteigt;
Zum Willkomm tappt Ihr dann nach allen Siebensachen,
Um die ein andrer viele Jahre streicht,
Versteht das Pülslein wohl zu drücken
Und fasset sie, mit feurig-schlauen Blicken,
Wohl um die schlanke Hüfte frei,
Zu sehn, wie fest geschnürt sie sei.

SCHÜLER.
Das sieht schon besser aus! Man sieht doch wo und wie.

MEPHISTOPHELES. Grau, teurer Freund, ist alle Theorie,
Und grün des Lebens goldner Baum.

SCHÜLER. Ich schwör Euch zu: mir ists als wie ein Traum!
Dürft ich Euch wohl ein andermal beschweren,
Von Eurer Weisheit auf den Grund zu hören?
MEPHISTOPHELES. Was ich vermag, soll gern geschehn.
SCHÜLER. Ich kann unmöglich wieder gehn,
Ich muß Euch noch mein Stammbuch überreichen:
Gönn Eure Gunst mir dieses Zeichen!
MEPHISTOPHELES. Sehr wohl. *Er schreibt und gibts.*
SCHÜLER *liest.*
Eritis sicut Deus, scientes bonum et malum.
Machts ehrerbietig zu und empfiehlt sich.
MEPHISTOPHELES.
Folg nur dem alten Spruch und meiner Muhme, der Schlange,
Dir wird gewiß einmal bei deiner Gottähnlichkeit bange!

Faust tritt auf

FAUST. Wohin soll es nun gehn?
MEPHISTOPHELES   Wohin es dir gefällt!
Wir sehn die kleine, dann die große Welt.
Mit welcher Freude, welchem Nutzen,
Wirst du den Cursum durchschmarutzen!
FAUST. Allein bei meinem langen Bart
Fehlt mir die leichte Lebensart.
Es wird mir der Versuch nicht glücken;
Ich wußte nie mich in die Welt zu schicken,
Vor andern fühl' ich mich so klein;
Ich werde stets verlegen sein.
MEPH. Mein guter Freund, das wird sich alles geben:
Sobald du dir vertraust, sobald weißt du zu leben.
FAUST. Wie kommen wir denn aus dem Haus?
Wo hast du Pferde, Knecht und Wagen?
MEPHISTOPHELES. Wir breiten nur den Mantel aus,
Der soll uns durch die Lüfte tragen.
Du nimmst bei diesem kühnen Schritt
Nur keinen großen Bündel mit.
Ein bißchen Feuerluft, die ich bereiten werde,
Hebt uns behend von dieser Erde,
Und sind wir leicht, so geht es schnell hinauf –
Ich gratuliere dir zum neuen Lebenslauf!

AUERBACHS KELLER IN LEIPZIG

Zeche lustiger Gesellen

FROSCH.   Will keiner trinken? keiner lachen?
Ich will euch lehren Gesichter machen!
Ihr seid ja heut wie nasses Stroh
Und brennt sonst immer lichterloh.

BRANDER. Das liegt an dir: du bringst ja nichts herbei,
Nicht eine Dummheit, keine Sauerei.

FROSCH *gießt ihm ein Glas Wein über den Kopf.*
Da hast du beides!

BRANDER.   Doppelt Schwein!

FROSCH.   Ihr wollt es ja, man soll es sein!

SIEBEL. Zur Tür hinaus, wer sich entzweit!
Mit offner Brust singt Runda, sauft und schreit!
Auf! holla! ho!

ALTMAYER.   Weh mir, ich bin verloren!
Baumwolle her! der Kerl sprengt mir die Ohren.

SIEBEL. Wenn das Gewölbe widerschallt,
Fühlt man erst recht des Basses Grundgewalt.

FROSCH. So recht! hinaus mit dem, der etwas übelnimmt!
A! tara lara da!

ALTMAYER. A! tara lara da!

FROSCH.   Die Kehlen sind gestimmt.

Singt: Das liebe Heilge Römsche Reich,
Wie hälts nur noch zusammen?

BRANDER. Ein garstig Lied! Pfui! ein politisch Lied
Ein leidig Lied! Dankt Gott mit jedem Morgen,
Daß ihr nicht braucht fürs Römsche Reich zu sorgen!
Ich halt es wenigstens für reichlichen Gewinn,
Daß ich nicht Kaiser oder Kanzler bin.
Doch muß auch uns ein Oberhaupt nicht fehlen:
Wir wollen einen Papst erwählen!
Ihr wißt, welch eine Qualität
Den Ausschlag gibt, den Mann erhöht.

FROSCH *singt:* Schwing dich auf, Frau Nachtigall,
Grüß mir mein Liebchen zehentausendmal!

SIEBEL.
Dem Liebchen keinen Gruß! ich will davon nichts hören!
FROSCH. Dem Liebchen Gruß und Kuß! du wirst mirs nicht
[verwehren!
Singt: Riegel auf! in stiller Nacht.
Riegel auf! der Liebste wacht.
Riegel zu! des Morgens früh.

SIEBEL. Ja, singe, singe nur und lob und rühme sie!
Ich will zu meiner Zeit schon lachen.
Sie hat mich angeführt, dir wird sies auch so machen.
Zum Liebsten sei ein Kobold ihr beschert:
Der mag mit ihr auf einem Kreuzweg schäkern!
Ein alter Bock, wenn er vom Blocksberg kehrt,
Mag im Galopp noch gute Nacht ihr meckern!
Ein braver Kerl von echtem Fleisch und Blut
Ist für die Dirne viel zu gut.
Ich will von keinem Gruße wissen,
Als ihr die Fenster eingeschmissen!
BRANDER *auf den Tisch schlagend.*
Paßt auf! paßt auf! gehorchet mir!
Ihr Herrn, gesteht, ich weiß zu leben!
Verliebte Leute sitzen hier,
Und diesen muß nach Standsgebühr
Zur guten Nacht ich was zum besten geben.
Gebt acht! Ein Lied vom neusten Schnitt!
Und singt den Rundreim kräftig mit!

Er singt: Es war eine Ratt im Kellernest,
Lebte nur von Fett und Butter,
Hatte sich ein Ränzlein angemäst't
Als wie der Doktor Luther.
Die Köchin hatt ihr Gift gestellt:
Da wards so eng ihr in der Welt,
Als hätte sie Lieb im Leibe.

CHORUS *jauchzend.* Als hätte sie Lieb im Leibe.

BRANDER. Sie fuhr herum, sie fuhr heraus
Und soff aus allen Pfützen,
Zernagt, zerkratzt das ganze Haus:
Wollte nichts ihr Wüten nützen!

>   Sie tät gar manchen Ängstesprung,
>   Bald hatte das arme Tier genung,
>   Als hätt es Lieb im Leibe.

CHORUS.   Als hätt es Lieb im Leibe!

BRANDER.   Sie kam für Angst am hellen Tag
>   Der Küche zugelaufen,
>   Fiel an den Herd und zuckt und lag
>   Und tät erbärmlich schnaufen.
>   Da lachte die Vergifterin noch:
>   »Ha! sie pfeift auf dem letzten Loch,
>   Als hätte sie Lieb im Leibe.«

CHORUS.   Als hätte sie Lieb im Leibe!

SIEBEL. Wie sich die platten Bursche freuen!
Es ist mir eine rechte Kunst,
Den armen Ratten Gift zu streuen!
BRANDER. Sie stehn wohl sehr in deiner Gunst?
ALTMAYER. Der Schmerbauch mit der kahlen Platte!
Das Unglück macht ihn zahm und mild;
Er sieht in der geschwollnen Ratte
Sein ganz natürlich Ebenbild.

Faust und Mephistopheles

MEPHISTOPHELES. Ich muß dich nun vor allen Dingen
In lustige Gesellschaft bringen,
Damit du siehst, wie leicht sichs leben läßt.
Dem Volke hier wird jeder Tag ein Fest.
Mit wenig Witz und viel Behagen
Dreht jeder sich im engen Zirkeltanz,
Wie junge Katzen mit dem Schwanz.
Wenn sie nicht über Kopfweh klagen,
Solang der Wirt nur weiterborgt,
Sind sie vergnügt und unbesorgt.
BRANDER. Die kommen eben von der Reise:
Man siehts an ihrer wunderlichen Weise;
Sie sind nicht eine Stunde hier.
FROSCH. Wahrhaftig, du hast recht! Mein Leipzig lob ich mir!
Es ist ein klein Paris und bildet seine Leute.
SIEBEL. Für was siehst du die Fremden an?

FROSCH. Laßt mich nur gehn! Bei einem vollen Glase
Zieh ich, wie einen Kinderzahn,
Den Burschen leicht die Würmer aus der Nase.
Sie scheinen mir aus einem edlen Haus:
Sie sehen stolz und unzufrieden aus.
BRANDER. Marktschreier sinds gewiß, ich wette!
ALTMAYER. Vielleicht!
FROSCH.   Gib acht, ich schraube sie!
MEPHISTOPHELES *zu Faust.*
Den Teufel spürt das Völkchen nie,
Und wenn er sie beim Kragen hätte.
FAUST. Seid uns gegrüßt, ihr Herrn!
SIEBEL.   Viel Dank zum Gegengruß!
Leise, Mephistopheles von der Seite ansehend.
Was hinkt der Kerl auf einem Fuß?
MEPHISTOPHELES. Ist es erlaubt, uns auch zu euch zu setzen?
Statt eines guten Trunks, den man nicht haben kann,
Soll die Gesellschaft uns ergetzen.
ALTMAYER. Ihr scheint ein sehr verwöhnter Mann.
FROSCH. Ihr seid wohl spät von Rippach aufgebrochen?
Habt ihr mit Herren Hans noch erst zu Nacht gespeist?
MEPHISTOPHELES. Heut sind wir ihn vorbeigereist;
Wir haben ihn das letztemal gesprochen.
Von seinen Vettern wußt er viel zu sagen,
Viel Grüße hat er uns an jeden aufgetragen.
Er neigt sich gegen Frosch.
ALTMAYER *leise.* Da hast dus! der verstehts!
SIEBEL.   Ein pfiffiger Patron!
FROSCH. Nun, warte nur, ich krieg ihn schon!
MEPHISTOPHELES. Wenn ich nicht irre, hörten wir
Geübte Stimmen Chorus singen?
Gewiß, Gesang muß trefflich hier
Von dieser Wölbung widerklingen!
FROSCH. Seid Ihr wohl gar ein Virtuos?
MEPH. O nein! die Kraft ist schwach, allein die Lust ist groß.
ALTMAYER. Gebt uns ein Lied!
MEPHISTOPHELES.   Wenn ihr begehrt, die Menge!
SIEBEL. Nur auch ein nagelneues Stück!
MEPHISTOPHELES. Wir kommen erst aus Spanien zurück,
Dem schönen Land des Weins und der Gesänge.

Singt: Es war einmal ein König,
Der hatt einen großen Floh –

FROSCH. Horcht! Einen Floh! Habt ihr das wohl gefaßt?
Ein Floh ist mir ein saubrer Gast.

MEPHISTOPHELES *singt.* Es war einmal ein König,
Der hatt einen großen Floh,
Den liebt er gar nicht wenig:
Als wie seinen eignen Sohn.
Da rief er seinen Schneider,
Der Schneider kam heran:
»Da, miß dem Junker Kleider
Und miß ihm Hosen an!«

BRANDER. Vergeßt nur nicht, dem Schneider einzuschärfen,
Daß er mir aufs genauste mißt
Und daß, so lieb sein Kopf ihm ist,
Die Hosen keine Falten werfen!

MEPHISTOPHELES. In Sammet und in Seide
War er nun angetan,
Hatte Bänder auf dem Kleide,
Hatt auch ein Kreuz daran,
Und war sogleich Minister
Und hatt einen großen Stern.
Da wurden seine Geschwister
Bei Hof auch große Herrn.

Und Herrn und Fraun am Hofe,
Die waren sehr geplagt,
Die Königin und die Zofe
Gestochen und genagt,
Und durften sie nicht knicken
Und weg sie jucken nicht. –
Wir knicken und ersticken
Doch gleich, wenn einer sticht!

CHORUS *jauchzend.* Wir knicken und ersticken
Doch gleich, wenn einer sticht!

FROSCH. Bravo! bravo! das war schön!
SIEBEL. So soll es jedem Floh ergehn!

BRANDER. Spitzt die Finger und packt sie fein!

ALTMAYER. Es lebe die Freiheit! es lebe der Wein!

MEPH. Ich tränke gern ein Glas, die Freiheit hoch zu ehren,
Wenn eure Weine nur ein bißchen besser wären.

SIEBEL. Wir mögen das nicht wieder hören!

MEPHISTOPHELES. Ich fürchte nur, der Wirt beschweret sich;
Sonst gäb ich diesen werten Gästen
Aus unserm Keller was zum besten.

SIEBEL. Nur immer her! ich nehms auf mich.

FROSCH. Schafft ihr ein gutes Glas, so wollen wir Euch loben.
Nur gebt nicht gar zu kleine Proben!
Denn wenn ich judizieren soll,
Verlang ich auch das Maul recht voll.

ALTMAYER *leise.* Sie sind vom Rheine, wie ich spüre.

MEPHISTOPHELES. Schafft einen Bohrer an!

BRANDER.   Was soll mit dem geschehn?
Ihr habt doch nicht die Fässer vor der Türe?

ALT. Dahinten hat der Wirt ein Körbchen Werkzeug stehn.

MEPHISTOPHELES *nimmt den Bohrer. Zu Frosch.*
Nun sagt: was wünschet Ihr zu schmecken?

FROSCH. Wie meint Ihr das? Habt Ihr so mancherlei?

MEPHISTOPHELES. Ich stell es einem jeden frei.

ALTMAYER *zu Frosch.*
Aha! du fängst schon an, die Lippen abzulecken.

FROSCH. Gut! wenn ich wählen soll, so will ich Rheinwein
Das Vaterland verleiht die allerbesten Gaben.   [haben:

MEPHISTOPHELES, *indem er an dem Platz, wo Frosch sitzt, ein Loch
in den Tischrand bohrt.*
Verschafft ein wenig Wachs, die Pfropfen gleich zu machen!

ALTMAYER. Ach, das sind Taschenspielersachen!

MEPHISTOPHELES *zu Brander.* Und Ihr?

BRANDER.   Ich will Champagner Wein,
Und recht moussierend soll er sein!

MEPHISTOPHELES *bohrt, einer hat indessen die Wachspfropfen gemacht und verstopft.*

BRANDER. Man kann nicht stets das Fremde meiden,
Das Gute liegt uns oft so fern.
Ein echter deutscher Mann mag keinen Franzen leiden;
Doch ihre Weine trinkt er gern.

SIEBEL, *indem sich Mephistopheles seinem Platze nähert.*
Ich muß gestehn: den sauern mag ich nicht!
Gebt mir ein Glas vom echten süßen!
MEPHISTOPHELES *bohrt.* Euch soll sogleich Tokayer fließen.
ALTMAYER. Nein, Herren, seht mir ins Gesicht!
Ich seh es ein, ihr habt uns nur zum besten.
MEPHISTOPHELES. Ei! ei! Mit solchen edlen Gästen
Wär es ein bißchen viel gewagt.
Geschwind! nur grad heraus gesagt!
Mit welchem Weine kann ich dienen?
ALTMAYER. Mit jedem! Nur nicht lang gefragt!

> *Nachdem die Löcher alle gebohrt und verstopft sind,*
> MEPHISTOPHELES *mit seltsamen Gebärden.*

> Trauben trägt der Weinstock,
> Hörner der Ziegenbock!
> Der Wein ist saftig, Holz die Reben:
> Der hölzerne Tisch kann Wein auch geben.
> Ein tiefer Blick in die Natur!
> Hier ist ein Wunder: glaubet nur!

Nun zieht die Pfropfen und genießt!
ALLE, *indem sie die Pfropfen ziehen und jedem der verlangte Wein ins Glas läuft.*
O schöner Brunnen, der uns fließt!
MEPHISTOPHELES. Nur hütet euch, daß ihr mir nichts vergießt!
Sie trinken wiederholt.

ALLE *singen.* Uns ist ganz kannibalisch wohl,
       Als wie fünfhundert Säuen!

MEPH. Das Volk ist frei: seht an, wie wohls ihm geht!
FAUST. Ich hätte Lust, nun abzufahren.
MEPHISTOPHELES. Gib nur erst acht, die Bestialität
Wird sich gar herrlich offenbaren.
SIEBEL *trinkt unvorsichtig, der Wein fließt auf die Erde und wird zur Flamme.*
Helft! Feuer! helft! Die Hölle brennt!
MEPHISTOPHELES *die Flamme besprechend.*
Sei ruhig, freundlich Element!
Zu dem Gesellen.
Für diesmal war es nur ein Tropfen Fegefeuer.

SIEBEL. Was soll das sein? Wart! Ihr bezahlt es teuer!
Es scheinet, daß Ihr uns nicht kennt.
FROSCH. Laß Er uns das zum zweiten Male bleiben!
ALTMAYER. Ich dächt, wir hießen ihn ganz sachte seitwärts gehn.
SIEBEL. Was, Herr? Er will sich unterstehn
Und hier sein Hocuspocus treiben?
MEPHISTOPHELES. Still, altes Weinfaß!
SIEBEL.   Besenstiel!
Du willst uns gar noch grob begegnen?
BRANDER. Wart nur! es sollen Schläge regnen!
ALTMAYER *zieht einen Propf aus dem Tisch, es springt ihm Feuer entgegen.*
Ich brenne! ich brenne!
SIEBEL.   Zauberei!
Stoßt zu! der Kerl ist vogelfrei!
Sie ziehen die Messer und gehn auf Mephistopheles los.

MEPHISTOPHELES *mit ernsthafter Gebärde.*

Falsch Gebild und Wort
Verändern Sinn und Ort!
Seid hier und dort!

Sie stehn erstaunt und sehn einander an.
ALTMAYER. Wo bin ich? Welches schöne Land!
FROSCH. Weinberge! Seh ich recht?
SIEBEL.   Und Trauben gleich zur Hand!
BRANDER. Hier unter diesem grünen Laube,
Seht, welch ein Stock! seht, welche Traube!

Er faßt Siebeln bei der Nase. Die andern tun es wechselseitig und heben die Messer.

MEPHISTOPHELES *wie oben.* Irrtum, laß los der Augen Band!
Und merkt euch, wie der Teufel spaße!
Er verschwindet mit Faust, die Gesellen fahren auseinander.
SIEBEL. Was gibts?
ALTMAYER.   Wie?
FROSCH.   War das deine Nase?
BRANDER *zu Siebel.* Und deine hab ich in der Hand!
ALTMAYER. Es war ein Schlag, der ging durch alle Glieder!
Schafft einen Stuhl, ich sinke nieder!
FROSCH. Nein, sagt mir nur: was ist geschehn?

SIEBEL. Wo ist der Kerl? Wenn ich ihn spüre,
Er soll mir nicht lebendig gehn!
ALTMAYER. Ich hab ihn selbst hinaus zur Kellertüre –
Auf einem Fasse reiten sehn – –
Es liegt mir bleischwer in den Füßen.
Sich nach dem Tische wendend.
Mein! Sollte wohl der Wein noch fließen?
SIEBEL. Betrug war alles, Lug und Schein!
FROSCH. Mir deuchte doch, als tränk ich Wein.
BRANDER. Aber wie war es mit den Trauben?
ALTMAYER. Nun sag mir eins, man soll kein Wunder glauben!

HEXENKÜCHE

Auf einem niedrigen Herde steht ein großer Kessel über dem Feuer.
In dem Dampfe, der davon in die Höhe steigt, zeigen sich verschiedene
Gestalten. Eine Meerkatze sitzt bei dem Kessel und schäumt ihn und
sorgt, daß er nicht überläuft. Der Meerkater mit den Jungen sitzt
darneben und wärmt sich. Wände und Decke sind mit dem seltsamsten
Hexenhausrat ausgeschmückt.

Faust · Mephistopheles

FAUST. Mir widersteht das tolle Zauberwesen!
Versprichst du mir, ich soll genesen
In diesem Wust von Raserei?
Verlang ich Rat von einem alten Weibe?
Und schafft die Sudelköcherei
Wohl dreißig Jahre mir vom Leibe?
Weh mir, wenn du nichts Bessers weißt!
Schon ist die Hoffnung mir verschwunden.
Hat die Natur und hat ein edler Geist
Nicht irgendeinen Balsam ausgefunden?
MEPHISTOPHELES. Mein Freund, nun sprichst du wieder klug!
Dich zu verjüngen, gibts auch ein natürlich Mittel;
Allein es steht in einem andern Buch
Und ist ein wunderlich Kapitel.
FAUST. Ich will es wissen!
MEPHISTOPHELES.   Gut! Ein Mittel, ohne Geld
Und Arzt und Zauberei zu haben:
Begib dich gleich hinaus aufs Feld,

Fang an zu hacken und zu graben,
Erhalte dich und deinen Sinn
In einem ganz beschränkten Kreise,
Ernähre dich mit ungemischter Speise,
Leb mit dem Vieh als Vieh und acht es nicht für Raub,
Den Acker, den du erntest, selbst zu düngen!
Das ist das beste Mittel, glaub,
Auf achtzig Jahr dich zu verjüngen!
FAUST. Das bin ich nicht gewöhnt, ich kann mich nicht
Den Spaten in die Hand zu nehmen;   [bequemen,
Das enge Leben steht mir gar nicht an.
MEPHISTOPHELES. So muß denn doch die Hexe dran!
FAUST. Warum denn just das alte Weib?
Kannst du den Trank nicht selber brauen?
MEPHISTOPHELES. Das wär ein schöner Zeitvertreib!
Ich wollt indes wohl tausend Brücken bauen.
Nicht Kunst und Wissenschaft allein,
Geduld will bei dem Werke sein.
Ein stiller Geist ist jahrelang geschäftig,
Die Zeit nur macht die feine Gärung kräftig.
Und alles, was dazu gehört,
Es sind gar wunderbare Sachen!
Der Teufel hat sies zwar gelehrt;
Allein der Teufel kanns nicht machen.
Die Tiere erblickend.
Sieh, welch ein zierliches Geschlecht!
Das ist die Magd! das ist der Knecht!
Zu den Tieren.
Es scheint die Frau ist nicht zu Hause.

DIE TIERE. Beim Schmause!
        Aus dem Haus
        Zum Schornstein hinaus!

MEPHISTOPHELES. Wie lange pflegt sie wohl zu schwärmen?
DIE TIERE. Solange wir uns die Pfoten wärmen.
MEPHISTOPHELES *zu Faust.* Wie findest du die zarten Tiere?
FAUST. So abgeschmackt, als ich nur jemand sah!
MEPHISTOPHELES. Nein, ein Diskurs wie dieser da
Ist grade der, den ich am liebsten führe!

Zu den Tieren.
So sagt mir doch, verfluchte Puppen:
Was quirlt ihr in dem Brei herum?
DIE TIERE. Wir kochen breite Bettelsuppen.
MEPHISTOPHELES. Da habt ihr ein groß Publikum.

DER KATER *macht sich herbei und schmeichelt dem Mephistopheles.*

O würfle nur gleich
Und mache mich reich
Und laß mich gewinnen!

Gar schlecht ists bestellt,
Und wär ich bei Geld,
So wär ich bei Sinnen.

MEPHISTOPHELES. Wie glücklich würde sich der Affe schätzen,
Könnt er nur auch ins Lotto setzen!
Indessen haben die jungen Meerkätzchen mit einer großen Kugel gespielt und rollen sie hervor.

DER KATER

Das ist die Welt:
Sie steigt und fällt
Und rollt beständig;
Sie klingt wie Glas –
Wie bald bricht das! –
Ist hohl inwendig.
Hier glänzt sie sehr

Und hier noch mehr:
»Ich bin lebendig!« –
Mein lieber Sohn,
Halt dich davon!
Du mußt sterben:
Sie ist von Ton,
Es gibt Scherben!

MEPHISTOPHELES. Was soll das Sieb?
DER KATER *holt es herunter.*

Wärst du ein Dieb,
Wollt ich dich gleich erkennen.

Er läuft zur Kätzin und läßt sie durchsehen.

Sieh durch das Sieb!
Erkennst du den Dieb
Und darfst ihn nicht nennen?

MEPHISTOPHELES *sich dem Feuer nähernd.*
Und dieser Topf?

KATER UND KÄTZIN. Der alberne Tropf!
Er kennt nicht den Topf,
Er kennt nicht den Kessel!

MEPHISTOPHELES. Unhöfliches Tier!
DER KATER. Den Wedel nimm hier
Und setz dich in Sessel!

Er nötigt den Mephistopheles zu sitzen.
FAUST, *welcher diese Zeit über vor einem Spiegel gestanden, sich ihm
bald genähert, bald sich von ihm entfernt hat.*
Was seh ich? Welch ein himmlisch Bild
Zeigt sich in diesem Zauberspiegel!
O Liebe, leihe mit den schnellsten deiner Flügel
Und führe mich in ihr Gefild!
Ach, wenn ich nicht auf dieser Stelle bleibe,
Wenn ich es wage, nah zu gehn,
Kann ich sie nur als wie im Nebel sehn! –
Das schönste Bild von einem Weibe!
Ists möglich, ist das Weib so schön?
Muß ich an diesem hingestreckten Leibe
Den Inbegriff von allen Himmeln sehn?
So etwas findet sich auf Erden?
MEPHISTOPHELES.
Natürlich, wenn ein Gott sich erst sechs Tage plagt
Und selbst am Ende Bravo sagt,
Da muß es was Gescheites werden!
Für diesmal sieh dich immer satt!
Ich weiß dir so ein Schätzchen auszuspüren,
Und selig, wer das gute Schicksal hat,
Als Bräutigam sie heimzuführen!
*Faust sieht immerfort in den Spiegel. Mephistopheles, sich in dem
Sessel dehnend und mit dem Wedel spielend, fährt fort zu sprechen.*
Hier sitz ich wie der König auf dem Throne:
Den Zepter halt ich hier, es fehlt nur noch die Krone.

DIE TIERE

*welche bisher allerlei wunderliche Bewegungen durcheinander gemacht
haben, bringen dem Mephistopheles eine Krone mit großem Geschrei.*

O sei doch so gut,
Mit Schweiß und mit Blut
Die Krone zu leimen!

2426 – 2452

Sie gehn ungeschickt mit der Krone um und zerbrechen sie in zwei Stücke, mit welchen sie herumspringen.

> Nun ist es geschehn!
> Wir reden und sehn,
> Wir hören und reimen –

FAUST *gegen den Spiegel.* Weh mir! ich werde schier verrückt.
MEPHISTOPHELES *auf die Tiere deutend.*
Nun fängt mir an fast selbst der Kopf zu schwanken.

> DIE TIERE.   Und wenn es uns glückt,
> Und wenn es sich schickt,
> So sind es Gedanken!

FAUST *wie oben.* Mein Busen fängt mir an zu brennen!
Entfernen wir uns nur geschwind!
MEPHISTOPHELES *in obiger Stellung.*
Nun, wenigstens muß man bekennen,
Daß es aufrichtige Poeten sind.

Der Kessel, welchen die Kätzin bisher außer acht gelassen, fängt an überzulaufen; es entsteht eine große Flamme, welche zum Schornstein hinausschlägt. Die Hexe kommt durch die Flamme mit entsetzlichem Geschrei heruntergefahren.

> DIE HEXE.   Au! Au! Au! Au!
> Verdammtes Tier! verfluchte Sau!
> Versäumst den Kessel, versengst die Frau!
> Verfluchtes Tier!

Faust und Mephistopheles erblickend.

> Was ist das hier?
> Wer seid ihr hier?
> Was wollt ihr da?
> Wer schlich sich ein?
> Die Feuerpein
> Euch ins Gebein!

Sie fährt mit dem Schaumlöffel in den Kessel und spritzt Flammen nach Faust, Mephistopheles und den Tieren. Die Tiere winseln.
MEPHISTOPHELES, *welcher den Wedel, den er in der Hand hält, umkehrt und unter die Gläser und Töpfe schlägt.*

2453 – 2474

Entzwei! entzwei!
Da liegt der Brei!
Da liegt das Glas!
Es ist nur Spaß:
Der Takt, du Aas,
Zu deiner Melodei!

Indem die Hexe voll Grimm und Entsetzen zurücktritt.

Erkennst du mich? Gerippe! Scheusal du!
Erkennst du deinen Herrn und Meister?
Was hält mich ab, so schlag ich zu,
Zerschmettre dich und deine Katzengeister!
Hast du vorm roten Wams nicht mehr Respekt?
Kannst du die Hahnenfeder nicht erkennen?
Hab ich dies Angesicht versteckt?
Soll ich mich etwa selber nennen?
DIE HEXE. O Herr, verzeiht den rohen Gruß!
Seh ich doch keinen Pferdefuß!
Wo sind denn Eure beiden Raben?
MEPHISTOPHELES. Für diesmal kommst du so davon;
Denn freilich ist es eine Weile schon,
Daß wir uns nicht gesehen haben.
Auch die Kultur, die alle Welt beleckt,
Hat auf den Teufel sich erstreckt:
Das nordische Phantom ist nun nicht mehr zu schauen;
Wo siehst du Hörner, Schweif und Klauen?
Und was den Fuß betrifft, den ich nicht missen kann,
Der würde mir bei Leuten schaden;
Darum bedien ich mich wie mancher junge Mann
Seit vielen Jahren falscher Waden.
DIE HEXE *tanzend.* Sinn und Verstand verlier ich schier,
Seh ich den Junker Satan wieder hier!
MEPHISTOPHELES. Den Namen, Weib, verbitt ich mir!
DIE HEXE. Warum? was hat er Euch getan?
MEPH. Er ist schon lang ins Fabelbuch geschrieben;
Allein die Menschen sind nichts besser dran:
Den Bösen sind sie los, die Bösen sind geblieben.
Du nennst mich Herr Baron, so ist die Sache gut;
Ich bin ein Kavalier wie andre Kavaliere.
Du zweifelst nicht an meinem edlen Blut;

Sieh her: das ist das Wappen, das ich führe!
Er macht eine unanständige Gebärde.
DIE HEXE *lacht unmäßig.* Ha! Ha! Das ist in Eurer Art!
Ihr seid ein Schelm, wie Ihr nur immer wart!
MEPHISTOPHELES *zu Faust.*
Mein Freund, das lerne wohl verstehn:
Dies ist die Art, mit Hexen umzugehn!
DIE HEXE. Nun sagt, ihr Herren, was ihr schafft.
MEPHISTOPHELES. Ein gutes Glas von dem bekannten Saft!
Doch muß ich Euch ums älteste bitten:
Die Jahre doppeln seine Kraft.
DIE HEXE. Gar gern! Hier hab ich eine Flasche,
Aus der ich selbst zuweilen nasche,
Die auch nicht mehr im mindsten stinkt;
Ich will euch gern ein Gläschen geben. *Leise.*
Doch wenn es dieser Mann unvorbereitet trinkt,
So kann er, wißt Ihr wohl, nicht eine Stunde leben.
MEPHIST. Es ist ein guter Freund, dem es gedeihen soll;
Ich gönn ihm gern das Beste deiner Küche.
Zieh deinen Kreis, sprich deine Sprüche,
Und gib ihm eine Tasse voll!
*Die Hexe mit seltsamen Gebärden, zieht einen Kreis und stellt
wunderbare Sachen hinein; indessen fangen die Gläser an zu klingen,
der Kessel zu tönen, und machen Musik. Zuletzt bringt sie ein großes
Buch, stellt die Meerkatzen in den Kreis, die ihr zum Pult dienen
und die Fackel halten müssen. Sie winkt Fausten, zu ihr zu treten.*
FAUST *zu Mephistopheles.* Nein, sage mir: was soll das werden?
Das tolle Zeug, die rasenden Gebärden,
Der abgeschmackteste Betrug,
Sind mir bekannt, verhaßt genug.
MEPHISTOPHELES. Ei, Possen! Das ist nur zum Lachen;
Sei nur nicht ein so strenger Mann!
Sie muß als Arzt ein Hokuspokus machen,
Damit der Saft dir wohl gedeihen kann.

Er nötigt Fausten, in den Kreis zu treten.

DIE HEXE,
mit großer Emphase, fängt an, aus dem Buche zu deklamieren.
Du mußt verstehn!
Aus Eins mach Zehn,

Und Zwei laß gehn,
Und Drei mach gleich,
So bist du reich.
Verlier die Vier!
Aus Fünf und Sechs –
So sagt die Hex –
Mach Sieben und Acht,
So ists vollbracht:
Und Neun ist Eins,
Und Zehn ist keins.
Das ist das Hexen-Einmaleins!

FAUST. Mich dünkt, die Alte spricht im Fieber.
MEPHISTOPHELES. Das ist noch lange nicht vorüber,
Ich kenn es wohl, so klingt das ganze Buch!
Ich habe manche Zeit damit verloren;
Denn ein vollkommner Widerspruch
Bleibt gleich geheimnisvoll für Kluge wie für Toren.
Mein Freund, die Kunst ist alt und neu.
Es war die Art zu allen Zeiten,
Durch Drei und Eins und Eins und Drei
Irrtum statt Wahrheit zu verbreiten.
So schwätzt und lehrt man ungestört;
Wer will sich mit den Narrn befassen?
Gewöhnlich glaubt der Mensch, wenn er nur Worte hört,
Es müsse sich dabei doch auch was denken lassen.

DIE HEXE *fährt fort.* Die hohe Kraft
          Der Wissenschaft,
          Der ganzen Welt verborgen!
          Und wer nicht denkt,
          Dem wird sie geschenkt:
          Er hat sie ohne Sorgen.

FAUST. Was sagt sie uns für Unsinn vor?
Es wird mir gleich der Kopf zerbrechen.
Mich dünkt, ich hör ein ganzes Chor
Von hunderttausend Narren sprechen.
MEPHISTOPHELES. Genug, genug, o treffliche Sibylle!
Gib deinen Trank herbei und fülle
Die Schale rasch bis an den Rand hinan!

Denn meinem Freund wird dieser Trunk nicht schaden:
Er ist ein Mann von vielen Graden,
Der manchen guten Schluck getan.
Die Hexe, mit vielen Zeremonien, schenkt den Trank in eine Schale;
wie sie Faust an den Mund bringt, entsteht eine leichte Flamme.
MEPHISTOPHELES. Nur frisch hinunter! immer zu!
Es wird dir gleich das Herz erfreuen.
Bist mit dem Teufel du und du
Und willst dich vor der Flamme scheuen?
Die Hexe löst den Kreis. Faust tritt heraus.
MEPHISTOPHELES. Nun frisch hinaus! Du darfst nicht ruhn.
DIE HEXE. Mög Euch das Schlückchen wohl behagen!
MEPH. *zur Hexe.* Und kann ich dir was zu Gefallen tun,
So darfst du mirs nur auf Walpurgis sagen.
DIE HEXE. Hier ist ein Lied! Wenn Ihrs zuweilen singt,
So werdet Ihr besondre Wirkung spüren.
MEPHISTOPHELES *zu Faust.*
Komm nur geschwind und laß dich führen:
Du mußt notwendig transpirieren,
Damit die Kraft durch Inn- und Äußres dringt.
Den edlen Müßiggang lehr ich hernach dich schätzen,
Und bald empfindest du mit innigem Ergetzen,
Wie sich Cupido regt und hin- und widerspringt.
FAUST. Laß mich nur schnell noch in den Spiegel schauen!
Das Frauenbild war gar zu schön!
MEPH. Nein! nein! Du sollst das Muster aller Frauen
Nun bald leibhaftig vor dir sehn. *Leise.*
Du siehst mit diesem Trank im Leibe
Bald Helenen in jedem Weibe.

STRASSE

Faust · Margarete vorübergehend

FAUST. Mein schönes Fräulein, darf ich wagen,
Meinen Arm und Geleit Ihr anzutragen?
MARGARETE. Bin weder Fräulein weder schön,
Kann ungeleitet nach Hause gehn. *Sie macht sich los und ab.*
FAUST. Beim Himmel, dieses Kind ist schön!
So etwas hab ich nie gesehn.
Sie ist so sitt- und tugendreich

Und etwas schnippisch doch zugleich.
Der Lippe Rot, der Wange Licht,
Die Tage der Welt vergeß ichs nicht!
Wie sie die Augen niederschlägt,
Hat tief sich in mein Herz geprägt;
Wie sie kurz angebunden war,
Das ist nun zum Entzücken gar!

Mephistopheles tritt auf

FAUST. Hör, du mußt mir die Dirne schaffen!
MEPHISTOPHELES. Nun, welche?
FAUST.   Sie ging just vorbei.
MEPHISTOPHELES. Da die? Sie kam von ihrem Pfaffen,
Der sprach sie aller Sünden frei;
Ich schlich mich hart am Stuhl vorbei:
Es ist ein gar unschuldig Ding,
Das eben für nichts zur Beichte ging;
Über die hab ich keine Gewalt!
FAUST. Ist über vierzehn Jahr doch alt.
MEPHISTOPHELES. Du sprichst ja wie Hans Liederlich:
Der begehrt jede liebe Blum für sich,
Und dünkelt ihm, es wär kein Ehr
Und Gunst, die nicht zu pflücken wär!
Geht aber doch nicht immer an.
FAUST. Mein Herr Magister Lobesan,
Laß Er mich mit dem Gesetz in Frieden!
Und das sag ich Ihm kurz und gut:
Wenn nicht das süße junge Blut
Heut nacht in meinen Armen ruht,
Sind wir um Mitternacht geschieden.
MEPHISTOPHELES. Bedenk, was gehn und stehen mag!
Ich brauche wenigstens vierzehn Tag,
Nur die Gelegenheit auszuspüren.
FAUST. Hätt ich nur sieben Stunden Ruh,
Brauchte den Teufel nicht dazu,
So ein Geschöpfchen zu verführen.
MEPHISTOPHELES. Ihr sprecht schon fast wie ein Franzos!
Doch bitt ich, laßts Euch nicht verdrießen:
Was hilfts, nur grade zu genießen?
Die Freud ist lange nicht so groß,

Als wenn Ihr erst herauf, herum,
Durch allerlei Brimborium,
Das Püppchen geknetet und zugericht't,
Wies lehret manche welsche Geschicht.
FAUST. Hab Appetit auch ohne das.
MEPHISTOPHELES. Jetzt ohne Schimpf und ohne Spaß!
Ich sag Euch: mit dem schönen Kind
Gehts ein- für allemal nicht geschwind.
Mit Sturm ist da nichts einzunehmen;
Wir müssen uns zur List bequemen.
FAUST. Schaff mir etwas vom Engelsschatz!
Führ mich an ihren Ruheplatz!
Schaff mir ein Halstuch von ihrer Brust,
Ein Strumpfband meiner Liebeslust!
MEPHISTOPHELES. Damit Ihr seht, daß ich Eurer Pein
Will förderlich und dienstlich sein,
Wollen wir keinen Augenblick verlieren,
Will Euch noch heut in ihr Zimmer führen.
FAUST. Und soll sie sehn? sie haben?
MEPHISTOPHELES.   Nein!
Sie wird bei einer Nachbarin sein.
Indessen könnt Ihr ganz allein
An aller Hoffnung künftger Freuden
In ihrem Dunstkreis satt Euch weiden.
FAUST. Können wir hin?
MEPHISTOPHELES.   Es ist noch zu früh.
FAUST. Sorg du mir für ein Geschenk für sie! *Ab.*
MEPH. Gleich schenken? Das ist brav! Da wird er reüssieren!
Ich kenne manchen schönen Platz
Und manchen alt-vergrabnen Schatz;
Ich muß ein bißchen revidieren. *Ab.*

ABEND

Ein kleines, reinliches Zimmer

MARGARETE *ihre Zöpfe flechtend und aufbindend.*
Ich gäb was drum, wenn ich nur wüßt,
Wer heut der Herr gewesen ist!
Er sah gewiß recht wacker aus

Und ist aus einem edlen Haus;
Das konnt ich ihm an der Stirne lesen –
Er wär auch sonst nicht so keck gewesen. *Ab.*

Mephistopheles · Faust

MEPHISTOPHELES. Herein, ganz leise, nur herein!
FAUST *nach einigem Stillschweigen.* Ich bitte dich, laß mich allein!
MEPHISTOPHELES *herumspürend.*
Nicht jedes Mädchen hält so rein. *Ab.*
FAUST *rings aufschauend.*
Willkommen, süßer Dämmerschein,
Der du dies Heiligtum durchwebst!
Ergreif mein Herz, du süße Liebespein,
Die du vom Tau der Hoffnung schmachtend lebst!
Wie atmet rings Gefühl der Stille,
Der Ordnung, der Zufriedenheit!
In dieser Armut welche Fülle!
In diesem Kerker welche Seligkeit!
Er wirft sich auf den ledernen Sessel am Bette.
O nimm mich auf, der du die Vorwelt schon
Bei Freud und Schmerz im offnen Arm empfangen!
Wie oft, ach! hat an diesem Väterthron
Schon eine Schar von Kindern rings gehangen!
Vielleicht hat, dankbar für den heilgen Christ,
Mein Liebchen hier, mit vollen Kinderwangen,
Dem Ahnherrn fromm die welke Hand geküßt.
Ich fühl, o Mädchen, deinen Geist
Der Füll und Ordnung um mich säuseln,
Der mütterlich dich täglich unterweist,
Den Teppich auf den Tisch dich reinlich breiten heißt,
Sogar den Sand zu deinen Füßen kräuseln.
O liebe Hand! so göttergleich!
Die Hütte wird durch dich ein Himmelreich.
Und hier! *Er hebt einen Bettvorhang auf.*
      Was faßt mich für ein Wonnegraus!
Hier möcht ich volle Stunden säumen.
Natur, hier bildetest in leichten Träumen
Den eingebornen Engel aus!
Hier lag das Kind, mit warmem Leben
Den zarten Busen angefüllt,

Und hier mit heilig-reinem Weben
Entwirkte sich das Götterbild!

Und du? Was hat dich hergeführt?
Wie innig fühl ich mich gerührt!
Was willst du hier? Was wird das Herz dir schwer?
Armselger Faust, ich kenne dich nicht mehr!
Umgibt mich hier ein Zauberduft?
Mich drangs, so grade zu genießen,
Und fühle mich in Liebestraum zerfließen!
Sind wir ein Spiel von jedem Druck der Luft?

Und träte sie den Augenblick herein,
Wie würdest du für deinen Frevel büßen!
Der große Hans, ach, wie so klein!
Läg, hingeschmolzen, ihr zu Füßen.
MEPHISTOPHELES. Geschwind! ich seh sie unten kommen.
FAUST. Fort! fort! Ich kehre nimmermehr!
MEPHISTOPHELES. Hier ist ein Kästchen, leidlich schwer;
Ich habs woanders hergenommen.
Stellts hier nur immer in den Schrein!
Ich schwör Euch, ihr vergehn die Sinnen:
Ich tat Euch Sächelchen hinein,
Um eine andre zu gewinnen!
Zwar Kind ist Kind, und Spiel ist Spiel.
FAUST. Ich weiß nicht: soll ich?
MEPHISTOPHELES.   Fragt Ihr viel?
Meint Ihr vielleicht den Schatz zu wahren?
Dann rat ich Eurer Lüsternheit,
Die liebe, schöne Tageszeit
Und mir die weitere Müh zu sparen.
Ich hoff nicht, daß Ihr geizig seid!
Ich kratz den Kopf, reib an den Händen,
Er stellt das Kästchen in den Schrein und drückt das Schloß wieder zu.
– Nur fort! geschwind! –
Um Euch das süße, junge Kind
Nach Herzens Wunsch und Will zu wenden,
Und Ihr seht drein,
Als solltet Ihr in den Hörsaal hinein,
Als stünden grau leibhaftig vor Euch da

Physik und Metaphysika!
Nur fort! *Ab.*

MARGARETE *mit einer Lampe.*

Es ist so schwül, so dumpfig hie,
Sie macht das Fenster auf.
Und ist doch eben so warm nicht drauß.
Es wird mir so, ich weiß nicht wie –
Ich wollt, die Mutter käm nach Haus!
Mir läuft ein Schauer übern ganzen Leib –
Bin doch ein töricht-furchtsam Weib!

Sie fängt an zu singen, indem sie sich auszieht.

Es war ein König in Thule,
Gar treu bis an das Grab,
Dem sterbend seine Buhle
Einen goldnen Becher gab.

Es ging ihm nichts darüber,
Er leert ihn jeden Schmaus;
Die Augen gingen ihm über,
So oft er trank daraus.

Und als er kam zu sterben,
Zählt er seine Städt im Reich,
Gönnt alles seinem Erben,
Den Becher nicht zugleich.

Er saß beim Königsmahle,
Die Ritter um ihn her,
Auf hohem Vätersaale,
Dort auf dem Schloß am Meer.

Dort stand der alte Zecher,
Trank letzte Lebensglut,
Und warf den heiligen Becher
Hinunter in die Flut.

Er sah ihn stürzen, trinken,
Und sinken tief ins Meer,
Die Augen täten ihm sinken,
Trank nie einen Tropfen mehr.

Sie eröffnet den Schrein, ihre Kleider einzuräumen, und erblickt das Schmuckkästchen.

Wie kommt das schöne Kästchen hier herein?
Ich schloß doch ganz gewiß den Schrein.
Es ist doch wunderbar! Was mag wohl drinne sein?
Vielleicht brachts jemand als ein Pfand,
Und meine Mutter lieh darauf.
Da hängt ein Schlüsselchen am Band:
Ich denke wohl, ich mach es auf!
Was ist das? Gott im Himmel! Schau,
So was hab ich mein Tage nicht gesehn!
Ein Schmuck! Mit dem könnt eine Edelfrau
Am höchsten Feiertage gehn.
Wie sollte mir die Kette stehn?
Wem mag die Herrlichkeit gehören?
Sie putzt sich damit auf und tritt vor den Spiegel.
Wenn nur die Ohrring meine wären!
Man sieht doch gleich ganz anders drein.
Was hilft Euch Schönheit, junges Blut?
Das ist wohl alles schön und gut,
Allein man läßts auch alles sein;
Man lobt Euch halb mit Erbarmen.
Nach Golde drängt,
Am Golde hängt
Doch alles! Ach, wir Armen!

SPAZIERGANG

Faust in Gedanken auf und ab gehend. Zu ihm Mephistopheles

MEPHISTOPHELES.

Bei aller verschmähten Liebe! Beim höllischen Elemente!
Ich wollt, ich wüßte was Ärgers, daß ichs fluchen könnte!
FAUST. Was hast? was kneipt dich denn so sehr?
So kein Gesicht sah ich in meinem Leben!
MEPH. Ich möcht mich gleich dem Teufel übergeben,
Wenn ich nur selbst kein Teufel wär!
FAUST. Hat sich dir was im Kopf verschoben?
Dich kleidets, wie ein Rasender zu toben!

MEPH. Denkt nur: den Schmuck, für Gretchen angeschafft,
Den hat ein Pfaff hinweggerafft! –
Die Mutter kriegt das Ding zu schauen,
Gleich fängts ihr heimlich an zu grauen:
Die Frau hat gar einen feinen Geruch,
Schnuffelt immer im Gebetbuch
Und riechts einem jeden Möbel an,
Ob das Ding heilig ist oder profan.
Und an dem Schmuck da spürt sies klar,
Daß dabei nicht viel Segen war.
»Mein Kind«, rief sie, »ungerechtes Gut
Befängt die Seele, zehrt auf das Blut.
Wollens der Mutter Gottes weihen,
Wird uns mit Himmels-Manna erfreuen!«
Margretlein zog ein schiefes Maul;
Ist halt, dacht sie, ein geschenkter Gaul,
Und wahrlich! gottlos ist nicht der,
Der ihn so fein gebracht hierher.
Die Mutter ließ einen Pfaffen kommen;
Der hatte kaum den Spaß vernommen,
Ließ sich den Anblick wohl behagen.
Er sprach: »So ist man recht gesinnt!
Wer überwindet, der gewinnt.
Die Kirche hat einen guten Magen,
Hat ganze Länder aufgefressen
Und doch noch nie sich übergessen;
Die Kirch allein, meine lieben Frauen,
Kann ungerechtes Gut verdauen.«
FAUST. Das ist ein allgemeiner Brauch;
Ein Jud und König kann es auch.
MEPHISTOPHELES. Strich drauf ein Spange, Kett und Ring,
Als wärens eben Pfifferling,
Dankt nicht weniger und nicht mehr,
Als obs ein Korb voll Nüsse wär,
Versprach ihnen allen himmlischen Lohn –
Und sie waren sehr erbaut davon.
FAUST. Und Gretchen?
MEPHISTOPHELES.   Sitzt nun unruhvoll,
Weiß weder, was sie will noch soll,

Denkt ans Geschmeide Tag und Nacht,
Noch mehr an den, ders ihr gebracht.
FAUST. Des Liebchens Kummer tut mir leid.
Schaff du ihr gleich ein neu Geschmeid!
Am ersten war ja so nicht viel.
MEPHISTOPHELES. O ja, dem Herrn ist alles Kinderspiel!
FAUST. Und mach und richts nach meinem Sinn!
Häng dich an ihre Nachbarin!
Sei, Teufel, doch nur nicht wie Brei
Und schaff einen neuen Schmuck herbei!
MEPHISTOPHELES. Ja gnädger Herr, von Herzen gerne!
Faust ab.
MEPHISTOPHELES. So ein verliebter Tor verpufft
Euch Sonne, Mond und alle Sterne
Zum Zeitvertreib dem Liebchen in die Luft. *Ab.*

DER NACHBARIN HAUS

MARTHE *allein.* Gott verzeihs meinem lieben Mann,
Er hat an mir nicht wohlgetan!
Geht da stracks in die Welt hinein
Und läßt mich auf dem Stroh allein.
Tät ihn doch wahrlich nicht betrüben,
Tät ihn, weiß Gott! recht herzlich lieben. *Sie weint.*
Vielleicht ist er gar tot! – O Pein! – –
Hätt ich nur einen Totenschein!

Margarete kommt

MARGARETE. Frau Marthe!
MARTHE.   Gretelchen, was solls?
MARGARETE. Fast sinken mir die Kniee nieder!
Da find ich so ein Kästchen wieder
In meinem Schrein, von Ebenholz,
Und Sachen, herrlich ganz und gar,
Weit reicher, als das erste war!
MARTHE. Das muß Sie nicht der Mutter sagen!
Täts wieder gleich zur Beichte tragen.
MARGARETE. Ach, seh Sie nur! ach, schau Sie nur!
MARTHE *putzt sie auf.* O du glückselge Kreatur!
MARGARETE. Darf mich leider nicht auf der Gassen
Noch in der Kirche mit sehen lassen.

MARTHE. Komm du nur oft zu mir herüber
Und leg den Schmuck hier heimlich an!
Spazier ein Stündchen lang dem Spiegelglas vorüber:
Wir haben unsre Freude dran!
Und dann gibts einen Anlaß, gibts ein Fest,
Wo mans so nach und nach den Leuten sehen läßt:
Ein Kettchen erst, die Perle dann ins Ohr –
Die Mutter siehts wohl nicht, man macht ihr auch was vor.
MARGARETE. Wer konnte nur die beiden Kästchen bringen?
Es geht nicht zu mit rechten Dingen! *Es klopft.*
MARGARETE. Ach Gott! mag das meine Mutter sein?
MARTHE *durchs Vorhängel guckend.*
Es ist ein fremder Herr! – Herein!

Mephistopheles tritt auf

MEPHISTOPHELES. Bin so frei, grad hereinzutreten,
Muß bei den Frauen Verzeihn erbeten.
Tritt ehrerbietig vor Margareten zurück.
Wollte nach Frau Marthe Schwerdtlein fragen!
MARTHE. Ich bins! Was hat der Herr zu sagen?
MEPHISTOPHELES *leise zu ihr.*
Ich kenne Sie jetzt, mir ist das genug;
Sie hat da gar vornehmen Besuch.
Verzeiht die Freiheit, die ich genommen!
Will Nachmittage wiederkommen.
MARTHE *laut.* Denk, Kind, um alles in der Welt!
Der Herr dich für ein Fräulein hält.
MARGARETE. Ich bin ein armes junges Blut;
Ach Gott! der Herr ist gar zu gut:
Schmuck und Geschmeide sind nicht mein.
MEPHISTOPHELES. Ach, es ist nicht der Schmuck allein!
Sie hat ein Wesen, einen Blick so scharf! –
Wie freut michs, daß ich bleiben darf!
MARTHE. Was bringt Er denn? Verlange sehr –
MEPHISTOPHELES. Ich wollt, ich hätt eine frohere Mär!
Ich hoffe, Sie läßt michs drum nicht büßen:
Ihr Mann ist tot und läßt Sie grüßen.
MARTHE. Ist tot? das treue Herz! O weh!
Mein Mann ist tot! Ach, ich vergeh!
MARGARETE. Ach, liebe Frau, verzweifelt nicht!

MEPHISTOPHELES. So hört die traurige Geschicht!
MARGARETE. Ich möchte drum mein Tag nicht lieben;
Würde mich Verlust zu Tode betrüben.
MEPHISTOPHELES. Freud muß Leid, Leid muß Freude haben.
MARTHE. Erzählt mir seines Lebens Schluß!
MEPHISTOPHELES. Er liegt in Padua begraben
Beim heiligen Antonius,
an einer wohlgeweihten Stätte
Zum ewig-kühlen Ruhebette.
MARTHE. Habt Ihr sonst nichts an mich zu bringen?
MEPHISTOPHELES. Ja, eine Bitte, groß und schwer:
Laß Sie doch ja für ihn dreihundert Messen singen!
Im übrigen sind meine Taschen leer.
MARTHE. Was! Nicht ein Schaustück? kein Geschmeid?
Was jeder Handwerksbursch im Grund des Säckels spart,
Zum Angedenken aufbewahrt,
Und lieber hungert, lieber bettelt!
MEPHISTOPHELES. Madam, es tut mir herzlich leid;
Allein er hat sein Geld wahrhaftig nicht verzettelt.
Auch er bereute seine Fehler sehr,
Ja, und bejammerte sein Unglück noch viel mehr.
MARGARETE. Ach, daß die Menschen so unglücklich sind!
Gewiß, ich will für ihn manch Requiem noch beten.
MEPHISTOPHELES. Ihr wäret wert, gleich in die Eh zu treten:
Ihr seid ein liebenswürdig Kind.
MARGARETE. Ach nein, das geht jetzt noch nicht an.
MEPHISTOPHELES. Ists nicht ein Mann, seis derweil ein Galan!
's ist eine der größten Himmelsgaben,
So ein lieb Ding im Arm zu haben.
MARGARETE. Das ist des Landes nicht der Brauch.
MEPHISTOPHELES. Brauch oder nicht! Es gibt sich auch.
MARTHE. Erzählt mir doch!
MEPHISTOPHELES.   Ich stand an seinem Sterbebette,
Es war was besser als von Mist:
Von halbgefaultem Stroh! allein er starb als Christ
Und fand, daß er weit mehr noch auf der Zeche hätte.
»Wie«, rief er, »muß ich mich von Grund aus hassen:
So mein Gewerb, mein Weib so zu verlassen!
Ach, die Erinnrung tötet mich!
Vergäb sie mir nur noch in diesem Leben –«

MARTHE *weinend.*
Der gute Mann! ich hab ihm längst vergeben.
MEPH. »Allein, weiß Gott! sie war mehr schuld als ich.«
MARTHE. Das lügt er! Was! am Rand des Grabs zu lügen!
MEPHISTOPHELES. Er fabelte gewiß in letzten Zügen,
Wenn ich nur halb ein Kenner bin.
»Ich hatte«, sprach er, »nicht zum Zeitvertreib zu gaffen,
Erst Kinder, und dann Brot für sie zu schaffen,
Und Brot im allerweitsten Sinn,
Und konnte nicht einmal mein Teil in Frieden essen.«
MARTHE. Hat er so aller Treu, so aller Lieb vergessen,
Der Plackerei bei Tag und Nacht!
MEPHISTOPHELES.
Nicht doch! er hat Euch herzlich dran gedacht.
Er sprach: »Als ich nun weg von Malta ging,
Da betet ich für Frau und Kinder brünstig;
Uns war denn auch der Himmel günstig,
Daß unser Schiff ein türkisch Fahrzeug fing,
Das einen Schatz des großen Sultans führte.
Da ward der Tapferkeit ihr Lohn,
Und ich empfing denn auch, wie sich gebührte,
Mein wohlgemeßnes Teil davon.«
MARTHE. Ei wie? ei wo? Hat ers vielleicht vergraben?
MEPHISTOPHELES.
Wer weiß, wo nun es die vier Winde haben!
Ein schönes Fräulein nahm sich seiner an,
Als er in Napel fremd umherspazierte:
Sie hat an ihm viel Liebs und Treus getan,
Daß ers bis an sein selig Ende spürte.
MARTHE. Der Schelm! der Dieb an seinen Kindern!
Auch alles Elend, alle Not
Konnt nicht sein schändlich Leben hindern!
MEPHISTOPHELES. Ja seht, dafür ist er nun tot!
Wär ich nun jetzt an Eurem Platze,
Betraurt ich ihn ein züchtig Jahr,
Visierte dann unterweil nach einem neuen Schatze.
MARTHE. Ach Gott! wie doch mein erster war,
Find ich nicht leicht auf dieser Welt den andern!
Es konnte kaum ein herziger Närrchen sein.
Er liebte nur das allzuviele Wandern,

Und fremde Weiber, und fremden Wein,
Und das verfluchte Würfelspiel!
MEPHISTOPHELES. Nun, nun, so konnt es gehn und stehen,
Wenn er Euch ungefähr so viel
Von seiner Seite nachgesehen.
Ich schwör Euch zu: mit dem Beding
Wechselt ich selbst mit Euch den Ring!
MARTHE. O es beliebt dem Herrn zu scherzen!
MEPHISTOPHELES *für sich.* Nun mach ich mich beizeiten fort!
Die hielte wohl den Teufel selbst beim Wort. *Zu Gretchen.*
Wie steht es denn mit Ihrem Herzen?
MARGARETE. Was meint der Herr damit?
MEPHISTOPHELES *für sich.* Du guts, unschuldigs Kind! *Laut.*
Lebt wohl, ihr Fraun!
MARGARETE.   Lebt wohl!
MARTHE.   O sagt mir doch geschwind –
Ich möchte gern ein Zeugnis haben,
Wo, wie und wann mein Schatz gestorben und begraben!
Ich bin von je der Ordnung Freund gewesen,
Möcht ihn auch tot im Wochenblättchen lesen.
MEPHISTOPHELES. Ja, gute Frau, durch zweier Zeugen Mund
Wird allerwegs die Wahrheit kund.
Habe noch gar einen feinen Gesellen,
Den will ich Euch vor den Richter stellen.
Ich bring ihn her.
MARTHE.   O tut das ja!
MEPHISTOPHELES. Und hier die Jungfrau ist auch da? –
Ein braver Knab! ist viel gereist,
Fräuleins alle Höflichkeit erweist.
MARGARETE. Müßte vor dem Herren schamrot werden.
MEPHISTOPHELES. Vor keinem Könige der Erden!
MARTHE. Da hinterm Haus in meinem Garten
Wollen wir der Herrn heut abend warten.

STRASSE

Faust · Mephistopheles

FAUST. Wie ists? Wills fördern? wills bald gehn?
MEPHISTOPHELES. Ah bravo! Find ich Euch in Feuer?
In kurzer Zeit ist Gretchen Euer!

Heut abend sollt Ihr sie bei Nachbar' Marthen sehn:
Das ist ein Weib wie auserlesen
Zum Kuppler- und Zigeunerwesen!
FAUST. So recht!
MEPHISTOPHELES. Doch wird auch was von uns begehrt.
FAUST. Ein Dienst ist wohl des andern wert.
MEPHISTOPHELES. Wir legen nur ein gültig Zeugnis nieder,
Daß ihres Ehherrn ausgereckte Glieder
In Padua an heilger Stätte ruhn.
FAUST. Sehr klug! Wir werden erst die Reise machen müssen!
MEPHISTOPHELES. Sancta simplicitas! Darum ists nicht zu tun;
Bezeugt nur, ohne viel zu wissen!
FAUST. Wenn Er nichts Bessers hat, so ist der Plan zerrissen.
MEPHISTOPHELES. O heilger Mann! da wärt Ihrs nun!
Ist es das erstemal in Eurem Leben,
Daß Ihr falsch Zeugnis abgelegt?
Habt Ihr von Gott, der Welt, und was sich drin bewegt,
Vom Menschen, was sich ihm in Kopf und Herzen regt,
Definitionen nicht mit großer Kraft gegeben,
Mit frecher Stirne, kühner Brust?
Und wollt Ihr recht ins Innre gehen,
Habt Ihr davon – Ihr müßt es grad gestehen! –
So viel als von Herrn Schwerdtleins Tod gewußt?
FAUST. Du bist und bleibst ein Lügner, ein Sophiste.
MEPHISTOPHELES.
Ja, wenn mans nicht ein bißchen tiefer wüßte!
Denn morgen wirst, in allen Ehren,
Das arme Gretchen nicht betören
Und alle Seelenlieb ihr schwören?
FAUST. Und zwar von Herzen!
MEPHISTOPHELES.   Gut und schön!
Dann wird von ewiger Treu und Liebe,
Von einzig-überallmächtgem Triebe –
Wird das auch so von Herzen gehn?
FAUST. Laß das! Es wird! – Wenn ich empfinde,
Für das Gefühl, für das Gewühl
Nach Namen suche, keinen finde,
Dann durch die Welt mit allen Sinnen schweife,
Nach allen höchsten Worten greife
Und diese Glut, von der ich brenne,

Unendlich, ewig, ewig nenne,
Ist das ein teuflisch Lügenspiel?
MEPHISTOPHELES. Ich hab doch recht!
FAUST.   Hör! merk dir dies
– Ich bitte dich – und schone meine Lunge:
Wer recht behalten will und hat nur eine Zunge,
Behälts gewiß.
Und komm, ich hab des Schwätzens Überdruß,
Denn du hast recht, vorzüglich weil ich muß!

GARTEN

*Margarete an Faustens Arm, Marthe mit Mephistopheles
auf und ab spazierend*

MARGARETE. Ich fühl es wohl, daß mich der Herr nur schont,
Herab sich läßt, mich zu beschämen.
Ein Reisender ist so gewohnt,
Aus Gütigkeit fürliebzunehmen;
Ich weiß zu gut, daß solch erfahrnen Mann
Mein arm Gespräch nicht unterhalten kann.
FAUST. Ein Blick von dir, Ein Wort mehr unterhält
Als alle Weisheit dieser Welt. *Er küßt ihre Hand.*
MARGARETE.
Inkommodiert Euch nicht! Wie könnt Ihr sie nur küssen?
Sie ist so garstig, ist so rauh!
Was hab ich nicht schon alles schaffen müssen!
Die Mutter ist gar zu genau. *Gehn vorüber.*
MARTHE. Und Ihr, mein Herr, Ihr reist so immer fort?
MEPH. Ach, daß Gewerb und Pflicht uns dazu treiben!
Mit wie viel Schmerz verläßt man manchen Ort
Und darf doch nun einmal nicht bleiben!
MARTHE. In raschen Jahren gehts wohl an,
So um und um frei durch die Welt zu streifen;
Doch kömmt die böse Zeit heran,
Und sich als Hagestolz allein zum Grab zu schleifen,
Das hat noch keinem wohlgetan.
MEPHISTOPHELES. Mit Grausen seh ich das von weiten.
MARTHE. Drum, werter Herr, beratet Euch in Zeiten!
Gehn vorüber.

MARGARETE. Ja, aus den Augen, aus dem Sinn!
Die Höflichkeit ist Euch geläufig;
Allein Ihr habt der Freunde häufig,
Sie sind verständiger, als ich bin.
FAUST. O Beste! glaube, was man so verständig nennt,
Ist oft mehr Eitelkeit und Kurzsinn.
MARGARETE.   Wie?
FAUST. Ach, daß die Einfalt, daß die Unschuld nie
Sich selbst und ihren heilgen Wert erkennt!
Daß Demut, Niedrigkeit, die höchsten Gaben
Der liebevoll austeilenden Natur –
MARGARETE. Denkt Ihr an mich ein Augenblickchen nur,
Ich werde Zeit genug an Euch zu denken haben.
FAUST. Ihr seid wohl viel allein?
MARGARETE. Ja, unsre Wirtschaft ist nur klein,
Und doch will sie versehen sein.
Wir haben keine Magd; muß kochen, fegen, stricken
Und nähn und laufen früh und spat,
Und meine Mutter ist in allen Stücken
So akkurat!
Nicht, daß sie just so sehr sich einzuschränken hat;
Wir könnten uns weit ehr als andre regen:
Mein Vater hinterließ ein hübsch Vermögen,
Ein Häuschen und ein Gärtchen vor der Stadt.
Doch hab ich jetzt so ziemlich stille Tage:
Mein Bruder ist Soldat,
Mein Schwesterchen ist tot.
Ich hatte mit dem Kind wohl meine liebe Not;
Doch übernähm ich gern noch einmal alle Plage,
So lieb war mir das Kind.
FAUST.   Ein Engel, wenn dirs glich!
MARGARETE. Ich zog es auf, und herzlich liebt es mich.
Es war nach meines Vaters Tod geboren.
Die Mutter gaben wir verloren,
So elend wie sie damals lag,
Und sie erholte sich sehr langsam, nach und nach.
Da konnte sie nun nicht dran denken,
Das arme Würmchen selbst zu tränken,
Und so erzog ichs ganz allein,
Mit Milch und Wasser: so wards mein!

Auf meinem Arm, in meinem Schoß
Wars freundlich, zappelte, ward groß.
FAUST. Du hast gewiß das reinste Glück empfunden.
MARGARETE. Doch auch gewiß gar manche schwere Stunden.
Des Kleinen Wiege stand zu Nacht
An meinem Bett: es durfte kaum sich regen,
War ich erwacht!
Bald mußt ichs tränken, bald es zu mir legen,
Bald, wenns nicht schwieg, vom Bett aufstehn
Und tänzelnd in der Kammer auf und nieder gehn,
Und früh am Tage schon am Waschtrog stehn,
Dann auf dem Markt und an dem Herde sorgen,
Und immer fort wie heut so morgen.
Da gehts, mein Herr, nicht immer mutig zu;
Doch schmeckt dafür das Essen, schmeckt die Ruh.
Gehn vorüber.
MARTHE. Die armen Weiber sind doch übel dran:
Ein Hagestolz ist schwerlich zu bekehren.
MEPHISTOPHELES. Es käme nur auf Euresgleichen an,
Mich eines Bessern zu belehren.
MARTHE.
Sagt grad, mein Herr: Habt Ihr noch nichts gefunden?
Hat sich das Herz nicht irgendwo gebunden?
MEPHISTOPHELES. Das Sprichwort sagt: Ein eigner Herd,
Ein braves Weib sind Gold und Perlen wert.
MARTHE. Ich meine: ob Ihr niemals Lust bekommen?
MEPH. Man hat mich überall recht höflich aufgenommen.
MARTHE. Ich wollte sagen: wards nie Ernst in Eurem Herzen?
MEPH. Mit Frauen soll man sich nie unterstehn zu scherzen.
MARTHE. Ach, Ihr versteht mich nicht!
MEPHISTOPHELES.   Das tut mir herzlich leid!
Doch ich versteh – daß Ihr sehr gütig seid. *Gehn vorüber.*
FAUST. Du kanntest mich, o kleiner Engel, wieder,
Gleich als ich in den Garten kam?
MARGARETE. Saht Ihr es nicht? ich schlug die Augen nieder.
FAUST. Und du verzeihst die Freiheit, die ich nahm?
Was sich die Frechheit unterfangen,
Als du jüngst aus dem Dom gegangen?
MARGARETE. Ich war bestürzt, mir war das nie geschehn;
Es konnte niemand von mir Übels sagen.

Ach, dacht ich, hat er in deinem Betragen
Was Freches, Unanständiges gesehn?
Es schien ihn gleich nur anzuwandeln,
Mit dieser Dirne gradehin zu handeln.
Gesteh ichs doch: ich wußte nicht, was sich
Zu Eurem Vorteil hier zu regen gleich begonnte;
Allein gewiß, ich war recht bös auf mich,
Daß ich auf Euch nicht böser werden konnte.

FAUST. Süß Liebchen!

MARGARETE.   Laßt einmal!
Sie pflückt eine Sternblume und zupft die Blätter ab, eins nach dem
andern.

FAUST.   Was soll das? Einen Strauß?

MARGARETE. Nein, es soll nur ein Spiel.

FAUST.   Wie?

MARGARETE.   Geht! Ihr lacht mich aus.
Sie rupft und murmelt.

FAUST. Was murmelst du?

MARGARETE *halblaut.*   Er liebt mich – liebt mich nicht –

FAUST. Du holdes Himmelsangesicht!

MARG. *fährt fort.* Liebt mich – nicht – liebt mich – nicht –
Das letzte Blatt ausrupfend, mit holder Freude.
Er liebt mich!

FAUST.   Ja, mein Kind! Laß dieses Blumenwort
Dir Götterausspruch sein! Er liebt dich!
Verstehst du, was das heißt? Er liebt dich!
Er faßt ihre beiden Hände.

MARGARETE. Mich überläufts!

FAUST. O schaudre nicht! Laß diesen Blick,
Laß diesen Händedruck dir sagen,
Was unaussprechlich ist:
Sich hinzugeben ganz und eine Wonne
Zu fühlen, die ewig sein muß!
Ewig?! – Ihr Ende würde Verzweiflung sein.
Nein, kein Ende! kein Ende!
Margarete drückt ihm die Hände, macht sich los und läuft weg. Er
steht einen Augenblick in Gedanken, dann folgt er ihr.

MARTHE *kommend.* Die Nacht bricht an.

MEPHISTOPHELES.   Ja, und wir wollen fort.

MARTHE. Ich bät Euch, länger hierzubleiben;
Allein es ist ein gar zu böser Ort:
Es ist, als hätte niemand nichts zu treiben
Und nichts zu schaffen,
Als auf des Nachbarn Schritt und Tritt zu gaffen,
Und man kommt ins Gered, wie man sich immer stellt. –
Und unser Pärchen?
MEPHISTOPHELES.   Ist den Gang dort aufgeflogen.
Mutwillge Sommervögel!
MARTHE.   Er scheint ihr gewogen.
MEPHISTOPHELES. Und sie ihm auch. Das ist der Lauf der Welt.

EIN GARTENHÄUSCHEN

*Margarete springt herein, steckt sich hinter die Tür, hält die
Fingerspitze an die Lippen und guckt durch die Ritze*

MARGARETE. Er kommt!
FAUST *kommt*.   Ach Schelm, so neckst du mich!
Treff ich dich   *Er küßt sie.*
MARGARETE *ihn fassend und den Kuß zurückgebend.*
                Bester Mann! von Herzen lieb ich dich!

Mephistopheles klopft an

FAUST *stampfend*. Wer da?
MEPHISTOPHELES.   Gut Freund!
FAUST.   Ein Tier!
MEPHISTOPHELES.   Es ist wohl Zeit zu scheiden.
MARTHE *kommt*. Ja, es ist spät, mein Herr.
FAUST.   Darf ich Euch nicht geleiten?
MARGARETE. Die Mutter würde mich –! Lebt wohl!
FAUST.   Muß ich denn gehn?
Lebt wohl!
MARTHE.   Ade!
MARGARETE.   Auf baldig Wiedersehn!
Faust und Mephistopheles ab.
MARGARETE. Du lieber Gott! was so ein Mann
Nicht alles, alles denken kann!
Beschämt nur steh ich vor ihm da
Und sag zu allen Sachen Ja.

Bin doch ein arm, unwissend Kind,
Begreife nicht, was er an mir findt. *Ab.*

WALD UND HÖHLE

FAUST *allein.*

Erhabner Geist, du gabst mir, gabst mir alles,
Warum ich bat. Du hast mir nicht umsonst
Dein Angesicht im Feuer zugewendet.
Gabst mir die herrliche Natur zum Königreich,
Kraft, sie zu fühlen, zu genießen. Nicht
Kalt staunenden Besuch erlaubst du nur,
Vergönnest mir, in ihre tiefe Brust
Wie in den Busen eines Freunds zu schauen.
Du führst die Reihe der Lebendigen
Vor mir vorbei und lehrst mich meine Brüder
Im stillen Busch, in Luft und Wasser kennen.
Und wenn der Sturm im Walde braust und knarrt,
Die Riesenfichte, stürzend, Nachbaräste
Und Nachbarstämme quetschend niederstreift
Und ihrem Fall dumpf-hohl der Hügel donnert,
Dann führst du mich zur sichern Höhle, zeigst
Mich dann mir selbst, und meiner eignen Brust
Geheime, tiefe Wunder öffnen sich.
Und steigt vor meinem Blick der reine Mond
Besänftigend herüber, schweben mir
Von Felsenwänden, aus dem feuchten Busch
Der Vorwelt silberne Gestalten auf
Und lindern der Betrachtung strenge Lust.

O daß dem Menschen nichts Vollkommnes wird,
Empfind ich nun! Du gabst zu dieser Wonne,
Die mich den Göttern nah und näher bringt,
Mir den Gefährten, den ich schon nicht mehr
Entbehren kann, wenn er gleich, kalt und frech,
Mich vor mir selbst erniedrigt und zu Nichts,
Mit einem Worthauch, deine Gaben wandelt.
Er facht in meiner Brust ein wildes Feuer

Nach jenem schönen Bild geschäftig an.
So tauml ich von Begierde zu Genuß,
Und im Genuß verschmacht ich nach Begierde.

Mephistopheles tritt auf

MEPHISTOPHELES. Habt Ihr nun bald das Leben gnug geführt?
Wie kanns Euch in die Länge freuen?
Es ist wohl gut, daß mans einmal probiert;
Dann aber wieder zu was Neuen!
FAUST. Ich wollt, du hättest mehr zu tun,
Als mich am guten Tag zu plagen.
MEPHISTOPHELES. Nun, nun! ich laß dich gerne ruhn,
Du darfst mirs nicht im Ernste sagen.
An dir Gesellen, unhold, barsch und toll,
Ist wahrlich wenig zu verlieren.
Den ganzen Tag hat man die Hände voll!
Was ihm gefällt und was man lassen soll,
Kann man dem Herrn nie an der Nase spüren.
FAUST. Das ist so just der rechte Ton!
Er will noch Dank, daß er mich ennuyiert!
MEPHISTOPHELES. Wie hättst du, armer Erdensohn,
Dein Leben ohne mich geführt?
Vom Kribskrabs der Imagination
Hab ich dich doch auf Zeiten lang kuriert,
Und wär ich nicht, so wärst du schon
Von diesem Erdball abspaziert.
Was hast du da in Höhlen, Felsenritzen
Dich wie ein Schuhu zu versitzen?
Was schlurfst aus dumpfem Moos und triefendem Gestein
Wie eine Kröte Nahrung ein?
Ein schöner, süßer Zeitvertreib!
Dir steckt der Doktor noch im Leib!
FAUST. Verstehst du, was für neue Lebenskraft
Mir dieser Wandel in der Öde schafft?
Ja, würdest du es ahnen können,
Du wärest Teufel gnug, mein Glück mir nicht zu gönnen!
MEPHISTOPHELES. Ein überirdisches Vergnügen!
In Nacht und Tau auf den Gebirgen liegen,
Und Erd und Himmel wonniglich umfassen.
Zu einer Gottheit sich aufschwellen lassen,

Der Erde Mark mit Ahnungsdrang durchwühlen,
Alle sechs Tagewerk im Busen fühlen,
In stolzer Kraft ich weiß nicht was genießen,
Bald liebewonniglich in alles überfließen,
Verschwunden ganz der Erdensohn,
Und dann die hohe Intuition – *Mit einer Gebärde* –
Ich darf nicht sagen, wie – zu schließen!
FAUST. Pfui über dich!
MEPHISTOPHELES.   Das will Euch nicht behagen;
Ihr habt das Recht, gesittet Pfui zu sagen.
Man darf das nicht vor keuschen Ohren nennen,
Was keusche Herzen nicht entbehren können.
Und kurz und gut: ich gönn Ihm das Vergnügen,
Gelegentlich sich etwas vorzulügen;
Doch lange hält Er das nicht aus.
Du bist schon wieder abgetrieben
Und, währt es länger, aufgerieben
In Tollheit oder Angst und Graus.
Genug damit! – Dein Liebchen sitzt dadrinne,
Und alles wird ihr eng und trüb.
Du kommst ihr gar nicht aus dem Sinne,
Sie hat dich übermächtig lieb.
Erst kam deine Liebeswut übergeflossen,
Wie vom geschmolznen Schnee ein Bächlein übersteigt;
Du hast sie ihr ins Herz gegossen,
Nun ist dein Bächlein wieder seicht.
Mich dünkt: anstatt in Wäldern zu thronen,
Ließ es dem großen Herren gut,
Das arme, affenjunge Blut
Für seine Liebe zu belohnen!
Die Zeit wird ihr erbärmlich lang;
Sie steht am Fenster, sieht die Wolken ziehn
Über die alte Stadtmauer hin.
»Wenn ich ein Vöglein wär!« so geht ihr Gesang
Tage lang, halbe Nächte lang.
Einmal ist sie munter, meist betrübt,
Einmal recht ausgeweint,
Dann wieder ruhig, wies scheint –
Und immer verliebt!
FAUST. Schlange! Schlange!

MEPHISTOPHELES *für sich*. Gelt, daß ich dich fange!

FAUST. Verruchter! hebe dich von hinnen
Und nenne nicht das schöne Weib!
Bring die Begier zu ihrem süßen Leib
Nicht wieder vor die halb verrückten Sinnen!

MEPH. Was soll es denn? Sie meint, du seist entflohn,
Und halb und halb bist du es schon.

FAUST. Ich bin ihr nah, und wär ich noch so fern,
Ich kann sie nie vergessen, nie verlieren;
Ja, ich beneide schon den Leib des Herrn,
Wenn ihre Lippen ihn indes berühren!

MEPH. Gar wohl, mein Freund! Ich hab Euch oft beneidet
Ums Zwillingspaar, das unter Rosen weidet.

FAUST. Entfliehe, Kuppler!

MEPHISTOPHELES. Schön! Ihr schimpft, und ich muß lachen.
Der Gott, der Bub und Mädchen schuf,
Erkannte gleich den edelsten Beruf,
Auch selbst Gelegenheit zu machen.
Nur fort, es ist ein großer Jammer!
Ihr sollt in Eures Liebchens Kammer,
Nicht etwa in den Tod!

FAUST. Was ist die Himmelsfreud in ihren Armen?
Laß mich an ihrer Brust erwarmen:
Fühl ich nicht immer ihre Not?
Bin ich der Flüchtling nicht? der Unbehauste?
Der Unmensch ohne Zweck und Ruh,
Der wie ein Wassersturz von Fels- zu Felsen brauste,
Begierig wütend, nach dem Abgrund zu?
Und seitwärts sie, mit kindlich-dumpfen Sinnen,
Im Hüttchen auf dem kleinen Alpenfeld,
Und all ihr häusliches Beginnen
Umfangen in der kleinen Welt!
Und ich, der Gottverhaßte,
Hatte nicht genug,
Daß ich die Felsen faßte
Und sie zu Trümmern schlug:
Sie, ihren Frieden mußt ich untergraben!
Du, Hölle, mußtest dieses Opfer haben!
Hilf, Teufel, mir die Zeit der Angst verkürzen!
Was muß geschehn, mags gleich geschehn!

Mag ihr Geschick auf mich zusammenstürzen
Und sie mit mir zugrunde gehn!
MEPHISTOPHELES. Wies wieder siedet, wieder glüht!
Geh ein und tröste sie, du Tor!
Wo so ein Köpfchen keinen Ausgang sieht,
Stellt er sich gleich das Ende vor.
Es lebe, wer sich tapfer hält!
Du bist doch sonst so ziemlich eingeteufelt.
Nichts Abgeschmackters find ich auf der Welt
Als einen Teufel, der verzweifelt.

GRETCHENS STUBE

GRETCHEN *am Spinnrade, allein*

Meine Ruh ist hin,
Mein Herz ist schwer;
Ich finde sie nimmer
Und nimmermehr.

Wo ich ihn nicht hab,
Ist mir das Grab,
Die ganze Welt
Ist mir vergällt.

Mein armer Kopf
Ist mir verrückt,
Mein armer Sinn
Ist mir zerstückt.

Meine Ruh ist hin,
Mein Herz ist schwer;
Ich finde sie nimmer
Und nimmermehr.

Nach ihm nur schau ich
Zum Fenster hinaus,
Nach ihm nur geh ich
Aus dem Haus.

Sein hoher Gang,
Sein edle Gestalt,
Seines Mundes Lächeln,
Seiner Augen Gewalt,

Und seiner Rede
Zauberfluß,
Sein Händedruck,
Und ach, sein Kuß!

Meine Ruh ist hin,
Mein Herz ist schwer;
Ich finde sie nimmer
Und nimmermehr.

Mein Busen drängt
Sich nach ihm hin:
Ach, dürft ich fassen
Und halten ihn

Und küssen ihn,
So wie ich wollt,
An seinen Küssen
Vergehen sollt!

MARTHENS GARTEN

Margarete · Faust

MARGARETE. Versprich mir, Heinrich!

FAUST.   Was ich kann!

MARGARETE. Nun sag: wie hast dus mit der Religion?
Du bist ein herzlich guter Mann,
Allein ich glaub, du hältst nicht viel davon.

FAUST. Laß das, mein Kind! Du fühlst, ich bin dir gut;
Für meine Lieben ließ ich Leib und Blut,
Will niemand sein Gefühl und seine Kirche rauben.

MARGARETE. Das ist nicht recht, man muß dran glauben!

FAUST. Muß man?

MARGARETE.   Ach, wenn ich etwas auf dich könnte!
Du ehrst auch nicht die heilgen Sakramente.

FAUST. Ich ehre sie.

MARGARETE.   Doch ohne Verlangen!
Zur Messe, zur Beichte bist du lange nicht gegangen.
Glaubst du an Gott?

FAUST.   Mein Liebchen, wer darf sagen:
Ich glaub an Gott!
Magst Priester oder Weise fragen,
Und ihre Antwort scheint nur Spott
Über den Frager zu sein.

MARGARETE.   So glaubst du nicht?

FAUST. Mißhör mich nicht, du holdes Angesicht!
Wer darf ihn nennen
Und wer bekennen:
Ich glaub Ihn!
Wer empfinden
Und sich unterwinden
Zu sagen: ich glaub Ihn nicht!
Der Allumfasser,
Der Allerhalter,
Faßt und erhält Er nicht
Dich, mich, sich selbst?
Wölbt sich der Himmel nicht dadroben?
Liegt die Erde nicht hierunten fest?
Und steigen freundlich blickend
Ewige Sterne nicht herauf?

Schau ich nicht Aug in Auge dir,
Und drängt nicht alles
Nach Haupt und Herzen dir
Und webt in ewigem Geheimnis
Unsichtbar-sichtbar neben dir?
Erfüll davon dein Herz, so groß es ist,
Und wenn du ganz in dem Gefühle selig bist,
Nenn es dann, wie du willst:
Nenns Glück! Herz! Liebe! Gott!
Ich habe keinen Namen
Dafür! Gefühl ist alles;
Name ist Schall und Rauch,
Umnebelnd Himmelsglut.
MARGARETE. Das ist alles recht schön und gut;
Ungefähr sagt das der Pfarrer auch,
Nur mit ein bißchen andern Worten.
FAUST. Es sagens allerorten
Alle Herzen unter dem himmlischen Tage,
Jedes in seiner Sprache:
Warum nicht ich in der meinen?
MARGARETE. Wenn mans so hört, möchts leidlich scheinen,
Steht aber doch immer schief darum;
Denn du hast kein Christentum.
FAUST. Liebs Kind!
MARGARETE.   Es tut mir lang schon weh,
Daß ich dich in der Gesellschaft seh!
FAUST. Wieso?
MARGARETE.   Der Mensch, den du da bei dir hast,
Ist mir in tiefer, innrer Seele verhaßt!
Es hat mir in meinem Leben
So nichts einen Stich ins Herz gegeben
Als des Menschen widrig Gesicht.
FAUST. Liebe Puppe, fürcht ihn nicht!
MARGARETE. Seine Gegenwart bewegt mir das Blut.
Ich bin sonst allen Menschen gut;
Aber wie ich mich sehne, dich zu schauen,
Hab ich vor dem Menschen ein heimlich Grauen,
Und halt ihn für einen Schelm dazu!
Gott verzeih mirs, wenn ich ihm Unrecht tu!
FAUST. Es muß auch solche Käuze geben.

MARGARETE. Wollte nicht mit seinesgleichen leben!
Kommt er einmal zur Tür herein,
Sieht er immer so spöttisch drein
Und halb ergrimmt;
Man sieht, daß er an nichts keinen Anteil nimmt.
Es steht ihm an der Stirn geschrieben,
Daß er nicht mag eine Seele lieben.
Mir wirds so wohl in deinem Arm,
So frei, so hingegeben-warm,
Und seine Gegenwart schnürt mir das Innre zu.
FAUST. Du ahnungsvoller Engel du!
MARGARETE. Das übermannt mich so sehr,
Daß, wo er nur mag zu uns treten,
Mein ich sogar, ich liebte dich nicht mehr!
Auch, wenn er da ist, könnt ich nimmer beten,
Und das frißt mir ins Herz hinein:
Dir, Heinrich, muß es auch so sein.
FAUST. Du hast nun die Antipathie!
MARGARETE. Ich muß nun fort.
FAUST.   Ach, kann ich nie
Ein Stündchen ruhig dir am Busen hängen
Und Brust an Brust und Seel in Seele drängen?
MARGARETE. Ach, wenn ich nur alleine schlief!
Ich ließ dir gern heut nacht den Riegel offen;
Doch meine Mutter schläft nicht tief;
Und würden wir von ihr betroffen,
Ich wär gleich auf der Stelle tot!
FAUST. Du Engel, das hat keine Not.
Hier ist ein Fläschchen! Drei Tropfen nur
In ihren Trank umhüllen
Mit tiefem Schlaf gefällig die Natur.
MARGARETE. Was tu ich nicht um deinetwillen?
Es wird ihr hoffentlich nicht schaden!
FAUST. Würd ich sonst, Liebchen, dir es raten?
MARGARETE. Seh ich dich, bester Mann, nur an,
Weiß nicht, was mich nach deinem Willen treibt;
Ich habe schon so viel für dich getan,
Daß mir zu tun fast nichts mehr übrigbleibt. *Ab.*
            Mephistopheles tritt auf
MEPHISTOPHELES. Der Grasaff! ist er weg?

FAUST.   Hast wieder spioniert?
MEPHISTOPHELES. Ich habs ausführlich wohl vernommen:
Herr Doktor wurden da katechisiert!
Hoff, es soll Ihnen wohl bekommen.
Die Mädels sind doch sehr interessiert,
Ob einer fromm und schlicht nach altem Brauch.
Sie denken: duckt er da, folgt er uns eben auch.
FAUST. Du Ungeheuer siehst nicht ein,
Wie diese treue, liebe Seele,
Von ihrem Glauben voll,
Der ganz allein
Ihr seligmachend ist, sich heilig quäle,
Daß sie den liebsten Mann verloren halten soll.
MEPHISTOPHELES. Du übersinnlicher, sinnlicher Freier,
Ein Mägdelein nasführet dich!
FAUST. Du Spottgeburt von Dreck und Feuer!
MEPH. Und die Physiognomie versteht sie meisterlich:
In meiner Gegenwart wirds ihr, sie weiß nicht wie!
Mein Mäskchen da weissagt verborgnen Sinn;
Sie fühlt, daß ich ganz sicher ein Genie,
Vielleicht wohl gar der Teufel bin. –
Nun, heute nacht –?
FAUST.   Was geht dichs an?
MEPHISTOPHELES. Hab ich doch meine Freude dran!

AM BRUNNEN

Gretchen und Lieschen mit Krügen

LIESCHEN. Hast nichts von Bärbelchen gehört?
GRETCHEN. Kein Wort! Ich komm gar wenig unter Leute.
LIESCHEN. Gewiß, Sibylle sagt mirs heute:
Die hat sich endlich auch betört!
Das ist das Vornehmtun!
GRETCHEN.   Wieso?
LIESCHEN.   Es stinkt!
Sie füttert zwei, wenn sie nun ißt und trinkt.
GRETCHEN. Ach!
LIESCHEN. So ists ihr endlich recht ergangen.
Wie lange hat sie an dem Kerl gehangen!

Das war ein Spazieren,
Auf Dorf und Tanzplatz Führen,
Mußt überall die Erste sein,
Kurtesiert ihr immer mit Pastetchen und Wein,
Bildt sich was auf ihre Schönheit ein;
War doch so ehrlos, sich nicht zu schämen,
Geschenke von ihm anzunehmen.
War ein Gekos und ein Geschleck:
Da ist denn auch das Blümchen weg!
GRETCHEN. Das arme Ding!
LIESCHEN.   Bedauerst sie noch gar!
Wenn unsereins am Spinnen war,
Uns nachts die Mutter nicht hinunterließ,
Stand sie bei ihrem Buhlen süß;
Auf der Türbank und im dunkeln Gang
Ward ihnen keine Stunde zu lang.
Da mag sie denn sich ducken nun,
Im Sünderhemdchen Kirchbuß tun!
GRETCHEN. Er nimmt sie gewiß zu seiner Frau.
LIESCHEN. Er wär ein Narr! Ein flinker Jung
Hat anderwärts noch Luft genung.
Er ist auch fort.
GRETCHEN.   Das ist nicht schön!
LIESCHEN. Kriegt sie ihn, solls ihr übel gehn:
Das Kränzel reißen die Buben ihr,
Und Häckerling streuen wir vor die Tür! *Ab.*
GRETCHEN *nach Hause gehend.*
Wie konnt ich sonst so tapfer schmälen,
Wenn tät ein armes Mägdlein fehlen!
Wie konnt ich über andrer Sünden
Nicht Worte gnug der Zunge finden!
Wie schien mirs schwarz, und schwärzts noch gar
Mirs immer doch nicht schwarz gnug war,
Und segnet mich und tat so groß,
Und bin nun selbst der Sünde bloß!
Doch – alles, was dazu mich trieb,
Gott! war so gut! ach, war so lieb!

ZWINGER

In der Mauerhöhle ein Andachtsbild der Mater dolorosa,
Blumenkrüge davor

GRETCHEN *steckt frische Blumen in die Krüge*

Ach, neige,
Du Schmerzenreiche,
Dein Antlitz gnädig meiner Not!

Das Schwert im Herzen,
Mit tausend Schmerzen
Blickst auf zu deines Sohnes Tod.

Zum Vater blickst du,
Und Seufzer schickst du
Hinauf um sein- und deine Not.

Wer fühlet,
Wie wühlet
Der Schmerz mir im Gebein?

Was mein armes Herz hier banget,
Was es zittert, was verlanget,
Weißt nur du, nur du allein!

Wohin ich immer gehe,
Wie weh, wie weh, wie wehe
Wird mir im Busen hier!

Ich bin, ach! kaum alleine,
Ich wein, ich wein, ich weine,
Das Herz zerbricht in mir.

Die Scherben vor meinem Fenster
Betaut ich mit Tränen, ach!
Als ich am frühen Morgen
Dir diese Blumen brach.

Schien hell in meine Kammer
Die Sonne früh herauf,
Saß ich in allem Jammer
In meinem Bett schon auf.

3587 – 3615

Hilf! rette mich von Schmach und Tod!
Ach, neige,
Du Schmerzensreiche,
Dein Antlitz gnädig meiner Not!

NACHT

Straße vor Gretchens Türe

VALENTIN, *Soldat, Gretchens Bruder.*
Wenn ich so saß bei einem Gelag,
Wo mancher sich berühmen mag,
Und die Gesellen mir den Flor
Der Mägdlein laut gepriesen vor,
Mit vollem Glas das Lob verschwemmt:
Den Ellenbogen aufgestemmt,
Saß ich in meiner sichern Ruh,
Hört all dem Schwadronieren zu
Und streiche lächelnd meinen Bart
Und kriege das volle Glas zur Hand
Und sage: Alles nach seiner Art!
Aber ist Eine im ganzen Land,
Die meiner trauten Gretel gleicht,
Die meiner Schwester das Wasser reicht?
Topp! Topp! Kling! Klang! das ging herum!
Die einen schrieen: »Er hat recht,
Sie ist die Zier vom ganzen Geschlecht!«
Da saßen alle die Lober stumm.
Und nun! – um's Haar sich auszuraufen
Und an den Wänden hinaufzulaufen!
Mit Stichelreden, Naserümpfen
Soll jeder Schurke mich beschimpfen!
Soll wie ein böser Schuldner sitzen,
Bei jedem Zufallswörtchen schwitzen!
Und möcht ich sie zusammenschmeißen,
Könnt ich sie doch nicht Lügner heißen.

Was kommt heran? was schleicht herbei?
Irr ich nicht, es sind ihrer zwei.
Ist ers, gleich pack ich ihn beim Felle:
Soll nicht lebendig von der Stelle!

Faust · Mephistopheles

FAUST. Wie von dem Fenster dort der Sakristei
Aufwärts der Schein des ewgen Lämpchens flämmert
Und schwach und schwächer seitwärts dämmert,
Und Finsternis drängt ringsum bei!
So siehts in meinem Busen nächtig.
MEPHISTOPHELES. Und mir ists wie dem Kätzlein schmächtig,
Das an den Feuerleitern schleicht,
Sich leis dann um die Mauern streicht;
Mir ists ganz tugendlich dabei,
Ein bißchen Diebsgelüst, ein bißchen Rammelei.
So spukt mir schon durch alle Glieder
Die herrliche Walpurgisnacht.
Die kommt uns übermorgen wieder:
Da weiß man doch, warum man wacht.
FAUST. Rückt wohl der Schatz indessen in die Höh,
Den ich dorthinten flimmern seh?
MEPHISTOPHELES. Du kannst die Freude bald erleben,
Das Kesselchen herauszuheben.
Ich schielte neulich so hinein:
Sind herrliche Löwentaler drein.
FAUST. Nicht ein Geschmeide, nicht ein Ring,
Meine liebe Buhle damit zu zieren?
MEPHISTOPHELES. Ich sah dabei wohl so ein Ding
Als wie eine Art von Perlenschnüren.
FAUST. So ist es recht! Mir tut es weh,
Wenn ich ohne Geschenke zu ihr geh.
MEPHISTOPHELES. Es sollt Euch eben nicht verdrießen,
Umsonst auch etwas zu genießen. –
Jetzt, da der Himmel voller Sterne glüht,
Sollt Ihr ein wahres Kunststück hören:
Ich sing ihr ein moralisch Lied,
Um sie gewisser zu betören.

Singt zur Zither.

Was machst du mir	Laß, laß es sein!
Vor Liebchens Tür,	Er läßt dich ein,
Kathrinchen, hier	Als Mädchen ein,
Bei frühem Tagesblicke?	Als Mädchen nicht zurücke.

3650 – 3689

Nehmt euch in acht!	Habt ihr euch lieb,
Ist es vollbracht,	Tut keinem Dieb
Dann gute Nacht,	Nur nichts zulieb
Ihr armen, armen Dinger!	Als mit dem Ring am Finger!

VALENTIN *tritt vor.*
Wen lockst du hier? beim Element!
Vermaledeiter Rattenfänger!
Zum Teufel erst das Instrument!
Zum Teufel hinterdrein den Sänger!
MEPH. Die Zither ist entzwei! an der ist nichts zu halten.
VALENTIN. Nun soll es an ein Schädelspalten!
MEPHISTOPHELES *zu Faust.*
Herr Doktor, nicht gewichen! Frisch!
Hart an mich an, wie ich Euch führe!
Heraus mit Eurem Flederwisch!
Nur zugestoßen! ich pariere!
VALENTIN. Pariere den!
MEPHISTOPHELES.   Warum denn nicht?
VALENTIN. Auch den!
MEPHISTOPHELES.   Gewiß!
VALENTIN.   Ich glaub, der Teufel ficht!
Was ist denn das? Schon wird die Hand mir lahm!
MEPHISTOPHELES *zu Faust.* Stoß zu!
VALENTIN *fällt.*   O weh!
MEPHISTOPHELES.   Nun ist der Lümmel zahm!
Nun aber fort! wir müssen gleich verschwinden;
Denn schon entsteht ein mörderlich Geschrei!
Ich weiß mich trefflich mit der Polizei,
Doch mit dem Blutbann schlecht mich abzufinden.
MARTHE *am Fenster.* Heraus! heraus!
GRETCHEN *am Fenster.*   Herbei ein Licht!
MARTHE *wie oben.* Man schilt und rauft, man schreit und ficht!
VOLK. Da liegt schon einer tot!
MARTHE *heraustretend.* Die Mörder, sind sie denn entflohn?
GRETCHEN *heraustretend.* Wer liegt hier?
VOLK.   Deiner Mutter Sohn!
GRETCHEN. Allmächtiger! welche Not!
VALENTIN. Ich sterbe! Das ist bald gesagt
Und bälder noch getan.

Was steht ihr, Weiber, heult und klagt?
Kommt her und hört mich an!
Alle treten um ihn.
Mein Gretchen, sieh! du bist noch jung,
Bist gar noch nicht gescheit genung,
Machst deine Sachen schlecht.
Ich sag dirs im Vertrauen nur:
Du bist doch nun einmal eine Hur;
So seis auch eben recht!
GRETCHEN. Mein Bruder! Gott! Was soll mir das?

VALENTIN. Laß unsern Herrgott aus dem Spaß!
Geschehn ist leider nun geschehn,
Und wie es gehn kann, so wirds gehn.
Du fingst mit einem heimlich an,
Bald kommen ihrer mehre dran,
Und wenn dich erst ein Dutzend hat,
So hat dich auch die ganze Stadt.

Wenn erst die Schande wird geboren,
Wird sie heimlich zur Welt gebracht,
Und man zieht den Schleier der Nacht
Ihr über Kopf und Ohren;
Ja, man möchte sie gern ermorden.
Wächst sie aber und macht sich groß,
Dann geht sie auch bei Tage bloß
Und ist doch nicht schöner geworden.
Je häßlicher wird ihr Gesicht,
Je mehr sucht sie des Tages Licht.

Ich seh wahrhaftig schon die Zeit,
Daß alle brave Bürgersleut
Wie von einer angesteckten Leichen
Von dir, du Metze! seitab weichen.
Dir soll das Herz im Leib verzagen,
Wenn sie dir in die Augen sehn!
Sollst keine goldne Kette mehr tragen!
In der Kirche nicht mehr am Altar stehn!
In einem schönen Spitzenkragen
Dich nicht beim Tanze wohlbehagen!
In eine finstre Jammerecken

Unter Bettler und Krüppel dich verstecken,
Und wenn dir denn auch Gott verzeiht,
Auf Erden sein vermaledeit!
MARTHE. Befehlt Eure Seele Gott zu Gnaden!
Wollt Ihr noch Lästrung auf Euch laden?
VALENTIN. Könnt ich dir nur an den dürren Leib,
Du schändlich-kupplerisches Weib!
Da hofft ich aller meiner Sünden
Vergebung reiche Maß zu finden.
GRETCHEN. Mein Bruder! Welche Höllenpein!
VALENTIN. Ich sage, laß die Tränen sein!
Da du dich sprachst der Ehre los,
Gabst mir den schwersten Herzensstoß.
Ich gehe durch den Todesschlaf
Zu Gott ein als Soldat und brav. *Stirbt.*

DOM

Amt, Orgel und Gesang
Gretchen unter vielem Volk. Böser Geist hinter Gretchen

BÖSER GEIST. Wie anders, Gretchen, war dirs,
Als du noch voll Unschuld
Hier zum Altar tratst,
Aus dem vergriffnen Büchelchen
Gebete lalltest,
Halb Kinderspiele,
Halb Gott im Herzen!
Gretchen!
Wo steht dein Kopf?
In deinem Herzen
Welche Missetat?
Betst du für deiner Mutter Seele, die
Durch dich zur langen, langen Pein hinüberschlief?
Auf deiner Schwelle wessen Blut? –
Und unter deinem Herzen
Regt sichs nicht quillend schon
Und ängstet dich und sich
Mit ahnungsvoller Gegenwart?
GRETCHEN. Weh! Weh!
Wär ich der Gedanken los,

Die mir herüber- und hinübergehen
Wider mich!
CHOR. Dies irae, dies illa
Solvet saeclum in favilla. *Orgelton.*
BÖSER GEIST. Grimm faßt dich!
Die Posaune tönt!
Die Gräber beben!
Und dein Herz,
Aus Aschenruh
Zu Flammenqualen
Wieder aufgeschaffen,
Bebt auf!
GRETCHEN. Wär ich hier weg!
Mir ist, als ob die Orgel mir
Den Atem versetzte,
Gesang mein Herz
Im Tiefsten löste.
CHOR. Judex ergo cum sedebit,
Quidquid latet adperebit,
Nil inultum remanebit.
GRETCHEN. Mir wird so eng!
Die Mauerpfeiler
Befangen mich!
Das Gewölbe
Drängt mich! – Luft!
BÖSER GEIST. Verbirg dich! Sünd und Schande
Bleibt nicht verborgen.
Luft? Licht?
Weh dir!
CHOR. Quid sum miser tunc dicturus?
Quem patronum rogaturus,
Cum vix justus sit securus?
BÖSER GEIST. Ihr Antlitz wenden
Verklärte von dir ab.
Die Hände dir zu reichen,
Schauerts die Reinen.
Weh!
CHOR. Quid sum miser tunc dicturus?
GRETCHEN. Nachbarin! Euer Fläschchen! –
Sie fällt in Ohnmacht.

3796 – 3834

WALPURGISNACHT

Harzgebirg. Gegend von Schierke und Elend
Faust · Mephistopheles

MEPHISTOPHELES. Verlangst du nicht nach einem Besenstiele?
Ich wünschte mir den allerderbsten Bock.
Auf diesem Weg sind wir noch weit vom Ziele.
FAUST. Solang ich mich noch frisch auf meinen Beinen fühle,
Genügt mir dieser Knotenstock.
Was hilfts, daß man den Weg verkürzt!
Im Labyrinth der Täler hinzuschleichen,
Dann diesen Felsen zu ersteigen,
Von dem der Quell sich ewig sprudelnd stürzt,
Das ist die Lust, die solche Pfade würzt!
Der Frühling webt schon in den Birken,
Und selbst die Fichte fühlt ihn schon;
Sollt er nicht auch auf unsre Glieder wirken?
MEPHISTOPHELES. Fürwahr, ich spüre nichts davon!
Mir ist es winterlich im Leibe,
Ich wünschte Schnee und Frost auf meiner Bahn.
Wie traurig steigt die unvollkommne Scheibe
Des roten Monds mit später Glut heran
Und leuchtet schlecht, daß man bei jedem Schritte
Vor einen Baum, vor einen Felsen rennt!
Erlaub, daß ich ein Irrlicht bitte!
Dort seh ich eins, das eben lustig brennt.
Heda, mein Freund! darf ich dich zu uns fodern?
Was willst du so vergebens lodern?
Sei doch so gut und leucht uns da hinauf!
IRRLICHT. Aus Ehrfurcht, hoff ich, soll es mir gelingen,
Mein leichtes Naturell zu zwingen;
Nur zickzack geht gewöhnlich unser Lauf.
MEPH. Ei! ei! Er denkts den Menschen nachzuahmen.
Geh Er nur grad, ins Teufels Namen!
Sonst blas ich Ihm Sein Flackerleben aus.
IRRLICHT. Ich merke wohl, Ihr seid der Herr vom Haus,
Und will mich gern nach Euch bequemen.
Allein bedenkt: der Berg ist heute zaubertoll,
Und wenn ein Irrlicht Euch die Wege weisen soll,
So müßt Ihrs so genau nicht nehmen.

FAUST, MEPHISTOPHELES, IRRLICHT *im Wechselgesang*

In die Traum- und Zaubersphäre
Sind wir, scheint es, eingegangen.
Führ uns gut und mach dir Ehre,
Daß wir vorwärts bald gelangen
In den weiten, öden Räumen!

Seh die Bäume hinter Bäumen,
Wie sie schnell vorüberrücken,
Und die Klippen, die sich bücken,
Und die langen Felsennasen,
Wie sie schnarchen, wie sie blasen!

Durch die Steine, durch den Rasen
Eilet Bach und Bächlein nieder.
Hör ich Rauschen? hör ich Lieder?
Hör ich holde Liebesklage,
Stimmen jener Himmelstage?
Was wir hoffen, was wir lieben!
Und das Echo, wie die Sage
Alter Zeiten, hallet wider.

»Uhu! Schuhu!« tönt es näher:
Kauz und Kiebitz und der Häher,
Sind sie alle wachgeblieben?
Sind das Molche durchs Gesträuche?
Lange Beine, dicke Bäuche!
Und die Wurzeln, wie die Schlangen,
Winden sich aus Feld und Sande,
Strecken wunderliche Bande,
Uns zu schrecken, uns zu fangen:
Aus belebten, derben Masern
Strecken sie Polypenfasern
Nach dem Wandrer. Und die Mäuse,
Tausendfärbig, scharenweise,
Durch das Moos und durch die Heide!
Und die Funkenwürmer fliegen
Mit gedrängten Schwärmezügen
Zum verwirrenden Geleite.

Aber sag mir, ob wir stehen
Oder ob wir weitergehen!

Alles, alles scheint zu drehen:
Fels und Bäume, die Gesichter
Schneiden, und die irren Lichter,
Die sich mehren, die sich blähen.

MEPHISTOPHELES. Fasse wacker meinen Zipfel!
Hier ist so ein Mittelgipfel,
Wo man mit Erstaunen sieht,
Wie im Berg der Mammon glüht.
FAUST. Wie seltsam glimmert durch die Gründe
Ein morgenrötlich-trüber Schein!
Und selbst bis in die tiefen Schlünde
Des Abgrunds wittert er hinein.
Da steigt ein Dampf, dort ziehen Schwaden,
Hier leuchtet Glut aus Dunst und Flor;
Dann schleicht sie wie ein zarter Faden,
Dann bricht sie wie ein Quell hervor.
Hier schlingt sie eine ganze Strecke
Mit hundert Adern sich durchs Tal,
Und hier in der gedrängten Ecke
Vereinzelt sie sich auf einmal.
Da sprühen Funken in der Nähe
Wie ausgestreuter goldner Sand.
Doch schau: in ihrer ganzen Höhe
Entzündet sich die Felsenwand!
MEPHISTOPHELES. Erleuchtet nicht zu diesem Feste
Herr Mammon prächtig den Palast?
Ein Glück, daß dus gesehen hast:
Ich spüre schon die ungestümen Gäste.
FAUST. Wie rast die Windsbraut durch die Luft!
Mit welchen Schlägen trifft sie meinen Nacken!
MEPHISTOPHELES. Du mußt des Felsens alte Rippen packen,
Sonst stürzt sie dich hinab in dieser Schlünde Gruft.
Ein Nebel verdichtet die Nacht.
Höre, wies durch die Wälder kracht!
Aufgescheucht fliegen die Eulen.
Hör, es splittern die Säulen
Ewig-grüner Paläste!
Girren und Brechen der Äste!
Der Stämme mächtiges Dröhnen!

Der Wurzeln Knarren und Gähnen!
Im fürchterlich-verworrenen Falle
Übereinander krachen sie alle,
Und durch die übertrümmerten Klüfte
Zischen und heulen die Lüfte.
Hörst du Stimmen in der Höhe?
In der Ferne? in der Nähe?
Ja, den ganzen Berg entlang
Strömt ein wütender Zaubergesang!

HEXEN *im Chor.* Die Hexen zu dem Brocken ziehn,
   Die Stoppel ist gelb, die Saat ist grün.
   Dort sammelt sich der große Hauf,
   Herr Urian sitzt obenauf.
   So geht es über Stein und Stock,
   Es farzt die Hexe, es stinkt der Bock.

STIMME. Die alte Baubo kommt allein;
Sie reitet auf einem Mutterschwein.

 CHOR. So Ehre denn, wem Ehre gebührt!
   Frau Baubo vor! und angeführt!
   Ein tüchtig Schwein und Mutter drauf,
   Da folgt der ganze Hexenhauf.

STIMME. Welchen Weg kommst du her?
STIMME.   Übern Ilsenstein!
Da guckt ich der Eule ins Nest hinein.
Die macht ein Paar Augen!
STIMME.   O fahre zur Hölle!
Was reitst du so schnelle!
STIMME. Mich hat sie geschunden:
Da sieh nur die Wunden!

HEXEN. CHOR. Der Weg ist breit, der Weg ist lang,
   Was ist das für ein toller Drang!
   Die Gabel sticht, der Besen kratzt,
   Das Kind erstickt, die Mutter platzt.

HEXENMEISTER. HALBES CHOR.
   Wir schleichen wie die Schneck im Haus,
   Die Weiber alle sind voraus.
   Denn geht es zu des Bösen Haus,
   Das Weib hat tausend Schritt voraus.

ANDRE HÄLFTE. Wir nehmen das nicht so genau:
Mit tausend Schritten machts die Frau;
Doch wie sie auch sich eilen kann,
Mit Einem Sprunge machts der Mann.

STIMME *oben*. Kommt mit, kommt mit vom Felsensee!
STIMMEN *von unten*. Wir möchten gerne mit in die Höh.
Wir waschen, und blank sind wir ganz und gar,
Aber auch ewig unfruchtbar.

BEIDE CHÖRE. Es schweigt der Wind, es flieht der Stern,
Der trübe Mond verbirgt sich gern.
Im Sausen sprüht das Zauberchor
Viel tausend Feuerfunken hervor.

STIMME *von unten*. Halte! halte!
STIMME *von oben*. Wer ruft da aus der Felsenspalte?
STIMME *unten*. Nehmt mich mit! nehmt mich mit!
Ich steige schon dreihundert Jahr
Und kann den Gipfel nicht erreichen.
Ich wäre gern bei meinesgleichen.

BEIDE CHÖRE. Es trägt der Besen, trägt der Stock,
Die Gabel trägt, es trägt der Bock;
Wer heute sich nicht heben kann,
Ist ewig ein verlorner Mann!

HALBHEXE *unten*. Ich tripple nach so lange Zeit;
Wie sind die andern schon so weit!
Ich hab zu Hause keine Ruh
Und komme hier doch nicht dazu.

CHOR DER HEXEN. Die Salbe gibt den Hexen Mut,
Ein Lumpen ist zum Segel gut,
Ein gutes Schiff ist jeder Trog:
Der flieget nie, der heut nicht flog!

BEIDE CHÖRE. Und wenn wir um den Gipfel ziehn,
So streichet an dem Boden hin
Und deckt die Heide weit und breit
Mit eurem Schwarm der Hexenheit!
                    Sie lassen sich nieder.
MEPHISTOPHELES.
Das drängt und stößt, das ruscht und klappert!

Das zischt und quirlt, das zieht und plappert!
Das leuchtet, sprüht und stinkt und brennt!
Ein wahres Hexenelement!
Nur fest an mir! sonst sind wir gleich getrennt.
Wo bist du?
FAUST *in der Ferne.* Hier!
MEPHISTOPHELES.   Was! dort schon hingerissen?
Da werd ich Hausrecht brauchen müssen.
Platz! Junker Voland kommt. Platz! süßer Pöbel, Platz!
Hier, Doktor, fasse mich! und nun in Einem Satz
Laß uns aus dem Gedräng entweichen:
Es ist zu toll, sogar für meinesgleichen!
Dortneben leuchtet was mit ganz besondrem Schein,
Es zieht mich was nach jenen Sträuchen:
Komm, komm! wir schlupfen da hinein.
FAUST. Du Geist des Widerspruchs! Nur zu! du magst mich
Ich denke doch, das war recht klug gemacht: [führen.
Zum Brocken wandeln wir in der Walpurgisnacht,
Um uns beliebig nun hieselbst zu isolieren!
MEPHISTOPHELES. Da sieh nur: welche bunten Flammen!
Es ist ein muntrer Klub beisammen.
Im Kleinen ist man nicht allein.
FAUST. Doch droben möcht ich lieber sein!
Schon seh ich Glut und Wirbelrauch.
Dort strömt die Menge zu dem Bösen;
Da muß sich manches Rätsel lösen.
MEPHISTOPHELES. Doch manches Rätsel knüpft sich auch!
Laß du die große Welt nur sausen,
Wir wollen hier im Stillen hausen.
Es ist doch lange hergebracht,
Daß in der großen Welt man kleine Welten macht.
Da seh ich junge Hexchen, nackt und bloß,
Und alte, die sich klug verhüllen.
Seid freundlich, nur um meinetwillen!
Die Müh ist klein, der Spaß ist groß.
Ich höre was von Instrumenten tönen!
Verflucht Geschnarr! Man muß sich dran gewöhnen.
Komm mit! komm mit! Es kann nicht anders sein:
Ich tret heran und führe dich herein,
Und ich verbinde dich aufs neue. –

Was sagst du, Freund? das ist kein kleiner Raum:
Da sieh nur hin! du siehst das Ende kaum.
Ein Hundert Feuer brennen in der Reihe;
Man tanzt, man schwatzt, man kocht, man trinkt, man liebt —
Nun sage mir, wo es was Bessers gibt!
FAUST. Willst du dich nun, um uns hier einzuführen,
Als Zaubrer oder Teufel produzieren?
MEPH. Zwar bin ich sehr gewohnt, inkognito zu gehn;
Doch läßt am Galatag man seinen Orden sehn.
Ein Knieband zeichnet mich nicht aus,
Doch ist der Pferdefuß hier ehrenvoll zu Haus.
Siehst du die Schnecke da? sie kommt herangekrochen;
Mit ihrem tastenden Gesicht
Hat sie mir schon was abgerochen:
Wenn ich auch will, verleugn ich hier mich nicht.
Komm nur! von Feuer gehen wir zu Feuer;
Ich bin der Werber, und du bist der Freier.
Zu einigen, die um verglimmende Kohlen sitzen.
Ihr alten Herrn, was macht ihr hier am Ende?
Ich lobt euch, wenn ich euch hübsch in der Mitte fände,
Von Saus umzirkt und Jugendbraus;
Genug allein ist jeder ja zu Haus.
GENERAL. Wer mag auf Nationen trauen,
Man habe noch so viel für sie getan!
Denn bei dem Volk wie bei den Frauen
Steht immerfort die Jugend obenan.
MINISTER. Jetzt ist man von dem Rechten allzu weit,
Ich lobe mir die guten Alten;
Denn freilich, da wir alles galten,
Da war die rechte goldne Zeit.
PARVENU. Wir waren wahrlich auch nicht dumm
Und taten oft, was wir nicht sollten;
Doch jetzo kehrt sich alles um und um,
Und eben da wirs fest erhalten wollten.
AUTOR. Wer mag wohl überhaupt jetzt eine Schrift
Von mäßig-klugem Inhalt lesen!
Und was das liebe junge Volk betrifft,
Das ist noch nie so naseweis gewesen.
MEPHISTOPHELES, *der auf einmal sehr alt erscheint.*
Zum Jüngsten Tag fühl ich das Volk gereift,

Da ich zum letztenmal den Hexenberg ersteige,
Und weil mein Fäßchen trübe läuft,
So ist die Welt auch auf der Neige.
TRÖDELHEXE. Ihr Herren, geht nicht so vorbei!
Laßt die Gelegenheit nicht fahren!
Aufmerksam blickt nach meinen Waren:
Es steht dahier gar mancherlei.
Und doch ist nichts in meinem Laden,
Dem keiner auf der Erde gleicht,
Das nicht einmal zum tüchtgen Schaden
Der Menschen und der Welt gereicht.
Kein Dolch ist hier, von dem nicht Blut geflossen,
Kein Kelch, aus dem sich nicht in ganz gesunden Leib
Verzehrend-heißes Gift ergossen,
Kein Schmuck, der nicht ein liebenswürdig Weib
Verführt, kein Schwert, das nicht den Bund gebrochen,
Nicht etwa hinterrücks den Gegenmann durchstochen.
MEPH. Frau Muhme, Sie versteht mir schlecht die Zeiten:
Getan, geschehn! Geschehn, getan!
Verleg Sie sich auf Neuigkeiten!
Nur Neuigkeiten ziehn uns an.
FAUST. Daß ich mich nur nicht selbst vergesse!
Heiß ich mir das doch eine Messe!
MEPHISTOPHELES. Der ganze Strudel strebt nach oben:
Du glaubst zu schieben, und du wirst geschoben.
FAUST. Wer ist denn das?
MEPHISTOPHELES.   Betrachte sie genau!
Lilith ist das.
FAUST.   Wer?
MEPHISTOPHELES. Adams erste Frau.
Nimm dich in acht vor ihren schönen Haaren,
Vor diesem Schmuck, mit dem sie einzig prangt!
Wenn sie damit den jungen Mann erlangt,
So läßt sie ihn so bald nicht wieder fahren.
FAUST. Da sitzen zwei, die Alte mit der Jungen;
Die haben schon was Rechts gesprungen!
MEPHISTOPHELES. Das hat nun heute keine Ruh.
Es geht zum neuen Tanz: nun komm! wir greifen zu.

FAUST *mit der Jungen tanzend.*

> Einst hatt ich einen schönen Traum:
> Da sah ich einen Apfelbaum,
> Zwei schöne Äpfel glänzten dran;
> Sie reizten mich, ich stieg hinan.

DIE SCHÖNE. Der Äpfelchen begehrt ihr sehr,
> Und schon vom Paradiese her.
> Von Freuden fühl ich mich bewegt,
> Daß auch mein Garten solche trägt.

MEPHISTOPHELES *mit der Alten.*

> Einst hatt ich einen wüsten Traum:
> Da sah ich einen gespaltnen Baum,
> Der hatt ein ungeheures Loch;
> So groß es war, gefiel mirs doch.

DIE ALTE. Ich biete meinen besten Gruß
> Dem Ritter mit dem Pferdefuß!
> Halt Er einen rechten Pfropf bereit,
> Wenn Er das große Loch nicht scheut.

PROKTOPHANTASMIST. Verfluchtes Volk! was untersteht ihr
Hat man euch lange nicht bewiesen: [euch?
Ein Geist steht nie auf ordentlichen Füßen?
Nun tanzt ihr gar, uns andern Menschen gleich!
DIE SCHÖNE *tanzend.* Was will denn der auf unserm Ball?
FAUST *tanzend.* Ei! der ist eben überall.
Was andre tanzen, muß er schätzen.
Kann er nicht jeden Schritt beschwätzen,
So ist der Schritt so gut als nicht geschehn.
Am meisten ärgert ihn, sobald wir vorwärts gehn.
Wenn ihr euch so im Kreise drehen wolltet,
Wie ers in seiner alten Mühle tut,
Das hieß er allenfalls noch gut;
Besonders wenn ihr ihn darum begrüßen solltet.
PROKTOPHANTASMIST. Ihr seid noch immer da! nein, das ist
Verschwindet doch! Wir haben ja aufgeklärt! –   [unerhört.
Das Teufelspack, es fragt nach keiner Regel.
Wir sind so klug, und dennoch spukts in Tegel.
Wie lange hab ich nicht am Wahn hinausgekehrt,
Und nie wirds rein! das ist doch unerhört!
DIE SCHÖNE. So hört doch auf, uns hier zu ennuyieren!

PROKTOPHANTASMIST. Ich sags euch Geistern ins Gesicht:
Den Geistesdespotismus leid ich nicht!
Mein Geist kann ihn nicht exerzieren.
Es wird fortgetanzt.
Heut, seh ich, will mir nichts gelingen;
Doch eine Reise nehm ich immer mit
Und hoffe, noch vor meinem letzten Schritt
Die Teufel und die Dichter zu bezwingen.
MEPHISTOPHELES. Er wird sich gleich in eine Pfütze setzen:
Das ist die Art, wie er sich soulagiert,
Und wenn Blutegel sich an seinem Steiß ergetzen,
Ist er von Geistern und von Geist kuriert.
Zu Faust, der aus dem Tanz getreten ist.
Was lässest du das schöne Mädchen fahren,
Das dir zum Tanz so lieblich sang?
FAUST. Ach, mitten im Gesange sprang
Ein rotes Mäuschen ihr aus dem Munde!
MEPH. Das ist was Rechts! das nimmt man nicht genau;
Genug, die Maus war doch nicht grau!
Wer fragt darnach in einer Schäferstunde!
FAUST. Dann sah ich –
MEPHISTOPHELES.   Was?
FAUST.   Mephisto, siehst du dort
Ein blasses, schönes Kind allein und ferne stehen?
Sie schiebt sich langsam nur vom Ort,
Sie scheint mit geschloßnen Füßen zu gehen.
Ich muß bekennen, daß mir deucht,
Daß sie dem guten Gretchen gleicht.
MEPH. Laß das nur stehn! dabei wirds niemand wohl.
Es ist ein Zauberbild, ist leblos, ein Idol.
Ihm zu begegnen, ist nicht gut:
Vom starren Blick erstarrt des Menschen Blut,
Und er wird fast in Stein verkehrt;
Von der Meduse hast du ja gehört.
FAUST. Fürwahr, es sind die Augen eines Toten,
Die eine liebende Hand nicht schloß!
Das ist die Brust, die Gretchen mir geboten,
Das ist der süße Leib, den ich genoß!
MEPH. Das ist die Zauberei, du leicht verführter Tor!
Denn jedem kommt sie wie sein Liebchen vor.

FAUST. Welch eine Wonne! welch ein Leiden!
Ich kann von diesem Blick nicht scheiden.
Wie sonderbar muß diesen schönen Hals
Ein einzig-rotes Schnürchen schmücken,
Nicht breiter als ein Messerrücken!
MEPHISTOPHELES. Ganz recht! ich seh es ebenfalls.
Sie kann das Haupt auch unterm Arme tragen;
Denn Perseus hats ihr abgeschlagen.
Nur immer diese Lust zum Wahn! –
Komm doch das Hügelchen heran:
Hier ists so lustig wie im Prater,
Und hat man mirs nicht angetan,
So seh ich wahrlich ein Theater!
Was gibts denn da?
SERVIBILIS.   Gleich fängt man wieder an:
Ein neues Stück, das letzte Stück von sieben;
So viel zu geben, ist allhier der Brauch.
Ein Dilettant hat es geschrieben,
Und Dilettanten spielens auch.
Verzeiht, ihr Herrn, wenn ich verschwinde:
Mich dilettierts, den Vorhang aufzuziehn.
MEPHISTOPHELES. Wenn ich euch auf dem Blocksberg finde,
Das find ich gut; denn da gehört ihr hin!

WALPURGISNACHTSTRAUM

oder Oberons und Titanias goldne Hochzeit
Intermezzo

THEATER-   Heute ruhen wir einmal,
MEISTER.   Miedings wackre Söhne:
            Alter Berg und feuchtes Tal,
            Das ist die ganze Szene!
HEROLD.   Daß die Hochzeit golden sei,
            Solln funfzig Jahr sein vorüber;
            Aber ist der Streit vorbei,
            Das Golden ist mir lieber.
OBERON.   Seid ihr, Geister, wo ich bin,
            So zeigts in diesen Stunden!

4201 – 4232

    König und die Königin,
    Sie sind aufs neu verbunden.

PUCK. Kommt der Puck und dreht sich quer
    Und schleift den Fuß im Reihen;
    Hundert kommen hinterher,
    Sich auch mit ihm zu freuen.

ARIEL. Ariel bewegt den Sang
    In himmlisch-reinen Tönen;
    Viele Fratzen lockt sein Klang,
    Doch lockt er auch die Schönen.

OBERON. Gatten, die sich vertragen wollen,
    Lernens von uns beiden!
    Wenn sich zweie lieben sollen,
    Braucht man sie nur zu scheiden.

TITANIA. Schmollt der Mann und grillt die Frau,
    So faßt sie nur behende,
    Führt mir nach dem Mittag Sie,
    Und Ihn an Nordens Ende!

ORCHESTER. TUTTI. *Fortissimo.*
    Fliegenschnauz und Mückennas
    Mit ihren Anverwandten,
    Frosch im Laub und Grill im Gras,
    Das sind die Musikanten!

SOLO. Seht, da kommt der Dudelsack
    Es ist die Seifenblase.
    Hört den Schneckeschnickeschnack
    Durch seine stumpfe Nase!

GEIST, *der sich erst bildet.* Spinnenfuß und Krötenbauch
    Und Flügelchen dem Wichtchen!
    Zwar ein Tierchen gibt es nicht;
    Doch gibt es ein Gedichtchen.

EIN PÄRCHEN. Kleiner Schritt und hoher Sprung
    Durch Honigtau und Düfte!
    Zwar du trippelst mir genung;
    Doch gehts nicht in die Lüfte.

NEUGIERIGER REISENDER. Ist das nicht Maskeradenspott?
    Soll ich den Augen trauen,
    Oberon, den schönen Gott,
    Auch heute hier zu schauen?

ORTHODOX. Keine Klauen, keinen Schwanz!
　　　　Doch bleibt es außer Zweifel:
　　　　So wie die Götter Griechenlands,
　　　　So ist auch er ein Teufel.
NORDISCHER KÜNSTLER. Was ich ergreife, das ist heut
　　　　Fürwahr nur skizzenweise;
　　　　Doch ich bereite mich beizeit
　　　　Zur italienischen Reise.
PURIST. Ach! mein Unglück führt mich her:
　　　　Wie wird nicht hier geludert!
　　　　Und von dem ganzen Hexenheer
　　　　Sind zweie nur gepudert.
JUNGE HEXE. Der Puder ist so wie der Rock
　　　　Für alt- und graue Weibchen;
　　　　Drum sitz ich nackt auf meinem Bock
　　　　Und zeig ein derbes Leibchen.
MATRONE. Wir haben zu viel Lebensart,
　　　　Um hier mit euch zu maulen;
　　　　Doch hoff ich, sollt ihr jung und zart,
　　　　So wie ihr seid, verfaulen.
KAPELLMEISTER. Fliegenschnauz und Mückennas,
　　　　Umschwärmt mir nicht die Nackte!
　　　　Frosch im Laub und Grill im Gras,
　　　　So bleibt doch auch im Takte!
WINDFAHNE *nach der einen Seite.*
　　　　Gesellschaft, wie man wünschen kann:
　　　　Wahrhaftig lauter Bräute!
　　　　Und Junggesellen, Mann für Mann
　　　　Die hoffnungsvollsten Leute!
WINDFAHNE *nach der andern Seite.*
　　　　Und tut sich nicht der Boden auf,
　　　　Sie alle zu verschlingen,
　　　　So will ich mit behendem Lauf
　　　　Gleich in die Hölle springen.
XENIEN. Als Insekten sind wir da
　　　　Mit kleinen, scharfen Scheren,
　　　　Satan, unsern Herrn Papa,
　　　　Nach Würden zu verehren.
HENNINGS. Seht, wie sie in gedrängter Schar
　　　　Naiv zusammen scherzen!

Am Ende sagen sie noch gar,
Sie hätten gute Herzen.

MUSAGET. Ich mag in diesem Hexenheer
Mich gar zu gern verlieren;
Denn freilich diese wüßt ich ehr
Als Musen anzuführen.

CI-DEVANT: GENIUS DER ZEIT.
Mit rechten Leuten wird man was.
Komm, fasse meinen Zipfel!
Der Blocksberg, wie der deutsche Parnaß,
Hat gar einen breiten Gipfel.

NEUGIERIGER REISENDER.
Sagt: wie heißt der steife Mann?
Er geht mit stolzen Schritten;
Er schnopert, was er schnopern kann. –
»Er spürt nach Jesuiten.«

KRANICH. In dem Klaren mag ich gern
Und auch im Trüben fischen;
Darum seht ihr den frommen Herrn
Sich auch mit Teufeln mischen.

WELTKIND. Ja, für die Frommen, glaubet mir,
Ist alles ein Vehikel;
Sie bilden auf dem Blocksberg hier
Gar manches Konventikel.

TÄNZER. Da kommt ja wohl ein neues Chor?
Ich höre ferne Trommeln. –
»Nur ungestört! es sind im Rohr
Die unisonen Dommeln.«

TANZMEISTER. Wie jeder doch die Beine lupft!
Sich, wie er kann, herauszieht!
Der Krumme springt, der Plumpe hupft,
Und fragt nicht, wie er aussieht.

FIEDLER. Das haßt sich schwer, das Lumpenpack,
Und gäb sich gern das Restchen;
Es eint sie hier der Dudelsack,
Wie Orpheus Leier die Bestien.

DOGMATIKER. Ich lasse mich nicht irreschrein,
Nicht durch Kritik noch Zweifel.
Der Teufel muß doch etwas sein;
Wie gäbs denn sonst auch Teufel?

4309 – 4346

IDEALIST. Die Phantasie in meinem Sinn
Ist diesmal gar zu herrisch.
Fürwahr, wenn ich das alles bin,
So bin ich heute närrisch!

REALIST. Das Wesen ist mir recht zur Qual
Und muß mich baß verdrießen;
Ich stehe hier zum erstenmal
Nicht fest auf meinen Füßen.

SUPERNATURALIST. Mit viel Vergnügen bin ich da
Und freue mich mit diesen;
Denn von den Teufeln kann ich ja
Auf gute Geister schließen.

SKEPTIKER. Sie gehn den Flämmchen auf der Spur
Und glaubn sich nah dem Schatze.
Auf Teufel reimt der Zweifel nur;
Da bin ich recht am Platze.

KAPELLMEISTER. Frosch im Laub und Grill im Gras,
Verfluchte Dilettanten!
Fliegenschnauz und Mückennas,
Ihr seid doch Musikanten!

DIE GEWANDTEN. Sanssouci, so heißt das Heer
Von lustigen Geschöpfen;
Auf den Füßen gehts nicht mehr,
Drum gehn wir auf den Köpfen.

DIE UNBEHÜLFLICHEN.
Sonst haben wir manchen Bissen erschranzt,
Nun aber Gott befohlen!
Unsere Schuhe sind durchgetanzt,
Wir laufen auf nackten Sohlen.

IRRLICHTER. Von dem Sumpfe kommen wir,
Woraus wir erst entstanden;
Doch sind wir gleich im Reihen hier
Die glänzenden Galanten.

STERNSCHNUPPE. Aus der Höhe schoß ich her
Im Stern- und Feuerscheine,
Liege nun im Grase quer:
Wer hilft mir auf die Beine?

DIE MASSIVEN. Platz und Platz! und ringsherum!
So gehn die Gräschen nieder;

Geister kommen, Geister auch,
Sie haben plumpe Glieder.

PUCK. Tretet nicht so mastig auf
Wie Elefantenkälber!
Und der Plumpst an diesem Tag
Sei Puck, der Derbe, selber!

ARIEL. Gab die liebende Natur,
Gab der Geist euch Flügel,
Folget meiner leichten Spur:
Auf zum Rosenhügel!

ORCHESTER. *Pianissimo.* Wolkenzug und Nebelflor
Erhellen sich von oben.
Luft im Laub und Wind im Rohr –
Und alles ist zerstoben.

TRÜBER TAG · FELD

Faust · Mephistopheles

FAUST. Im Elend! Verzweifelt! Erbärmlich auf der Erde lange
verirrt und nun gefangen! Als Missetäterin im Kerker zu ent-
setzlichen Qualen eingesperrt das holde, unselige Geschöpf!
Bis dahin! dahin! – Verräterischer, nichtswürdiger Geist, und
das hast du mir verheimlicht! Steh nur, steh! wälze die teuflischen Augen ingrimmend im Kopf herum! Steh und trutze
mir durch deine unerträgliche Gegenwart! – Gefangen! Im
unwiederbringlichen Elend! Bösen Geistern übergeben und
der richtenden, gefühllosen Menschheit! – Und mich wiegst du
indes in abgeschmackten Zerstreuungen, verbirgst mir ihren
wachsenden Jammer und lässest sie hülflos verderben!

MEPHISTOPHELES. Sie ist die Erste nicht!

FAUST. Hund! abscheuliches Untier! – Wandle ihn, du unend-
licher Geist! wandle den Wurm wieder in seine Hundsgestalt,
wie er sich oft nächtlicher Weile gefiel, vor mir herzutrotten,
dem harmlosen Wandrer vor die Füße zu kollern und sich
dem Niederstürzenden auf die Schultern zu hängen! Wandl ihn
wieder in seine Lieblingsbildung, daß er vor mir im Sand auf
dem Bauch krieche, ich ihn mit Füßen trete, den Verworfnen! –
»Die Erste nicht!« – Jammer! Jammer! von keiner Menschen-
seele zu fassen, daß mehr als Ein Geschöpf in die Tiefe dieses

Elendes versank, daß nicht das erste genugtat für die Schuld aller übrigen in seiner windenden Todesnot vor den Augen des ewig Verzeihenden! Mir wühlt es Mark und Leben durch, das Elend dieser Einzigen; du grinsest gelassen über das Schicksal von Tausenden hin!

MEPHISTOPHELES. Nun sind wir schon wieder an der Grenze unsres Witzes, da, wo euch Menschen der Sinn überschnappt. Warum machst du Gemeinschaft mit uns, wenn du sie nicht durchführen kannst? Willst fliegen und bist vorm Schwindel nicht sicher? Drangen wir uns dir auf, oder du dich uns?

FAUST. Fletsche deine gefräßigen Zähne mir nicht so entgegen! Mir ekelts! – Großer, herrlicher Geist, der du mir zu erscheinen würdigtest, der du mein Herz kennest und meine Seele, warum an den Schandgesellen mich schmieden, der sich am Schaden weidet und am Verderben sich letzt?

MEPHISTOPHELES. Endigst du?

FAUST. Rette sie! oder weh dir! Den gräßlichsten Fluch über dich auf Jahrtausende!

MEPHISTOPHELES. Ich kann die Bande des Rächers nicht lösen, seine Riegel nicht öffnen. – »Rette sie!« – Wer wars, der sie ins Verderben stürzte? Ich oder du?

FAUST *blickt wild umher.*

MEPHISTOPHELES. Greifst du nach dem Donner? Wohl, daß er euch elenden Sterblichen nicht gegeben ward! Den unschuldig Entgegnenden zu zerschmettern, das ist so Tyrannenart, sich in Verlegenheiten Luft zu machen.

FAUST. Bringe mich hin! Sie soll frei sein!

MEPHISTOPHELES. Und die Gefahr, der du dich aussetzest? Wisse: noch liegt auf der Stadt Blutschuld von deiner Hand! Über des Erschlagenen Stätte schweben rächende Geister und lauern auf den wiederkehrenden Mörder.

FAUST. Noch das von dir? Mord und Tod einer Welt über dich Ungeheuer! Führe mich hin, sag ich, und befrei sie!

MEPHISTOPHELES. Ich führe dich, und was ich tun kann, höre! Habe ich alle Macht im Himmel und auf Erden? Des Türners Sinne will ich umnebeln, bemächtige dich der Schlüssel und führe sie heraus mit Menschenhand! Ich wache! die Zauberpferde sind bereit, ich entführe euch. Das vermag ich.

FAUST. Auf und davon!

NACHT · OFFEN FELD

Faust, Mephistopheles, auf schwarzen Pferden daherbrausend

FAUST. Was weben die dort um den Rabenstein?
MEPHISTOPHELES. Weiß nicht, was sie kochen und schaffen.
FAUST. Schweben auf, schweben ab, neigen sich, beugen sich.
MEPHISTOPHELES. Eine Hexenzunft!
FAUST. Sie streuen und weihen.
MEPHISTOPHELES. Vorbei! vorbei!

KERKER

FAUST, *mit einem Bund Schlüssel und einer Lampe,*
vor einem eisernen Türchen

Mich faßt ein längst entwohnter Schauer,
Der Menschheit ganzer Jammer faßt mich an.
Hier wohnt sie, hinter dieser feuchten Mauer,
Und ihr Verbrechen war ein guter Wahn!
Du zauderst, zu ihr zu gehen?
Du fürchtest, sie wiederzusehen?
Fort! dein Zagen zögert den Tod heran.

Er ergreift das Schloß. Es singt inwendig:

Meine Mutter, die Hur,
Die mich umgebracht hat!
Mein Vater, der Schelm,
Der mich gessen hat!
Mein Schwesterlein klein
Hub auf die Bein
An einem kühlen Ort –
Da ward ich ein schönes Waldvögelein,
Fliege fort, fliege fort!

FAUST *aufschließend.* Sie ahnet nicht, daß der Geliebte lauscht,
Die Ketten klirren hört, das Stroh, das rauscht. *Er tritt ein.*
MARGARETE *sich auf dem Lager verbergend.*
Weh! weh! sie kommen. Bittrer Tod!
FAUST *leise.* Still! still! ich komme, dich zu befreien.
MARGARETE *sich vor ihn hinwälzend.*
Bist du ein Mensch, so fühle meine Not!

FAUST. Du wirst die Wächter aus dem Schlafe schreien!
Er faßt die Ketten, sie aufzuschließen.
MARGARETE *auf den Knien.*
Wer hat dir, Henker, diese Macht
Über mich gegeben?
Du holst mich schon um Mitternacht!
Erbarme dich und laß mich leben!
Ists morgen früh nicht zeitig genung? *Sie steht auf.*
Bin ich doch noch so jung, so jung!
Und soll schon sterben!
Schön war ich auch, und das war mein Verderben.
Nah war der Freund, nun ist er weit;
Zerrissen liegt der Kranz, die Blumen zerstreut.
Fasse mich nicht so gewaltsam an!
Schone mich! Was hab ich dir getan?
Laß mich nicht vergebens flehen!
Hab ich dich doch mein Tage nicht gesehen!
FAUST. Werd ich den Jammer überstehen?
MARGARETE. Ich bin nun ganz in deiner Macht.
Laß mich nur erst das Kind noch tränken!
Ich herzt es diese ganze Nacht;
Sie nahmen mirs, um mich zu kränken,
Und sagen nun, ich hätt es umgebracht,
Und niemals werd ich wieder froh.
Sie singen Lieder auf mich! Es ist bös von den Leuten!
Ein altes Märchen endigt so,
Wer heißt sies deuten?
FAUST *wirft sich nieder.* Ein Liebender liegt dir zu Füßen,
Die Jammerknechtschaft aufzuschließen.
MARGARETE *wirft sich zu ihm.*
O laß uns knien, die Heilgen anzurufen!
Sieh: unter diesen Stufen,
Unter der Schwelle
Siedet die Hölle!
Der Böse,
Mit furchtbarem Grimme,
Macht ein Getöse!
FAUST *laut.* Gretchen! Gretchen!
MARGARETE *aufmerksam.* Das war des Freundes Stimme!
Sie springt auf. Die Ketten fallen ab.

Wo ist er? Ich hab ihn rufen hören!
Ich bin frei! mir soll niemand wehren.
An seinen Hals will ich fliegen,
An seinem Busen liegen!
Er rief: Gretchen! Er stand auf der Schwelle!
Mitten durchs Heulen und Klappern der Hölle!
Durch den grimmigen, teuflischen Hohn
Erkannt ich den süßen, den liebenden Ton.

FAUST. Ich bins!

MARGARETE.   Du bists! O sag es noch einmal!
Ihn fassend.
Er ists! er ists! Wohin ist alle Qual?
Wohin die Angst des Kerkers? der Ketten?
Du bists! kommst, mich zu retten!
Ich bin gerettet! –
Schon ist die Straße wieder da,
Auf der ich dich zum ersten Male sah,
Und der heitere Garten,
Wo ich und Marthe deiner warten.

FAUST *fortstrebend.* Komm mit! komm mit!

MARGARETE.   O weile!
Weil ich doch so gern, wo du weilest. *Liebkosend.*

FAUST. Eile!
Wenn du nicht eilest,
Werden wirs teuer büßen müssen.

MARGARETE. Wie? du kannst nicht mehr küssen?
Mein Freund, so kurz von mir entfernt,
Und hasts Küssen verlernt?
Warum wird mir an deinem Halse so bang,
Wenn sonst von deinen Worten, deinen Blicken
Ein ganzer Himmel mich überdrang
Und du mich küßtest, als wolltest du mich ersticken?
Küsse mich!
Sonst küß ich dich! *Sie umfaßt ihn.*
O weh! deine Lippen sind kalt,
Sind stumm!
Wo ist dein Lieben
Geblieben?
Wer brachte mich drum? *Sie wendet sich von ihm.*

4462 – 4497

FAUST. Komm! folge mir! Liebchen, fasse Mut!
Ich herze dich mit tausendfacher Glut;
Nur folge mir! Ich bitte dich nur dies!
MARGARETE *zu ihm gewendet.*
Und bist dus denn? und bist dus auch gewiß?
FAUST. Ich bins! Komm mit!
MARGARETE.   Du machst die Fesseln los,
Nimmst wieder mich in deinen Schoß.
Wie kommt es, daß du dich vor mir nicht scheust? –
Und weißt du denn, mein Freund, wen du befreist?
FAUST. Komm! komm! Schon weicht die tiefe Nacht.
MARGARETE. Meine Mutter hab ich umgebracht,
Mein Kind hab ich ertränkt!
War es nicht dir und mir geschenkt?
Dir auch! – Du bists! ich glaub es kaum.
Gib deine Hand! Es ist kein Traum!
Deine liebe Hand! – Ach, aber sie ist feucht!
Wische sie ab! Wie mich deucht,
Ist Blut dran!
Ach Gott! was hast du getan!
Stecke den Degen ein!
Ich bitte dich drum.
FAUST. Laß das Vergangne vergangen sein!
Du bringst mich um.
MARGARETE. Nein, du mußt übrigbleiben!
Ich will dir die Gräber beschreiben,
Für die mußt du sorgen
Gleich morgen:
Der Mutter den besten Platz geben,
Meinen Bruder sogleich darneben,
Mich ein wenig beiseit,
Nur nicht gar zu weit!
Und das Kleine mir an die rechte Brust!
Niemand wird sonst bei mir liegen! –
Mich an deine Seite zu schmiegen,
Das war ein süßes, ein holdes Glück!
Aber es will mir nicht mehr gelingen:
Mir ists, als müßt ich mich zu dir zwingen,
Als stießest du mich von dir zurück,
Und doch bist dus und blickst so gut, so fromm.

4498 – 4535

FAUST. Fühlst du, daß ich es bin, so komm!

MARGARETE. Dahinaus?

FAUST. Ins Freie!

MARGARETE.   Ist das Grab drauß,
Lauert der Tod, so komm!
Von hier ins ewige Ruhebett
Und weiter keinen Schritt! –
Du gehst nun fort? O Heinrich, könnt ich mit!

FAUST. Du kannst! so wolle nur! Die Tür steht offen.

MARGARETE. Ich darf nicht fort; für mich ist nichts zu hoffen.
Was hilft es, fliehn? Sie lauern doch mir auf!
Es ist so elend, betteln zu müssen,
Und noch dazu mit bösem Gewissen!
Es ist so elend, in der Fremde schweifen –
Und sie werden mich doch ergreifen!

FAUST. Ich bleibe bei dir.

MARGARETE. Geschwind! geschwind!
Rette dein armes Kind!
Fort! immer den Weg
Am Bach hinauf,
Über den Steg,
In den Wald hinein,
Links, wo die Planke steht,
Im Teich!
Faß es nur gleich!
Es will sich heben,
Es zappelt noch!
Rette! rette!

FAUST. Besinne dich doch!
Nur Einen Schritt, so bist du frei!

MARGARETE. Wären wir nur den Berg vorbei!
Da sitzt meine Mutter auf einem Stein,
Es faßt mich kalt beim Schopfe!
Da sitzt meine Mutter auf einem Stein
Und wackelt mit dem Kopfe:
Sie winkt nicht, sie nickt nicht, der Kopf ist ihr schwer,
Sie schlief so lange, sie wacht nicht mehr –
Sie schlief, damit wir uns freuten!
Es waren glückliche Zeiten!

FAUST. Hilft hier kein Flehen, hilft kein Sagen,
So wag ichs, dich hinwegzutragen.
MARGARETE. Laß mich! Nein, ich leide keine Gewalt!
Fasse mich nicht so mörderisch an!
Sonst hab ich dir ja alles zulieb getan.
FAUST. Der Tag graut! Liebchen! Liebchen!
MARGARETE. Tag! Ja, es wird Tag! der letzte Tag dringt
Mein Hochzeittag sollt es sein!   [herein!
Sag niemand, daß du schon bei Gretchen warst!
Weh meinem Kranze!
Es ist eben geschehn!
Wir werden uns wiedersehn –
Aber nicht beim Tanze.
Die Menge drängt sich, man hört sie nicht;
Der Platz, die Gassen
Können sie nicht fassen.
Die Glocke ruft, das Stäbchen bricht.
Wie sie mich binden und packen!
Zum Blutstuhl bin ich schon entrückt.
Schon zuckt nach jedem Nacken
Die Schärfe, die nach meinem zückt.
Stumm liegt die Welt wie das Grab!
FAUST. O wär ich nie geboren!
MEPHISTOPHELES *erscheint draußen.* Auf! oder ihr seid verloren.
Unnützes Zagen! Zaudern und Plaudern!
Meine Pferde schaudern,
Der Morgen dämmert auf.
MARGARETE. Was steigt aus dem Boden herauf?
Der! der! Schick' ihn fort!
Was will der an dem heiligen Ort?
Er will mich!
FAUST.   Du sollst leben!
MARGARETE. Gericht Gottes! dir hab ich mich übergeben!
MEPHISTOPHELES *zu Faust.*
Komm! komm! Ich lasse dich mit ihr im Stich.
MARGARETE. Dein bin ich, Vater! rette mich!
Ihr Engel, ihr heiligen Scharen,
Lagert euch umher, mich zu bewahren! –
Heinrich! mir grauts vor dir!
MEPHISTOPHELES. Sie ist gerichtet!

4574 – 4611

STIMME *von oben.*   Ist gerettet!
MEPHISTOPHELES *zu Faust.*   Her zu mir!
Verschwindet mit Faust.
STIMME *von innen, verhallend.* Heinrich! Heinrich!

DER TRAGÖDIE ZWEITER TEIL

IN FÜNF AKTEN

ERSTER AKT

ANMUTIGE GEGEND

Faust, auf blumigen Rasen gebettet, ermüdet, unruhig, schlafsuchend
Dämmerung
Geisterkreis, schwebend bewegt, anmutige kleine Gestalten

ARIEL. *Gesang, von Äolsharfen begleitet*

Wenn der Blüten Frühlingsregen
Über alle schwebend sinkt,
Wenn der Felder grüner Segen
Allen Erdgebornen blinkt,
Kleiner Elfen Geistergröße
Eilet, wo sie helfen kann;
Ob er heilig, ob er böse,
Jammert sie der Unglücksmann.

Die ihr dies Haupt umschwebt im luftgen Kreise,
Erzeigt euch hier nach edler Elfen Weise:
Besänftiget des Herzens grimmen Strauß!
Entfernt des Vorwurfs glühend-bittre Pfeile,
Sein Innres reinigt von erlebtem Graus!
Vier sind die Pausen nächtiger Weile:
Nun ohne Säumen füllt sie freundlich aus!
Erst senkt sein Haupt aufs kühle Polster nieder,
Dann badet ihn im Tau aus Lethes Flut!
Gelenk sind bald die krampferstarrten Glieder,
Wenn er gestärkt dem Tag entgegenruht.
Vollbringt der Elfen schönste Pflicht:
Gebt ihn zurück dem heiligen Licht!

CHOR. *Einzeln, zu zweien und vielen, abwechselnd und gesammelt.*

Wenn sich lau die Lüfte füllen
Um den grünumschränkten Plan,
Süße Düfte, Nebelhüllen
Senkt die Dämmerung heran,

Lispelt leise süßen Frieden,
Wiegt das Herz in Kindesruh,
Und den Augen dieses Müden
Schließt des Tages Pforte zu.

Nacht ist schon hereingesunken,
Schließt sich heilig Stern an Stern,
Große Lichter, kleine Funken
Glitzern nah und glänzen fern,
Glitzern hier im See sich spiegelnd,
Glänzen droben klarer Nacht;
Tiefsten Ruhens Glück besiegelnd,
Herrscht des Mondes volle Pracht.

Schon verloschen sind die Stunden,
Hingeschwunden Schmerz und Glück;
Fühl es vor: du wirst gesunden!
Traue neuem Tagesblick!
Täler grünen, Hügel schwellen,
Buschen sich zu Schattenruh,
Und in schwanken Silberwellen
Wogt die Saat der Ernte zu.

Wunsch um Wünsche zu erlangen,
Schaue nach dem Glanze dort!
Leise bist du nur umfangen,
Schlaf ist Schale, wirf sie fort!
Säume nicht, dich zu erdreisten,
Wenn die Menge zaudernd schweift!
Alles kann der Edle leisten,
Der versteht und rasch ergreift.

Ungeheures Getöse verkündet das Herannahen der Sonne.

ARIEL. Horchet! horcht dem Sturm der Horen!
Tönend wird für Geistesohren
Schon der neue Tag geboren.
Felsentore knarren rasselnd,
Phöbus Räder rollen prasselnd,
Welch Getöse bringt das Licht!
Es trommetet, es posaunet,
Auge blinzt, und Ohr erstaunet,
Unerhörtes hört sich nicht.
Schlüpfet zu den Blumenkronen,

Tiefer tiefer, still zu wohnen,
In die Felsen, unters Laub!
Trifft es euch, so seid ihr taub.

FAUST. Des Lebens Pulse schlagen frisch-lebendig,
Ätherische Dämmerung milde zu begrüßen;
Du, Erde, warst auch diese Nacht beständig
Und atmest neu erquickt zu meinen Füßen,
Beginnest schon mit Lust mich zu umgeben,
Du regst und rührst ein kräftiges Beschließen,
Zum höchsten Dasein immer fortzustreben. –
In Dämmerschein liegt schon die Welt erschlossen,
Der Wald ertönt von tausendstimmigem Leben;
Talaus, talein ist Nebelstreif ergossen,
Doch senkt sich Himmelsklarheit in die Tiefen,
Und Zweig und Äste, frisch erquickt, entsprossen
Dem duftgen Abgrund, wo versenkt sie schliefen;
Auch Farb an Farbe klärt sich los vom Grunde,
Wo Blum und Blatt von Zitterperle triefen:
Ein Paradies wird um mich her die Runde.

Hinaufgeschaut! – Der Berge Gipfelriesen
Verkünden schon die feierlichste Stunde;
Sie dürfen früh des ewigen Lichts genießen,
Das später sich zu uns herniederwendet.
Jetzt zu der Alpe grüngesenkten Wiesen
Wird neuer Glanz und Deutlichkeit gespendet,
Und stufenweis herab ist es gelungen –
Sie tritt hervor! – und leider schon geblendet,
Kehr ich mich weg, vom Augenschmerz durchdrungen.

So ist es also, wenn ein sehnend Hoffen
Dem höchsten Wunsch sich traulich zugerungen,
Erfüllungspforten findet flügeloffen;
Nun aber bricht aus jenen ewigen Gründen
Ein Flammenübermaß, wir stehn betroffen:
Des Lebens Fackel wollten wir entzünden,
Ein Feuermeer umschlingt uns, welch ein Feuer!
Ists Lieb? ists Haß? die glühend uns umwinden,
Mit Schmerz- und Freuden wechselnd ungeheuer,
So daß wir wieder nach der Erde blicken,
Zu bergen uns in jugendlichstem Schleier.

4676 – 4714

So bleibe denn die Sonne mir im Rücken!
Der Wassersturz, das Felsenriff durchbrausend,
Ihn schau ich an mit wachsendem Entzücken.
Von Sturz zu Sturzen wälzt er jetzt in tausend,
Dann abertausend Strömen sich ergießend,
Hoch in die Lüfte, Schaum an Schäume sausend.
Allein wie herrlich, diesem Sturm ersprießend,
Wölbt sich des bunten Bogens Wechseldauer,
Bald rein gezeichnet, bald in Luft zerfließend,
Umher verbreitend duftig-kühle Schauer!
Der spiegelt ab das menschliche Bestreben.
Ihm sinne nach, und du begreifst genauer:
Am farbigen Abglanz haben wir das Leben.

KAISERLICHE PFALZ

SAAL DES THRONES

Staatsrat in Erwartung des Kaisers
Trompeten · Hofgesinde aller Art, prächtig gekleidet, tritt vor. Der
Kaiser gelangt auf den Thron, zu seiner Rechten der Astrolog

KAISER. Ich grüße die Getreuen, Lieben,
Versammelt aus der Näh und Weite. –
Den Weisen seh ich mir zur Seite,
Allein wo ist der Narr geblieben?
JUNKER. Gleich hinter deiner Mantelschleppe
Stürzt er zusammen auf der Treppe;
Man trug hinweg das Fettgewicht:
Tot oder trunken? weiß man nicht.
ZWEITER JUNKER. Sogleich mit wunderbarer Schnelle
Drängt sich ein andrer an die Stelle.
Gar köstlich ist er aufgeputzt,
Doch fratzenhaft, daß jeder stutzt;
Die Wache hält ihm an der Schwelle
Kreuzweis die Hellebarden vor –
Da ist er doch, der kühne Tor!
MEPHISTOPHELES *am Throne knieend.*
Was ist verwünscht und stets willkommen?
Was ist ersehnt und stets verjagt?
Was immerfort in Schutz genommen?

Was hart gescholten und verklagt?
Wen darfst du nicht herbeiberufen?
Wen höret jeder gern genannt?
Was naht sich deines Thrones Stufen?
Was hat sich selbst hinweggebannt?
KAISER. Für diesmal spare deine Worte!
Hier sind die Rätsel nicht am Orte,
Das ist die Sache dieser Herrn. –
Da löse du! das hört ich gern:
Mein alter Narr ging, fürcht ich, weit ins Weite;
Nimm seinen Platz und komm an meine Seite!

Mephistopheles steigt hinauf und stellt sich zur Linken.

GEMURMEL DER MENGE. Ein neuer Narr – Zu neuer Pein –
　　　　　Wo kommt er her? – Wie kam er ein? –
　　　　　Der alte fiel – Der hat vertan –
　　　　　Es war ein Faß – Nun ists ein Span –

KAISER. Und also, ihr Getreuen, Lieben.
Willkommen aus der Näh und Ferne!
Ihr sammelt euch mit günstigem Sterne:
Da droben ist uns Glück und Heil geschrieben.
Doch sagt, warum in diesen Tagen,
Wo wir der Sorgen uns entschlagen,
Schönbärte mummenschänzlich tragen
Und Heitres nur genießen wollten,
Warum wir uns ratschlagend quälen sollten!
Doch weil ihr meint, es ging nicht anders an,
Geschehen ists, so seis getan.

KANZLER. Die höchste Tugend, wie ein Heiligenschein,
Umgibt des Kaisers Haupt, nur er allein
Vermag sie gültig auszuüben:
Gerechtigkeit! Was alle Menschen lieben,
Was alle fordern, wünschen, schwer entbehren,
Es liegt an ihm, dem Volk es zu gewähren.
Doch ach! was hilft dem Menschengeist Verstand,
Dem Herzen Güte, Willigkeit der Hand,
Wenns fieberhaft durchaus im Staate wütet
Und Übel sich in Übeln überbrütet?
Wer schaut hinab von diesem hohen Raum

Ins weite Reich, ihm scheints ein schwerer Traum,
Wo Mißgestalt in Mißgestalten schaltet,
Das Ungesetz gesetzlich überwaltet
Und eine Welt des Irrtums sich entfaltet.

Der raubt sich Herden, der ein Weib,
Kelch, Kreuz und Leuchter vom Altare,
Berühmt sich dessen manche Jahre
Mit heiler Haut, mit unverletztem Leib.
Jetzt drängen Kläger sich zur Halle,
Der Richter prunkt auf hohem Pfühl,
Indessen wogt in grimmigem Schwalle
Des Aufruhrs wachsendes Gewühl.
Der darf auf Schand und Frevel pochen,
Der auf Mitschuldigste sich stützt,
Und: Schuldig! hörst du ausgesprochen,
Wo Unschuld nur sich selber schützt.
So will sich alle Welt zerstückeln,
Vernichtigen, was sich gebührt;
Wie soll sich da der Sinn entwickeln,
Der einzig uns zum Rechten führt?
Zuletzt ein wohlgesinnter Mann
Neigt sich zum Schmeichler, dem Bestecher;
Ein Richter, der nicht strafen kann,
Gesellt sich endlich zum Verbrecher.
Ich malte schwarz; doch dichtern Flor
Zög ich dem Blicke lieber vor. *Pause.*
Entschlüsse sind nicht zu vermeiden;
Wenn alle schädigen, alle leiden,
Geht selbst die Majestät zu Raub.

HEERMEISTER. Wie tobts in diesen wilden Tagen!
Ein jeder schlägt und wird erschlagen,
Und fürs Kommando bleibt man taub.
Der Bürger hinter seinen Mauern,
Der Ritter auf dem Felsennest
Verschwuren sich, uns auszudauern,
Und halten ihre Kräfte fest.
Der Mietsoldat wird ungeduldig,
Mit Ungestüm verlangt er seinen Lohn,
Und wären wir ihm nichts mehr schuldig,

Er liefe ganz und gar davon.
Verbiete wer, was alle wollten,
Der hat ins Wespennest gestört;
Das Reich, das sie beschützen sollten,
Es liegt geplündert und verheert.
Man läßt ihr Toben, wütend Hausen,
Schon ist die halbe Welt vertan;
Es sind noch Könige da draußen,
Doch keiner denkt, es ging ihn irgend an.
SCHATZMEISTER. Wer wird auf Bundsgenossen pochen!
Subsidien, die man uns versprochen,
Wie Röhrenwasser bleiben aus.
Auch, Herr, in deinen weiten Staaten
An wen ist der Besitz geraten?
Wohin man kommt, da hält ein Neuer Haus,
Und unabhängig will er leben;
Zusehen muß man, wie ers treibt:
Wir haben so viel Rechte hingegeben,
Daß uns auf nichts ein Recht mehr übrigbleibt.
Auch auf Parteien, wie sie heißen,
Ist heutzutage kein Verlaß;
Sie mögen schelten oder preisen,
Gleichgültig wurden Lieb und Haß.
Die Ghibellinen wie die Guelfen
Verbergen sich, um auszuruhn;
Wer jetzt will seinem Nachbar helfen?
Ein jeder hat für sich zu tun.
Die Goldespforten sind verrammelt,
Ein jeder kratzt und scharrt und sammelt,
Und unsre Kassen bleiben leer.
MARSCHALK. Welch Unheil muß auch ich erfahren!
Wir wollen alle Tage sparen
Und brauchen alle Tage mehr,
Und täglich wächst mir neue Pein.
Den Köchen tut kein Mangel wehe:
Wildschweine, Hirsche, Hasen, Rehe,
Welschhühner, Hühner, Gäns und Enten,
Die Deputate, sichre Renten,
Sie gehen noch so ziemlich ein;

Jedoch am Ende fehlts an Wein.
Wenn sonst im Keller Faß an Faß sich häufte
Der besten Berg und Jahresläufte,
So schlürft unendliches Gesäufte
Der edlen Herrn den letzten Tropfen aus.
Der Stadtrat muß sein Lager auch verzapfen,
Man greift zu Humpen, greift zu Napfen,
Und unterm Tische liegt der Schmaus.
Nun soll ich zahlen, alle lohnen;
Der Jude wird mich nicht verschonen:
Der schafft Antizipationen,
Die speisen Jahr um Jahr voraus.
Die Schweine kommen nicht zu Fette,
Verpfändet ist der Pfühl im Bette,
Und auf den Tisch kommt vorgegessen Brot.

KAISER *nach einigem Nachdenken zu Mephistopheles.*
Sag, weißt du Narr nicht auch noch eine Not?

MEPH. Ich keineswegs! Den Glanz umher zu schauen,
Dich und die Deinen! – Mangelte Vertrauen,
Wo Majestät unweigerlich gebeut,
Bereite Macht Feindseliges zerstreut?
Wo guter Wille, kräftig durch Verstand,
Und Tätigkeit, vielfältige, zur Hand?
Was könnte da zum Unheil sich vereinen,
Zur Finsternis, wo solche Sterne scheinen?

GEMURMEL. Das ist ein Schalk – Ders wohl versteht –
　　　　　Er lügt sich ein – Solang es geht –
　　　　　Ich weiß schon – Was dahintersteckt –
　　　　　Und was denn weiter? – Ein Projekt –

MEPHISTOPHELES. Wo fehlts nicht irgendwo auf dieser Welt?
Dem dies, dem das, hier aber fehlt das Geld.
Vom Estrich zwar ist es nicht aufzuraffen;
Doch Weisheit weiß das Tiefste herzuschaffen.
In Bergesadern, Mauergründen
Ist Gold gemünzt und ungemünzt zu finden,
Und fragt ihr mich, wer es zutage schafft:
Begabten Manns Natur- und Geisteskraft!

KANZLER. Natur und Geist – so spricht man nicht zu Christen!
Deshalb verbrennt man Atheisten,
Weil solche Reden höchst gefährlich sind.

Natur ist Sünde, Geist ist Teufel,
Sie hegen zwischen sich den Zweifel,
Ihr mißgestaltet Zwitterkind.
Uns nicht so! – Kaisers alten Landen
Sind zwei Geschlechter nur entstanden,
Sie stützen würdig seinen Thron:
Die Heiligen sind es und die Ritter;
Sie stehen jedem Ungewitter
Und nehmen Kirch und Staat zum Lohn.
Dem Pöbelsinn verworrener Geister
Entwickelt sich ein Widerstand:
Die Ketzer sinds! die Hexenmeister!
Und sie verderben Stadt und Land.
Die willst du nun mit frechen Scherzen
In diese hohen Kreise schwärzen;
Ihr hegt euch an verderbtem Herzen:
Dem Narren sind sie nah verwandt.

MEPHISTOPHELES. Daran erkenn ich den gelehrten Herrn!
Was ihr nicht tastet, steht euch meilenfern,
Was ihr nicht faßt, das fehlt euch ganz und gar,
Was ihr nicht rechnet, glaubt ihr, sei nicht wahr,
Was ihr nicht wägt, hat für euch kein Gewicht,
Was ihr nicht münzt, das, meint ihr, gelte nicht!

KAISER. Dadurch sind unsre Mängel nicht erledigt;
Was willst du jetzt mit deiner Fastenpredigt?
Ich habe satt das ewige Wie und Wenn;
Es fehlt an Geld: nun gut, so schaff es denn!

MEPHISTOPHELES.
Ich schaffe, was ihr wollt, und schaffe mehr;
Zwar ist es leicht, doch ist das Leichte schwer.
Es liegt schon da, doch um es zu erlangen,
Das ist die Kunst! Wer weiß es anzufangen?
Bedenkt doch nur: in jenen Schreckensläuften,
Wo Menschenfluten Land und Volk ersäuften,
Wie der und der, so sehr es ihn erschreckte,
Sein Liebstes da- und dortwohin versteckte,
So wars von je in mächtiger Römer Zeit,
Und so fortan, bis gestern, ja bis heut.
Das alles liegt im Boden still begraben:
Der Boden ist des Kaisers, der solls haben!

SCHATZMEISTER. Für einen Narren spricht er gar nicht schlecht;
Das ist fürwahr des alten Kaisers Recht.

KANZLER. Der Satan legt euch goldgewirkte Schlingen:
Es geht nicht zu mit frommen, rechten Dingen.

MARSCHALK. Schafft er uns nur zu Hof willkommne Gaben,
Ich wollte gern ein bißchen unrecht haben.

HEERMEISTER. Der Narr ist klug, verspricht, was jedem frommt;
Fragt der Soldat doch nicht, woher es kommt!

MEPH. Und glaubt ihr euch vielleicht durch mich betrogen:
Hier steht ein Mann! da, fragt den Astrologen!
In Kreis um Kreise kennt er Stund und Haus.
So sage denn: wie siehts am Himmel aus?

GEMURMEL. Zwei Schelme sinds – Verstehn sich schon –
           Narr und Phantast – So nah dem Thron –
           Ein mattgesungen – Alt Gedicht –
           Der Tor bläst ein – Der Weise spricht –

ASTROLOG, *spricht, Mephistopheles bläst ein.*
Die Sonne selbst, sie ist ein lautres Gold;
Merkur, der Bote, dient um Gunst und Sold;
Frau Venus hats euch allen angetan,
So früh als spat blickt sie euch lieblich an;
Die keusche Luna launet grillenhaft;
Mars, trifft er nicht, so dräut euch seine Kraft,
Und Jupiter bleibt doch der schönste Schein;
Saturn ist groß, dem Auge fern und klein;
Ihn als Metall verehren wir nicht sehr:
An Wert gering, doch im Gewichte schwer.
Ja, wenn zu Sol sich Luna fein gesellt,
Zum Silber Gold, dann ist es heitre Welt!
Das übrige ist alles zu erlangen:
Paläste, Gärten, Brüstlein, rote Wangen,
Das alles schafft der hochgelahrte Mann,
Der das vermag, was unser keiner kann.

KAISER. Ich höre doppelt, was er spricht,
Und dennoch überzeugts mich nicht.

GEMURMEL. Was soll uns das? – Gedroschner Spaß –
           Kalenderei – Chymisterei –
           Das hört ich oft – Und falsch gehofft –
           Und kommt er auch – So ists ein Gauch –

MEPHISTOPHELES. Da stehen sie umher und staunen,
Vertrauen nicht dem hohen Fund;
Der eine faselt von Alraunen,
Der andre von dem schwarzen Hund.
Was soll es, daß der eine witzelt,
Ein andrer Zauberei verklagt,
Wenn ihm doch auch einmal die Sohle kitzelt,
Wenn ihm der sichre Schritt versagt!

Ihr alle fühlt geheimes Wirken
Der ewig-waltenden Natur,
Und aus den untersten Bezirken
Schmiegt sich herauf lebendge Spur.
Wenn es in allen Gliedern zwackt,
Wenn es unheimlich wird am Platz,
Nur gleich entschlossen grabt und hackt:
Da liegt der Spielmann, liegt der Schatz!

GEMURMEL. Mir liegts im Fuß wie Bleigewicht –
        Mir krampfts im Arme – Das ist Gicht –
        Mir krabbelts an der großen Zeh –
        Mir tut der ganze Rücken weh –
        Nach solchen Zeichen wäre hier
        Das allerreichste Schatzrevier.

KAISER. Nur eilig! du entschlüpfst nicht wieder,
Erprobe deine Lügenschäume
Und zeig uns gleich die edlen Räume!
Ich lege Schwert und Zepter nieder
Und will mit eignen hohen Händen,
Wenn du nicht lügst, das Werk vollenden,
Dich, wenn du lügst, zur Hölle senden!
MEPHISTOPHELES. Den Weg dahin wüßt allenfalls zu finden! –
Doch kann ich nicht genug verkünden,
Was überall besitzlos harrend liegt.
Der Bauer, der die Furche pflügt,
Hebt einen Goldtopf mit der Scholle;
Salpeter hofft er von der Leimenwand
Und findet golden-goldne Rolle,
Erschreckt, erfreut, in kümmerlicher Hand.
Was für Gewölbe sind zu sprengen!

In welchen Klüften, welchen Gängen
Muß sich der Schatzbewußte drängen
Zur Nachbarschaft der Unterwelt!
In weiten, altverwahrten Kellern
Von goldnen Humpen, Schüsseln, Tellern
Sieht er sich Reihen aufgestellt;
Pokale stehen aus Rubinen,
Und will er deren sich bedienen,
Daneben liegt uraltes Naß.
Doch – werdet ihr dem Kundigen glauben? –
Verfault ist längst das Holz der Dauben:
Der Weinstein schuf dem Wein ein Faß.
Essenzen solcher edlen Weine,
Gold und Juwelen nicht alleine,
Umhüllen sich mit Nacht und Graus.
Der Weise forscht hier unverdrossen;
Am Tag erkennen, das sind Possen,
Im Finstern sind Mysterien zu Haus.
KAISER. Die laß ich dir! Was will das Düstre frommen?
Hat etwas Wert, es muß zutage kommen.
Wer kennt den Schelm in tiefer Nacht genau?
Schwarz sind die Kühe, so die Katzen grau.
Die Töpfe drunten, voll von Goldgewicht,
Zieh deinen Pflug und ackre sie ans Licht!
MEPHISTOPHELES. Nimm Hack und Spaten, grabe selber!
Die Bauernarbeit macht dich groß,
Und deine Herde goldner Kälber,
Sie reißen sich vom Boden los.
Dann ohne Zaudern, mit Entzücken
Kannst du dich selbst, wirst die Geliebte schmücken:
Ein leuchtend Farb- und Glanzgestein erhöht
Die Schönheit wie die Majestät.
KAISER. Nur gleich! nur gleich! Wie lange soll es währen!
ASTROLOG *wie oben*. Herr, mäßige solch dringendes Begehren!
Laß erst vorbei das bunte Freudenspiel!
Zerstreutes Wesen führt uns nicht zum Ziel.
Erst müssen wir in Fassung uns versühnen,
Das Untre durch das Obere verdienen.
Wer Gutes will, der sei erst gut,
Wer Freude will, besänftige sein Blut,

Wer Wein verlangt, der keltre reife Trauben,
Wer Wunder hofft, der stärke seinen Glauben!
KAISER. So sei die Zeit in Fröhlichkeit vertan!
Und ganz erwünscht kommt Aschermittwoch an.
Indessen feiern wir, auf jeden Fall,
Nur lustiger das wilde Karneval. *Trompeten. Exeunt.*
MEPHISTOPHELES. Wie sich Verdienst und Glück verketten,
Das fällt den Toren niemals ein;
Wenn sie den Stein der Weisen hätten,
Der Weise mangelte dem Stein.

WEITLÄUFIGER SAAL

mit Nebengemächern, verziert und aufgeputzt zur Mummenschanz

HEROLD. Denkt nicht, ihr seid in deutschen Grenzen
Von Teufels-, Narren- und Totentänzen!
Ein heitres Fest erwartet euch.
Der Herr, auf seinen Römerzügen,
Hat, sich zu Nutz, euch zum Vergnügen,
Die hohen Alpen überstiegen,
Gewonnen sich ein heitres Reich.
Der Kaiser, er, an heiligen Sohlen
Erbat sich erst das Recht zur Macht,
Und als er ging, die Krone sich zu holen,
Hat er uns auch die Kappe mitgebracht.
Nun sind wir alle neugeboren;
Ein jeder weltgewandte Mann
Zieht sie behaglich über Kopf und Ohren:
Sie ähnlet ihn verrückten Toren,
Er ist darunter weise, wie er kann. –
Ich sehe schon, wie sie sich scharen,
Sich schwankend sondern, traulich paaren;
Zudringlich schließt sich Chor an Chor.
Herein, hinaus, nur unverdrossen!
Es bleibt doch endlich nach wie vor
Mit ihren hunderttausend Possen
Die Welt ein einzig-großer Tor.
GÄRTNERINNEN. *Gesang, begleitet von Mandolinen.*
      Euren Beifall zu gewinnen,

Schmückten wir uns diese Nacht,
Junge Florentinerinnen,
Folgten deutschen Hofes Pracht;

Tragen wir in braunen Locken
Mancher heitern Blume Zier;
Seidenfäden, Seidenflocken
Spielen ihre Rolle hier.

Denn wir halten es verdienstlich,
Lobenswürdig ganz und gar:
Unsere Blumen, glänzend-künstlich,
Blühen fort das ganze Jahr.

Allerlei gefärbten Schnitzeln
Ward symmetrisch Recht getan;
Mögt ihr Stück für Stück bewitzeln,
Doch das Ganze zieht euch an.

Niedlich sind wir anzuschauen,
Gärtnerinnen und galant;
Denn das Naturell der Frauen
Ist so nah mit Kunst verwandt.

HEROLD. Laßt die reichen Körbe sehen,
Die ihr auf den Häupten traget,
Die sich bunt am Arme blähen!
Jeder wähle, was behaget!

Eilig, daß in Laub- und Gängen
Sich ein Garten offenbare!
Würdig sind, sie zu umdrängen,
Krämerinnen wie die Ware.

GÄRTNERINNEN. Feilschet nun am heitern Orte,
Doch kein Markten finde statt!
Und mit sinnig-kurzem Worte
Wisse jeder, was er hat.

OLIVENZWEIG MIT FRÜCHTEN.
Keinen Blumenflor beneid ich,
Allen Widerstreit vermeid ich;
Mir ists gegen die Natur:
Bin ich doch das Mark der Lande

Und, zum sichern Unterpfande,
Friedenszeichen jeder Flur.
Heute, hoff ich, soll mirs glücken,
Würdig-schönes Haupt zu schmücken.

ÄHRENKRANZ *golden.* Ceres Gaben, euch zu putzen,
Werden hold und lieblich stehn:
Das Erwünschteste dem Nutzen
Sei als eure Zierde schön.

PHANTASIEKRANZ. Bunte Blumen, Malven ähnlich,
Aus dem Moos ein Wunderflor!
Der Natur ists nicht gewöhnlich,
Doch die Mode bringts hervor.

PHANTASIESTRAUSS. Meinen Namen euch zu sagen,
Würde Theophrast nicht wagen,
Und doch hoff ich, wo nicht allen,
Aber mancher zu gefallen,
Der ich mich wohl eignen möchte,
Wenn sie mich ins Haar verflöchte,
Wenn sie sich entschließen könnte,
Mir am Herzen Platz vergönnte.

ROSENKNOSPEN, *Ausforderung.*
Mögen bunte Phantasien
Für des Tages Mode blühen,
Wunderseltsam sein gestaltet,
Wie Natur sich nie entfaltet!
Grüne Stiele, goldne Glocken,
Blickt hervor aus reichen Locken! –

Doch wir halten uns versteckt;
Glücklich, wer uns frisch entdeckt!
Wenn der Sommer sich verkündet,
Rosenknospe sich entzündet,
Wer mag solches Glück entbehren?
Das Versprechen, das Gewähren,
Das beherrscht in Florens Reich
Blick und Sinn und Herz zugleich.
Unter grünen Laubgängen putzen die Gärtnerinnen
zierlich ihren Kram auf

5124 – 5157

GÄRTNER. *Gesang, begleitet von Theorben*
Blumen sehet ruhig sprießen,
Reizend euer Haupt umzieren!
Früchte wollen nicht verführen,
Kostend mag man sie genießen.

Bieten bräunliche Gesichter
Kirschen, Pfirschen, Königspflaumen,
Kauft! denn gegen Zung und Gaumen
Hält sich Auge schlecht als Richter.

Kommt, von allerreifsten Früchten
Mit Geschmack und Lust zu speisen!
Über Rosen läßt sich dichten,
In die Äpfel muß man beißen.

Seis erlaubt, uns anzupaaren
Eurem reichen Jugendflor,
Und wir putzen reifer Waren
Fülle nachbarlich empor.

Unter lustigen Gewinden,
In geschmückter Lauben Bucht,
Alles ist zugleich zu finden:
Knospe, Blätter, Blume, Frucht.

Unter Wechselgesang, begleitet von Gitarren und Theorben,
fahren beide Chöre fort, ihre Waren stufenweis in die Höhe zu schmücken
und auszubieten

Mutter und Tochter

MUTTER. Mädchen, als du kamst ans Licht,
Schmückt ich dich im Häubchen;
Warst so lieblich von Gesicht
Und so zart am Leibchen.
Dachte dich sogleich als Braut,
Gleich dem Reichsten angetraut,
Dachte dich als Weibchen.

Ach, nun ist schon manches Jahr
Ungenützt verflogen,
Der Sponsierer bunte Schar
Schnell vorbeigezogen!

Tanztest mit dem einen flink,
Gabst dem andern feinen Wink
Mit dem Ellenbogen.

Welches Fest man auch ersann,
Ward umsonst begangen:
Pfänderspiel und Dritter Mann
Wollten nicht verfangen;
Heute sind die Narren los:
Liebchen, öffne deinen Schoß!
Bleibt wohl einer hangen.

Gespielinnen, jung und schön, gesellen sich hinzu;
ein vertrauliches Geplauder wird laut

Fischer und Vogelsteller mit Netzen, Angeln und Leimruten, auch
sonstigem Geräte, treten auf, mischen sich unter die schönen Kinder.
Wechselseitige Versuche, zu gewinnen, zu fangen, zu entgehen und
festzuhalten, geben zu den angenehmsten Dialogen Gelegenheit

HOLZHAUER *treten ein, ungestüm und ungeschlacht*

Nur Platz! nur Blöße!	Denn wirkten Grobe
Wir brauchen Räume:	Nicht auch im Lande,
Wir fällen Bäume,	Wie kämen Feine
Die krachen, schlagen,	Für sich zustande,
Und wenn wir tragen,	So sehr sie witzten?
Da gibt es Stöße.	Des seid belehret!
Zu unserm Lobe	Denn ihr erfröret,
Bringt dies ins Reine;	Wenn wir nicht schwitzten.

PULCINELLE *täppisch, fast läppisch*

Ihr seid die Toren,	Einherzulaufen,
Gebückt geboren.	Gaffend zu stehen,
Wir sind die Klugen,	Uns anzukrähen,
Die nie was trugen;	Auf solche Klänge
Denn unsre Kappen,	Durch Drang und Menge
Jacken und Lappen	Aalgleich zu schlüpfen,
Sind leicht zu tragen,	Gesamt zu hüpfen,
Und mit Behagen	Vereint zu toben.
Wir immer müßig,	Ihr mögt uns loben,
Pantoffelfüßig	Ihr mögt uns schelten,
Durch Markt und Haufen	Wir lassens gelten.

PARASITEN *schmeichelnd-lüstern*

Ihr wackern Träger
Und eure Schwäger,
Die Kohlenbrenner,
Sind unsre Männer;
Denn alles Bücken,
Bejahndes Nicken,
Gewundne Phrasen,
Das Doppelblasen
Das wärmt und kühlet,
Wies einer fühlet,
Was könnt es frommen?
Es möchte Feuer
Selbst ungeheuer

Vom Himmel kommen,
Gäb es nicht Scheite
Und Kohlentrachten,
Die Herdesbreite
Zur Glut entfachten.
Da bräts und prudelts,
Da kochts und strudelts!
Der wahre Schmecker,
Der Tellerlecker,
Er riecht den Braten,
Er ahnet Fische;
Das regt zu Taten
An Gönners Tische.

TRUNKNER *unbewußt*

Sei mir heute nichts zuwider!
Fühle mich so frank und frei;
Frische Lust und heitre Lieder,
Holt ich selbst sie doch herbei.
Und so trink ich! trinke! trinke!
Stoßet an, ihr! Tinke-tinke!
Du dorthinten, komm heran!
Stoßet an, so ists getan.

Schrie mein Weibchen doch entrüstet,
Rümpfte diesem bunten Rock
Und, wie sehr ich mich gebrüstet,
Schalt mich einen Maskenstock.
Doch ich trinke! trinke! trinke!
Angeklungen! Tinke-tinke!
Maskenstöcke, stoßet an!
Wenn es klingt, so ists getan.

Saget nicht, daß ich verirrt bin!
Bin ich doch, wo mirs behagt.
Borgt der Wirt nicht, borgt die Wirtin,
Und am Ende borgt die Magd.
Immer trink ich! trinke! trinke!

Auf, ihr andern! Tinke-tinke!
Jeder jedem, so fortan!
Dünkt michs doch, es sei getan.

Wie und wo ich mich vergnüge,
Mag es immerhin geschehn:
Laßt mich liegen, wo ich liege!
Denn ich mag nicht länger stehn.

CHOR. Jeder Bruder trinke! trinke!
Toastet frisch ein Tinke-tinke!
Sitzet fest auf Bank und Span!
Unterm Tisch, dem ists getan.

DER HEROLD

*kündigt verschiedene Poeten an, Naturdichter, Hof- und Rittersänger,
zärtliche sowie Enthusiasten. Im Gedräng von Mitwerbern aller Art
läßt keiner den andern zum Vortrag kommen*

Einer schleicht mit wenigen Worten vorüber:

SATIRIKER. Wißt ihr, was mich Poeten
Erst recht erfreuen sollte?
Dürft ich singen und reden,
Was niemand hören wollte.

*Die Nacht- und Grabdichter lassen sich entschuldigen, weil sie soeben
im interessantesten Gespräch mit einem frisch erstandenen Vampyren
begriffen seien, woraus eine neue Dichtart sich vielleicht entwickeln
könnte; der Herold muß es gelten lassen und ruft indessen die griechische
Mythologie hervor, die selbst in moderner Maske weder Charakter
noch Gefälliges verliert.*

Die Grazien

AGLAIA. Anmut bringen wir ins Leben;
Leget Anmut in das Geben!
HEGEMONE. Leget Anmut ins Empfangen!
Lieblich ists, den Wunsch erlangen.
EUPHROSYNE. Und in stiller Tage Schranken
Höchst anmutig sei das Danken!

Die Parzen

ATROPOS. Mich, die Älteste, zum Spinnen
        Hat man diesmal eingeladen;
        Viel zu denken, viel zu sinnen
        Gibts beim zarten Lebensfaden.

        Daß er euch gelenk und weich sei,
        Wußt ich feinsten Flachs zu sichten;
        Daß er glatt und schlank und gleich sei,
        Wird der kluge Finger schlichten.

        Wolltet ihr bei Lust und Tänzen
        Allzu üppig euch erweisen,
        Denkt an dieses Fadens Grenzen!
        Hütet euch! er möchte reißen.

KLOTHO. Wißt, in diesen letzten Tagen
        Ward die Schere mir vertraut;
        Denn man war von dem Betragen
        Unsrer Alten nicht erbaut.

        Zerrt unnützeste Gespinste
        Lange sie an Licht und Luft,
        Hoffnung herrlichster Gewinste
        Schleppt sie schneidend zu der Gruft.

        Doch auch ich, im Jugendwalten,
        Irrte mich schon hundertmal;
        Heute mich im Zaum zu halten,
        Schere steckt im Futteral.

        Und so bin ich gern gebunden,
        Blicke freundlich diesem Ort:
        Ihr in diesen freien Stunden
        Schwärmt nur immer fort und fort!

LACHESIS. Mir, die ich allein verständig,
        Blieb das Ordnen zugeteilt;
        Meine Weife, stets lebendig,
        Hat noch nie sich übereilt.

        Fäden kommen, Fäden weifen,
        Jeden lenk ich seine Bahn,

Keinen laß ich überschweifen:
Füg er sich im Kreis heran!

Könnt ich einmal mich vergessen,
Wär es um die Welt mir bang;
Stunden zählen, Jahre messen,
Und der Weber nimmt den Strang.

HEROLD. Die jetzo kommen, werdet ihr nicht kennen,
Wärt ihr noch so gelehrt in alten Schriften;
Sie anzusehn, die so viel Übel stiften,
Ihr würdet sie willkommne Gäste nennen.

Die Furien sind es! niemand wird uns glauben:
Hübsch, wohlgestaltet, freundlich, jung von Jahren!
Laßt euch mit ihnen ein: ihr sollt erfahren,
Wie schlangenhaft verletzen solche Tauben.

Zwar sind sie tückisch; doch am heutigen Tage,
Wo jeder Narr sich rühmet seiner Mängel,
Auch sie verlangen nicht den Ruhm als Engel,
Bekennen sich als Stadt- und Landesplage.

Die Furien

ALEKTO. Was hilft es euch? ihr werdet uns vertrauen!
Denn wir sind hübsch und jung und Schmeichelkätzchen;
Hat einer unter euch ein Liebeschätzchen,
Wir werden ihm so lang die Ohren krauen,

Bis wir ihm sagen dürfen, Aug in Auge:
Daß sie zugleich auch dem und jenem winke,
Im Kopfe dumm, im Rücken krumm, und hinke
Und, wenn sie seine Braut ist, gar nichts tauge.

So wissen wir die Braut auch zu bedrängen:
Es hat sogar der Freund vor wenig Wochen
Verächtliches von ihr zu der gesprochen! –
Versöhnt man sich, so bleibt doch etwas hängen.

MEGÄRA. Das ist nur Spaß! denn sind sie erst verbunden,
Ich nehm es auf und weiß in allen Fällen
Das schönste Glück durch Grille zu vergällen;
Der Mensch ist ungleich, ungleich sind die Stunden,

Und niemand hat Erwünschtes fest in Armen,
Der sich nicht nach Erwünschterem törig sehnte
Vom höchsten Glück, woran er sich gewöhnte;
Die Sonne flieht er, will den Frost erwarmen.

Mit diesem allen weiß ich zu gebaren
Und führe her Asmodi, den Getreuen,
Zu rechter Zeit Unseliges auszustreuen,
Verderbe so das Menschenvolk in Paaren.

TISIPHONE. Gift und Dolch statt böser Zungen
Misch ich, schärf ich dem Verräter;
Liebst du andre: früher, später
Hat Verderben dich durchdrungen,

Muß der Augenblicke Süßtes
Sich zu Gischt und Galle wandeln!
Hier kein Markten, hier kein Handeln:
Wie er es beging, er büßt es.

Singe keiner vom Vergeben!
Felsen klag ich meine Sache,
Echo, horch! erwidert: Rache!
Und wer wechselt, soll nicht leben.

HEROLD. Belieb es euch, zur Seite wegzuweichen!
Denn was jetzt kommt, ist nicht von euresgleichen.
Ihr seht, wie sich ein Berg herangedrängt,
Mit bunten Teppichen die Weichen stolz behängt,
Ein Haupt mit langen Zähnen, Schlangenrüssel,
Geheimnisvoll, doch zeig ich euch den Schlüssel.
Im Nacken sitzt ihm zierlich-zarte Frau,
Mit feinem Stäbchen lenkt sie ihn genau;
Die andre, droben stehend herrlich-hehr,
Umgibt ein Glanz, der blendet mich zu sehr.
Zur Seite gehn gekettet edle Frauen,
Die eine bang, die andre froh zu schauen;
Die eine wünscht, die andre fühlt sich frei.
Verkünde jede, wer sie sei!

FURCHT. Dunstige Fackeln, Lampen, Lichter
Dämmern durchs verworrne Fest;
Zwischen diese Truggesichter
Bannt mich, ach! die Kette fest.

Fort, ihr lächerlichen Lacher!
Euer Grinsen gibt Verdacht;
Alle meine Widersacher
Drängen mich in dieser Nacht.

Hier: ein Freund ist Feind geworden,
Seine Maske kenn ich schon!
Jener wollte mich ermorden,
Nun, entdeckt, schleicht er davon.

Ach, wie gern in jeder Richtung
Flöh ich zu der Welt hinaus!
Doch von drüben droht Vernichtung,
Hält mich zwischen Dunst und Graus.

HOFFNUNG. Seid gegrüßt, ihr lieben Schwestern!
Habt ihr euch schon heut und gestern
In Vermummungen gefallen,
Weiß ich doch gewiß von allen:
Morgen wollt ihr euch enthüllen!
Und wenn wir bei Fackelscheine
Uns nicht sonderlich behagen,
Werden wir in heitern Tagen
Ganz nach unserm eignen Willen,
Bald gesellig, bald alleine,
Frei durch schöne Fluren wandeln,
Nach Belieben ruhn und handeln
Und in sorgenfreiem Leben
Nie entbehren, stets erstreben.
Überall willkommne Gäste,
Treten wir getrost hinein:
Sicherlich, es muß das Beste
Irgendwo zu finden sein.

KLUGHEIT. Zwei der größten Menschenfeinde,
Furcht und Hoffnung, angekettet,
Halt ich ab von der Gemeinde –
Platz gemacht! – ihr seid gerettet.

Den lebendigen Kolossen
Führ ich, seht ihr, turmbeladen,
Und er wandelt unverdrossen
Schritt vor Schritt auf steilen Pfaden.

Droben aber auf der Zinne
Jene Göttin mit behenden,
Breiten Flügeln, zum Gewinne
Allerseits sich hinzuwenden:

Rings umgibt sie Glanz und Glorie,
Leuchtend fern nach allen Seiten,
Und sie nennet sich Viktorie,
Göttin aller Tätigkeiten.

ZOILO-THERSITES. Hu! hu! da komm ich eben recht!
Ich schelt euch allzusammen schlecht;
Doch was ich mir zum Ziel ersah,
Ist oben Frau Viktoria.
Mit ihrem weißen Flügelpaar
Sie dünkt sich wohl, sie sei ein Aar,
Und wo sie sich nur hingewandt,
Gehör ihr alles Volk und Land.
Doch wo was Rühmliches gelingt,
Es mich sogleich in Harnisch bringt.
Das Tiefe hoch, das Hohe tief,
Das Schiefe grad, das Grade schief,
Das ganz allein macht mich gesund;
So will ichs auf dem Erdenrund.
HEROLD. So treffe dich, du Lumpenhund,
Des frommen Stabes Meisterstreich!
Da krümm und winde dich sogleich!
Wie sich die Doppelzwerggestalt
So schnell zum eklen Klumpen ballt! –
Doch Wunder! Klumpen wird zum Ei,
Das bläht sich auf und platzt entzwei.
Nun fällt ein Zwillingspaar heraus:
Die Otter und die Fledermaus!
Die eine fort im Staube kriecht,
Die andre schwarz zur Decke fliegt.
Sie eilen draußen zum Verein;
Da möcht ich nicht der Dritte sein.

GEMURMEL.

Frisch! dahinten tanzt man schon –
Nein! ich wollt, ich wär davon –
Fühlst du, wie uns das umflicht,

Das gespenstische Gezücht? –
Saust es mir doch übers Haar –
Ward ichs doch am Fuß gewahr –
Keiner ist von uns verletzt –
Alle doch in Furcht gesetzt –
Ganz verdorben ist der Spaß –
Und die Bestien wollten das –

HEROLD. Seit mir sind bei Maskeraden
Heroldspflichten aufgeladen,
Wach ich ernstlich an der Pforte,
Daß euch hier am lustigen Orte
Nichts Verderbliches erschleiche;
Weder wanke, weder weiche.
Doch ich fürchte, durch die Fenster
Ziehen luftige Gespenster,
Und von Spuk und Zaubereien
Wüßt ich euch nicht zu befreien.
Machte sich der Zwerg verdächtig,
Nun! dort hinten strömt es mächtig.
Die Bedeutung der Gestalten
Möcht ich amtsgemäß entfalten.
Aber was nicht zu begreifen,
Wüßt ich auch nicht zu erklären;
Helfet alle mich belehren! –
Seht ihrs durch die Menge schweifen?
Vierbespannt ein prächtiger Wagen
Wird durch alles durchgetragen;
Doch er teilet nicht die Menge,
Nirgend seh ich ein Gedränge.
Farbig glitzerts in der Ferne,
Irrend leuchten bunte Sterne
Wie von magischer Laterne,
Schnaubt heran mit Sturmgewalt.
Platz gemacht! Mich schauderts!
KNABE WAGENLENKER.   Halt!
Rosse, hemmet eure Flügel,
Fühlet den gewohnten Zügel,
Meistert euch, wie ich euch meistre!
Rauschet hin, wenn ich begeistre!—

5487 – 5524

Diese Räume laßt uns ehren!
Schaut umher, wie sie sich mehren,
Die Bewundrer, Kreis um Kreise!
Herold, auf! nach deiner Weise,
Ehe wir von euch entfliehen,
Uns zu schildern, uns zu nennen!
Denn wir sind Allegorien,
Und so solltest du uns kennen.

HEROLD. Wüßte nicht, dich zu benennen;
Eher könnt ich dich beschreiben.

KNABE LENKER. So probiers!

HEROLD.   Man muß gestehn:
Erstlich bist du jung und schön.
Halbwüchsiger Knabe bist du; doch die Frauen,
Sie möchten dich ganz ausgewachsen schauen.
Du scheinest mir ein künftiger Sponsierer,
Recht so von Haus aus ein Verführer.

KNABE LENKER. Das läßt sich hören! Fahre fort,
Erfinde dir des Rätsels heitres Wort!

HEROLD. Der Augen schwarzer Blitz, die Nacht der Locken,
Erheitert von juwelnem Band!
Und welch ein zierliches Gewand
Fließt dir von Schultern zu den Socken
Mit Purpursaum und Glitzertand!
Man könnte dich ein Mädchen schelten;
Doch würdest du, zu Wohl und Weh,
Auch jetzo schon bei Mädchen gelten:
Sie lehrten dich das ABC.

KNABE LENKER. Und dieser, der als Prachtgebilde
Hier auf dem Wagenthrone prangt?

HEROLD. Er scheint ein König, reich und milde;
Wohl dem, der seine Gunst erlangt!
Er hat nichts weiter zu erstreben;
Wos irgend fehlte, späht sein Blick,
Und seine reine Lust zu geben
Ist größer als Besitz und Glück.

KNABE LENKER. Hiebei darfst du nicht stehenbleiben,
Du mußt ihn recht genau beschreiben.

HEROLD. Das Würdige beschreibt sich nicht.
Doch das gesunde Mondgesicht,

Ein voller Mund, erblühte Wangen,
Die unterm Schmuck des Turbans prangen,
Im Faltenkleid ein reich Behagen!
Was soll ich von dem Anstand sagen?
Als Herrscher scheint er mir bekannt.
KNABE LENKER. Plutus, des Reichtums Gott, genannt!
Derselbe kommt in Prunk daher:
Der hohe Kaiser wünscht ihn sehr.
HEROLD. Sag von dir selber auch das Was und Wie!
KNABE LENKER. Bin die Verschwendung, bin die Poesie,
Bin der Poet, der sich vollendet,
Wenn er sein eigenst Gut verschwendet.
Auch ich bin unermeßlich reich
Und schätze mich dem Plutus gleich,
Beleb und schmück ihm Tanz und Schmaus;
Das, was ihm fehlt, das teil ich aus.
HEROLD. Das Prahlen steht dir gar zu schön;
Doch laß uns deine Künste sehn!
KNABE LENKER. Hier seht mich nur ein Schnippchen schlagen,
Schon glänzts und glitzerts um den Wagen:
Da springt eine Perlenschnur hervor!
Immerfort umherschnippend.
Nehmt goldne Spange für Hals und Ohr!
Auch Kamm und Krönchen ohne Fehl,
In Ringen köstlichstes Juwel!
Auch Flämmchen spend ich dann und wann,
Erwartend, wo es zünden kann.
HEROLD. Wie greift und hascht die liebe Menge!
Fast kommt der Geber ins Gedränge.
Kleinode schnippt er wie ein Traum,
Und alles hascht im weiten Raum.
Doch da erleb ich neue Pfiffe:
Was einer noch so emsig griffe,
Des hat er wirklich schlechten Lohn –
Die Gabe flattert ihm davon.
Es löst sich auf das Perlenband,
Ihm krabbeln Käfer in der Hand;
Er wirft sie weg, der arme Tropf,
Und sie umsummen ihm den Kopf.
Die andern statt solider Dinge

Erhaschen frevle Schmetterlinge.
Wie doch der Schelm so viel verheißt
Und nur verleiht, was golden gleißt!
KNABE LENKER. Zwar Masken, merk ich, weißt du zu verkün-
Allein der Schale Wesen zu ergründen,   [den,
Sind Herolds Hofgeschäfte nicht;
Das fordert schärferes Gesicht.
Doch hüt ich mich vor jeder Fehde;
An dich, Gebieter, wend ich Frag und Rede.
Zu Plutus gewendet. Hast du mir nicht die Windesbraut
Des Viergespannes anvertraut?
Lenk ich nicht glücklich, wie du leitest?
Bin ich nicht da, wohin du deutest?
Und wußt ich nicht auf kühnen Schwingen
Für dich die Palme zu erringen?
Wie oft ich auch für dich gefochten,
Mir ist es jederzeit geglückt:
Wenn Lorbeer deine Stirne schmückt,
Hab ich ihn nicht mit Sinn und Hand geflochten?
PLUTUS. Wenns nötig ist, daß ich dir Zeugnis leiste,
So sag ich gern: bist Geist von meinem Geiste.
Du handelst stets nach meinem Sinn,
Bist reicher, als ich selber bin.
Ich schätze, deinen Dienst zu lohnen,
Den grünen Zweig vor allen meinen Kronen.
Ein wahres Wort verkünd ich allen:
Mein lieber Sohn, an dir hab ich Gefallen!
KNABE LENKER *zur Menge.* Die größten Gaben meiner Hand,
Seht! hab ich rings umhergesandt:
Auf dem und jenem Kopfe glüht
Ein Flämmchen, das ich angesprüht.
Von einem zu dem andern hüpfts,
An diesem hält sichs, dem entschlüpfts,
Gar selten aber flammts empor
Und leuchtet rasch in kurzem Flor;
Doch vielen, ehe mans noch erkannt,
Verlischt es, traurig ausgebrannt.

WEIBERGEKLATSCH. Dadroben auf dem Viergespann
          Das ist gewiß ein Scharlatan,

Gekauzt da hintendrauf, Hanswurst,
Doch abgezehrt von Hunger und Durst,
Wie man ihn niemals noch erblickt;
Er fühlt wohl nicht, wenn man ihn zwickt.

DER ABGEMAGERTE. Vom Leibe mir, ekles Weibsgeschlecht!
Ich weiß, dir komm ich niemals recht.–
Wie noch die Frau den Herd versah,
Da hieß ich Avaritia;
Da stand es gut um unser Haus:
Nur viel herein und nichts hinaus!
Ich eiferte für Kist und Schrein;
Das sollte wohl gar ein Laster sein!
Doch als in allerneusten Jahren
Das Weib nicht mehr gewohnt zu sparen
Und wie ein jeder böser Zahler
Weit mehr Begierden hat als Taler,
Da bleibt dem Manne viel zu dulden:
Wo er nur hinsieht, da sind Schulden.
Sie wendets, kann sie was erspulen,
An ihren Leib, an ihren Buhlen,
Auch speist sie besser, trinkt noch mehr
Mit der Sponsierer leidigem Heer;
Das steigert mir des Goldes Reiz:
Bin männlichen Geschlechts, der Geiz!

HAUPTWEIB. Mit Drachen mag der Drache geizen;
Ists doch am Ende Lug und Trug!
Er kommt, die Männer aufzureizen;
Sie sind schon unbequem genug.

WEIBER IN MASSE. Der Strohmann! Reich ihm eine Schlappe!
          Was will das Marterholz uns dräun?
          Wir sollen seine Fratze scheun!
          Die Drachen sind von Holz und Pappe:
          Frisch an und dringt auf ihn hinein!

HEROLD. Bei meinem Stabe! Ruh gehalten! –
Doch braucht es meiner Hülfe kaum:
Seht, wie die grimmen Ungestalten,
Bewegt im rasch gewonnenen Raum,
Das Doppelflügelpaar entfalten!
Entrüstet schütteln sich der Drachen

Umschuppte, feuerspeiende Rachen;
Die Menge flieht, rein ist der Platz. *Plutus steigt vom Wagen.*
HEROLD. Er tritt herab, wie königlich!
Er winkt, die Drachen rühren sich;
Die Kiste haben sie vom Wagen
Mit Gold und Geiz herangetragen,
Sie steht zu seinen Füßen da:
Ein Wunder ist es, wies geschah.
PLUTUS *zum Lenker.* Nun bist du los der allzu lästigen Schwere,
Bist frei und frank: nun frisch zu deiner Sphäre!
Hier ist sie nicht! Verworren, scheckig, wild
Umdrängt uns hier ein fratzenhaft Gebild.
Nur wo du klar ins holde Klare schaust,
Dir angehörst und dir allein vertraust,
Dorthin, wo Schönes, Gutes nur gefällt,
Zur Einsamkeit! – Da schaffe deine Welt!
KNABE LENKER. So acht ich mich als werten Abgesandten,
So lieb ich dich als nächsten Anverwandten.
Wo du verweilst, ist Fülle; wo ich bin,
Fühlt jeder sich im herrlichsten Gewinn.
Auch schwankt er oft im widersinnigen Leben:
Soll er sich dir, soll er sich mir ergeben?
Die Deinen freilich können müßig ruhn;
Doch wer mir folgt, hat immer was zu tun.
Nicht insgeheim vollführ ich meine Taten:
Ich atme nur, und schon bin ich verraten.
So lebe wohl! du gönnst mir ja mein Glück;
Doch lisple leis, und gleich bin ich zurück. *Ab, wie er kam.*
PLUTUS. Nun ist es Zeit, die Schätze zu entfesseln!
Die Schlösser treff ich mit des Herolds Rute.
Es tut sich auf! schaut her: in ehrnen Kesseln
Entwickelt sichs und wallt von goldnem Blute,
Zunächst der Schmuck von Kronen, Ketten, Ringen;
Es schwillt und droht, ihn schmelzend zu verschlingen.

WECHSELGESCHREI DER MENGE.

Seht hier, o hin! wies reichlich quillt,
Die Kiste bis zum Rande füllt! –
Gefäße, goldne, schmelzen sich,
Gemünzte Rollen wälzen sich. –

Dukaten hüpfen wie geprägt:
O wie mir das den Busen regt! –
Wie schau ich alle mein Begehr!
Da kollern sie am Boden her. –
Man bietets euch, benutzts nur gleich
Und bückt euch nur und werdet reich! –
Wir andern, rüstig wie der Blitz,
Wir nehmen den Koffer in Besitz. –

HEROLD. Was solls, ihr Toren? soll mir das?
Es ist ja nur ein Maskenspaß.
Heut abend wird nicht mehr begehrt;
Glaubt ihr, man geb euch Gold und Wert?
Sind doch für euch in diesem Spiel
Selbst Rechenpfennige zu viel.
Ihr Täppischen! ein artiger Schein
Soll gleich die plumpe Wahrheit sein.
Was soll euch Wahrheit? Dumpfen Wahn
Packt ihr an allen Zipfeln an. –
Vermummter Plutus, Maskenheld,
Schlag dieses Volk mir aus dem Feld!

PLUTUS. Dein Stab ist wohl dazu bereit,
Verleih ihn mir auf kurze Zeit! –
Ich tauch ihn rasch in Sud und Glut. –
Nun, Masken, seid auf eurer Hut!
Wies blitzt und platzt, in Funken sprüht!
Der Stab, schon ist er angeglüht.
Wer sich zu nah herangedrängt,
Ist unbarmherzig gleich versengt. –
Jetzt fang ich meinen Umgang an.

GESCHREI UND GEDRÄNG.

O weh! es ist um uns getan! –
Enfliehe, wer entfliehen kann! –
Zurück, zurück, du Hintermann! –
Mir sprüht es heiß ins Angesicht –
Mich drückt des glühenden Stabs Gewicht –
Verloren sind wir all und all –
Zurück, zurück, du Maskenschwall! –
Zurück, zurück, unsinniger Hauf! –
O hätt ich Flügel, flög ich auf –

PLUTUS. Schon ist der Kreis zurückgedrängt,
Und niemand, glaub ich, ist versengt.
Die Menge weicht,
Sie ist verscheucht. –
Doch solcher Ordnung Unterpfand
Zieh ich ein unsichtbares Band.

HEROLD. Du hast ein herrlich Werk vollbracht;
Wie dank ich deiner klugen Macht!

PLUTUS. Noch braucht es, edler Freund, Geduld:
Es droht noch mancherlei Tumult.

GEIZ. So kann man doch, wenn es beliebt,
Vergnüglich diesen Kreis beschauen;
Denn immerfort sind vornean die Frauen,
Wos was zu gaffen, was zu naschen gibt.
Noch bin ich nicht so völlig eingerostet!
Ein schönes Weib ist immer schön,
Und heute, weil es mich nichts kostet,
So wollen wir getrost sponsieren gehn.
Doch weil am überfüllten Orte
Nicht jedem Ohr vernehmlich alle Worte,
Versuch ich klug und hoff, es soll mir glücken,
Mich pantomimisch deutlich auszudrücken.
Hand, Fuß, Gebärde reicht mir da nicht hin,
Da muß ich mich um einen Schwank bemühn:
Wie feuchten Ton will ich das Gold behandeln;
Denn dies Metall läßt sich in alles wandeln.

HEROLD. Was fängt der an, der magre Tor?
Hat so ein Hungermann Humor?
Er knetet alles Gold zu Teig,
Ihm wird es untern Händen weich;
Wie er es drückt und wie es ballt,
Bleibts immer doch nur ungestalt.
Er wendet sich zu den Weibern dort:
Sie schreien alle, möchten fort,
Gebärden sich gar widerwärtig;
Der Schalk erweist sich übelfertig.
Ich fürchte, daß er sich ergetzt,
Wenn er die Sittlichkeit verletzt.
Dazu darf ich nicht schweigsam bleiben:
Gib meinen Stab, ihn zu vertreiben!

PLUTUS. Er ahnet nicht, was uns von außen droht! –
Laß ihn die Narrenteidung treiben!
Ihm wird kein Raum für seine Possen bleiben;
Gesetz ist mächtig, mächtiger ist die Not.

GETÜMMEL UND GESANG. Das wilde Heer, es kommt zumal
   Von Bergeshöh und Waldestal,
   Unwiderstehlich schreitets an:
   Sie feiern ihren großen Pan.
   Sie wissen doch, was keiner weiß,
   Und drängen in den leeren Kreis.

PLUTUS. Ich kenn euch wohl und euren großen Pan!
Zusammen habt ihr kühnen Schritt getan.
Ich weiß recht gut, was nicht ein jeder weiß,
Und öffne schuldig diesen engen Kreis. –
Mag sie ein gut Geschick begleiten!
Das Wunderlichste kann geschehn;
Sie wissen nicht, wohin sie schreiten,
Sie haben sich nicht vorgesehn. –

WILDGESANG. Geputztes Volk du, Flitterschau!
   Sie kommen roh, sie kommen rauh,
   In hohem Sprung, in raschem Lauf,
   Sie treten derb und tüchtig auf.

FAUNEN. Die Faunenschar
Im lustigen Tanz,
Den Eichenkranz
Im krausen Haar,
Ein feines, zugespitztes Ohr
Dringt an dem Lockenkopf hervor,
Ein stumpfes Näschen, ein breit Gesicht,
Das schadet alles bei Frauen nicht:
Dem Faun, wenn er die Patsche reicht,
Versagt die Schönste den Tanz nicht leicht.

SATYR. Der Satyr hüpft nun hinterdrein
Mit Ziegenfuß und dürrem Bein,
Ihm sollen sie mager und sehnig sein,
Und gemsenartig auf Bergeshöhn
Belustigt er sich umherzusehn.
In Freiheitsluft erquickt alsdann,
Verhöhnt er Kind und Weib und Mann,

Die tief in Tales Dampf und Rauch
Behaglich meinen, sie lebten auch,
Da ihm doch rein und ungestört
Die Welt dort oben allein gehört.

GNOMEN. Da trippelt ein die kleine Schar,
Sie hält nicht gern sich Paar und Paar;
Im moosigen Kleid mit Lämplein hell
Bewegt sich durcheinander schnell,
Wo jedes für sich selber schafft,
Wie Leuchtameisen wimmelhaft,
Und wuselt emsig hin und her,
Beschäftigt in die Kreuz und Quer.

Den frommen Gütchen nah verwandt,
Als Felschirurgen wohlbekannt:
Die hohen Berge schröpfen wir,
Aus vollen Adern schöpfen wir;
Metalle stürzen wir zuhauf
Mit Gruß getrost: Glückauf! Glückauf!
Das ist von Grund aus wohlgemeint:
Wir sind der guten Menschen Freund.
Doch bringen wir das Gold zutag,
Damit man stehlen und kuppeln mag,
Nicht Eisen fehle dem stolzen Mann,
Der allgemeinen Mord ersann.
Und wer die drei Gebot veracht't,
Sich auch nichts aus den andern macht.
Das alles ist nicht unsre Schuld;
Drum habt so fort, wie wir, Geduld!
RIESEN. Die wilden Männer sind s' genannt,
Am Harzgebirge wohlbekannt;
Natürlich-nackt in aller Kraft,
Sie kommen sämtlich riesenhaft,
Den Fichtenstamm in rechter Hand
Und um den Leib ein wulstig Band,
Den derbsten Schurz von Zweig und Blatt:
Leibwache, wie der Papst nicht hat.
NYMPHEN IM CHOR. *Sie umschließen den großen Pan.*
Auch kommt er an! –
Das All der Welt

Wird vorgestellt
Im großen Pan.
Ihr Heitersten, umgebet ihn,
Im Gaukeltanz umschwebet ihn!
Denn weil er ernst und gut dabei,
So will er, daß man fröhlich sei.
Auch unterm blauen Wölbedach
Verhielt er sich beständig wach;
Doch rieseln ihm die Bäche zu,
Und Lüftlein wiegen ihn mild in Ruh.
Und wenn er zu Mittage schläft,
Sich nicht das Blatt am Zweige regt;
Gesunder Pflanzen Balsamduft
Erfüllt die schweigsam-stille Luft;
Die Nymphe darf nicht munter sein,
Und wo sie stand, da schläft sie ein.
Wenn unerwartet mit Gewalt
Dann aber seine Stimm erschallt
Wie Blitzes Knattern, Meergebraus,
Dann niemand weiß, wo ein noch aus,
Zerstreut sich tapfres Heer im Feld,
Und im Getümmel bebt der Held.
So Ehre dem, dem Ehre gebührt!
Und Heil ihm, der uns hergeführt!

DEPUTATION DER GNOMEN *an den großen Pan.*

Wenn das glänzend-reiche Gute
Fadenweis durch Klüfte streicht,
Nur der klugen Wünschelrute
Seine Labyrinthe zeigt,

Wölben wir in dunklen Grüften
Troglodytisch unser Haus,
Und an reinen Tageslüften
Teilst du Schätze gnädig aus.

Nun entdecken wir hieneben
Eine Quelle wunderbar,
Die bequem verspricht zu geben,
Was kaum zu erreichen war.

5874 – 5909

Dies vermagst du zu vollenden;
Nimm es, Herr, in deine Hut:
Jeder Schatz in deinen Händen
Kommt der ganzen Welt zugut.

PLUTUS *zum Herold.* Wir müssen uns im hohen Sinne fassen
Und was geschieht, getrost geschehen lassen,
Du bist ja sonst des stärksten Mutes voll.
Nun wird sich gleich ein Greulichstes eräugnen,
Hartnäckig wird es Welt und Nachwelt leugnen:
Du schreib es treulich in dein Protokoll!

HEROLD *den Stab anfassend, welchen Plutus in der Hand behält.*
Die Zwerge führen den großen Pan
Zur Feuerquelle sacht heran;
Sie siedet auf vom tiefsten Schlund,
Dann sinkt sie wieder hinab zum Grund,
Und finster steht der offne Mund,
Wallt wieder auf in Glut und Sud.
Der große Pan steht wohlgemut,
Freut sich des wundersamen Dings,
Und Perlenschaum sprüht rechts und links.
Wie mag er solchem Wesen traun?
Er bückt sich, tief hineinzuschaun. –
Nun aber fällt sein Bart hinein! –
Wer mag das glatte Kinn wohl sein?
Die Hand verbirgt es unserm Blick. –
Nun folgt ein großes Ungeschick:
Der Bart entflammt und fliegt zurück,
Entzündet Kranz und Haupt und Brust,
Zu Leiden wandelt sich die Lust! –
Zu löschen läuft die Schar herbei;
Doch keiner bleibt von Flammen frei,
Und wie es patscht und wie es schlägt,
Wird neues Flammen aufgeregt:
Verflochten in das Element,
Ein ganzer Maskenklump verbrennt.

Was aber hör ich, wird uns kund
Von Ohr zu Ohr, von Mund zu Mund?
O ewig unglückselge Nacht,
Was hast du uns für Leid gebracht!

Verkünden wird der nächste Tag,
Was niemand willig hören mag:
Doch hör ich allerorten schrein:
»Der Kaiser leidet solche Pein!«
O wäre doch ein andres wahr!
Der Kaiser brennt und seine Schar!
Sie sei verflucht, die ihn verführt,
In harzig Reis sich eingeschnürt,
Zu toben her mit Brüllgesang
Zu allerseitigem Untergang!
O Jugend, Jugend, wirst du nie
Der Freude reines Maß bezirken?
O Hoheit, Hoheit, wirst du nie
Vernünftig wie allmächtig wirken?

Schon geht der Wald in Flammen auf,
Sie züngeln leckend spitz hinauf
Zum holzverschränkten Deckenband:
Uns droht ein allgemeiner Brand!
Des Jammers Maß ist übervoll,
Ich weiß nicht, wer uns retten soll.
Ein Aschenhaufen einer Nacht
Liegt morgen reiche Kaiserpracht!
PLUTUS. Schrecken ist genug verbreitet,
Hülfe sei nun eingeleitet! –
Schlage, heilgen Stabs Gewalt,
Daß der Boden bebt und schallt!
Du geräumig-weite Luft,
Fülle dich mit kühlem Duft!
Zieht heran, umherzuschweifen,
Nebeldünste, schwangre Streifen,
Deckt ein flammendes Gewühl!

Rieselt, säuselt, Wölkchen kräuselt,
Schlüpfet wallend, leise dämpfet,
Löschend überall bekämpfet:
Ihr, die Lindernden, die Feuchten,
Wandelt in ein Wetterleuchten
Solcher eitlen Flamme Spiel! –
Drohen Geister, uns zu schädigen,
Soll sich die Magie betätigen.

5947 – 5986

LUSTGARTEN

Morgensonne

Der Kaiser, Hofleute
Faust, Mephistopheles, anständig, nicht auffallend,
nach Sitte gekleidet; beide knieen

FAUST. Verzeihst du, Herr, das Flammengaukelspiel?
KAISER *zum Aufstehn winkend.*
Ich wünsche mir dergleichen Scherze viel. –
Auf einmal sah ich mich in glühnder Sphäre:
Es schien mir fast, als ob ich Pluto wäre.
Aus Nacht und Kohlen lag ein Felsengrund,
Von Flämmchen glühend. Dem und jenem Schlund
Aufwirbelten viel tausend wilde Flammen
Und flackerten in Ein Gewölb zusammen.
Zum höchsten Dome züngelt es empor,
Der immer ward und immer sich verlor.
Durch fernen Raum gewundner Feuersäulen
Sah ich bewegt der Völker lange Zeilen;
Sie drängten sich im weiten Kreis heran
Und huldigten, wie sie es stets getan.
Von meinem Hof erkannt ich ein- und andern;
Ich schien ein Fürst von tausend Salamandern.
MEPHISTOPHELES. Das bist du, Herr! weil jedes Element
Die Majestät als unbedingt erkennt.
Gehorsam Feuer hast du nun erprobt;
Wirf dich ins Meer, wo es am wildsten tobt,
Und kaum betrittst du perlenreichen Grund,
So bildet wallend sich ein herrlich Rund,
Siehst auf und ab lichtgrüne, schwanke Wellen
Mit Purpursaum zur schönsten Wohnung schwellen
Um dich, den Mittelpunkt. Bei jedem Schritt,
Wohin du gehst, gehn die Paläste mit.
Die Wände selbst erfreuen sich des Lebens,
Pfeilschnellen Wimmlens, Hin- und Wiederstrebens.
Meerwunder drängen sich zum neuen milden Schein,
Sie schießen an, und keines darf herein.
Da spielen farbig-goldbeschuppte Drachen,
Der Haifisch klafft: du lachst ihm in den Rachen.

Wie sich auch jetzt der Hof um dich entzückt,
Hast du doch nie ein solch Gedräng erblickt.
Doch bleibst du nicht vom Lieblichsten geschieden:
Es nahen sich neugierige Nereiden
Der prächtgen Wohnung in der ewgen Frische,
Die jüngsten scheu und lüstern wie die Fische,
Die spätern klug. Schon wird es Thetis kund:
Dem zweiten Peleus reicht sie Hand und Mund. –
Den Sitz alsdann auf des Olymps Revier – –
KAISER. Die luftgen Räume, die erlaß ich dir:
Noch früh genug besteigt man jenen Thron.
MEPHISTOPHELES.
Und, höchster Herr! die Erde hast du schon.
KAISER. Welch gut Geschick hat dich hierher gebracht,
Unmittelbar aus Tausendeiner Nacht?
Gleichst du an Fruchtbarkeit Scheherazaden,
Versichr ich dich der höchsten aller Gnaden.
Sei stets bereit, wenn eure Tageswelt,
Wies oft geschieht, mir widerlichst mißfällt!
MARSCHALK *tritt eilig auf.*
Durchlauchtigster, ich dacht in meinem Leben
Vom schönsten Glück Verkündung nicht zu geben
Als diese, die mich hoch beglückt,
In deiner Gegenwart entzückt:
Rechnung für Rechnung ist berichtigt,
Die Wucherklauen sind beschwichtigt,
Los bin ich solcher Höllenpein;
Im Himmel kanns nicht heitrer sein.
HEERMEISTER *folgt eilig.* Abschlägig ist der Sold entrichtet,
Das ganze Heer aufs neu verpflichtet,
Der Lanzknecht fühlt sich frisches Blut,
Und Wirt und Dirnen habens gut.
KAISER. Wie atmet eure Brust erweitert!
Das faltige Gesicht erheitert!
Wie eilig tretet ihr heran!
SCHATZMEISTER, *der sich einfindet.*
Befrage diese, die das Werk getan!
FAUST. Dem Kanzler ziemts, die Sache vorzutragen.
KANZLER, *der langsam herankommt.*
Beglückt genug in meinen alten Tagen. –

So hört und schaut das schicksalschwere Blatt,
Das alles Weh in Wohl verwandelt hat! *Er liest.*
»Zu wissen sei es jedem, ders begehrt:
Der Zettel hier ist tausend Kronen wert.
Ihm liegt gesichert, als gewisses Pfand,
Unzahl vergrabnen Guts im Kaiserland.
Nun ist gesorgt, damit der reiche Schatz,
Sogleich gehoben, diene zum Ersatz.«
KAISER. Ich ahne Frevel, ungeheuren Trug!
Wer fälschte hier des Kaisers Namenszug?
Ist solch Verbrechen ungestraft geblieben?
SCHATZMEISTER. Erinnre dich: hast selbst es unterschrieben!
Erst heute nacht! Du standst als großer Pan,
Der Kanzler sprach mit uns zu dir heran:
»Gewähre dir das hohe Festvergnügen,
Des Volkes Heil, mit wenig Federzügen!«
Du zogst sie rein, dann wards in dieser Nacht
Durch Tausendkünstler schnell vertausendfacht.
Damit die Wohltat allen gleich gedeihe,
So stempelten wir gleich die ganze Reihe:
Zehn, Dreißig, Funfzig, Hundert sind parat.
Ihr denkt euch nicht, wie wohls dem Volke tat.
Seht eure Stadt, sonst halb im Tod verschimmelt,
Wie alles lebt und lustgenießend wimmelt!
Obschon dein Name längst die Welt beglückt,
Man hat ihn nie so freundlich angeblickt.
Das Alphabet ist nun erst überzählig,
In diesem Zeichen wird nun jeder selig.
KAISER. Und meinen Leuten gilts für gutes Gold?
Dem Heer, dem Hofe gnügts zu vollem Sold?
So sehr michs wundert, muß ichs gelten lassen.
MARSCHALK. Unmöglich wärs, die Flüchtigen einzufassen;
Mit Blitzeswink zerstreute sichs im Lauf.
Die Wechslerbänke stehen sperrig auf:
Man honoriert daselbst ein jedes Blatt
Durch Gold und Silber, freilich mit Rabatt.
Nun gehts von da zum Fleischer, Bäcker, Schenken:
Die halbe Welt scheint nur an Schmaus zu denken,
Wenn sich die andre neu in Kleidern bläht;
Der Krämer schneidet aus, der Schneider näht.

Bei: »Hoch dem Kaiser!« sprudelts in den Kellern;
Dort kochts und bräts und klappert mit den Tellern.
MEPHISTOPHELES. Wer die Terrassen einsam abspaziert,
Gewahrt die Schönste, herrlich aufgeziert,
Ein Aug verdeckt vom stolzen Pfauenwedel;
Sie schmunzelt uns und blickt nach solcher Schedel,
Und hurtger als durch Witz und Redekunst
Vermittelt sich die reichste Liebesgunst.
Man wird sich nicht mit Börs und Beutel plagen:
Ein Blättchen ist im Busen leicht zu tragen,
Mit Liebesbrieflein paarts bequem sich hier.
Der Priester trägts andächtig im Brevier,
Und der Soldat, um rascher sich zu wenden,
Erleichtert schnell den Gürtel seiner Lenden.
Die Majestät verzeihe, wenn ins Kleine
Das hohe Werk ich zu erniedern scheine!
FAUST. Das Übermaß der Schätze, das, erstarrt,
In deinen Landen tief im Boden harrt,
Liegt ungenutzt. Der weiteste Gedanke
Ist solches Reichtums kümmerlichste Schranke;
Die Phantasie, in ihrem höchsten Flug,
Sie strengt sich an und tut sich nie genug.
Doch fassen Geister, würdig, tief zu schauen,
Zum Grenzenlosen grenzenlos Vertrauen.
MEPHISTOPHELES. Ein solch Papier, an Gold und Perlen Statt,
Ist so bequem, man weiß doch, was man hat;
Man braucht nicht erst zu markten noch zu tauschen,
Kann sich nach Lust in Lieb und Wein berauschen.
Will man Metall: ein Wechsler ist bereit,
Und fehlt es da, so gräbt man eine Zeit.
Pokal und Kette wird verauktioniert,
Und das Papier, sogleich amortisiert,
Beschämt den Zweifler, der uns frech verhöhnt.
Man will nicht anders, ist daran gewöhnt.
So bleibt von nun an allen Kaiserlanden
An Kleinod, Gold, Papier genug vorhanden.
KAISER. Das hohe Wohl verdankt euch unser Reich;
Wo möglich sei der Lohn dem Dienste gleich.
Vertraut sei euch des Reiches innrer Boden,
Ihr seid der Schätze würdigste Kustoden.

Ihr kennt den weiten, wohlverwahrten Hort,
Und wenn man gräbt, so seis auf euer Wort.
Vereint euch nun, ihr Meister unsres Schatzes,
Erfüllt mit Lust die Würden eures Platzes,
Wo mit der obern sich die Unterwelt,
In Einigkeit beglückt, zusammenstellt!   [regen!

SCHATZMEISTER. Soll zwischen uns kein fernster Zwist sich
Ich liebe mir den Zauberer zum Kollegen. *Ab mit Faust.*

KAISER. Beschenk ich nun bei Hofe Mann für Mann,
Gesteh er mir, wozu ers brauchen kann.

PAGE *empfangend.* Ich lebe lustig, heiter, guter Dinge.

EIN ANDRER *gleichfalls.*
Ich schaffe gleich dem Liebchen Kett und Ringe.

KÄMMERER *annehmend.* Von nun an trink ich doppelt beßre

EIN ANDRER *gleichfalls.*   [Flasche.
Die Würfel jucken mich schon in der Tasche.

BANNERHERR *mit Bedacht.*
Mein Schloß und Feld, ich mach es schuldenfrei.

EIN ANDRER *gleichfalls.*
Es ist ein Schatz, den leg ich Schätzen bei.

KAISER. Ich hoffte Lust und Mut zu neuen Taten;
Doch wer euch kennt, der wird euch leicht erraten.
Ich merk es wohl: bei aller Schätze Flor,
Wie ihr gewesen, bleibt ihr nach wie vor.

NARR. Ihr spendet Gnaden: gönnt auch mir davon!

KAISER. Und lebst du wieder, du vertrinkst sie schon.

NARR. Die Zauberblätter! ich verstehs nicht recht.

KAISER. Das glaub ich wohl; denn du gebrauchst sie schlecht.

NARR. Da fallen andere; weiß nicht, was ich tu.

KAISER. Nimm sie nur hin! sie fielen dir ja zu. *Ab.*

NARR. Fünftausend Kronen wären mir zuhanden!

MEPH. Zweibeiniger Schlauch, bist wieder auferstanden?

NARR. Geschieht mir oft, doch nicht so gut als jetzt.

MEPH. Du freust dich so, daß dichs in Schweiß versetzt.

NARR. Da seht nur her: ist das wohl Geldeswert?

MEPH. Du hast dafür, was Schlund und Bauch begehrt.

NARR. Und kaufen kann ich Acker, Haus und Vieh?

MEPHISTOPHELES. Versteht sich! biete nur: das fehlt dir nie.

NARR. Und Schloß mit Wald und Jagd und Fischbach?

MEPHISTOPHELES. Traun!
Ich möchte dich gestrengen Herrn wohl schaun!
NARR. Heut abend wieg ich mich im Grundbesitz! *Ab.*
MEPHISTOPHELES *solus.* Wer zweifelt noch an unsres Narren
Witz!

FINSTERE GALERIE

Faust · Mephistopheles

MEPHISTOPHELES. Was ziehst du mich in diese düstern Gänge?
Ist nicht da drinnen Lust genug?
Im dichten, bunten Hofgedränge
Gelegenheit zu Spaß und Trug?
FAUST. Sag mir das nicht! du hasts in alten Tagen
Längst an den Sohlen abgetragen!
Doch jetzt dein Hin- und Wiedergehn
Ist nur, um mir nicht Wort zu stehn.
Ich aber bin gequält zu tun,
Der Marschalk und der Kämmrer treibt mich nun.
Der Kaiser will, es muß sogleich geschehn,
Will Helena und Paris vor sich sehn;
Das Musterbild der Männer so der Frauen
In deutlichen Gestalten will er schauen.
Geschwind ans Werk! ich darf mein Wort nicht brechen.
MEPHISTOPHELES. Unsinnig wars, leichtsinnig zu versprechen.
FAUST. Du hast, Geselle, nicht bedacht,
Wohin uns deine Künste führen:
Erst haben wir ihn reich gemacht,
Nun sollen wir ihn amüsieren.
MEPHISTOPHELES. Du wähnst, es füge sich sogleich;
Hier stehen wir vor steilern Stufen,
Greifst in ein fremdestes Bereich,
Machst frevelhaft am Ende neue Schulden,
Denkst Helenen so leicht hervorzurufen
Wie das Papiergespenst der Gulden. –
Mit Hexenfexen, mit Gespenstgespinsten,
Kielkröpfigen Zwergen steh ich gleich zu Diensten;
Doch Teufelsliebchen, wenn auch nicht zu schelten,
Sie können nicht für Heroinen gelten.

FAUST. Da haben wir den alten Leierton!
Bei dir gerät man stets ins Ungewisse.
Der Vater bist du aller Hindernisse,
Für jedes Mittel willst du neuen Lohn.
Mit wenig Murmeln, weiß ich, ists getan;
Wie man sich umschaut, bringst du sie zur Stelle.
MEPHISTOPHELES. Das Heidenvolk geht mich nichts an:
Es haust in seiner eignen Hölle;
Doch gibts ein Mittel.
FAUST.   Sprich, und ohne Säumnis!
MEPHISTOPHELES. Ungern entdeck ich höheres Geheimnis. –
Göttinnen thronen hehr in Einsamkeit,
Um sie kein Ort, noch weniger eine Zeit;
Von ihnen sprechen ist Verlegenheit.
Die Mütter sind es!
FAUST *aufgeschreckt*. Mütter!
MEPHISTOPHELES.   Schauderts dich?
FAUST. Die Mütter! Mütter! – 's klingt so wunderlich!
MEPHISTOPHELES. Das ist es auch. Göttinnen, ungekannt
Euch Sterblichen, von uns nicht gern genannt.
Nach ihrer Wohnung magst ins Tiefste schürfen;
Du selbst bist schuld, daß ihrer wir bedürfen.
FAUST. Wohin der Weg?
MEPHISTOPHELES.   Kein Weg! Ins Unbetretene,
Nicht zu Betretende! Ein Weg ans Unerbetene,
Nicht zu Erbittende! Bist du bereit? –
Nicht Schlösser sind, nicht Riegel wegzuschieben,
Von Einsamkeiten wirst umhergetrieben.
Hast du Begriff von Öd und Einsamkeit?
FAUST. Du spartest, dächt ich, solche Sprüche!
Hier witterts nach der Hexenküche,
Nach einer längst vergangnen Zeit.
Mußt ich nicht mit der Welt verkehren?
Das Leere lernen, Leeres lehren?
Sprach ich vernünftig, wie ichs angeschaut,
Erklang der Widerspruch gedoppelt laut.
Mußt ich sogar vor widerwärtigen Streichen
Zur Einsamkeit, zur Wildernis entweichen
Und, um nicht ganz versäumt, allein zu leben,
Mich doch zuletzt dem Teufel übergeben!

MEPH. Und hättest du den Ozean durchschwommen,
Das Grenzenlose dort geschaut,
So sähst du dort doch Well auf Welle kommen,
Selbst wenn es dir vorm Untergange graut.
Du sähst doch etwas! sähst wohl in der Grüne
Gestillter Meere streichende Delphine,
Sähst Wolken ziehen, Sonne, Mond und Sterne –
Nichts wirst du sehn in ewig leerer Ferne,
Den Schritt nicht hören, den du tust,
Nichts Festes finden, wo du ruhst!
FAUST. Du sprichst als erster aller Mystagogen,
Die treue Neophyten je betrogen;
Nur umgekehrt. Du sendest mich ins Leere,
Damit ich dort so Kunst als Kraft vermehre,
Behandelst mich, daß ich, wie jene Katze,
Dir die Kastanien aus den Gluten kratze.
Nur immer zu! wir wollen es ergründen:
In deinem Nichts hoff ich das All zu finden.
MEPHISTOPHELES. Ich rühme dich, eh du dich von mir trennst
Und sehe wohl, daß du den Teufel kennst.
Hier diesen Schlüssel nimm!
FAUST.   Das kleine Ding!
MEPHISTOPHELES. Erst faß ihn an und schätz ihn nicht gering!
FAUST. Er wächst in meiner Hand! er leuchtet! blitzt!
MEPHISTOPHELES. Merkst du nun bald, was man an ihm besitzt?
Der Schlüssel wird die rechte Stelle wittern;
Folg ihm hinab: er führt dich zu den Müttern!
FAUST *schaudernd*. Den Müttern! Trifft's mich immer
                                    wie ein Schlag!
Was ist das Wort, das ich nicht hören mag?
MEPHISTOPHELES. Bist du beschränkt, daß neues Wort dich stört?
Willst du nur hören, was du schon gehört?
Dich störe nichts, wie es auch weiter klinge,
Schon längst gewohnt der wunderbarsten Dinge.
FAUST. Doch im Erstarren such ich nicht mein Heil:
Das Schaudern ist der Menschheit bestes Teil;
Wie auch die Welt ihm das Gefühl verteure,
Ergriffen, fühlt er tief das Ungeheure.
MEPHISTOPHELES. Versinke denn! Ich könnt auch sagen: steige!
's ist einerlei. Entfliehe dem Entstandnen

In der Gebilde losgebundne Reiche!
Ergötze dich am längst nicht mehr Vorhandnen!
Wie Wolkenzüge schlingt sich das Getreibe:
Den Schlüssel schwinge, halte sie vom Leibe!
FAUST *begeistert.*
Wohl! fest ihn fassend, fühl ich neue Stärke,
Die Brust erweitert, hin zum großen Werke.
MEPHISTOPHELES. Ein glühnder Dreifuß tut dir endlich kund,
Du seist im tiefsten, allertiefsten Grund.
Bei seinem Schein wirst du die Mütter sehn:
Die einen sitzen, andre stehn und gehn,
Wies eben kommt. Gestaltung, Umgestaltung
Des ewigen Sinnes ewige Unterhaltung.
Umschwebt von Bildern aller Kreatur,
Sie sehn dich nicht, denn Schemen sehn sie nur.
Da faß ein Herz, denn die Gefahr ist groß,
Und gehe grad auf jenen Dreifuß los,
Berühr ihn mit dem Schlüssel!
Faust macht eine entschieden-gebietende Attitüde mit dem Schlüssel.
MEPHISTOPHELES *ihn betrachtend.* So ists recht!
Er schließt sich an, er folgt als treuer Knecht;
Gelassen steigst du, dich erhebt das Glück,
Und eh sies merken, bist mit ihm zurück.
Und hast du ihn einmal hierher gebracht,
So rufst du Held und Heldin aus der Nacht,
Der erste, der sich jener Tat erdreistet:
Sie ist getan, und du hast es geleistet.
Dann muß fortan nach magischem Behandeln
Der Weihrauchsnebel sich in Götter wandeln.
FAUST. Und nun was jetzt?
MEPHISTOPHELES.   Dein Wesen strebe nieder!
Versinke stampfend, stampfend steigst du wieder.
Faust stampft und versinkt.
MEPHISTOPHELES.
Wenn ihm der Schlüssel nur zum besten frommt!
Neugierig bin ich, ob er wiederkommt.

HELL ERLEUCHTETE SÄLE

Kaiser und Fürsten · Hof in Bewegung

KÄMMERER *zu Mephistopheles.*
Ihr seid uns noch die Geisterszene schuldig;
Macht euch daran! der Herr ist ungeduldig.
MARSCHALK. Soeben fragt der Gnädigste darnach;
Ihr, zaudert nicht der Majestät zur Schmach!
MEPHISTOPHELES.
Ist mein Kumpan doch deshalb weggegangen;
Er weiß schon, wie es anzufangen,
Und laboriert verschlossen-still,
Muß ganz besonders sich befleißen,
Denn wer den Schatz, das Schöne, heben will,
Bedarf der höchsten Kunst: Magie der Weisen.
MARSCHALK. Was ihr für Künste braucht, ist einerlei:
Der Kaiser will, daß alles fertig sei.
BLONDINE *zu Mephistopheles.*
Ein Wort, mein Herr! Ihr seht ein klar Gesicht,
Jedoch so ists im leidigen Sommer nicht!
Da sprossen hundert bräunlich-rote Flecken,
Die zum Verdruß die weiße Haut bedecken.
Ein Mittel!
MEPHISTOPHELES. Schade! so ein leuchtend Schätzchen
Im Mai getupft wie euere Pantherkätzchen!
Nehmt Froschlaich, Krötenzungen, kohobiert,
Im vollsten Mondlicht sorglich distilliert
Und, wenn er abnimmt, reinlich aufgestrichen:
Der Frühling kommt, die Tupfen sind entwichen.
BRAUNE. Die Menge drängt heran, Euch zu umschranzen.
Ich bitt um Mittel! Ein erfrorner Fuß
Verhindert mich am Wandeln wie am Tanzen;
Selbst ungeschickt beweg ich mich zum Gruß.
MEPHISTOPHELES. Erlaubet einen Tritt von meinem Fuß!
BRAUNE. Nun, das geschieht wohl unter Liebesleuten.
MEPHISTOPHELES.
Mein Fußtritt, Kind! hat Größres zu bedeuten.
Zu Gleichem Gleiches, was auch einer litt!
Fuß heilet Fuß: so ists mit allen Gliedern.
Heran! Gebt acht! Ihr sollt es nicht erwidern.

BRAUNE *schreiend.*
Weh! weh! das brennt! das war ein harter Tritt,
Wie Pferdehuf!
MEPHISTOPHELES. Die Heilung nehmt Ihr mit.
Du kannst nunmehr den Tanz nach Lust verüben;
Bei Tafel schwelgend, füßle mit dem Lieben.
DAME *herandringend.*
Laßt mich hindurch! – Zu groß sind meine Schmerzen,
Sie wühlen siedend mir im tiefsten Herzen:
Bis gestern sucht Er Heil in meinen Blicken,
Er schwatzt mit Ihr und wendet mir den Rücken.
MEPHISTOPHELES. Bedenklich ist es, aber höre mich:
An ihn heran mußt du dich leise drücken;
Nimm diese Kohle, streich ihm einen Strich
Auf Ärmel, Mantel, Schulter, wie sichs macht:
Er fühlt im Herzen holden Reuestich.
Die Kohle doch mußt du sogleich verschlingen,
Nicht Wein, nicht Wasser an die Lippen bringen:
Er seufzt vor deiner Tür noch heute nacht.
DAME. Ist doch kein Gift?
MEPHISTOPHELES *entrüstet.* Respekt, wo sichs gebührt!
Weit müßtet Ihr nach solcher Kohle laufen;
Sie kommt von einem Scheiterhaufen,
Den wir sonst emsiger angeschürt.
PAGE. Ich bin verliebt, man hält mich nicht für voll.
MEPHISTOPHELES *beiseite.*
Ich weiß nicht mehr, wohin ich hören soll.
Zum Pagen.
Müßt Euer Glück nicht auf die Jüngste setzen.
Die Angejahrten wissen Euch zu schätzen. –
Andere drängen sich herzu.
Schon wieder Neue! welch ein harter Strauß!
Ich helfe mir zuletzt mit Wahrheit aus:
Der schlechteste Behelf! Die Not ist groß. –
O Mütter, Mütter! laßt nur Fausten los! *Umherschauend.*
Die Lichter brennen trübe schon im Saal,
Der ganze Hof bewegt sich auf einmal.
Anständig seh ich sie in Folge ziehn
Durch lange Gänge, ferne Galerien.
Nun! sie versammeln sich im weiten Raum

Des alten Rittersaals, er faßt sie kaum.
Auf breite Wände Teppiche spendiert,
Mit Rüstung Eck- und Nischen ausgeziert.
Hier braucht es, dächt ich, keine Zauberworte:
Die Geister finden sich von selbst zum Orte.

RITTERSAAL

Dämmernde Beleuchtung
Kaiser und Hof sind eingezogen

HEROLD. Mein alt Geschäft, das Schauspiel anzukünden,
Verkümmert mir der Geister heimlich Walten;
Vergebens wagt man, aus verständigen Gründen
Sich zu erklären das verworrene Schalten.
Die Sessel sind, die Stühle schon zur Hand;
Den Kaiser setzt man grade vor die Wand;
Auf den Tapeten mag er da die Schlachten
Der großen Zeit bequemlichstens betrachten.
Hier sitzt nun alles, Herr und Hof im Runde,
Die Bänke drängen sich im Hintergrunde;
Auch Liebchen hat in düstern Geisterstunden
Zur Seite Liebchens lieblich Raum gefunden.
Und so, da alle schicklich Platz genommen,
Sind wir bereit: die Geister mögen kommen! *Posaunen.*
ASTROLOG. Beginne gleich das Drama seinen Lauf!
Der Herr befiehlts: ihr Wände, tut euch auf!
Nichts hindert mehr, hier ist Magie zur Hand:
Die Teppiche schwinden, wie gerollt vom Brand;
Die Mauer spaltet sich, sie kehrt sich um,
Ein tief Theater scheint sich aufzustellen,
Geheimnisvoll ein Schein uns zu erhellen,
Und ich besteige das Proszenium.
MEPHISTOPHELES *aus dem Souffleurloche auftauchend.*
Von hier aus hoff ich allgemeine Gunst;
Einbläsereien sind des Teufels Redekunst. *Zum Astrologen.*
Du kennst den Takt, in dem die Sterne gehn,
Und wirst mein Flüstern meisterlich verstehn.
ASTROLOG. Durch Wunderkraft erscheint allhier zur Schau,
Massiv genug, ein alter Tempelbau.
Dem Atlas gleich, der einst den Himmel trug,

Stehn reihenweis der Säulen hier genug;
Sie mögen wohl der Felsenlast genügen,
Da zweie schon ein groß Gebäude trügen.
ARCHITEKT. Das wär antik! ich wüßt es nicht zu preisen!
Es sollte plump und überlästig heißen.
Roh nennt man edel, unbehülflich groß.
Schmalpfeiler lieb ich, strebend, grenzenlos;
Spitzbögiger Zenit erhebt den Geist;
Solch ein Gebäu erbaut uns allermeist.
ASTROLOG. Empfangt mit Ehrfurcht sterngegönnte Stunden!
Durch magisch Wort sei die Vernunft gebunden;
Dagegen weitheran bewege frei
Sich herrliche, verwegne Phantasei!
Mit Augen schaut nun, was ihr kühn begehrt!
Unmöglich ists, drum eben glaubenswert.
Faust steigt auf der andern Seite des Proszeniums herauf.
ASTROLOG. Im Priesterkleid, bekränzt, ein Wundermann,
Der nun vollbringt, was er getrost begann!
Ein Dreifuß steigt mit ihm aus hohler Gruft,
Schon ahn ich aus der Schale Weihrauchduft.
Er rüstet sich, das hohe Werk zu segnen;
Es kann fortan nur Glückliches begegnen.
FAUST *großartig.* In eurem Namen, Mütter, die ihr thront
Im Grenzenlosen, ewig einsam wohnt,
Und doch gesellig! Euer Haupt umschweben
Des Lebens Bilder, regsam, ohne Leben.
Was einmal war in allem Glanz und Schein,
Es regt sich dort; denn es will ewig sein.
Und ihr verteilt es, allgewaltige Mächte,
Zum Zelt des Tages, zum Gewölb der Nächte.
Die einen faßt des Lebens holder Lauf,
Die andern sucht der kühne Magier auf;
In reicher Spende läßt er voll Vertrauen,
Was jeder wünscht, das Wunderwürdige schauen.
ASTROLOG. Der glühnde Schlüssel rührt die Schale kaum,
Ein dunstiger Nebel deckt sogleich den Raum;
Er schleicht sich ein, er wogt nach Wolkenart,
Gedehnt, geballt, verschränkt, geteilt, gepaart.
Und nun erkennt ein Geistermeisterstück:
So wie sie wandeln, machen sie Musik!

Aus luftgen Tönen quillt ein Weißnichtwie;
Indem sie ziehn, wird alles Melodie.
Der Säulenschaft, auch die Triglyphe klingt;
Ich glaube gar, der ganze Tempel singt!
Das Dunstige senkt sich; aus dem leichten Flor
Ein schöner Jüngling tritt im Takt hervor.
Hier schweigt mein Amt, ich brauch ihn nicht zu nennen:
Wer sollte nicht den holden Paris kennen!
DAME. O! welch ein Glanz aufblühender Jugendkraft!
ZWEITE. Wie eine Pfirsche frisch und voller Saft!
DRITTE. Die fein gezogenen, süß geschwollnen Lippen!
VIERTE. Du möchtest wohl an solchem Becher nippen?
FÜNFTE. Er ist gar hübsch, wenn auch nicht eben fein.
SECHSTE. Ein bißchen könnt er doch gewandter sein.
RITTER. Den Schäferknecht glaub ich allhier zu spüren,
Vom Prinzen nichts und nichts von Hofmanieren.
ANDRER. Eh nun! halb nackt ist wohl der Junge schön;
Doch müßten wir ihn erst im Harnisch sehn!
DAME. Er setzt sich nieder, weichlich, angenehm.
RITTER. Auf seinem Schoße wär Euch wohl bequem?
ANDRE. Er lehnt den Arm so zierlich übers Haupt.
KÄMMERER. Die Flegelei! das find ich unerlaubt!
DAME. Ihr Herren wißt an allem was zu mäkeln.
DERSELBE. In Kaisers Gegenwart sich hinzuräkeln!
DAME. Er stellts nur vor! er glaubt sich ganz allein.
DERSELBE. Das Schauspiel selbst, hier sollt es höflich sein!
DAME. Sanft hat der Schlaf den Holden übernommen.
DERSELBE. Er schnarcht nun gleich! natürlich ists, vollkommen!
JUNGE DAME *entzückt*.
Zum Weihrauchsdampf was duftet so gemischt,
Das mir das Herz zum innigsten erfrischt?
ÄLTERE. Fürwahr! es dringt ein Hauch tief ins Gemüte:
Er kommt von ihm!
ÄLTESTE.   Es ist des Wachstums Blüte,
Im Jüngling als Ambrosia bereitet
Und atmosphärisch ringsumher verbreitet.

Helena hervortretend.

MEPHISTOPHELES. Das wär sie denn! Vor dieser hätt ich Ruh:
Hübsch ist sie wohl, doch sagt sie mir nicht zu.

ASTROLOG. Für mich ist diesmal weiter nichts zu tun,
Als Ehrenmann gesteh, bekenn ichs nun.
Die Schöne kommt, und hätt ich Feuerzungen –
Von Schönheit ward von jeher viel gesungen;
Wem sie erscheint, wird aus sich selbst entrückt,
Wem sie gehörte, ward zu hoch beglückt.
FAUST. Hab ich noch Augen? Zeigt sich tief im Sinn
Der Schönheit Quelle reichlichstens ergossen?
Mein Schreckensgang bringt seligsten Gewinn.
Wie war die Welt mir nichtig, unerschlossen!
Was ist sie nun seit meiner Priesterschaft?
Erst wünschenswert, gegründet, dauerhaft!
Verschwinde mir des Lebens Atemkraft,
Wenn ich mich je von dir zurückgewöhne! –
Die Wohlgestalt, die mich voreinst entzückte,
In Zauberspiegelung beglückte,
War nur ein Schaumbild solcher Schöne! –
Du bists, der ich die Regung aller Kraft,
Den Inbegriff der Leidenschaft,
Dir Neigung, Lieb, Anbetung, Wahnsinn zolle!
MEPHISTOPHELES *aus dem Kasten.*
So faßt Euch doch und fallt nicht aus der Rolle!
ÄLTERE DAME. Groß, wohlgestaltet, nur der Kopf zu klein.
JÜNGERE. Seht nur den Fuß! Wie könnt er plumper sein!
DIPLOMAT. Fürstinnen hab ich dieser Art gesehn;
Mich deucht, sie ist vom Kopf zum Fuße schön.
HOFMANN. Sie nähert sich dem Schläfer listig-mild.
DAME. Wie häßlich neben jugendreinem Bild!
POET. Von ihrer Schönheit ist er angestrahlt.
DAME. Endymion und Luna! wie gemalt!
DERSELBE. Ganz recht! Die Göttin scheint herabzusinken,
Sie neigt sich über, seinen Hauch zu trinken:
Beneidenswert! – Ein Kuß! – Das Maß ist voll.
DUENNA. Vor allen Leuten! Das ist doch zu toll!
FAUST. Furchtbare Gunst dem Knaben! –
MEPHISTOPHELES.   Ruhig! still!
Laß das Gespenst doch machen, was es will!
HOFMANN. Sie schleicht sich weg, leichtfüßig; er erwacht.
DAME. Sie sieht sich um! Das hab ich wohl gedacht.
HOFMANN. Er staunt! Ein Wunder ists, was ihm geschieht.

DAME. Ihr ist kein Wunder, was sie vor sich sieht.
HOFMANN. Mit Anstand kehrt sie sich zu ihm herum.
DAME. Ich merke schon, sie nimmt ihn in die Lehre;
In solchem Fall sind alle Männer dumm:
Er glaubt wohl auch, daß er der Erste wäre.
RITTER. Laßt mir sie gelten! Majestätisch-fein!
DAME. Die Buhlerin! Das nenn ich doch gemein!
PAGE. Ich möchte wohl an seiner Stelle sein!
HOFMANN. Wer würde nicht in solchem Netz gefangen!
DAME. Das Kleinod ist durch manche Hand gegangen,
Auch die Verguldung ziemlich abgebraucht.
ANDRE. Vom zehnten Jahr an hat sie nichts getaugt.
RITTER. Gelegentlich nimmt jeder sich das Beste;
Ich hielte mich an diese schönen Reste.
GELAHRTER. Ich seh sie deutlich, doch gesteh ich frei:
Zu zweiflen ist, ob sie die rechte sei.
Die Gegenwart verführt ins Übertriebne,
Ich halte mich vor allem ans Geschriebne.
Da les ich denn, sie habe wirklich allen
Graubärten Trojas sonderlich gefallen,
Und wie mich dünkt, vollkommen paßt das hier:
Ich bin nicht jung, und doch gefällt sie mir.
ASTROLOG. Nicht Knabe mehr! Ein kühner Heldenmann,
Umfaßt er sie, die kaum sich wehren kann.
Gestärkten Arms hebt er sie hoch empor –
Entführt er sie wohl gar?
FAUST.   Verwegner Tor!
Du wagst! du hörst nicht! Halt! das ist zu viel!
MEPHISTOPHELES.
Machst dus doch selbst, das Fratzengeisterspiel!
ASTROLOG. Nur noch Ein Wort! Nach allem, was geschah,
Nenn ich das Stück den Raub der Helena.
FAUST. Was Raub! Bin ich für nichts an dieser Stelle?
Ist dieser Schlüssel nicht in meiner Hand?
Er führte mich durch Graus und Wog und Welle
Der Einsamkeiten her zum festen Strand.
Hier faß ich Fuß! Hier sind es Wirklichkeiten,
Von hier aus darf der Geist mit Geistern streiten,
Das Doppelreich, das große, sich bereiten.
So fern sie war, wie kann sie näher sein!

Ich rette sie, und sie ist doppelt mein.
Gewagt! Ihr Mütter! Mütter! müßts gewähren!
Wer sie erkannt, der darf sie nicht entbehren.
ASTROLOG. Was tust du, Fauste! Fauste! – Mit Gewalt
Faßt er sie an, schon trübt sich die Gestalt.
Den Schlüssel kehrt er nach dem Jüngling zu,
Berührt ihn! – Weh uns, Wehe! Nu! im Nu!
Explosion, Faust liegt am Boden. Die Geister gehen in Dunst auf.
MEPHISTOPHELES, *der Fausten auf die Schulter nimmt.*
Da habt ihrs nun! Mit Narren sich beladen,
Das kommt zuletzt dem Teufel selbst zu Schaden.
Finsternis, Tumult.

ZWEITER AKT

HOCHGEWÖLBTES, ENGES GOTISCHES ZIMMER,

ehemals Faustens, unverändert

MEPHISTOPHELES *hinter einem Vorhang hervortretend.*
Indem er ihn aufhebt und zurücksieht, erblickt man Fausten
hingestreckt auf einem altväterischen Bette

Hier lieg, Unseliger! verführt
Zu schwergelöstem Liebesbande!
Wen Helena paralysiert,
Der kommt so leicht nicht zu Verstande. *Sich umschauend.*
Blick ich hinauf, hierher, hinüber,
Allunverändert ist es, unversehrt;
Die bunten Scheiben sind, so dünkt mich, trüber,
Die Spinneweben haben sich vermehrt,
Die Tinte starrt, vergilbt ist das Papier,
Doch alles ist am Platz geblieben;
Sogar die Feder liegt noch hier,
Mit welcher Faust dem Teufel sich verschrieben.
Ja, tiefer, in dem Rohre stockt
Ein Tröpflein Blut, wie ichs ihm abgelockt!
Zu einem solchen einzigen Stück
Wünsch ich dem größten Sammler Glück.
Auch hängt der alte Pelz am alten Haken,
Erinnert mich an jene Schnaken,
Wie ich den Knaben einst belehrt,

Woran er noch vielleicht als Jüngling zehrt.
Es kommt mir wahrlich das Gelüsten,
Rauchwarme Hülle, dir vereint
Mich als Dozent noch einmal zu erbrüsten,
Wie man so völlig recht zu haben meint.
Gelehrte wissens zu erlangen,
Dem Teufel ist es längst vergangen.
Er schüttelt den herabgenommenen Pelz; Zikaden, Käfer und Far-
farellen fahren heraus.

CHOR DER INSEKTEN

Willkommen! willkommen,
Du alter Patron!
Wir schweben und summen
Und kennen dich schon.
Nur einzeln im stillen
Du hast uns gepflanzt;
Zu Tausenden kommen wir,
Vater, getanzt.
Der Schalk in dem Busen
Verbirgt sich so sehr,
Vom Pelze die Läuschen
Enthüllen sich ehr.

MEPHISTOPHELES.
Wie überraschend mich die junge Schöpfung freut!
Man säe nur, man erntet mit der Zeit.
Ich schüttle noch einmal den alten Flaus:
Noch eines flattert hier und dort hinaus. –
Hinauf! umher! in hunderttausend Ecken
Eilt euch, ihr Liebchen, zu verstecken,
Dort, wo die alten Schachteln stehn,
Hier im bebräunten Pergamen,
In staubigen Scherben alter Töpfe,
Dem Hohlaug jener Totenköpfe!
In solchem Wust und Moderleben
Muß es für ewig Grillen geben. *Schlüpft in den Pelz.*
Komm, decke mir die Schultern noch einmal!
Heut bin ich wieder Prinzipal.
Doch hilft es nichts, mich so zu nennen:
Wo sind die Leute, die mich anerkennen?

Er zieht die Glocke, die einen gellenden, durchdringenden Ton er-
schallen läßt, wovon die Hallen erbeben und die Türen aufspringen.
FAMULUS, *den langen finstern Gang herwankend.*
Welch ein Tönen! welch ein Schauer!
Treppe schwankt, es bebt die Mauer;
Durch der Fenster buntes Zittern
Seh ich wetterleuchtend Wittern.
Springt das Estrich, und von oben
Rieselt Kalk und Schutt verschoben.
Und die Türe, fest verriegelt,
Ist durch Wunderkraft entsiegelt! –
Dort! wie fürchterlich! Ein Riese
Steht in Faustens altem Vliese!
Seinen Blicken, seinem Winken
Möcht ich in die Kniee sinken.
Soll ich fliehen? soll ich stehn?
Ach, wie wird es mir ergehn!
MEPHISTOPHELES *winkend.*
Heran, mein Freund! – Ihr heißet Nikodemus.
FAMULUS. Hochwürdiger Herr, so ist mein Nam. – Oremus.
MEPHISTOPHELES. Das lassen wir!
FAMULUS.   Wie froh, daß Ihr mich kennt!
MEPHISTOPHELES.
Ich weiß es wohl: bejahrt und noch Student,
Bemooster Herr! Auch ein gelehrter Mann
Studiert so fort, weil er nicht anders kann.
So baut man sich ein mäßig Kartenhaus,
Der größte Geist bauts doch nicht völlig aus.
Doch Euer Meister, das ist ein Beschlagner:
Wer kennt ihn nicht, den edlen Doktor Wagner,
Den Ersten jetzt in der gelehrten Welt!
Er ists allein, der sie zusammenhält,
Der Weisheit täglicher Vermehrer.
Allwißbegierige Horcher, Hörer
Versammeln sich um ihn zuhauf.
Er leuchtet einzig vom Katheder;
Die Schlüssel übt er wie Sankt Peter,
Das Untre so das Obre schließt er auf.
Wie er vor allen glüht und funkelt,
Kein Ruf, kein Ruhm hält weiter stand:

Selbst Faustus Name wird verdunkelt;
Er ist es, der allein erfand.

FAMULUS. Verzeiht, hochwürdiger Herr! wenn ich Euch sage,
Wenn ich zu widersprechen wage:
Von allem dem ist nicht die Frage;
Bescheidenheit ist sein beschieden Teil.
Ins unbegreifliche Verschwinden
Des hohen Manns weiß er sich nicht zu finden;
Von dessen Wiederkunft erfleht er Trost und Heil.
Das Zimmer, wie zu Doktor Faustus Tagen,
Noch unberührt, seitdem er fern,
Erwartet seinen alten Herrn.
Kaum wag ichs, mich hereinzuwagen. –
Was muß die Sternenstunde sein?
Gemäuer scheint mir zu erbangen;
Türpfosten bebten, Riegel sprangen,
Sonst kamt Ihr selber nicht herein.

MEPHISTOPHELES. Wo hat der Mann sich hingetan?
Führt mich zu ihm! bringt ihn heran!

FAMULUS. Ach, sein Verbot ist gar zu scharf!
Ich weiß nicht, ob ichs wagen darf.
Monatelang, des großen Werkes willen,
Lebt er im allerstillsten Stillen.
Der zarteste gelehrter Männer,
Er sieht aus wie ein Kohlenbrenner,
Geschwärzt vom Ohre bis zur Nasen,
Die Augen rot vom Feuerblasen:
So lechzt er jedem Augenblick;
Geklirr der Zange gibt Musik.

MEPHISTOPHELES. Sollt er den Zutritt mir verneinen?
Ich bin der Mann, das Glück ihm zu beschleunen.

Der Famulus geht ab, Mephistopheles setzt sich gravitätisch nieder.

Kaum hab ich Posto hier gefaßt,
Regt sich dort hinten, mir bekannt, ein Gast.
Doch diesmal ist er von den Neusten:
Er wird sich grenzenlos erdreusten.

BACCALAUREUS *den Gang herstürmend.*

Tor und Türe find ich offen!
Nun, da läßt sich endlich hoffen,

Daß nicht wie bisher im Moder
Der Lebendige wie ein Toter
Sich verkümmere, sich verderbe
Und am Leben selber sterbe.

Diese Mauern, diese Wände
Neigen, senken sich zum Ende
Und wenn wir nicht bald entweichen,
Wird uns Fall und Sturz erreichen.
Bin verwegen wie nicht einer;
Aber weiter bringt mich keiner.

Doch was soll ich heut erfahren!
Wars nicht hier vor so viel Jahren,
Wo ich, ängstlich und beklommen,
War als guter Fuchs gekommen?
Wo ich diesen Bärtigen traute?
Mich an ihrem Schnack erbaute?

Aus den alten Bücherkrusten
Logen sie mir, was sie wußten,
Was sie wußten, selbst nicht glaubten,
Sich und mir das Leben raubten.

Wie? Dort hinten in der Zelle
Sitzt noch einer dunkel-helle!
Nahend seh ichs mit Erstaunen:
Sitzt er noch im Pelz, dem braunen,
Wahrlich, wie ich ihn verließ,
Noch gehüllt im rauhen Vlies!
Damals schien er zwar gewandt,
Als ich ihn noch nicht verstand;
Heute wird es nicht verfangen!
Frisch an ihn herangegangen!

Wenn, alter Herr! nicht Lethes trübe Fluten
Das schiefgesenkte, kahle Haupt durchschwommen,
Seht anerkennend hier den Schüler kommen,
Entwachsen akademischen Ruten!
Ich find Euch noch, wie ich Euch sah;
Ein anderer bin ich wieder da.

6691 – 6726

MEPHISTOPHELES. Mich freut, daß ich Euch hergeläutet.
Ich schätzt Euch damals nicht gering;
Die Raupe schon, die Chrysalide deutet
Den künftigen bunten Schmetterling.
Am Lockenkopf und Spitzenkragen
Empfandet Ihr ein kindliches Behagen, –
Ihr trugt wohl niemals einen Zopf? –
Heut schau ich Euch im Schwedenkopf.
Ganz resolut und wacker seht Ihr aus;
Kommt nur nicht absolut nach Haus!

BACCALAUREUS. Mein alter Herr! wir sind am alten Orte;
Bedenkt jedoch erneuter Zeiten Lauf
Und sparet doppelsinnige Worte!
Wir passen nun ganz anders auf.
Ihr hänseltet den guten, treuen Jungen:
Das ist Euch ohne Kunst gelungen,
Was heutzutage niemand wagt.

MEPHISTOPHELES. Wenn man der Jugend reine Wahrheit sagt,
Die gelben Schnäbeln keineswegs behagt,
Sie aber hinterdrein nach Jahren
Das alles derb an eigner Haut erfahren,
Dann dünkeln sie, es käm aus eignem Schopf;
Da heißt es denn: der Meister war ein Tropf.

BACCALAUREUS.
Ein Schelm vielleicht! Denn welcher Lehrer spricht
Die Wahrheit uns direkt ins Angesicht?
Ein jeder weiß zu mehren wie zu mindern,
Bald ernst, bald heiter-klug zu frommen Kindern.

MEPHISTOPHELES. Zum Lernen gibt es freilich eine Zeit;
Zum Lehren seid Ihr, merk ich, selbst bereit.
Seit manchen Monden, einigen Sonnen
Erfahrungsfülle habt Ihr wohl gewonnen.

BACCALAUREUS. Erfahrungswesen! Schaum und Dust!
Und mit dem Geist nicht ebenbürtig!
Gesteht: was man von je gewußt,
Es ist durchaus nicht wissenswürdig!

MEPHISTOPHELES *nach einer Pause.*
Mich deucht es längst! Ich war ein Tor,
Nun komm ich mir recht schal und albern vor.

BACCALAUREUS. Das freut mich sehr! da hör ich doch
Der erste Greis, den ich vernünftig fand!   [Verstand!
MEPH. Ich suchte nach verborgen-goldnem Schatze,
Und schauerliche Kohlen trug ich fort.
BACCALAUREUS. Gesteht nur: Euer Schädel, Eure Glatze
Ist nicht mehr wert als jene hohlen dort?
MEPHISTOPHELES *gemütlich.*
Du weißt wohl nicht, mein Freund! wie grob du bist?
BACCALAUREUS.
Im Deutschen lügt man, wenn man höflich ist.
MEPHISTOPHELES, *der mit seinem Rollstuhle immer näher ins Pro-
szenium rückt, zum Parterre.*
Hier oben wird mir Licht und Luft benommen;
Ich finde wohl bei Euch ein Unterkommen?
BACCALAUREUS. Anmaßlich find ich, daß zur schlechtsten Frist
Man etwas sein will, wo man nichts mehr ist.
Des Menschen Leben lebt im Blut, und wo
Bewegt das Blut sich wie im Jüngling so?
Das ist lebendig Blut in frischer Kraft,
Das neues Leben sich aus Leben schafft.
Da regt sich alles, da wird was getan,
Das Schwache fällt, das Tüchtige tritt heran.
Indessen wir die halbe Welt gewonnen,
Was habt ihr denn getan? Genickt, gesonnen,
Geträumt, erwogen, Plan und immer Plan!
Gewiß, das Alter ist ein kaltes Fieber
Im Frost von grillenhafter Not.
Hat einer dreißig Jahr vorüber,
So ist er schon so gut wie tot.
Am besten wärs, euch zeitig totzuschlagen.
MEPHISTOPHELES.
Der Teufel hat hier weiter nichts zu sagen.
BACCALAUREUS.
Wenn ich nicht will, so darf kein Teufel sein.
MEPHISTOPHELES *abseits.*
Der Teufel stellt dir nächstens doch ein Bein.
BACCALAUREUS. Dies ist der Jugend edelster Beruf:
Die Welt, sie war nicht, eh ich sie erschuf!
Die Sonne führt ich aus dem Meer herauf;
Mit mir begann der Mond des Wechsels Lauf.

Da schmückte sich der Tag auf meinen Wegen,
Die Erde grünte, blühte mir entgegen.
Auf meinen Wink, in jener ersten Nacht
Entfaltete sich aller Sterne Pracht.
Wer, außer mir, entband euch aller Schranken
Philisterhaft einklemmender Gedanken?
Ich aber, frei, wie mirs im Geiste spricht,
Verfolge froh mein innerliches Licht
Und wandle rasch, im eigensten Entzücken,
Das Helle vor mir, Finsternis im Rücken. *Ab.*
MEPH. Original, fahr hin in deiner Pracht! –
Wie würde dich die Einsicht kränken:
Wer kann was Dummes, wer was Kluges denken,
Das nicht die Vorwelt schon gedacht! –
Doch sind wir auch mit diesem nicht gefährdet,
In wenig Jahren wird es anders sein:
Wenn sich der Most auch ganz absurd gebärdet,
Es gibt zuletzt doch noch 'e Wein.
Zu dem jüngern Parterre, das nicht applaudiert.
Ihr bleibt bei meinem Worte kalt,
Euch guten Kindern laß ichs gehen;
Bedenkt: der Teufel, der ist alt;
So werdet alt, ihn zu verstehen!

LABORATORIUM

im Sinne des Mittelalters; weitläufige, unbehülfliche Apparate zu phantastischen Zwecken

WAGNER *am Herde*

Die Glocke tönt, die fürchterliche,
Durchschauert die berußten Mauern.
Nicht länger kann das Ungewisse
Der ernstesten Erwartung dauern.
Schon hellen sich die Finsternisse;
Schon in der innersten Phiole
Erglüht es wie lebendige Kohle,
Ja, wie der herrlichste Karfunkel,
Verstrahlend Blitze durch das Dunkel:

Ein helles, weißes Licht erscheint!
O daß ichs diesmal nicht verliere! –
Ach Gott! was rasselt an der Türe?

MEPHISTOPHELES *eintretend.* Willkommen! es ist gut gemeint.
WAGNER *ängstlich.* Willkommen zu dem Stern der Stunde!
Leise. Doch haltet Wort und Atem fest im Munde!
Ein herrlich Werk ist gleich zustand gebracht.
MEPHISTOPHELES *leiser.* Was gibt es denn?
WAGNER *leise.*   Es wird ein Mensch gemacht.
MEPHISTOPHELES. Ein Mensch? Und welch verliebtes Paar
Habt Ihr ins Rauchloch eingeschlossen?
WAGNER. Behüte Gott! wie sonst das Zeugen Mode war,
Erklären wir für eitel Possen.
Der zarte Punkt, aus dem das Leben sprang,
Die holde Kraft, die aus dem Innern drang
Und nahm und gab, bestimmt, sich selbst zu zeichnen,
Erst Nächstes, dann sich Fremdes anzueignen,
Die ist von ihrer Würde nun entsetzt;
Wenn sich das Tier noch weiter dran ergötzt,
So muß der Mensch mit seinen großen Gaben
Doch künftig höhern, höhern Ursprung haben.
Zum Herd gewendet.
Es leuchtet! seht! – Nun läßt sich wirklich hoffen,
Daß, wenn wir aus viel hundert Stoffen
Durch Mischung – denn auf Mischung kommt es an –
Den Menschenstoff gemächlich komponieren,
In einen Kolben verlutieren
Und ihn gehörig kohobieren,
So ist das Werk im stillen abgetan.
Zum Herd gewendet. Es wird! die Masse regt sich klarer!
Die Überzeugung wahrer, wahrer:
Was man an der Natur Geheimnisvolles pries,
Das wagen wir verständig zu probieren,
Und was sie sonst organisieren ließ,
Das lassen wir kristallisieren.
MEPHISTOPHELES. Wer lange lebt, hat viel erfahren,
Nichts Neues kann für ihn auf dieser Welt geschehn.
Ich habe schon in meinen Wanderjahren
Kristallisiertes Menschenvolk gesehn.

WAGNER *bisher immer aufmerksam auf die Phiole.*
Es steigt, es blitzt, es häuft sich an,
Im Augenblick ist es getan.
Ein großer Vorsatz scheint im Anfang toll;
Doch wollen wir des Zufalls künftig lachen,
Und so ein Hirn, das trefflich denken soll,
Wird künftig auch ein Denker machen.
Entzückt die Phiole betrachtend.
Das Glas erklingt von lieblicher Gewalt,
Es trübt, es klärt sich: also muß es werden!
Ich seh in zierlicher Gestalt
Ein artig Männlein sich gebärden.
Was wollen wir, was will die Welt nun mehr?
Denn das Geheimnis liegt am Tage:
Gebt diesem Laute nur Gehör,
Er wird zur Stimme, wird zur Sprache.
HOMUNCULUS *in der Phiole zu Wagner.*
Nun, Väterchen! wie stehts? es war kein Scherz.
Komm, drücke mich recht zärtlich an dein Herz!
Doch nicht zu fest, damit das Glas nicht springe!
Das ist die Eigenschaft der Dinge:
Natürlichem genügt das Weltall kaum;
Was künstlich ist, verlangt geschloßnen Raum.
Zu Mephistopheles.
Du aber, Schalk, Herr Vetter, bist du hier?
Im rechten Augenblick! ich danke dir.
Ein gut Geschick führt dich zu uns herein;
Dieweil ich bin, muß ich auch tätig sein.
Ich möchte mich sogleich zur Arbeit schürzen;
Du bist gewandt, die Wege mir zu kürzen.
WAGNER. Nur noch Ein Wort! Bisher mußt ich mich schämen;
Denn alt und jung bestürmt mich mit Problemen.
Zum Beispiel nur: noch niemand konnt es fassen,
Wie Seel und Leib so schön zusammenpassen,
So fest sich halten, als um nie zu scheiden,
Und doch den Tag sich immerfort verleiden.
Sodann –
MEPHISTOPHELES. Halt ein! ich wollte lieber fragen:
Warum sich Mann und Frau so schlecht vertragen?
Du kommst, mein Freund, hierüber nie ins reine.

Hier gibts zu tun! das eben will der Kleine.
HOMUNCULUS. Was gibts zu tun?
MEPH. *auf eine Seitentüre deutend.* Hier zeige deine Gabe!
WAGNER *immer in die Phiole schauend.*
Fürwahr, du bist ein allerliebster Knabe!
Die Seitentür öffnet sich, man sieht Faust auf dem Lager hingestreckt.
HOMUNCULUS *erstaunt.* Bedeutend! –
Die Phiole entschlüpft aus Wagners Händen, schwebt über Faust und
beleuchtet ihn.   Schön umgeben! Klar Gewässer
Im dichten Haine! Fraun, die sich entkleiden,
Die allerliebsten! Das wird immer besser.
Doch eine läßt sich glänzend unterscheiden:
Aus höchstem Helden-, wohl aus Götterstamme!
Sie setzt den Fuß in das durchsichtige Helle;
Des edlen Körpers holde Lebensflamme
Kühlt sich im schmiegsamen Kristall der Welle. –
Doch welch Getöse rasch bewegter Flügel?
Welch Sausen, Plätschern wühlt im glatten Spiegel?
Die Mädchen fliehn verschüchtert; doch allein
Die Königin, sie blickt gelassen drein
Und sieht mit stolzem, weiblichem Vergnügen
Der Schwäne Fürsten ihrem Knie sich schmiegen,
Zudringlich-zahm. Er scheint sich zu gewöhnen. –
Auf einmal aber steigt ein Dunst empor
Und deckt mit dichtgewebtem Flor
Die lieblichste von allen Szenen.
MEPHISTOPHELES. Was du nicht alles zu erzählen hast!
So klein du bist, so groß bist du Phantast.
Ich sehe nichts! –
HOMUNCULUS.   Das glaub ich! Du aus Norden,
Im Nebelalter jung geworden,
Im Wust von Rittertum und Pfäfferei,
Wo wäre da ein Auge frei!
Im Düstern bist du nur zu Hause. *Umherschauend.*
Verbräunt Gestein, bemodert, widrig,
Spitzbögig, schnörkelhaftest, niedrig! –
Erwacht uns dieser, gibt es neue Not:
Er bleibt gleich auf der Stelle tot.
Waldquellen, Schwäne, nackte Schönen,
Das war sein ahnungsvoller Traum;

Wie wollt er sich hierher gewöhnen!
Ich, der Bequemste, duld es kaum.
Nun fort mit ihm!
MEPHISTOPHELES. Der Ausweg soll mich freuen.
HOMUNCULUS. Befiehl den Krieger in die Schlacht,
Das Mädchen führe du zum Reihen,
So ist gleich alles abgemacht.
Jetzt eben, wie ich schnell bedacht,
Ist klassische Walpurgisnacht:
Das Beste, was begegnen könnte,
Bringt ihn zu seinem Elemente.
MEPHISTOPHELES. Dergleichen hab ich nie vernommen.
HOMUNCULUS. Wie wollt es auch zu euren Ohren kommen?
Romantische Gespenster kennt ihr nur allein;
Ein echt Gespenst, auch klassisch hats zu sein.
MEPHISTOPHELES. Wohin denn aber soll die Fahrt sich regen?
Mich widern schon antikische Kollegen.
HOMUNCULUS. Nordwestlich, Satan, ist dein Lustrevier,
Südöstlich diesmal aber segeln wir:
An großer Fläche fließt Peneios frei,
Umbuscht, umbaumt, in still- und feuchten Buchten;
Die Ebne dehnt sich zu der Berge Schluchten,
Und oben liegt Pharsalus, alt und neu.
MEPHISTOPHELES. O weh! hinweg! und laßt mir jene Streite
Von Tyrannei und Sklaverei beiseite!
Mich langeweilts; denn kaum ists abgetan,
So fangen sie von vorne wieder an,
Und keiner merkt: er ist doch nur geneckt
Vom Asmodeus, der dahintersteckt.
Sie streiten sich, so heißts, um Freiheitsrechte:
Genau besehn, sinds Knechte gegen Knechte.
HOMUNCULUS. Den Menschen laß ihr widerspenstig Wesen!
Ein jeder muß sich wehren, wie er kann,
Vom Knaben auf, so wirds zuletzt ein Mann.
Hier fragt sichs nur, wie dieser kann genesen.
Hast du ein Mittel, so erprob es hier;
Vermagst dus nicht, so überlaß es mir!
MEPHISTOPHELES.
Manch Brockenstückchen wäre durchzuproben;
Doch Heidenriegel find ich vorgeschoben.

Das Griechenvolk, es taugte nie recht viel!
Doch blendets euch mit freiem Sinnenspiel,
Verlockt des Menschen Brust zu heitern Sünden;
Die unsern wird man immer düster finden.
Und nun was solls?
HOMUNCULUS.   Du bist ja sonst nicht blöde,
Und wenn ich von thessalischen Hexen rede,
So, denk ich, hab ich was gesagt.
MEPHISTOPHELES *lüstern*.
Thessalische Hexen! Wohl! das sind Personen,
Nach denen hab ich lang gefragt.
Mit ihnen Nacht für Nacht zu wohnen,
Ich glaube nicht, daß es behagt;
Doch zum Besuch, Versuch –
HOMUNCULUS.   Den Mantel her
Und um den Ritter umgeschlagen!
Der Lappen wird euch, wie bisher,
Den einen mit dem andern tragen;
Ich leuchte vor.
WAGNER *ängstlich*. Und ich?
HOMUNCULUS.   Eh nun,
Du bleibst zu Hause, Wichtigstes zu tun.
Entfalte du die alten Pergamente,
Nach Vorschrift sammle Lebenselemente
Und füge sie mit Vorsicht eins ans andre,
Das Was bedenke, mehr bedenke Wie!
Indessen ich ein Stückchen Welt durchwandre,
Entdeck ich wohl das Tüpfchen auf das i.
Dann ist der große Zweck erreicht;
Solch einen Lohn verdient ein solches Streben:
Gold, Ehre, Ruhm, gesundes, langes Leben,
Und Wissenschaft und Tugend – auch vielleicht.
Leb wohl!
WAGNER *betrübt*. Leb wohl! Das drückt das Herz mir nieder.
Ich fürchte schon, ich seh dich niemals wieder.
MEPHISTOPHELES. Nun zum Peneios frisch hinab!
Herr Vetter ist nicht zu verachten. *Ad spectatores*.
Am Ende hängen wir doch ab
Von Kreaturen, die wir machten.

KLASSISCHE WALPURGISNACHT

PHARSALISCHE FELDER

Finsternis

ERICHTHO

Zum Schauderfeste dieser Nacht, wie öfter schon,
Tret ich einher, Erichtho, ich, die Düstere:
Nicht so abscheulich, wie die leidigen Dichter mich
Im Übermaß verlästern. – Endigen sie doch nie
In Lob und Tadel! – Überbleicht erscheint mir schon
Von grauer Zelten Woge weit das Tal dahin,
Als Nachgesicht der sorg- und grauenvollsten Nacht.
Wie oft schon wiederholt sichs! wird sich immerfort
Ins Ewige wiederholen! Keiner gönnt das Reich
Dem andern, Dem gönnts keiner, ders mit Kraft erwarb
Und kräftig herrscht. Denn jeder, der sein innres Selbst
Nicht zu regieren weiß, regierte gar zu gern
Des Nachbars Willen, eignem stolzen Sinn gemäß.
Hier aber ward ein großes Beispiel durchgekämpft:
Wie sich Gewalt Gewaltigerem entgegenstellt,
Der Freiheit holder, tausendblumiger Kranz zerreißt,
Der starre Lorbeer sich ums Haupt des Herrschers biegt.
Hier träumte Magnus früher Größe Blütentag,
Dem schwanken Zünglein lauschend, wachte Cäsar dort!
Das wird sich messen. Weiß die Welt doch, wems gelang!

Wachfeuer glühen, rote Flammen spendende;
Der Boden haucht vergoßnen Blutes Widerschein,
Und angelockt von seltnem Wunderglanz der Nacht,
Versammelt sich hellenischer Sage Legion.
Um alle Feuer schwankt unsicher oder sitzt
Behaglich alter Tage fabelhaft Gebild. –
Der Mond, zwar unvollkommen, aber leuchtend-hell,
Erhebt sich, milden Glanz verbreitend überall;
Der Zelten Trug verschwindet, Feuer brennen blau.
Doch, über mir! welch unerwartet Meteor?
Es leuchtet und beleuchtet körperlichen Ball.
Ich wittre Leben. Da geziemen will mirs nicht,

Lebendigem zu nahen, dem ich schädlich bin:
Das bringt mir bösen Ruf und frommt mir nicht.
Schon sinkt es nieder. Weich ich aus mit Wohlbedacht!
Entfernt sich.

Die Luftfahrer oben

HOMUNCULUS. Schwebe noch einmal die Runde
   Über Flamm- und Schaudergrauen;
   Ist es doch in Tal und Grunde
   Gar gespenstisch anzuschauen.
MEPHISTOPHELES. Seh ich, wie durchs alte Fenster
   In des Nordens Wust und Graus,
   Ganz abscheuliche Gespenster,
   Bin ich hier wie dort zu Haus.
HOMUNCULUS. Sieh! da schreitet eine Lange
   Weiten Schrittes von uns hin.
MEPHISTOPHELES. Ist es doch, als wär ihr bange:
   Sah uns durch die Lüfte ziehn.
HOMUNCULUS. Laß sie schreiten! – Setz ihn nieder,
   Deinen Ritter, und sogleich
   Kehret ihm das Leben wieder;
   Denn er suchts im Fabelreich.

FAUST *den Boden berührend.* Wo ist sie?
HOMUNCULUS.   Wüßtens nicht zu sagen,
Doch hier wahrscheinlich zu erfragen.
In Eile magst du, eh es tagt,
Von Flamm zu Flamme spürend gehen:
Wer zu den Müttern sich gewagt,
Hat weiter nichts zu überstehen.
MEPHISTOPHELES. Auch ich bin hier an meinem Teil;
Doch wüßt ich Besseres nicht zu unserm Heil
Als: jeder möge durch die Feuer
Versuchen sich sein eigen Abenteuer
Dann, um uns wieder zu vereinen,
Laß deine Leuchte, Kleiner, tönend scheinen!
HOMUNCULUS. So soll es blitzen, soll es klingen!
Das Glas dröhnt und leuchtet gewaltig.
Nun frisch zu neuen Wunderdingen!
FAUST *allein.* Wo ist sie? – Frage jetzt nicht weiter nach!
Wärs nicht die Scholle, die sie trug,

7037 – 7071

Die Welle nicht, die ihr entgegenschlug,
So ists die Luft, die ihre Sprache sprach.
Hier! Durch ein Wunder, hier in Griechenland!
Ich fühlte gleich den Boden, wo ich stand.
Wie mich, den Schläfer, frisch ein Geist durchglühte,
So steh ich, ein Antäus an Gemüte,
Und find ich hier das Seltsamste beisammen,
Durchforsch ich ernst dies Labyrinth der Flammen.
Entfernt sich.

[AM OBERN PENEIOS]

MEPHISTOPHELES *umherspürend.*
Und wie ich diese Feuerchen durchschweife,
So find ich mich doch ganz und gar entfremdet:
Fast alles nackt, nur hie und da behemdet,
Die Sphinxe schamlos, unverschämt die Greife,
Und was nicht alles, lockig und beflügelt,
Von vorn und hinten sich im Auge spiegelt! –
Zwar sind auch wir von Herzen unanständig,
Doch das Antike find ich zu lebendig;
Das müßte man mit neustem Sinn bemeistern
Und mannigfaltig modisch überkleistern.
Ein widrig Volk! Doch darf michs nicht verdrießen,
Als neuer Gast anständig sie zu grüßen. –
Glückzu den schönen Fraun, den klugen Greisen!
GREIF *schnarrend.*
Nicht Greisen! Greifen! – Niemand hört es gern,
Daß man ihn Greis nennt. Jedem Worte klingt
Der Ursprung nach, wo es sich her bedingt:
Grau, grämlich, griesgram, greulich, Gräber, grimmig,
Etymologisch gleicherweise stimmig,
Verstimmen uns.
MEPHISTOPHELES. Und doch, nicht abzuschweifen,
Gefällt das Grei im Ehrentitel Greifen.
GREIF *wie oben und immer so fort.*
Natürlich! Die Verwandtschaft ist erprobt,
Zwar oft gescholten, mehr jedoch gelobt;
Man greife nun nach Mädchen, Kronen, Gold,
Dem Greifenden ist meist Fortuna hold.

AMEISEN *von der kolossalen Art.*
Ihr sprecht von Gold: wir hatten viel gesammelt,
In Fels- und Höhlen heimlich eingerammelt!
Das Arimaspenvolk hats ausgespürt:
Sie lachen dort, wie weit sies weggeführt.
GREIFE. Wir wollen sie schon zum Geständnis bringen.
ARIMASPEN. Nur nicht zur freien Jubelnacht!
Bis morgen ists alles durchgebracht,
Es wird uns diesmal wohl gelingen.
MEPHISTOPHELES *hat sich zwischen die Sphinxe gesetzt.*
Wie leicht und gern ich mich hierher gewöhne!
Denn ich verstehe Mann für Mann.
SPHINX. Wir hauchen unsre Geistertöne,
Und ihr verkörpert sie alsdann.
Jetzt nenne dich, bis wir dich weiter kennen!
MEPH. Mit vielen Namen glaubt man mich zu nennen! –
Sind Briten hier? Sie reisen sonst so viel,
Schlachtfeldern nachzuspüren, Wasserfällen,
Gestürzten Mauern, klassisch-dumpfen Stellen;
Das wäre hier für sie ein würdig Ziel.
Sie zeugten auch: im alten Bühnenspiel
Sah man mich dort als Old Iniquity.
SPHINX. Wie kam man drauf?
MEPHISTOPHELES.   Ich weiß es selbst nicht, wie.
SPHINX. Mag sein! Hast du von Sternen einige Kunde?
Was sagst du zu der gegenwärtgen Stunde?
MEPHISTOPHELES *aufschauend.*
Stern schießt nach Stern, beschnittner Mond scheint helle,
Und mir ist wohl an dieser trauten Stelle,
Ich wärme mich an deinem Löwenfelle.
Hinauf sich zu versteigen, wär zum Schaden;
Gib Rätsel auf, gib allenfalls Charaden!
SPHINX. Sprich nur dich selbst aus, wird schon Rätsel sein.
Versuch einmal, dich innigst aufzulösen:
»Dem frommen Manne nötig wie dem bösen,
Dem ein Plastron, asketisch zu rapieren,
Kumpan dem andern, Tolles zu vollführen,
Und beides nur, um Zeus zu amüsieren.«
ERSTER GREIF *schnarrend.* Den mag ich nicht!
ZWEITER GREIF *stärker schnarrend.*   Was will uns Der?

BEIDE. Der Garstige gehöret nicht hierher!
MEPHISTOPHELES *brutal.*
Du glaubst vielleicht, des Gastes Nägel krauen
Nicht auch so gut wie deine scharfen Klauen?
Versuchs einmal!
SPHINX *milde.* Du magst nur immer bleiben,
Wird dichs doch selbst aus unsrer Mitte treiben;
In deinem Lande tust dir was zugute,
Doch, irr ich nicht, hier ist dir schlecht zumute.
MEPHISTOPHELES. Du bist recht appetitlich oben anzuschauen;
Doch untenhin – die Bestie macht mir Grauen.
SPHINX. Du Falscher kommst zu deiner bittern Buße:
Denn unsre Tatzen sind gesund,
Dir mit verschrumpftem Pferdefuße
Behagt es nicht in unserm Bund. *Sirenen präludieren oben.*
MEPHISTOPHELES. Wer sind die Vögel, in den Ästen
Des Pappelstromes hingewiegt?
SPHINX. Gewahrt Euch nur! Die Allerbesten
Hat solch ein Singsang schon besiegt.

SIRENEN. Ach, was wollt ihr euch verwöhnen
In dem Häßlich-Wunderbaren!
Horcht, wir kommen hier zu Scharen
Und in wohlgestimmten Tönen:
So geziemet es Sirenen!

SPHINXE *sie verspottend in derselben Melodie.*
Nötigt sie herabzusteigen!
Sie verbergen in den Zweigen
Ihre garstigen Habichtskrallen,
Euch verderblich anzufallen,
Wenn ihr euer Ohr verleiht.

SIRENEN. Weg! das Hassen weg! das Neiden!
Sammeln wir die klarsten Freuden,
Unterm Himmel ausgestreut!
Auf dem Wasser, auf der Erde
Seis die heiterste Gebärde,
Die man dem Willkommnen beut.

MEPHISTOPHELES. Das sind die saubern Neuigkeiten,
Wo aus der Kehle, von den Saiten
Ein Ton sich um den andern flicht.
Das Trallern ist bei mir verloren:
Es krabbelt wohl mir um die Ohren,
Allein zum Herzen dringt es nicht.
SPHINXE. Sprich nicht vom Herzen! das ist eitel:
Ein lederner, verschrumpfter Beutel,
Das paßt dir eher zu Gesicht!
FAUST *herantretend*.
Wie wunderbar! das Anschaun tut mir Gnüge:
Im Widerwärtigen große, tüchtige Züge.
Ich ahne schon ein günstiges Geschick;
Wohin versetzt mich dieser ernste Blick!
Auf Sphinxe bezüglich.
Vor solchen hat einst Ödipus gestanden!
Auf Sirenen bezüglich.
Vor solchen krümmte sich Ulyß in hänfnen Banden!
Auf Ameisen bezüglich.
Von solchen ward der höchste Schatz gespart,
Auf Greife bezüglich.
Von diesen treu und ohne Fehl bewahrt!
Vom frischen Geiste fühl ich mich durchdrungen:
Gestalten groß, groß die Erinnerungen.
MEPHISTOPHELES. Sonst hättest du dergleichen weggeflucht,
Doch jetzo scheint es dir zu frommen;
Denn wo man die Geliebte sucht,
Sind Ungeheuer selbst willkommen.
FAUST *zu den Sphinxen*.
Ihr Frauenbilder müßt mir Rede stehn:
Hat eins der euren Helena gesehn?
SPHINXE. Wir reichen nicht hinauf zu ihren Tagen,
Die letztesten hat Herkules erschlagen.
Von Chiron könntest dus erfragen;
Der sprengt herum in dieser Geisternacht;
Wenn er dir steht, so hast dus weit gebracht.

SIRENEN. Sollte dirs doch auch nicht fehlen!
Wie Ulyß bei uns verweilte,
Schmähend nicht vorübereilte,

Wußt er vieles zu erzählen;
Würden alles dir vertrauen,
Wolltest du zu unsern Gauen
Dich ans grüne Meer verfügen.
SPHINX. Laß dich, Edler, nicht betrügen!
Statt daß Ulyß sich binden ließ,
Laß unsern guten Rat dich binden!
Kannst du den hohen Chiron finden,
Erfährst du, was ich dir verhieß. *Faust entfernt sich.*
MEPHISTOPHELES *verdrießlich.*
Was krächzt vorbei mit Flügelschlag,
So schnell, daß mans nicht sehen mag,
Und immer eins dem andern nach?
Den Jäger würden sie ermüden.
SPHINX. Dem Sturm des Winterwinds vergleichbar,
Alcides Pfeilen kaum erreichbar:
Es sind die raschen Stymphaliden,
Und wohlgemeint ihr Krächzegruß,
Mit Geierschnabel und Gänsefuß.
Sie möchten gern in unsern Kreisen
Als Stammverwandte sich erweisen.
MEPHISTOPHELES *wie verschüchtert.*
Noch andres Zeug zischt zwischendrein.
SPHINX. Vor diesen sei Euch ja nicht bange!
Es sind die Köpfe der Lernäischen Schlange,
Vom Rumpf getrennt, und glauben was zu sein. –
Doch sagt: was soll nur aus Euch werden?
Was für unruhige Gebärden?
Wo wollt Ihr hin? – Begebt Euch fort:
Ich sehe, jener Chorus dort
Macht Euch zum Wendehals. Bezwingt Euch nicht,
Geht hin! begrüßt manch reizendes Gesicht!
Die Lamien sinds! lustfeine Dirnen,
Mit Lächelmund und frechen Stirnen,
Wie sie dem Satyrvolk behagen;
Ein Bocksfuß darf dort alles wagen.
MEPHISTOPHELES.
Ihr bleibt doch hier, daß ich euch wiederfinde?
SPHINX. Ja! Mische dich zum luftigen Gesinde!
Wir, von Ägypten her, sind längst gewohnt,

Daß unsereins in tausend Jahre thront.
Und respektiert nur unsre Lage:
So regeln wir die Mond- und Sonnentage.

Sitzen vor den Pyramiden
Zu der Völker Hochgericht,
Überschwemmung, Krieg und Frieden –
Und verziehen kein Gesicht.

[AM UNTERN PENEIOS]

Peneios, umgeben von Gewässern und Nymphen

PENEIOS. Rege dich, du Schilfgeflüster!
Hauche leise, Rohrgeschwister,
Säuselt, leichte Weidensträuche,
Lispelt, Pappelzitterzweige,
Unterbrochnen Träumen zu!
Weckt mich doch ein grauslich Wittern,
Heimlich-allbewegend Zittern
Aus dem Wallestrom und Ruh.
FAUST *an den Fluß tretend.*
Hör ich recht, so muß ich glauben:
Hinter den verschränkten Lauben
Dieser Zweige, dieser Stauden
Tönt ein menschenähnlichs Lauten.
Scheint die Welle doch ein Schwätzen,
Lüftlein wie ein Scherzergötzen.

NYMPHEN *zu Faust.* Am besten geschäh dir,
Du legtest dich nieder,
Erholtest im Kühlen
Ermüdete Glieder,
Genössest der immer
Dich meidenden Ruh;
Wir säuseln, wir rieseln,
Wir flüstern dir zu.

FAUST. Ich wache ja! O laßt sie walten,
Die unvergleichlichen Gestalten,
Wie sie dorthin mein Auge schickt!

So wunderbar bin ich durchdrungen!
Sinds Träume? sinds Erinnerungen?
Schon einmal warst du so beglückt.
Gewässer schleichen durch die Frische
Der dichten, sanft bewegten Büsche,
Nicht rauschen sie, sie rieseln kaum;
Von allen Seiten hundert Quellen
Vereinen sich im reinlich-hellen,
Zum Bade flach vertieften Raum.
Gesunde, junge Frauenglieder,
Vom feuchten Spiegel doppelt wieder
Ergötztem Auge zugebracht!
Gesellig dann und fröhlich badend,
Erdreistet schwimmend, furchtsam watend;
Geschrei zuletzt und Wasserschlacht.
Begnügen sollt ich mich an diesen,
Mein Auge sollte hier genießen;
Doch immer weiter strebt mein Sinn.
Der Blick dringt scharf nach jener Hülle:
Das reiche Laub der grünen Fülle
Verbirgt die hohe Königin.

Wundersam! auch Schwäne kommen
Aus den Buchten hergeschwommen,
Majestätisch-rein bewegt,
Ruhig schwebend, zart gesellig.
Aber stolz und selbstgefällig:
Wie sich Haupt und Schnabel regt! –
Einer aber scheint vor allen
Brüstend kühn sich zu gefallen,
Segelnd rasch durch alle fort;
Sein Gefieder bläht sich schwellend,
Welle selbst, auf Wogen wellend,
Dringt er zu dem heiligen Ort. –
Die andern schwimmen hin und wieder
Mit ruhig glänzendem Gefieder,
Bald auch in regem prächtigen Streit
Die scheuen Mädchen abzulenken,
Daß sie an ihren Dienst nicht denken,
Nur an die eigne Sicherheit.

NYMPHEN. Leget, Schwestern, euer Ohr
        An des Ufers grüne Stufe!
        Hör ich recht, so kommt mirs vor
        Als der Schall von Pferdes Hufe.
        Wüßt ich nur, wer dieser Nacht
        Schnelle Botschaft zugebracht!

FAUST. Ist mir doch, als dröhnt die Erde,
Schallend unter eiligem Pferde!
Dorthin mein Blick!
Ein günstiges Geschick,
Soll es mich schon erreichen?
O Wunder ohnegleichen!
Ein Reuter kommt herangetrabt,
Er scheint von Geist und Mut begabt,
Von blendend weißem Pferd getragen –
Ich irre nicht, ich kenn ihn schon:
Der Philyra berühmter Sohn! –
Halt, Chiron! halt! Ich habe dir zu sagen –
CHIRON. Was gibts? was ists?
FAUST.   Bezähme deinen Schritt!
CHIRON. Ich raste nicht!
FAUST.   So, bitte, nimm mich mit!
CHIRON. Sitz auf! so kann ich nach Belieben fragen:
Wohin des Wegs? Du stehst am Ufer hier,
Ich bin bereit, dich durch den Fluß zu tragen.
FAUST *aufsitzend.*
Wohin du willst. Für ewig dank ichs dir! –
Der große Mann, der edle Pädagog,
Der, sich zum Ruhm, ein Heldenvolk erzog,
Den schönen Kreis der edlen Argonauten
Und alle, die des Dichters Welt erbauten –
CHIRON. Das lassen wir an seinem Ort!
Selbst Pallas kommt als Mentor nicht zu Ehren;
Am Ende treiben sies nach ihrer Weise fort,
Als wenn sie nicht erzogen wären.
FAUST. Den Arzt, der jede Pflanze nennt,
Die Wurzeln bis ins Tiefste kennt,
Dem Kranken Heil, dem Wunden Lindrung schafft,
Umarm ich hier in Geist- und Körperkraft!

CHIRON. Ward neben mir ein Held verletzt,
Da wußt ich Hülf und Rat zu schaffen;
Doch ließ ich meine Kunst zuletzt
Den Wurzelweibern und den Pfaffen.
FAUST. Du bist der wahre große Mann.
Der Lobeswort nicht hören kann:
Er sucht bescheiden auszuweichen
Und tut, als gäb es seinesgleichen.
CHIRON. Du scheinest mir geschickt, zu heucheln,
Dem Fürsten wie dem Volk zu schmeicheln.
FAUST. So wirst du mir denn doch gestehn:
Du hast die Größten deiner Zeit gesehn,
Dem Edelsten in Taten nachgestrebt,
Halbgöttlich-ernst die Tage durchgelebt.
Doch unter den heroischen Gestalten
Wen hast du für den Tüchtigsten gehalten?
CHIRON. Im hehren Argonautenkreise
War jeder brav nach seiner eignen Weise,
Und nach der Kraft, die ihn beseelte,
Konnt er genügen, wos den andern fehlte.
Die Dioskuren haben stets gesiegt,
Wo Jugendfüll und Schönheit überwiegt.
Entschluß und schnelle Tat zu andrer Heil,
Den Boreaden wards zum schönen Teil.
Nachsinnend, kräftig, klug, im Rat bequem,
So herrschte Jason, Frauen angenehm.
Dann Orpheus: zart und immer still-bedächtig,
Schlug er die Leier, allen übermächtig.
Scharfsichtig Lynkeus, der bei Tag und Nacht
Das heilge Schiff durch Klipp und Strand gebracht.
Gesellig nur läßt sich Gefahr erproben:
Wenn einer wirkt, die andern alle loben.
FAUST. Von Herkules willst nichts erwähnen?
CHIRON. O weh! errege nicht mein Sehnen!
Ich hatte Phöbus nie gesehn,
Noch Ares, Hermes, wie sie heißen;
Da sah ich mir vor Augen stehn,
Was alle Menschen göttlich preisen.
So war er ein geborner König,
Als Jüngling herrlichst anzuschaun,

Dem ältern Bruder untertänig
Und auch den allerliebsten Fraun.
Den zweiten zeugt nicht Gäa wieder,
Nicht führt ihn Hebe himmelein;
Vergebens mühen sich die Lieder,
Vergebens quälen sie den Stein.
FAUST. So sehr auch Bildner auf ihn pochen,
So herrlich kam er nie zur Schau.
Vom schönsten Mann hast du gesprochen,
Nun sprich auch von der schönsten Frau!
CHIRON. Was! Frauenschönheit will nichts heißen,
Ist gar zu oft ein starres Bild;
Nur solch ein Wesen kann ich preisen,
Das froh und lebenslustig quillt.
Die Schöne bleibt sich selber selig;
Die Anmut macht unwiderstehlich,
Wie Helena, da ich sie trug.
FAUST. Du trugst sie?
CHIRON.   Ja, auf diesem Rücken!
FAUST. Bin ich nicht schon verwirrt genug,
Und solch ein Sitz muß mich beglücken!
CHIRON. Sie faßte so mich in das Haar,
Wie du es tust.
FAUST.   O ganz und gar
Verlier ich mich! Erzähle: wie?
Sie ist mein einziges Begehren!
Woher, wohin, ach! trugst du sie?
CHIRON. Die Frage läßt sich leicht gewähren.
Die Dioskuren hatten jener Zeit
Das Schwesterchen aus Räuberfaust befreit.
Doch diese, nicht gewohnt, besiegt zu sein,
Ermannten sich und stürmten hinterdrein.
Da hielten der Geschwister eiligen Lauf
Die Sümpfe bei Eleusis auf;
Die Brüder wateten, ich patschte, schwamm hinüber;
Da sprang sie ab und streichelte
Die feuchte Mähne, schmeichelte
Und dankte lieblich-klug und selbstbewußt.
Wie war sie reizend! jung! des Alten Lust!
FAUST. Erst zehen Jahr!

CHIRON.   Ich seh, die Philologen,
Sie haben dich so wie sich selbst betrogen.
Ganz eigen ists mit mythologischer Frau:
Der Dichter bringt sie, wie ers braucht, zur Schau;
Nie wird sie mündig, wird nicht alt,
Stets appetitlicher Gestalt,
Wird jung entführt, im Alter noch umfreit;
Gnug, den Poeten bindet keine Zeit.

FAUST. So sei auch sie durch keine Zeit gebunden!
Hat doch Achill auf Pherä sie gefunden,
Selbst außer aller Zeit! Welch seltnes Glück:
Errungene Liebe gegen das Geschick!
Und sollt ich nicht, sehnsüchtigster Gewalt,
Ins Leben ziehn die einzigste Gestalt?
Das ewige Wesen, Göttern ebenbürtig,
So groß als zart, so hehr als liebenswürdig?
Du sahst sie einst, heut hab ich sie gesehn,
So schön wie reizend, wie ersehnt so schön!
Nun ist mein Sinn, mein Wesen streng umfangen:
Ich lebe nicht, kann ich sie nicht erlangen!

CHIRON. Mein fremder Mann, als Mensch bist du entzückt;
Doch unter Geistern scheinst du wohl verrückt.
Nun trifft sichs hier zu deinem Glücke;
Denn alle Jahr, nur wenig Augenblicke,
Pfleg ich bei Manto vorzutreten,
Der Tochter Äskulaps; im stillen Beten
Fleht sie zum Vater, daß, zu seiner Ehre,
Er endlich doch der Ärzte Sinn verkläre
Und vom verwegnen Totschlag sie bekehre —
Die liebste mir aus der Sibyllengilde:
Nicht fratzenhaft bewegt, wohltätig-milde;
Ihr glückt es wohl, bei einigem Verweilen,
Mit Wurzelkräften dich von Grund zu heilen.

FAUST. Geheilt will ich nicht sein, mein Sinn ist mächtig;
Da wär ich ja wie andre niederträchtig.

CHIRON. Versäume nicht das Heil der edlen Quelle!
Geschwind herab! Wir sind zur Stelle.

FAUST. Sag an: wohin hast du in grauser Nacht
Durch Kiesgewässer mich ans Land gebracht?

CHIRON. Hier trotzten Rom und Griechenland im Streite,
Peneios rechts, links den Olymp zur Seite,
Das größte Reich, das sich im Sand verliert:
Der König flieht, der Bürger triumphiert.
Blick auf! hier steht, bedeutend-nah,
Im Mondenschein der ewige Tempel da.
MANTO *inwendig träumend.* Von Pferdes Hufe
Erklingt die heilige Stufe,
Halbgötter treten heran.
CHIRON. Ganz recht! Nur die Augen aufgetan!
MANTO *erwachend.*
Willkommen! Ich seh, du bleibst nicht aus.
CHIRON. Steht dir doch auch dein Tempelhaus!
MANTO. Streifst du noch immer unermüdet?
CHIRON. Wohnst du doch immer still umfriedet,
Indes zu kreisen mich erfreut.
MANTO. Ich harre, mich umkreist die Zeit. –
Und dieser?
CHIRON.   Die verrufene Nacht
Hat strudelnd ihn hierher gebracht.
Helenen, mit verrückten Sinnen,
Helenen will er sich gewinnen
Und weiß nicht, wie und wo beginnen:
Asklepischer Kur vor andern wert.
MANTO. Den lieb ich, der Unmögliches begehrt.
CHIRON *ist schon weit weg.*
MANTO. Tritt ein, Verwegner, sollst dich freuen!
Der dunkle Gang führt zu Persephoneien.
In des Olympus hohlem Fuß
Lauscht sie geheim-verbotnem Gruß.
Hier hab ich einst den Orpheus eingeschwärzt;
Benutz es besser! Frisch! beherzt! *Sie steigen hinab.*

[AM OBERN PENEIOS]

SIRENEN. *Am obern Peneios wie zuvor*

Stürzt euch in Peneios Flut!
Plätschernd ziemt es da zu schwimmen,
Lied und Lieder anzustimmen,
Dem unseligen Volk zugut.

Ohne Wasser ist kein Heil!
Führen wir mit hellem Heere
Eilig zum Ägäischen Meere,
Würd uns jede Lust zuteil. *Erdbeben.*

SIRENEN. Schäumend kehrt die Welle wieder,
Fließt nicht mehr im Bett darnieder;
Grund erbebt, das Wasser staucht,
Kies und Ufer berstend raucht.
Flüchten wir! Kommt alle, kommt!
Niemand, dem das Wunder frommt!

Fort ihr edlen, frohen Gäste,
Zu dem seeisch-heitern Feste,
Blinkend wo die Zitterwellen,
Ufernetzend, leise schwellen,
Da, wo Luna doppelt leuchtet,
Uns mit heilgem Tau befeuchtet!
Dort ein freibewegtes Leben,
Hier ein ängstlich Erdebeben!
Eile jeder Kluge fort!
Schauderhaft ists um den Ort.

SEISMOS *in der Tiefe brummend und polternd.*
Einmal noch mit Kraft geschoben,
Mit den Schultern brav gehoben!
So gelangen wir nach oben,
Wo uns alles weichen muß.

SPHINXE. Welch ein widerwärtig Zittern,
Häßlich-grausenhaftes Wittern!
Welch ein Schwanken, welches Beben,
Schaukelnd Hin- und Wiederstreben!
Welch unleidlicher Verdruß!
Doch wir ändern nicht die Stelle,
Bräche los die ganze Hölle.

Nun erhebt sich ein Gewölbe
Wundersam. Es ist derselbe,
Jener Alte, längst Ergraute,
Der die Insel Delos baute,
Einer Kreißenden zulieb

Aus der Wog empor sie trieb.
Er, mit Streben, Drängen, Drücken,
Arme straff, gekrümmt den Rücken,
Wie ein Atlas an Gebärde,
Hebt er Boden, Rasen, Erde,
Kies und Grieß und Sand und Letten,
Unsres Ufers stille Betten.
So zerreißt er eine Strecke
Quer des Tales ruhige Decke.
Angestrengtest, nimmer müde,
Kolossal-Karyatide,
Trägt ein furchtbar Steingerüste,
Noch im Boden bis zur Büste;
Weiter aber solls nicht kommen:
Sphinxe haben Platz genommen.

SEISMOS. Das hab ich ganz allein vermittelt,
Man wird mirs endlich zugestehn,
Und hätt ich nicht geschüttelt und gerüttelt,
Wie wäre diese Welt so schön!
Wie ständen eure Berge droben
In prächtig-reinem Ätherblau,
Hätt ich sie nicht hervorgeschoben
Zu malerisch-entzückter Schau!
Als, angesichts der höchsten Ahnen,
Der Nacht, des Chaos, ich mich stark betrug
Und in Gesellschaft von Titanen
Mit Pelion und Ossa als mit Ballen schlug:
Wir tollten fort in jugendlicher Hitze,
Bis, überdrüssig, noch zuletzt
Wir dem Parnaß als eine Doppelmütze
Die beiden Berge frevelnd aufgesetzt –
Apollen hält ein froh Verweilen
Dort nun mit seliger Musen Chor.
Selbst Jupitern und seinen Donnerkeilen
Hob ich den Sessel hoch empor.
Jetzt so, mit ungeheurem Streben,
Drang aus dem Abgrund ich herauf
Und fordere laut zu neuem Leben
Mir fröhliche Bewohner auf.

SPHINXE. Uralt, müßte man gestehen,
Sei das hier Emporgebürgte,
Hätten wir nicht selbst gesehen,
Wie sichs aus dem Boden würgte.
Bebuschter Wald verbreitet sich hinan,
Noch drängt sich Fels auf Fels bewegt heran;
Ein Sphinx wird sich daran nicht kehren:
Wir lassen uns im heiligen Sitz nicht stören.
GREIFE. Gold in Blättchen, Gold in Flittern
Durch die Ritzen seh ich zittern.
Laßt euch solchen Schatz nicht rauben!
Imsen, auf! es auszuklauben.

CHOR DER AMEISEN. Wie ihn die Riesigen
Emporgeschoben,
Ihr Zappelfüßigen,
Geschwind nach oben!
Behendest aus und ein!
In solchen Ritzen
Ist jedes Bröselein
Wert zu besitzen.
Das Allermindeste
Müßt ihr entdecken
Auf das geschwindeste
In allen Ecken!
Allemsig müßt ihr sein,
Ihr Wimmelscharen:
Nur mit dem Gold herein!
Den Berg laßt fahren!

GREIFE. Herein! herein! Nur Gold zuhauf!
Wir legen unsre Klauen drauf;
Sind Riegel von der besten Art:
Der größte Schatz ist wohl verwahrt.
PYGMÄEN. Haben wirklich Platz genommen.
Wissen nicht, wie es geschah.
Fraget nicht, woher wir kommen;
Denn wir sind nun einmal da!
Zu des Lebens lustigem Sitze
Eignet sich ein jedes Land;
Zeigt sich eine Felsenritze,

Ist auch schon der Zwerg zur Hand.
Zwerg und Zwergin, rasch zum Fleiße,
Musterhaft ein jedes Paar;
Weiß nicht, ob es gleicherweise
Schon im Paradiese war.
Doch wir findens hier zum besten,
Segnen dankbar unsern Stern;
Denn im Osten wie im Westen
Zeugt die Mutter Erde gern.

DAKTYLE.   Hat sie in Einer Nacht
Die Kleinen hervorgebracht,
Sie wird die Kleinsten erzeugen;
Finden auch ihresgleichen.

PYGMÄEN-ÄLTESTE.   Eilet, bequemen
Sitz einzunehmen!
Eilig zum Werke!
Schnelle für Stärke!
Noch ist es Friede:
Baut euch die Schmiede,
Harnisch und Waffen
Dem Heer zu schaffen!

Ihr Imsen alle,
Rührig im Schwalle,
Schafft uns Metalle!
Und ihr Daktyle,
Kleinste, so viele,
Euch sei befohlen,
Hölzer zu holen!
Schichtet zusammen
Heimliche Flammen:
Schaffet uns Kohlen!

GENERALISSIMUS.   Mit Pfeil und Bogen
Frisch ausgezogen!
An jenem Weiher
Schießt mir die Reiher,
Unzählig nistende,
Hochmütig brüstende,
Auf einen Ruck

Alle wie Einen,
Daß wir erscheinen
Mit Helm und Schmuck!

IMSEN UND DAKTYLE. Wer wird uns retten!
Wir schaffen's Eisen,
Sie schmieden Ketten.
Uns loszureißen,
Ist noch nicht zeitig;
Drum seid geschmeidig!

DIE KRANICHE DES IBYKUS. Mordgeschrei und Sterbeklagen!
Ängstlich Flügelflatterschlagen!
Welch ein Ächzen, welch Gestöhn
Dringt herauf zu unsern Höhn!
Alle sind sie schon ertötet,
See von ihrem Blut gerötet!
Mißgestaltete Begierde
Raubt des Reihers edle Zierde.
Weht sie doch schon auf dem Helme
Dieser Fettbauch-Krummbein-Schelme!
Ihr Genossen unsres Heeres,
Reihenwanderer des Meeres,
Euch berufen wir zur Rache
In so nahverwandter Sache.
Keiner spare Kraft und Blut:
Ewige Feindschaft dieser Brut!
Zerstreuen sich krächzend in den Lüften.

MEPHISTOPHELES *in der Ebne.*
Die nordischen Hexen wußt ich wohl zu meistern,
Mir wirds nicht just mit diesen fremden Geistern.
Der Blocksberg bleibt ein gar bequem Lokal:
Wo man auch sei, man findet sich zumal.
Frau Ilse wacht für uns auf ihrem Stein,
Auf seiner Höh wird Heinrich munter sein,
Die Schnarcher schnauzen zwar das Elend an,
Doch alles ist für tausend Jahr getan.
Wer weiß denn hier nur, wo er geht und steht,
Ob unter ihm sich nicht der Boden bläht?
Ich wandle lustig durch ein glattes Tal,
Und hinter mir erhebt sich auf einmal

Ein Berg, zwar kaum ein Berg zu nennen,
Von meinen Sphinxen mich jedoch zu trennen,
Schon hoch genug! – Hier zuckt noch manches Feuer
Das Tal hinab und flammt ums Abenteuer:
Noch tanzt und schwebt mir lockend, weichend vor,
Spitzbübisch gaukelnd, der galante Chor.
Nur sachte drauf! Allzu gewohnt ans Naschen,
Wo es auch sei, man sucht was zu erhaschen.

LAMIEN *Mephistopheles nach sich ziehend.*
   Geschwind! geschwinder!
   Und immer weiter!
   Dann wieder zaudernd,
   Geschwätzig plaudernd!
   Es ist so heiter,
   Den alten Sünder
   Uns nachzuziehen
   Zu schwerer Buße!
   Mit starrem Fuße
   Kommt er geholpert,
   Einhergestolpert;
   Er schleppt das Bein,
   Wie wir ihn fliehen,
   Uns hinterdrein!

MEPHISTOPHELES *stillstehend.*
Verflucht Geschick! Betrogne Mannsen!
Von Adam her verführte Hansen!
Alt wird man wohl, wer aber klug?
Warst du nicht schon vernarrt genug?

Man weiß: das Volk taugt aus dem Grunde nichts,
Geschnürten Leibs, geschminkten Angesichts.
Nichts haben sie Gesundes zu erwidern,
Wo man sie anfaßt, morsch in allen Gliedern.
Man weiß, man siehts, man kann es greifen,
Und dennoch tanzt man, wenn die Luder pfeifen!

LAMIEN *innehaltend.* Halt! er besinnt sich, zaudert, steht!
Entgegnet ihm, daß er euch nicht entgeht!
MEPHISTOPHELES *fortschreitend.*
Nur zu! und laß dich ins Gewebe

Der Zweifelei nicht törig ein;
Denn wenn es keine Hexen gäbe,
Wer, Teufel! möchte Teufel sein!

LAMIEN *anmutigst*. Kreisen wir um diesen Helden!
Liebe wird in seinem Herzen
Sich gewiß für Eine melden.

MEPHISTOPHELES. Zwar mit ungewissem Schimmer
Scheint ihr hübsche Frauenzimmer,
Und so möcht ich euch nicht schelten.

EMPUSE *eindringend*. Auch nicht mich! als eine solche
Laßt mich ein in eure Folge!

LAMIEN. Die ist in unserm Kreis zu viel,
Verdirbt doch immer unser Spiel.

EMPUSE *zu Mephistopheles*.
Begrüßt von Mühmichen Empuse,
Der Trauten mit dem Eselsfuße!
Du hast nur einen Pferdefuß,
Und doch, Herr Vetter, schönsten Gruß!

MEPHISTOPHELES. Hier dacht ich lauter Unbekannte
Und finde leider Nahverwandte;
Es ist ein altes Buch zu blättern:
Vom Harz bis Hellas immer Vettern!

EMPUSE. Entschieden weiß ich gleich zu handeln,
In vieles könnt ich mich verwandeln;
Doch Euch zu Ehren hab ich jetzt
Das Eselsköpfchen aufgesetzt.

MEPHISTOPHELES. Ich merk, es hat bei diesen Leuten
Verwandtschaft Großes zu bedeuten;
Doch mag sich, was auch will, eräugnen,
Den Eselskopf möcht ich verleugnen.

LAMIEN. Laß diese Garstige! sie verscheucht,
Was irgend schön und lieblich deucht;
Was irgend schön und lieblich wär,
Sie kommt heran: es ist nicht mehr!

MEPHISTOPHELES.
Auch diese Mühmchen, zart und schmächtig,
Sie sind mir allesamt verdächtig,
Und hinter solcher Wänglein Rosen
Fürcht ich doch auch Metamorphosen.

LAMIEN. Versuch es doch! sind unsrer viele.
Greif zu! und hast du Glück im Spiele,
Erhasche dir das beste Los!
Was soll das lüsterne Geleier?
Du bist ein miserabler Freier,
Stolzierst einher und tust so groß! –
Nun mischt er sich in unsre Scharen:
Laßt nach und nach die Masken fahren
Und gebt ihm euer Wesen bloß!
MEPHISTOPHELES. Die Schönste hab ich mir erlesen –
Sie umfassend.
O weh mir! welch ein dürrer Besen!
Eine andere ergreifend.
Und diese? – Schmähliches Gesicht!
LAMIEN. Verdienst dus besser? dünk es nicht!
MEPHISTOPHELES. Die Kleine möcht ich mir verpfänden –
Lazerte schlüpft mir aus den Händen
Und schlangenhaft der glatte Zopf!
Dagegen faß ich mir die Lange –
Da pack ich eine Thyrsusstange,
Den Pinienapfel als den Kopf!
Wo wills hinaus? – Noch eine Dicke,
An der ich mich vielleicht erquicke!
Zum letztenmal gewagt! Es sei!
Recht quammig, quappig: das bezahlen
Mit hohem Preis Orientalen –
Doch ach! der Bovist platzt entzwei!
LAMIEN. Fahrt auseinander! schwankt und schwebet
Blitzartig! schwarzen Flugs umgebet
Den eingedrungenen Hexensohn!
Unsichre, schauderhafte Kreise!
Schweigsamen Fittichs, Fledermäuse!
Zu wohlfeil kommt er doch davon.
MEPHISTOPHELES *sich schüttlend.*
Viel klüger, scheint es, bin ich nicht geworden;
Absurd ists hier, absurd im Norden,
Gespenster hier wie dort vertrackt,
Volk und Poeten abgeschmackt.
Ist eben hier eine Mummenschanz
Wie überall ein Sinnentanz.

Ich griff nach holden Maskenzügen
Und faßte Wesen, daß michs schauerte –
Ich möchte gerne mich betrügen,
Wenn es nur länger dauerte.
Sich zwischen dem Gestein verirrend.
Wo bin ich denn? wo wills hinaus?
Das war ein Pfad, nun ists ein Graus.
Ich kam daher auf glatten Wegen,
Und jetzt steht mir Geröll entgegen.
Vergebens klettr ich auf und nieder:
Wo find ich meine Sphinxe wieder?
So toll hätt ich mirs nicht gedacht:
Ein solch Gebirg in Einer Nacht!
Das heiß ich frischen Hexenritt:
Die bringen ihren Blocksberg mit.
OREAS *vom Naturfels.* Herauf hier! Mein Gebirg ist alt,
Steht in ursprünglicher Gestalt.
Verehre schroffe Felsensteige,
Des Pindus letztgedehnte Zweige!
Schon stand ich unerschüttert so,
Als über mich Pompejus floh.
Daneben das Gebild des Wahns
Verschwindet schon beim Krähn des Hahns.
Dergleichen Märchen seh ich oft entstehn
Und plötzlich wieder untergehn.
MEPHISTOPHELES. Sei Ehre dir, ehrwürdiges Haupt,
Von hoher Eichenkraft umlaubt!
Der allerklarste Mondenschein
Dringt nicht zur Finsternis herein. –
Doch neben am Gebüsche zieht
Ein Licht, das gar bescheiden glüht.
Wie sich das alles fügen muß!
Fürwahr, es ist Homunculus!
Woher des Wegs, du Kleingeselle?
HOMUNCULUS. Ich schwebe so von Stell zu Stelle
Und möchte gern im besten Sinn entstehn,
Voll Ungeduld, mein Glas entzweizuschlagen;
Allein was ich bisher gesehn,
Hinein da möcht ich mich nicht wagen.
Nur, um dirs im Vertrauen zu sagen:

Zwei Philosophen bin ich auf der Spur!
Ich horchte zu, es hieß: »Natur! Natur!«
Von diesen will ich mich nicht trennen,
Sie müssen doch das irdische Wesen kennen,
Und ich erfahre wohl am Ende,
Wohin ich mich am allerklügsten wende.
MEPHISTOPHELES. Das tu auf deine eigne Hand!
Denn wo Gespenster Platz genommen,
Ist auch der Philosoph willkommen.
Damit man seiner Kunst und Gunst sich freue,
Erschafft er gleich ein Dutzend neue.
Wenn du nicht irrst, kommst du nicht zu Verstand!
Willst du entstehn, entsteh auf eigne Hand!
HOMUNCULUS. Ein guter Rat ist auch nicht zu verschmähn.
MEPHISTOPHELES. So fahre hin! Wir wollens weiter sehn.
Trennen sich.
ANAXAGORAS *zu Thales.*
Dein starrer Sinn will sich nicht beugen;
Bedarf es weitres, dich zu überzeugen?
THALES. Die Welle beugt sich jedem Winde gern;
Doch hält sie sich vom schroffen Felsen fern.
ANAXAGORAS. Durch Feuerdunst ist dieser Fels zu Handen.
THALES. Im Feuchten ist Lebendiges erstanden.
HOMUNCULUS *zwischen beiden.*
Laßt mich an eurer Seite gehn!
Mir selbst gelüstets zu entstehn.
ANAXAGORAS. Hast du, o Thales, je in Einer Nacht
Solch einen Berg aus Schlamm hervorgebracht?
THALES. Nie war Natur und ihr lebendiges Fließen
Auf Tag und Nacht und Stunden angewiesen.
Sie bildet regelnd jegliche Gestalt,
Und selbst im Großen ist es nicht Gewalt.
ANAXAGORAS. Hier aber wars! Plutonisch-grimmig Feuer,
Äolischer Dünste Knallkraft, ungeheuer,
Durchbrach des flachen Bodens alte Kruste,
Daß neu ein Berg sogleich entstehen mußte.
THALES. Was wird dadurch nun weiter fortgesetzt?
Er ist auch da, und das ist gut zuletzt.
Mit solchem Streit verliert man Zeit und Weile
Und führt doch nur geduldig Volk am Seile.

ANAXAGORAS. Schnell quillt der Berg von Myrmidonen,
Die Felsenspalten zu bewohnen:
Pygmäen, Imsen, Däumerlinge
Und andre tätig-kleine Dinge.
Zum Homunculus.
Nie hast du Großem nachgestrebt,
Einsiedlerisch-beschränkt gelebt;
Kannst du zur Herrschaft dich gewöhnen,
So laß ich dich als König krönen.
HOMUNCULUS. Was sagt mein Thales?
THALES. Wills nicht raten!
Mit Kleinen tut man kleine Taten,
Mit Großen wird der Kleine groß.
Sieh hin! die schwarze Kranichwolke!
Sie droht dem aufgeregten Volke
Und würde so dem König drohn.
Mit scharfen Schnäbeln, krallen Beinen,
Sie stechen nieder auf die Kleinen;
Verhängnis wetterleuchtet schon.
Ein Frevel tötete die Reiher,
Umstellend ruhigen Friedensweiher.
Doch jener Mordgeschosse Regen
Schafft grausam-blutgen Rachesegen,
Erregt der Nahverwandten Wut
Nach der Pygmäen frevlem Blut.
Was nützt nun Schild und Helm und Speer?
Was hilft der Reiherstrahl den Zwergen?
Wie sich Daktyl und Imse bergen!
Schon wankt, es flieht, es stürzt das Heer.
ANAXAGORAS *nach einer Pause feierlich.*
Konnt ich bisher die Unterirdischen loben,
So wend ich mich in diesem Fall nach oben. —
Du droben, ewig Unveraltete,
Dreinamig-Dreigestaltete,
Dich ruf ich an bei meines Volkes Weh,
Diana, Luna, Hekate!
Du Brusterweiternde, im Tiefsten Sinnige,
Du Ruhigscheinende, Gewaltsam-Innige,
Eröffne deiner Schatten grausen Schlund!
Die alte Macht sei ohne Zauber kund!

Pause.   Bin ich zu schnell erhört?
         Hat mein Flehn
         Nach jenen Höhn
         Die Ordnung der Natur gestört?

Und größer, immer größer nahet schon
Der Göttin rundumschriebner Thron,
Dem Auge furchtbar, ungeheuer!
Ins Düstre rötet sich sein Feuer. –
Nicht näher! drohend-mächtige Runde
Du richtest uns und Land und Meer zugrunde!

So wär es wahr, daß dich thessalische Frauen
In frevlend-magischem Vertrauen
Von deinem Pfad herabgesungen?
Verderblichstes dir abgerungen? –
Das lichte Schild hat sich umdunkelt:
Auf einmal reißts und blitzt und funkelt!
Welch ein Geprassel! welch ein Zischen!
Ein Donnern, Windgetüm dazwischen! –
Demütig zu des Thrones Stufen! –
Verzeiht! ich hab es hergerufen.
Wirft sich aufs Angesicht.
THALES. Was dieser Mann nicht alles hört und sah!
Ich weiß nicht recht, wie uns geschah,
Auch hab ichs nicht mit ihm empfunden.
Gestehen wir: es sind verrückte Stunden,
Und Luna wiegt sich ganz bequem
An ihrem Platz so wie vordem.
HOMUNCULUS. Schaut hin nach der Pygmäen Sitz:
Der Berg war rund, jetzt ist er spitz!
Ich spürt ein ungeheures Prallen,
Der Fels war aus dem Mond gefallen;
Gleich hat er, ohne nachzufragen,
So Freund als Feind gequetscht, erschlagen.
Doch muß ich solche Künste loben,
Die schöpferisch, in Einer Nacht,
Zugleich von unten und von oben
Dies Berggebäu zustand gebracht.
THALES. Sei ruhig! Es war nur gedacht.
Sie fahre hin, die garstige Brut!

Daß du nicht König warst, ist gut.
Nun fort zum heitern Meeresfeste!
Dort hofft und ehrt man Wundergäste.
Entfernen sich.

MEPHISTOPHELES *an der Gegenseite kletternd.*
Da muß ich mich durch steile Felsentreppen,
Durch alter Eichen starre Wurzeln schleppen!
Auf meinem Harz der harzige Dunst
Hat was vom Pech, und das hat meine Gunst,
Zunächst dem Schwefel. – Hier, bei diesen Griechen,
Ist von dergleichen kaum die Spur zu riechen;
Neugierig aber wär ich, nachzuspüren,
Womit sie Höllenqual und -flamme schüren.
DRYAS. In deinem Lande sei einheimisch klug,
Im fremden bist du nicht gewandt genug.
Du solltest nicht den Sinn zur Heimat kehren,
Der heiligen Eichen Würde hier verehren!
MEPHISTOPHELES. Man denkt an das, was man verließ;
Was man gewohnt war, bleibt ein Paradies. –
Doch sagt: was in der Höhle dort
Bei schwachem Licht sich dreifach hingekauert?
DRYAS. Die Phorkyaden! Wage dich zum Ort
Und sprich sie an, wenn dich nicht schauert!
MEPHISTOPHELES.
Warum denn nicht! – Ich sehe was – und staune!
So stolz ich bin, muß ich mir selbst gestehn:
Dergleichen hab ich nie gesehn!
Die sind ja schlimmer als Alraune!
Wird man die urverworfnen Sünden
Im mindesten noch häßlich finden,
Wenn man dies Dreigetüm erblickt?
Wir litten sie nicht auf den Schwellen
Der grauenvollsten unsrer Höllen;
Hier wurzelts in der Schönheit Land,
Das wird mit Ruhm antik genannt! –
Sie regen sich, sie scheinen mich zu spüren,
Sie zwitschern pfeifend, Fledermaus-Vampyren.
PHORKYADEN. Gebt mir das Auge, Schwestern, daß es frage,
Wer sich so nah an unsre Tempel wage!

MEPHISTOPHELES. Verehrteste! erlaubt mir, euch zu nahen
Und euren Segen dreifach zu empfahen!
Ich trete vor, zwar noch als Unbekannter,
Doch, irr ich nicht, weitläufiger Verwandter.
Altwürdige Götter hab ich schon erblickt,
Vor Ops und Rhea tiefstens mich gebückt;
Die Parzen selbst, des Chaos, eure Schwestern,
Ich sah sie gestern – oder ehegestern;
Doch euresgleichen hab ich nie erblickt!
Ich schweige nun und fühle mich entzückt.

PHORKYADEN. Er scheint Verstand zu haben, dieser Geist.

MEPHISTOPHELES.
Nur wunderts mich, daß euch kein Dichter preist.
Und sagt: wie kams, wie konnte das geschehn:
Im Bilde hab ich nie euch Würdigste gesehn!
Versuchs der Meißel doch, euch zu erreichen,
Nicht Juno, Pallas, Venus und dergleichen!

PHORKYADEN. Versenkt in Einsamkeit und stillste Nacht,
Hat unser Drei noch nie daran gedacht!

MEPH. Wie sollt es auch, da ihr, der Welt entrückt,
Hier niemand seht und niemand euch erblickt!
Da müßtet ihr an solchen Orten wohnen,
Wo Pracht und Kunst auf gleichem Sitze thronen,
Wo jeden Tag, behend, im Doppelschritt,
Ein Marmorblock als Held ins Leben tritt,
Wo –

PHORKYADEN. Schweige still und gib uns kein Gelüsten!
Was hülf es uns, und wenn wirs besser wüßten?
In Nacht geboren, Nächtlichem verwandt,
Beinah uns selbst, ganz allen unbekannt!

MEPHISTOPHELES. In solchem Fall hat es nicht viel zu sagen,
Man kann sich selbst auch andern übertragen.
Euch dreien gnügt Ein Auge, gnügt Ein Zahn;
Da ging es wohl auch mythologisch an,
In zwei die Wesenheit der drei zu fassen,
Der dritten Bildnis mir zu überlassen,
Auf kurze Zeit.

EINE. 　　　　　Wie dünkts euch? ging es an?

DIE ANDERN. Versuchen wirs! – Doch ohne Aug und Zahn.

MEPHISTOPHELES.
Nun habt ihr grad das Beste weggenommen;
Wie würde da das strengste Bild vollkommen!
EINE. Drück du ein Auge zu, 's ist leicht geschehn,
Laß alsofort den einen Raffzahn sehn,
Und im Profil wirst du sogleich erreichen,
Geschwisterlich vollkommen uns zu gleichen.
MEPHISTOPHELES. Viel Ehr! Es sei!
PHORKYADEN.   Es sei!
MEPHISTOPHELES *als Phorkyas im Profil.*   Da steh ich schon,
Des Chaos vielgeliebter Sohn!
PHORKYADEN. Des Chaos Töchter sind wir unbestritten.
MEPHISTOPHELES.
Man schilt mich nun, o Schmach! Hermaphroditen.
PHORKYADEN. Im neuen Drei der Schwestern welche Schöne!
Wir haben zwei der Augen, zwei der Zähne!
MEPHISTOPHELES. Vor aller Augen muß ich mich verstecken,
Im Höllenpfuhl die Teufel zu erschrecken. *Ab.*

FELSBUCHTEN DES ÄGÄISCHEN MEERS
Mond, im Zenit verharrend

SIRENEN *auf den Klippen umhergelagert, flötend und singend.*

Haben sonst bei nächtigem Grauen
Dich thessalische Zauberfrauen
Frevelhaft herabgezogen,
Blicke ruhig von dem Bogen
Deiner Nacht auf Zitterwogen
Mildeblitzend Glanzgewimmel
Und erleuchte das Getümmel,
Das sich aus den Wogen hebt!
Dir zu jedem Dienst erbötig,
Schöne Luna, sei uns gnädig!

NEREIDEN UND TRITONEN *als Meerwunder.*

Tönet laut in schärfern Tönen,
Die das breite Meer durchdröhnen:
Volk der Tiefe ruft fortan!
Vor des Sturmes grausen Schlünden

Wichen wir zu stillsten Gründen:
Holder Sang zieht uns heran.
Seht, wie wir im Hochentzücken
Uns mit goldenen Ketten schmücken,
Auch zu Kron- und Edelsteinen
Spang und Gürtelschmuck vereinen!
Alles das ist eure Frucht:
Schätze, scheiternd hier verschlungen,
Habt ihr uns herangesungen,
Ihr Dämonen unsrer Bucht.

SIRENEN. Wissens wohl, in Meeresfrische
Glatt behagen sich die Fische,
Schwanken Lebens ohne Leid;
Doch, ihr festlich regen Scharen,
Heute möchten wir erfahren,
Daß ihr mehr als Fische seid.

NEREIDEN UND TRITONEN.

Ehe wir hieher gekommen,
Haben wirs zu Sinn genommen;
Schwestern, Brüder, jetzt geschwind!
Heut bedarfs der kleinsten Reise
Zum vollgültigsten Beweise,
Daß wir mehr als Fische sind.
Entfernen sich.

SIRENEN. Fort sind sie im Nu!
Nach Samothrake grade zu,
Verschwunden mit günstigem Wind.
Was denken sie zu vollführen
Im Reiche der hohen Kabiren?
Sind Götter, wundersam eigen,
Die sich immerfort selbst erzeugen
Und niemals wissen, was sie sind!

Bleibe auf deinen Höhn,
Holde Luna, gnädig stehn,
Daß es nächtig verbleibe,
Uns der Tag nicht vertreibe!

THALES *am Ufer zu Homunculus.*
Ich führte dich zum alten Nereus gern;

Zwar sind wir nicht von seiner Höhle fern,
Doch hat er einen harten Kopf,
Der widerwärtige Sauertopf.
Das ganze menschliche Geschlecht
Machts ihm, dem Griesgram, nimmer recht.
Doch ist die Zukunft ihm entdeckt,
Dafür hat jedermann Respekt
Und ehret ihn auf seinem Posten;
Auch hat er manchem wohlgetan.
HOMUNCULUS. Probieren wirs und klopfen an!
Nicht gleich wirds Glas und Flamme kosten!
NEREUS. Sinds Menschenstimmen, die mein Ohr vernimmt?
Wie es mir gleich im tiefsten Herzen grimmt!
Gebilde, strebsam, Götter zu erreichen,
Und doch verdammt, sich immer selbst zu gleichen!
Seit alten Jahren konnt ich göttlich ruhn,
Doch trieb michs an, den Besten wohlzutun,
Und schaut ich dann zuletzt vollbrachte Taten,
So war es ganz, als hätt ich nicht geraten.
THALES. Und doch, o Greis des Meers, vertraut man dir;
Du bist der Weise, treib uns nicht von hier!
Schau diese Flamme: menschenähnlich zwar,
Sie deinem Rat ergibt sich ganz und gar!
NEREUS. Was Rat! Hat Rat bei Menschen je gegolten?
Ein kluges Wort erstarrt im harten Ohr.
Sooft auch Tat sich grimmig selbst gescholten,
Bleibt doch das Volk selbstwillig wie zuvor.
Wie hab ich Paris väterlich gewarnt,
Eh sein Gelüst ein fremdes Weib umgarnt!
Am griechischen Ufer stand er kühnlich da,
Ihm kündet ich, was ich im Geiste sah:
Die Lüfte qualmend, überströmend Rot,
Gebälke glühend, unten Mord und Tod,
Trojas Gerichtstag, rhythmisch festgebannt,
Jahrtausenden so schrecklich als gekannt.
Des Alten Wort, dem Frechen schiens ein Spiel,
Er folgte seiner Lust, und Ilios fiel –
Ein Riesenleichnam, starr nach langer Qual,
Des Pindus Adlern gar willkommnes Mahl!
Ulyssen auch! sagt ich ihm nicht voraus

Der Circe Listen, des Cyklopen Graus?
Das Zaudern sein, der Seinen leichten Sinn?
Und was nicht alles! Bracht ihm das Gewinn?
Bis vielgeschaukelt ihn, doch spät genug,
Der Woge Gunst an gastlich Ufer trug.
THALES. Dem weisen Mann gibt solch Betragen Qual;
Der gute doch versucht es noch einmal.
Ein Quentchen Danks wird, hoch ihn zu vergnügen,
Die Zentner Undanks völlig überwiegen.
Denn nichts Geringes haben wir zu flehn:
Der Knabe da wünscht weislich zu entstehn.
NEREUS. Verderbt mir nicht den seltensten Humor!
Ganz andres steht mir heute noch bevor:
Die Töchter hab ich alle herbeschieden,
Die Grazien des Meeres, die Doriden.
Nicht der Olymp, nicht euer Boden trägt
Ein schön Gebild, das sich so zierlich regt.
Sie werfen sich anmutigster Gebärde
Vom Wasserdrachen auf Neptunus Pferde,
Dem Element aufs zarteste vereint,
Daß selbst der Schaum sie noch zu heben scheint.

Im Farbenspiel von Venus Muschelwagen
Kommt Galatee, die Schönste nun, getragen,
Die, seit sich Kypris von uns abgekehrt,
In Paphos wird als Göttin selbst verehrt.
Und so besitzt die Holde lange schon
Als Erbin Tempelstadt und Wagenthron.

Hinweg! Es ziemt in Vaterfreudenstunde
Nicht Haß dem Herzen, Scheltwort nicht dem Munde.
Hinweg zu Proteus! Fragt den Wundermann,
Wie man entstehn und sich verwandeln kann!
Entfernt sich gegen das Meer.
THALES. Wir haben nichts durch diesen Schritt gewonnen:
Trifft man auch Proteus, gleich ist er zerronnen,
Und steht er euch, so sagt er nur zuletzt,
Was staunen macht und in Verwirrung setzt.
Du bist einmal bedürftig solchen Rats;
Versuchen wirs und wandlen unsres Pfads!
Entfernen sich.

SIRENEN *oben auf den Felsen.*
>Was sehen wir von weiten
>Das Wellenreich durchgleiten?
>Als wie nach Windes Regel
>Anzögen weiße Segel,
>So hell sind sie zu schauen,
>Verklärte Meeresfrauen!
>Laßt uns herunterklimmen!
>Vernehmt ihr doch die Stimmen.

NEREIDEN UND TRITONEN.
>Was wir auf Händen tragen,
>Soll allen euch behagen.
>Chelonens Riesenschilde
>Entglänzt ein streng Gebilde:
>Sind Götter, die wir bringen!
>Müßt hohe Lieder singen.

SIRENEN. Klein von Gestalt,
>Groß von Gewalt,
>Der Scheiternden Retter,
>Uralt-verehrte Götter!

NEREIDEN UND TRITONEN.
>Wir bringen die Kabiren,
>Ein friedlich Fest zu führen;
>Denn wo sie heilig walten,
>Neptun wird freundlich schalten.

SIRENEN. Wir stehen euch nach:
>Wenn ein Schiff zerbrach,
>Unwiderstehbar an Kraft,
>Schützt ihr die Mannschaft.

NEREIDEN UND TRITONEN.
>Drei haben wir mitgenommen,
>Der vierte wollte nicht kommen;
>Er sagte, er sei der Rechte;
>Der für sie alle dächte.

SIRENEN. Ein Gott den andern Gott
>Macht wohl zu Spott.
>Ehrt ihr alle Gnaden!
>Fürchtet jeden Schaden!

NEREIDEN UND TRITONEN.
>   Sind eigentlich ihrer sieben!

SIRENEN. Wo sind die drei geblieben?

NEREIDEN UND TRITONEN. Wir wüßtens nicht zu sagen,
>   Sind im Olymp zu erfragen;
>   Dort west auch wohl der achte,
>   An den noch niemand dachte!
>   In Gnaden uns gewärtig,
>   Doch alle noch nicht fertig.

>   Diese Unvergleichlichen
>   Wollen immer weiter:
>   Sehnsuchtsvolle Hungerleider
>   Nach dem Unerreichlichen.

SIRENEN. Wir sind gewohnt,
>   Wo es auch thront,
>   In Sonn und Mond
>   Hinzubeten: es lohnt!

NEREIDEN UND TRITONEN.
>   Wie unser Ruhm zum höchsten prangt,
>   Dieses Fest anzuführen!

SIRENEN. Die Helden des Altertums
>   Ermangeln des Ruhms,
>   Wo und wie er auch prangt,
>   Wenn sie das Goldene Vlies erlangt,
>   Ihr die Kabiren.
>   *Wiederholt als Allgesang.*
>   Wenn sie das Goldene Vlies erlangt,
>   Wir ⎤
>   Ihr ⎦ die Kabiren!

>   *Nereiden und Tritonen ziehen vorüber.*

HOMUNCULUS. Die Ungestalten seh ich an
Als irden-schlechte Töpfe;
Nun stoßen sich die Weisen dran
Und brechen harte Köpfe.

THALES. Das ist es ja, was man begehrt:
Der Rost macht erst die Münze wert.

PROTEUS *unbemerkt.* So etwas freut mich alten Fabler!
Je wunderlicher, desto respektabler.

THALES. Wo bist du, Proteus?

PROTEUS *bauchrednerisch, bald nah, bald fern.* Hier! und hier!

THALES. Den alten Scherz verzeih ich dir;
Doch einem Freund nicht eitle Worte!
Ich weiß: du sprichst vom falschen Orte.

PROTEUS *als aus der Ferne.* Leb wohl!

THALES *leise zu Homunculus.*
                    Er ist ganz nah. Nun leuchte frisch!
Er ist neugierig wie ein Fisch,
Und wo er auch gestaltet stockt,
Durch Flammen wird er hergelockt.

HOMUNCULUS. Ergieß ich gleich des Lichtes Menge,
Bescheiden doch, daß ich das Glas nicht sprenge.

PROTEUS *in Gestalt einer Riesenschildkröte.*
Was leuchtet so anmutig-schön?

THALES *den Homunculus verhüllend.*
Gut! Wenn du Lust hast, kannst dus näher sehn.
Die kleine Mühe laß dich nicht verdrießen
Und zeige dich auf menschlich beiden Füßen!
Mit unsern Gunsten seis, mit unserm Willen,
Wer schauen will, was wir verhüllen.

PROTEUS *edel gestaltet.* Weltweise Kniffe sind dir noch bewußt.

THALES. Gestalt zu wechseln bleibt noch deine Lust.
Hat den Homunculus enthüllt.

PROTEUS *erstaunt.*
Ein leuchtend Zwerglein! Niemals noch gesehn!

THALES. Es fragt um Rat und möchte gern entstehn.
Er ist, wie ich von ihm vernommen,
Gar wundersam nur halb zur Welt gekommen:
Ihm fehlt es nicht an geistigen Eigenschaften,
Doch gar zu sehr am Greiflich-Tüchtighaften.
Bis jetzt gibt ihm das Glas allein Gewicht;
Doch wär er gern zunächst verkörperlicht.

PROTEUS. Du bist ein wahrer Jungfernsohn:
Eh du sein solltest, bist du schon!
THALES *leise*. Auch scheint es mir von andrer Seite kritisch:
Er ist, mich dünkt, hermaphroditisch.
PROTEUS. Da muß es desto eher glücken;
So wie er anlangt, wird sichs schicken.
Doch gilt es hier nicht viel Besinnen:
Im weiten Meere mußt du anbeginnen!
Da fängt man erst im Kleinen an
Und freut sich, Kleinste zu verschlingen,
Man wächst so nach und nach heran
Und bildet sich zu höherem Vollbringen.
HOMUNCULUS. Hier weht gar eine weiche Luft,
Es grunelt so, und mir behagt der Duft!
PROTEUS. Das glaub ich, allerliebster Junge!
Und weiterhin wirds viel behäglicher,
Auf dieser schmalen Strandeszunge
Der Dunstkreis noch unsäglicher.
Da vorne sehen wir den Zug,
Der eben herschwebt, nah genug.
Kommt mit dahin!
THALES.   Ich gehe mit.
HOMUNCULUS. Dreifach merkwürdiger Geisterschritt!

Telchinen von Rhodus auf Hippokampen und Meerdrachen, Neptunens
Dreizack handhabend.

CHOR. Wir haben den Dreizack Neptunen geschmiedet,
Womit er die regesten Wellen begütet.
Entfaltet der Donnrer die Wolken, die vollen,
Entgegnet Neptunus dem greulichen Rollen,
Und wie auch von oben es zackig erblitzt,
Wird Woge nach Woge von unten gespritzt;
Und was auch dazwischen in Ängsten gerungen,
Wird, lange geschleudert, vom Tiefsten verschlungen;
Weshalb er uns heute den Zepter gereicht:
Nun schweben wir festlich, beruhigt und leicht.

SIRENEN. Euch, dem Helios Geweihten,
Heiteren Tags Gebenedeiten,
Gruß zur Stunde, die bewegt
Lunas Hochverehrung regt!

TELCHINEN. Alllieblichste Göttin am Bogen dadroben,
Du hörst mit Entzücken den Bruder beloben!
Der seligen Rhodus verleihst du ein Ohr,
Dort steigt ihm ein ewiger Päan hervor.
Beginnt er den Tagslauf und ist es getan,
Er blickt uns mit feurigem Strahlenblick an.
Die Berge, die Städte, die Ufer, die Welle
Gefallen dem Gotte, sind lieblich und helle.
Kein Nebel umschwebt uns, und schleicht er sich ein,
Ein Strahl und ein Lüftchen: die Insel ist rein!
Da schaut sich der Hohe in hundert Gebilden,
Als Jüngling, als Riesen, den Großen, den Milden.
Wir ersten, wir warens, die Göttergewalt
Aufstellten in würdiger Menschengestalt.

PROTEUS. Laß du sie singen, laß sie prahlen!
Der Sonne heiligen Lebestrahlen
Sind tote Werke nur ein Spaß.
Das bildet schmelzend, unverdrossen,
Und haben sies in Erz gegossen,
Dann denken sie, es wäre was.
Was ists zuletzt mit diesen Stolzen?
Die Götterbilder standen groß:
Zerstörte sie ein Erdestoß –
Längst sind sie wieder eingeschmolzen!

Das Erdetreiben, wies auch sei,
Ist immer doch nur Plackerei;
Dem Leben frommt die Welle besser;
Dich trägt ins ewige Gewässer
Proteus-Delphin. *Er verwandelt sich.*
          Schon ists getan!
Da soll es dir zum schönsten glücken:
Ich nehme dich auf meinen Rücken,
Vermähle dich dem Ozean.

THALES. Gib nach dem löblichen Verlangen,
Von vorn die Schöpfung anzufangen!
Zu raschem Wirken sei bereit!
Da regst du dich nach ewigen Normen

Durch tausend, abertausend Formen,
Und bis zum Menschen hast du Zeit.

Homunculus besteigt den Proteus-Delphin.

PROTEUS. Komm geistig mit in feuchte Weite!
Da lebst du gleich in Läng und Breite,
Beliebig regest du dich hier;
Nur strebe nicht nach höheren Orden:
Denn bist du erst ein Mensch geworden,
Dann ist es völlig aus mit dir.
THALES. Nachdem es kommt! 's ist auch wohl fein,
Ein wackrer Mann zu seiner Zeit zu sein.
PROTEUS *zu Thales.* So einer wohl von deinem Schlag!
Das hält noch eine Weile nach;
Denn unter bleichen Geisterscharen
Seh ich dich schon seit vielen hundert Jahren.

SIRENEN *auf den Felsen.*

Welch ein Ring von Wölkchen ründet
Um den Mond so reichen Kreis?
Tauben sind es, liebentzündet,
Fittiche, wie Licht so weiß.
Paphos hat sie hergesendet,
Ihre brünstige Vogelschar;
Unser Fest, es ist vollendet:
Heitre Wonne voll und klar!

NEREUS *zu Thales tretend.*
Nennte wohl ein nächtiger Wanderer
Diesen Mondhof Lufterscheinung;
Doch wir Geister sind ganz anderer
Und der einzig richtigen Meinung:
Tauben sind es, die begleiten
Meiner Tochter Muschelfahrt,
Wunderflugs besondrer Art,
Angelernt vor alten Zeiten.
THALES. Auch ich halte das fürs Beste,
Was dem wackern Mann gefällt,
Wenn im stillen, warmen Neste
Sich ein Heiliges lebend hält.

PSYLLEN UND MARSEN *auf Meerstieren, Meerkälbern und -widdern.*
In Cyperns rauhen Höhlegrüften,
Vom Meergott nicht verschüttet,
Vom Seismos nicht zerrüttet,
Umweht von ewigen Lüften,
Und, wie in den ältesten Tagen,
In still-bewußtem Behagen
Bewahren wir Cypriens Wagen
Und führen beim Säuseln der Nächte
Durch liebliches Wellengeflechte,
Unsichtbar dem neuen Geschlechte,
Die lieblichste Tochter heran.
Wir leise Geschäftigen scheuen
Weder Adler noch geflügelten Leuen,
Weder Kreuz noch Mond,
Wie es oben wohnt und thront,
Sich wechselnd wegt und regt,
Sich vertreibt und totschlägt,
Saaten und Städte niederlegt.
Wir, so fortan,
Bringen die lieblichste Herrin heran.

      SIRENEN. Leichtbewegt, in mäßiger Eile,
            Um den Wagen, Kreis um Kreis,
            Bald verschlungen Zeil an Zeile,
            Schlangenartig reihenweis,
            Naht euch, rüstige Nereiden,
            Derbe Fraun, gefällig-wild,
            Bringet, zärtliche Doriden,
            Galatee, der Mutter Bild:
            Ernst, den Göttern gleich zu schauen,
            Würdiger Unsterblichkeit,
            Doch wie holde Menschenfrauen
            Lockender Anmutigkeit.

DORIDEN *im Chor am Nereus vorbeiziehend, sämtlich auf Delphinen.*
            Leih uns, Luna, Licht und Schatten,
            Klarheit diesem Jugendflor!
            Denn wir zeigen liebe Gatten
            Unserm Vater bittend vor. *Zu Nereus.*
            Knaben sinds, die wir gerettet

Aus der Brandung grimmem Zahn,
Sie, auf Schilf und Moos gebettet,
Aufgewärmt zum Licht heran,
Die es nun mit heißen Küssen
Treulich uns verdanken müssen:
Schau die Holden günstig an!

NEREUS. Hoch ist der Doppelgewinn zu schätzen:
Barmherzig sein und sich zugleich ergötzen.

DORIDEN. Lobst du, Vater, unser Walten,
Gönnst uns wohlerworbene Lust;
Laß uns fest, unsterblich halten
Sie an ewiger Jugendbrust!

NEREUS. Mögt euch des schönen Fanges freuen,
Den Jüngling bildet euch als Mann!
Allein ich könnte nicht verleihen,
Was Zeus allein gewähren kann.
Die Welle, die euch wogt und schaukelt,
Läßt auch der Liebe nicht Bestand,
Und hat die Neigung ausgegaukelt,
So setzt gemächlich sie ans Land!

DORIDEN. Ihr, holde Knaben, seid uns wert,
Doch müssen wir traurig scheiden:
Wir haben ewige Treue begehrt,
Die Götter wollens nicht leiden.

DIE JÜNGLINGE. Wenn ihr uns nur so ferner labt,
Uns wackre Schifferknaben!
Wir habens nie so gut gehabt
Und wollens nicht besser haben.

Galatee auf dem Muschelwagen nähert sich.
NEREUS. Du bist es, mein Liebchen!
GALATEE.   O Vater! das Glück!
Delphine, verweilet! mich fesselt der Blick.
NEREUS. Vorüber schon, sie ziehen vorüber
In kreisenden Schwunges Bewegung;
Was kümmert sie die innre, herzliche Regung!
Ach, nähmen sie mich mit hinüber!

Doch ein einziger Blick ergötzt,
Daß er das ganze Jahr ersetzt.
THALES. Heil! Heil aufs neue!
Wie ich mich blühend freue,
Vom Schönen, Wahren durchdrungen:
Alles ist aus dem Wasser entsprungen!!
Alles wird durch das Wasser erhalten!
Ozean, gönn uns dein ewiges Walten!
Wenn du nicht Wolken sendetest,
Nicht reiche Bäche spendetest,
Hin und her nicht Flüsse wendetest,
Die Ströme nicht vollendetest,
Was wären Gebirge, was Ebnen und Welt!
Du bists, der das frischeste Leben erhält!
ECHO. *Chorus der sämtlichen Kreise.*
Du bists, dem das frischeste Leben entquellt!
NEREUS. Sie kehren schwankend fern zurück,
Bringen nicht mehr Blick zu Blick;
In gedehnten Kettenkreisen
Sich festgemäß zu erweisen,
Windet sich die unzählige Schar.
Aber Galateas Muschelthron
Seh ich schon und aber schon:
Er glänzt wie ein Stern
Durch die Menge!
Geliebtes leuchtet durchs Gedränge:
Auch noch so fern
Schimmerts hell und klar,
Immer nah und wahr.
HOMUNCULUS. In dieser holden Feuchte,
Was ich auch hier beleuchte,
Ist alles reizend schön.
PROTEUS. In dieser Lebensfeuchte
Erglänzt erst deine Leuchte
Mit herrlichem Getön.
NEREUS. Welch neues Geheimnis in Mitte der Scharen
Will unseren Augen sich offenbaren?
Was flammt um die Muschel, um Galatees Füße?
Bald lodert es mächtig, bald lieblich, bald süße,
Als wär es von Pulsen der Liebe gerührt.

THALES. Homunculus ist es, von Proteus verführt!
Es sind die Symptome des herrischen Sehnens,
Mir ahnet das Ächzen beängsteten Dröhnens;
Er wird sich zerschellen am glänzenden Thron:
Jetzt flammt es, nun blitzt es, ergießet sich schon!
SIRENEN. Welch feuriges Wunder verklärt uns die Wellen,
Die gegeneinander sich funkelnd zerschellen?
So leuchtets und schwanket und hellet hinan:
Die Körper, sie glühen auf nächtlicher Bahn,
Und ringsum ist alles vom Feuer umronnen.
So herrsche denn Eros, der alles begonnen!

ALL-ALLE!

Heil dem Meere! Heil den Wogen,
Von dem heiligen Feuer umzogen!
Heil dem Wasser! Heil dem Feuer!
Heil dem seltnen Abenteuer!
Heil den mildgewogenen Lüften!
Heil geheimnisreichen Grüften!
Hochgefeiert seid allhier,
Element ihr alle vier!

DRITTER AKT

VOR DEM PALASTE DES MENELAS ZU SPARTA

*Helena tritt auf und Chor gefangener Trojanerinnen
Panthalis, Chorführerin*

HELENA. Bewundert viel und viel gescholten, Helena,
Vom Strande komm ich, wo wir erst gelandet sind,
Noch immer trunken von des Gewoges regsamem
Geschaukel, das vom phrygischen Blachgefild uns her
Auf sträubig-hohem Rücken durch Poseidons Gunst
Und Euros Kraft in vaterländische Buchten trug.
Dortunten freuet nun der König Menelas
Der Rückkehr samt den tapfersten seiner Krieger sich.
Du aber heiße mich willkommen, hohes Haus,
Das Tyndareos, mein Vater, nah dem Hange sich
Von Pallas Hügel wiederkehrend aufgebaut
Und, als ich hier mit Klytämnestren schwesterlich,

Mit Castor auch und Pollux fröhlich spielend wuchs,
Vor allen Häusern Spartas herrlich ausgeschmückt.
Gegrüßet seid mir, der ehrnen Pforte Flügel ihr!
Durch euer gastlich ladendes Weit-Eröffnen einst
Geschahs, daß mir, erwählt aus vielen, Menelas
In Bräutigamsgestalt entgegenleuchtete.
Eröffnet mir sie wieder, daß ich ein Eilgebot
Des Königs treu erfülle, wie der Gattin ziemt!
Laßt mich hinein! und alles bleibe hinter mir,
Was mich umstürmte bis hieher, verhängnisvoll!
Denn seit ich diese Schwelle sorgenlos verließ,
Cytherens Tempel besuchend, heiliger Pflicht gemäß,
Mich aber dort ein Räuber griff, der phrygische,
Ist viel geschehen, was die Menschen weit und breit
So gern erzählen, aber der nicht gerne hört,
Von dem die Sage wachsend sich zum Märchen spann.

CHOR.

Verschmähe nicht, o herrliche Frau,
Des höchsten Gutes Ehrenbesitz!
Denn das größte Glück ist dir einzig beschert:
Der Schönheit Ruhm, der vor allen sich hebt.
Dem Helden tönt sein Name voran,
Drum schreitet er stolz;
Doch beugt sogleich hartnäckigster Mann
Vor der allbezwingenden Schöne den Sinn.

HELENA. Genug! mit meinem Gatten bin ich hergeschifft
Und nun von ihm zu seiner Stadt vorausgesandt;
Doch welchen Sinn er hegen mag, errat ich nicht.
Komm ich als Gattin? komm ich eine Königin?
Komm ich ein Opfer für des Fürsten bittern Schmerz
Und für der Griechen langerduldetes Mißgeschick?
Erobert bin ich; ob gefangen, weiß ich nicht!
Denn Ruf und Schicksal bestimmen fürwahr die Unsterblichen
Zweideutig mir, der Schöngestalt bedenkliche
Begleiter, die an dieser Schwelle mir sogar
Mit düster drohender Gegenwart zur Seite stehn.
Denn schon im hohlen Schiffe blickte mich der Gemahl
Nur selten an, auch sprach er kein erquicklich Wort.
Als wenn er Unheil sänne, saß er gegen mir.

Nun aber, als, des Eurotas tiefem Buchtgestad
Hinangefahren, der vordern Schiffe Schnäbel kaum
Das Land begrüßten, sprach er, wie vom Gott bewegt:
»Hier steigen meine Krieger nach der Ordnung aus;
Ich mustre sie, am Strand des Meeres hingereiht.
Du aber ziehe weiter, ziehe des heiligen
Eurotas fruchtbegabtem Ufer immer auf,
Die Rosse lenkend auf der feuchten Wiese Schmuck,
Bis daß zur schönen Ebene du gelangen magst,
Wo Lakedämon, einst ein fruchtbar-weites Feld,
Von ernsten Bergen nah umgeben, angebaut.
Betrete dann das hochgetürmte Fürstenhaus
Und mustere mir die Mägde, die ich dort zurück
Gelassen, samt der klugen, alten Schaffnerin!
Die zeige dir der Schätze reiche Sammlung vor,
Wie sie dein Vater hinterließ und die ich selbst
In Krieg und Frieden, stets vermehrend, aufgehäuft.
Du findest alles nach der Ordnung stehen: denn
Das ist des Fürsten Vorrecht, daß er alles treu
In seinem Hause, wiederkehrend, finde, noch
An seinem Platze jedes, wie ers dort verließ;
Denn nichts zu ändern hat für sich der Knecht Gewalt.«

CHOR. Erquicke nun am herrlichen Schatz,
     Dem stets vermehrten, Augen und Brust!
     Denn der Kette Zier, der Krone Geschmuck,
     Da ruhn sie stolz, und sie dünken sich was.
     Doch tritt nur ein und fordre sie auf:
     Sie rüsten sich schnell!
     Mich freuet zu sehn Schönheit in dem Kampf
     Gegen Gold und Perlen und Edelgestein.

HELENA. Sodann erfolgte des Herren ferneres Herrscherwort:
»Wenn du nun alles nach der Ordnung durchgesehn,
Dann nimm so manchen Dreifuß, als du nötig glaubst,
Und mancherlei Gefäße, die der Opfrer sich
Zur Hand verlangt, vollziehend heiligen Festgebrauch,
Die Kessel, auch die Schalen, wie das flache Rund!
Das reinste Wasser aus der heiligen Quelle sei
In hohen Krügen! ferner auch das trockne Holz,
Der Flammen schnell empfänglich, halte da bereit!

Ein wohlgeschliffnes Messer fehle nicht zuletzt;
Doch alles andre geb ich deiner Sorge hin.«
So sprach er, mich zum Scheiden drängend; aber nichts
Lebendigen Atems zeichnet mir der Ordnende,
Das er, die Olympier zu verehren, schlachten will.
Bedenklich ist es; doch ich sorge weiter nicht,
Und alles bleibe hohen Göttern heimgestellt,
Die das vollenden, was in ihrem Sinn sie deucht,
Es möge gut von Menschen oder möge bös
Geachtet sein; die Sterblichen, wir, ertragen das.
Schon manchmal hob das schwere Beil der Opfernde
Zu des erdgebeugten Tieres Nacken weihend auf
Und konnt es nicht vollbringen; denn ihn hinderte
Des nahen Feindes oder Gottes Zwischenkunft.

    CHOR. Was geschehen werde, sinnst du nicht aus!
        Königin, schreite dahin
        Guten Muts!
        Gutes und Böses kommt
        Unerwartet dem Menschen;
        Auch verkündet, glauben wirs nicht.
        Brannte doch Troja, sahen wir doch
        Tod vor Augen, schmählichen Tod,
        Und sind wir nicht hier
        Dir gesellt, dienstbar-freudig,
        Schauen des Himmels blendende Sonne
        Und das Schönste der Erde,
        Huldvoll, dich, uns Glücklichen?

HELENA. Seis, wie es sei! Was auch bevorsteht, mir geziemt,
Hinaufzusteigen ungesäumt in das Königshaus,
Das, lang entbehrt und viel ersehnt und fast verscherzt,
Mir abermals vor Augen steht, ich weiß nicht wie.
Die Füße tragen mich so mutig nicht empor
Die hohen Stufen, die ich kindisch übersprang.

    CHOR. Werfet, o Schwestern, ihr
        Traurig gefangenen,
        Alle Schmerzen ins Weite!
        Teilet der Herrin Glück,
        Teilet Helenens Glück,

Welche zu Vaterhauses Herd,
Zwar mit spät zurückkehrendem,
Aber mit desto festerem
Fuße freudig herannaht!

Preiset die heiligen,
Glücklich herstellenden
Und heimführenden Götter!
Schwebt der Entbundene
Doch wie auf Fittichen
Über das Rauhste, wenn umsonst
Der Gefangene sehnsuchtsvoll
Über die Zinne des Kerkers hin
Armausbreitend sich abhärmt.

Aber sie ergriff ein Gott,
Die Entfernte,
Und aus Ilios Schutt
Trug er hierher sie zurück
In das alte, das neugeschmückte
Vaterhaus,
Nach unsäglichen
Freuden und Qualen
Früher Jugendzeit
Angefrischt zu gedenken.

PANTHALIS *als Chorführerin.*
Verlasset nun des Gesanges freudumgebnen Pfad
Und wendet nach der Türe Flügeln euren Blick!
Was seh ich, Schwestern? Kehret nicht die Königin
Mit heftigen Schrittes Regung wieder zu uns her?
Was ist es, große Königin? was konnte dir
In deines Hauses Hallen, statt der Deinen Gruß,
Erschütterndes begegnen? Du verbirgst es nicht;
Denn Widerwillen seh ich an der Stirne dir,
Ein edles Zürnen, das mit Überraschung kämpft.
HELENA, *welche die Türflügel offen gelassen hat, bewegt.*
Der Tochter Zeus geziemet nicht gemeine Furcht,
Und flüchtig-leise Schreckenshand berührt sie nicht;
Doch das Entsetzen, das, dem Schoß der alten Nacht
Vom Urbeginn entsteigend, vielgestaltet noch

Wie glühende Wolken aus des Berges Feuerschlund
Herauf sich wälzt, erschüttert auch des Helden Brust.
So haben heute grauenvoll die Stygischen
Ins Haus den Eintritt mir bezeichnet, daß ich gern
Von oftbetretner, langersehnter Schwelle mich,
Entlaßnem Gaste gleich, entfernend scheiden mag.
Doch nein! gewichen bin ich her ans Licht, und sollt
Ihr weiter nicht mich treiben, Mächte, wer ihr seid!
Auf Weihe will ich sinnen; dann gereinigt mag
Des Herdes Glut die Frau begrüßen wie den Herrn.
CHORFÜHRERIN. Entdecke deinen Dienerinnen, edle Frau,
Die dir verehrend beistehn, was begegnet ist!
HELENA. Was ich gesehen, sollt ihr selbst mit Augen sehn,
Wenn ihr Gebilde nicht die alte Nacht sogleich
Zurückgeschlungen in ihrer Tiefe Wunderschoß.
Doch daß ihrs wisset, sag ichs euch mit Worten an:
Als ich des Königshauses ernsten Binnenraum,
Der nächsten Pflicht gedenkend, feierlich betrat,
Erstaunt ich ob der öden Gänge Schweigsamkeit.
Nicht Schall der emsig Wandelnden begegnete
Dem Ohr, nicht rasch-geschäftiges Eiligtun dem Blick,
Und keine Magd erschien mir, keine Schaffnerin,
Die jeden Fremden freundlich sonst Begrüßenden.
Als aber ich dem Schoße des Herdes mich genaht,
Da sah ich, bei verglommner Asche lauem Rest,
Am Boden sitzen welch verhülltes großes Weib,
Der Schlafenden nicht vergleichbar, wohl der Sinnenden.
Mit Herrscherworten ruf ich sie zur Arbeit auf,
Die Schaffnerin mir vermutend, die indes vielleicht
Des Gatten Vorsicht hinterlassend angestellt;
Doch eingefaltet sitzt die Unbewegliche.
Nur endlich rührt sie auf mein Dräun den rechten Arm,
Als wiese sie von Herd und Halle mich hinweg.
Ich wende zürnend mich ab von ihr und eile gleich
Den Stufen zu, worauf empor der Thalamos
Geschmückt sich hebt und nah daran das Schatzgemach;
Allein das Wunder reißt sich schnell vom Boden auf:
Gebietrisch mir den Weg vertretend, zeigt es sich
In hagrer Größe, hohlen, blutig-trüben Blicks,
Seltsamer Bildung, wie sie Aug und Geist verwirrt.

Doch red ich in die Lüfte; denn das Wort bemüht
Sich nur umsonst, Gestalten schöpferisch aufzubaun.
Da seht sie selbst! sie wagt sogar sich ans Licht hervor!
Hier sind wir Meister, bis der Herr und König kommt.
Die grausen Nachtgeburten drängt der Schönheitsfreund,
Phöbus, hinweg in Höhlen oder bändigt sie.

Phorkyas
auf der Schwelle zwischen den Türpfosten auftretend

CHOR. Vieles erlebt ich, obgleich die Locke
     Jugendlich wallet mir um die Schläfe!
     Schreckliches hab ich vieles gesehen:
     Kriegrischen Jammer, Ilios Nacht,
     Als es fiel.

     Durch das umwölkte, staubende Tosen
     Drängender Krieger hört ich die Götter
     Fürchterlich rufen, hört ich der Zwietracht
     Eherne Stimme schallen durchs Feld,
     Mauerwärts.

     Ach, sie standen noch, Ilios
     Mauern; aber die Flammenglut
     Zog vom Nachbar zum Nachbar schon,
     Sich verbreitend von hier und dort
     Mit des eignen Sturmes Wehn
     Über die nächtliche Stadt hin.

     Flüchtend sah ich durch Rauch und Glut
     Und der züngelnden Flamme Loh'n
     Gräßlich zürnender Götter Nahn,
     Schreitend Wundergestalten,
     Riesengroß, durch düsteren,
     Feuerumleuchteten Qualm hin.

     Sah ichs? oder bildete
     Mir der angstumschlungene Geist
     Solches Verworrene? Sagen kann
     Nimmer ichs, doch daß ich dies
     Gräßliche hier mit Augen schau,
     Solches gewiß ja weiß ich;

Könnt es mit Händen fassen gar,
Hielte von dem Gefährlichen
Nicht zurücke die Furcht mich!

Welche von Phorkys
Töchtern nur bist du?
Denn ich vergleiche dich
Diesem Geschlechte.
Bist du vielleicht der graugebornen,
Eines Auges und Eines Zahns
Wechselweis teilhaftigen
Graien eine gekommen?

Wagest du Scheusal,
Neben der Schönheit
Dich vor dem Kennerblick
Phöbus zu zeigen?
Tritt du dennoch hervor nur immer!
Denn das Häßliche schaut Er nicht,
Wie sein heilig Auge noch
Nie erblickte den Schatten.

Doch uns Sterbliche nötigt, ach!
Leider trauriges Mißgeschick
Zu dem unsäglichen Augenschmerz,
Den das Verwerfliche, ewig Unselige
Schönheitliebenden rege macht.

Ja, so höre denn, wenn du frech
Uns entgegenest, höre Fluch,
Höre jeglicher Schelte Drohn
Aus dem verwünschenden Munde der Glücklichen,
Die von Göttern gebildet sind!

PHORKYAS.

Alt ist das Wort, doch bleibet hoch und wahr der Sinn:
Daß Scham und Schönheit nie zusammen, Hand in Hand,
Den Weg verfolgen über der Erde grünen Pfad.
Tief eingewurzelt wohnt in beiden alter Haß,
Daß, wo sie immer irgend auch des Weges sich
Begegnen, jede der Gegnerin den Rücken kehrt.
Dann eilet jede wieder heftiger, weiter fort,

Die Scham betrübt, die Schönheit aber frech gesinnt,
Bis sie zuletzt des Orkus hohle Nacht umfängt,
Wenn nicht das Alter sie vorher gebändigt hat. –
Euch find ich nun, ihr Frechen, aus der Fremde her
Mit Übermut ergossen, gleich der Kraniche
Laut-heiser klingendem Zug, der über unser Haupt
In langer Wolke krächzend sein Getön herab
Schickt, das den stillen Wandrer über sich hinauf
Zu blicken lockt; doch ziehn sie ihren Weg dahin,
Er geht den seinen: also wirds mit uns geschehn.

Wer seid denn ihr, daß ihr des Königes Hochpalast
Mänadisch wild, Betrunknen gleich, umtoben dürft?
Wer seid ihr denn, daß ihr des Hauses Schaffnerin
Entgegenheulet wie dem Mond der Hunde Schar?
Wähnt ihr, verborgen sei mir, welch Geschlecht ihr seid,
Du kriegerzeugte, schlachterzogne junge Brut?
Mannlustige du, so wie verführt, verführende,
Entnervend beide, Kriegers auch und Bürgers Kraft!
Zu Hauf euch sehend, scheint mir ein Zikadenschwarm
Herabzustürzen, deckend grüne Feldersaat.
Verzehrerinnen fremden Fleißes! naschende
Vernichterinnen aufgekeimten Wohlstands ihr!
Erobert-marktverkauft-vertauschte Ware du!

HELENA. Wer gegenwarts der Frau die Dienerinnen schilt,
Der Gebietrin Hausrecht tastet er vermessen an;
Denn ihr gebührt allein, das Lobenswürdige
Zu rühmen, wie zu strafen, was verwerflich ist.
Auch bin des Dienstes ich wohl zufrieden, den sie mir
Geleistet, als die hohe Kraft von Ilios
Umlagert stand und fiel und lag, nicht weniger,
Als wir der Irrfahrt kummervolle Wechselnot
Ertrugen, wo sonst jeder sich der Nächste bleibt.
Auch hier erwart ich gleiches von der muntern Schar;
Nicht, was der Knecht sei, fragt der Herr, nur, wie er dient.
Drum schweige du und grinse sie nicht länger an!
Hast du das Haus des Königs wohl verwahrt bisher
Anstatt der Hausfrau, solches dient zum Ruhme dir;
Doch jetzo kommt sie selber: tritt nun du zurück,
Damit nicht Strafe werde statt verdienten Lohns!

PHORKYAS. Den Hausgenossen drohen bleibt ein großes Recht,
Das gottbeglückten Herrschers hohe Gattin sich
Durch langer Jahre weise Leitung wohl verdient.
Da du, nun Anerkannte, neu den alten Platz
Der Königin und Hausfrau wiederum betrittst,
So fasse längst erschlaffte Zügel, herrsche nun,
Nimm in Besitz den Schatz und sämtlich uns dazu!
Vor allem aber schütze mich, die Ältere,
Vor dieser Schar, die neben deiner Schönheit Schwan
Nur schlechtbefitticht-schnatterhafte Gänse sind!

CHORFÜHRERIN.
Wie häßlich neben Schönheit zeigt sich Häßlichkeit!

PHORKYAS. Wie unverständig neben Klugheit Unverstand!
Von hier an erwidern die Choretiden, einzeln aus dem Chor heraus-
CHORETIDE 1.   *[tretend.*
Von Vater Erebus melde, melde von Mutter Nacht!

PHORKYAS. So sprich von Scylla, leiblich dir Geschwisterkind!

CHORETIDE 2.
An deinem Stammbaum steigt manch Ungeheuer empor.

PHORKYAS. Zum Orkus hin! da suche deine Sippschaft auf!

CHORETIDE 3. Die dorten wohnen, sind dir alle viel zu jung.

PHORKYAS. Tiresias, den Alten, gehe buhlend an!

CHORETIDE 4. Orions Amme war die Ururenkelin.

PHORKYAS. Harpyen, wähn ich, fütterten dich im Unflat auf.

CHORETIDE 5. Mit was ernährst du so gepflegte Magerkeit?

PHORKYAS. Mit Blute nicht, wonach du allzu lüstern bist!

CHORETIDE 6. Begierig du auf Leichen, ekle Leiche selbst!

PHORKYAS. Vampyrenzähne glänzen dir im frechen Maul.

CHORFÜHRERIN.
Das deine stopf ich, wenn ich sage, wer du seist.

PHORKYAS. So nenne dich zuerst! das Rätsel hebt sich auf.

HELENA.
Nicht zürnend, aber traurend schreit ich zwischen euch,
Verbietend solchen Wechselstreites Ungestüm.
Denn Schädlicheres begegnet nichts dem Herrscherherrn
Als treuer Diener heimlich-unterschworner Zwist.
Das Echo seiner Befehle kehrt alsdann nicht mehr
In schnell vollbrachter Tat wohlstimmig ihm zurück,
Nein, eigenwillig brausend tost es um ihn her,

Den selbst Verirrten, ins Vergebne Scheltenden.
Dies nicht allein! Ihr habt in sittelosem Zorn
Unselger Bilder Schreckgestalten hergebannt,
Die mich umdrängen, daß ich selbst zum Orkus mich
Gerissen fühle, vaterländischer Flur zum Trutz.
Ists wohl Gedächtnis? war es Wahn, der mich ergreift?
War ich das alles? bin ichs? werd ichs künftig sein,
Das Traum- und Schreckbild jener Städteverwüstenden?
Die Mädchen schaudern; aber du, die Älteste,
Du stehst gelassen: rede mir verständig Wort!

PHORKYAS. Wer langer Jahre mannigfaltigen Glücks gedenkt,
Ihm scheint zuletzt die höchste Göttergunst ein Traum.
Du aber, hochbegünstigt, sonder Maß und Ziel,
In Lebensreihe sahst nur Liebesbrünstige,
Entzündet rasch zum kühnsten Wagstück jeder Art.
Schon Theseus haschte früh dich, gierig aufgeregt,
Wie Herakles stark, ein herrlich schön geformter Mann.

HELENA. Entführte mich, ein zehenjährig-schlankes Reh,
Und mich umschloß Aphidnus Burg in Attika.

PHORKYAS. Durch Castor und durch Pollux aber bald befreit,
Umworben standst du ausgesuchter Heldenschar.

HELENA. Doch stille Gunst vor allen, wie ich gern gesteh,
Gewann Patroklus, er, des Peliden Ebenbild.

PHORKYAS. Doch Vaterwille traute dich an Menelas,
Den kühnen Seedurchstreicher, Hausbewahrer auch.

HELENA. Die Tochter gab er, gab des Reichs Bestellung ihm.
Aus ehlichem Beisein sproßte dann Hermione.

PHORKYAS. Doch als er fern sich Kretas Erbe kühn erstritt,
Dir Einsamen da erschien ein allzu schöner Gast.

HELENA. Warum gedenkst du jener halben Witwenschaft,
Und welch Verderben gräßlich mir daraus erwuchs!

PHORKYAS. Auch jene Fahrt, mir freigebornen Kreterin
Gefangenschaft erschuf sie, lange Sklaverei.

HELENA. Als Schaffnerin bestellt er dich sogleich hieher,
Vertrauend vieles, Burg und kühn erworbnen Schatz.

PHORKYAS. Die du verließest, Ilios umtürmter Stadt
Und unerschöpften Liebesfreuden zugewandt!

HELENA. Gedenke nicht der Freuden! allzu herben Leids
Unendlichkeit ergoß sich über Brust und Haupt.

PHORKYAS.
Doch sagt man: du erschienst ein doppelhaft Gebild,
In Ilios gesehen und in Ägypten auch.
HELENA. Verwirre wüsten Sinnes Aberwitz nicht gar!
Selbst jetzo, welche denn ich sei, ich weiß es nicht.
PHORKYAS. Dann sagen sie: aus hohlem Schattenreich herauf
Gesellte sich inbrünstig noch Achill zu dir,
Dich früher liebend gegen allen Geschicks Beschluß!
HELENA. Ich als Idol ihm dem Idol verband ich mich.
Es war ein Traum, so sagen ja die Worte selbst.
Ich schwinde hin und werde selbst mir ein Idol.

Sinkt dem Halbchor in die Arme

CHOR. Schweige, schweige,
          Mißblickende, Mißredende du!
          Aus so gräßlichen, einzahnigen
          Lippen, was enthaucht wohl
          Solchem furchtbaren Greuelschlund!
          Denn der Bösartige, wohltätig erscheinend,
          Wolfesgrimm unter schafwolligem Vlies,
          Mir ist er weit schrecklicher als des drei-
          köpfigen Hundes Rachen.
          Ängstlich lauschend stehn wir da:
          Wann, wie, wo nur brichts hervor,
          Solcher Tücke
          Tiefauflauerndes Ungetüm?

          Nun denn statt freundlich mit Trost reichbegabten,
          Letheschenkenden, hold-mildesten Worts
          Regest du auf aller Vergangenheit
          Bösestes mehr denn Gutes
          Und verdüsterst allzugleich
          Mit dem Glanz der Gegenwart
          Auch der Zukunft
          Mild aufschimmerndes Hoffnungslicht.

          Schweige! schweige!
          Daß der Königin Seele,
          Schon zu entfliehen bereit,

Sich noch halte, festhalte
Die Gestalt aller Gestalten,
Welche die Sonne jemals beschien.

Helena hat sich erholt und steht wieder in der Mitte

PHORKYAS.
Tritt hervor aus flüchtigen Wolken, hohe Sonne dieses Tags,
Die verschleiert schon entzückte, blendend nun im Glanze
herrscht!
Wie die Welt sich dir entfaltet, schaust du selbst mit holdem
Blick.
Schelten sie mich auch für häßlich, kenn ich doch das Schöne
wohl.

HELENA.
Tret ich schwankend aus der Öde, die im Schwindel mich
umgab,
Pflegt ich gern der Ruhe wieder, denn so müd ist mein
Gebein;
Doch es ziemet Königinnen, allen Menschen ziemt es wohl,
Sich zu fassen, zu ermannen, was auch drohend überrascht.

PHORKYAS. Stehst du nun in deiner Großheit, deiner Schöne
vor uns da,
Sagt dein Blick, daß du befiehlest! Was befiehlst du? sprich
es aus!

HELENA. Eures Haders frech Versäumnis auszugleichen,
seid bereit!
Eilt, ein Opfer zu bestellen, wie der König mir gebot!

PHORKYAS. Alles ist bereit im Hause: Schale, Dreifuß,
scharfes Beil,
Zum Besprengen, zum Beräuchern! das zu Opfernde zeig an!

HELENA. Nicht bezeichnet es der König.

PHORKYAS.   Sprachs nicht aus? O Jammerwort!

HELENA. Welch ein Jammer überfällt dich?

PHORKYAS.   Königin, du bist gemeint!

HELENA. Ich?

PHORKYAS. Und diese!

CHOR.   Weh und Jammer!

PHORKYAS.   Fallen wirst du durch das Beil!

HELENA. Gräßlich! doch geahnt! Ich Arme!

PHORKYAS.   Unvermeidlich scheint es mir.

CHOR. Ach! und uns? was wird begegnen?

PHORKYAS.   Sie stirbt einen edlen Tod;
Doch am hohen Balken drinnen, der des Daches Giebel trägt,
Wie im Vogelfang die Drosseln zappelt ihr der Reihe nach.

*Helena und Chor stehen erstaunt und erschreckt, in bedeutender, wohl
vorbereiteter Gruppe.*

PHORKYAS.
Gespenster! – Gleich erstarrten Bildern steht ihr da,
Geschreckt, vom Tag zu scheiden, der euch nicht gehört.
Die Menschen, die Gespenster sämtlich gleich wie ihr,
Entsagen auch nicht willig hehrem Sonnenschein;
Doch bittet oder rettet niemand sie vom Schluß:
Sie wissens alle, wenigen doch gefällt es nur.
Genug, ihr seid verloren! Also frisch ans Werk!

*Klatscht in die Hände; darauf erscheinen an der Pforte vermummte
Zwerggestalten, welche die ausgesprochenen Befehle alsobald mit Behen-
digkeit ausführen.*

Herbei, du düstres, kugelrundes Ungetüm!
Wälzt euch hieher: zu schaden gibt es hier nach Lust!
Dem Tragaltar, dem goldgehörnten, gebet Platz!
Das Beil, es liege blinkend über dem Silberrand!
Die Wasserkrüge füllet: abzuwaschen gibts
Des schwarzen Blutes greuelvolle Besudelung!
Den Teppich breitet köstlich hier am Staube hin,
Damit das Opfer niederkniee königlich
Und, eingewickelt, zwar getrennten Haupts, sogleich,
Anständig-würdig aber doch, bestattet sei!

CHORFÜHRERIN.
Die Königin stehet sinnend an der Seite hier,
Die Mädchen welken gleich gemähtem Wiesengras;
Mir aber deucht, der Ältesten, heiliger Pflicht gemäß,
Mit dir das Wort zu wechseln, Ururälteste.
Du bist erfahren, weise, scheinst uns gut gesinnt,
Obschon verkennend hirnlos diese Schar dich traf.
Drum sage, was du möglich noch von Rettung weißt!

PHORKYAS.
Ist leicht gesagt! Von der Königin hängt allein es ab,
Sich selbst zu erhalten, euch Zugaben auch mit ihr.
Entschlossenheit ist nötig und die behendeste.

CHOR. Ehrenwürdigste der Parzen, weiseste Sibylle du,
Halte gesperrt die goldne Schere, dann verkünd uns Tag
und Heil!
Denn wir fühlen schon im Schweben, Schwanken, Bammeln
unergetzlich
Unsere Gliederchen, die lieber erst im Tanze sich ergetzten,
Ruhten drauf an Liebchens Brust.

HELENA. Laß diese bangen! Schmerz empfind ich, keine Furcht;
Doch kennst du Rettung, dankbar sei sie anerkannt!
Dem Klugen, Weitumsichtigen zeigt fürwahr sich oft
Unmögliches noch als möglich. Sprich und sag es an!

CHOR. Sprich und sage, sag uns eilig: wie entrinnen
wir den grausen,
Garstigen Schlingen, die bedrohlich, als die schlechtesten
Geschmeide,
Sich um unsre Hälse ziehen? Vorempfinden wirs, die Armen,
Zum Entatmen, zum Ersticken, wenn du, Rhea, aller Götter
Hohe Mutter, dich nicht erbarmst!

PHORKYAS. Habt ihr Geduld, des Vortrags langgedehnten Zug
Still anzuhören? Mancherlei Geschichten sinds.

CHOR. Geduld genug! Zuhörend leben wir indes.

PHORKYAS. Dem, der zu Hause verharrend edlen Schatz bewahrt
Und hoher Wohnung Mauern auszukitten weiß,
Wie auch das Dach zu sichern vor des Regens Drang,
Dem wird es wohlgehn lange Lebenstage durch;
Wer aber seiner Schwelle heilige Richte leicht
Mit flüchtigen Sohlen überschreitet freventlich,
Der findet wiederkehrend wohl den alten Platz,
Doch umgeändert alles, wo nicht gar zerstört.

HELENA. Wozu dergleichen wohlbekannte Sprüche hier?
Du willst erzählen: rege nicht an Verdrießliches!

PHORKYAS. Geschichtlich ist es, ist ein Vorwurf keineswegs.
Raubschiffend ruderte Menelas von Bucht zu Bucht;
Gestad und Inseln, alles streift er feindlich an,
Mit Beute wiederkehrend, wie sie drinnen starrt.
Vor Ilios verbracht er langer Jahre zehn;
Zur Heimfahrt aber weiß ich nicht, wie viel es war.
Allein wie steht es hier am Platz um Tyndareos
Erhabnes Haus? wie stehet es mit dem Reich umher?

HELENA. Ist dir denn so das Schelten gänzlich einverleibt,
Daß ohne Tadeln du keine Lippe regen kannst?
PHORKYAS. So viele Jahre stand verlassen das Talgebirg,
Das hinter Sparta nordwärts in die Höhe steigt,
Taygetos im Rücken, wo als muntrer Bach
Herab Eurotas rollt und dann, durch unser Tal
An Rohren breit hinfließend, eure Schwäne nährt.
Dorthinten still im Gebirgtal hat ein kühn Geschlecht
Sich angesiedelt, dringend aus cimmerischer Nacht,
Und unersteiglich-feste Burg sich aufgetürmt,
Von da sie Land und Leute placken, wies behagt. [scheints.
HELENA. Das konnten sie vollführen? Ganz unmöglich
PHORKYAS. Sie hatten Zeit: vielleicht an zwanzig Jahre sinds.
HELENA. Ist Einer Herr? sinds Räuber viel, verbündete?
PHORKYAS. Nicht Räuber sind es. Einer aber ist der Herr.
Ich schelt ihn nicht, und wenn er schon mich heimgesucht.
Wohl konnt er alles nehmen; doch begnügt er sich
Mit wenigen Freigeschenken, nannt ers, nicht Tribut.
HELENA. Wie sieht er aus?
PHORKYAS.   Nicht übel! mir gefällt er schon.
Es ist ein munterer, kecker, wohlgebildeter,
Wie unter Griechen wenig, ein verständger Mann.
Man schilt das Volk Barbaren; doch ich dächte nicht,
Daß grausam einer wäre, wie vor Ilios
Gar mancher Held sich menschenfresserisch erwies.
Ich acht auf seine Großheit, ihm vertraut ich mich.
Und seine Burg! die solltet ihr mit Augen sehn!
Das ist was anderes gegen plumpes Mauerwerk,
Das eure Väter, mir nichts dir nichts, aufgewälzt,
Cyklopisch wie Cyklopen, rohen Stein sogleich
Auf rohe Steine stürzend! Dort hingegen, dort
Ist alles senk- und waagerecht und regelhaft.
Von außen schaut sie: himmelan sie strebt empor,
So starr, so wohl in Fugen, spiegelglatt wie Stahl!
Zu klettern hier – ja selbst der Gedanke gleitet ab!
Und innen großer Höfe Raumgelasse, rings
Mit Baulichkeit umgeben aller Art und Zweck.
Da seht ihr Säulen, Bogen, Bögelchen,
Altane, Galerien, zu schauen aus und ein,
Und Wappen.

CHOR. Was sind Wappen?

PHORKYAS. Ajax führte ja
Geschlungne Schlang im Schilde, wie ihr selbst gesehn.
Die Sieben dort vor Theben trugen Bildnerein
Ein jeder auf seinem Schilde, reich-bedeutungsvoll.
Da sah man Mond und Stern am nächtigen Himmelsraum,
Auch Göttin, Held und Leiter, Schwerter, Fackeln auch,
Und was Bedrängliches guten Städten grimmig droht.
Ein solch Gebilde führt auch unsre Heldenschar
Von seinen Ururahnen her in Farbenglanz.
Da seht ihr Löwen, Adler, Klau und Schnabel auch,
Dann Büffelhörner, Flügel, Rosen, Pfauenschweif,
Auch Streifen, gold und schwarz und silbern, blau und rot.
Dergleichen hängt in Sälen Reih an Reihe fort,
In Sälen, grenzenlosen, wie die Welt so weit:
Da könnt ihr tanzen!

CHOR. Sage: gibts auch Tänzer da?

PHORKYAS. Die besten! Goldgelockte, frische Bubenschar!
Die duften Jugend! Paris duftete einzig so,
Als er der Königin zu nahe kam.

HELENA. Du fällst
Ganz aus der Rolle; sage mir das letzte Wort!

PHORKYAS.
Du sprichst das letzte, sagst mit Ernst vernehmlich Ja!
Sogleich umgeb ich dich mit jener Burg!

CHOR. O sprich!
Das kurze Wort und rette dich und uns zugleich!

HELENA. Wie? sollt ich fürchten, daß der König Menelas
So grausam sich verginge, mich zu schädigen?

PHORKYAS. Hast du vergessen, wie er deinen Deiphobus,
Des totgekämpften Paris Bruder, unerhört
Verstümmelte, der starrsinnig Witwe dich erstritt
Und glücklich kebste? Nas und Ohren schnitt er ab
Und stümmelte mehr so: Greuel war es anzuschaun.

HELENA. Das tat er jenem, meinetwegen tat er das.

PHORKYAS. Um jenes willen wird er dir das gleiche tun!
Unteilbar ist die Schönheit; der sie ganz besaß,
Zerstört sie lieber, fluchend jedem Teilbesitz.

Trompeten in der Ferne; der Chor fährt zusammen.
Wie scharf der Trompete Schmettern Ohr und Eingeweid

Zerreißend anfaßt, also krallt sich Eifersucht
Im Busen fest des Mannes, der das nie vergißt,
Was einst er besaß und nun verlor, nicht mehr besitzt.
CHOR. Hörst du nicht die Hörner schallen? siehst der Waffen
                                        Blitze nicht?
PHORKYAS. Sei willkommen, Herr und König! gerne geb ich
CHOR. Aber wir?   [Rechenschaft.
PHORKYAS. Ihr wißt es deutlich: seht vor Augen ihren Tod,
Merkt den eurigen dadrinne! nein, zu helfen ist euch nicht.
Pause.
HELENA. Ich sann mir aus das Nächste, was ich wagen darf.
Ein Widerdämon bist du, das empfind ich wohl,
Und fürchte, Gutes wendest du zum Bösen um.
Vor allem aber folgen will ich dir zur Burg;
Das andre weiß ich; was die Königin dabei
In tiefem Busen geheimnisvoll verbergen mag,
Sei jedem unzugänglich! – Alte, geh voran!

>   CHOR. O wie gern gehen wir hin,
>   Eilenden Fußes!
>   Hinter uns Tod,
>   Vor uns abermals
>   Ragender Feste
>   Unzugängliche Mauer!
>   Schütze sie eben so gut,
>   Eben wie Ilios Burg,
>   Die doch endlich nur
>   Niederträchtiger List erlag!

Nebel verbreiten sich, umhüllen den Hintergrund, auch die Nähe, nach
Belieben

>   Wie? aber wie?
>   Schwestern, schaut euch um!
>   War es nicht heiterer Tag?
>   Nebel schwanken streifig empor
>   Aus Eurotas heilger Flut:
>   Schon entschwand das liebliche,
>   Schilfumkränzte Gestade dem Blick!
>   Auch die frei, zierlich-stolz,

Sanft hingleitenden Schwäne
In gesellger Schwimmlust
Seh ich, ach, nicht mehr!

Doch, aber doch
Tönen hör ich sie,
Tönen fern heiseren Ton!
Tod verkündenden, sagen sie!
Ach, daß uns er nur nicht auch
Statt verheißener Rettung Heil
Untergang verkünde zuletzt,
Uns, den Schwangleichen, Lang-
Schön-Weißhalsigen, und ach!
Unsrer Schwanerzeugten!
Weh uns, weh, weh!

Alles deckte sich schon
Rings mit Nebel umher.
Sehen wir doch einander nicht!
Was geschieht? gehen wir?
Schweben wir nur
Trippelnden Schrittes am Boden hin?
Siehst du nichts? schwebt nicht etwa gar
Hermes voran? blinkt nicht der goldne Stab
Heischend, gebietend uns wieder zurück
Zu dem unerfreulichen, grautagenden,
Ungreifbarer Gebilde vollen,
Überfüllten, ewig leeren Hades?

Ja, auf einmal wird es düster, ohne Glanz entschwebt der Nebel
Dunkelgräulich, mauerbräunlich. Mauern stellen sich dem
                                                                Blicke,
Freiem Blicke, starr entgegen. Ists ein Hof? ists tiefe Grube?
Schauerlich in jedem Falle! Schwestern, ach! wir sind gefangen,
So gefangen wie nur je!

INNERER BURGHOF

umgeben von reichen, phantastischen Gebäuden des Mittelalters

CHORFÜHRERIN.

Vorschnell und töricht, echt-wahrhaftes Weibsgebild!
Vom Augenblick abhängig, Spiel der Witterung,
Des Glücks und Unglücks: keins von beiden wißt ihr je
Zu bestehn mit Gleichmut! Eine widerspricht ja stets
Der andern heftig, überquer die andern ihr;
In Freud und Schmerz nur heult und lacht ihr gleichen Tons.
Nun schweigt und wartet horchend, was die Herrscherin
Hochsinnig hier beschließen mag für sich und uns!
HELENA. Wo bist du, Pythonissa? heiße, wie du magst,
Aus diesen Gewölben tritt hervor der düstern Burg!
Gingst etwa du, dem wunderbaren Heldenherrn
Mich anzukündigen, Wohlempfang bereitend mir,
So habe Dank und führe schnell mich ein zu ihm!
Beschluß der Irrfahrt wünsch ich, Ruhe wünsch ich nur.
CHORFÜHRERIN.
Vergebens blickst du, Königin, allseits um dich her:
Verschwunden ist das leidige Bild, verblieb vielleicht
Im Nebel dort, aus dessen Busen wir hieher,
Ich weiß nicht wie, gekommen, schnell und sonder Schritt.
Vielleicht auch irrt sie zweifelhaft im Labyrinth
Der wundersam aus vielen einsgewordnen Burg,
Den Herrn erfragend fürstlicher Hochbegrüßung halb.
Doch sieh: dort oben regt in Menge sich allbereits,
In Galerien, am Fenster, in Portalen rasch
Sich hin und her bewegend, viele Dienerschaft;
Vornehm-willkommnen Gastempfang verkündet es.
CHOR. Aufgeht mir das Herz! o seht nur dahin,
Wie so sittig herab mit verweilendem Tritt
Jungholdeste Schar anständig bewegt
Den geregelten Zug! Wie, auf wessen Befehl
Nur erscheinen, gereiht und gebildet so früh,
Von Jünglingsknaben das herrliche Volk?
Was bewundr ich zumeist? Ist es zierlicher Gang,
Etwa des Haupts Lockhaar um die blendende Stirn,
Etwa der Wänglein Paar, wie die Pfirsiche rot

Und eben auch so weichwollig beflaumt?
Gern biß ich hinein; doch ich schaudre davor:
Denn in ähnlichem Fall, da erfüllte der Mund
Sich, gräßlich zu sagen! mit Asche.

> Aber die Schönsten,
> Sie kommen daher:
> Was tragen sie nur?
> Stufen zum Thron,
> Teppich und Sitz,
> Umhang und zelt-
> artigen Schmuck!
> Überüberwallt er,
> Wolkenkränze bildend,
> Unsrer Königin Haupt;
> Denn schon bestieg sie,
> Eingeladen, herrlichen Pfühl.
> Tretet heran,
> Stufe für Stufe
> Reihet euch ernst!
> Würdig, o würdig, dreifach würdig
> Sei gesegnet ein solcher Empfang!

Alles vom Chor Ausgesprochene geschieht nach und nach.

Faust. Nachdem Knaben und Knappen in langem Zug herabgestiegen, erscheint er oben an der Treppe in ritterlicher Hofkleidung des Mittelalters und kommt langsam-würdig herunter.

CHORFÜHRERIN *ihn aufmerksam beschauend.*
Wenn diesem nicht die Götter, wie sie öfter tun,
Für wenige Zeit nur wundernswürdige Gestalt,
Erhabnen Anstand, liebenswerte Gegenwart
Vorübergänglich liehen, wird ihm jedesmal,
Was er beginnt, gelingen, seis in Männerschlacht,
So auch im kleinen Kriege mit den schönsten Fraun.
Er ist fürwahr gar vielen andern vorzuziehn,
Die ich doch auch als hochgeschätzt mit Augen sah.
Mit langsam-ernstem, ehrfurchtsvoll gehaltnem Schritt
Seh ich den Fürsten: wende dich, o Königin!

FAUST *herantretend, einen Gefesselten zur Seite.*
Statt feierlichsten Grußes, wie sich ziemte,
Statt ehrfurchtsvollem Willkomm bring ich dir

In Ketten hart geschlossen solchen Knecht,
Der, Pflicht verfehlend, mir die Pflicht entwand.
Hier kniee nieder, dieser höchsten Frau
Bekenntnis abzulegen deiner Schuld!
Dies ist, erhabne Herrscherin, der Mann,
Mit seltnem Augenblitz vom hohen Turm
Umherzuschaun bestellt, dort Himmelsraum
Und Erdenbreite scharf zu überspähn,
Was etwa da und dort sich melden mag,
Vom Hügelkreis ins Tal zur festen Burg
Sich regen mag, der Herden Wogen seis,
Ein Heereszug vielleicht: wir schützen jene,
Begegnen diesem. Heute: welch Versäumnis!
Du kommst heran, er meldets nicht! verfehlt
Ist ehrenvoller, schuldigster Empfang
So hohen Gastes. Freventlich verwirkt
Das Leben hat er, läge schon im Blut
Verdienten Todes; doch nur du allein
Bestrafst, begnadigst, wie dirs wohlgefällt.
HELENA. So hohe Würde, wie du sie vergönnst,
Als Richterin, als Herrscherin, und wärs
Versuchend nur, wie ich vermuten darf –
So üb ich nun des Richters erste Pflicht:
Beschuldigte zu hören. Rede denn!

TURMWÄRTER LYNKEUS.

Laß mich knieen, laß mich schauen,
Laß mich sterben, laß mich leben,
Denn schon bin ich hingegeben
Dieser gottgegebnen Frauen!

Harrend auf des Morgens Wonne,
Östlich spähend ihren Lauf,
Ging auf einmal mir die Sonne
Wunderbar im Süden auf.

Zog den Blick nach jener Seite,
Statt der Schluchten, statt der Höhn,
Statt der Erd- und Himmelsweite
Sie, die Einzige, zu spähn.

Augenstrahl ist mir verliehen
Wie dem Luchs auf höchstem Baum;
Doch nun mußt ich mich bemühen
Wie aus tiefem, düsterm Traum.

Wüßt ich irgend mich zu finden?
Zinne? Turm? geschlossnes Tor?
Nebel schwanken, Nebel schwinden,
Solche Göttin tritt hervor!

Aug und Brust ihr zugewendet,
Sog ich an den milden Glanz;
Diese Schönheit, wie sie blendet,
Blendete mich Armen ganz.

Ich vergaß des Wächters Pflichten,
Völlig das beschworne Horn –
Drohe nur, mich zu vernichten!
Schönheit bändigt allen Zorn.

HELENA. Das Übel, das ich brachte, darf ich nicht
Bestrafen. Wehe mir! welch streng Geschick
Verfolgt mich, überall der Männer Busen
So zu betören, daß sie weder sich
Noch sonst ein Würdiges verschonten. Raubend jetzt,
Verführend, fechtend hin und her entrückend,
Halbgötter, Helden, Götter, ja Dämonen,
Sie führten mich im Irren her und hin.
Einfach die Welt verwirrt ich, doppelt mehr;
Nun dreifach, vierfach bring ich Not auf Not. –
Entferne diesen Guten, laß ihn frei!
Den Gottbetörten treffe keine Schmach!
FAUST. Erstaunt, o Königin, seh ich zugleich
Die sicher Treffende, hier den Getroffnen:
Ich seh den Bogen, der den Pfeil entsandt,
Verwundet jenen. Pfeile folgen Pfeilen,
Mich treffend! Allwärts ahn ich überquer
Gefiedert schwirrend sie in Burg und Raum.
Was bin ich nun? Auf einmal machst du mir
Rebellisch die Getreusten, meine Mauern
Unsicher. Also fürcht ich schon: mein Heer
Gehorcht der siegend-unbesiegten Frau.

9230 – 9267

Was bleibt mir übrig, als mich selbst und alles,
Im Wahn das Meine, dir anheimzugeben?
Zu deinen Füßen laß mich, frei und treu,
Dich Herrin anerkennen, die sogleich
Auftretend sich Besitz und Thron erwarb!

LYNKEUS *mit einer Kiste und Männer, die ihm andere nachtragen.*

        Du siehst mich, Königin, zurück!
        Der Reiche bettelt einen Blick,
        Er sieht dich an und fühlt sogleich
        Sich bettelarm und fürstenreich.

        Was war ich erst? was bin ich nun?
        Was ist zu wollen? was zu tun?
        Was hilft der Augen schärfster Blitz!
        Er prallt zurück an deinem Sitz.

        Von Osten kamen wir heran,
        Und um den Westen wars getan;
        Ein lang- und breites Volksgewicht:
        Der erste wußte vom letzten nicht.

        Der erste fiel, der zweite stand,
        Des dritten Lanze war zur Hand;
        Ein jeder hundertfach gestärkt,
        Erschlagne Tausend unbemerkt.

        Wir drängten fort, wir stürmten fort,
        Wir waren Herrn von Ort zu Ort,
        Und wo ich herrisch heut befahl,
        Ein andrer morgen raubt und stahl.

        Wir schauten – eilig war die Schau:
        Der griff die allerschönste Frau,
        Der griff den Stier von festem Tritt,
        Die Pferde mußten alle mit.

        Ich aber liebte, zu erspähn
        Das Seltenste, was man gesehn,
        Und was ein andrer auch besaß,
        Das war für mich gedörrtes Gras.

Den Schätzen war ich auf der Spur,
Den scharfen Blicken folgt ich nur,
In alle Taschen blickt ich ein,
Durchsichtig war mir jeder Schrein.

Und Haufen Goldes waren mein,
Am herrlichsten der Edelstein:
Nun der Smaragd allein verdient,
Daß er an deinem Herzen grünt.

Nun schwanke zwischen Ohr und Mund
Das Tropfenei aus Meeresgrund!
Rubinen werden gar verscheucht:
Das Wangenrot sie niederbleicht.

Und so den allergrößten Schatz
Versetz ich hier auf deinen Platz;
Zu deinen Füßen sei gebracht
Die Ernte mancher blutgen Schlacht.

So viele Kisten schlepp ich her,
Der Eisenkisten hab ich mehr;
Erlaube mich auf deiner Bahn,
Und Schatzgewölbe füll ich an.

Denn du bestiegest kaum den Thron,
So neigen schon, so beugen schon
Verstand und Reichtum und Gewalt
Sich vor der einzigen Gestalt.

Das alles hielt ich fest und mein:
Nun aber, lose, wird es dein!
Ich glaubt es würdig, hoch und bar:
Nun seh ich, daß es nichtig war!

Verschwunden ist, was ich besaß,
Ein abgemähtes welkes Gras.
O gib mit einen heitern Blick
Ihm seinen ganzen Wert zurück!

FAUST. Entferne schnell die kühn erworbne Last,
Zwar nicht getadelt, aber unbelohnt!
Schon ist Ihr alles eigen, was die Burg
Im Schoß verbirgt: Besonders Ihr zu bieten,

Ist unnütz. Geh und häufe Schatz auf Schatz
Geordnet an! Der ungesehnen Pracht
Erhabnes Bild stell auf! Laß die Gewölbe
Wie frische Himmel blinken! Paradiese
Von lebelosem Leben richte zu!
Voreilend ihren Tritten, laß beblümt
An Teppich Teppiche sich wälzen: ihrem Tritt
Begegne sanfter Boden, ihrem Blick,
Nur Göttliche nicht blendend, höchster Glanz!

LYNKEUS. Schwach ist, was der Herr befiehlt;
    Tuts der Diener, es ist gespielt:
    Herrscht doch über Gut und Blut
    Dieser Schönheit Übermut.
    Schon das ganze Heer ist zahm,
    Alle Schwerter stumpf und lahm,
    Vor der herrlichen Gestalt
    Selbst die Sonne matt und kalt,
    Vor dem Reichtum des Gesichts
    Alles leer und alles nichts. *Ab.*

HELENA *zu Faust.* Ich wünsche dich zu sprechen, doch herauf
An meine Seite komm! der leere Platz
Beruft den Herrn und sichert mir den meinen.
FAUST. Erst knieend laß die treue Widmung dir
Gefallen, hohe Frau! die Hand, die mich
An deine Seite hebt, laß mich sie küssen!
Bestärke mich als Mitregenten deines
Grenzunbewußten Reichs, gewinne dir
Verehrer, Diener, Wächter all in Einem!
HELENA. Vielfache Wunder seh ich, hör ich an.
Erstaunen trifft mich, fragen möcht ich viel.
Doch wünscht ich Unterricht, warum die Rede
Des Manns mir seltsam klang, seltsam und freundlich:
Ein Ton scheint sich dem andern zu bequemen,
Und hat ein Wort zum Ohre sich gesellt,
Ein andres kommt, dem ersten liebzukosen.
FAUST. Gefällt dir schon die Sprechart unsrer Völker,
O so gewiß entzückt auch der Gesang,
Befriedigt Ohr und Sinn im tiefsten Grunde.

Doch ist am sichersten, wir übens gleich:
Die Wechselrede lockt es, rufts hervor.
HELENA. So sage denn: wie sprech ich auch so schön?
FAUST. Das ist gar leicht: es muß von Herzen gehn!
Und wenn die Brust von Sehnsucht überfließt,
Man sieht sich um und fragt –
HELENA.   Wer mitgenießt.
FAUST. Nun schaut der Geist nicht vorwärts, nicht zurück;
Die Gegenwart allein –
HELENA.   Ist unser Glück.
FAUST. Schatz ist sie, Hochgewinn, Besitz und Pfand;
Bestätigung, wer gibt sie?
HELENA.   Meine Hand!

CHOR. Wer verdächt es unsrer Fürstin,
      Gönnet sie dem Herrn der Burg
      Freundliches Erzeigen?
      Denn gesteht: sämtliche sind wir
      Ja Gefangene, wie schon öfter
      Seit dem schmählichen Untergang
      Ilios und der ängstlich-
      labyrinthischen Kummerfahrt.

      Fraun, gewöhnt an Männerliebe,
      Wählerinnen sind sie nicht,
      Aber Kennerinnen!
      Und wie goldlockigen Hirten
      Vielleicht schwarzborstigen Faunen,
      Wie es bringt die Gelegenheit,
      Über die schwellenden Glieder
      Vollerteilen sie gleiches Recht.

      Nah und näher sitzen sie schon,
      Aneinander gelehnt,
      Schulter an Schulter, Knie an Knie;
      Hand in Hand wiegen sie sich
      Über des Throns
      Aufgepolsterter Herrlichkeit.
      Nicht versagt sich die Majestät
      Heimlicher Freuden
      Vor den Augen des Volkes
      Übermütiges Offenbarsein.

HELENA. Ich fühle mich so fern und doch so nah,
Und sage nur zu gern: da bin ich! da!
FAUST. Ich atme kaum, mir zittert, stockt das Wort;
Es ist ein Traum, verschwunden Tag und Ort.
HELENA. Ich scheine mir verlebt und doch so neu,
In dich verwebt, dem Unbekannten treu.
FAUST. Durchgrüble nicht das einzigste Geschick!
Dasein ist Pflicht, und wärs ein Augenblick.

PHORKYAS *heftig eintretend.*

Buchstabiert in Liebesfibeln,
Tändelnd grübelt nur am Liebeln,
Müßig liebelt fort im Grübeln!
Doch dazu ist keine Zeit.
Fühlt ihr nicht ein dumpfes Wettern?
Hört nur die Trompete schmettern!
Das Verderben ist nicht weit:
Menelas mit Volkeswogen
Kommt auf euch herangezogen –
Rüstet euch zu herbem Streit!
Von der Siegerschar umwimmelt,
Wie Deiphobus verstümmelt,
Büßest du das Fraungeleit.
Bammelt erst die leichte Ware,
Dieser gleich ist am Altare
Neugeschliffnes Beil bereit.

FAUST. Verwegne Störung! widerwärtig dringt sie ein!
Auch nicht in Gefahren mag ich sinnlos Ungestüm.
Den schönsten Boten, Unglücksbotschaft häßlicht ihn;
Du Häßlichste gar, nur schlimme Botschaft bringst du gern.
Doch diesmal soll dirs nicht geraten; leeren Hauchs
Erschüttere du die Lüfte! Hier ist nicht Gefahr,
Und selbst Gefahr erschiene nur als eitles Dräun.
*Signale, Explosionen von den Türmen, Trompeten und Zinken,
kriegerische Musik, Durchmarsch gewaltiger Heereskraft.*

FAUST. Nein, gleich sollst du versammelt schauen
Der Helden ungetrennten Kreis:
Nur der verdient die Gunst der Frauen,
Der kräftigst sie zu schützen weiß.

Zu den Heerführern,
die sich von den Kolonnen absondern und herantreten.

Mit angehaltnem stillen Wüten,
Das euch gewiß den Sieg verschafft,
Ihr, Nordens jugendliche Blüten,
Ihr, Ostens blumenreiche Kraft –

In Stahl gehüllt, vom Stahl umwittert,
Die Schar, die Reich um Reich zerbrach,
Sie treten auf, die Erde schüttert,
Sie schreiten fort, es donnert nach.

An Pylos traten wir zu Lande,
Der alte Nestor ist nicht mehr,
Und alle kleine Königsbande
Zersprengt das ungebundne Heer.

Drängt ungesäumt von diesen Mauern
Jetzt Menelas dem Meer zurück!
Dort irren mag er, rauben, lauern:
Ihm war es Neigung und Geschick.

Herzoge soll ich euch begrüßen,
Gebietet Spartas Königin;
Nun legt ihr Berg und Tal zu Füßen,
Und euer sei des Reichs Gewinn!

Germane, du, Korinthus Buchten
Verteidige mit Wall und Schutz!
Achaja dann mit hundert Schluchten
Empfehl ich, Gote, deinem Trutz.

Nach Elis ziehn der Franken Heere,
Messene sei der Sachsen Los!
Normanne reinige die Meere
Und Argolis erschaff er groß!

Dann wird ein jeder häuslich wohnen,
Nach außen richten Kraft und Blitz;
Doch Sparta soll euch überthronen,
Der Königin verjährter Sitz.

9446 – 9477

All-Einzeln sieht sie euch genießen,
Des Landes, dem kein Wohl gebricht;
Ihr sucht getrost zu ihren Füßen
Bestätigung und Recht und Licht.

Faust steigt herab, die Fürsten schließen einen Kreis um ihn,
Befehl und Anordnung näher zu vernehmen.

CHOR. Wer die Schönste für sich begehrt,
Tüchtig vor allen Dingen
Seh er nach Waffen weise sich um!
Schmeichelnd wohl gewann er sich,
Was auf Erden das Höchste;
Aber ruhig besitzt ers nicht:
Schleicher listig entschmeicheln sie ihm,
Räuber kühnlich entreißen sie ihm;
Dieses zu hinderen, sei er bedacht!

Unsern Fürsten lob ich drum,
Schätz ihn höher vor andern;
Wie er so tapfer-klug sich verband,
Daß die Starken gehorchend stehn,
Jeden Winkes gewärtig.
Seinen Befehl vollziehn sie treu,
Jeder sich selbst zu eignem Nutz
Wie dem Herrscher zu lohnendem Dank,
Beiden zu höchlichem Ruhmesgewinn.

Denn wer entreißet sie jetzt
Dem gewaltgen Besitzer?
Ihm gehört sie, ihm sei sie gegönnt,
Doppelt von uns gegönnt, die er
Samt ihr zugleich innen mit sicherster Mauer,
Außen mit mächtigstem Heer umgab.

FAUST. Die Gaben, diesen hier verliehen–
An jeglichen ein reiches Land! –
Sind groß und herrlich: laß sie ziehen!
Wir halten in der Mitte Stand.

Und sie beschützen um die Wette,
Ringsum von Wellen angehüpft,
Nichtinsel dich, mit leichter Hügelkette
Europens letztem Bergast angeknüpft.

Das Land, vor aller Länder Sonnen,
Sei ewig jedem Stamm beglückt,
Nun meiner Königin gewonnen,
Das früh an ihr hinaufgeblickt,

Als mit Eurotas Schilfgeflüster
Sie leuchtend aus der Schale brach,
Der hohen Mutter, dem Geschwister
Das Licht der Augen überstach.

Dies Land, allein zu dir gekehret,
Entbietet seinen höchsten Flor;
Dem Erdkreis, der dir angehöret,
Dein Vaterland, o zieh es vor!

Und duldet auch auf seiner Berge Rücken
Das Zackenhaupt der Sonne kalten Pfeil,
Läßt nun der Fels sich angegrünt erblicken,
Die Ziege nimmt genäschig kargen Teil.

Die Quelle springt, vereinigt stürzen Bäche,
Und schon sind Schluchten, Hänge, Matten grün.
Auf hundert Hügeln unterbrochner Fläche
Siehst Wollenherden ausgebreitet ziehn.

Verteilt, vorsichtig-abgemessen schreitet
Gehörntes Rind hinan zum jähen Rand;
Doch Obdach ist den sämtlichen bereitet:
Zu hundert Höhlen wölbt sich Felsenwand.

Pan schützt sie dort, und Lebensnymphen wohnen
In buschiger Klüfte feucht-erfrischtem Raum,
Und, sehnsuchtsvoll nach höhern Regionen,
Erhebt sich zweighaft Baum gedrängt an Baum.

Altwälder sinds! Die Eiche starret mächtig,
Und eigensinnig zackt sich Ast an Ast;
Der Ahorn, mild, von süßem Safte trächtig,
Steigt rein empor und spielt mit seiner Last.

Und mütterlich im stillen Schattenkreise
Quillt laue Milch bereit für Kind und Lamm;
Obst ist nicht weit, der Ebnen reife Speise,
Und Honig trieft vom ausgehöhlten Stamm.

Hier ist das Wohlbehagen erblich,
Die Wange heitert wie der Mund,
Ein jeder ist an seinem Platz unsterblich:
Sie sind zufrieden und gesund.

Und so entwickelt sich am reinen Tage
Zu Vaterkraft das holde Kind.
Wir staunen drob; noch immer bleibt die Frage:
Obs Götter, ob es Menschen sind!

So war Apoll den Hirten zugestaltet,
Daß ihm der schönsten einer glich;
Denn wo Natur im reinen Kreise waltet,
Ergreifen alle Welten sich.

Neben ihr sitzend.

So ist es mir, so ist es dir gelungen;
Vergangenheit sei hinter uns getan!
O fühle dich vom höchsten Gott entsprungen!
Der ersten Welt gehörst du einzig an.

Nicht feste Burg soll dich umschreiben!
Noch zirkt in ewiger Jugendkraft,
Für uns zu wonnevollem Bleiben,
Arkadien in Spartas Nachbarschaft.

Gelockt, auf selgem Grund zu wohnen,
Du flüchtetest ins heiterste Geschick!
Zur Laube wandeln sich die Thronen:
Arkadisch frei sei unser Glück!

DER SCHAUPLATZ VERWANDELT SICH DURCHAUS

An eine Reihe von Felsenhöhlen lehnen sich geschlossne Lauben. Schattiger Hain bis an die rings umgebende Felsensteile hinan. Faust und Helena werden nicht gesehen. Der Chor liegt schlafend verteilt umher.

PHORKYAS. Wie lange Zeit die Mädchen schlafen, weiß ich nicht;
Ob sie sich träumen ließen, was ich hell und klar
Vor Augen sah, ist ebenfalls mir unbekannt.
Drum weck ich sie. Erstaunen soll das junge Volk,
Ihr Bärtigen auch, die ihr dadrunten sitzend harrt,

Glaubhafter Wunder Lösung endlich anzuschaun.
Hervor! hervor! und schüttelt eure Locken rasch!
Schlaf aus den Augen! Blinzt nicht so und hört mich an!

CHOR.

Rede nur! erzähl, erzähle, was sich Wunderlichs begeben!
Hören möchten wir am liebsten, was wir gar nicht glauben
                                                  können;
Denn wir haben lange Weile, diese Felsen anzusehn.

PHORKYAS.

Kaum die Augen ausgerieben, Kinder, langeweilt ihr schon?
So vernehmt: in diesen Höhlen, diesen Grotten, diesen
                                                  Lauben
Schutz und Schirmung war verliehen, wie idyllischem
                                                  Liebespaare,
Unserm Herrn und unsrer Frauen.

CHOR.   Wie? dadrinnen?

PHORKYAS.   Abgesondert
Von der Welt, nur mich, die Eine, riefen sie zu stillem Dienste.
Hochgeehrt stand ich zur Seite; doch wie es Vertrauten ziemet,
Schaut ich um nach etwas andrem, wendete mich hier- und
                                                  dorthin,
Suchte Wurzeln, Moos und Rinden, kundig aller Wirksamkeiten:
Und so blieben sie allein.

CHOR.

Tust du doch, als ob dadrinnen ganze Weltenräume wären,
Wald und Wiese, Bäche, Seen! welche Märchen spinnst du ab!

PHORKYAS.

Allerdings, ihr Unerfahrnen! das sind unerforschte Tiefen:
Saal an Sälen, Hof an Höfen; diese spürt ich sinnend aus.
Doch auf einmal ein Gelächter echot in den Höhlenräumen;
Schau ich hin: da springt ein Knabe von der Frauen Schoß
                                                  zum Manne,
Von dem Vater zu der Mutter! das Gekose, das Getändel,
Töriger Liebe Neckereien, Scherzgeschrei und Lustgejauchze
Wechselnd übertäuben mich.
Nackt, ein Genius ohne Flügel, faunenartig ohne Tierheit,
Springt er auf den festen Boden; doch der Boden, gegen-
                                                  wirkend,
Schnellt ihn zu der luftgen Höhe, und im zweiten, dritten Sprunge
Rührt er an das Hochgewölb.

Ängstlich ruft die Mutter: »Springe wiederholt und nach
Belieben,
Aber hüte dich zu fliegen! freier Flug ist dir versagt.«
Und so mahnt der treue Vater: »In der Erde liegt die
Schnellkraft,
Die dich aufwärts treibt; berühre mit der Zehe nur den Boden,
Wie der Erdensohn Antäus bist du alsobald gestärkt.«
Und so hüpft er auf die Masse dieses Felsens, von der Kante
Zu dem andern und umher so, wie ein Ball geschlagen springt.

Doch auf einmal in der Spalte rauher Schlucht ist er
verschwunden,
Und nun scheint er uns verloren! Mutter jammert, Vater tröstet,
Achselzuckend steh ich ängstlich. Doch nun wieder welch
Erscheinen!
Liegen Schätze dort verborgen? Blumenstreifige Gewande
Hat er würdig angetan.
Quasten schwanken von den Armen, Binden flattern um den
Busen;
In der Hand die goldne Leier, völlig wie ein kleiner Phöbus,
Tritt er wohlgemut zur Kante, zu dem Überhang: wir staunen,
Und die Eltern vor Entzücken werfen wechselnd sich ans Herz.
Denn wie leuchtets ihm zu Haupten? Was erglänzt, ist
schwer zu sagen:
Ist es Goldschmuck? ist es Flamme übermächtiger Geisteskraft?
Und so regt er sich gebärdend, sich als Knabe schon verkündend
Künftigen Meister alles Schönen, dem die ewigen Melodien
Durch die Glieder sich bewegen, und so werdet ihr ihn hören,
Und so werdet ihr ihn sehn zu einzigster Bewunderung.

    CHOR. Nennst du ein Wunder dies,
        Kretas Erzeugte?
        Dichtend belehrendem Wort
        Hast du gelauscht wohl nimmer?
        Niemals noch gehört Joniens,
        Nie vernommen auch Hellas
        Urväterlicher Sagen
        Göttlich-heldenhaften Reichtum?

        Alles, was je geschieht
        Heutigen Tages,
        Trauriger Nachklang ists

Herrlicher Ahnherrntage!
Nicht vergleicht sich dein Erzählen
Dem, was liebliche Lüge,
Glaubhaftiger als Wahrheit,
Von dem Sohne sang der Maja.
Diesen zierlich und kräftig, doch
Kaum geborenen Säugling
Faltet in reinster Windeln Flaum,
Strenget in köstlicher Wickeln Schmuck
Klatschender Wärterinnen Schar,
Unvernünftigen Wähnens.
Kräftig und zierlich aber zieht
Schon der Schalk die geschmeidigen,
Doch elastischen Glieder
Listig heraus, die purpurne,
Ängstlich drückende Schale
Lassend ruhig an seiner Statt,
Gleich dem fertigen Schmetterling,
Der aus starrem Puppenzwang,
Flügel entfaltend, behendig schlüpft,
Sonnedurchstrahlten Äther kühn
Und mutwillig durchflatternd.

So auch er, der Behendeste,
Daß er Dieben und Schälken,
Vorteilsuchenden allen auch
Ewig günstiger Dämon sei!
Dies betätigt er alsobald
Durch gewandteste Künste:
Schnell des Meeres Beherrscher stiehlt
Er den Trident, ja dem Ares selbst
Schlau das Schwert aus der Scheide,
Bogen und Pfeil dem Phöbus auch,
Wie dem Hephästos die Zange;
Selber Zeus, des Vaters, Blitz
Nähm er, schreckt ihn das Feuer nicht;
Doch dem Eros siegt er ob
In beinstellendem Ringerspiel,
Raubt auch Cyprien, wie sie ihm kost,
Noch vom Busen den Gürtel.

9640 – 9678

Ein reizendes, rein-melodisches Saitenspiel erklingt aus der Höhle.
Alle merken auf und scheinen bald innig gerührt. Von hier an bis zur
bemerkten Pause durchaus mit vollstimmiger Musik.

PHORKYAS. Höret allerliebste Klänge!
Macht euch schnell von Fabeln frei!
Eurer Götter alt Gemenge,
Laßt es hin! es ist vorbei.

Niemand will euch mehr verstehen,
Fordern wir doch höhern Zoll:
Denn es muß von Herzen gehen,
Was auf Herzen wirken soll.

Sie zieht sich nach den Felsen zurück.

CHOR. Bist du, fürchterliches Wesen,
Diesem Schmeichelton geneigt,
Fühlen wir, als frisch genesen,
Uns zur Tränenlust erweicht.

Laß der Sonne Glanz verschwinden,
Wenn es in der Seele tagt:
Wir im eignen Herzen finden,
Was die ganze Welt versagt.

Helena, Faust, Euphorion in dem oben beschriebenen Kostüm.

EUPHORION. Hört ihr Kindeslieder singen,
Gleich ists euer eigner Scherz;
Seht ihr mich im Takte springen,
Hüpft euch elterlich das Herz.
HELENA. Liebe, menschlich zu beglücken,
Nähert sie ein edles Zwei;
Doch zu göttlichem Entzücken
Bildet sie ein köstlich Drei.
FAUST. Alles ist sodann gefunden:
Ich bin dein, und du bist mein,
Und so stehen wir verbunden;
Dürft es doch nicht anders sein!
CHOR. Wohlgefallen vieler Jahre
In des Knaben mildem Schein
Sammelt sich auf diesem Paare:
O wie rührt mich der Verein!

9679 – 9710

EUPHORION. Nun laßt mich hüpfen,
           Nun laßt mich springen!
           Zu allen Lüften
           Hinaufzudringen,
           Ist mir Begierde:
           Sie faßt mich schon.

FAUST. Nur mäßig! mäßig!
           Nicht ins Verwegne,
           Daß Sturz und Unfall
           Dir nicht begegne,
           Zugrund uns richte
           Der teure Sohn!

EUPHORION. Ich will nicht länger
           Am Boden stocken:
           Laßt meine Hände,
           Laßt meine Locken,
           Laßt meine Kleider!
           Sie sind ja mein.

HELENA. O denk, o denke,
           Wem du gehörest,
           Wie es uns kränke,
           Wie du zerstörest
           Das schön errungene
           Mein, Dein und Sein!

CHOR. Bald löst, ich fürchte,
           Sich der Verein!

HELENA UND FAUST. Bändige, bändige,
           Eltern zuliebe,
           Überlebendige,
           Heftige Triebe!
           Ländlich im stillen
           Ziere den Plan!

EUPHORION. Nur euch zu Willen
           Halt ich mich an.

Durch den Chor sich schlingend und ihn zum Tanze fortziehend.

           Leichter umschweb ich hie
           Muntres Geschlecht.
           Ist nun die Melodie,
           Ist die Bewegung recht?

HELENA. Ja, das ist wohlgetan!
Führe die Schönen an
Künstlichem Reihn!
FAUST. Wäre das doch vorbei!
Mich kann die Gaukelei
Gar nicht erfreun.

Euphorion und Chor,
tanzend und singend, bewegen sich in verschlungenem Reihen.

(CHOR). Wenn du der Arme Paar
Lieblich bewegest,
Im Glanz dein lockig Haar
Schüttelnd erregest,
Wenn dir der Fuß so leicht
Über die Erde schleicht,
Dort und da wieder hin
Glieder um Glied sich ziehn,
Hast du dein Ziel erreicht,
Liebliches Kind!
All unsre Herzen sind
All dir geneigt. *Pause.*
EUPHORION. Ihr seid so viele
Leichtfüßige Rehe,
Zu neuem Spiele
Frisch aus der Nähe!
Ich bin der Jäger,
Ihr seid das Wild.
CHOR. Willst du uns fangen
Sei nicht behende!
Denn wir verlangen
Doch nur am Ende,
Dich zu umarmen,
Du schönes Bild!
EUPHORION. Nur durch die Haine!
Zu Stock und Steine!
Das leicht Errungene,
Das widert mir,
Nur das Erzwungene
Ergetzt mich schier.

HELENA UND FAUST.

> Welch ein Mutwill! welch ein Rasen!
> Keine Mäßigung ist zu hoffen!
> Klingt es doch wie Hörnerblasen
> Über Tal und Wälder dröhnend:
> Welch ein Unfug! welch Geschrei!

CHOR *einzeln schnell eintretend.*

> Uns ist er vorbeigelaufen!
> Mit Verachtung uns verhöhnend,
> Schleppt er von dem ganzen Haufen
> Nun die Wildeste herbei.

EUPHORION *ein junges Mädchen hereintragend.*

> Schlepp ich her die derbe Kleine
> Zu erzwungenem Genusse!
> Mir zur Wonne, mir zur Lust
> Drück ich widerspenstige Brust,
> Küß ich widerwärtigen Mund,
> Tue Kraft und Willen kund.

MÄDCHEN. Laß mich los! In dieser Hülle

> Ist auch Geistes Mut und Kraft;
> Deinem gleich, ist unser Wille
> Nicht so leicht hinweggerafft.
> Glaubst du wohl mich im Gedränge?
> Deinem Arm vertraust du viel!
> Halte fest, und ich versenge
> Dich, den Toren, mir zum Spiel.

Sie flammt auf und lodert in die Höhe.

> Folge mir in leichte Lüfte,
> Folge mir in starre Grüfte,
> Hasche das verschwundne Ziel!

EUPHORION *die letzten Flammen abschüttelnd.*

> Felsengedränge hier
> Zwischen dem Waldgebüsch!
> Was soll die Enge mir?
> Bin ich doch jung und frisch!
> Winde, sie sausen ja,
> Wellen, sie brausen da,
> Hör ich doch beides fern:
> Nah wär ich gern!

Er springt immer höher felsauf.

HELENA, FAUST UND CHOR.

    Wolltest du den Gemsen gleichen?
    Vor dem Falle muß uns graun.

EUPHORION. Immer höher muß ich steigen,
    Immer weiter muß ich schaun!
    Weiß ich nun, wo ich bin:
    Mitten der Insel drin,
    Mitten in Pelops Land,
    Erde- wie seeverwandt!

CHOR. Magst nicht in Berg und Wald
    Friedlich verweilen?
    Suchen wir alsobald
    Reben in Zeilen,
    Reben am Hügelrand,
    Feigen und Apfelgold.
    Ach, in dem holden Land
    Bleibe du hold!

EUPHORION. Träumt ihr den Friedenstag?
    Träume, wer träumen mag!
    Krieg ist das Losungswort!
    Sieg! und so klingt es fort.

CHOR. Wer im Frieden
    Wünschet sich Krieg zurück,
    Der ist geschieden
    Vom Hoffnungsglück.

EUPHORION. Welche dies Land gebar
    Aus Gefahr in Gefahr,
    Frei, unbegrenzten Muts,
    Verschwendrisch eignen Bluts,
    Den nicht zu dämpfenden
    Heiligen Sinn,
    Alle den Kämpfenden
    Bring es Gewinn!

CHOR. Seht hinauf wie hoch gestiegen!
    Und erscheint uns doch nicht klein:
    Wie im Harnisch, wie zum Siegen,
    Wie von Erz und Stahl der Schein!

EUPHORION. Keine Wälle, keine Mauern,
    Jeder nur sich selbst bewußt!
    Feste Burg, um auszudauern,

          Ist des Mannes ehrne Brust.
          Wollt ihr unerobert wohnen,
          Leicht bewaffnet rasch ins Feld!
          Frauen werden Amazonen
          Und ein jedes Kind ein Held.

CHOR. Heilige Poesie,
          Himmelan steige sie!
          Glänze, der schönste Stern,
          Fern und so weiter fern!
          Und sie erreicht uns doch
          Immer, man hört sie noch,
          Vernimmt sie gern.

EUPHORION. Nein, nicht ein Kind bin ich erschienen:
          In Waffen kommt der Jüngling an!
          Gesellt zu Starken, Freien, Kühnen,
          Hat er im Geiste schon getan.
          Nun fort!
          Nun dort
          Eröffnet sich zum Ruhm die Bahn.

HELENA UND FAUST. Kaum ins Leben eingerufen,
          Heitrem Tag gegeben kaum,
          Sehnest du von Schwindelstufen
          Dich zu schmerzenvollem Raum.
          Sind denn wir
          Gar nichts dir?
          Ist der holde Bund ein Traum?

EUPHORION. Und hört ihr donnern auf dem Meere?
          Dort widerdonnern Tal um Tal,
          In Staub und Wellen Heer dem Heere,
          In Drang um Drang zu Schmerz und Qual!
          Und der Tod
          Ist Gebot:
          Das versteht sich nun einmal.

HELENA, FAUST UND CHOR.
          Welch Entsetzen! welches Grauen!
          Ist der Tod denn dir Gebot?

EUPHORION. Sollt ich aus der Ferne schauen?
          Nein, ich teile Sorg und Not!

DIE VORIGEN. Übermut und Gefahr!
          Tödliches Los!

EUPHORION. Doch! – Und ein Flügelpaar
         Faltet sich los!
         Dorthin! Ich muß! ich muß!
         Gönnt mir den Flug!

Er wirft sich in die Lüfte, die Gewande tragen ihn einen Augenblick, sein Haupt strahlt, ein Lichtschweif zieht nach.

CHOR. Ikarus! Ikarus!
      Jammer genug!

Ein schöner Jüngling stürzt zu der Eltern Füßen, man glaubt in dem Toten eine bekannte Gestalt zu erblicken; doch das Körperliche verschwindet sogleich, die Aureole steigt wie ein Komet zum Himmel auf, Kleid, Mantel und Lyra bleiben liegen.

HELENA UND FAUST. Der Freude folgt sogleich
         Grimmige Pein.
EUPHORIONS STIMME *aus der Tiefe.*
      Laß mich im düstern Reich,
      Mutter, mich nicht allein!

    Pause.

CHOR. *Trauergesang.*
      Nicht allein! – wo du auch weilest!
      Denn wir glauben dich zu kennen;
      Ach, wenn du dem Tag enteilest,
      Wird kein Herz von dir sich trennen.
      Wüßten wir doch kaum zu klagen,
      Neidend singen wir dein Los:
      Dir in klar- und trüben Tagen
      Lied und Mut war schön und groß.

      Ach, zum Erdenglück geboren,
      Hoher Ahnen, großer Kraft,
      Leider früh dir selbst verloren,
      Jugendblüte weggerafft!
      Scharfer Blick, die Welt zu schauen,
      Mitsinn jedem Herzensdrang,
      Liebesglut der besten Frauen
      Und ein eigenster Gesang.

Doch du ranntest unaufhaltsam
Frei ins willenlose Netz:
So entzweitest du gewaltsam
Dich mit Sitte, mit Gesetz;
Doch zuletzt das höchste Sinnen
Gab dem reinen Mut Gewicht,
Wolltest Herrliches gewinnen,
Aber es gelang dir nicht.

Wem gelingt es? – Trübe Frage,
Der das Schicksal sich vermummt,
Wenn am unglückseligsten Tage
Blutend alles Volk verstummt.
Doch erfrischet neue Lieder,
Steht nicht länger tief gebeugt:
Denn der Boden zeugt sie wieder,
Wie von je er sie gezeugt.

Völlige Pause. Die Musik hört auf.

HELENA *zu Faust.*
Ein altes Wort bewährt sich leider auch an mir:
Daß Glück und Schönheit dauerhaft sich nicht vereint.
Zerrissen ist des Lebens wie der Liebe Band;
Bejammernd beide, sag ich schmerzlich Lebewohl
Und werfe mich noch einmal in die Arme dir. –
Persephoneia, nimm den Knaben auf und mich!

*Sie umarmt Faust, das Körperliche verschwindet, Kleid und Schleier
bleiben ihm in den Armen.*

PHORKYAS *zu Faust.* Halte fest, was dir von allem übrigblieb!
Das Kleid, laß es nicht los! Da zupfen schon
Dämonen an den Zipfeln, möchten gern
Zur Unterwelt es reißen. Halte fest!
Die Göttin ists nicht mehr, die du verlorst,
Doch göttlich ists! Bediene dich der hohen,
Unschätzbarn Gunst und hebe dich empor:
Es trägt dich über alles Gemeine rasch
Am Äther hin, solange du dauern kannst. –
Wir sehn uns wieder, weit, gar weit von hier.

*Helenens Gewande lösen sich in Wolken auf, umgeben Faust, heben
ihn in die Höh? und ziehen mit ihm vorüber.*

PHORKYAS *nimmt Euphorions Kleid, Mantel und Lyra von der Erde, tritt ins Proszenium, hebt die Exuvien in die Höhe und spricht:*

> Noch immer glücklich aufgefunden!
> Die Flamme freilich ist verschwunden,
> Doch ist mir um die Welt nicht leid.
> Hier bleibt genug, Poeten einzuweihen,
> Zu stiften Gild- und Handwerksneid,
> Und kann ich die Talente nicht verleihen,
> Verborg ich wenigstens das Kleid.

Sie setzt sich im Proszenium an eine Säule nieder.

PANTHALIS. Nun eilig, Mädchen! Sind wir doch den Zauber los,
Der altthessalischen Vettel wüsten Geisteszwang,
So des Geklimpers vielverworrner Töne Rausch,
Das Ohr verwirrend, schlimmer noch den innern Sinn.
Hinab zum Hades! Eilte doch die Königin
Mit ernstem Gang hinunter. Ihrer Sohle sei
Unmittelbar getreuer Mägde Schritt gefügt!
Wir finden sie am Throne der Unerforschlichen.

> CHOR. Königinnen freilich, überall sind sie gern;
> Auch im Hades stehen sie obenan,
> Stolz zu ihresgleichen gesellt,
> Mit Persephonen innigst vertraut;
> Aber wir, im Hintergrunde
> Tiefer Asphodeloswiesen,
> Langgestreckten Pappeln,
> Unfruchtbaren Weiden zugesellt,
> Welchen Zeitvertreib haben wir?
> Fledermausgleich zu piepsen,
> Geflüster, unerfreulich, gespenstisch.

PANTHALIS. Wer keinen Namen sich erwarb noch Edles will,
Gehört den Elementen an: so fahret hin!
Mit meiner Königin zu sein, verlangt mich heiß;
Nicht nur Verdienst, auch Treue wahrt uns die Person. *Ab.*

> ALLE. Zurückgegeben sind wir dem Tageslicht,
> Zwar Personen nicht mehr,
> Das fühlen, das wissen wir,
> Aber zum Hades kehren wir nimmer!

Ewig lebendige Natur
Macht auf uns Geister,
Wir auf sie vollgültigen Anspruch.

EIN TEIL DES CHORS. Wir in dieser tausend Äste Flüsterzittern,
      Säuselschweben
Reizen tändlnd, locken leise wurzelauf des Lebens Quellen
Nach den Zweigen; bald mit Blättern, bald mit Blüten
      überschwenglich
Zieren wir die Flatterhaare frei zu luftigem Gedeihn.
Fällt die Frucht, sogleich versammeln lebenslustig Volk und
      Herden
Sich zum Greifen, sich zum Naschen, eilig kommend, emsig
      drängend,
Und wie vor den ersten Göttern bückt sich alles um uns her.

EIN ANDERER TEIL.
Wir, an dieser Felsenwände weithinleuchtend-glattem Spiegel
Schmiegen wir, in sanften Wellen uns bewegend,
      schmeichelnd an;
Horchen, lauschen jedem Laute, Vogelsängen, Röhrigflöten,
Sei es Pans furchtbarer Stimme: Antwort ist sogleich bereit.
Säuselts, säuseln wir erwidernd, donnerts, rollen unsre Donner
In erschütterndem Verdoppeln dreifach, zehnfach hintennach.

EIN DRITTER TEIL.
Schwestern, wir, bewegtern Sinnes, eilen mit den Bächen
      weiter;
Denn es reizen jener Ferne reichgeschmückte Hügelzüge.
Immer abwärts, immer tiefer wässern wir, mäandrisch wallend,
Jetzt die Wiese, dann die Matten, gleich den Garten um das
      Haus.
Dort bezeichnens der Zypressen schlanke Wipfel, über
      Landschaft,
Uferzug und Wellenspiegel nach dem Äther steigende.

EIN VIERTER TEIL.
Wallt ihr andern, wo's beliebet: wir umzingeln, wir
      umrauschen
Den durchaus bepflanzten Hügel, wo am Stab die Rebe grünt;
Dort zu aller Tage Stunden läßt die Leidenschaft des Winzers
Uns des liebevollsten Fleißes zweifelhaft Gelingen sehn.

Bald mit Hacke, bald mit Spaten, bald mit Häufeln, Schneiden,
                                                        Binden
Betet er zu allen Göttern, fördersamst zum Sonnengott.
Bacchus kümmert sich, der Weichling, wenig um den treuen
                                                        Diener,
Ruht in Lauben, lehnt in Höhlen, faselnd mit dem jüngsten
                                                        Faun.
Was zu seiner Träumereien halbem Rausch er je bedurfte,
Immer bleibt es ihm in Schläuchen, ihm in Krügen und
                                                        Gefäßen,
Rechts und links der kühlen Grüfte, ewige Zeiten aufbewahrt.
Haben aber alle Götter, hat nun Helios vor allen,
Lüftend, feuchtend, wärmend, glutend, Beerenfüllhorn
                                                        aufgehäuft,
Wo der stille Winzer wirkte, dort auf einmal wirds lebendig,
Und es rauscht in jedem Laube, raschelt um von Stock zu Stock.
Körbe knarren, Eimer klappern, Tragebutten ächzen hin,
Alles nach der großen Kufe zu der Keltrer kräftgem Tanz.
Und so wird die heilige Fülle reingeborner, saftiger Beeren
Frech zertreten: schäumend, sprühend mischt sichs, widerlich
                                                        zerquetscht.
Und nun gellt ins Ohr der Zimbeln mit der Becken Erzgetöne;
Denn es hat sich Dionysos aus Mysterien enthüllt,
Kommt hervor mit Ziegenfüßlern, schwenkend
                                                        Ziegenfüßlerinnen,
Und dazwischen schreit unbändig grell Silenus öhrig Tier.
Nichts geschont! Gespaltne Klauen treten alle Sitte nieder,
Alle Sinne wirbeln taumlig, gräßlich übertäubt das Ohr.
Nach der Schale tappen Trunkne, überfüllt sind Kopf und
                                                        Wänste;
Sorglich ist noch ein- und andrer, doch vermehrt er die
                                                        Tumulte:
Denn um neuen Most zu bergen, leert man rasch den alten
                                                        Schlauch!
            Der Vorhang fällt.

*Phorkyas, im Proszenium, richtet sich riesenhaft auf, tritt aber von
den Kothurnen herunter, lehnt Maske und Schleier zurück und zeigt
sich als Mephistopheles, um, insofern es nötig wäre, im Epilog das
Stück zu kommentieren.*

10015 – 10038

HOCHGEBIRG

starre, zackige Felsengipfel

*Eine Wolke zieht herbei, lehnt sich an, senkt sich auf eine
vorstehende Platte herab. Sie teilt sich.*

FAUST *tritt hervor.*

Der Einsamkeiten tiefste schauend unter meinem Fuß,
Betret ich wohlbedächtig dieser Gipfel Saum,
Entlassend meiner Wolke Tragewerk, die mich sanft
An klaren Tagen über Land und Meer geführt.
Sie löst sich langsam, nicht zerstiebend, von mir ab.
Nach Osten strebt die Masse mit geballtem Zug;
Ihr strebt das Auge staunend in Bewundrung nach.
Sie teilt sich wandelnd, wogenhaft, veränderlich;
Doch will sichs modeln. – Ja, das Auge trügt mich nicht!
Auf sonnbeglänzten Pfühlen herrlich hingestreckt,
Zwar riesenhaft, ein göttergleiches Fraungebild,
Ich sehs! Junonen ähnlich, Ledan, Helenen,
Wie majestätisch-lieblich mirs im Auge schwankt!
Ach! schon verrückt sichs! Formlos-breit und aufgetürmt
Ruht es in Osten, fernen Eisgebirgen gleich,
Und spiegelt blendend flüchtger Tage großen Sinn.

Doch mir umschwebt ein zarter, lichter Nebelstreif
Noch Brust und Stirn, erheiternd, kühl und schmeichelhaft.
Nun steigt es leicht und zaudernd hoch und höher auf,
Fügt sich zusammen. – Täuscht mich ein entzückend Bild
Als jugenderstes, längstentbehrtes höchstes Gut?
Des tiefsten Herzens frühste Schätze quellen auf:
Aurorens Liebe, leichten Schwung bezeichnets mir,
Den schnellempfundnen, ersten, kaum verstandnen Blick,
Der, festgehalten, überglänzte jeden Schatz.
Wie Seelenschönheit steigert sich die holde Form,
Löst sich nicht auf, erhebt sich in den Äther hin
Und zieht das Beste meines Innern mit sich fort.

*Ein Siebenmeilenstiefel tappt auf. Ein anderer folgt alsbald.
Mephistopheles steigt ab. Die Stiefel schreiten eilig weiter.*

MEPHISTOPHELES. Das heiß ich endlich vorgeschritten!
Nun aber sag: was fällt dir ein?
Steigst ab in solcher Greuel Mitten,
Im gräßlich gähnenden Gestein?
Ich kenn es wohl, doch nicht an dieser Stelle;
Denn eigentlich war das der Grund der Hölle.
FAUST. Es fehlt dir nie an närrischen Legenden;
Fängst wieder an, dergleichen auszuspenden!
MEPHISTOPHELES *ernsthaft*.
Als Gott der Herr – ich weiß auch wohl, warum –
Uns aus der Luft in tiefste Tiefen bannte,
Da, wo, zentralisch glühend, um und um,
Ein ewig Feuer flammend sich durchbrannte,
Wir fanden uns bei allzu großer Hellung
In sehr gedrängter, unbequemer Stellung.
Die Teufel fingen sämtlich an zu husten,
Von oben und von unten auszupusten;
Die Hölle schwoll von Schwefelstank und -säure:
Das gab ein Gas! das ging ins Ungeheure,
So daß gar bald der Länder flache Kruste,
So dick sie war, zerkrachend bersten mußte.
Nun haben wirs an einem andern Zipfel:
Was ehmals Grund war, ist nun Gipfel.
Sie gründen auch hierauf die rechten Lehren,
Das Unterste ins Oberste zu kehren.
Denn wir entrannen knechtisch-heißer Gruft
Ins Übermaß der Herrschaft freier Luft.
Ein offenbar Geheimnis, wohl verwahrt,
Und wird nur spät den Völkern offenbart. *(Ephes. 6, 12)*

FAUST. Gebirgesmasse bleibt mir edel-stumm;
Ich frage nicht: woher? und nicht: warum?
Als die Natur sich in sich selbst gegründet,
Da hat sie rein den Erdball abgeründet,
Der Gipfel sich, der Schluchten sich erfreut
Und Fels an Fels und Berg an Berg gereiht,
Die Hügel dann bequem hinabgebildet,
Mit sanftem Zug sie in das Tal gemildet.
Da grünts und wächsts, und um sich zu erfreuen,
Bedarf sie nicht der tollen Strudeleien.

MEPHIST. Das sprecht Ihr so! das scheint Euch sonnenklar;
Doch weiß es anders, der zugegen war.
Ich war dabei, als noch dadrunten siedend
Der Abgrund schwoll und strömend Flammen trug,
Als Molochs Hammer, Fels an Felsen schmiedend,
Gebirgestrümmer in die Ferne schlug.
Noch starrt das Land von fremden Zentnermassen:
Wer gibt Erklärung solcher Schleudermacht?
Der Philosoph, er weiß es nicht zu fassen:
Da liegt der Fels, man muß ihn liegen lassen,
Zuschanden haben wir uns schon gedacht.
Das treu-gemeine Volk allein begreift
Und läßt sich im Begriff nicht stören;
Ihm ist die Weisheit längst gereift:
Ein Wunder ists, der Satan kommt zu Ehren.
Mein Wandrer hinkt an seiner Glaubenskrücke
Zum Teufelsstein, zur Teufelsbrücke.
FAUST. Es ist doch auch bemerkenswert zu achten,
Zu sehn, wie Teufel die Natur betrachten.
MEPHISTOPHELES. Was geht michs an! Natur sei, wie sie sei,
's ist Ehrenpunkt: der Teufel war dabei!
Wir sind die Leute, Großes zu erreichen!
Tumult, Gewalt und Unsinn! sieh das Zeichen! –
Doch daß ich endlich ganz verständlich spreche:
Gefiel dir nichts an unsrer Oberfläche?
Du übersahst in ungemessnen Weiten
Die Reiche der Welt und ihre Herrlichkeiten; *(Matth. 4)*
Doch, ungenügsam, wie du bist,
Empfandest du wohl kein Gelüst?
FAUST. Und doch! Ein Großes zog mich an.
Errate!
MEPHISTOPHELES. Das ist bald getan.
Ich suchte mir so eine Hauptstadt aus,
Im Kerne Bürgernahrungsgraus,
Krumm-enge Gäßchen, spitze Giebeln,
Beschränkten Markt, Kohl, Rüben, Zwiebeln,
Fleischbänke, wo die Schmeißen hausen,
Die fetten Braten anzuschmausen:
Da findest du zu jeder Zeit
Gewiß Gestank und Tätigkeit.

Dann weite Plätze, breite Straßen,
Vornehmen Schein sich anzumaßen,
Und endlich, wo kein Tor beschränkt,
Vorstädte, grenzenlos verlängt.
Da freut ich mich an Rollekutschen,
Am lärmigen Hin- und Widerrutschen,
Am ewigen Hin- und Widerlaufen
Zerstreuter Ameiswimmelhaufen,
Und wenn ich führe, wenn ich ritte,
Erschien ich immer ihre Mitte,
Von Hunderttausenden verehrt.

FAUST. Das kann mich nicht zufrieden stellen!
Man freut sich, daß das Volk sich mehrt,
Nach seiner Art behäglich nährt,
Sogar sich bildet, sich belehrt,
Und man erzieht sich nur Rebellen.

MEPHIST. Dann baut ich, grandios, mir selbst bewußt,
Am lustigen Ort ein Schloß zur Lust.
Wald, Hügel, Flächen, Wiesen, Feld
Zum Garten prächtig umbestellt:
Vor grünen Wänden Sammetmatten,
Schnurwege, kunstgerechte Schatten,
Kaskadensturz, durch Fels zu Fels gepaart,
Und Wasserstrahlen aller Art:
Ehrwürdig steigt es dort; doch an den Seiten,
Da zischts und pißts in tausend Kleinigkeiten.
Dann aber ließ ich allerschönsten Frauen
Vertraut-bequeme Häuslein bauen,
Verbrächte da grenzenlose Zeit
In allerliebst-geselliger Einsamkeit.
Ich sage: Fraun! denn ein für allemal
Denk ich die Schönen im Plural.

FAUST. Schlecht und modern! Sardanapal!

MEPHISTOPHELES. Errät man wohl, wornach du strebtest?
Es war gewiß erhaben-kühn!
Der du dem Mond um so viel näher schwebtest,
Dich zog wohl deine Sucht dahin?

FAUST. Mitnichten! Dieser Erdenkreis
Gewährt noch Raum zu großen Taten.

Erstaunenswürdiges soll geraten!
Ich fühle Kraft zu kühnem Fleiß.

MEPHISTOPHELES. Und also willst du Ruhm verdienen?
Man merkts: du kommst von Heroinen!

FAUST. Herrschaft gewinn ich, Eigentum!
Die Tat ist alles, nichts der Ruhm.

MEPHISTOPHELES. Doch werden sich Poeten finden,
Der Nachwelt deinen Glanz zu künden,
Durch Torheit Torheit zu entzünden.

FAUST. Von allem ist dir nichts gewährt.
Was weißt du, was der Mensch begehrt!
Dein widrig Wesen, bitter, scharf,
Was weiß es, was der Mensch bedarf.

MEPHISTOPHELES. Geschehe denn nach deinem Willen!
Vertraue mir den Umfang deiner Grillen!

FAUST. Mein Auge war aufs hohe Meer gezogen:
Es schwoll empor, sich in sich selbst zu türmen,
Dann ließ es nach und schüttete die Wogen,
Des flachen Ufers Breite zu bestürmen.
Und das verdroß mich, wie der Übermut
Den freien Geist, der alle Rechte schätzt,
Durch leidenschaftlich aufgeregtes Blut
Ins Mißbehagen des Gefühls versetzt.
Ich hielts für Zufall, schärfte meinen Blick:
Die Woge stand und rollte dann zurück,
Entfernte sich vom stolz erreichten Ziel;
Die Stunde kommt, sie wiederholt das Spiel.

MEPHISTOPHELES *ad spectatores.*
Da ist für mich nichts Neues zu erfahren;
Das kenn ich schon seit hunderttausend Jahren.

FAUST *leidenschaftlich fortfahrend.*
Sie schleicht heran, an abertausend Enden,
Unfruchtbar selbst, Unfruchtbarkeit zu spenden;
Nun schwillts und wächst und rollt und überzieht
Der wüsten Strecke widerlich Gebiet.
Da herrschet Well auf Welle kraftbegeistet,
Zieht sich zurück, und es ist nichts geleistet!
Was zur Verzweiflung mich beängstigen könnte:
Zwecklose Kraft unbändiger Elemente!

Da wagt mein Geist, sich selbst zu überfliegen:
Hier möcht ich kämpfen, dies möcht ich besiegen!

Und es ist möglich! Flutend, wie sie sei,
An jedem Hügel schmiegt sie sich vorbei;
Sie mag sich noch so übermütig regen,
Geringe Höhe ragt ihr stolz entgegen,
Geringe Tiefe zieht sie mächtig an.
Da faßt ich schnell im Geiste Plan auf Plan:
Erlange dir das köstliche Genießen,
Das herrische Meer vom Ufer auszuschließen,
Der feuchten Breite Grenzen zu verengen
Und weit hinein sie in sich selbst zu drängen!
Schon Schritt für Schritt wußt ich mirs zu erörtern;
Das ist mein Wunsch: den wage zu befördern!

Trommeln und kriegerische Musik im Rücken der Zuschauer, aus der Ferne, von der rechten Seite her.

MEPHIST. Wie leicht ist das! – Hörst du die Trommeln fern?
FAUST. Schon wieder Krieg! Der Kluge hörts nicht gern.
MEPHISTOPHELES. Krieg oder Frieden: klug ist das Bemühen,
Zu seinem Vorteil etwas auszuziehen.
Man paßt, man merkt auf jedes günstige Nu.
Gelegenheit ist da: nun, Fauste, greife zu!
FAUST. Mit solchem Rätselkram verschone mich!
Und kurz und gut: was solls? Erkläre dich!
MEPHIST. Auf meinem Zuge blieb mir nicht verborgen:
Der gute Kaiser schwebt in großen Sorgen;
Du kennst ihn ja! Als wir ihn unterhielten,
Ihm falschen Reichtum in die Hände spielten,
Da war die ganze Welt ihm feil.
Denn jung ward ihm der Thron zuteil,
Und ihm beliebt es, falsch zu schließen:
Es könne wohl zusammengehn
Und sei recht wünschenswert und schön,
Regieren und zugleich genießen!
FAUST. Ein großer Irrtum! Wer befehlen soll,
Muß im Befehlen Seligkeit empfinden;
Ihm ist die Brust von hohem Willen voll,
Doch was er will, es darfs kein Mensch ergründen.

Was er den Treusten in das Ohr geraunt,
Es ist getan, und alle Welt erstaunt.
So wird er stets der Allerhöchste sein,
Der Würdigste! – Genießen macht gemein.
MEPHISTOPHELES. So ist er nicht! Er selbst genoß, und wie!
Indes zerfiel das Reich in Anarchie,
Wo groß und klein sich kreuz und quer befehdeten
Und Brüder sich vertrieben, töteten,
Burg gegen Burg, Stadt gegen Stadt,
Zunft gegen Adel Fehde hatt,
Der Bischof mit Kapitel und Gemeinde:
Was sich nur ansah, waren Feinde.
In Kirchen Mord und Totschlag, vor den Toren
Ist jeder Kauf- und Wandersmann verloren.
Und allen wuchs die Kühnheit nicht gering;
Denn leben hieß: sich wehren! – Nun, das ging.
FAUST. Es ging – es hinkte, fiel, stand wieder auf!
Dann überschlug sichs, rollte plump zuhauf.
MEPHIST. Und solchen Zustand durfte niemand schelten:
Ein jeder konnte, jeder wollte gelten.
Der Kleinste selbst, er galt für voll.
Doch wars zuletzt den Besten allzu toll.
Die Tüchtigen, sie standen auf mit Kraft
Und sagten: »Herr ist, der uns Ruhe schafft.
Der Kaiser kanns nicht, wills nicht – laßt uns wählen,
Den neuen Kaiser neu das Reich beseelen,
Indem er jeden sicherstellt,
In einer frischgeschaffnen Welt
Fried und Gerechtigkeit vermählen!«
FAUST. Das klingt sehr pfäffisch.
MEPHISTOPHELES.   Pfaffen warens auch!
Sie sicherten den wohlgenährten Bauch;
Sie waren mehr als andere beteiligt.
Der Aufruhr schwoll, der Aufruhr ward geheiligt,
Und unser Kaiser, den wir froh gemacht,
Zieht sich hieher, vielleicht zur letzten Schlacht.
FAUST. Er jammert mich; er war so gut und offen.
MEPHIST. Komm, sehn wir zu! der Lebende soll hoffen.
Befrein wir ihn aus diesem engen Tale!
Einmal gerettet, ist für tausend Male.

Wer weiß, wie noch die Würfel fallen!
Und hat er Glück, so hat er auch Vasallen.

*Sie steigen über das Mittelgebirg herüber und beschauen die Anordnung
des Heeres im Tal. Trommeln und Kriegsmusik schallt von unten auf.*

MEPHISTOPHELES. Die Stellung, seh ich, gut ist sie genommen;
Wir treten zu, dann ist der Sieg vollkommen.
FAUST. Was kann da zu erwarten sein?
Trug! Zauberblendwerk! hohler Schein!
MEPHISTOPHELES. Kriegslist, um Schlachten zu gewinnen!
Befestige dich bei großen Sinnen,
Indem du deinen Zweck bedenkst!
Erhalten wir dem Kaiser Thron und Lande,
So kniest du nieder und empfängst
Die Lehn von grenzenlosem Strande.
FAUST. Schon manches hast du durchgemacht;
Nun, so gewinn auch eine Schlacht!
MEPHISTOPHELES. Nein, du gewinnst sie! Diesesmal
Bist du der Obergeneral.
FAUST. Das wäre mir die rechte Höhe,
Da zu befehlen, wo ich nichts verstehe!
MEPHISTOPHELES. Laß du den Generalstab sorgen,
Und der Feldmarschall ist geborgen.
Kriegsunrat hab ich längst verspürt,
Den Kriegsrat gleich voraus formiert
Aus Urgebirgs Urmenschenkraft;
Wohl dem, der sie zusammenrafft!
FAUST. Was seh ich dort, was Waffen trägt?
Hast du das Bergvolk aufgeregt?
MEPHISTOPHELES. Nein! aber gleich Herrn Peter Squenz
Vom ganzen Praß die Quintessenz.

Die Drei Gewaltigen treten auf (Sam. II, 23, 8)

MEPHISTOPHELES. Da kommen meine Bursche ja!
Du siehst: von sehr verschiedenen Jahren,
Verschiednem Kleid und Rüstung sind sie da;
Du wirst nicht schlecht mit ihnen fahren. *Ad spectatores.*
Es liebt sich jetzt ein jedes Kind
Den Harnisch und den Ritterkragen,
Und allegorisch, wie die Lumpe sind,
Sie werden nur um desto mehr behagen.

RAUFEBOLD *jung, leicht bewaffnet, bunt gekleidet.*
Wenn einer mir ins Auge sieht,
Werd ich ihm mit der Faust gleich in die Fresse fahren,
Und eine Memme, wenn sie flieht,
Faß ich bei ihren letzten Haaren.
HABEBALD *männlich, wohl bewaffnet, reich gekleidet.*
So leere Händel, das sind Possen,
Damit verdirbt man seinen Tag;
Im Nehmen sei nur unverdrossen,
Nach allem andern frag hernach!
HALTEFEST *bejahrt, stark bewaffnet, ohne Gewand.*
Damit ist auch nicht viel gewonnen!
Bald ist ein großes Gut zerronnen,
Es rauscht im Lebensstrom hinab.
Zwar Nehmen ist recht gut, doch besser ists: Behalten!
Laß du den grauen Kerl nur walten,
Und niemand nimmt dir etwas ab!

Sie steigen allzusammen tiefer.

AUF DEM VORGEBIRG

Trommeln und kriegerische Musik von unten
Des Kaisers Zelt wird aufgeschlagen
Kaiser · Obergeneral · Trabanten

OBERGENERAL. Noch immer scheint der Vorsatz wohlerwogen,
Daß wir in dies gelegene Tal
Das ganze Heer gedrängt zurückgezogen;
Ich hoffe fest: uns glückt die Wahl.
KAISER. Wie es nun geht, es muß sich zeigen;
Doch mich verdrießt die halbe Flucht, das Weichen.
OBERGENERAL.
Schau hier, mein Fürst, auf unsre rechte Flanke!
Solch ein Terrain wünscht sich der Kriegsgedanke:
Nicht steil die Hügel, doch nicht allzu gänglich,
Den Unsern vorteilhaft, dem Feind verfänglich,
Wir, halb versteckt, auf wellenförmigem Plan;
Die Reiterei, sie wagt sich nicht heran.
KAISER. Mir bleibt nichts übrig als zu loben;
Hier kann sich Arm und Brust erproben.

OBERGENERAL. Hier, auf der Mittelwiese flachen Räumlich-
Siehst du den Phalanx, wohlgemut zu streiten.   [keiten,
Die Piken blinken flimmernd in der Luft,
Im Sonnenglanz, durch Morgennebelduft.
Wie dunkel wogt das mächtige Quadrat!
Zu Tausenden glühts hier auf große Tat.
Du kannst daran der Masse Kraft erkennen;
Ich trau ihr zu, der Feinde Kraft zu trennen.
KAISER. Den schönen Blick hab ich zum erstenmal.
Ein solches Heer gilt für die Doppelzahl.
OBERGENERAL. Von unsrer Linken hab ich nichts zu melden:
Den starren Fels besetzen wackere Helden;
Das Steingeklipp, das jetzt von Waffen blitzt,
Den wichtigen Paß der engen Klause schützt.
Ich ahne schon: hier scheitern Feindeskräfte
Unvorgesehn im blutigen Geschäfte.
KAISER. Dort ziehn sie her, die falschen Anverwandten,
Wie sie mich Oheim, Vetter, Bruder nannten,
Sich immer mehr und wieder mehr erlaubten,
Dem Zepter Kraft, dem Thron Verehrung raubten,
Dann, unter sich entzweit, das Reich verheerten
Und nun, gesamt, sich gegen mich empörten!
Die Menge schwankt im ungewissen Geist;
Dann strömt sie nach, wohin der Strom sie reißt.
OBERGENERAL.
Ein treuer Mann, auf Kundschaft ausgeschickt,
Kommt eilig felsenab; seis ihm geglückt!

ERSTER KUNDSCHAFTER. Glücklich ist sie uns gelungen,
          Listig, mutig, unsre Kunst,
          Daß wir hin- und hergedrungen;
          Doch wir bringen wenig Gunst.
          Viele schwören reine Huldigung
          Dir, wie manche treue Schar;
          Doch Untätigkeitsentschuldigung:
          Innere Gärung, Volksgefahr.

KAISER. Sich selbst erhalten bleibt der Selbstsucht Lehre,
Nicht Dankbarkeit und Neigung, Pflicht und Ehre.
Bedenkt ihr nicht, wenn eure Rechnung voll,
Daß Nachbars Hausbrand euch verzehren soll?

OBERGENERAL. Der zweite kommt; nur langsam steigt er nieder:
Dem müden Manne zittern alle Glieder.

ZWEITER KUNDSCHAFTER. Erst gewahrten wir vergnüglich
  Wilden Wesens irren Lauf;
  Unerwartet, unverzüglich
  Trat ein neuer Kaiser auf,
  Und auf vorgeschriebenen Bahnen
  Zieht die Menge durch die Flur;
  Den entrollten Lügenfahnen
  Folgen alle! – Schafsnatur!

KAISER. Ein Gegenkaiser kommt mir zum Gewinn:
Nun fühl ich erst, daß Ich der Kaiser bin!
Nur als Soldat legt ich den Harnisch an,
Zu höherem Zweck ist er nun umgetan.
Bei jedem Fest, wenns noch so glänzend war,
Nichts ward vermißt: mir fehlte die Gefahr!
Wie ihr auch seid, zum Ringspiel rietet ihr,
Mit schlug das Herz, ich atmete Turnier,
Und hättet ihr mir nicht vom Kriegen abgeraten,
Jetzt glänzt ich schon in lichten Heldentaten.
Selbständig fühlt ich meine Brust besiegelt,
Als ich mich dort im Feuerreich bespiegelt:
Das Element drang gräßlich auf mich los;
Es war nur Schein, allein der Schein war groß.
Von Sieg und Ruhm hab ich verwirrt geträumt;
Ich bringe nach, was frevelhaft versäumt.

Die Herolde werden abgefertigt zu Herausforderung des Gegenkaisers.
Faust, geharnischt, mit halbgeschloßnem Helme. Die drei Gewaltigen,
gerüstet und gekleidet wie oben.

FAUST. Wir treten auf und hoffen: ungescholten;
Auch ohne Not hat Vorsicht wohl gegolten.
Du weißt: das Bergvolk denkt und simuliert.
Ist in Natur- und Felsenschrift studiert.
Die Geister, längst dem flachen Land entzogen,
Sind mehr als sonst dem Felsgebirg gewogen.
Sie wirken still durch labyrinthische Klüfte
Im edlen Gas metallisch-reicher Düfte;

In stetem Sondern, Prüfen und Verbinden
Ihr einziger Trieb ist, Neues zu erfinden.
Mit leisem Finger geistiger Gewalten
Erbauen sie durchsichtige Gestalten;
Dann im Kristall und seiner ewigen Schweignis
Erblicken sie der Oberwelt Ereignis.
KAISER. Vernommen hab ichs, und ich glaube dir;
Doch, wackrer Mann, sag an: was soll das hier?
FAUST. Der Nekromant von Norcia, der Sabiner,
Ist dein getreuer, ehrenhafter Diener.
Welch greulich Schicksal droht ihm ungeheuer:
Das Reisig prasselte, schon züngelte das Feuer;
Die trocknen Scheite ringsumher verschränkt,
Mit Pech und Schwefelruten untermengt;
Nicht Mensch noch Gott noch Teufel konnte retten –
Die Majestät zersprengte glühende Ketten!
Dort wars in Rom. Er bleibt dir hoch verpflichtet,
Auf deinen Gang in Sorge stets gerichtet.
Von jener Stund an ganz vergaß er sich,
Er fragt den Stern, die Tiefe nur für dich.
Er trug uns auf als eiligstes Geschäfte,
Bei dir zu stehn. Groß sind des Berges Kräfte;
Da wirkt Natur so übermächtig frei,
Der Pfaffen Stumpfsinn schilt es Zauberei.
KAISER. Am Freudentag, wenn wir die Gäste grüßen,
Die heiter kommen, heiter zu genießen,
Da freut uns jeder, wie er schiebt und drängt
Und, Mann für Mann, der Säle Raum verengt.
Doch höchst willkommen muß der Biedre sein,
Tritt er als Beistand kräftig zu uns ein
Zur Sorgenstunde, die bedenklich waltet,
Weil über ihr des Schicksals Wage schaltet.
Doch lenket hier, im hohen Augenblick,
Die starke Hand vom willigen Schwert zurück!
Ehrt den Moment, wo manche Tausend schreiten,
Für oder wider mich zu streiten!
Selbst ist der Mann! Wer Thron und Kron begehrt,
Persönlich sei er solcher Ehren wert!
Sei das Gespenst, das, gegen uns erstanden,
Sich Kaiser nennt und Herr von unsern Landen,

Des Heeres Herzog, Lehnsherr unsrer Großen,
Mit eigner Faust ins Totenreich gestoßen!
FAUST. Wie es auch sei, das Große zu vollenden,
Du tust nicht wohl, dein Haupt so zu verpfänden.
Ist nicht der Helm mit Kamm und Busch geschmückt?
Er schützt das Haupt, das unsern Mut entzückt.
Was, ohne Haupt, was förderten die Glieder?
Denn schläfert jenes, alle sinken nieder;
Wird es verletzt, gleich alle sind verwundet,
Erstehen frisch, wenn jenes rasch gesundet.
Schnell weiß der Arm sein starkes Recht zu nützen,
Er hebt den Schild, den Schädel zu beschützen;
Das Schwert gewahret seiner Pflicht sogleich,
Lenkt kräftig ab und wiederholt den Streich;
Der tüchtige Fuß nimmt teil an ihrem Glück,
Setzt dem Erschlagnen frisch sich ins Genick.
KAISER. Das ist mein Zorn, so möcht ich ihn behandeln,
Das stolze Haupt in Schemeltritt verwandeln!

HEROLDE *kommen zurück.*

Wenig Ehre, wenig Geltung
Haben wir daselbst genossen;
Unsrer kräftig-edlen Meldung
Lachten sie als schaler Possen:
»Euer Kaiser ist verschollen,
Echo dort im engen Tal!
Wenn wir sein gedenken sollen,
Märchen sagt: Es war einmal.«

FAUST. Dem Wunsch gemäß der Besten ists geschehn,
Die, fest und treu, an deiner Seite stehn.
Dort naht der Feind, die Deinen harren brünstig:
Befiehl den Angriff! Der Moment ist günstig.
KAISER. Auf das Kommando leist ich hier Verzicht.
Zum Obergeneral. In deinen Händen, Fürst, sei deine Pflicht!
OBERGENERAL. So trete denn der rechte Flügel an!
Des Feindes Linke, eben jetzt im Steigen,
Soll, eh sie noch den letzten Schritt getan,
Der Jugendkraft geprüfter Treue weichen.

FAUST. Erlaube denn, daß dieser muntre Held
Sich ungesäumt in deine Reihen stellt,
Sich deinen Reihen innigst einverleibt
Und, so gesellt, sein kräftig Wesen treibt!

Er deutet zur Rechten.

RAUFEBOLD *tritt vor.*
Wer das Gesicht mir zeigt, der kehrts nicht ab
Als mit zerschlagnen Unter- und Oberbacken;
Wer mir den Rücken kehrt, gleich liegt ihm schlapp
Hals, Kopf und Schopf hinschlotternd graß im Nacken.
Und schlagen deine Männer dann
Mit Schwert und Kolben, wie ich wüte,
So stürzt der Feind, Mann über Mann,
Ersäuft im eigenen Geblüte. *Ab.*

OBERGENERAL. Der Phalanx unsrer Mitte folge sacht,
Dem Feind begegn er, klug mit aller Macht,
Ein wenig rechts! dort hat bereits, erbittert,
Der Unseren Streitkraft ihren Plan erschüttert.

FAUST *auf den Mittelsten deutend.*
So folge denn auch dieser deinem Wort!
Er ist behend, reißt alles mit sich fort.

HABEBALD *tritt vor.*
Dem Heldenmut der Kaiserscharen
Soll sich der Durst nach Beute paaren,
Und allen sei das Ziel gestellt:
Des Gegenkaisers reiches Zelt!
Er prahlt nicht lang auf seinem Sitze;
Ich ordne mich dem Phalanx an die Spitze.

EILEBEUTE, *Marketenderin sich an ihn anschmiegend.*
Bin ich auch ihm nicht angeweibt,
Er mir der liebste Buhle bleibt.
Für uns ist solch ein Herbst gereift!
Die Frau ist grimmig, wenn sie greift,
Ist ohne Schonung, wenn sie raubt;
Im Sieg voran! und alles ist erlaubt. *Beide ab.*

OBERGENERAL. Auf unsre Linke, wie vorauszusehn,
Stürzt ihre Rechte kräftig. Widerstehn
Wird Mann für Mann dem wütenden Beginnen,
Den engen Paß des Felswegs zu gewinnen.

FAUST *winkt nach der Linken.*
So bitte, Herr, auch diesen zu bemerken:
Es schadet nichts, wenn Starke sich verstärken.
HALTEFEST *tritt vor.*
Dem linken Flügel keine Sorgen!
Da, wo ich bin, ist der Besitz geborgen;
In ihm bewähret sich der Alte:
Kein Strahlblitz spaltet, was ich halte. *Ab.*
MEPHISTOPHELES *von oben herunterkommend.*
Nun schauet, wie im Hintergrunde
Aus jedem zackigen Felsenschlunde
Bewaffnete hervor sich drängen,
Die schmalen Pfade zu verengen,
Mit Helm und Harnisch, Schwertern, Schilden
In unserm Rücken eine Mauer bilden,
Den Wink erwartend, zuzuschlagen!
Leise zu den Wissenden.
Woher das kommt, müßt ihr nicht fragen!
Ich habe freilich nicht gesäumt,
Die Waffensäle ringsum ausgeräumt:
Da standen sie zu Fuß, zu Pferde,
Als wären sie noch Herrn der Erde;
Sonst warens Ritter, König, Kaiser,
Jetzt sind es nichts als leere Schneckenhäuser;
Gar manch Gespenst hat sich darein geputzt,
Das Mittelalter lebhaft aufgestutzt.
Welch Teufelchen auch drinne steckt,
Für diesmal macht es doch Effekt. *Laut.*
Hört, wie sie sich voraus erbosen,
Blechklappernd aneinander stoßen!
Auch flattern Fahnenfetzen bei Standarten,
Die frischer Lüftchen ungeduldig harrten.
Bedenkt: hier ist ein altes Volk bereit
Und mischte gern sich auch zum neuen Streit.

*Furchtbarer Posaunenschall von oben, im feindlichen Heere merkliche
Schwankung.*

FAUST. Der Horizont hat sich verdunkelt,
Nur hie und da bedeutend funkelt
Ein roter, ahnungsvoller Schein;

Schon blutig blinken die Gewehre,
Der Fels, der Wald, die Atmosphäre,
Der ganze Himmel mischt sich ein.

MEPHISTOPHELES. Die rechte Flanke hält sich kräftig;
Doch seh ich ragend unter diesen
Hans Raufbold, den behenden Riesen,
Auf seine Weise rasch-geschäftig.

KAISER. Erst sah ich Einen Arm erhoben,
Jetzt seh ich schon ein Dutzend toben;
Naturgemäß geschieht es nicht.

FAUST. Vernahmst du nichts von Nebelstreifen,
Die auf Siziliens Küsten schweifen?
Dort, schwankend-klar, im Tageslicht,
Erhoben zu den Mittellüften,
Gespiegelt in besondern Düften,
Erscheint ein seltsames Gesicht:
Da schwanken Städte hin und wieder,
Da steigen Gärten auf und nieder,
Wie Bild um Bild den Äther bricht.

KAISER. Doch wie bedenklich! Alle Spitzen
Der hohen Speere seh ich blitzen,
Auf unsers Phalanx blanken Lanzen
Seh ich behende Flämmchen tanzen:
Das scheint mir gar zu geisterhaft.

FAUST. Verzeih, o Herr, das sind die Spuren
Verschollner geistiger Naturen,
Ein Widerschein der Dioskuren,
Bei denen alle Schiffer schwuren:
Sie sammeln hier die letzte Kraft.

KAISER. Doch sage: wem sind wir verpflichtet,
Daß die Natur, auf uns gerichtet,
Das Seltenste zusammenrafft?

MEPHISTOPHELES. Wem als dem Meister, jenem hohen,
Der dein Geschick im Busen trägt?
Durch deiner Feinde starkes Drohen
Ist er im Tiefsten aufgeregt.
Sein Dank will dich gerettet sehen,
Und sollt er selbst daran vergehen.

KAISER. Sie jubelten, mich pomphaft umzuführen;
Ich war nun was, das wollt ich auch probieren

Und fands gelegen, ohne viel zu denken,
Dem weißen Barte kühle Luft zu schenken.
Dem Klerus hab ich eine Lust verdorben
Und ihre Gunst mir freilich nicht erworben.
Nun sollt ich seit so manchen Jahren
Die Wirkung frohen Tuns erfahren?

FAUST. Freiherzige Wohltat wuchert reich.
Laß deinen Blick sich aufwärtswenden!
Mich deucht, Er will ein Zeichen senden –
Gib acht: es deutet sich sogleich!

KAISER. Ein Adler schwebt im Himmelhohen,
Ein Greif ihm nach mit wildem Drohen.

FAUST. Gib acht: gar günstig scheint es mir!
Greif ist ein fabelhaftes Tier;
Wie kann er sich so weit vergessen,
Mit echtem Adler sich zu messen!

KAISER. Nunmehr, in weitgedehnten Kreisen,
Umziehn sie sich – in gleichem Nu
Sie fahren aufeinander zu,
Sich Brust und Hälse zu zerreißen.

FAUST. Nun merke, wie der leidige Greif,
Zerzerrt, zerzaust, nur Schaden findet
Und mit gesenktem Löwenschweif,
Zum Gipfelwald gestürzt, verschwindet.

KAISER. Seis, wie gedeutet, so getan!
Ich nehm es mit Verwunderung an.

MEPHISTOPHELES *gegen die Rechte.*
Dringend wiederholten Streichen
Müssen unsre Feinde weichen,
Und mit ungewissem Fechten
Drängen sie nach ihrer Rechten
Und verwirren so im Streite
Ihrer Hauptmacht linke Seite.
Unsers Phalanx feste Spitze
Zieht sich rechts, und gleich dem Blitze
Fährt sie in die schwache Stelle. –
Nun, wie sturmerregte Welle
Sprühend, wüten gleiche Mächte
Wild in doppeltem Gefechte:

Herrlichers ist nichts ersonnen,
Uns ist diese Schlacht gewonnen!

KAISER *an der linken Seite zu Faust.*
Schau! Mir scheint es dort bedenklich:
Unser Posten steht verfänglich.
Keine Steine seh ich fliegen,
Niedre Felsen sind erstiegen,
Obre stehen schon verlassen.
Jetzt! – Der Feind, zu ganzen Massen
Immer näher angedrungen,
Hat vielleicht den Paß errungen:
Schlußerfolg unheiligen Strebens!
Eure Künste sind vergebens! *Pause.*

MEPHISTOPHELES. Da kommen meine beiden Raben:
Was mögen die für Botschaft haben?
Ich fürchte gar: es geht uns schlecht!

KAISER. Was sollen diese leidigen Vögel?
Sie richten ihre schwarzen Segel
Hierher vom heißen Felsgefecht.

MEPHISTOPHELES *zu den Raben.*
Setzt euch ganz nah zu meinen Ohren!
Wen ihr beschützt, ist nicht verloren;
Denn euer Rat ist folgerecht.

FAUST *zum Kaiser.*
Von Tauben hast du ja vernommen,
Die aus den fernsten Landen kommen
Zu ihres Nestes Brut und Kost.
Hier ists mit wichtigen Unterschieden:
Die Taubenpost bedient den Frieden,
Der Krieg befiehlt die Rabenpost.

MEPHISTOPHELES. Es meldet sich ein schwer Verhängnis:
Seht hin! gewahret die Bedrängnis
Um unsrer Helden Felsenrand!
Die nächsten Höhen sind erstiegen,
Und würden sie den Paß besiegen,
Wir hätten einen schweren Stand.

KAISER. So bin ich endlich doch betrogen!
Ihr habt mich in das Netz gezogen;
Mir graut, seitdem es mich umstrickt.

MEPHISTOPHELES. Nur Mut! Noch ist es nicht mißglückt.
Geduld und Pfiff zum letzten Knoten!
Gewöhnlich gehts am Ende scharf.
Ich habe meine sichern Boten;
Befehlt, daß ich befehlen darf!
OBERGENERAL, *der indessen herangekommen.*
Mit diesen hast du dich vereinigt,
Mich hats die ganze Zeit gepeinigt;
Das Gaukeln schafft kein festes Glück.
Ich weiß nichts an der Schlacht zu wenden;
Begannen sies, sie mögens enden:
Ich gebe meinen Stab zurück.
KAISER. Behalt ihn bis zu bessern Stunden,
Die uns vielleicht das Glück verleiht!
Mir schaudert vor dem garstigen Kunden
Und seiner Rabentraulichkeit.
Zu Mephistopheles.
Den Stab kann ich dir nicht verleihen,
Du scheinst mir nicht der rechte Mann.
Befiehl und such uns zu befreien!
Geschehe, was geschehen kann!
Ab ins Zelt mit dem Obergeneral.
MEPHISTOPHELES. Mag ihn der stumpfe Stab beschützen!
Uns andern könnt er wenig nützen:
Es war so was vom Kreuz daran.
FAUST. Was ist zu tun?
MEPHISTOPHELES.   Es ist getan! —
Nun, schwarze Vettern, rasch im Dienen,
Zum großen Bergsee! grüßt mir die Undinen
Und bittet sie um ihrer Fluten Schein!
Durch Weiberkünste, schwer zu kennen,
Verstehen sie, vom Sein den Schein zu trennen,
Und jeder schwört, das sei das Sein. *Pause.*
FAUST. Den Wasserfräulein müssen unsre Raben
Recht aus dem Grund geschmeichelt haben:
Dort fängt es schon zu rieseln an.
An mancher trocknen, kahlen Felsenstelle
Entwickelt sich die volle, rasche Quelle:
Um jener Sieg ist es getan!

MEPHISTOPHELES. Das ist ein wunderbarer Gruß!
Die kühnsten Kletterer sind konfus.
FAUST. Schon rauscht Ein Bach zu Bächen mächtig nieder,
Aus Schluchten kehren sie gedoppelt wieder,
Ein Strom nun wirft den Bogenstrahl;
Auf einmal legt er sich in flache Felsenbreite
Und rauscht und schäumt nach der und jener Seite,
Und stufenweise wirft er sich ins Tal.
Was hilft ein tapfres, heldenmäßiges Stemmen?
Die mächtige Woge strömt, sie wegzuschwemmen.
Mir schaudert selbst vor solchem wilden Schwall.
MEPHISTOPHELES. Ich sehe nichts von diesen Wasserlügen;
Nur Menschenaugen lassen sich betrügen,
Und mich ergötzt der wunderliche Fall.
Sie stürzen fort zu ganzen hellen Haufen:
Die Narren wähnen zu ersaufen,
Indem sie frei auf festem Lande schnaufen
Und lächerlich mit Schwimmgebärden laufen!
Nun ist Verwirrung überall.
Die Raben sind wiedergekommen.
Ich werd euch bei dem hohen Meister loben;
Wollt ihr euch nun als Meister selbst erproben,
So eilet zu der glühenden Schmiede,
Wo das Gezwergvolk, nimmer müde,
Metall und Stein zu Funken schlägt!
Verlangt, weitläufig sie beschwatzend,
Ein Feuer, leuchtend, blinkend, platzend,
Wie mans im hohen Sinne hegt!
Zwar Wetterleuchten in der weiten Ferne,
Blickschnelles Fallen allerhöchster Sterne
Mag jede Sommernacht geschehn;
Doch Wetterleuchten in verworrnen Büschen
Und Sterne, die am feuchten Boden zischen,
Das hat man nicht so leicht gesehn.
So müßt ihr, ohn euch viel zu quälen,
Zuvörderst bitten, dann befehlen.
Raben ab. Es geschieht wie vorgeschrieben.
MEPHISTOPHELES. Den Feinden dichte Finsternisse!
Und Tritt und Schritt ins Ungewisse!
Irrfunkenblick an allen Enden,

Ein Leuchten, plötzlich zu verblenden!
Das alles wäre wunderschön;
Nun aber brauchts noch Schreckgetön.

FAUST. Die hohlen Waffen aus der Säle Grüften
Empfinden sich erstarkt in freien Lüften;
Dadroben klapperts, rasselts lange schon:
Ein wunderbarer falscher Ton.

MEPHISTOPHELES. Ganz recht! Sie sind nicht mehr zu zügeln:
Schon schallts von ritterlichen Prügeln
Wie in der holden alten Zeit!
Armschienen wie der Beine Schienen,
Als Guelfen und als Ghibellinen,
Erneuern rasch den ewigen Streit.
Fest, im ererbten Sinne wöhnlich,
Erweisen sie sich unversöhnlich;
Schon klingt das Tosen weit und breit.
Zuletzt, bei allen Teufelsfesten,
Wirkt der Parteihaß doch zum besten,
Bis in den allerletzten Graus,
Schallt wider-widerwärtig panisch,
Mitunter grell und scharf satanisch,
Erschreckend in das Tal hinaus.

*Kriegstumult im Orchester, zuletzt übergehend in militärisch-heitre
Weisen.*

DES GEGENKAISERS ZELT

Thron, reiche Umgebung

Habebald. Eilebeute

EILEBEUTE. So sind wir doch die ersten hier!
HABEBALD. Kein Rabe fliegt so schnell als wir.
EILEBEUTE. O! welch ein Schatz liegt hier zuhauf!
  Wo fang ich an? wo hör ich auf?
HABEBALD. Steht doch der ganze Raum so voll!
  Weiß nicht, wozu ich greifen soll.
EILEBEUTE. Der Teppich wär mir eben recht!
  Mein Lager ist oft gar zu schlecht.
HABEBALD. Hier hängt von Stahl ein Morgenstern!
  Dergleichen hätt ich lange gern.

EILEBEUTE. Den roten Mantel, goldgesäumt,
So etwas hatt ich mir geträumt.
HABEBALD *die Waffe nehmend.* Damit ist es gar bald getan:
Man schlägt ihn tot und geht voran. –
Du hast so viel schon aufgepackt
Und doch nichts Rechtes eingesackt.
Den Plunder laß an seinem Ort:
Nehm eines dieser Kistchen fort!
Dies ist des Heers beschiedner Sold,
In seinem Bauche lauter Gold.
EILEBEUTE. Das hat ein mörderisch Gewicht!
Ich heb es nicht, ich trag es nicht.
HABEBALD. Geschwinde duck dich! mußt dich bücken!
Ich hucke dirs auf den starken Rücken.
EILEBEUTE. O weh! O weh, nun ists vorbei!
Die Last bricht mir das Kreuz entzwei.
Das Kistchen stürzt und springt auf.
HABEBALD. Da liegt das rote Gold zuhauf:
Geschwinde zu und raff es auf!
EILEBEUTE *kauert nieder.* Geschwinde nur zum Schoß hinein!
Noch immer wirds zur Gnüge sein.
HABEBALD. Und so genug! und eile doch! *Sie steht auf.*
O weh, die Schürze hat ein Loch!
Wohin du gehst und wo du stehst,
Verschwenderisch die Schätze säst.
TRABANTEN *unseres Kaisers.*
Was schafft ihr hier am heiligen Platz?
Was kramt ihr in dem Kaiserschatz?
HABEBALD. Wir trugen unsre Glieder feil
Und holen unser Beuteteil.
In Feindeszelten ists der Brauch,
Und wir, Soldaten sind wir auch!
TRABANTEN. Das passet nicht in unsern Kreis:
Zugleich Soldat und Diebsgeschmeiß!
Und wer sich unserm Kaiser naht,
Der sei ein redlicher Soldat!
HABEBALD. Die Redlichkeit, die kennt man schon,
Sie heißet: Kontribution.
Ihr alle seid auf gleichem Fuß:
»Gib her!« das ist der Handwerksgruß.

Zu Eilebeute.

Mach fort und schleppe, was du hast!
Hier sind wir nicht willkommner Gast. *Ab.*

ERSTER TRABANT. Sag, warum gabst du nicht sogleich
Dem frechen Kerl einen Backenstreich?

ZWEITER. Ich weiß nicht, mir verging die Kraft:
Sie waren so gespensterhaft.

DRITTER. Mir ward es vor den Augen schlecht:
Da flimmert es, ich sah nicht recht.

VIERTER. Wie ich es nicht zu sagen weiß:
Es war den ganzen Tag so heiß,
So bänglich, so beklommen-schwül!
Der eine stand, der andre fiel,
Man tappte hin und schlug zugleich,
Der Gegner fiel vor jedem Streich;
Vor Augen schwebt es wie ein Flor,
Dann summts und sausts und zischt im Ohr.
Das ging so fort, nun sind wir da
Und wissen selbst nicht, wies geschah.

Kaiser mit vier Fürsten treten auf. Die Trabanten entfernen sich.

KAISER.

Es sei nun, wie ihm sei! uns ist die Schlacht gewonnen,
Des Feinds zerstreute Flucht im flachen Feld zerronnen.
Hier steht der leere Thron; verräterischer Schatz,
Von Teppichen umhüllt, verengt umher den Platz.
Wir, ehrenvoll, geschützt von eigenen Trabanten,
Erwarten kaiserlich der Völker Abgesandten;
Von allen Seiten her kommt frohe Botschaft an:
Beruhigt sei das Reich, uns freudig zugetan.
Hat sich in unsern Kampf auch Gaukelei geflochten,
Am Ende haben wir uns nur allein gefochten.
Zufälle kommen ja dem Streitenden zugut:
Vom Himmel fällt ein Stein, dem Feinde regnets Blut,
Aus Felsenhöhlen tönts von mächtigen Wunderklängen,
Die unsre Brust erhöhn, des Feindes Brust verengen.
Der Überwundne fiel, zu stets erneutem Spott;
Der Sieger, wie er prangt, preist den gewognen Gott,
Und alles stimmt mit ein – er braucht nicht zu befehlen –
»Herr Gott, dich loben wir!« aus Millionen Kehlen.

Jedoch zum höchsten Preis wend ich den frommen Blick,
Das selten sonst geschah, zur eignen Brust zurück.
Ein junger, muntrer Fürst mag seinen Tag vergeuden,
Die Jahre lehren ihn des Augenblicks Bedeuten.
Deshalb denn ungesäumt verbind ich mich sogleich
Mit euch vier Würdigen: für Haus und Hof und Reich.
Zum ersten.
Dein war, o Fürst! des Heers geordnet-kluge Schichtung,
Sodann im Hauptmoment heroisch-kühne Richtung:
Im Frieden wirke nun, wie es die Zeit begehrt!
Erzmarschall nenn ich dich, verleihe dir das Schwert.
ERZMARSCHALL.
Dein treues Heer, bis jetzt im Inneren beschäftigt,
Wenns an der Grenze dich und deinen Thron bekräftigt,
Dann sei es uns vergönnt, bei Festesdrang im Saal
Geräumiger Väterburg zu rüsten dir das Mahl!
Blank trag ichs dir dann vor, blank halt ich dirs zur Seite,
Der höchsten Majestät zu ewigem Geleite.
DER KAISER *zum zweiten.*
Der sich, als tapfrer Mann, auch zartgefällig zeigt,
Du, sei Erzkämmerer! der Auftrag ist nicht leicht.
Du bist der Oberste von allem Hausgesinde,
Bei deren innerm Streit ich schlechte Diener finde;
Dein Beispiel sei fortan in Ehren aufgestellt,
Wie man dem Herrn, dem Hof und allen wohlgefällt!
ERZKÄMMERER.
Des Herren großen Sinn zu fördern, bringt zu Gnaden:
Den Besten hülfreich sein, den Schlechten selbst nicht schaden,
Dann klar sein ohne List und ruhig ohne Trug!
Wenn du mich, Herr, durchschaust, geschieht mir schon
Darf sich die Phantasie auf jenes Fest erstrecken?   [genug.
Wenn du zur Tafel gehst, reich ich das goldne Becken,
Die Ringe halt ich dir, damit zur Wonnezeit
Sich deine Hand erfrischt, wie mich dein Blick erfreut.
KAISER.
Zwar fühl ich mich zu ernst, auf Festlichkeit zu sinnen;
Doch seis! Es fördert auch frohmütiges Beginnen.
Zum dritten.
Dich wähl ich zum Erztruchseß! Also sei fortan
Dir Jagd, Geflügelhof und Vorwerk untertan!

Der Lieblingsspeisen Wahl laß mir zu allen Zeiten,
Wie sie der Monat bringt, und sorgsam zubereiten!

ERZTRUCHSESS.

Streng Fasten sei für mich die angenehmste Pflicht,
Bis, vor dich hingestellt, dich freut ein Wohlgericht!
Der Küche Dienerschaft soll sich mit mir vereinigen,
Das Ferne beizuziehn, die Jahrszeit zu beschleunigen.
Dich reizt nicht Fern und Früh, womit die Tafel prangt:
Einfach und Kräftig ists, wornach dein Sinn verlangt.

KAISER *zum Vierten.*

Weil unausweichlich hier sich nur von Festen handelt,
So sei mir, junger Held, zum Schenken umgewandelt!
Erzschenke, sorge nun, daß unsre Kellerei
Aufs reichlichste versorgt mit gutem Weine sei!
Du selbst sei mäßig, laß nicht über Heiterkeiten
Durch der Gelegenheit Verlocken dich verleiten!

ERZSCHENK.

Mein Fürst, die Jugend selbst, wenn man ihr nur vertraut,
Steht, eh man sichs versieht, zu Männern auferbaut.
Auch ich versetze mich zu jenem großen Feste:
Ein kaiserlich Büfett schmück ich aufs allerbeste
Mit Prachtgefäßen, gülden, silbern allzumal;
Doch wähl ich dir voraus den lieblichsten Pokal:
Ein blank venedisch Glas, worin Behagen lauschet,
Des Weins Geschmack sich stärkt und nimmermehr berauschet.
Auf solchen Wunderschatz vertraut man oft zu sehr;
Doch deine Mäßigkeit, du Höchster, schützt noch mehr.

KAISER. Was ich euch zugedacht in dieser ernsten Stunde,
Vernahmt ihr mit Vertraun aus zuverlässigem Munde.
Des Kaisers Wort ist groß und sichert jede Gift;
Doch zur Bekräftigung bedarfs der edlen Schrift,
Bedarfs der Signatur. Die förmlich zu bereiten,
Seh ich den rechten Mann zu rechter Stunde schreiten.

Der Erzbischof tritt auf.

KAISER. Wenn ein Gewölbe sich dem Schlußstein anvertraut,
Dann ists mit Sicherheit für ewige Zeiten erbaut.
Du siehst vier Fürsten da! Wir haben erst erörtert,
Was den Bestand zunächst von Haus und Hof befördert.
Nun aber, was das Reich in seinem Ganzen hegt,

Sei mit Gewicht und Kraft der Fünfzahl auferlegt!
An Ländern sollen sie vor allen andern glänzen;
Deshalb erweitr ich gleich jetzt des Besitztums Grenzen
Vom Erbteil jener, die sich von uns abgewandt.
Euch Treuen sprech ich zu so manches schöne Land,
Zugleich das hohe Recht, euch nach Gelegenheiten
Durch Anfall, Kauf und Tausch ins Weitere zu verbreiten.
Dann sei bestimmt, vergönnt, zu üben ungestört,
Was von Gerechtsamen euch Landesherrn gehört:
Als Richter werdet ihr die Endurteile fällen,
Berufung gelte nicht von euern höchsten Stellen;
Dann Steuer, Zins und Beth, Lehn und Geleit und Zoll,
Berg-, Salz-, und Münzregal euch angehören soll.
Denn meine Dankbarkeit vollgültig zu erproben,
Hab ich euch ganz zunächst der Majestät erhoben.
ERZBISCHOF. Im Namen aller sei dir tiefster Dank gebracht!
Du machst uns stark und fest und stärkest deine Macht.
KAISER. Euch fünfen will ich noch erhöhtere Würde geben.
Noch leb ich meinem Reich und habe Lust zu leben;
Doch hoher Ahnen Kette zieht bedächtigen Blick
Aus rascher Strebsamkeit ins Drohende zurück.
Auch werd ich seinerzeit mich von den Teuren trennen:
Dann sei es eure Pflicht, den Folger zu ernennen.
Gekrönt erhebt ihn hoch auf heiligen Altar,
Und friedlich ende dann, was jetzt so stürmisch war!
ERZBISCHOF.
Mit Stolz in tiefster Brust, mit Demut an Gebärde,
Stehn Fürsten dir gebeugt, die ersten auf der Erde.
Solang das treue Blut die vollen Adern regt,
Sind wir der Körper, den dein Wille leicht bewegt.
KAISER. Und also sei zum Schluß, was wir bisher betätigt,
Für alle Folgezeit durch Schrift und Zug bestätigt!
Zwar habt ihr den Besitz als Herren völlig frei,
Mit dem Beding jedoch, daß er unteilbar sei,
Und wie ihr auch vermehrt, was ihr von uns empfangen,
Es solls der älteste Sohn in gleichem Maß erlangen.
ERZBISCHOF. Dem Pergament alsbald vertrau ich wohlgemut,
Zum Glück dem Reich und uns, das wichtigste Statut;
Reinschrift und Sieglung soll die Kanzelei beschäftigen,
Mit heiliger Signatur wirst dus, der Herr, bekräftigen.

KAISER. Und so entlaß ich euch, damit den großen Tag
Gesammelt jedermann sich überlegen mag.
Die weltlichen Fürsten entfernen sich.
DER GEISTLICHE *bleibt und spricht pathetisch.*
Der Kanzler ging hinweg, der Bischof ist geblieben,
Vom ernsten Warnegeist zu deinem Ohr getrieben!
Sein väterliches Herz, von Sorge bangts um dich.
KAISER. Was hast du Bängliches zur frohen Stunde? sprich!
ERZBISCHOF.
Mit welchem bittern Schmerz find ich in dieser Stunde
Dein hochgeheiligt Haupt mit Satanas im Bunde!
Zwar, wie es scheinen will, gesichert auf dem Thron,
Doch leider! Gott dem Herrn, dem Vater Papst zum Hohn.
Wenn dieser es erfährt, schnell wird er sträflich richten,
Mit heiligem Strahl dein Reich, das sündige, zu vernichten.
Denn noch vergaß er nicht, wie du, zur höchsten Zeit,
An deinem Krönungstag, den Zauberer befreit.
Von deinem Diadem, der Christenheit zum Schaden,
Traf das verfluchte Haupt der erste Strahl der Gnaden.
Doch schlag an deine Brust und gib vom frevlen Glück
Ein mäßig Scherflein gleich dem Heiligtum zurück:
Den breiten Hügelraum, da, wo dein Zelt gestanden,
Wo böse Geister sich zu deinem Schutz verbanden,
Dem Lügenfürsten du ein horchsam Ohr geliehn,
Den stifte, fromm belehrt, zu heiligem Bemühn,
Mit Berg und dichtem Wald, soweit sie sich erstrecken,
Mit Höhen, die sich grün zu fetter Weide decken,
Fischreichen, klaren Seen, dann Bächlein ohne Zahl,
Wie sie sich, eilig schlängelnd, stürzen ab zutal,
Das breite Tal dann selbst mit Wiesen, Gauen, Gründen!
Die Reue spricht sich aus, und du wirst Gnade finden.
KAISER. Durch meinen schweren Fehl bin ich so tief erschreckt;
Die Grenze sei von dir nach eignem Maß gesteckt!
ERZBISCHOF.
Erst: der entweihte Raum, wo man sich so versündigt,
Sei alsobald zum Dienst des Höchsten angekündigt!
Behende steigt im Geist Gemäuer stark empor:
Der Morgensonne Blick erleuchtet schon das Chor,
Zum Kreuz erweitert sich das wachsende Gebäude,
Das Schiff erlängt, erhöht sich zu der Gläubigen Freude;

Sie strömen brünstig schon durchs würdige Portal:
Der erste Glockenruf erscholl durch Berg und Tal!
Von hohen Türmen tönts, wie sie zum Himmel streben,
Der Büßer kommt heran zu neugeschaffnem Leben.
Dem hohen Weihetag – er trete bald herein! –
Wird deine Gegenwart die höchste Zierde sein.
KAISER.
Mag ein so großes Werk den frommen Sinn verkündigen,
Zu preisen Gott den Herrn so wie mich zu entsündigen!
Genug! Ich fühle schon, wie sich mein Sinn erhöht.
ERZBISCHOF.
Als Kanzler fördr ich nun Schluß und Formalität.
KAISER. Ein förmlich Dokument, der Kirche das zu eignen,
Du legst es vor, ich wills mit Freuden unterzeichnen.
ERZBISCHOF *hat sich beurlaubt, kehrt aber beim Ausgang um.*
Dann widmest du zugleich dem Werke, wies entsteht,
Gesamte Landsgefälle: Zehnten, Zinsen, Beth,
Für ewig! Viel bedarfs zu würdiger Unterhaltung,
Und schwere Kosten macht die sorgliche Verwaltung.
Zum schnellen Aufbau selbst auf solchem wüsten Platz
Reichst du uns einiges Gold aus deinem Beuteschatz.
Daneben braucht man auch – ich kann es nicht verschweigen –
Entferntes Holz und Kalk und Schiefer und dergleichen.
Die Fuhren tut das Volk, vom Predigtstuhl belehrt:
Die Kirche segnet den, der ihr zu Diensten fährt. *Ab.*
KAISER.
Die Sünd ist groß und schwer, womit ich mich beladen;
Das leidige Zaubervolk bringt mich in harten Schaden.
ERZBISCHOF *abermals zurückkehrend, mit tiefster Verbeugung.*
Verzeih, o Herr! Es ward dem sehr verrufnen Mann
Des Reiches Strand verliehn; doch diesen trifft der Bann,
Verleihst du reuig nicht der hohen Kirchenstelle
Auch dort den Zehnten, Zins und Gaben und Gefälle.
KAISER *verdrießlich.*
Das Land ist noch nicht da: im Meere liegt es breit!
ERZBISCHOF.
Wers Recht hat und Geduld, für den kommt auch die Zeit.
Für uns mög Euer Wort in seinen Kräften bleiben!
KAISER *allein.*
So könnt ich wohl zunächst das ganze Reich verschreiben!

WANDERER.

Ja! sie sinds, die dunkeln Linden,
Dort, in ihres Alters Kraft,
Und ich soll sie wiederfinden
Nach so langer Wanderschaft!
Ist es doch die alte Stelle,
Jene Hütte, die mich barg,
Als die sturmerregte Welle
Mich an jene Dünen warf!
Meine Wirte möcht ich segnen,
Hülfsbereit, ein wackres Paar.
Das, um heut mir zu begegnen,
Alt schon jener Tage war.
Ach, das waren fromme Leute!
Poch ich? ruf ich? – Seid gegrüßt,
Wenn, gastfreundlich, auch noch heute
Ihr des Wohltuns Glück genießt!

BAUCIS, *Mütterchen, sehr alt.*

Lieber Kömmling, leise! leise!
Ruhe! laß den Gatten ruhn!
Langer Schlaf verleiht dem Greise
Kurzen Wachens rasches Tun.

WANDERER. Sage, Mutter: bist dus eben,
Meinen Dank noch zu empfahn,
Was du für des Jünglings Leben
Mit dem Gatten einst getan?
Bist du Baucis, die geschäftig
Halberstorbnen Mund erquickt?

Der Gatte tritt auf.

Du Philemon, der so kräftig
Meinen Schatz der Flut entrückt?
Eure Flammen raschen Feuers,

Eures Glöckchens Silberlaut:
Jenes grausen Abenteuers
Lösung war euch anvertraut.

Und nun laßt hervor mich treten,
Schaun das grenzenlose Meer!
Laßt mich knien, laßt mich beten!
Mich bedrängt die Brust so sehr.
Er schreitet vorwärts auf der Düne.

PHILEMON *zu Baucis.*
Eile nur, den Tisch zu decken,
Wos im Gärtchen munter blüht!
Laß ihn rennen, ihn erschrecken!
Denn er glaubt nicht, was er sieht.
Neben dem Wandrer stehend.
Das Euch grimmig mißgehandelt,
Wog auf Woge, schäumend-wild,
Seht als Garten Ihr behandelt,
Seht ein paradiesisch Bild.
Älter, war ich nicht zuhanden,
Hülfreich nicht wie sonst bereit,
Und wie meine Kräfte schwanden,
War auch schon die Woge weit.
Kluger Herren kühne Knechte
Gruben Gräben, dämmten ein,
Schmälerten des Meeres Rechte,
Herrn an seiner Statt zu sein.
Schaue grünend Wies an Wiese,
Anger, Garten, Dorf und Wald! –
Komm nun aber und genieße;
Denn die Sonne scheidet bald! –
Dort im Fernsten ziehen Segel,
Suchen nächtlich sichern Port:
Kennen doch ihr Nest die Vögel;
Denn jetzt ist der Hafen dort.
So erblickst du in der Weite
Erst des Meeres blauen Saum,
Rechts und links, in aller Breite,
Dichtgedrängt bewohnten Raum.

11072 – 11106

Am Tische zu drei, im Gärtchen.

BAUCIS. Bleibst du stumm? und keinen Bissen
Bringst du zum verlechzten Mund?
PHILEMON. Möcht er doch vom Wunder wissen!
Sprichst so gerne: tus ihm kund!
BAUCIS. Wohl! ein Wunder ists gewesen!
Läßt mich heute nicht in Ruh;
Denn es ging das ganze Wesen
Nicht mit rechten Dingen zu.
PHILEMON. Kann der Kaiser sich versündgen,
Der das Ufer ihm verliehn?
Täts ein Herold nicht verkündgen
Schmetternd im Vorüberziehn?
Nicht entfernt von unsern Dünen
Ward der erste Fuß gefaßt:
Zelte, Hütten! – Doch im Grünen
Richtet bald sich ein Palast.
BAUCIS. Tags umsonst die Knechte lärmten,
Hack und Schaufel, Schlag um Schlag;
Wo die Flämmchen nächtig schwärmten,
Stand ein Damm den andern Tag!
Menschenopfer mußten bluten,
Nachts erscholl des Jammers Qual;
Meerab flossen Feuergluten:
Morgens war es ein Kanal!
Gottlos ist er, ihn gelüstet
Unsre Hütte, unser Hain!
Wie er sich als Nachbar brüstet,
Soll man untertänig sein.
PHILEMON. Hat er uns doch angeboten
Schönes Gut im neuen Land!
BAUCIS. Traue nicht dem Wasserboden!
Halt auf deiner Höhe stand!
PHILEMON. Laßt uns zur Kapelle treten,
Letzten Sonnenblick zu schaun!
Laßt uns läuten, knieen, beten
Und dem alten Gott vertraun!

PALAST

Weiter Ziergarten · Großer, gradgeführter Kanal

Faust, im höchsten Alter wandelnd, nachdenkend

LYNKEUS DER TÜRMER *durchs Sprachrohr.*
Die Sonne sinkt, die letzten Schiffe,
Sie ziehen munter hafenein.
Ein großer Kahn ist im Begriffe,
Auf dem Kanale hier zu sein.
Die bunten Wimpel wehen fröhlich,
Die starren Masten stehn bereit:
In dir preist sich der Bootsmann selig,
Dich grüßt das Glück zur höchsten Zeit.

Das Glöckchen läutet auf der Düne.

FAUST *auffahrend.*
Verdammtes Läuten! Allzu schändlich
Verwundets, wie ein tückischer Schuß!
Vor Augen ist mein Reich unendlich,
Im Rücken neckt mich der Verdruß,
Erinnert mich durch neidische Laute:
Mein Hochbesitz, er ist nicht rein!
Der Lindenraum, die braune Baute,
Das morsche Kirchlein ist nicht mein.
Und wünscht ich, dort mich zu erholen,
Vor fremdem Schatten schaudert mir,
Ist Dorn den Augen, Dorn den Sohlen –
O, wär ich weit hinweg von hier!

TÜRMER *wie oben.* Wie segelt froh der bunte Kahn
Mit frischem Abendwind heran!
Wie türmt sich sein behender Lauf
In Kisten, Kasten, Säcken auf!

*Prächtiger Kahn, reich und bunt beladen mit Erzeugnissen fremder
Weltgegenden.*

Mephistopheles. Die Drei gewaltigen Gesellen.

   CHORUS. Da landen wir,
      Da sind wir schon!
      Glückan dem Herren,
      Dem Patron!

Sie steigen aus, die Güter werden ans Land geschafft.

MEPHISTOPHELES. So haben wir uns wohl erprobt,
Vergnügt, wenn der Patron es lobt.
Nur mit zwei Schiffen ging es fort,
Mit zwanzig sind wir nun im Port.
Was große Dinge wir getan,
Das sieht man unsrer Ladung an.
Das freie Meer befreit den Geist;
Wer weiß da, was Besinnen heißt!
Da fördert nur ein rascher Griff:
Man fängt den Fisch, man fängt ein Schiff,
Und ist man erst der Herr zu drei,
Dann hakelt man das vierte bei;
Da geht es denn dem fünften schlecht,
Man hat Gewalt, so hat man Recht.
Man fragt ums Was und nicht ums Wie!
Ich müßte keine Schiffahrt kennen:
Krieg, Handel und Piraterie,
Dreieinig sind sie, nicht zu trennen.

DIE DREI GEWALTIGEN GESELLEN.

Nicht Dank und Gruß!
Nicht Gruß und Dank!
Als brächten wir
Dem Herrn Gestank.
Er macht ein
Widerlich Gesicht:
Das Königsgut
Gefällt ihm nicht.

MEPHISTOPHELES. Erwartet weiter
Keinen Lohn!
Nahmt ihr doch
Euren Teil davon.

DIE GESELLEN. Das ist nur für
Die Langeweil;
Wir alle fordern
Gleichen Teil.

11171 – 11204

MEPHISTOPHELES. Erst ordnet oben,
Saal an Saal,
Die Kostbarkeiten
Allzumal!
Und tritt er zu
Der reichen Schau,
Berechnet er alles
Mehr genau,
Er sich gewiß
Nicht lumpen läßt
Und gibt der Flotte
Fest nach Fest.
Die bunten Vögel kommen morgen,
Für die werd ich zum besten sorgen.
Die Ladung wird weggeschafft.

MEPHISTOPHELES *zu Faust.*
Mit ernster Stirn, mit düstrem Blick
Vernimmst du dein erhaben Glück.
Die hohe Weisheit wird gekrönt:
Das Ufer ist dem Meer versöhnt,
Vom Ufer nimmt zu rascher Bahn
Das Meer die Schiffe willig an.
So sprich, daß hier, hier vom Palast
Dein Arm die ganze Welt umfaßt!
Von dieser Stelle ging es aus:
Hier stand das erste Bretterhaus;
Ein Gräbchen ward hinabgeritzt,
Wo jetzt das Ruder emsig spritzt.
Dein hoher Sinn, der Deinen Fleiß
Erwarb des Meers, der Erde Preis.
Von hieraus –

FAUST.   Das verfluchte Hier!
Das eben, leidig lastets mir.
Dir Vielgewandtem muß ichs sagen:
Mir gibts im Herzen Stich um Stich,
Mir ists unmöglich zu ertragen!
Und wie ichs sage, schäm ich mich:
Die Alten droben sollten weichen,
Die Linden wünscht ich mir zum Sitz;

Die wenig Bäume, nicht mein eigen,
Verderben mir den Weltbesitz.
Dort wollt ich, weit umherzuschauen,
Von Ast zu Ast Gerüste bauen,
Dem Blick eröffnen weite Bahn,
Zu sehn, was alles ich getan,
Zu überschaun mit einem Blick
Des Menschengeistes Meisterstück,
Betätigend mit klugem Sinn
Der Völker breiten Wohngewinn.

So sind am härtsten wir gequält:
Im Reichtum fühlend, was uns fehlt!
Des Glöckchens Klang, der Linden Duft
Umfängt mich wie in Kirch und Gruft.
Des allgewaltigen Willens Kür
Bricht sich an diesem Sande hier.
Wie schaff ich mir es vom Gemüte?
Das Glöcklein läutet, und ich wüte.
MEPHISTOPHELES. Natürlich, daß ein Hauptverdruß
Das Leben dir vergällen muß!
Wer leugnets? Jedem edlen Ohr
Kommt das Geklingel widrig vor,
Und das verfluchte Bim-Baum-Bimmel,
Umnebelnd heitern Abendhimmel,
Mischt sich in jegliches Begebnis
Vom ersten Bad bis zum Begräbnis,
Als wäre zwischen Bim und Baum
Das Leben ein verschollner Traum.
FAUST. Das Widerstehn, der Eigensinn
Verkümmern herrlichsten Gewinn,
Daß man, zu tiefer, grimmiger Pein,
Ermüden muß, gerecht zu sein.
MEPHISTOPHELES. Was willst du dich denn hier genieren?
Mußt du nicht längst kolonisieren?
FAUST. So geht und schafft sie mir zur Seite! —
Das schöne Gütchen kennst du ja,
Das ich den Alten aussersah.
MEPHISTOPHELES. Man trägt sie fort und setzt sie nieder,
Eh man sich umsieht, stehn sie wieder;

Nach überstandener Gewalt
Versöhnt ein schöner Aufenthalt.
Er pfeift gellend. Die Drei treten auf.
MEPHISTOPHELES. Kommt, wie der Herr gebieten läßt!
Und morgen gibts ein Flottenfest.
DIE DREI. Der alte Herr empfing uns schlecht,
Ein flottes Fest ist uns zu Recht.
MEPHISTOPHELES *ad spectatores.*
Auch hier geschieht, was längst geschah;
Denn Naboths Weinberg war schon da. *(Regum I, 21)*

TIEFE NACHT

LYNKEUS DER TÜRMER *auf der Schloßwarte singend.*

Zum Sehen geboren,
Zum Schauen bestellt,
Dem Turme geschworen,
Gefällt mir die Welt.
Ich blick in die Ferne,
Ich seh in der Näh,
Den Mond und die Sterne,
Den Wald und das Reh.
So seh ich in allen
Die ewige Zier,
Und wie mirs gefallen,
Gefall ich auch mir.
Ihr glücklichen Augen,
Was je ihr gesehn,
Es sei, wie es wolle,
Es war doch so schön! *Pause.*

Nicht allein mich zu ergötzen,
Bin ich hier so hoch gestellt:
Welch ein greuliches Entsetzen
Droht mir aus der finstern Welt!
Funkenblicke seh ich sprühen
Durch der Linden Doppelnacht;
Immer stärker wühlt ein Glühen,
Von der Zugluft angefacht.

Ach, die innre Hütte lodert,
Die bemoost und feucht gestanden!
Schnelle Hülfe wird gefodert,
Keine Rettung ist vorhanden.
Ach, die guten alten Leute,
Sonst so sorglich um das Feuer,
Werden sie dem Qualm zur Beute!
Welch ein schrecklich Abenteuer!
Flamme flammet, rot in Gluten
Seht das schwarze Moosgestelle;
Retteten sich nur die Guten
Aus der wildentbrannten Hölle!
Züngelnd lichte Blitze steigen
Zwischen Blättern, zwischen Zweigen;
Äste, dürr, die flackernd brennen,
Glühen schnell und stürzen ein.
Sollt ihr, Augen, dies erkennen!
Muß ich so weitsichtig sein!
Das Kapellchen bricht zusammen
Von der Äste Sturz und Last.
Schlängelnd sind mit spitzen Flammen
Schon die Gipfel angefaßt.
Bis zur Wurzel glühn die hohlen
Stämme, purpurrot im Glühn. –
Lange Pause, Gesang:
Was sich sonst dem Blick empfohlen,
Mit Jahrhunderten ist hin!

FAUST *auf dem Balkon, gegen die Dünen.*
Von oben welch ein singend Wimmern?
Das Wort ist hier, der Ton zu spat.
Mein Türmer jammert; mich im Innern
Verdrießt die ungeduldge Tat.
Doch sei der Lindenwuchs vernichtet
Zu halbverkohlter Stämme Graun,
Ein Luginsland ist bald errichtet,
Um ins Unendliche zu schaun.
Da seh ich auch die neue Wohnung,
Die jenes alte Paar umschließt,
Das im Gefühl großmütiger Schonung
Der späten Tage froh genießt.

MEPHISTOPHELES UND DIE DREIE *unten.*
Da kommen wir mit vollem Trab;
Verzeih: es ging nicht gütlich ab!
Wir klopften an, wir pochten an,
Und immer ward nicht aufgetan.
Wir rüttelten, wir pochten fort:
Da lag die morsche Türe dort.
Wir riefen laut und drohten schwer;
Allein wir fanden kein Gehör,
Und wies in solchem Fall geschicht:
Sie hörten nicht, sie wollten nicht!
Wir aber haben nicht gesäumt,
Behende dir sie weggeräumt.
Das Paar hat sich nicht viel gequält:
Vor Schrecken fielen sie entseelt.
Ein Fremder, der sich dort versteckt
Und fechten wollte, ward gestreckt.
In wilden Kampfes kurzer Zeit
Von Kohlen, ringsumher gestreut,
Entflammte Stroh: nun loderts frei
Als Scheiterhaufen dieser drei.

FAUST. Wart ihr für meine Worte taub?
Tausch wollt ich, wollte keinen Raub!
Dem unbesonnenen, wilden Streich,
Ihm fluch ich: teilt es unter euch!

CHORUS. Das alte Wort, das Wort erschallt:
Gehorche willig der Gewalt!
Und bist du kühn und hältst du Stich,
So wage Haus und Hof und – dich! *Ab.*

FAUST *auf dem Balkon.*
Die Sterne bergen Blick und Schein,
Das Feuer sinkt und lodert klein;
Ein Schauerwindchen fächelts an,
Bringt Rauch und Dunst zu mir heran.
Geboten schnell, zu schnell getan! –
Was schwebet schattenhaft heran?

MITTERNACHT

Vier graue Weiber treten auf

ERSTE. Ich heiße der Mangel.
ZWEITE.   Ich heiße die Schuld.
DRITTE. Ich heiße die Sorge.
VIERTE.   Ich heiße die Not.
ZU DREI. Die Tür ist verschlossen, wir können nicht ein;
Drin wohnet ein Reicher, wir mögen nicht 'nein.
MANGEL. Da werd ich zum Schatten.
SCHULD.   Da werd ich zunicht.
NOT. Man wendet von mir das verwöhnte Gesicht.
SORGE.
Ihr, Schwestern, ihr könnt nicht und dürft nicht hinein.
Die Sorge, sie schleicht sich durchs Schlüsselloch ein.
Sorge verschwindet.
MANGEL. Ihr, graue Geschwister, entfernt euch von hier!
SCHULD. Ganz nah an der Seite verbind ich mich dir.
NOT. Ganz nah an der Ferse begleitet die Not.
ZU DREI. Es ziehen die Wolken, es schwinden die Sterne!
Dahinten, dahinten! von ferne, von ferne,
Da kommt er, der Bruder, da kommt er, der – – – Tod.

FAUST *im Palast.*
Vier sah ich kommen, drei nur gehn;
Den Sinn der Rede konnt ich nicht verstehn.
Es klang so nach, als hieß es: Not,
Ein düstres Reimwort folgte: Tod!
Es tönte hohl, gespensterhaft gedämpft.
Noch hab ich mich ins Freie nicht gekämpft.
Könnt ich Magie von meinem Pfad entfernen,
Die Zaubersprüche ganz und gar verlernen,
Stünd ich, Natur, vor dir ein Mann allein,
Da wärs der Mühe wert, ein Mensch zu sein!

Das war ich sonst, eh ichs im Düstern suchte,
Mit Frevelwort mich und die Welt verfluchte.
Nun ist die Luft von solchem Spuk so voll,
Daß niemand weiß, wie er ihn meiden soll.
Wenn auch Ein Tag uns klar-vernünftig lacht,

In Traumgespinst verwickelt uns die Nacht!
Wir kehren froh von junger Flur zurück:
Ein Vogel krächzt! Was krächzt er? Mißgeschick!
Von Aberglauben früh und spat umgarnt:
Es eignet sich, es zeigt sich an, es warnt!
Und so verschüchtert, stehen wir allein. –
Die Pforte knarrt, und niemand kommt herein. *Erschüttert.*
Ist jemand hier?

SORGE.   Die Frage fordert Ja!
FAUST. Und du, wer bist denn du?
SORGE.   Bin einmal da.
FAUST. Entferne dich!
SORGE.   Ich bin am rechten Ort.
FAUST, *erst ergrimmt, dann besänftigt, für sich.*
Nimm dich in acht und sprich kein Zauberwort!

SORGE. Würde mich kein Ohr vernehmen,
          Müßt es doch im Herzen dröhnen;
          In verwandelter Gestalt
          Üb ich grimmige Gewalt:
          Auf den Pfaden, auf der Welle,
          Ewig ängstlicher Geselle,
          Stets gefunden, nie gesucht,
          So geschmeichelt wie verflucht! –
Hast du die Sorge nie gekannt?

FAUST. Ich bin nur durch die Welt gerannt!
Ein jed Gelüst ergriff ich bei den Haaren,
Was nicht genügte, ließ ich fahren,
Was mir entwischte, ließ ich ziehn.
Ich habe nur begehrt und nur vollbracht
Und abermals gewünscht und so mit Macht
Mein Leben durchgestürmt: erst groß und mächtig,
Nun aber geht es weise, geht bedächtig.
Der Erdenkreis ist mir genug bekannt.
Nach drüben ist die Aussicht uns verrannt;
Tor, wer dorthin die Augen blinzelnd richtet,
Sich über Wolken seinesgleichen dichtet!
Er stehe fest und sehe hier sich um:
Dem Tüchtigen ist diese Welt nicht stumm!
Was braucht er in die Ewigkeit zu schweifen?

Was er erkennt, läßt sich ergreifen.
Er wandle so den Erdentag entlang;
Wenn Geister spuken, geh er seinen Gang,
Im Weiterschreiten find er Qual und Glück,
Er, unbefriedigt jeden Augenblick!

SORGE. Wen ich einmal mir besitze,
　　　Dem ist alle Welt nichts nütze:
　　　Ewiges Düstre steigt herunter,
　　　Sonne geht nicht auf noch unter,
　　　Bei vollkommnen äußern Sinnen
　　　Wohnen Finsternisse drinnen,
　　　Und er weiß von allen Schätzen
　　　Sich nicht in Besitz zu setzen.
　　　Glück und Unglück wird zur Grille,
　　　Er verhungert in der Fülle,
　　　Sei es Wonne, sei es Plage,
　　　Schiebt ers zu dem andern Tage,
　　　Ist der Zukunft nur gewärtig,
　　　Und so wird er niemals fertig.

FAUST. Hör auf! so kommst du mir nicht bei!
Ich mag nicht solchen Unsinn hören.
Fahr hin! Die schlechte Litanei,
Sie könnte selbst den klügsten Mann betören.

SORGE. Soll er gehen? soll er kommen?
　　　Der Entschluß ist ihm genommen;
　　　Auf gebahnten Weges Mitte
　　　Wankt er tastend halbe Schritte.
　　　Er verliert sich immer tiefer,
　　　Siehet alle Dinge schiefer,
　　　Sich und andre lästig drückend,
　　　Atem holend und erstickend,
　　　Nicht erstickt und ohne Leben,
　　　Nicht verzweiflend, nicht ergeben.
　　　So ein unaufhaltsam Rollen,
　　　Schmerzlich Lassen, widrig Sollen,
　　　Bald Befreien, bald Erdrücken,
　　　Halber Schlaf und schlecht Erquicken
　　　Heftet ihn an seine Stelle
　　　Und bereitet ihn zur Hölle.

FAUST. Unselige Gespenster! so behandelt ihr
Das menschliche Geschlecht zu tausend Malen;
Gleichgültige Tage selbst verwandelt ihr
In garstigen Wirrwarr netzumstrickter Qualen.
Dämonen, weiß ich, wird man schwerlich los,
Das geistig-strenge Band ist nicht zu trennen;
Doch deine Macht, o Sorge, schleichend-groß,
Ich werde sie nicht anerkennen!

    SORGE. Erfahre sie, wie ich geschwind
       Mich mit Verwünschung von dir wende!
       Die Menschen sind im ganzen Leben blind:
       Nun, Fauste, werde dus am Ende!

Sie haucht ihn an.

FAUST *erblindet.* Die Nacht scheint tiefer tief hereinzudringen,
Allein im Innern leuchtet helles Licht:
Was ich gedacht, ich eil es zu vollbringen;
Des Herren Wort, es gibt allein Gewicht.
Vom Lager auf, ihr Knechte! Mann für Mann!
Laßt glücklich schauen, was ich kühn ersann!
Ergreift das Werkzeug! Schaufel rührt und Spaten!
Das Abgesteckte muß sogleich geraten.
Auf strenges Ordnen, raschen Fleiß
Erfolgt der allerschönste Preis;
Daß sich das größte Werk vollende,
Genügt Ein Geist für tausend Hände.

GROSSER VORHOF DES PALASTS

Fackeln

MEPHISTOPHELES *als Aufseher voran.*
Herbei! herbei! Herein, herein!
Ihr schlotternden Lemuren,
Aus Bändern, Sehnen und Gebein
Geflickte Halbnaturen!

    LEMUREN *im Chor.* Wir treten dir sogleich zur Hand,
       Und wie wir halb vernommen,
       Es gilt wohl gar ein weites Land,
       Das sollen wir bekommen.

Gespitzte Pfähle, die sind da,
Die Kette lang fürs Messen;
Warum an uns der Ruf geschah,
Das haben wir vergessen.

MEPHISTOPHELES. Hier gilt kein künstlerisch Bemühn!
Verfahret nur nach eignen Maßen:
Der Längste lege längelang sich hin!
Ihr andern lüftet ringsumher den Rasen!
Wie mans für unsre Väter tat,
Vertieft ein längliches Quadrat!
Aus dem Palast ins enge Haus:
So dumm läuft es am Ende doch hinaus.

LEMUREN *mit neckischen Gebärden grabend.*

Wie jung ich war und lebt und liebt,
Mich deucht, das war wohl süße!
Wos fröhlich klang und lustig ging,
Da rührten sich meine Füße.

Nun hat das tückische Alter mich
Mit seiner Krücke getroffen;
Ich stolpert über Grabes Tür:
Warum stand sie just offen!

FAUST *aus dem Palaste tretend, tastet an den Türpfosten.*
Wie das Geklirr der Spaten mich ergötzt!
Es ist die Menge, die mir frönet,
Die Erde mit sich selbst versöhnet,
Den Wellen ihre Grenze setzt,
Das Meer mit strengem Band umzieht.

MEPHISTOPHELES *beiseite.* Du bist doch nur für uns bemüht
Mit deinen Dämmen, deinen Buhnen;
Denn du bereitest schon Neptunen,
Dem Wasserteufel, großen Schmaus.
In jeder Art seid ihr verloren:
Die Elemente sind mit uns verschworen,
Und auf Vernichtung läufts hinaus.

FAUST. Aufseher!

MEPHISTOPHELES. Hier!

FAUST.   Wie es auch möglich sei,
Arbeiter schaffe Meng auf Menge!
Ermuntere durch Genuß und Strenge!

Bezahle, locke, presse bei!
Mit jedem Tage will ich Nachricht haben,
Wie sich verlängt der unternommene Graben.
MEPHISTOPHELES *halblaut.*
Man spricht, wie man mir Nachricht gab,
Von keinem Graben, doch vom Grab.
FAUST. Ein Sumpf zieht am Gebirge hin,
Verpestet alles schon Errungene;
Den faulen Pfuhl auch abzuziehn,
Das letzte wär das Höchsterrungene.
Eröffn' ich Räume vielen Millionen,
Nicht sicher zwar, doch tätig-frei zu wohnen.
Grün das Gefilde, fruchtbar! Mensch und Herde
Sogleich behaglich auf der neusten Erde,
Gleich angesiedelt an des Hügels Kraft,
Den aufgewälzt kühn-emsige Völkerschaft!
Im Innern hier ein paradiesisch Land:
Da rase draußen Flut bis auf zum Rand!
Und wie sie nascht, gewaltsam einzuschießen,
Gemeindrang eilt, die Lücke zu verschließen.
Ja! diesem Sinne bin ich ganz ergeben,
Das ist der Weisheit letzter Schluß:
Nur der verdient sich Freiheit wie das Leben,
Der täglich sie erobern muß!
Und so verbringt, umrungen von Gefahr,
Hier Kindheit, Mann und Greis sein tüchtig Jahr.
Solch ein Gewimmel möcht ich sehn,
Auf freiem Grund mit freiem Volke stehn!
Zum Augenblicke dürft ich sagen:
»Verweile doch, du bist so schön!
Es kann die Spur von meinen Erdetagen
Nicht in Äonen untergehn.« –
Im Vorgefühl von solchem hohen Glück
Genieß ich jetzt den höchsten Augenblick.
*Faust sinkt zurück, die Lemuren fassen ihn auf und legen ihn auf den
Boden.*
MEPHISTOPHELES.
Ihn sättigt keine Lust, ihm gnügt kein Glück,
So buhlt er fort nach wechselnden Gestalten;
Den letzten, schlechten, leeren Augenblick,

Der Arme wünscht ihn festzuhalten.
Der mir so kräftig widerstand,
Die Zeit wird Herr: der Greis hier liegt im Sand!
Die Uhr steht still –
CHOR.   Steht still! sie schweigt wie Mitternacht.
Der Zeiger fällt –
MEPHISTOPHELES. Er fällt! es ist vollbracht.
CHOR. Es ist vorbei!
MEPHISTOPHELES. Vorbei! ein dummes Wort. Warum vorbei?
Vorbei und reines Nicht: vollkommnes Einerlei!
Was soll uns denn das ewge Schaffen?
Geschaffenes zu Nichts hinwegzuraffen?
»Da ists vorbei!« Was ist daran zu lesen?
Es ist so gut, als wär es nicht gewesen,
Und treibt sich doch im Kreis, als wenn es wäre!
Ich liebte mir dafür das Ewigleere.

GRABLEGUNG

LEMUR. *Solo.* Wer hat das Haus so schlecht gebaut
              Mit Schaufeln und mit Spaten?
LEMUREN. *Chor.* Dir, dumpfer Gast im hänfnen Gewand,
              Ists viel zu gut geraten.
LEMUR. *Solo.* Wer hat den Saal so schlecht versorgt?
              Wo blieben Tisch und Stühle?
LEMUREN. *Chor.* Es war auf kurze Zeit geborgt;
              Der Gläubiger sind so viele.

MEPHISTOPHELES.
Der Körper liegt, und will der Geist entfliehn,
Ich zeig ihm rasch den blutgeschriebnen Titel;
Doch leider hat man jetzt so viele Mittel,
Dem Teufel Seelen zu entziehn.
Auf altem Wege stößt man an,
Auf neuem sind wir nicht empfohlen;
Sonst hätt ich es allein getan,
Jetzt muß ich Helfershelfer holen.

Uns gehts in allen Dingen schlecht:
Herkömmliche Gewohnheit, altes Recht,
Man kann auf gar nichts mehr vertrauen!
Sonst mit dem letzten Atem fuhr sie aus,

Ich paßt ihr auf, und, wie die schnellste Maus,
Schnapps! hielt ich sie in festverschlossnen Klauen.
Nun zaudert sie und will den düstern Ort,
Des schlechten Leichnams ekles Haus nicht lassen;
Die Elemente, die sich hassen,
Die treiben sie am Ende schmählich fort.
Und wenn ich Tag und Stunden mich zerplage,
Wann? wie? und wo? das ist die leidige Frage;
Der alte Tod verlor die rasche Kraft:
Das Ob sogar ist lange zweifelhaft!
Oft sah ich lüstern auf die starren Glieder:
Es war nur Schein! das rührte, das regte sich wieder.
Phantastisch-flügelmännische Beschwörungsgebärden.
Nur frisch heran! verdoppelt euren Schritt,
Ihr Herrn vom graden, Herrn vom krummen Horne!
Von altem Teufelsschrot und -korne,
Bringt ihr zugleich den Höllenrachen mit!
Zwar hat die Hölle Rachen viele! viele!
Nach Standsgebühr und Würden schlingt sie ein;
Doch wird man auch bei diesem letzten Spiele
Inskünftige nicht so bedenklich sein.
Der greuliche Höllenrachen tut sich links auf.
Eckzähne klaffen; dem Gewölb des Schlundes
Entquillt der Feuerstrom in Wut,
Und in dem Siedequalm des Hintergrundes
Seh ich die Flammenstadt in ewiger Glut.
Die rote Brandung schlägt hervor bis an die Zähne,
Verdammte, Rettung hoffend, schwimmen an;
Doch kolossal zerknirscht sie die Hyäne,
Und sie erneuen ängstlich heiße Bahn.
In Winkeln bleibt noch vieles zu entdecken:
So viel Erschrecklichstes im engsten Raum!
Ihr tut sehr wohl, die Sünder zu erschrecken;
Sie haltens doch für Lug und Trug und Traum.
Zu den Dickteufeln vom kurzen, graden Horne.
Nun, wanstige Schuften mit den Feuerbacken,
Ihr glüht so recht vom Höllenschwefel feist!
Klotzartige, kurze, nie bewegte Nacken!
Hier unten lauert, obs wie Phosphor gleißt!
Das ist das Seelchen, Psyche mit den Flügeln:

Die rupft ihr aus, so ists ein garstiger Wurm!
Mit meinem Stempel will ich sie besiegeln,
Dann fort mit ihr im Feuerwirbelsturm!

Paßt auf die niedern Regionen,
Ihr Schläuche! das ist eure Pflicht.
Obs ihr beliebte, da zu wohnen,
So akkurat weiß man das nicht.
Im Nabel ist sie gern zu Haus:
Nehmt es in acht, sie wischt euch dort heraus!
Zu den Dürrteufeln vom langen, krummen Horne.
Ihr Firlefanze, flügelmännische Riesen,
Greift in die Luft! versucht euch ohne Rast!
Die Arme strack, die Klauen scharf gewiesen,
Daß ihr die Flatternde, die Flüchtige faßt!
Es ist ihr sicher schlecht im alten Haus,
Und das Genie, es will gleich obenaus.

Glorie von oben, rechts.

HIMMLISCHE HEERSCHAR. Folget, Gesandte,
Himmelsverwandte,
Gemächlichen Flugs:
Sündern vergeben,
Staub zu beleben!
Allen Naturen
Freundliche Spuren
Wirket im Schweben
Des weilenden Zugs!

MEPHISTOPHELES. Mißtöne hör ich! garstiges Geklimper,
Von oben kommts mit unwillkommnem Tag:
Es ist das bübisch-mädchenhafte Gestümper,
Wie frömmelnder Geschmack sichs lieben mag.
Ihr wißt, wie wir in tiefverruchten Stunden
Vernichtung sannen menschlichem Geschlecht:
Das Schändlichste, was wir erfunden,
Ist ihrer Andacht eben recht.

Sie kommen gleisnerisch, die Laffen!
So haben sie uns manchen weggeschnappt!
Bekriegen uns mit unsern eignen Waffen:

Es sind auch Teufel, doch verkappt.
Hier zu verlieren, wär euch ewge Schande;
Ans Grab heran und haltet fest am Rande!

CHOR DER ENGEL, *Rosen streuend.*

Rosen, ihr blendenden,
Balsam versendenden!
Flatternde, schwebende,
Heimlich belebende
Zweigleinbeflügelte,
Knospenentsiegelte,
Eilet zu blühn!

Frühling entsprieße,
Purpur und Grün!
Tragt Paradiese
Dem Ruhenden hin!

MEPHISTOPHELES *zu den Satanen.*
Was duckt und zuckt ihr? ist das Höllenbrauch?
So haltet stand und laßt sie streuen!
An seinen Platz ein jeder Gauch!
Sie denken wohl, mit solchen Blümeleien
Die heißen Teufel einzuschneien;
Das schmilzt und schrumpft vor eurem Hauch.
Nun pustet, Püstriche! – Genug, genug!
Vor eurem Broden bleicht der ganze Flug.
Nicht so gewaltsam! schließet Maul und Nasen!
Fürwahr, ihr habt zu stark geblasen.
Daß ihr doch nie die rechten Maße kennt!
Das schrumpft nicht nur: es bräunt sich, dorrt, es brennt!
Schon schwebts heran mit giftig-klaren Flammen:
Stemmt euch dagegen, drängt euch fest zusammen! –
Die Kraft erlischt! dahin ist aller Mut!
Die Teufel wittern fremde Schmeichelglut.

CHOR DER ENGEL. Blüten, die seligen,
Flammen, die fröhlichen,
Liebe verbreiten sie,
Wonne bereiten sie,
Herz wie es mag.

11696 – 11730

Worte, die wahren,
Äther im klaren
Ewigen Scharen
Überall Tag!

MEPHISTOPHELES. O Fluch! o Schande solchen Tröpfen!
Satane stehen auf den Köpfen,
Die Plumpen schlagen Rad auf Rad
Und stürzen ärschlings in die Hölle.
Gesegn euch das verdiente heiße Bad!
Ich aber bleib auf meiner Stelle. –
Sich mit den schwebenden Rosen herumschlagend.
Irrlichter, fort! Du leuchte noch so stark,
Du bleibst, gehascht, ein ekler Gallertquark.
Was flatterst du? Willst du dich packen! –
Es klemmt wie Pech und Schwefel mir im Nacken.

CHOR DER ENGEL. Was euch nicht angehört,
Müsset ihr meiden!
Was euch das Innre stört,
Dürft ihr nicht leiden!
Dringt es gewaltig ein,
Müssen wir tüchtig sein.
Liebe nur Liebende
Führet herein!

MEPHISTOPHELES.
Mir brennt der Kopf, das Herz, die Leber brennt!
Ein überteuflisch Element!
Weit spitziger als Höllenfeuer! –
Drum jammert ihr so ungeheuer,
Unglückliche Verliebte! die, verschmäht,
Verdrehten Halses nach der Liebsten späht.

Auch mir! Was zieht den Kopf auf jene Seite?
Bin ich mit ihr doch in geschwornem Streite!
Der Anblick war mir sonst so feindlich scharf.
Hat mich ein Fremdes durch und durch gedrungen?
Ich mag sie gerne sehn, die allerliebsten Jungen;
Was hält mich ab, daß ich nicht fluchen darf? –
Und wenn ich mich betören lasse,
Wer heißt denn künftighin der Tor? –

Die Wetterbuben, die ich hasse,
Sie kommen mir doch gar zu lieblich vor! –

Ihr schönen Kinder, laßt mich wissen:
Seid ihr nicht auch von Luzifers Geschlecht?
Ihr seid so hübsch: fürwahr, ich möcht euch küssen!
Mir ists, als kämt ihr eben recht.
Es ist mir so behaglich, so natürlich,
Als hätt ich euch schon tausendmal gesehn,
So heimlich-kätzchenhaft begierlich:
Mit jedem Blick aufs neue schöner schön!
O nähert euch, o gönnt mir Einen Blick!

CHOR DER ENGEL.
Wir kommen schon, warum weichst du zurück?
Wir nähern uns, und wenn du kannst, so bleib!
Die Engel nehmen, umherziehend, den ganzen Raum ein.
MEPHISTOPHELES, *der ins Proszenium gedrängt wird.*
Ihr scheltet uns verdammte Geister
Und seid die wahren Hexenmeister;
Denn ihr verführet Mann und Weib. –
Welch ein verfluchtes Abenteuer!
Ist dies das Liebeselement?
Der ganze Körper steht in Feuer,
Ich fühle kaum, daß es im Nacken brennt. –
Ihr schwanket hin und her: so senkt euch nieder!
Ein bißchen weltlicher bewegt die holden Glieder!
Fürwahr, der Ernst steht euch recht schön;
Doch möcht ich euch nur einmal lächeln sehn!
Das wäre mir ein ewiges Entzücken!
Ich meine so: wie wenn Verliebte blicken!
Ein kleiner Zug am Mund, so ists getan!
Dich, langer Bursche, dich mag ich am liebsten leiden,
Die Pfaffenmiene will dich gar nicht kleiden,
So sieh mich doch ein wenig lüstern an!
Auch könntet ihr anständig-nackter gehen:
Das lange Faltenhemd ist übersittlich!
Sie wenden sich – Von hinten anzusehen! –
Die Racker sind doch gar zu appetitlich!

CHOR DER ENGEL. Wendet zur Klarheit
     Euch, liebende Flammen!
     Die sich verdammen,
     Heile die Wahrheit,
     Daß sie vom Bösen
     Froh sich erlösen,
     Um in dem Allverein
     Selig zu sein!

MEPHISTOPHELES *sich fassend.*
Wie wird mir! – Hiobsartig, Beul an Beule
Der ganze Kerl, dems vor sich selber graut,
Und triumphiert zugleich, wenn er sich ganz durchschaut,
Wenn er auf sich und seinen Stamm vertraut:
Gerettet sind die edlen Teufelsteile,
Der Liebespuk, er wirft sich auf die Haut!
Schon ausgebrannt sind die verruchten Flammen.
Und wie es sich gehört, fluch ich euch allzusammen!

CHOR DER ENGEL. Heilige Gluten,
     Wen sie umschweben,
     Fühlt sich im Leben
     Selig mit Guten.
     Alle vereinigt
     Hebt euch und preist!
     Luft ist gereinigt:
     Atme der Geist!

Sie erheben sich, Faustens Unsterbliches entführend.
MEPHISTOPHELES *sich umsehend.*
Doch wie? – Wo sind sie hingezogen?
Unmündiges Volk, du hast mich überrascht!
Sind mit der Beute himmelwärts entflogen;
Drum haben sie an dieser Gruft genascht!
Mir ist ein großer, einziger Schatz entwendet:
Die hohe Seele, die sich mir verpfändet,
Die haben sie mir pfiffig weggepascht.

Bei wem soll ich mich nun beklagen?
Wer schafft mir mein erworbenes Recht?
Du bist getäuscht in deinen alten Tagen,
Du hasts verdient, es geht dir grimmig schlecht!

Ich habe schimpflich mißgehandelt,
Ein großer Aufwand, schmählich! ist vertan;
Gemein Gelüst, absurde Liebschaft wandelt
Den ausgepichten Teufel an.
Und hat mit diesem kindisch-tollen Ding
Der Klugerfahrne sich beschäftigt,
So ist fürwahr die Torheit nicht gering,
Die seiner sich am Schluß bemächtigt.

BERGSCHLUCHTEN

Wald, Fels, Einöde
Heilige Anachoreten gebirgauf verteilt, gelagert zwischen Klüften

CHOR UND ECHO

Waldung, sie schwankt heran,
Felsen, sie lasten dran,
Wurzeln, sie klammern an,
Stamm dicht am Stamm hinan.
Woge nach Woge spritzt,
Höhle, die tiefste, schützt.
Löwen, sie schleichen stumm-
freundlich um uns herum,
Ehren geweihten Ort,
Heiligen Liebeshort.

PATER ECSTATICUS *auf- und abschweifend.*

Ewiger Wonnebrand,
Glühendes Liebeband,
Siedender Schmerz der Brust,
Schäumende Gotteslust!
Pfeile, durchdringet mich,
Lanzen, bezwinget mich,
Keulen, zerschmettert mich,
Blitze, durchwettert mich!
Daß ja das Nichtige
Alles verflüchtige,
Glänze der Dauerstern,
Ewiger Liebe Kern!

11836 – 11865

PATER PROFUNDUS. *Tiefe Region.*

Wie Felsenabgrund mir zu Füßen
Auf tieferm Abgrund lastend ruht,
Wie tausend Bäche strahlend fließen
Zum grausen Sturz des Schaums der Flut,
Wie strack, mit eignem kräftigen Triebe,
Der Stamm sich in die Lüfte trägt:
So ist es die allmächtige Liebe,
Die alles bildet, alles hegt.

Ist um mich her ein wildes Brausen,
Als wogte Wald und Felsengrund,
Und doch stürzt, liebevoll im Sausen,
Die Wasserfülle sich zum Schlund,
Berufen, gleich das Tal zu wässern;
Der Blitz, der flammend niederschlug,
Die Atmosphäre zu verbessern,
Die Gift und Dunst im Busen trug:

Sind Liebesboten! sie verkünden,
Was ewig schaffend uns umwallt.
Mein Innres mög es auch entzünden,
Wo sich der Geist, verworren-kalt,
Verquält in stumpfer Sinneschranken
Scharfangeschloßnem Kettenschmerz!
O Gott, beschwichtige die Gedanken,
Erleuchte mein bedürftig Herz!

PATER SERAPHICUS. *Mittlere Region.*

Welch ein Morgenwölkchen schwebet
Durch der Tannen schwankend Haar?
Ahn ich, was im Innern lebet?
Es ist junge Geisterschar.

CHOR SELIGER KNABEN. Sag uns, Vater, wo wir wallen,
Sag uns, Guter, wer wir sind!
Glücklich sind wir: allen, allen
Ist das Dasein so gelind.

PATER SERAPHICUS. Knaben, Mitternachtsgeborne,
Halb erschlossen Geist und Sinn,
Für die Eltern gleich Verlorne,
Für die Engel zum Gewinn!

Daß ein Liebender zugegen,
Fühlt ihr wohl: so naht euch nur!
Doch von schroffen Erdewegen,
Glückliche! habt ihr keine Spur.
Steigt herab in meiner Augen
Welt- und erdgemäß Organ!
Könnt sie als die euern brauchen:
Schaut euch diese Gegend an!
Er nimmt sie in sich.
Das sind Bäume, das sind Felsen,
Wasserstrom, der abestürzt
Und mit ungeheuerm Wälzen
Sich den steilen Weg verkürzt.

SELIGE KNABEN *von innen.*

Das ist mächtig anzuschauen;
Doch zu düster ist der Ort,
Schüttelt uns mit Schreck und Grauen:
Edler, Guter, laß uns fort!

PATER SERAPHICUS.

Steigt hinan zu höhrem Kreise,
Wachset immer unvermerkt,
Wie nach ewig reiner Weise
Gottes Gegenwart verstärkt!
Denn das ist der Geister Nahrung,
Die im freisten Äther waltet:
Ewigen Liebens Offenbarung,
Die zur Seligkeit entfaltet.

CHOR SELIGER KNABEN *um die höchsten Gipfel kreisend.*

Hände verschlinget
Freudig zum Ringverein!
Regt euch und singet
Heilge Gefühle drein!
Göttlich belehret,
Dürft ihr vertrauen;
Den ihr verehret,
Werdet ihr schauen.

11902 – 11931

ENGEL
schwebend in der höhern Atmosphäre,
Faustens Unsterbliches tragend.

Gerettet ist das edle Glied
Der Geisterwelt vom Bösen:
Wer immer strebend sich bemüht,
Den können wir erlösen!
Und hat an ihm die Liebe gar
Von oben teilgenommen,
Begegnet ihm die selige Schar
Mit herzlichem Willkommen.

DIE JÜNGEREN ENGEL.

Jene Rosen, aus den Händen
Liebend-heiliger Büßerinnen,
Halfen uns den Sieg gewinnen,
Uns das hohe Werk vollenden,
Diesen Seelenschatz erbeuten.
Böse wichen, als wir streuten,
Teufel flohen, als wir trafen.
Statt gewohnter Höllenstrafen
Fühlten Liebesqual die Geister;
Selbst der alte Satansmeister
War von spitzer Pein durchdrungen.
Jauchzet auf! es ist gelungen.

DIE VOLLENDETEREN ENGEL.

Uns bleibt ein Erdenrest
Zu tragen peinlich,
Und wär er von Asbest,
Er ist nicht reinlich.
Wenn starke Geisteskraft
Die Elemente
An sich herangerafft,
Kein Engel trennte
Geeinte Zwienatur
Der innigen beiden:
Die ewige Liebe nur
Vermags zu scheiden.

11934 – 11965

DIE JÜNGEREN ENGEL.

Nebelnd um Felsenhöh
Spür ich soeben
Regend sich in der Näh
Ein Geisterleben.
Die Wölkchen werden klar:
Ich seh bewegte Schar
Seliger Knaben,
Los von der Erde Druck,
Im Kreis gesellt,
Die sich erlaben
Am neuen Lenz und Schmuck
Der obern Welt.
Sei er zum Anbeginn,
Steigendem Vollgewinn
Diesen gesellt!

DIE SELIGEN KNABEN.

Freudig empfangen wir
Diesen im Puppenstand;
Also erlangen wir
Englisches Unterpfand.
Löset die Flocken los,
Die ihn umgeben!
Schon ist er schön und groß
Von heiligem Leben.

DOCTOR MARIANUS. *In der höchsten, reinlichsten Zelle*
Hier ist die Aussicht frei,
Der Geist erhoben.
Dort ziehen Fraun vorbei,
Schwebend nach oben.
Die Herrliche, mitteninn,
Im Sternenkranze,
Die Himmelskönigin:
Ich sehs am Glanze.

Entzückt.

Höchste Herrscherin der Welt,
Lasse mich im blauen,
Ausgespannten Himmelszelt

Dein Geheimnis schauen!
Billige, was des Mannes Brust
Ernst und zart beweget
Und mit heiliger Liebeslust
Dir entgegenträget!
Unbezwinglich unser Mut,
Wenn du hehr gebietest;
Plötzlich mildert sich die Glut,
Wie du uns befriedest.
Jungfrau, rein im schönsten Sinn,
Mutter, Ehren würdig,
Uns erwählte Königin,
Göttern ebenbürtig.

    Um sie verschlingen
    Sich leichte Wölkchen:
    Sind Büßerinnen,
    Ein zartes Völkchen,
    Um ihre Kniee
    Den Äther schlürfend,
    Gnade bedürfend.

Dir, der Unberührbaren,
Ist es nicht benommen,
Daß die leicht Verführbaren
Traulich zu dir kommen.

In die Schwachheit hingerafft,
Sind sie schwer zu retten:
Wer zerreißt aus eigner Kraft
Der Gelüste Ketten?
Wie entgleitet schnell der Fuß
Schiefem, glattem Boden!
Wen betört nicht Blick und Gruß,
Schmeichelhafter Odem?

Mater gloriosa schwebt einher.

CHOR DER BÜSSERINNEN.
    Du schwebst zu Höhen
    Der ewigen Reiche;
    Vernimm das Flehen,
    Du Ohnegleiche,
    Du Gnadenreiche!

MAGNA PECCATRIX. *(St. Lucae VII, 36.)*

Bei der Liebe, die den Füßen
Deines gottverklärten Sohnes
Tränen ließ zum Balsam fließen
Trotz des Pharisäerhohnes,
Beim Gefäße, das so reichlich
Tropfte Wohlgeruch hernieder,
Bei den Locken, die so weichlich
Trockneten die heilgen Glieder –

MULIER SAMARITANA. *(St. Joh. IV.)*

Bei dem Bronn, zu dem schon weiland
Abram ließ die Herde führen,
Bei dem Eimer, der dem Heiland
Kühl die Lippe durft berühren,
Bei der reinen, reichen Quelle,
Die nun dorther sich ergießet,
Überflüssig, ewig helle
Rings durch alle Welten fließet–

MARIA AEGYPTIACA. *(Acta Sanctorum.)*

Bei dem hochgeweihten Orte,
Wo den Herrn man niederließ,
Bei dem Arm, der von der Pforte
Warnend mich zurückestieß,
Bei der vierzigjährigen Buße,
Der ich treu in Wüsten blieb,
Bei dem seligen Scheidegruße,
Den im Sand ich niederschrieb –

ZU DREI. Die du großen Sünderinnen
Deine Nähe nicht verweigerst
Und ein büßendes Gewinnen
In die Ewigkeiten steigerst,
Gönn auch dieser guten Seele,
Die sich einmal nur vergessen,
Die nicht ahnte, daß sie fehle,
Dein Verzeihen angemessen!

UNA POENITENTIUM *sich anschmiegend. Sonst Gretchen genannt.*

Neige, neige,
Du Ohnegleiche,
Du Strahlenreiche,
Dein Antlitz gnädig meinem Glück!
Der früh Geliebte,
Nicht mehr Getrübte,
Er kommt zurück.

SELIGE KNABEN *in Kreisbewegung sich nähernd.*

Er überwächst uns schon
An mächtigen Gliedern,
Wird treuer Pflege Lohn
Reichlich erwidern.
Wir wurden früh entfernt
Von Lebechören;
Doch dieser hat gelernt:
Er wird uns lehren.

DIE EINE BÜSSERIN, *sonst Gretchen genannt.*

Vom edlen Geisterchor umgeben,
Wird sich der Neue kaum gewahr,
Er ahnet kaum das frische Leben,
So gleicht er schon der heiligen Schar.
Sieh, wie er jedem Erdenbande,
Der alten Hülle sich entrafft
Und aus ätherischem Gewande
Hervortritt erste Jugendkraft!
Vergönne mir, ihn zu belehren:
Noch blendet ihn der neue Tag!

MATER GLORIOSA.

Komm, hebe dich zu höhern Sphären!
Wenn er dich ahnet, folgt er nach.

DOCTOR MARIANUS *auf dem Angesicht anbetend.*

Blicket auf zum Retterblick,
Alle reuig Zarten,
Euch zu seligem Geschick
Dankend umzuarten!

Werde jeder bessre Sinn
Dir zum Dienst erbötig!
Jungfrau, Mutter, Königin,
Göttin, bleibe gnädig!

CHORUS MYSTICUS.

Alles Vergängliche
Ist nur ein Gleichnis;
Das Unzulängliche,
Hier wird's Ereignis;
Das Unbeschreibliche,
Hier ist's getan;
Das Ewigweibliche
Zieht uns hinan.

FINIS

12100 – 12111

ANHANG

»FAUST« – STOFF UND SPIEGEL
EINES DICHTERLEBENS

Zwischen dem Entwurf des *Urfaust* (1773–75) und dem Abschluß von *Faust II* (1832) liegen fast 60 Jahre eines über die Maßen produktiven Dichterlebens. Auch wenn die Arbeit an der *Faust*-Dichtung immer wieder lange Zeit unterbrochen wurde, spiegeln sich die Wandlungen, die der Autor in diesen Zeitspannen erlebte, und die Erkenntnisse, die er gewann, in den veränderten Konzeptionen, die die Wiederaufnahmen bestimmten. Eine ›Einheit‹ der *Faust*-Teile besteht zwar dem Titel nach, jedoch nicht als durchgängige Einheitlichkeit der dramatischen Handlung. Sie liegt vielmehr in einer Vielfalt von Themen, Motiven, Figuren und Bildern, die sich aus der ursprünglichen stofflichen Vorlage kontinuierlich entfaltet haben. Ist es zunächst die außerordentliche Gestalt Fausts, die den Autor interessiert, so erweitert sich sein Gegenstand zum Ende seines Lebens hin zum Gang des »immer kreis- und spiralartig wiederkehrenden Erdetreibens« (an Karl Friedrich Zelter, 11.5.1820). Goethe selbst warnte im Hinblick auf *Faust II* davor, »ein so reiches, buntes und so höchst mannigfaltiges Leben auf die magere Schnur einer einzigen durchgehenden Idee« bringen zu wollen (zu Eckermann, 6.5.1827). Die Verständnisschwierigkeiten, die Goethes *Faust* trotz der zahlreichen Interpretationen in den letzten 150 Jahren weiterhin bietet, resultieren nicht zuletzt aus dem sich wandelnden Verhältnis des Dichters zu seinem Werk selbst.

Der Faust-Stoff, den Goethe vorfand, brachte bereits eine eigene Tradition mit: Der historische Faust (ca. 1480–1540), ein Zeitgenosse Martin Luthers, Thomas Müntzers und Ulrich von Huttens, war eher ein Scharlatan als ein Gelehrter, mehr ein Quacksalber als ein Arzt. Er vagabundierte durch süddeutsche Städte, unterrichtete, stellte Horoskope und war als Astrologe tätig. Er nannte sich selbst »Meister aller mantischen Künste«, d.h. der Wahrsagerei, Magie und Zauberei, doch die Zeitgenossen sahen in ihm einen Landstreicher und Sittenstrolch, und er geriet zuzeiten so ins Zwielicht, daß er aus der einen oder anderen Stadt ausgewiesen wurde. Schon zu Lebzeiten rankten sich um Faust Legenden.

Im Jahre 1587 erschien bei dem Frankfurter Buchhändler Spies die *Historia von D. Johann Fausten dem weitbeschreyten Zauberer und Schwartzkünstler,* von der innerhalb nur eines Jahrzehnts 22 Nachdrucke aufgelegt wurden. Der unbekannte Verfasser mischte Gehörtes, Gelesenes und Erfundenes, bezog Zaubersagen und Schwankgeschichten mit ein. Der reißerische Stoff sorgte für eine nachhaltige Resonanz. Die Leser verfolgten mit heimlicher Bewunderung und offenem Schaudern das Schicksal dieser Gestalt, in der sie den Erkenntnisdrang eines Kopernikus und die Abenteuerlust eines Columbus, aber auch das geheimnisvolle Tun der Alchimisten wiederfanden. Noch wurden Superbia, die Anmaßung, und

Curiositas, die Neugier, als Sünden angesehen, insoweit sie die von Bibel
und Kirche gesetzten Grenzen des Menschlichen zu überschreiten trachte-
ten. Verfolgt man die weiteren, gleichfalls publikumswirksamen Bearbeitungen des Faust-Stoffs – durch Widmann (1599) in Hamburg, den Nürn-
berger Arzt Pfitzer (1674) und einen Anonymus, der sich der »Christlich
Meynende« (1725) nennt –, so wird im Laufe der Zeit aus dem zunächst
mittelmäßigen Scharlatan eine Symbolgestalt kühner Freigeisterei und be-
denkenlosen Umgangs mit der Magie. Der Stoff wird durch Volksbücher,
Wanderbühnen und Puppenspiele lebendig erhalten, zwar oft simplifiziert,
doch parallel auch literarisch weitervermittelt u. a. durch Christopher Mar-
lowe (*The Tragicall History of D. Faustus*, ca. 1590 entstanden, 1604 gedruckt) und Gotthold Ephraim Lessing (Pläne im 17. Literaturbrief von
1759 und Bruchstücke im Nachlaß).

   In der Zeit der Aufklärung setzte sich die Auffassung durch, daß Faust
nicht dafür der Höllenstrafe verfallen dürfe, daß er die dem Menschen von
Gott verliehene Gabe der Vernunft in allen ihren Möglichkeiten nutzte.
Der Erkenntnisdrang sei der menschlichen Natur mitgegeben. Sternen-
glaube und Höllenangst, Teufelsspuk und Hexenwesen wurden bereits
damals als fremd empfunden.

   Die Dichter des »Sturm und Drang« erweiterten das Faust-Bild um ein
leidenschaftliches Bekenntnis zur Natur. Die Lebens- und Gefühlsbegei-
sterung der Autoren Jakob Michael Reinhold Lenz und Friedrich Maximilian Klinger spiegelt sich in ihren Bearbeitungen des Faust-Stoffs. Da ihnen
ihre eigene Epoche naturfremd, überzivilisiert und einengend reglemen-
tiert vorkam, bewunderten die Stürmer und Dränger den kühnen Einzelnen, der sich nicht durch Gottes- oder Höllenfurcht von der Wahrheitssu-
che abhalten oder durch gesellschaftliche Konventionen in seinen Gefühlen
beirren ließ. Faust stand nun da als mutiger Außenseiter, der die Horizonte
des Denkens und Fühlens zu erweitern sucht. Der junge Goethe sah Faust
neben Prometheus und Luzifer als Identifikationsfigur des Zeitgeistes um
1770.

   Goethes sogenannter *Urfaust* – jene Szenen, die nur als Abschriften von
Hand der Hofdame Luise von Göchhausen überliefert sind und die erst
1887 entdeckt wurden – war vermutlich in den Frankfurter Jahren 1773 bis
1775 entstanden. Goethe brachte ihn im November 1775 nach Weimar mit
und las daraus am Hofe vor. Das Pathos der Gelehrtenhandlung, die satirischen Seitenhiebe der Wagner- und Schüler-Szenen, die natürliche Sinnlichkeit und Gesellschaftskritik der Gretchenhandlung begeisterten die an
konventionelle Themen gewöhnten Zuhörer. Die Vielfalt der Stile, die
auch Volkslied, Ballade und studentischen Grobianismus einschloß, kon-
trastierte mit der rokokohaften Künstlichkeit zeitgenössischer Dramen.
Die lockere Szenenfolge des Werks schließlich war ein Affront gegen die
überlieferte Regelpoetik Gottscheds.

   Während die Gelehrtenhandlung im *Urfaust* noch nicht abgeschlossen
ist, hat der Autor die Gretchenhandlung vollständig ausgeführt. Angeregt

durch das Geschick der Kindsmörderin Susanna Margaretha Brandt, die 1772 in Frankfurt hingerichtet wurde, schuf Goethe die Tragödie eines Mädchens aus kleinbürgerlichem Stand und ging hier weit über die Vorgabe des *Faust*-Buches hinaus. Nirgends zuvor wurden in der deutschen Literatur Sehnsucht und Verlassenheit eines einfachen Mädchens so unmittelbar zur Sprache gebracht. Gretchen folgt ohne jede Absicherung ihrem großen Gefühl. In der unbedingten Wahrheit ihrer Liebe gibt sie sich Faust hin, ohne die Reinheit ihres Wesens zu gefährden. Den Sinnen kommt nach Auffassung des »Sturm und Drang« ihr eigenes Naturrecht zu, die ganzheitliche Liebe trägt ihre eigene Sittlichkeit in sich. Weder bereut Gretchen ihre Hingabe an Faust, noch zweifelt sie an der Gültigkeit der bürgerlichen Normen: An diesem Zwiespalt geht sie zugrunde. Als Folge ihres unbedingten Gefühls gerät Gretchen in Widerspruch zur Moral des Kleinbürgertums und wird aus ihrem engen Lebenskreis gedrängt. »Doch – alles, was mich dazu trieb, /Gott! war so gut! ach, war so lieb!« (V. 3585 f.) Der tragische Widerspruch zwischen dem Gewollten und dem Getanen endet für sie in einem Leid, das ungleich größer ist als ihre Schuld. Zum ersten Mal in der Literaturgeschichte wird einer Protagonistin des Dritten Stands ein tragisches Schicksal zugestanden, wie es bis dahin nur hochgestellten Personen vorbehalten war.[1] Der Dichter verurteilt Gretchen nicht, sie wird durch die Gnade des Himmels gerettet.

Diejenigen in Goethes Bekanntenkreis, die die *Urfaust*-Szenen kannten, drängten, wie Briefe belegen, auf Fertigstellung und Publikation. Halbherzig veröffentlichte Goethe im Jahre 1790 *Faust. Ein Fragment.* Er hatte sich inzwischen innerlich von dem Titanismus des Protagonisten und dem Phantastisch-Spukhaften des Stoffs entfernt und sich der Klarheit der Formen der klassischen Antike zugewandt, die er dann während seiner Italienischen Reise (Sept. 1786 – Mai 1788) unmittelbar kennenlernte. Außerdem richtete sich sein Interesse seit den frühen Weimarer Jahren auf das Studium der Natur, eine Beschäftigung, die im Laufe der Zeit an Umfang und Bedeutung zunahm und von partiellen Beobachtungen in Botanik, Osteologie (Knochenkunde), Farbenlehre und Meteorologie zu allgemeinen Einsichten in die Bildungsweise der Natur führte und den Dichter analoge poetische Strukturen entdecken und entwickeln ließ.

Verglichen mit dem *Urfaust*, wurde das *Fragment* um drei Szenen erweitert, die die bisher disparaten Teile verbinden. Zugleich verdeutlichen sie eine veränderte Konzeption des Werks. Die Versreihe »Und was der ganzen Menschheit zugeteilt ist, Will ich in meinem innern Selbst genießen« (V. 1770 f.) formuliert Fausts Versuch, seine Individualität zum Welt-Ich zu erweitern und sich als universales Subjekt zu setzen. Dem Streben nach grenzüberschreitender Erkenntnis folgt das Verlangen nach schrankenlosem »Genuß« – ein Anspruch, der in seiner Maßlosigkeit für Goethe bereits fragwürdig geworden war. Mephisto überredet Faust, sich den Sinnen zu überlassen: Die Alternative zum gescheiterten Erkennen, die Weltfahrt, ist damit motiviert. In der Zauberwelt der *Hexenküche* sieht

Faust das Bild Helenas als Urbild weiblicher Schönheit. Seine Sehnsucht wird von Mephisto zunächst auf Gretchen gelenkt, doch bestimmt der Weg zu Helena später die ersten drei Akte des *Faust II*. Im Anfangsmonolog der dritten neu hinzugekommenen Szene *Wald und Höhle* wird dem rastlosen Protagonisten ein Augenblick erkennenden Genießens gewährt, das sich aber nach wenigen Versen wieder verliert. Die ruhelose »Begierde« bringt den »Genuß« um sich selbst (vgl. V. 3249 f.). Die Gretchenhandlung im *Faust*-Fragment endet vorzeitig mit Gretchens Bewußtlosigkeit.

Daß Goethe 1790 ein »Fragment« präsentierte, zeigt seine Absicht, den *Faust* fortzusetzen, doch persönliche, politische und ästhetische Gründe hielten ihn lange Zeit von einer weiteren Arbeit an diesem Werk ab. Vor allem war es Schiller, der auf die Fortsetzung des *Fragments* drängte: Faust müsse nun »ins handelnde Leben geführt« werden (Brief vom 26. Juni 1797). Goethe begann die Arbeit an der »barbarischen Komposition« (an Schiller, 27. Juni 1797) erneut halb widerwillig. Doch in den folgenden Jahren fand er – nach mehreren Unterbrechungen – einen Weg zu einer wiederum veränderten Fassung, deren erster Teil 1806 fertiggestellt und 1808 gedruckt wurde. Für *Faust. Der Tragödie Erster Teil* werden der Gelehrten- und Gretchenhandlung drei Einführungen vorangestellt, die den Stoff unter verschiedenen Aspekten reflektieren und die zwischenzeitlich gewonnene Distanz des Autors zu seinem Gegenstand erkennen lassen: Die *Zueignung* (entstanden am 22. Juni 1797) thematisiert in feierlichen Stanzen die Bedingungen des dichterischen Schaffens: Aus dem Trüben der Vergangenheit drängen die Gestalten an den Dichter heran und fordern eine klare Gestaltung. Das *Vorspiel auf dem Theater* ist nicht nur eine komödiantische Abrechnung mit den merkantilen Notwendigkeiten des Theaterbetriebs, sondern vor allem ein dichterisches Selbstbekenntnis und ein Freibrief für die bunte Fülle des Kommenden, die hier angekündigt wird; der Dichter verkündet selbstbewußt seine Intention, »den ganzen Kreis der Schöpfung auszuschreiten« (V. 240). Der *Prolog im Himmel* ordnet Fausts Streben und Mephistos Widerpart in einen göttlichen Heilsplan ein: Faust wird zum repräsentativen Fall. Der Schauplatz »Himmel« und das Auftreten des »Herrn« und seiner Engel bedeuteten auch im 18. Jahrhundert für die Zuschauer eine Zumutung, doch boten sie dem Dichter die Möglichkeit, Fausts selbstbewußten Anspruch »Und was der ganzen Menschheit zugeteilt ist, ...« von höchster Instanz bestätigen zu lassen und zugleich einen übergreifenden Weltentwurf als Hintergrund der Handlung zu präsentieren. Insbesondere wird die Thematik des Strebens entfaltet und bereits die spätere Erlösung Fausts angedeutet.

Schon der Faust des *Faust*-Buches wollte die seinem Erkenntnisstreben gesetzten Grenzen überschreiten, doch die nun hinzugefügte Selbstmord-Szene ist Goethes eigene Zutat. Sie schließt – zusammen mit dem »Osterspaziergang« und der Beschwörung des Pudels – die »große Lücke« (an Schiller, 4. 4. 1801), die zwischen der Gelehrtenhandlung und dem Auftreten Mephistos bisher offengeblieben war. Auch die Paktszene zwischen Faust und Mephisto fügt Goethe neu ein.

In seinem Bestreben zu erkennen, »was die Welt im Innersten zusammenhält« (V. 382 f.), wendet sich Faust – unbefriedigt von rationaler Erkenntnis – der Magie zu, doch der Anblick des »Zeichens des Makrokosmos« genügt ihm nicht, da er Teilhabe an der »wirkenden Natur« (V. 441) verlangt. Als »Ebenbild der Gottheit« (V. 516) glaubt er, dem Erdgeist, der Kraft der schaffenden Natur, gegenübertreten zu können, doch er scheitert. In der Selbstmord-Szene maßt er sich die Herrschaft über das Leben an und will den Tod als Steigerung der Selbsterfahrung (»auf neuer Bahn den Äther zu durchdringen«, V. 704) erleben. Doch sein Plan mißlingt: Sentimentalität – die Erinnerung an früher gehörtes Glockenläuten – hält ihn vom Selbstmord zurück. Je unbedingter Faust will, desto bedingender erfährt er die Endlichkeit der menschlichen Existenz, doch um so entschlossener setzt er dann in der Wette alles auf das rastlose Streben, das keinen Augenblick als des Genießens wert anzuerkennen bereit ist. »Werd ich beruhigt je mich auf ein Faulbett legen, so sei es gleich um mich getan! ... Werd ich zum Augenblicke sagen: Verweile doch! Du bist so schön! Dann magst du mich in Fesseln schlagen, Dann will ich gern zugrunde gehen!« (V. 1692 ff.). Faust will alles, kompromißlos und um jeden Preis, doch hält er der Überprüfung an seinen Taten nicht stand, und es erscheint heute schwer begreiflich, wie er in verkennender Idealisierung lange Zeit als ein Held und Vorbild erscheinen konnte. Sein wortreicher Überschwang (vgl. V. 690 ff.) und die Maßlosigkeit seiner Reaktionen, die zwischen Lebensüberdruß (V. 398 ff., 1570 f. u. a. m.) und Ekstase (vgl. z. B. V. 430 ff., 2687 ff.) wechseln, weisen ihn als Rhetor und Melancholiker aus. Wird er tätig, so wird er fragwürdig und lädt Schuld auf sich. Dem Pathos der Worte steht die Enttäuschung durch sein Handeln gegenüber. Trotz seiner Liebesbeteuerungen gegenüber Gretchen stürzt er sie und ihre Familie ins Unglück und versagt. Mephisto als Verkörperung des Bösen hat immer wieder die Hand im Spiel, doch kann man deshalb Faust nicht von seiner Verantwortung für die Folgen seines Tuns freisprechen. Ist Faust ein »guter Mensch, in seinem dunklen Drange«, der sich »des rechten Weges wohl bewußt« bleibt (V. 328 f.), läßt sich seine Schuld als bloßes »Irren« (vgl. V. 317: »Es irrt der Mensch, solang er strebt.«) akzeptieren? Das Streben nach dem Guten scheint Faust zu rechtfertigen, doch allzu bedenkenlos nimmt er die zerstörerische Hilfe Mephistos an.

Als *Faust. Der Tragödie Erster Teil* erschien, hatte Goethe bereits weitreichende Überlegungen zur Fortsetzung im zweiten Teil angestellt. Ein vermutlich zwischen 1797 und 1800 entstandenes Schema stellt die beiden Teile der Dichtung als einen »subjektiven« und einen »objektiven« einander gegenüber. Goethes klassischer und später Stil ist entschieden geprägt durch »die Tendenz, die subjektive Welt des Menschen – im Seelischen wie im Gesellschaftlichen, im Geschichtlich-Politischen wie im Künstlerischen – unter der objektiven Gesetzlichkeit der Natur zu fassen.«[2] Zu den wichtigsten in Analogie zu natürlichen Bildungsprozessen entwickelten poetischen Denkformen Goethes gehören »Ganzheit«, »Polarität«, »Metamorphose« (Verwandlung) und »Steigerung«. Die Natur – so entnahm Goethe der unmittelbaren Anschauung z. B. der Entwicklung der Pflanze oder des Knochenbaus – bildet im organischen Bereich nach *einem* Verfahren, indem sie eine Urform in ständiger Verwandlung wieder erscheinen läßt und dabei weiterentwickelt. Dieses als »Metamorphose« bezeichnete Verfahren entspringt aus der allem Lebendigen innewohnenden Spannung zwischen Polarisation – der Tendenz des Ganzen, sich zu teilen – und der Gegenbewegung, in der die getrennten Pole nach Vereinigung streben, die dann zu einer höheren Entwicklungsstufe führt: »Das Geeinte zu entzweien und das Entzweite zu einigen ist das Leben der Natur; dies ist die ewige Systole und Diastole, ... das Ein- und Ausatmen der Welt, in der wir leben, weben und sind.« (*Zur Farbenlehre*, § 739). Diese Anschauung entwickelt Goethe in seinen naturwissenschaftlichen Schriften, von denen hier vor allem der *Versuch die Metamorphose der Pflanzen zu erklären* (1790) und die *Geschichte der Farbenlehre* (1790–1810) genannt seien.

»Wissenschaft und Dichtung vereinen zu können, gehört zu der Begünstigung, die Goethe zuteil wurde: Nur noch in seiner Zeit war eine Naturforschung möglich, die sich auf den Augenschein gründete und durch ihn allein zu Resultaten gelangte.«[3] Dieser Naturerkenntnis verdankt sich die Metaphorik des Goetheschen Alterswerks. Erst in den letzten Jahrzehnten wurden innerhalb der Goethe-Forschung die zuvor wenig beachteten naturwissenschaftlichen Schriften zur Deutung insbesondere der Lyrik und des *Faust* mit großem Gewinn herangezogen.

Die einzelne Naturerscheinung kann über sich selbst hinaus auf die ihrer Entwicklung zugrundeliegende Gesetzlichkeit verweisen: Dann gilt sie als »Urphänomen«, wie es Goethe etwa in der »Urpflanze« beschrieb. Wenn in einem besonderen Moment Naturkräfte sich begegnen, werden Gesetze des Naturschaffens erkennbar. So erlaubt die Metamorphose des Schmetterlings, die Goethe unter diesem Aspekt immer wieder faszinierte, im Augenblick der Verpuppung der Raupe einen Einblick in die Einheit von Vergehen und Entstehen in der Natur. Der Dichter Goethe, der dem Naturbeobachter Goethe folgt, unternimmt es, im Kunstwerk die schaffende Natur nachzuahmen, wenn er im Einzelnen, Zufälligen zugleich das Typische, Allgemeingültige zu erfassen und die individuelle Erscheinung auf diese Weise zu objektivieren sucht. In diesem Sinne erscheint Faust im *Zweiten Teil* »objektiv«: Als Typus durchläuft er die zentralen Bereiche der Welt und erfährt die Bedingungen des Menschseins in repräsentativen Situationen. An die Stelle eines individuellen dramatischen Schicksals tritt »der Prozeß der Weltaneignung und Selbstgestaltung«[4] einer großen Lebenskraft in mehreren Metamorphosen.

Die im *Ersten Teil* des *Faust* so fremd erscheinenden Szenen *Walpurgisnacht* und *Walpurgisnachtstraum* – die eine die wüste Sinnenwelt Mephistos in der Hexenversammlung, die andere ein wirres opernhaftes Intermezzo, das eine Fülle von Anspielungen auf zeitgenössische Literatur, Philosophie und Mode enthält – kündigen Goethes symbolisch-allegorische Gestaltungsweise an, die im *Faust II* zu einem dominierenden Stilprinzip wird. Die Walpurgisnacht selbst, die »Traum – und Zaubersphäre« (V. 3871), bedeutet eine einmalige Konstellation, in der sich die menschliche Triebnatur in Gestalten aus der Welt des Volksaberglaubens und die zeitgenössische Gesellschaft in satirisch gezeichneten Repräsentanten begegnen.

Zwischen September 1800 und März 1801 waren 265 Verse eines Fragments *Helena im Mittelalter. Satyrdrama. Episode zu Faust* entstanden. Bereits das *Faust*-Buch enthielt die Suche Fausts nach Helena als Nebenmotiv, doch entfaltet Goethe aus dieser Anregung eine großangelegte zentrale Thematik. Helena ist mehr als nur »der Inbegriff von allen Himmeln« (V. 2440) oder »das Muster aller Frauen« (V. 2601), nicht nur Objekt der Sehnsucht des Mannes, sondern als Ideal der Antike Repräsentantin des Griechentums selbst. Sie verkörpert das Schöne, Künstlerische, auch das Natürlich-Sittliche in reinster Prägung. Hatten die Griechen nach Meinung Goethes und Schillers »den Traum des Lebens am schönsten geträumt« *(Maximen und Reflexionen),* so steht Helena als Symbol für diese ideale Welt.

Grundsätzliche Fragen, was Schönheit sei und wie sie entstehe, wie man sich dem klassischen Ideal annähern und eine Versöhnung zwischen der Neuzeit und der Antike erreichen könne, werden im Drama thematisiert. Eine Notiz Goethes bezeichnet die ersten zwei Akte des *Zweiten Teils* als *Antezedentien zu Helena* (Plan vom 17.12.1826), während der spätere dritte Akt selbst unter dem Titel *Helena, klassisch-romantische Phantasmagorie. Zwischenspiel zu Faust* im Jahre 1827 angekündigt wurde. Diese Vorstufen zur endgültigen Fassung zeigen, wie wichtig dem Dichter Fausts Weg in die antike Welt geworden war. Nach früheren Entwürfen sollte der Gelehrte zunächst ein Mann des aktiven politischen Handelns werden, sollte Ehre, Ruhm, Macht und Herrschsucht durchleben und auf Mephistos Vorschlag hin auf dem Reichstag zu Augsburg – wie sein Vorgänger im *Faust*-Buch – dem Kaiser gegenübertreten. Später hätte er dann Helena in der Unterwelt losbitten und für sich gewinnen sollen. Doch Goethe verwarf diese Konzeption und ließ die bereits entstandenen Szenen fallen. Im Briefwechsel mit Schiller wurde zwischen 1797 und 1805 die klassische Kunsttheorie formuliert, die Fausts Weg in die »große Welt« völlig veränderte, indem nun die eigentliche dramatische Handlung ausgespart und das Augenmerk auf die Objektivität der Daseinsphänomene gelenkt wird.

Das schließlich 1831 fertiggestellte Drama *Faust. Zweiter Teil* bot den Lesern ein gänzlich unerwartetes, alle bekannten Maße sprengendes Rätselwerk. Der dramatische Raum erweitert sich und umfaßt nun auch Unterwelt und Unterbewußtsein, die dramatische Zeit umspannt historische Epochen und mythische Vergangenheit und wechselt nach Belieben die

Zeitebenen. Weder Identität der Figuren noch Fortführung der Handlung aus dem *Ersten Teil* helfen im *Zweiten Teil* weiter, vielmehr werden Figuren, Motive und Themen in generalisierter Form weiterentwickelt und in immer neuen Aspekten einander gegenübergestellt. Anstelle psychologischer Konstanz findet man korrespondierende Figuren: Dem Gelehrten Wagner aus dem *Ersten Teil* entspricht der Forscher, dem Schüler der Baccalaureus (»Ein Anderer bin ich wieder da.« V. 6726); Gretchen tritt wieder auf als Erscheinung im Wolkenbild zu Beginn des 4. Akts und als »una poenitentium«, eine der Büßerinnen, im 5. Akt; Mephisto erscheint in den verschiedensten Rollen. Neue Phantasiegestalten – Homunculus, Euphorion – kommen hinzu, während auf der anderen Seite für die Handlung bedeutsame Teile ausgespart und als bereits geschehen vorausgesetzt werden. Verschiedenste Stile und Versformen stehen nebeneinander, zahlreiche literarische Gattungen sind integriert: das barocke Drama im Gesang der Luftgeister, die Shakespeare'sche Haupt- und Staatsaktion in den Szenen am Kaiserhof, die griechische Tragödie in der Helena-Handlung, das Renaissance-Maskenspiel in der Mummenschanz-Szene und das Drama Calderons im Schlußakt.

Wie läßt sich ein Zugang zu dieser verwirrenden Komplexität finden? An die Stelle des Himmels des *Prologs* und der kleinbürgerlichen Welt des *Ersten Teils* treten in *Faust II* der durch Naturgesetze geordnete Kosmos und die »große Welt«: Staat und Gesellschaft, Geschichte und Kunst werden in der Vielfalt ihrer Erscheinungen nach der ihnen eigenen Gesetzlichkeit repräsentativ vorgestellt. Es ging Goethe »um die reine, absichtslose Entfaltung der Urphänomene von Schönheit, Kunst, Natur, Geschichte, Dasein selbst«[5]. Die fünf Akte des Dramas behandeln diese großen Themen in verschiedenen Perspektiven. So diskutiert Faust nicht mehr, wie im Entwurf vorgesehen, mit dem Kaiser die Staatsprobleme, sondern der Dichter führt die Konstanten des staatlichen und gesellschaftlichen Lebens, veranschaulicht in Figuren und Bildern, selbst vor. Früher hatte Goethe die Einseitigkeit Fausts beklagt, als er ihn ein »subjektives, leidenschaftliches, ja barbarisches Individuum« nannte (Paralipomenon 123). Dies wird ausgeglichen, indem Faust nun als universaler Typus erscheint. Er steht da als »die neuzeitliche, sich selbst gestaltende große Lebenskraft«[6], die nach Verwirklichung drängt in den verschiedenen Bereichen des menschlichen Daseins – »neuzeitlich«, weil sie nicht mehr wie in der Antike in der Natur aufgehoben noch wie im Mittelalter in die göttliche Weltordnung integriert ist, sondern ihren eigenen Kräften vertraut.

»Naturformen spiegeln die verborgenen Vorgänge des menschlichen Innern; das menschliche Innere objektiviert sich aufgrund der strukturellen Analogie von Geist und Natur ...«[7] Was früher psychologisch gesehen wurde, wird nun mit biologischen Abläufen verglichen: statt Aktionen eines dramatischen Helden gestaltet der Dichter Metamorphosen einer tätigen Lebensform.[8] Phasen des bewußten Aufbruchs wechseln mit Phasen des Schlafs und der Ohnmacht, wenn Faust aus einem Bereich der Welt in den folgenden versetzt wird. Er erscheint in allen in seiner Person angelegten Möglichkeiten: sowohl strebend-übereilt als auch passiv-natur-hingegeben und einmal sogar – in der Maske des Plutus – in höchster Aus-geglichenheit bei größtem Reichtum (»Er hat nichts weiter zu erstreben.« V. 5556).

Auch Mephisto erscheint verwandelt. War er im *Ersten Teil* der Verfüh-rer zur Sinnenlust, Fausts Widerpart und sarkastischer Dialogpartner, so ist er im *Zweiten Teil* der im Schöpfungsplan notwendige Geist der Ver-neinung, das Prinzip des Bewußtseins gegenüber Mythos und Natur. »Er vertritt ... das unendlich variable Prinzip des Einwandes, das sich als Gegenstimme und Gegenposition (nicht nur gegenüber Faust, sondern gegenüber jedem Argument in jeder Situation) aktualisiert ...«[9] Mephisto ist zum einen der Gegenpol der idealen Welt der Antike, die Faust sucht. Daher kann er alle Masken tragen, die in Opposition zu dieser Welt stehen: Er steht für Vorgriechisches (»Ägyptisches«) ebenso wie Nachgrie-chisches (»Christentum«), für das Prinzip der Revolution und Deka-denz gegenüber der Ordnung und Sinnhaftigkeit der griechischen Welt. Folgerichtig verkörpert er auch die Häßlichkeit (»Phorkyas«) gegen-über der Schönheit Helenas. Zum anderen steht Mephisto für die Ambiva-lenz der Realität: Das Streben Fausts ist nicht zu denken ohne Mephistos verzerrende Mitwirkung, die Illusionen, Kompromisse und Verfehlun-gen, die jede Tat begleiten, auch wenn sie in bester Absicht unternommen wird.

Der 1. Akt des *Zweiten Teils* zeigt die äußere Welt des produktiven Schaf-fens. Dargestellt werden das menschliche Wirken in der Gesellschaft – repräsentiert durch den Hofstaat und die Bedingungen und Ergebnisse menschlicher Produktivität –, repräsentiert durch Gold und Papiergeld in ihrer Ambivalenz. Die *Kaiserhof-Szenen* zeigen ein wirtschaftlich zerrütte-tes, moralisch heruntergekommenes Staatswesen. Das Mit- und Gegenein-ander gesellschaftlicher Gruppen und Kräfte wird im Maskenfest des Hofstaats, der Prozession der allegorischen Figuren in der »Mummen-schanz«-Szene (*Weitläufiger Saal*), thematisiert.

Der 2. Akt präsentiert den inneren Weg des organischen Werdens in der Entwicklung des künstlich erschaffenen Intelligenzwesens Homunculus, das sich – seiner Einseitigkeit als eines reinen Geistwesens müde – auf den Weg zu einer Wiedergeburt in der Natur macht: In der *Klassischen Wal-purgisnacht,* einem »glücklichen Augenblick«, der als besondere Konstel-lation einmal nur im Jahr Chiron und Manto, Nereus und Galatea zusam-menführt und in der Herrschaft des Eros im Ägäischen Seefest gipfelt, führen die parallelen Wege Fausts, Homunculus' und Mephistos (als Phor-kyas) in die Welt der griechischen Mythologie und Naturphilosophie, um den Gestaltungsprozeß in der Natur zu verbildlichen.

Der 3. Akt stellt die Frage nach einer möglichen Wiedergeburt der Klas-sik im modernen Europa: Können sich Christentum und Romantik mit der Antike versöhnen? Helenas klassische jambische Trimeter begegnen Fausts Versen in Reimen, die mythologische Schönheit und der mittelalterliche

Burgherr reichen sich auch sprachlich »die Hand«. Aus ihrer Verbindung entsteht Euphorion, der Genius der neuzeitlichen Poesie, aus der Begegnung der Kulturen das Land Arkadien, beide flüchtig nur, ohne dauerhafte Existenz, ein Traum des Dichters, der die Bedingungen einer solchen Annäherung durchspielt. Euphorion trägt Züge des englischen Dichters Lord Byron. In seinem Schicksal benennt Goethe die Gefahr der romantischen Dichtung, sich in ihrem übersteigerten Subjektivismus zu verlieren. Faust hingegen ist in der Verbindung mit Helena für einen »glücklichen Augenblick« zum Griechen geworden, der in Übereinstimmung mit der Natur lebt und die antike Zeitlosigkeit genießt: »Nun schaut der Geist nicht vorwärts, nicht zurück; Die Gegenwart allein – Ist unser Glück. ... Dasein ist Pflicht, und wärs ein Augenblick.« (V. 9381 f. und V. 9418).

Die Welt der Antike ist für die Klassiker bestimmt durch Gesetzlichkeit und Totalität der geistig-sinnlichen Erfahrung: Der Mensch erlebt sich und die Natur als Einheit, die Vorgänge seines Inneren begegnen ihm außerhalb seiner selbst in symbolischen Gestalten. Die Kräfte der Natur balancieren sich wechselseitig aus, und eine klare, ungetrübte Anschauung läßt den Menschen am göttlichen Ursprung der Natur teilhaben. Allen Erscheinungen liegen einfache Strukturen bzw. Prinzipien zugrunde. Die »sich wiederholenden Grundmuster« und »bleibenden Verhältnisse« *(Italienische Reise,* 23. 8. 1787) ergeben Goethes »symbolische« Anschauung. Der Dichter nimmt sich selbst gegenüber der Welt seiner Gegenstände immer mehr zurück: »Die symbolisierende Dramenform Goethes war mit reduzierter Wirklichkeit, die generalisierende Darstellung mit Abstraktheit teuer erkauft. Klassik bedeutete also Gewinn und Verlust, und diese Zweideutigkeit hängt ihrem Programm wie ihrer Praxis an.«[10] Die Menge und vielfache Verflochtenheit der Bilder läßt auch für den gebildeten Leser viele Rätsel offen, jeder gedeutete Bezug läßt neue Fragen entstehen. Das Ganze der Wirklichkeit, das nicht direkt darstellbar ist, kann durch die gegenseitige Spiegelung seiner Teile indirekt erschlossen werden, wie Goethe am 27. 9. 1827 an den Bremer Privatgelehrten Karl Jakob Ludwig Iken schrieb: »Da sich gar manches unserer Erfahrungen nicht rund aussprechen und direkt mitteilen läßt, so habe ich seit langem das Mittel gewählt, durch einander gegenüber gestellte und sich gleichsam in einander abspiegelnde Gebilde den geheimeren Sinn dem Aufmerkenden zu offenbaren.«

Goethe schuf sich im Laufe der Jahre eine spezifische Poetik des Rätsels, wobei er es darauf anlegte, »auch dem wohl fertig Hingestellten noch einige Mantelfalten umzuschlagen, damit alles zusammen ein offenbares Rätsel bleibe, die Menschen fort und fort ergötze und ihnen zu schaffen mache« (an Zelter, Mitte Mai 1831). Geheimnisse werden sorgfältig verhüllt, zugleich jedoch durch Winke und Wechselbezüge im Text erhellt. Dabei stellt die oft ironische Komplexität hohe Anforderungen an Zuschauer und Leser, selbst an den »guten Kenner des Altertums«, wie Eckermann (am 12. 2. 1831) vermerkt.

Während die ersten drei Akte des *Faust II* die Phänomene des Daseins selbst erscheinen lassen, werden die Themen »Streben« und »Genuß« erst im 4. und 5. Akt wiederaufgenommen. Fausts Streben, das einst auf Erkenntnis gerichtet war, verwandelt sich in den Willen zu »Herrschaft« und »Eigentum« (V. 10187 f.). Er erlangt beides, nicht jedoch aus eigener Kraft, sondern mit Mephistos Hilfe. Dieser führt den für Faust günstigen Ausgang der Schlacht zwischen Kaiser und Gegenkaiser herbei und sorgt durch die überseeischen Piratenfahrten für Fausts Reichtum. Der kurze 4. Akt wurde als letztes Stück der Dichtung erst zwischen Mai und Juli 1831 verfaßt. Die ursprünglich vorgesehene Belehnung Fausts mit dem Meeresufer entfällt; thematisiert werden statt dessen zwei naturwissenschaftliche Bereiche, denen das besondere Interesse des Naturforschers Goethe galt: Meteorologie (insbesondere die Wolkenlehre) und Geologie (in erster Linie die Frage nach der Entstehung der Erdoberfläche). Helena und Gretchen erscheinen ihrem jeweiligen Charakter entsprechend in den Wolkenbildern »Kumulus« und »Zirrus« und deuten dem betrachtenden Faust »flüchtger Tage großen Sinn« (V. 10054).

Der Streit der Geologen, ob die Berge, Täler und Gesteine durch die Ablagerungen eines Urmeeres (»Neptunismus«) oder durch die Ausbrüche eines Zentralfeuers im Erdinnern (»Vulkanismus«) gebildet worden seien, wurde bereits in der »Klassischen Walpurgisnacht« von den Philosophen Thales und Anaxagoras vorgetragen. Goethe selbst neigte eher der neptunistischen Theorie zu, da ihm evolutionäre Bildungsprozesse naturgemäßer erschienen als eruptive. Die Bedeutung dieses Theorienstreits liegt in ihrer Übertragung von den Naturvorgängen auf menschheitsgeschichtliche Ereignisse, die aus Goethes Zusammenschau der Daseinsphänomene folgt: In der Metapher gewaltsamer Naturerscheinungen setzt sich der Dichter mit dem geschichtlichen Ereignis der Französischen Revolution auseinander, die er als gewaltsamen Einbruch in den Gang der Menschheitsentwicklung betrachtete.

Fausts Tätigkeitsdrang richtet sich auf Landgewinnung am Meer, er will sich die »zwecklose Kraft unbändiger Elemente« (V. 10219) untertan machen. Goethe bringt hier sein Interesse an den Techniken der Wasserbaukunst (Deich- und Kanalbau, Entwässerung und Hafenbau) und seine Sachkunde auf diesem Gebiet in die Dichtung ein. Im Blick auf die großen Projekte des beginnenden 19. Jhs., den Suez-, den Panama- und den Rhein-Donau-Kanal, überliefert Eckermann Goethes Äußerung: »Diese drei großen Dinge möchte ich erleben, und es wäre wohl der Mühe wert, ihnen zu Liebe es noch einige fünfzig Jahre auszuhalten.« (21.2.1827)

Erst im 5. Akt erweitert Faust seine Pläne um den Gedanken des Gemeinwohls. Seinem kühnen Wirken ist zwar Land für sehr viele Menschen zu verdanken, doch bei der mephistophelischen Durchführung lassen viele Arbeiter ihr Leben (V. 11127 f.). Sein Wunsch, sich von der Magie loszusagen, bleibt theoretisch: »Könnt ich Magie von meinem Pfad entfernen ...« (V. 11404). Die Hütte der beiden friedlich in ihrer alten Ordnung lebenden Alten Philemon und Baucis ist dem Technokraten Faust ein Dorn im

Auge, und sein Verbrechen an den beiden übertrifft noch seine Schuld im
Ersten Teil.

Was Faust in *Wald und Höhle* im *Ersten Teil* an selbstvergessener, ausba-
lancierter Übereinstimmung mit der Natur nur für einen kurzen Moment
gewann, wird im 5. Akt durch Lynkeus, den Türmer, personifiziert: »Zum
Sehen geboren, zum Schauen bestellt, dem Turme geschworen, gefällt mir
die Welt.« (V. 11288 ff.) Faust selbst jedoch genießt nicht den Anblick der
Natur, sondern die Vision von Tätigkeit.

> Solch ein Gewimmel möchte ich sehn,
> Auf freiem Grund mit freiem Volke stehn!
> Zum Augenblicke dürft ich sagen:
> »Verweile doch, du bist so schön!
> Es kann die Spur von meinen Erdetagen
> Nicht in Äonen untergehen.« –
> Im Vorgefühl von solchem hohen Glück
> Genieß ich jetzt den höchsten Augenblick. (V. 11579 ff.)

Sein Genuß des erfüllten Augenblicks ist ein Entwurf, der weitere Tätigkeit vorsieht und in die Zukunft gerichtet ist, kein erreichter Zustand,
sondern eine fortdauernde Aufgabe. So bleibt die Frage nach dem Ausgang
der Wette zwischen Faust und Mephisto uneindeutig. Die Kommentatoren
sind sich in der Bewertung der Vision Fausts nicht einig. Im 19. Jahrhundert hieß es positiv: »Verworfen hat er [Faust] nur den wilden Unend-
lichkeitsdrang, behalten den Drang des Strebens in steter, geregelter Thä-
tigkeit.«[11] Die Ideologie des »Faustischen« im Wilhelminischen Kaiserreich
verabsolutierte einzelne Verse, obwohl gewissenhafte, methodisch strenge
Philologen stets ihre Bedenken gegenüber der vermeintlichen Besserung
Fausts äußerten. Im nationalen Pathos zwischen 1870 und 1945 glorifizier-
te man Fausts späten Tatendrang, ohne sein Verschulden zu bedenken.
In der 2. Hälfte des 20. Jhs. fällt das Urteil über Faust deutlich kritischer
aus: »Die großartige Vision des letzten Faust-Monologs enthüllt sich als
bloße verbale Antizipation, als Fiktion des verblendeten, gigantomani-
schen Autokraten, der ›Räume vielen Millionen‹ eröffnen will. Seine Real-
utopie wird völlig relativiert durch magische Mittel und Mephistos Prog-
nosen, durch Verblendung und Todesnähe. Goethes Ironie – eine wahrhaft
tödliche Ironie – beweist seine Distanz zur Faust-Figur ...«[12]. Fausts
Pathos reißt ihn selbst mit, doch Mephisto setzt der beschworenen Äo-
nendauer des Werks die kühle Feststellung »Und auf Vernichtung läuft's
hinaus.« (V. 11550) und das Wissen von Fausts nahem Tod (V. 11556 f.)
entgegen. Der Zyniker Mephisto rechtfertigt die Verbrechen durch die
mörderische Menschheitsgeschichte. Der Kreislauf der Geschichte scheint
das wiederkehrende Unrecht der Herrschenden zu beweisen. Zwar holt
das Verbrechen an Philemon und Baucis Faust ein, wenn aus den Rauch-
schwaden der abgebrannten Hütte die vier grauen Weiber entstehen, doch
sind es nicht Mangel, Not oder Schuld, die Faust behelligen, sondern die

Sorge, die erst die Verfinsterung (V. 11378) und dann die Blendung bewirkt. An die Stelle des klaren Schauens, das für Goethe den ausgeglichenen Bezug von Ich und Welt belegt, treten gestörte Wahrnehmung der Umwelt und realitätsferne Befangenheit des Ich im Wahn.

Die Antwort auf die Frage, ob Goethe die Schuld Fausts, das anderen zugefügte Leid, unzulässig außer acht gelassen habe, ist im Gesamtwerk Goethes zu suchen: Menschliche Schuld ist nicht Thema des *Faust,* wohl aber anderer Werke des Dichters, die mit diesem in einem thematischen und bildlichen Verweisungs-, Kontrast und Ergänzungszusammenhang stehen. Während Faust »begabten Manns Natur- und Geisteskraft« (V. 4896) in den verschiedenen Weltbereichen zeigt, muß der Leser die Erkenntnisse aus *Wilhelm Meisters Wanderjahren,* den *Wahlverwandtschaften* oder der *Novelle* mitbedenken, wenn es um die Frage menschlicher Verantwortung und moralischer Rechtfertigung geht. Die Ereignisse der Französischen Revolution hatten Goethe tief betroffen und ihn bewogen, die Notwendigkeit einer auf Recht und Tradition gegründeten Ordnung stärker zu betonen. Die Verwirklichung des Individuums bedeutete für ihn seither die bewußte Einordnung des Einzelnen in die Gesellschaft, für die der Begriff der »Entsagung« steht.

Am Ende des mittelalterlichen *Faust-*Buches standen Strafe und Höllenqual, am Ende von *Faust II* steht eine Erlösung »von oben«. Das 18. Jahrhundert leitete sein neues Menschenbild aus einem veränderten Gottesbild ab: »Faust ist das menschliche Ebenbild der im unaufhörlichen Wandel begriffenen tätigen Gott-Natur. ›Das Werdende, das ewig wirkt und lebt‹ (V. 346) ...«[13]. Fausts Auftrag besteht darin, sein Leben tätig-handelnd zu verbringen und hierin der schaffenden Natur nachzueifern. Unter diesem Aspekt kann Faust nicht bestraft werden. Irren und Verirrungen sind notwendig und produktiv. Obwohl das den anderen durch sein Handeln zugefügte Leid beträchtlich ist, wird nicht nach moralischen Kriterien gewertet. Die Bildlichkeit der Szene *Bergschluchten* am Ende des 5. Akts ist folgerichtig nicht christlich. Sie ist keinesfalls einem Jüngsten Gericht vergleichbar, denn keine moralische Instanz meldet sich zu Wort. Die Bildwelt nimmt zwar christliche Elemente auf – Goethe stand ein Fresko im Kreuzgang des Campo Santo in Pisa, das er von einem Kupferstich kannte, als Anregung für die Gestaltung der Szene vor Augen –, verwendet sie jedoch als Bildvorrat. Goethes versöhnlicher Auffassung von der Gott-Natur widerspricht eine Verurteilung Fausts: Sein »Unsterbliches« wird von den Engeln nach oben getragen und der Hölle entzogen. Dem – notwendig irrenden – Streben des Menschen antwortet von oben eine ausgleichende »Gnade«.

In der Ausgabe des *Faust* von 1808 wird das Drama als *Tragödie* vorgestellt, obwohl der *Prolog im Himmel* die Rettung Fausts bereits vorwegnimmt und damit die tragische Konstellation aufzuheben scheint. Faust wird nicht nach herkömmlichen moralischen Kriterien gewertet. Seine »Verfehlung« besteht unter dem spezifischen Aspekt dieses Dramas nicht in dem anderen Menschen zugefügten Leid, sondern in der »unbedingten Ruh« (V. 341), der menschlichen Trägheit. »Alles in allem war für Goethe wohl Tragödie genug, was seinem Faust widerfährt oder von ihm angerichtet wird und was die Weltverhältnisse vor Augen stellen, durch die er ihn führt – auch wenn er das nicht im zerstörerisch Ausweglosen enden, im selbstzerstörerisch Hoffnungslosen versinken läßt, sondern es ›aufhebt‹ in dem, was der unendliche offene Ausgang über den *Bergschluchten* als *Das Unbeschreibliche* imaginiert.«[14] Nicht nur aus dem Mitgefühl heraus, das Goethe allen seinen Gestalten gegenüber empfand, auch aus seinem »griechischen Geist« heraus, den Schiller bereits in seinem Brief vom 23.8.1794 klarsichtig feststellte, läßt Goethe den *Faust* versöhnlich enden. Gegen Ende seines Lebens äußerte er gegenüber Zelter: »Ich bin nicht zum tragischen Dichter geboren, da meine Natur konziliant ist; daher kann der reintragische Fall mich nicht interessieren, welcher eigentlich von Haus aus unversöhnlich sein muß, und in dieser übrigens so äußerst platten Welt kommt mir das Unversöhnliche ganz absurd vor.« (31.10. 1831)

Weit hat sich die heutige Sicht des *Faust* von der früheren Verherrlichung des »Faustischen« entfernt. Fragen nach der Einheit der beiden Teile der Dichtung, nach der komplizierten Entstehungsgeschichte, den biographischen und literarischen Einflüssen nehmen viel Raum ein. Wie es der Dichter vorausgesehen hat, sind in einem komplexen Werk immer wieder neue Aspekte zu entdecken, mitunter solche, die dem Autor selbst verborgen waren: »Da steht es nun, wie es auch geraten sei. Und, wenn es noch Probleme genug enthält, keineswegs jede Aufklärung darbietet, so wird es doch denjenigen erfreuen, der sich auf Miene, Wink und leise Hindeutung versteht. Er wird sogar mehr finden, als ich geben konnte.« (Goethe an den befreundeten Kunstgelehrten Sulpiz Boisserée, 8.9.1831)

Heute besteht ein erschwerter Zugang zu den mythologischen Figuren, naturphilosophischen Themen und zeitgenössischen Anspielungen im *Faust II;* hingegen gewinnen die in symbolischer Form behandelten Probleme der Wirtschafts-, Technik- und Sozialgeschichte ein neues Interesse. Stärker als früher werden die heutigen Leser gewahr, daß Goethe hier Probleme sich entwickeln sah, die auch bis heute keineswegs gelöst sind. »Sein [Fausts] neuer Gott ist ... sein eigener tätiger Geist, der auf allseitige Veränderung, auf totale Verweltlichung ausgeht – auf eine neue, funktionalisierte und kommerzialisierte Natur und fetischisiertes Eigentum –, ohne daß er jemals sein Ungenügen am Geleisteten und sein Mißbehagen am eigenen Ich loswerden könnte. Der neue Gott ist die instrumentelle Vernunft, die als Technik durch exakte Berechnung die Natur ausbeutet.«[15] Die technische Zivilisation, die sich der Natur bildlich im »weiten Ziergarten« und »großen, gradgeführten Kanal« (Szenenanweisung zur Szene *Palast*) entgegenstellt, zeigt sich in ihrer Ambivalenz: Sie bringt zwar Fortschritt, aber sie bedroht geschichtlich Gewachsenes. Goethe erkannte, daß das empfindliche Gleichgewicht der Natur durch das Wirken der

Technokraten zerstört werden könnte, denn oft sind diese den Möglichkeiten, die sie technisch hervorbringen, in ihren Folgen nicht gewachsen. Faust steht am Ende des *Zweiten Teils* da als »Prototyp der radikalen Selbstverwirklichung und der Emanzipation von allen, auch moralischen Beschränkungen, ›unbefriedigt in jedem Augenblick‹ (V. 11452)... Alles Erreichte verliert seinen Wert angesichts des Unerreichbaren, nach dem Faust unterwegs ist.«[16]

Der 4. und 5. Akt geben Hinweise darauf, wohin diese Haltung und die gewalttätige Naturbeherrschung führen können. Die Zivilisationskritik Goethes wird versöhnlich begleitet von gegenbildlichen Lebensmodellen des Lynkeus, von Philemon und Baucis oder des Wanderers, die Fausts Einseitigkeit relativieren und kontrastieren. Erst die Vielzahl der Arten menschlichen Handelns, die Goethe in diesem und auch in seinen anderen Werken zur Sprache bringt, erlauben eine Beurteilung der Faust-Gestalt.

Die *Faust*-Dichtung, die ihren Autor bis zuletzt zu immer neuen Überarbeitungen anregte, enthält Einsichten aus Erfahrungen und Begegnungen vieler Lebensjahre, Traditionen und Reminiszenzen aus Geschichte, Philosophie und Literatur, Anregungen aus Malerei und bildender Kunst, Erkenntnisse aus der Naturbeobachtung und ein eigenes ästhetisches Programm. Sie läßt sich in ihrer äußeren Fülle und inneren Komplexität mit Recht als »Summe« von Goethes Dichtkunst bezeichnen, als ein Stück »Universalpoesie«, das »gleichermaßen Gebrauch macht von den allgemeinen Möglichkeiten eines Bühnenwerks, eines Vorlesestücks und eines Lesedramas.«[17] Goethe war überzeugt, »daß die Dichtkunst überhaupt eine Welt- und Völkergabe sei« (*Dichtung und Wahrheit*, 10. Buch) und daß »nur durch die Aneignung fremder Schätze ein Großes« entstehen könne (an Kanzler v. Müller, 17. 12. 1824). In diesem Sinne entlehnte er der Weltliteratur manche »Schätze« und gab ihr seine eigenen zurück.

Als Goethe Ende 1831 den *Faust* fertiggestellt hatte, versiegelte er ihn bis zur Zeit nach seinem Tode, um ihn vor voreiliger Tageskritik zu schützen. Jedoch läßt sich seinen Tagebucheinträgen zwischen dem 2. und 29. Januar 1832 entnehmen, daß er den ganzen *Zweiten Teil* noch einmal seiner Schwiegertochter Ottilie vorlas – ihr und sich selbst.

Die Kommentare der folgenden Werkausgaben wurden herangezogen:
HA = Hamburger Ausgabe
    J. W. Goethe: Faust I, Faust II, Urfaust. Hrsg. v. Erich Trunz (zuerst Hamburg 1949). – In: Goethes Werke. Bd. 3, 11. neubearb. Aufl., München 1981 (Nachdruck als dtv Dünndruck, München 1988).
FA = Frankfurter Ausgabe
    J. W. Goethe: Faust. Hrsg. v. Albrecht Schöne. – In: Sämtliche Werke, Briefe, Tagebücher und Gespräche. Bd. 7.1 (Text) und 7.2 (Kommentar), Frankfurt a. Main 1994.

GA = Gedenkausgabe
  J. W. v. Goethe. Die Faustdichtungen. Hrsg. v. Ernst Beutler. – In: Gedenkausgabe der Werke, Briefe und Gespräche, Bd. 5, Zürich 1950 (unveränderter
  Nachdruck Zürich und München 1977).
BA = Berliner Ausgabe
  Goethe: Faust. Hrsg. v. Gotthard Erler (zuerst 1965). – In: Poetische Werke.
  Kunsttheoretische Schriften und Übersetzungen, Bd. 8, Berlin und Weimar
  4. Aufl. 1990.

Die angeführten Goethe-Zitate sind in den verwendeten Werkausgaben innerhalb der
dort beigefügten Materialien abgedruckt.

1) Vgl. Werner Keller: *Faust*. Eine Tragödie. – In: Goethes Dramen. Neue Interpretationen. Hrsg. v. Walter Hinderer. Stuttgart 1980, S. 244–280, S. 270 f.
2) Dorothea Hölscher-Lohmeyer: Johann Wolfgang Goethe. München 1991, S. 94.
3) Werner Keller: Goethes literarisches Spätwerk. – In: Neues Handbuch der Literaturwissenschaft, hrsg. v. Klaus See. Wiesbaden 1982. Bd. 14: Europäische Romantik,
    S. 429–460; S. 459.
4) Dorothea Hölscher-Lohmeyer, a. a. O., S. 126.
5) Wilhelm Emrich: Das Rätsel der *Faust-II*-Dichtung. Versuch einer Lösung (1965). –
    In: Aufsätze zu Goethes *Faust II*, hrsg. v. Werner Keller. Darmstadt 1991, S. 26–54;
    S. 38.
6) Dorothea Hölscher-Lohmeyer, a. a. O., S. 126.
7) Werner Keller: Der klassische Goethe und sein nichtklassischer Faust. – In: Jahrbuch der Goethegesellschaft 95 (1978), S. 9–28; S. 25.
8) Für diese tätige Lebenskraft verwendet Goethe auch den griechischen Begriff der
    Entelechie. »Die Griechen nannten Entelecheia ein Wesen, das immer in Funktion
    ist. – Die Funktion ist das Dasein, in Tätigkeit gedacht.« *(Maximen und Reflexionen)*
9) Victor Lange: *Faust. Der Tragödie 2. Teil.* – In: Goethes Dramen. Neue Interpretationen. Hrsg. v. Walter Hinderer. Stuttgart 1980, S. 281–312, S. 287.
10) W. Keller, Der klassische Goethe ..., a. a. O., S. 15.
11) F. Th. Vischer: Zum zweiten Theile von Goethe's *Faust* (1861). – In: Aufsätze zu
    Goethes *Faust II*, hrsg. v. W. Keller, Darmstadt 1991, S. 11–25, S. 24.
12) Werner Keller: Größe und Elend, Schuld und Gnade: Fausts Ende in wiederholter
    Spiegelung (1990). – In: Aufsätze zu Goethes *Faust II*, hrsg. v. W. Keller, Darmstadt 1992, S. 316–344, S. 331 f.
13) ebd. S. 337.
14) Albrecht Schöne: Vorbemerkungen zu Goethes *Faust*-Dichtung. – In: J. W.
    Goethe: Sämtliche Werke. Bd. 7.2, Frankfurt/Main 1994, S. 17.
15) Werner Keller, Größe und Elend ..., a. a. O., S. 323.
16) ebd. S. 328.
17) Vgl. Albrecht Schöne, a. a. O., S. 11.

In den zitierten Darstellungen ist weiterführende aktuelle Sekundärliteratur zum
Faust angegeben.

ANMERKUNGEN

Die Anmerkungen enthalten vor allem Wort- und Sacherklärungen. Sie verzichten auf Fragen der Textkritik, der Metrik und der Biographie Goethes. Ziel der Anmerkungen ist es, dem heutigen Leser das unmittelbare Textverständnis zu ermöglichen. Daher werden auch auf den ersten Blick vertraut erscheinende Ausdrücke in den Anmerkungsteil aufgenommen, wenn ihre Bedeutung im 18. Jh. stark von der heutigen Verwendung abweicht.

Als Grundlage der Erläuterungen dienen die Kommentare der Artemis-Gedenkausgabe GA (Ernst Beutler), der Hamburger Ausgabe HA (Erich Trunz), der Frankfurter Ausgabe FA (Albrecht Schöne) und der Berliner Ausgabe BA (Gotthard Erler) sowie der ›Faust‹-Kommentar von Theodor Friedrich und Lothar J. Scheithauer.

An einigen Stellen wird für die Wortbedeutung im 18. Jh. verwiesen auf Johann Christoph Adelung: Versuch eines vollständigen grammatisch-kritischen Wörterbuches der hochdeutschen Mundart, 5 Bde. Leipzig 1774–1786.

Faust. Eine Tragödie

Zueignung

S. 7 – *Wahn:* Phantasiegebilde. – *irre:* verwirrend. – *Widerklang:* Echo der Zuhörer, denen Goethe seinen frühen ›Faust‹ mündlich vorgetragen hatte. An die Stelle des privaten Zuhörerkreises tritt die *unbekannte Menge.* – *sonst:* früher. – *lispeln:* flüstern. – *Äolsharfe:* harfenartiges Instrument, das durch den Wind zum Klingen gebracht wird.

Vorspiel auf dem Theater

S. 8 – *Die Pfosten ...:* Wandernde Schauspielertruppen gab es zunächst in England und Italien, später auch in Frankreich; in Deutschland – unter starkem englischem Einfluß – seit der zweiten Hälfte des 17. Jhs. Sie wurden bedeutsam für die Entwicklung des Berufsschauspielertums. Im 18. Jh. wurden sie vor allem durch Gottscheds Theaterreform bekämpft; die entstehenden Nationaltheater (Hamburg 1767, Wien 1776, Mannheim 1779, Berlin 1786) machten sie für die literarische Bühne weitgehend funktionslos. – *mit hohen Augenbrauen:* mit kritisch hochgezogenen Augenbrauen. – *versöhnt:* zufriedenstellt. – *Gnadenpforte:* Tor zum Glück, Anspielung auf die Himmelstür. Vgl. Matth. 7,13: »Gehet ein durch die enge Pforte ...«. – *erpflegen:* durch Pflege fördern.

S. 9 – *Lustige Person:* Hanswurst; internationale Theaterfigur (in der ital. Commedia dell'arte: Arlecchino; in England: Pickelhering; in Frankreich:

Harlekin), die durch eingestreute Stegreifscherze belustigt. Sie wurde durch Gottsched 1737 feierlich von der Bühne verbannt, was Lessing »die größte Harlekinade« nannte (17. Literaturbrief). – *brav:* hier: tüchtig. – *musterhaft:* vorbildlich. – *Gebt Ihr ein Stück ... Ragout ...:* Anspielung auf die wenig textgetreue Aufführungspraxis der Wanderbühnen.

S. 10 – *das beste Werkzeug:* Das bestgeeignete Werkzeug, um *weiches Holz zu spalten,* ist sicher nicht die schwere Axt. Meint: keine anspruchsvolle Kunst für die *Menge.* – *übertischtes Mahl:* überreichliche Mahlzeit. – *Lesen der Journale:* Ende des 18. Jhs. häufen sich die Klagen über die ›Lesewut‹ des bürgerlichen Publikums. Vgl. auch G. an Schiller am 9.8.1797. – *Musen:* in der griech. Mythologie Göttinnen der Wissenschaft und aller nicht handwerklichen Künste: Kalliope (Epos), Melpomene (Tragödie), Thalia (Komödie), Erato (Liebeslied), Euterpe (Flötenmusik), Terpsichore (chorische Lyrik), Polyhymnia (Tanz). – *Was fällt Euch an?:* Was überkommt Euch? – *des Fadens ewge Länge:* Bild des Lebensfadens, den in der griech. Mythologie die Moiren (röm.: Parzen) auf eine Spindel drehen. – *gleichgültig:* gleichmäßig.

S. 11 – *wer flicht die unbedeutend-grünen Blätter:* Die Lorbeerblätter erhalten erst als Kranz ihre symbolische Bedeutung. Ruhm besonderer Verdienste als Aufgabe der Dichtung. – *Wer sichert den Olymp?* Der Olymp ist in der griech. Mythologie der Sitz der Götter. Lob der Götter als eine weitere ursprüngliche Aufgabe der Dichtung. – *Roman:* vgl. die Definition in Adelungs Wörterbuch: »eine wunderbare, oder mit Verwirrungen durchwebte Liebesgeschichte.« Noch im Grimmschen Wörterbuch von 1886 heißt es: »erdichtete oder dichterisch ausgeschmückte Erzählung größeren Umfanges in Prosa, deren Kern gewöhnlich ein Liebesvorgang ist.«

S. 12 – *ein Quell gedrängter Lieder:* in dicht gedrängter Folge entstehende Lieder. – *des schnellen Laufes Kranz:* Siegerkranz des olympischen Wettlaufs. – *mit holdem Irren:* auf reizvollen Irrwegen.

S. 13 – *Prospekte:* gemalte Seiten- und Hintergründe der Bühne. – *Maschinen:* mechanische Vorrichtungen zum Kulissenwechsel und zum Erzielen szenischer Effekte. Vgl. »deus ex machina«. – *das groß' und kleine Himmelslicht:* Sonne und Mond. Vgl. 1. Mose 1,16: »Und Gott machte zwei Lichter: ein großes Licht, das den Tag regiere, und ein kleines Licht, das die Nacht regiere ...« – *Vom Himmel ... zur Hölle:* Nach einer vermutlich am 11.4.1800 entstandenen Skizze sollte die Tragödie mit einem »Epilog im Chaos auf dem Weg zur Hölle« enden.

Prolog im Himmel

S. 14 – *Mephistopheles:* Name des Teufels schon in den Puppenspielen und im Volksbuch des ›Christlich Meynenden‹. Die Herkunft ist nicht geklärt, eventuell von hebr. »mephiz« (Zerstörer, Verderber) und »tophel« (Lügner). – *Erzengel:* Raphael, Gabriel und Michael gelten nach christlicher Vorstellung als die Gott am nächsten stehenden Engel. Sie führen die

Himmlischen Heerscharen an. – *Die Sonne tönt* ...: die seit Pythagoras geläufige Vorstellung von durch die Planetenbewegung verursachten harmonischen Sphärenklängen. – *wütend:* verheerend.

S. 15 – *Der kleine Gott der Welt:* vgl. Leibniz' ›Theodizee‹ (1710): »Der Mensch ist also gleichsam ein kleiner Gott in seiner Welt« (2. Buch, § 117).

S. 16 – *befangen:* befaßt. – *Staub soll er fressen:* Gott verflucht die Schlange, die Eva verleitet hat: »Auf deinem Bauche sollst du gehen und Erde essen dein Leben lang« (1. Mose 3,14). – *Muhme:* veraltet für: Tante. – *die echten Göttersöhne:* als Gegensatz zu den gefallenen Engeln; Anspielung auf ein Motiv der pansophischen Tradition: Der Teufel Luzifer lehnte sich gegen Gott auf und fiel von ihm ab. Er und seine Geister wurden in die Finsternis verbannt. – *hübsch:* höflich.

Der Tragödie Erster Teil

S. 17 – *Habe nun, ach! Philosophie* ...: Faust hat die traditionellen Fakultäten der mittelalterlichen Universität durchlaufen und dabei sowohl den niederen akademischen Grad des *Magister* als auch den höchsten des *Doktor* erworben. – *Schreiber:* hier: Beamte.

S. 18 – *Nostradamus:* Michel de Notre-Dame (1503–1566), frz. Arzt, Astrologe und Prophet; hier allgemeiner als Synonym einer magisch-pansophischen Weltauffassung, wie sie z. B. Emanuel Swedenborg, dessen Schriften G. studiert hatte, vertrat.

S. 19 – *Makrokosmos:* das sinnvoll strukturierte Weltall, das sich im »Mikrokosmos«, der kleinen Welt des Menschen, abspiegelt. Zwischen beiden bestehen magische Verbindungen, etwa Sonne – Gold – Herz; Mond – Silber – Hirn; Jupiter – Zinn – Leber etc. Diese Beziehungen lassen sich schematisch aufzeichnen, so daß ein Zeichen der Weltharmonik entsteht, das Faust hier sieht. – *Wie Himmelskräfte* ...: Hier verbindet sich die Vorstellung einer kosmischen Harmonie mit dem alttestamentlichen Motiv der Jakobsleiter (1. Mose 28,12) sowie der Assoziation einer Löscheimerkette. Die *goldnen Eimer* sind sich sinnvoll reihende Lichtgefäße, also die *Harmonie* in der Bewegung der Himmelskörper.

S. 20 – *Erdgeist:* Jedem Gestirn im Kosmos ist nach Ansicht der Alchimisten ein prägender »Geist« zugeordnet. Im Paralipomenon 1 nennt G. den *Erdgeist* auch »Welt- und Tatengenius«. – *eratmend:* aus tiefster Brust aufatmend.

S. 21 – *Famulus:* Student im höheren Semster; Gehilfe des Professors. – *Museum:* im Neulatein der Humanisten die Studierstube des Gelehrten.

S. 22 – *Schnitzel kräuseln:* aus Papierschnitzeln Blumen herstellen; hier: Belangloses durch Rhetorik aufputzen. – *die Kunst ist lang* ...: Wagner spielt mehrfach auf überliefertes Bildungsgut an: »Ars longa, vita brevis« (Seneca). – *zu den Quellen:* (lat.: ad fontes) Wahlspruch der Humanisten. – *Pergament:* Papier wird in Deutschland seit Ende des 14. Jhs. hergestellt; vorher waren Bücher und Urkunden auf Pergament geschrieben.

S. 23 – *Haupt- und Staatsaktion:* Fürsten- und Staatsgeschichte als beliebter Stoff im Barockdrama wurde auch von den Wandertruppen und im Puppenspiel gerne dargeboten. – *pragmatische Maximen:* praktische Handlungsanweisungen, die man als Moral aus diesen Stücken gewinnt. – *Darf eine solche Menschenstimme hier ...:* ab hier bis zum Auftritt des Schülers in der Szene *Studierzimmer II* war die »große Lücke« der frühen ›Faust‹-Fassung. Sie wurde erst in der Ausgabe von 1808 geschlossen.

S. 24 – *mehr als Cherub:* Die Cherubim (hebr.) verharren im untätigen Anschauen Gottes; Faust dagegen will schöpferisch tätig sein.

S. 25 – *Instrumente ... Mit Rad und Kämmen, Walz' und Bügel ...:* mechanische Antriebs-, Getriebe- und Befestigungsteile, keinem konkreten Werkzeug zuzuordnen. Obwohl der *Bart* dieser *Schlüssel* zur Natur *kraus*, d. h. kunstvoll, ist, gewähren die Instrumente keinen Zugang zum Inneren der Natur.

S. 26 – *Phiole:* kugelförmiger Glasbehälter mit langem, schmalem Hals. – *Menschenwitz:* »Witz« hier im alten Sinne von: Vernunft, Verstand. – *Feuerwagen:* Elias fährt auf einem feurigen Wagen himmelwärts (2. Kön. 2,11).

S. 27 – *erblich:* hier: durch die Erbsünde verursacht. – *Spezereien:* Gewürze und Kräuter.

S. 28 – *sonst:* früher. – *schmachtend:* sehnsuchtsvoll.

S. 29 – *Plan:* ebener Tanzplatz im Freien. – *Schüler:* hier: Student. Siehe auch die folgende Anrede *Herr Bruder.* – *Dirne:* im zeitgenössischen Sprachgebrauch ohne verächtliche Nebenbedeutung.

S. 30 – *genieren:* belästigen, stören. – *karessieren:* streicheln, liebkosen.

S. 31 – *Sankt-Andreas-Nacht:* Nacht zum 30. November, in der Mädchen durch Wahrsagerei *(Kristall)* Auskunft über ihren zukünftigen Geliebten erhalten können.

S. 35 – *Venerabile:* das bei der Prozession mitgeführte Allerheiligste. – *dunkler Ehrenmann:* nicht abwertend; jemand, der sich der »dunklen« Alchimie verschrieben hat. – *Adepten:* hier: in die Alchimie Eingeweihte. – *Schwarze Küche:* Die folgenden Verse schildern den Versuch, den Stein der Weisen herzustellen. Im Laboratorium *(Schwarze Küche)* werden rötliches Quecksilberoxyd *(Roter Leu)* und weiße Salzsäure *(Lilie)* zur chemischen Verbindung gebracht *(vermählt)*. Über dem offenen Feuer werden beide aus einer Retorte *(Brautgemach)* in die andere gequält. Es entsteht der Stein der Weisen *(Junge Königin)*, der Gold, Gesundheit und ewiges Leben verleihen soll. – *Latwergen:* dickflüssige Heilmittel.

S. 36 – *pünktlich:* genau, auf den Punkt. – *die Göttin:* die Sonne.

S. 37 – *Pergamen:* Nebenform zu: Pergament. – *Dust:* (niederdt.) Staub. – *Duft:* Nebel. – *von allen Enden:* aus allen Himmelsrichtungen. – *Morgen:* Osten. – *Mittag:* Süden.

S. 38 – *weil sie uns gern betriegen:* während sie uns gerne täuschen. – *lispeln:* flüstern. – *englisch:* im zeitgenössischen Sprachgebrauch: wie ein Engel. – *Skolar:* fahrender Schüler, Student.

S. 39 – *Die Liebe Gottes*: (genetivus obiectivus) die Liebe zu Gott.

S. 40 – *Grundtext*: Urtext in griech. Sprache. – *Volum*: großes, umfangreiches Buch. – *»Im Anfang war das Wort!«*: Beginn des Johannes-Evangeliums; griech. »logos« bedeutet zugleich Wort, Begriff, Vernunft. Herder übersetzt in seinen ›Erläuterungen zum Neuen Testament‹ (1775): »Gedanke! Wort! Wille! Tat! Liebe!«

S. 41 – *Nilpferd*: Dieses stellte man sich im 18. Jh. noch als furchtbares Untier vor. – *Salomonis Schlüssel*: ›Clavicula Salomonis‹, angeblich auf Salomo zurückgehendes, bekanntes magisches Buch, das aus dem Hebräischen ins Lateinische übertragen und 1554 auf den Index gesetzt wurde. – *Spruch der Viere*: Zauberformel zur Beschwörung der vier Elementargeister *Salamander* (Feuer), *Undene* (Wasser), *Sylphe* (Luft) und *Kobold* (Erde). Sie ist nicht in ›Salomonis Schlüssel‹ enthalten.

S. 42 – *Incubus*: (lat.) eigentlich ein höllischer Geist; hier anstelle des eigentlich zu erwartenden Kobolds. – *dies Zeichen*: ein magisches Zeichen zur Abwehr von Geistern oder aber das Kruzifix mit der Inschrift INRI (lat. Jesus Nazarenus Rex Iudaeorum: Jesus von Nazareth, König der Juden). – *Das dreimal glühende Licht*: die christliche Dreieinigkeit. – *Scholastikus, Skolast*: fahrender Schüler, Student. – *Kasus*: Fall, Vorfall.

S. 43 – *Fliegengott*: wörtliche Übersetzung des hebr. Beelzebub. – *der Mensch, die kleine Narrenwelt*: vgl. Anm. zu S. 15. – *ein Teil des Teils*: Hier sind antike Weltentstehungsmythen, nach denen Chaos und Nacht Ursprung des Lichts sind, mit der christlichen Vorstellung des Abfalls Luzifers von Gott vermischt.

S. 44 – *nichts Aparts*: nichts für mich alleine. – *Drudenfuß, Pentagramma*: fünfzackiger Stern aus drei ineinander verschränkten Dreiekken. Orientalischen Ursprungs, wandelte sich das Zeichen später zum Sinnbild für Jesus und diente zum Schutz vor bösen Geistern. – *betrogen*: gefangen.

S. 45 – *von ungefähr*: durch Zufall. – *rein*: uneingeschränkt. – *zunächst*: demnächst. – *gute Mär*: interessante Nachricht. – *mit Bedingnis*: unter der Bedingung.

S. 47 – *der geisterreiche Drang*: die sich drängenden Geister. – *Junker*: von adliger Herkunft; Bürgerliche durften keinen Degen tragen.

S. 48 – *Krittel*: Mäkeln.

S. 49 – *Mammon*: (griech.) Geld, Vermögen. Bei Matth. 6,24 aufgefaßt als teuflischer Dämon des irdischen Wohllebens. – *Geisterchor*: Es ist in der Forschung umstritten, ob es sich um böse, verführende oder um gute, mahnende Geister handelt.

S. 50 – *der wie ein Geier frißt*: In der griech. Sage hatte Prometheus den Menschen das Feuer gebracht. Zeus ließ ihn dafür an einen Felsen schmieden; ein Adler fraß jede Nacht die nachwachsende Leber.

S. 51 – *gefaßt*: erfaßt, begriffen. In einigen frühen Drucken stand statt der Fragezeichen ein Punkt am Ende der folgenden Verse. Es ist nicht klar, ob die folgenden Zeilen als Reihe von herausfordernden Fragen oder als Abfolge von Tatsachenfeststellungen aufzufassen sind.

S. 52 – *Wette:* kein Pakt wie in der Überlieferung. – *Doktorschmaus:* Festessen anläßlich einer Promotion. G. plante ursprünglich eine Disputationsszene zwischen den beiden Studierzimmer-Szenen. – *beprägt:* mit einem Wachssiegel versehen.

S. 53 – *Leder:* hier: Pergament. – *Fratze:* hier: abergläubischer Unsinn. – *blöde:* neben der heutigen Bedeutung auch: schüchtern.

S. 54 – *Menschheit:* hier: dem Menschen nach seinem Wesen zugehörig. – *den alten Sauerteig:* schwer Verdauliches. Evtl. Anspielung an 1. Kor. 5,7, wo die Ursünde Adams angesprochen wird. – *assoziiert Euch mit einem Poeten:* schließt Euch einem Dichter an. Mephistopheles meint, Fausts Wunsch sei nicht im Leben, nur in der Literatur zu verwirklichen; der Dichter möge dann im Lobgedicht alle *Ehren* auf seinen Scheitel häufen. – *des Nordens Daurbarkeit:* wohl: die Ausdauer des Nordländers. – *Mikrokosmos:* die ›kleine Welt‹ als Spiegel der ›großen Welt‹. – *dringen:* drängen.

S. 55 – *ellenhohe Sokken:* (lat.) soccus, der leichte Schuh der römischen Schauspieler in der Komödie. Ob G. hier den hohen Schuh (Kothurn) des tragischen Schauspielers meint, oder ob Mephistopheles ebenso spöttisch übertreibt wie mit den *Millionen Locken* der Allonge-Perücke, ist offen. – *mit in die Welt hinein:* wohl: mitten in die Welt hinein. – *spekulieren:* theoretisch nachdenken, abstrakt bleiben. – *ennuyieren:* (frz.) langweilen.

S. 56 – *Speis' und Trank vor giergen Lippen schweben:* Anspielung auf Tantalus in der griech. Mythologie, der sich an den Göttern versündigt hatte und bestraft wurde, indem er angesichts von Wasser und Speise unstillbaren Durst und Hunger litt. – *Schüler:* im Urfaust: »Student«. – *hieraußen:* hier in der Fremde.

S. 57 – *Collegium Logicum:* An der mittelalterlichen Universität hatte der Student zunächst die artes liberales (freie Künste) zu studieren. Dazu gehörten die lateinische Grammatik sowie Dialektik und Logik. – *Spanische Stiefel*: Folterwerkzeuge, die die Beine einzwängten.

S. 58 – *Encheiresin naturae:* Akkusativ von griech./lat. encheiresis naturae, wörtlich: Handgriff der Natur. Begriff des Chemikers Jakob Reinhold Spielmann (1722–1783), den G. in Straßburg gehört hatte. Spielmann verstand darunter eine mythische Kraft, die die einzelnen Elemente zu einem Ganzen verbindet. – *Paragraphos wohl einstudiert:* Akkusativ Plural zu griech./lat. paragraphus. Die Vorlesungen bestanden bis ins 18. Jh. in der bloßen Erläuterung der nach Paragraphen gegliederten Lehrbücher.

S. 59 – *Iota:* griech. Buchstabe für i; übertragen für: sehr wenig. – *vom Rechte, das mit uns geboren:* das dem positiven Gesetz gegenübergestellte Naturrecht.

S. 61 – *beschweren:* belästigen. – *Stammbuch*: Die Studenten des 16. bis 18. Jhs. führten ein Stammbuch, in das sich ihre akademischen Lehrer eintrugen. – *Eritis ...:* (lat.) Worte der Schlange zu Eva in 1. Mose 3,4 f.: »Ihr werdet sein wie Gott und wissen, was gut und böse ist.« – *die kleine ..., die große Welt:* die bürgerliche und die fürstlich-staatliche Welt. –

durchschmarutzen: ein Kolleg kostenlos bzw. ohne eigene Anstrengung durchlaufen. – *Feuerluft:* Die Brüder Montgolfier erfanden 1783 den Heißluftballon.

S. 62 – *Frosch, Brander, Altmayer:* »Biernamen«; Frosch: Fuchs im ersten Semester; Brander: Brandfuchs im zweiten Semester; Altmayer: alter Herr. – *Runda:* Rundgesang, bei dem jeder eine Strophe singen mußte. – *Papst:* Der Trinkfesteste wird Oberhaupt.

S. 65 – *schrauben:* hier: befragen, hartnäckig herausfragen. – *Rippach:* Dorf zwischen Leipzig und Naumburg. – *Herr Hans:* Arsch von Rippach war eine Figur des Leipziger Studentenwitzes.

S. 66 – *Flohlied:* Ein politisches Lied, in dem die freien Bürger die vom Hofe Abhängigen verspotten.

S. 67 – *judizieren:* beurteilen. – *anschaffen:* hier: herbeibringen. – *Franzen:* Franzosen.

S. 69 – *vogelfrei:* Wer vogelfrei ist, ist geächtet und darf deshalb ungestraft getötet werden.

S. 70 – *spüren:* aufspüren. – *Mein!:* zu ergänzen: Gott. – *Meerkatze:* Affenart. – *Sudelköcherei:* schmutzige Kocherei.

S. 71 – *acht es nicht für Raub:* Halte es nicht für eine Zumutung. – *schwärmen:* ausschwärmen, ausgehen. – *Diskurs:* gelehrte Unterredung; hier ironisch.

S. 72 – *breite Bettelsuppen:* Wassersuppen für die Armen. – *Und wär ich bei Geld ...:* Als Reicher würde ich auch für klug gehalten. – *Sieb:* magisches Instrument zur Trennung von Stoffen; hier zur Unterscheidung von Dieben und ehrlichen Leuten.

S. 73 – *Wedel:* Staubwedel, hier als Szepter für Mephistopheles als *König auf dem Throne.*

S. 75 – *rotes Wams ... Hahnenfeder ...Pferdefuß:* traditionelle Attribute des Teufels. Die *beiden Raben* stammen allerdings eher aus der nordischen Mythologie: Sie sind die Boten des Gottes Wotan und verkörpern im Volksglauben böse Geister. – *Das nordische Phantom:* Mephistopheles tritt hier als spanischer Junker auf. – *bei Leuten:* in Gesellschaft.

S. 76 – *schaffen:* hier: befehlen.

S. 77 – *Hexen-Einmaleins:* Satire auf Zahlenmystik, Rätselsprüche und magische Zahlenspielereien. – *Durch Drei und Eins:* satirische Anspielung auf die christliche Lehre von der Dreieinigkeit. – *Sibylle:* weissagende Frau.

S. 78 – *Grade:* akademische Grade; zugleich Anspielung auf die Rangordnung bei studentischen Trinksitten. – *so darfst du mir nur ... sagen:* so brauchst du es mir nur zu sagen. – *Walpurgis:* s. Anm. zu S. 114. – *Cupido:* altröm. Liebesgott; hier: Liebesverlangen. – *hin und wider:* hin und her. – *schönes Fräulein:* »Fräulein« war die Anrede für unverheiratete adlige Frauen (für bürgerliche Mädchen galt »Jungfer«).

S. 79 – *Dirne:* ohne abfällige Bedeutung. – *Stuhl:* Beichtstuhl. – *dünkeln:* Verbindung von »Dünkel« und »sich dünken«. – *Magister Lobesan:* formelhafter Titel (*lobesan:* löblich).

S. 80 – *welsche Geschicht:* Anspielung auf romanische Liebeserzählungen, etwa Boccaccios. – *Schimpf:* Scherz. – *reüssieren:* (frz.) Erfolg haben. – *revidieren:* nachsehen, nachforschen.

S. 81 – *Sessel:* damals häufig für einen gepolsterten Stuhl ohne Lehne. – *heilger Christ:* hier: Weihnachtsgeschenk. – *Teppich:* Decke. – *den Sand ... kräuseln:* Feuchter Sand wurde in der Wohnung zur Reinhaltung ausgestreut. - *eingeborner Engel:* verschieden ausgelegt, z. B. das von Geburt her in Margarete angelegte Wesen eines Engels.

S. 82 – *sich entwirken:* sich hervorbilden: Metapher der »webenden« Natur. – *der große Hans:* vgl. Prahlhans. – *Ich kehre nimmermehr:* ergänze: zurück. – *woanders hergenommen:* beschönigend für: gestohlen. – *wahren:* behalten. – *Ich kratz den Kopf, reib an den Händen:* Ich denke nach, tue was ich kann. – *wenden:* in eine gewünschte Richtung bringen.

S. 83 – *König in Thule:* 1774 unabhängig vom ›Faust‹ entstanden. – *Buhle:* ohne Abwertung: Geliebte. – *trinken* (V. 2779): sich mit Wasser füllen.

S. 84 – *wunderbar:* seltsam. – *kneipt:* kneift, ärgert.

S. 85 – *Himmels-Manna:* himmlische Gabe; die dem Volk Israel in der Wüste gespendete Nahrung.

S. 86 – *Stroh:* Lager, Bett. Vgl. »Strohwitwe«. – *Totenschein:* als Vorbedingung für eine Wiederverheiratung.

S. 87 – *Nachmittage:* in »Faust. Ein Fragment«, an dieser Stelle: nach Mittage. – *eine frohere Mär:* eine erfreulichere Nachricht.

S. 88 – *Schaustück:* Schaumünze, Medaille. – *Galan:* Liebhaber. – *Es gibt sich auch:* Es ergibt sich schon. – *auf der Zeche:* auf dem Kerbholz.

S. 89 – *fabelte:* redete irre, phantasierte. – *Napel:* Neapel. Vgl. auch die folgende Anspielung auf »le mal de Naples«, die Syphilis, die sich Marthes Mann dort holte. – *ein züchtig Jahr:* das Trauerjahr, in dem eine Wiederverheiratung als unschicklich galt.

S. 90 – *Beding:* Bedingung. – *tot im Wochenblättchen lesen:* Zu Gs. Zeit veröffentlichten die Zeitungen regelmäßig Auszüge aus den Kirchenbüchern, im 16. Jh. gab es das jedoch nicht. – *durch zweier Zeugen Mund:* vgl. Matth. 18,16: »Auf daß jegliche Sache stehe auf zweier oder dreier Zeugen Mund.« – *ein braver Knab:* ein junger Mann, hier: der verjüngte Faust. – *fördern:* vorwärtsgehen.

S. 91 – *Sancta simplicitas!:* (lat.) Heilige Einfalt! – *Sophiste:* spitzfindiger, rhetorisch geschickter Mensch.

S. 92 – *Inkommodiert Euch nicht!:* Bemüht Euch nicht! – *schaffen:* arbeiten. – *in raschen Jahren:* im jungen Alter.

S. 93 – *häufig:* hier: viele. – *Kurzsinn:* Beschränktheit, Kurzsichtigkeit.

S. 94 – *es durfte kaum sich regen:* sobald es sich nur regte. – *Ein eigner Herd ...:* Das Sprichwort »Ein eigner Herd ist Goldes wert« ist hier verbunden mit Sprüchen Salomos 31,10: »Wem ein tugendsames Weib beschert ist, die ist viel edler denn die köstlichsten Perlen.« – *unterfangen:* herausgenommen.

S. 95 – *Freches, Unanständiges:* der guten Sitte nicht Entsprechendes, dem Bürgermädchen nicht Geziemendes. – *mit dieser Dirne gradehin zu handeln:* auf das einfache (nicht verheiratete) Mädchen ohne Umstände zuzugehen. – *begonnte:* begann.

S. 96 – *Sommervögel:* Schmetterlinge: Sinnbild für Flatterhaftigkeit, Leichtsinn.

S. 97 – *Erhabner Geist* ...: Von den Versen der Szene »Wald und Höhle« finden sich nur V. 3342–69 mit einigen Abweichungen bereits im ›Urfaust‹, dort jedoch in der »Valentin-Szene«. In ›Faust. Ein Fragment‹ ist die Szene vollständig und im endgültigen Wortlaut vorhanden, jedoch plaziert zwischen »Am Brunnen« und »Zwinger«. Wer hier als *erhabner Geist* angesprochen ist, ist in der Forschung umstritten; zwar liegt es nahe, an den *Erdgeist* zu denken, doch bleiben Widersprüche. – *warum:* Nebenform zu: worum. – *meine Brüder:* die Tiere als Brüder der Menschen; so auch Herder in seinen ›Ideen zur Philosophie der Geschichte der Menschheit‹ (1784–1791). – *den Gefährten:* Mephistopheles.

S. 98 – *das Leben:* diese Art von Leben. – *Du darfst* ...: hier: Du brauchst. – *ennuyieren:* langweilen. – *Kribskrabs:* Durcheinander. – *Schuhu:* lautmalend für: Uhu. – *sich versitzen:* sitzend in Untätigkeit versinken. – *schlurfst: schlürfst.* – *dumpf:* feucht.

S. 99 – *Alle sechs Tagewerk:* die ganze Schöpfung (vgl. 1. Mose 1). – *Ließ es dem großen Herrn gut:* Stünde es dem großen Herrn an.

S. 100 – *Zwillingspaar, das unter Rosen weidet:* Hoheslied 4,5 nach Gs. eigener Übersetzung von 1775: »Deine zwei Brüste sind wie zwei junge Rehzwillinge, die unter den Rosen weiden.« – *Zweck:* Ziel. – *begierig wütend:* zerstörend. – *kindlich-dumpf:* unreflektiert.

S. 101 – *eingeteufelt:* wie ein Teufel. – *Ach, dürft ich fassen* ...: doppeldeutig: »wäre es mir erlaubt« oder »hätte ich Gelegenheit«.

S. 102 – *für meine Lieben:* im ›Urfaust‹: *für die ich liebe.* – *etwas auf dich könnte:* auf dich einwirken könnte. – *wer darf ihn nennen:* doppeldeutig: »wer ist fähig« oder »wer ist berechtigt«. – *mißhören:* mißverstehen. – *sich unterwinden:* sich unterstehen.

S. 104 – *betroffen:* angetroffen. – *Grasaff:* Frankfurter Ausdruck für Kinder und junge Mädchen.

S. 105 – *katechisieren:* anhand des Katechismus im Glauben prüfen. – *Physiognomie:* eigentlich: »Physiognomik«: Anspielung auf Johann Kaspar Lavaters Methode, aus der Gesichtsbildung auf die Wesensart und Anlagen des Menschen zu schließen. G. arbeitete zunächst an den ›Physiognomischen Fragmenten‹ (1775–1778) mit, distanzierte sich aber später – auch im Streit über religiöse Fragen – von Lavater. – *Sinn:* hier: Gesinnung. – *hat sich ... betört:* hier: hat sich verführen lassen.

S. 106 – *kurtesieren:* von frz. courtoisie (Höflichkeit): den Hof machen. – *Kirchbuß:* öffentliche Bloßstellung von der Kanzel herab als Strafe der Kirche. – *Kränzel ... Häckerling:* Unbescholtene Bräute durften den Myrtenkranz tragen; den gefallenen Mädchen wurde beim Kirchgang Häcksel gestreut. – *schmälen:* schmähen, herabsetzen. – *der Sünde bloß:* bloßgestellt, der Sünde verfallen.

S. 107 – *Zwinger:* schmaler Gang zwischen den Häusern und der Stadtmauer. – *Mater dolorosa:* (lat.) schmerzensreiche Mutter: Maria, um Jesus trauernd, wird mit einem *Schwert im Herzen* dargestellt. – *Gebein:* die Glieder des Körpers. – *Ich bin, ach! kaum alleine ...:* sobald ich nur allein bin. – *Scherben:* Blumentöpfe.

S. 108 – *Flor:* Blütenkranz der Mädchen. – *verschwemmt:* trinkend bekräftigt. – *zusammenschmeißen:* zusammenschlagen.

S. 109 – *Kätzlein:* für kleine Katze oder kleinen Kater gleich möglich. – *schmächtig:* hier: schmachtend, begehrlich. – *tugendlich:* hier wohl: behaglich. – *Walpurgisnacht:* s. Anm. zu S. 114. – *Schatz:* Dem Aberglauben nach hebt sich ein verborgener Schatz leuchtend. – *Löwentaler:* Silbermünzen mit Löwenwappen. – *Buhle:* ohne Abwertung: Geliebte. – *Was machst du mir ...:* V. 3682–3689 in Anlehnung an das Liebeslied der Ophelia aus Shakespeares ›Hamlet‹ (IV,5).

S. 110 – *gewichen:* ausgewichen. – *hart:* dicht. – *Flederwisch:* hier spöttisch für den Degen. – *parieren:* abfangen. – *mörderlich Geschrei:* Mordsgeschrei, Geschrei, daß ein Mord passiert sei. – *Blutbann:* Gericht in Strafsachen, zumal solchen, die über Mord entscheiden und Todesurteile aussprechen. Diese werden im Namen Gottes gefällt, so daß der Teufel hier nicht eingreifen kann. – *Lümmel:* im 18. Jh. starkes Schimpfwort.

S. 111 – *angesteckte Leiche:* mit einer ansteckenden Krankheit infizierte Leiche. – *bloß:* offen sichtbar. – *Metze:* Hure. – *goldne Kette:* Nach einer Frankfurter Polizeiverordnung aus dem 16. Jh. durften »öffentliche Buhlerinnen« keine goldenen Ketten tragen.

S. 112 – *reiche Maß:* in reichem Maß. – *Amt:* Totenmesse, Seelenamt. Die Szene »Dom« ist im ›Urfaust‹ vor die »Valentin-Szene« eingeordnet. – *dem vergriffenen Büchelchen:* dem abgegriffenen Gebetbuch. – *Wo steht dein Kopf?:* Wo steht dir der Kopf? – *zur langen, langen Pein:* Nach einem Tod ohne Sakrament und Absolution stand das Fegefeuer zu erwarten. – *quillend:* Nebenform zu: quellend.

S. 113 – *Wider mich:* gegen meinen Willen; evtl. auch: mich anklagend. – *Dies irae ...:* lat. Hymnus in der Totenmesse, aus dem 13. Jh.: »Der Tag des Zorns, jener Tag löst unser Zeitalter in Asche auf.« – *aus Aschenruh zu Flammenqualen wieder aufgeschaffen:* auferweckt zu ewiger Verdammnis im Höllenfeuer. – *versetzte:* raubte. – *Judex ergo ...:* »Wenn der Richter auf seinem Richterstuhl sitzen wird, wird offenbar werden, was verborgen ist, und nichts wird ohne Vergeltung bleiben.« – *Quid sum ...:* »Was soll ich Elender dann sagen? Wen als Fürsprecher anflehen? Da doch nicht einmal der Gerechte sicher ist.« – *Fläschchen:* Fläschchen mit Riechsalz zur Verhinderung einer Ohnmacht.

S. 114 – *Walpurgisnacht:* Hexenversammlung auf dem Brocken (Blocksberg) in der Nacht zum 1. Mai, dem Gedächtnistag der heiligen Walpurga, über deren Sittenreinheit sich nach der Sage die Hexen ärgerten. – *Schierke und Elend:* Dörfer am Fuß des Brockens. – *Irrlicht:* ein in Sumpfgebieten und Mooren dicht über dem Boden schwebendes Flämmchen. – *fodern:* Nebenform zu: fordern.

S. 115 – *Masern:* knorrige Auswüchse an Bäumen. – *Funkenwürmer:* Johannis- oder Glühwürmchen.

S. 116 – *wie im Berg der Mammon glüht:* der Reichtum *(Mammon:* griech.: Geld, Vermögen), der in den magisch aufleuchtenden Erzadern des Gebirges liegt. – *Herr Mammon:* bereits in der Bibel personifiziert. In John Miltons ›Paradise Lost‹ (1667), mit dem sich G. 1799 beschäftigt hatte, errichtet Mammon dem Teufel einen von Goldadern durchglühten Palast. – *Windsbraut:* Wirbelwind, der im Aberglauben als Hexen- und Geisterzug gedeutet wurde.

S. 117 – *übertrümmert:* übersät mit Trümmern. – *Herr Urian:* niederdt. Name für den Teufel. – *farzen:* Blähungen abgehen lassen. – *Baubo:* in der griech. Mythologie die Amme der Demeter, die die Göttin durch unanständige Scherze aufzuheitern suchte, als diese um ihre entführte Tochter Persephone trauerte. – *So Ehre denn ...:* parodistisches Zitat aus Röm. 13,7: »Ehre, dem Ehre gebühret.« – *Das Kind erstickt ...:* Nach dem Aberglauben waren die Hexen oft schwanger und brachten wohl auch während des Ritts im Gedränge Totgeburten zur Welt. – *Hexenmeister:* G. nimmt hier das seltene Motiv der männlichen Hexen und ihres Umgangs mit Teufeln weiblicher Gestalt (Succuba) auf; vgl. auch Anm. zu S. 121: »Lilith«.

S. 118 – *Salbe:* Nach dem Aberglauben Zaubersalbe mit rauschhafter Wirkung. – *Trog:* Backtrog. – *ruschen:* (niederdt.) sich raschelnd bewegen.

S. 119 – *Junker Voland:* alter Name des Teufels nach mhd. »vâlant« (der Erschreckende). – *große Welt ... kleine Welt:* evtl. Anspielung auf die im 18. Jh. beginnende Bildung von Zirkeln und Gruppen. – *ich verbinde dich:* ich verpflichte dich mir.

S. 120 – *Knieband:* Der 1350 gestiftete englische Hosenbandorden wurde als dunkelblaues Samtband unter dem linken Knie getragen. – *Ihr alten Herrn: General, Minister* und *Parvenu* sind reaktionäre, dünkelhafte Repräsentanten des Ancien Régime, durch die Französische Revolution vertrieben, die G. in satirischer Absicht in die Blocksberg-Versammlung aufnimmt. Der *Autor* vertritt den platten Rationalismus der Spätaufklärung, deren Leitwort des Maßvollen hier als *mäßig* verspottet wird. – *umzirkt:* umgeben.

S. 121 – *mein Fäßchen. ...:* Der Wein aus dem zur Neige gehenden Faß ist trüb. – *Messe:* ein hohes Fest mit Gottesdienst gab oft Anlaß zu einem dann selbst so bezeichneten Jahrmarkt. – *Lilith:* nach jüdischen Sagen die erste Frau Adams, die sich nach einem Streit von ihm trennte und die Geliebte des obersten Teufels wurde. – *schöne Haare:* Nach einer talmudisch-rabbinischen Legende fesselte Lilith die Seelen der Verführten mit ihren Haaren.

S. 122 – *Zwei schöne Äpfel:* seit dem Mittelalter Bezeichnung für die weiblichen Brüste; zugleich Anspielung auf den Sündenfall (1. Mose 3,6). Vgl. auch die Sexualsymbolik in den folgenden Versen Mephistos. – *Proktophantasmist:* von G. aus griech. Bestandteilen gebildetes Wort, das etwa

»Arsch-Hirngespinstler« (A. Schöne) bzw. »After-, Steiß-Geisterseher«
(Friedrich/Scheithauer) bedeutet. Gemeint ist der Berliner Aufklärer
Christoph Friedrich Nicolai (1733–1811), der Gs. ›Werther‹ parodiert und
1799 in einem öffentlichen Vortrag über seine Geistererscheinungen und
seine Heilung durch am Steiß angesetzte Blutegel berichtet hatte. – *schätzen:* hier: kritisieren. – *Mühle:* Anspielung auf Nicolais Verlagsbuchhand-
lung oder auf die von ihm seit 1765 herausgegebene aufklärerische Zeitschrift ›Allgemeine Deutsche Bibliothek‹. – *darum begrüßen:* Amtsstil für:
eine Eingabe machen, ein Gesuch vorlegen. – *Tegel:* Nicolai berichtete
auch über Spukerscheinungen auf einem Landsitz in Tegel. – *ennuyieren:*
(frz.) langweilen.

S. 123 – *exerzieren:* hier: mit einer Sache etwas anfangen können. – *Reise:* Anspielung auf Nicolais zwölfbändige ›Beschreibung einer Reise durch
Deutschland und die Schweiz‹ (1783–1796). – *soulagieren:* (frz.) helfen, Er-
leichterung verschaffen. – *Meduse:* in der griech. Mythologie eine der drei
Gorgonen, bei deren Anblick der Betrachter versteinerte. Perseus schlug
ihr abgewandten Blicks den Kopf ab.

S. 124 – *einzig-rotes Schnürchen:* Nach dem Aberglauben erscheinen
Enthauptete als Geister mit diesem Kennzeichen. – *Prater:* Vergnügungs-
park in Wien. – *Servibilis:* (lat.) etwa: der Dienstbeflissene. – *Dilettant:* ur-
sprünglich wertfrei für: Liebhaber einer Kunst. Vor allem durch Gs. und
Schillers Schema über den Dilettantismus (1799) pejorativ umgewertet. –
Walpurgisnachtstraum: unabhängig von der Szene ›Walpurgisnacht‹ im
Zusammenhang mit den ›Xenien‹ entstanden; angeregt durch Shakespeares
›Sommernachtstraum‹ und durch die Oper ›Oberon, König der Elfen‹ von
Paul Wranitzky, die unter Gs. Intendanz 1796 in Weimar aufgeführt wor-
den war. – *Miedings wackre Söhne:* hier soviel wie: Bühnenarbeiter. Johann
Martin Mieding hatte die Kulissen für das Weimarer Liebhabertheater
gebaut. – *Das Golden ist mir lieber:* Das *Gold* des wiedereinkehrenden
Friedens nach einem Streit ist dem Sprecher *lieber* als das der Goldenen
Hochzeit.

S. 125 – *Puck:* Kobold aus Shakespeares ›Sommernachtstraum‹. – *Rei-
hen:* Reigen. – *Ariel:* menschenfreundlicher, hilfreicher Luftgeist aus
Shakespeares ›Sturm‹. – *Fratzen:* hier: niedrige Naturen. – *grillen:* abgelei-
tet aus »Grille«: eigensinnige Laune. – *Mittag:* Süden. – *Orchester. Tutti.
Fortissimo:* das gesamte Orchester sehr laut. – *Neugieriger Reisender:*
Gemeint ist Nicolai; vgl. Anm. zu S. 123.

S. 126 – *Orthodox:* Typus des bornierten christlich-orthodoxen Kriti-
kers. Gemeint ist eventuell Friedrich Leopold Graf zu Stolberg, der das
angeblich »heidnische« Gedicht Schillers ›Die Götter Griechenlands‹ aus
christlicher Position heftig angegriffen hatte. – *Purist:* hier der prüde
Kritiker, der den Anblick des Nackten scheut, jedoch statt Kleidung frivol
Puder wünscht. Vgl. die moralische Entrüstung mancher Zeitgenossen
über Gs. ›Römische Elegien‹ (1790). – *Windfahne:* Typus, der sein
»Fähnlein nach dem Winde richtet« und sich widersprechende Meinungen
vertritt. – *Xenien:* G. und Schiller hatten sich in satirischen Distichen, den

›Xenien‹ (griech.: Gastgeschenke), mit der zeitgenössischen Literatur und Philosophie auseinandergesetzt, hier bezeichnet als *Insekten* mit *kleinen, scharfen Scheren*. – *Hennings:* Der Literat August v. Hennings (1746–1826) hatte G. und Schiller als »heidnische« Autoren angegriffen und wurde in den ›Xenien‹ verspottet.

S. 127 – *Musaget:* wörtlich: Musen-Anführer. Titel der literarischen Beihefte der von Hennings herausgegebenen Zeitschrift, die er zunächst ›Genius der Zeit‹ – deshalb hier *Ci-devant:* vormals –, später ›Genius des 19. Jahrhunderts‹ nannte. – *Parnaß …:* Das griech. Gebirge Parnassos galt als Sitz der Musen. Der *breite Gipfel* läßt auch Platz für minderwertige Autoren. – *der steife Mann:* wohl erneut Nicolai, der überall jesuitische Einflüsse vermutete. – *Kranich:* Gemeint ist Johann Kaspar Lavater (1741–1801) (s. Anm. zu S. 105). G. über ihn: »die ganz strenge Wahrheit war nicht seine Sache; er belog sich und Andere. Es kam zwischen mir und ihm deshalb zum völligen Bruch […]. Sein Gang war wie der eines Kranichs, weswegen er auf dem Blocksberg als Kranich vorkommt.« (Eckermann, 17. 2. 1829) – *Weltkind:* Da G. sich zuweilen selbst als *Weltkind* bezeichnete, vermuten manche Kommentatoren, daß er sich hier selbst meine. – *Vehikel:* Fahrzeug, Hilfsmittel. – *Konventikel:* (oft heimliche) private religiöse Zusammenkunft. – *Dommeln:* Sumpfvögel. – *unisono:* (ital.) einstimmig. – *Orpheus Leier:* Nach der griech. Sage zähmte Orpheus mit seinem Leierspiel wilde Tiere. – *Dogmatiker:* Vorkantischer Metaphysiker, der vom Begriff eines Objekts (hier des Teufels) auf seine Existenz schließt.

S. 128 – *Idealist:* Er hält die Welt für die Emanation des Ichs, für eine Schöpfung seines eigenen Bewußtseins. – *Realist:* Er wird angesichts der Teufelserscheinungen unsicher auf seinen empirischen *Füßen*. – *Supernaturalist:* Er glaubt an eine (übersinnliche) Welt jenseits der empirischen Wirklichkeit und sieht sich hier bestätigt. Alle suchen nach dem *Schatz* einer sicheren Erkenntnis. – *Skeptiker:* Er zweifelt an jeder Erkenntnismöglichkeit und ist so, wie der Teufel, ein »ewiger Verneiner«. – *Reihen:* Reigen. – *Die Gewandten …:* Es folgen fünf Typen politischer Existenzen, wie sie sich nach der Französischen Revolution herausbildeten: *die Gewandten,* die sich ohne Sorge (frz. *Sanssouci*) den wechselnden Gegebenheiten anpassen; *die Unbehülflichen,* die als Hof- und Beamtenadel sich ihren Unterhalt erschmeichelten *(erschranzen)* und die nun nach ihrer Emigration nichts anzufangen wissen; *die Irrlichter,* die aus dem »Sumpf« der Revolution aufgestiegen sind (Parvenus); *die Sternschnuppen,* die während der Revolution vorübergehend Berühmtheit erlangt hatten, und *die Massiven,* die als revolutionäre Volksmassen *mastig* (V. 4387), plump und ungeschliffen, auftreten.

S. 129 – *Rosenhügel:* Wohnsitz des Elfenkönigs in Wielands ›Oberon‹ (1780). – *lange verirrt und nun gefangen:* Es ist unklar, ob hier eine Flucht angenommen wird oder ob gemeint ist: vom rechten Wege abgekommen, hilflos ohne Orientierung. – *in unwiederbringlichem Elend:* in nicht wieder gut zu machendem Elend. – *Sie ist die erste nicht.:* wörtlich aus dem Verhörprotokoll der Frankfurter Kindsmörderin. – *Hundesgestalt:* Die nun folgenden Schilderungen entsprechen nicht der Szene »Osterspazier-gang«. Es sind wohl Elemente eines früheren Entwurfs.

S. 130 – *Witz:* Verstand, Weisheit. – *großer, herrlicher Geist:* vgl. Anm. zu S. 97. – *würdigen:* hier: geruhen. – *die Bande des Rächers:* die Obrig-keit. – *die Entgegnenden:* die Begegnenden. – *Türner:* ältere Form für: Türmer; hier: Gefängniswärter.

S. 131 – *Rabenstein:* die Richtstätte. – *der Menschheit ganzer Jammer:* der Schmerz, den der Mensch nur irgend zu empfinden fähig ist. – *guter Wahn:* ein Irrtum in guter Absicht. – *zögert heran:* zieht heran. – *Meine Mutter ...:* Lied aus dem Volksmärchen ›Von dem Machandelbaum‹ (Wacholderbaum).

S. 132 – *Kranz:* Zeichen der Jungfräulichkeit. – *mein Tage nicht:* mein Lebtag nicht, nie im Leben. – *kränken:* quälen. – *Lieder:* Lieder mit dem Motiv des Kindesmords wurden von Bänkelsängern vorgetragen. – *deuten:* Die Leute wenden das *Märchen* vom Machandelbaum auf Gretchen an. – *Gretchen!:* die einzige Stelle, an der Faust diesen Kosenamen verwendet.

S. 133 – *Heulen und Klappern:* Anspielung auf Matth. 8,12. – *weile:* verweile, bleibe. – *überdrang:* überwältigte.

S. 134 – *fromm:* hier in der älteren Bedeutung: ehrlich, unschuldig. – *Ich darf nicht:* bedeutet sowohl »nicht frei« als auch »nicht fähig«.

S. 135 – *wackelt mit dem Kopfe:* Nach dem Volksaberglauben fanden Ermordete keine Ruhe, ehe ihr Tod nicht gesühnt war.

S. 136 – *Die Menge drängt ...:* Im grammatischen Präsens nimmt Margarete halluzinativ ihre eigene Hinrichtung vorweg. – *Glocke, Stäb-chen, Blutstuhl:* Während einer Hinrichtung wurde das Armesünderglöck-chen geläutet. Der Richter zerbrach über dem Kopf des Delinquenten einen Stab zum Zeichen der endgültigen Verurteilung. Danach wurde der Verbrecher zum Hinrichtungsstuhl geführt. – *O wär ich nie geboren!:* Im ›Faustbuch‹ von 1587 beklagt der Teufelsbündner mit diesen Worten seine ewige Verdammnis. Sie erinnern jedoch auch an den Klageruf des Chors in Sophokles' Tragödie ›Ödipus auf Kolonnos‹, an die Selbstverfluchung Hiobs (3. Hiob 3) und an Jesus' Äußerung zu Judas (Matth. 26,24). – *Ihr Engel ... lagert Euch:* vgl. Psalm 34,5 ff. – *gerichtet ... gerettet:* Das Volks-schauspiel vom Doktor Faust schloß mit den Worten »iudicatus es« (Du bist gerichtet). Das *gerettet* fehlt im ›Urfaust‹ und wurde erst 1808 einge-fügt im Blick auf die Fortsetzung der Tragödie im zweiten Teil.

Der Tragödie Zweiter Teil

Erster Akt

S. 139 – *Ariel:* s. Anm. zu S. 125. – *Äolsharfe:* s. Anm. zu S. 7. – *heilig* (V. 4619)*:* hier: gut, schuldlos. – *Strauß:* Streit. – *Vier sind die Pausen:* Die römische Einteilung in vier Nachtwachen zwischen sechs Uhr abends und sechs Uhr morgens wurde später von der katholischen Kirche übernommen (Vigilien). – *Lethe:* der Strom des Vergessens; bei Dante der Strom der Läuterung. – *Plan:* Fläche.

S. 140 – *buschen sich:* bilden Büsche. – *sich erdreisten:* kühn unternehmen. – *Horen:* die Göttinnen der Jahreszeiten. In Homers ›Ilias‹ sind sie die Dienerinnen des Zeus, die die Himmelstore hüten und sie krachend öffnen, wenn der Sonnengott *Phöbus* mit seinem Sonnenwagen ausfährt. – *Unerhörtes hört sich nicht:* Der Schall, der jede Vorstellung übersteigt, kann nicht wahrgenommen werden.

S. 141 – *jugendlichstem Schleier:* hier: Morgennebel.

S. 142 – *Abglanz:* Adelungs Wörterbuch: »ein glänzendes Ebenbild, doch nur von Gott gebraucht.«; später allgemeiner verwendet. – *Pfalz:* Palast. – *wo ist der Narr geblieben?:* Den Narren hat Mephisto nach Gs. Worten (zu Eckermann am 1.10.1827) beseitigt, um sich selbst als Narr und Ratgeber an die Seite des Kaisers setzen zu können.

S. 143 – *Schönbart:* Volksetymologie zu »Schembart«, (bärtige) Maske. – *mummenschänzlich:* vgl. Anm. zu S. 151. – *Übel sich in Übeln überbrütet:* ein Übel bringt noch weitere hervor.

S. 144 – *Ungesetz gesetzlich überwaltet:* Das Gesetzwidrige waltet, als sei es Gesetz. – *Pfühl:* gepolsterter Stuhl. – *zu Raub gehen:* zugrunde gehen.

S. 145 – *Subsidien:* (lat.) Hilfstruppen, Hilfsgelder. – *Röhrenwasser:* Bei schadhaften Leitungen setzt die Wasserversorgung aus. – *Ghibellinen ... Guelfen:* Im Mittelalter waren die Ghibellinen die Anhänger des deutschen Kaisers in Italien, die Guelfen (Welfen) dagegen stützten die Autonomiebestrebungen der oberitalienischen Städte. Hier allgemeiner für feindliche Parteien und Gruppierungen. – *Welschhühner:* Truthühner. – *Deputate:* Abgabe der leibeigenen Bauern und Pächter in Naturalien. – *Renten:* hier im alten Sinn: Einkünfte, z. B. aus Verpachtungen.

S. 146 – *Jude:* in seiner diskriminierten und diskriminierenden Funktion als Geldverleiher. – *Antizipationen:* hier: Vorschüsse auf künftige Einnahmen. – *Pfühl:* hier: Kissen. – *vorgegessen:* verzehrt, bevor es bezahlt ist. – *Natur und Geist:* Eine solche Weltauffassung erscheint dem Vertreter eines orthodoxen Christentums als Gottesleugnung. (Vgl. V. 4900).

S. 147 – *Die Heiligen ... die Ritter:* Geistlichkeit und Adel sind Stützen des Throns. – *schwärzen:* (mundartl.) einschmuggeln.

S. 148 – *Kaisers Recht:* Das Bergrecht bestimmte, daß alles, was tiefer lag, als ein Pflug reichte, dem Kaiser gehörte (Bodenschätze etc.). – *frommen:* nützen. – *Kreise ... Stund und Haus:* Die Astrologen teilen den Himmel in zwölf Häuser ein, zu denen jeweils ein Stern des Tierkreises gehört. – *einblasen:* einflüstern. – Im folgenden sind die schicksalsbestimmenden Gestirne zugleich Symbole für Metalle: *Sonne* – Gold, *Merkur* – Quecksilber, *Venus* – Kupfer, *Luna* – Silber, *Mars* – Eisen, *Jupiter* – Zinn, *Saturn* – Blei. – *Merkur:* lat. Name des Götterboten Hermes. – *Kalenderei:* hier: trügerische Voraussagen. Die Alchimisten gaben in mittelalterlichen Kalendern astrologisch begründete Weissagungen. – *Chymisterei:* betrügerisches Verhalten, da die Fähigkeit vorgetäuscht wird, Gold machen zu können. – *Gauch:* (mhd. gouch) eigentlich: Kuckuck; hier: einfältiger Mensch, Betrüger, Schelm.

S. 149 – *Alraunen:* Wurzeln eines Nachtschattengewächses, die als zauberkräftig gelten. Da ihre Berührung tötet, läßt man sie durch einen *schwarzen Hund* herausziehen. – *Da liegt der Spielmann:* Redensart: Man »stolpert« dort, »wo der Spielmann oder der Hund begraben liegt« (vgl. G. an Frau v. Stein, 6.6.1809). – *Salpeter ...Leimenwand:* Lehmmauern schwitzen oft Salpeter aus, das der Bauer unter das Viehfutter mengt. Beim Abkratzen wird hier ein Schatz freigelegt.

S. 150 – *frommen:* nützen. – *versühnen:* mit dem Himmel (durch Beichte und Absolution) aussöhnen. – *Herde goldner Kälber:* Schätze. Anspielung auf das biblische Goldene Kalb (2. Mose 32,4).

S. 151 – *Exeunt:* (lat.) sie gehen ab. – *Mummenschanz:* Maskenzug. Das Vorbild des römischen Karnevals, über den G. 1789 geschrieben hatte, ist deutlich. – *Römerzüge:* Die deutschen Könige ließen sich in Rom zum Kaiser krönen; zum Zeichen der Huldigung küßten sie dabei den Pantoffel des Papstes *(heilige Sohlen).* – *Kappe:* Narrenkappe, Maske. – *ähnlet:* macht ähnlich. – *zudringlich:* herzudrängend.

S. 152 – *gefärbte Schnitzel:* vgl. Anm. zu S. 22.

S. 153 – *Ceres:* röm. Göttin des Getreides. – *Theophrast:* antiker Philosoph und Naturhistoriker (372–287 v. Chr.), der eine systematische Darstellung der Botanik gegeben hatte. – *Ausforderung:* Herausforderung zum Wettstreit.– *Florens Reich:* Reich der röm. Göttin der Blumen.

S. 154 – *Theorbe:* italienische Baßlaute. – *Pfirschen:* bis ins 19. Jh. gebräuchliche Nebenform zu: Pfirsiche. – *Sponsierer:* Freier, Verehrer.

S. 155 – *Blöße:* abgeholztes Waldstück. – *witzen:* hier: den Geist anstrengen. – *Pulcinelle:* Plural v. Pulcinella: der Hanswurst in der ital. Commedia dell'arte, der im Karneval in großer Zahl vertreten war.

S. 156 – *Parasit:* stehende Figur in der antiken Komödie, die sich auf Kosten anderer durchschmarotzt. – *Doppelblasen:* Als Zeichen der Doppelzüngigkeit gilt, daß man mit demselben Mund in warme Suppe und kalte Hände bläst. – *Kohlentracht:* eine Last Kohlen, die man auf einmal tragen kann. – *prudeln:* lautmalend für: brodeln, dampfen. – *Rümpfte ...:* rümpfte die Nase über diesen bunten Rock. – *Maskenstock:* Holzgestell zur Aufbewahrung der Masken.

S. 157 – *Naturdichter, Hof- und Rittersänger ... Nacht- und Grabdichter:* Anspielungen auf die zeitgenössische Literatur mit ihren Ritter- und Schauerromanen. Die hier von G. ursprünglich geplante Poeten-Szene blieb unausgeführt. Nur der Vers des *Satirikers,* der gerade gegen den Publikumsgeschmack schreiben möchte, wurde aufgenommen. Der *frisch erstandene Vampyr* verweist auf ›The Vampyre‹ (1819) von J. W. Polidori. – *Grazien:* Die Töchter des Zeus sind die Göttinnen der Anmut: *Aglaia* (festlicher Glanz), Thalia: hier: *Hegemone* (blühendes Leben), *Euphrosyne* (festliche Freude).

S. 158 – *Parzen:* römische Bezeichnung der Moiren, der Schicksalsgöttinnen. *Klotho* spinnt den Lebensfaden, *Lachesis* teilt ihn, *Atropos* schneidet ihn durch. Während des Karnevals sind die Funktionen vertauscht und die tödliche Schere bleibt im *Futteral*. – *Gewinst:* Gewinn. – *Weife:* Haspel, Garnwinde, auf die beim Spinnen das Garn gewunden wird.

S. 159 – *Furien:* lat. Name für die Erinnyen, die Rachegöttinnen: *Alekto* (die nie Rastende), *Megära* (die Feindliche), *Tisiphone* (S. 160) (die Rächerin des Mordes). Entgegen der Überlieferung sind die Furien hier *hübsch und jung*. Ihr unheilbringendes Wesen ist dem höfischen Fest entsprechend auf Liebe und Ehe gerichtet.

S. 160 ff. – *Asmodi:* ursprünglich erotischer Dämon in der persischen Mythologie. In der Bibel (Tobias 3,8) ermordet er nacheinander die sieben Männer der Sara in der Hochzeitsnacht. – *Berg:* Der Elefant trägt die Siegesgöttin *Viktorie,* hier *die Göttin aller Tätigkeiten,* und symbolisiert die Macht, die gelenkt wird von der *Klugheit. Furcht* und *Hoffnung* sind angekettet, da sie die Tätigkeit lähmen.

S. 162 – *Zoilo-Thersites:* Mephisto schlüpft hier in eine Doppelgestalt. Zoilo war ein griech. Grammatiker, der Homer auf kleinliche Weise Fehler nachweisen wollte; Thersites wird in der ›Ilias‹ wegen seiner gehässigen Beschimpfungen der Helden gezüchtigt.

S. 163 ff. – *Wagen:* Er trägt als *Allegorie* den Gott des Reichtums, *Plutus,* dem als Gegensatz die Geiz (lat.: *Avaritia,* S. 167) gegenübersteht. Gelenkt wird der Wagen durch die *Poesie.* – *Rosse:* vgl. S. 167: *Drachen:* gemeint ist wohl beide Male das gleiche aus Flügelpferd und Greifenkopf gebildete Fabeltier.

S. 164 – *Sponsierer:* vgl. Anm. zu S. 170. – *Sokken:* vgl. Anm. zu S. 55. – *milde:* freigebig.

S. 165 – *ein Schnippchen schlagen:* mit den Fingern schnippen, um zu zaubern. – *Pfiffe:* hier: witzige Einfälle, Kniffe.

S. 166 – *der grüne Zweig:* Lorbeerzweig. – *Flor:* hier etwa: Blüte, Lebensdauer, Energie.

S. 167 – *gekauzt:* gebückt wie ein Kauz. – *erspulen:* durch Spinnen verdienen. – *Strohmann:* hier: Vogelscheuche. – *Schlappe:* Ohrfeige. – *Marterholz:* soviel wie: abgezehrt wie Christus am Kreuz.

S. 169 – *Wahn:* Täuschung. – *Umgang:* Rundgang.

S. 170 – *Doch solcher Ordnung Unterpfand zieh ich ein unsichtbares Band:* zur Absicherung beschreibt Plutus einen Zauberkreis. – *sponsieren:* auf Liebesabenteuer ausgehen. – *Schwank:* Schabernack. – *ungestalt:* hier: unanständig. – *widerwärtig:* abweisend, ungehalten. – *übelfertig:* bereit zu Üblem.

S. 171 – *Narrenteidung:* Narrenposse. – *Sie wissen doch, was keiner weiß:* daß hinter der Maske des großen Pan der Kaiser steht. – *Pan:* Gott der Hirten, der Weide und des Waldes. Da man den Namen später fälschlich auf griech. pan (alles) bezog, wurde er zum Gott des Weltalls umgedeutet. – *schuldig:* pflichtschuldig. – *Faun:* Die Entsprechung zu Pan in der röm. Mythologie. Auch im Plural gebraucht. – *Satyr:* bocksfüßig und mit Ziegenohren vorgestellte Naturgottheit. Die Satyrn begleiten den Weingott Dionysos und verkörpern das üppige Leben.

S. 172 – *Gnom:* Das Wort geht zurück auf das verlorene griech. genomos: Erdbewohner, Erdmännlein. – *Gütchen:* im Volksglauben bergmannsartig gekleidete, hilfreiche Zwerge. – *Felschirurgen:* Die Gnomen verstehen Felsen zu spalten und Metalle zu gewinnen. – *allgemeinen Mord:* Krieg. – *wilde Männer:* riesenhafte Waldmenschen aus Volkssagen. – *natürlich-nackt:* naturgemäß nackt. – *Nymphen:* Naturgötter, die man sich in Gewässern, Bäumen und Bergen wohnend vorstellte. Sie sind die tanzenden Gefährtinnen Pans.

S. 173 – *blaues Wölbedach:* Tageshimmel. – *das Gute:* in der Bergmannsprache die Bodenschätze enthaltende Gesteinsschicht. – *fadenweis:* in dünnen Metalladern. – *troglodytisch:* (griech.) unterirdisch, nach Art der Höhlenbewohner. – *Quelle:* Gemeint ist hier der Goldschatz.

S. 174 – *eräugnen:* ursprüngl. Form für: ereignen: sich zeigen. – *leugnen:* als unglaubwürdig bestreiten. – *fällt sein Bart hinein:* gemeint ist die Bartmaske Pans. – *Ungeschick:* hier: Mißgeschick.

S. 175 – *bezirken:* in maßvollen Grenzen halten. – *holzverschränktes Deckenband:* hölzerne Kassettendecke des Festsaals. – *schwangre Streifen:* regenschwere Wolken.

S. 176 – *anständig:* wie es sich für einen Hofmann gehört. – *Pluto:* Gott der Unterwelt. – *Salamander:* Symbol der Feuergeister, da diese nach dem Volksglauben im Feuer leben können.

S. 177 – *Nereiden ... Thetis ... Peleus*: Die Nereiden sind Töchter des Meergottes Nereus. Thetis, eine der drei Nereiden, war mit dem Achäerkönig Peleus verheiratet. Der *zweite Peleus* ist also der Kaiser. – *Olymps Revier:* Der Sitz der griech. Götter ist der Olymp. – *Scheherazade:* Erzählerin der Märchen *aus Tausendeiner Nacht*. – *abschlägig:* in Form einer Abschlagszahlung.

S. 178 – *das schicksalsschwere Blatt:* Das Papiergeld wurde 1716 von dem schottischen Bankier John Law ›erfunden‹. Vgl. auch die Assignaten in der Französischen Revolution. – *als gewisses Pfand:* als sicheres Pfand. – *Erinnere dich: hast selbst es unterschrieben!:* wohl ursprünglich von G. als Szene geplant, dann jedoch nicht ausgeführt. – *Du zogst sie rein:* Du gabst die Rein-, Urschrift für die Scheine, die Mephisto dann vervielfältigte. – *in diesem Zeichen:* mit der Unterschrift des Kaisers. Anspielung auf die angebliche Verheißung an Kaiser Konstantin d. Gr. 312 vor der Schlacht an der Milvischen Brücke, im Zeichen des Kreuzes Christi werde er siegen: »In hoc signo vinces«. – *sperrig:* sperrangelweit. – *Rabatt:* Ein Teil des Wertes wird als Wechselgebühr einbehalten.

S. 179 – *Schedel:* (nach lat. schedula) Zettel, Banknote. – *zu markten noch zu tauschen:* beim Tauschhandel um den Warenwert zu feilschen. – *Kustode:* nach lat. custos: Wächter, Hüter.

S. 180 – *Bannerherr:* Grundbesitzer im Lehenswesen.

S. 181 – *solus:* (lat.) allein. – *Witz:* hier: Verstand, Vernunft. – *an den Sohlen abgetragen:* im Sinne von: etwas längst Bekanntes und deshalb Langweiliges. – *Hexenfexen:* Ein Fex ist ein Abkömmling, Sprößling. Evtl. auch Lautspielerei für: Faxen. – *kielkröpfig:* Kielkröpfe sind von Teufeln

und Hexen gezeugte Kinder mit Kröpfen. – *Heroine:* in der Antike halbgöttliche Heldin.

S. 182 – *Die Mütter:* Den Mythos der Mütter hat Goethe nach einer Anregung aus Plutarchs Biographie des Marcellus selbst geschaffen (vgl.
dazu das Gespräch mit Eckermann am 10.1.1830). – *versäumt:* vernachlässigt,
verlassen.

S. 183 – *Mystagog:* Priester, der die Neulinge *(Neophyten)* in die religiö-
sen Geheimkulte (Mysterien) einführte. – *so ... als:* sowohl ... als auch. –
Katze: In La Fontaines Fabel ›Der Affe und die Katze‹ läßt sich der Affe
durch die Katze die Kastanien aus dem Feuer holen. – *Schaudern:* im
Sprachgebrauch des 18. Jhs.: Ergriffenheit, erschüttertes Staunen. – *verteu-
ern:* erschweren, abstumpfen.

S. 184 – *Bilder aller Kreatur:* Anspielung auf die Platonische Vorstellung
von den Urbildern, den Ideen. – *Attitüde:* hier: Gebärde. – *jener Tat erdreisten:* diese Tat wagen. – *frommt:* nützt.

S. 185 – *kohobieren:* durch mehrfache Destillation klären. – *umschranzen:* umschmeicheln. – *zu Gleichem Gleiches:* ironische Anspielung auf die
Homöopathie, deren Begründer Christian Friedrich Samuel Hahnemann
(1755–1843) den Grundsatz »Similia similibus curantur« (Ähnliches soll
durch Ähnliches geheilt werden) aufgestellt hatte.

S. 186 – *von einem Scheiterhaufen:* Gegenstände, die mit Hinrichtungen
zu tun haben, gelten als zauberkräftig. – *anständig ... in Folge:* wie es der
Anstand gebietet, in der Reihenfolge gemäß den höfischen Würden.

S. 187 – *spendieren:* hier: aufhängen. – *verkümmert:* entzieht, hindert. –
Tapeten: Wandteppiche. – *Proszenium:* Vorbühne. – *Einbläsereien:* von
»einblasen«: vorsagen, soufflieren. – *Atlas:* Er mußte den Himmel
tragen, weil er sich am Kampf gegen die olympischen Götter beteiligt
hatte.

S. 188 – *überlästig:* zu schwer lastend, drückend. – *spitzbögiger Zenit:*
Hinweis auf die gotische Bauweise. – *Gebäu:* Gebäude. – *Unmöglich ists
...:* Parodie auf den lat. Kirchenvater Tertullian (2./3. Jh. n. Chr.), der in
seiner Schrift ›Über das Fleisch Jesu‹ zur Auferstehung geschrieben
hatte: »Credibile est, quia ineptum est; certum est, quia impossibile«
(Es ist glaubwürdig, weil es ungereimt ist; es ist gewiß, weil es unmöglich ist).

S. 189 – *Triglyphe:* (griech.) Dreischlitz; Verzierung am dorischen Tem-
pelfries in Form dreier senkrechter Einkerbungen. – *Paris:* Den Streit um
den goldenen Apfel der Schönsten zwischen den Göttinnen Hera, Athene
und Aphrodite entschied Paris, der unter Hirten *(Schäferknecht)* aufge-
wachsene Sohn des trojanischen Königs Priamos, zugunsten der letzteren,
da sie versprochen hatte, ihm bei der Entführung Helenas, der Gattin des
Menelaos, zu helfen. Helena war die Tochter des spartanischen Königs
Tyndareos und seiner Gattin Leda, die Zeus in Gestalt eines Schwans
verführt hatte. Die Entführung löste den Trojanischen Krieg aus. – *Pfirsche:* vgl. Anm. zu S. 154. – *Ambrosia:* Speise der Unsterblichen in der
griech. Mythologie.

S. 190 – *Endymion und Luna:* Die Mondgöttin Selene (röm.: Luna) stieg jede Nacht zu dem in ewigem Schlaf liegenden Jäger Endymion herab, um ihn zu küssen und zu bewachen. – *Duenna:* (nach dem span. dueña) Gouvernante, Hofmeisterin.

S. 191 – *gemein:* gewöhnlich. – *gelegentlich:* bei Gelegenheit. – *Graus:* Geröll.

Zweiter Akt

S. 192 – *schwer gelöst:* schwer zu lösen. – *paralysieren:* lähmen. – *die Tinte starrt:* die Tinte ist eingetrocknet. – *Schnaken:* doppelsinnig: Scherze, Späße; langbeinige Mücken.

S. 193 – *rauchwarme Hülle:* wärmender Pelz (vgl. Rauchwaren). – *erbrüsten:* sich in die Brust werfen, sich in Positur setzen. – *Farfarellen:* Vermischung von ital. farfalla (kleiner Falter) und dem Teufel Farfarello aus Dantes ›Göttlicher Komödie‹. – *Patron:* Schutzherr. – *pflanzen:* hier: erschaffen. – *Flaus:* Überrock. – *Pergamen:* alte Form von »Pergament«. – *Prinzipal:* Hausherr.

S. 194 – *Famulus:* Gehilfe eines Gelehrten. – *Wittern:* Gewitter, Donner. – *Estrich:* Fußboden. – *Vlies:* Fell, dann auch: ein mit Fell gefütterter Rock. – *Oremus:* (lat.) Laßt uns beten! – *bemooster Herr:* in der Studentensprache ein Student mit vielen Semestern. – *Die Schlüssel ...:* Wagner vermag über Himmel und Erde Auskunft zu geben. Vgl. Matth. 16,19: Petrus erhält die Schlüsselgewalt des Himmels.

S. 195 – *erfinden:* allgemeiner als heute: Sachen, Vorstellungen hervorbringen. – *sein beschieden Teil:* die ihn bezeichnende Eigenschaft. – *erbangen:* sich ängstigen. – *hingetan:* hinbegeben. – *Kohlenbrenner:* Wagner ist als Alchimist tätig. – *beschleunen:* beschleunigen, fördern. – *erdreusten:* sich erfrechen, sich unverschämt aufführen. – *Baccalaureus:* niedrigster akademischer Grad.

S. 196 – *Fuchs:* in der Studentensprache Student im ersten Semester. – *diesen Bärtigen:* den Älteren. – *Schnack:* (niederdt.) leeres Gerede, Unsinn. – *Lethe:* S. Anm. zu S. 139.

S. 197 – *Chrysalide:* Puppe des Schmetterlings. – *Schwedenkopf:* kurzer Haarschnitt, der im ausgehenden 18. Jh. Mode wurde. Die preußische Armee schaffte 1807 den Zopf ab. – *absolut:* doppelsinnig: im Sinne von »ganz und gar, vollständig, uneingeschränkt« läßt es sich auf die kahlköpfige Endstufe der zuvor genannten Haartrachten beziehen; ebenso ist es als Anspielung auf die zeitgenössische idealistische Philosophie, die das Absolute als Subjekt (Fichte) oder als sich dialektisch entfaltende Idee (Hegel) verstand, deutbar. Vgl. die Ablehnung des *Erfahrungswesens* (Empirie) durch den Baccalaureus, sowie dessen Ausruf: »Die Welt, sie war nicht, eh ich sie erschuf!« (V. 6794). – *gelbe Schnäbel:* überkluge Jugend. – *dünkeln:* s. Anm. zu S. 79. – *Dust:* (niederdt.) Dunst, Staub.

S. 198 – *Proszenium:* Vorbühne. – *anmaßlich:* unverschämt. – *zur schlechtsten Frist:* zu ganz unpassender Zeit. – *das Alter ist ein kaltes Fieber:* vgl. Terenz: »Ipsa senectus morbus est.« (Das Alter selbst ist eine Krankheit).

S. 199 – *philisterhaft:* spießbürgerlich. – *zu dem jüngeren Parterre ...:* nur an das jüngere Publikum, von dem Mephisto keine Zustimmung erwartet. – *durchschauert:* durchdringt mit schaurigem Klang. – *Phiole:* s. Anm. zu S. 26. – *lebendige Kohle:* Kohlenstoff als Grundlage der organischen Verbindungen.

S. 200 – *Rauchloch:* Ofen des Alchimisten. – *von ihrer Würde nun entsetzt:* ihrer Bedeutung beraubt. – *verlutieren:* abdichten; lat. lutum (Lehm). – *kohobieren:* s. Anm. zu S. 185. – *organisieren ... kristallisieren:* Gemeint ist der Gegensatz von organischem Wachstum und künstlicher Gewinnung durch Kristallisation.

S. 201 – *toll:* verrückt. – *artig:* niedlich. – *Homunculus:* (lat.) Menschlein. Bezeichnung für einen künstlichen Menschen, den die Alchimisten des späten Mittelalters zu erzeugen suchten. Theophrastus Paracelsus (1493–1541) hatte in seiner Schrift ›De generatione rerum naturalium‹ dazu eine genaue Anleitung gegeben. – *Vetter:* auch im Sinne von: Pate. – *schürzen:* sich anschicken, bereit machen.

S. 202 – *Der Schwäne Fürsten:* s. Anm. zu S. 189. Homunculus berichtet Fausts Traum von der Zeugung Helenas. – *im Nebelalter jung geworden:* soviel wie: im finsteren Mittelalter geboren.

S. 203 – *der bequemste:* der sich allem anbequemen, anpassen kann. – *Reihen:* Reigen. – *romantisch:* hier: mittelalterlich, nordisch. – *klassisch:* antik. – *widern:* anwidern. – *Peneios:* Fluß in Thessalien (Griechenland), mündet in die Ägäis. – *Pharsalus:* In der Schlacht bei Pharsalus besiegte Cäsar Pompeius (48 v. Chr). Das bedeutete das Ende der römischen Republik und den Beginn des Kaisertums. Auch werden weitere *Streite von Tyrannei und Sklaverei* bis hin zum Freiheitskampf der Griechen gegen die Türken 1821–29 miteinbezogen. – *Asmodeus:* hier: der Teufel (vgl. auch Anm. zu S. 160). – *Heidenriegel:* Dem Teufel als Teil der christlich-abendländischen Welt ist die antike Mythologie verschlossen.

S. 204 – *blöde:* schüchtern. – *thessalische Hexen*: Sie galten als Meisterinnen des Liebeszaubers. – *ad spectatores:* (lat.) zu den Zuschauern.

S. 205 – *Klassische Walpurgisnacht:* Diese Versammlung historischer und mythologischer Gestalten der Antike ist das Gegenstück zur nordischen Walpurgisnacht auf dem Blocksberg. Sie hat keine literarischen Vorbilder. Als Quelle für die Details hat G. vor allem Benjamin Hederichs ›Gründliches mythologisches Lexikon‹ (zuerst 1724, erweitert 1770) verwendet. – *Erichtho:* eine Hexe, die durch Ovid und Lucanus *(die leidigen Dichter)* geschildert wird. Sie wurde von Pompeius vor der Schlacht bei Pharsalus (s. Anm. zu S. 203) über deren Ausgang befragt. – *Magnus:* (lat.) der Große; Beiname des Pompeius. – *alter Tage fabelhaft Gebild:* der Fabel entstammende Gebilde aus alter Zeit. – *Feuer brennen blau:* nach Gs. Farbenlehre erscheint Feuer vor dunklem Hintergrund (Nacht) rot, vor hellem (Mondlicht) blau. – *Meteor:* die durch die Nacht leuchtende

Phiole des Homunculus. – *körperlicher Ball:* Faust und Mephisto im Zaubermantel.

S. 207 – *Antäus:* Sohn des Meergottes Poseidon und der Erdmutter Gäa. Nach der Sage war dieser Riese unüberwindlich, da er durch die Berührung mit seiner Mutter, der Erde, ständig neue Kraft schöpfte. Herakles besiegte ihn, nachdem er ihn vom Boden weggehoben hatte. Durch das Betreten griechischen Bodens fühlt Faust neue Kraft. – *Sphinx:* antikes Fabelwesen, das in Ägypten auf dem Körper eines Löwen den Kopf eines Mannes, in Griechenland auf dem Körper einer geflügelten Löwin mit Brüsten den Kopf einer Frau trug. In der Mythologie ist die Sphinx ein Todessymbol, für G. stehen die Sphingen für Epochenüberdauerndes, Unwandelbares. – *Greif:* ein antikes Fabeltier mit dem Leib eines Löwen, einem Raubvogelkopf und Flügeln. Greife gelten als uralte Schatzhüter, daher das Wortspiel *Nicht Greisen! Greifen!* – *lebendig:* hier: natürlich. Mephisto nimmt an der natürlichen Nacktheit *(schamlos, unverschämt)* Anstoß und rät, sie *nach neuestem Sinn* zu *bemeistern* und *modisch* zu *überkleistern* (Anspielung an die nazarenische Malerei). – *anständig:* mit Anstand. – *Fortuna:* Göttin der Gelegenheit.

S. 208 – *Ameisen:* Herodot berichtet, es gebe in Asien Ameisen, größer als Füchse, die bei ihren unterirdischen Bauten Gold fänden. – *Arimaspenvolk:* nach Herodot ein einäugiges skythisches Reitervolk, das den Greifen Gold raubte. – *Old Iniquity:* (engl.) Allegorie des Bösen *im alten* (moralischen) *Bühnenspiel* in England, im Gefolge des Teufels auftretend. – *Stern schießt …:* Sternschnuppen. – *beschnittener Mond:* abnehmender Mond, Sichelmond. – *Rätsel … Charaden:* Die thebanische Sphinx gab jedem Vorübergehenden ein Rätsel auf und tötete ihn, wenn er es nicht lösen konnte. – *Plastron:* Brustharnisch beim Fechten. – *rapieren:* hier: fechten.

S. 209 – *präludieren:* vgl. lat. Präludium: musikalisches Vorspiel. – *Sirenen:* griech. Fabelwesen, die als Jungfrauen mit Vogelleibern dargestellt werden. – *verwöhnen:* hier: gewöhnen an.

S. 210 – *Widerwärtiges:* hier: Fremdartiges, Groteskes. – *Ödipus:* Er löste das Rätsel der thebanischen Sphinx. – *Ulyß:* Um den verführerischen Gesang der Sirenen hören zu können, ohne betört zu werden, ließ Odysseus (lat.: Ulysses) sich an den Mast seines Schiffes binden. – *wir reichen nicht hinauf zu ihren Tagen:* Als urzeitliche Wesen haben die Sphingen die Zeit Helenas nicht erreicht. – *Herkules:* Nach der griech. Mythologie hat Herkules keine Sphingen erschlagen. – *Chiron:* ein Kentaur (halb Mensch, halb Pferd), der Erzieher der meisten griechischen Sagenhelden, darunter auch Achill sowie Kastor und Pollux, die Halbbrüder Helenas waren.

S. 211 – *mag:* kann. – *Stymphaliden:* Vogelungeheuer mit eisernen Flügeln, Schnäbeln und Krallen. Sie wurden von Herkules, dem Enkel des Alkaios *(Alcide)* erlegt. – *Lernäische Schlange:* eine Schlange mit neun Köpfen. Wurde einer abgeschlagen, wuchsen zwei nach. Herkules überwand das Untier, indem er die abgeschlagenen Stümpfe ausbrannte und den unsterblichen Teil vergrub. – *macht euch zum Wendehals:* läßt euch den Kopf wenden. Der Wendehals ist ein Spechtvogel, der immer den Hals

verdreht. – *Lamien:* weibliche Dämonen, die dem Vorübergehenden ihren
Busen zeigten, um ihn anzulocken und dann sein Blut trinken zu können. – *Satyrvolk:* s. Anm. zu S. 171.

S. 212 – *in tausend Jahre:* auf 1000 Jahre hin. – *so regeln wir die Mond-
und Sonnentage:* In Ägypten waren die Sphinxe nach astronomischen
Gesichtspunkten aufgestellt und halfen, die kalendarischen Mond- und
Sonnenbewegungen zu bestimmen. – *Peneios:* hier: Flußgott, s. Anm. zu
S. 203. – *Nymphen:* s. Anm. zu S. 172, hier sind sie *Rohrgeschwister:* Verwandte des Flußgottes im Schilf. – *unterbrochnen Träumen:* gemeint ist
der Ledatraum, vgl. Anm. zu S. 189. – *Wittern:* Witterungswechsel, auch
leises Donnergrollen.

S. 213 – *Einer:* der Schwan, in den Zeus sich verwandelt hatte (s. Anm.
zu S. 189). – *hin und wieder:* hin und her.

S. 214 f. – *Schall von Pferdes Hufe:* Chiron kommt näher. – *Philyra:*
Tochter des Okeanos und Mutter Chirons (s. Anm. zu S. 210). – *Argonauten:* eine Gruppe griechischer Helden; diese segelten nach Kolchis, um das
glückbringende Goldene Vlies zu rauben. Dazu gehörten die *Dioskuren*
Kastor und Pollux, die *Boreaden* Zetes und Kalaïs, Söhne des Nordwinds
Boreas, *Jason,* der Anführer des Zuges, der Sänger *Orpheus* sowie der
scharfsichtige Steuermann *Lynkeus.* – *Pallas ... Mentor:* Pallas Athene, die
Göttin der Weisheit, hatte sich in Mentor, den Freund des Odysseus,
verwandelt und beriet und begleitete dessen Sohn Telemachos. – *den Arzt:*
Chiron galt als Arzt und Kenner der Heilkräuter.

S. 215 – *brav:* tüchtig, tapfer. – *im Rat bequem:* geschickt, tauglich,
behilflich. – *loben:* hier: billigen, gutheißen. – *Phöbus:* Beiname des Son-
nengottes Apollon, der zugleich Gott der Poesie und der Wahrsagekunst
war. – *Ares:* Gott des Krieges. – *Hermes:* s. Anm. zu S. 148.

S. 216 – *Dem ältern Bruder untertänig:* Herkules mußte im Auftrag seines Vetters Eurystheus die zwölf Arbeiten ausführen. – *den allerliebsten
Fraun:* So mußte Herkules für die Königin Omphale Wolle spinnen. –
Gäa: Urgöttin Erde. – *Hebe:* Nachdem er in den Olymp aufgestiegen war,
wurde Herkules mit Hebe, der Göttin der Jugend, vermählt. – *Helena, da
ich sie trug:* Daß Chiron Helena trug, entspricht nicht der antiken Überlieferung. Es ist Gs. eigene Erfindung. – *Räuberfaust:* Theseus und Peirithoos
hatten Helena aus dem Artemistempel in Sparta entführt und auf die Burg
von Theseus' Freund Aphidnus gebracht. Kastor und Pollux, ihre Halbbrüder, befreiten sie. – *Eleusis:* Stadt an der Küste von Attika, in der Nähe
Athens.

S. 217 – *Philologen ... betrogen:* Anspielung auf die Bestrebungen, das
Alter Helenas genau zu bestimmen. – *Hat doch Achill ...:* Achill durfte
nach dem Tod auf Bitten seiner Mutter Thetis noch einmal auf die Oberwelt kommen und vermählte sich mit der ebenfalls zurückgekehrten Helena. Nach antiker Vorstellung befand sich bei der thessalischen Stadt
Pherä ein Eingang zur Unterwelt. – *sehnsüchtigster Gewalt:* mit Hilfe der
Gewalt der Sehnsucht. – *Manto:* Der Sage nach war Manto eine Seherin
und Priesterin Apollons. G. machte sie zur *Sibylle,* einer weissagenden

Frau. – *Äskulap:* griech. Asklepios, Gott der Heilkunde. – *mein Sinn ist mächtig:* Ich bin meiner Sinne mächtig. – *niederträchtig:* nach Niederem trachtend, unedel, von gewöhnlicher Gesinnung.

S. 218 – *Hier trotzten Rom und Griechenland ...:* Die Römer *(Bürger)* siegten 168 v. Chr. nördlich des Peneios in der Schlacht von Pydna über die Mazedonier unter ihrem *König Perseus.* – *Persephoneia:* Tochter des Zeus und der Demeter; Mitherrscherin im Hades. Da Pluto sie von der Oberwelt entführte, kann sie von dort nur einen *geheim-verbotnen* Gruß empfangen. – *Orpheus:* Er hatte die Erlaubnis erhalten, seine verstorbene Gattin Eurydike auf die Oberwelt zurückzuholen. Entgegen der Anordnung wandte er sich während des Rückwegs um und verlor sie dadurch wieder (vgl. V. 7494: *Benutz es besser!).* – *Asklepischer Kur vor andern wert:* mehr als andere einer Heilkur bedürftig. – *einschwärzen:* hier: einschmuggeln. – *unseliges Volk:* wohl: die von dem unmittelbar bevorstehenden Erdbeben Betroffenen.

S. 219 – *Ohne Wasser ...:* Die Sirenen vertreten hier im zur Zeit G.s lebhaft geführten Streit um die Entstehung der Erdoberfläche die Position der Neptunisten, die die Landformationen als Ablagerungen der Meere erklärten. Die Vulkanisten hielten die Erdoberfläche für vulkanischen Ursprungs. – *mit hellem Heere:* in hellen Scharen. – *stauchen:* hier: stauen. – *zu dem seeisch-heitern Feste:* zu dem heiteren See-Fest. – *wo Luna doppelt leuchtet:* wo sich der Mond im Wasser spiegelt. – *Seismos:* (griech.) Erdbeben; der Meergott Poseidon trug den Beinamen »Erderschütterer«, da er durch ein Erdbeben die *Insel Delos* entstehen ließ, um der verfolgten Leto eine Zuflucht für die Geburt der Zeuskinder Artemis und Apollon zu gewähren *(einer Kreißenden zulieb).* – *Gewölbe:* hier: Berg.

S. 220 – *Atlas:* s. Anm. zu S. 187. – *Kies, Grieß, Sand, Letten:* Aufzählung von groben bis feinen Ablagerungen. – *Karyatide:* in der Architektur eine Figur, die als Säule das Gebälk trägt. – *höchste Ahnen:* Nach den Vorstellungen der griech. Mythologie entstand aus *Nacht* und *Chaos* die Welt. – *Titanen:* Söhne und Töchter des Uranos und der Gäa. Sie eroberten gegen ihren Vater die Weltherrschaft, setzten ihren Bruder Kronos ein, wurden dann aber von Zeus gestürzt. – *Pelion und Ossa:* Gebirge in Thessalien, die die Titanen aufgetürmt haben sollen, um den Olymp, den *Sessel* des Donnergottes *Jupiter/*Zeus, stürmen zu können. – *Parnaß:* griech. Gebirge. Es ist der Sage nach der Sitz der Musen und hat einen Doppelgipfel *(Doppelmütze).*

S. 221 – *das Emporgebürgte:* das aufgeworfene Gebirge. – *Imsen:* Ameisen; sie machen sich auf, das in dem aufgeworfenen Berg vorhandene *Gold* zu sammeln. – *das Allermindeste:* das Allerkleinste. – *allemsig:* rastlos tätig. – *Berg:* in der Bergmannsprache das taube Gestein. – *Pygmäen:* (wörtlich: Fäustlinge) antikes Zwergenvolk, Bewohner des Berginnern, kunstfertige Schmiede.

S. 222 – *Daktyle:* Däumlinge (nach griech. daktylos: Finger). Sie sind kunstfertige Schmiede und müssen, wie die Ameisen, gegen ihren Willen für die *Pygmäen* arbeiten. – *Generalissimus:* In der antiken Sage gehen die kriegerischen Pygmäen gewaltsam gegen die Reiher vor (vgl. V. 7660 ff.).

S. 223 – *Kraniche des Ibykus:* Die Kraniche rächen die getöteten Reiher und kämpfen mit den Pygmäen. In V. 7884–99 fliegt die *schwarze Kranich-Wolke* ihren Angriff auf das Zwergenheer. – *mißgestaltete Begierde:* Begierde der Mißgestalteten. – *edle Zierde:* gemeint sind die Reiher-Federn. – *nicht just:* nicht geheuer, unangenehm, unbehaglich. – *für tausend Jahr getan:* auf Dauer so eingerichtet. – *Frau Ilse ...:* Anspielungen auf geographische Namen im Brockengebiet: Ilsenstein, *Heinrichs*höhe, *Schnarcher, Elend.* – *lustig:* zugleich: lüstern.

S. 224 – *Abenteuer:* seltsame, wunderbare Erscheinung. – *Lamien:* s. Anm. zu S. 211. – *Mannsen:* Plural zu »Mann« in Analogie zu »Weibsen«. – *Hansen:* Plural zu Hans; hier in der Bedeutung von ›Tölpel«. – *erwidern:* hier: als Gegengabe bieten. – *entgegnet ihm!:* geht ihm entgegen!

S. 225 – *Empuse:* ein den Lamien verwandtes hexenartiges Gespenst mit Eselsfüßen. – *eräugnen:* ereignen. – *deucht:* scheint. – *Metamorphosen:* Verwandlungen.

S. 226 – *Gesicht:* was man sieht oder zu sehen glaubt. – *dünken:* hier: sich einbilden. – *verpfänden:* verpflichten. – *Lazerte:* Eidechse; von G. in den ›Venezianischen Epigrammen‹ für »Prostituierte« gebraucht. – *Thyrsusstange:* Dionysos und seine Begleiter trugen einen mit Efeu und Weinlaub umwundenen Stab, der mit einem Pinienzapfen gekrönt war. – *Bovist:* Pilzart. – *vertrackt:* verschroben, wirr.

S. 227 – *Graus:* Geröll, Schutt. – *toll:* verrückt. – *Oreas:* Bergnymphe. – *Pindus:* griech. Gebirgszug, auf dem der Peneios entspringt. – *Zweige:* hier: Ausläufer. – *Pompejus:* s. Anm. zu S. 203. – *entstehen:* Homunculus will aus dem künstlichen Halbdasein zum wirklichen Sein/Leben gelangen und erhofft sich Hilfe von den Naturphilosophen.

S. 228 – *Zwei Philosophen ...:* Die beiden griechischen Naturphilosophen *Anaxagoras* (um 500 v. Chr.) und *Thales* (lehrte zwischen 600 und 550 v. Chr.) vertreten hier die kontroversen Theorien des Vulkanismus und des Neptunismus (vgl. die Anm. zu S. 219). – *wenn du nicht irrst:* wenn du nicht umherziehst. – *durch Feuerdunst ...:* nach ›vulkanistischer‹ Lehre schuf das Feuer im Erdinnern die Gebirge. Die Gegenposition dazu: *aus Schlamm hervorgebracht,* aus dem Feuchten, den Ablagerungen des Urwassers entstanden. – *plutonisch-grimmig Feuer:* Pluto ist der Gott der Unterwelt. – *äolische Dünste:* Aiolos, der Gott der Winde, hält nach antiken Vorstellungen die Winde in einer Höhle eingeschlossen. Die damalige Wissenschaft glaubte die Erde voller Spalten und Höhlen, in denen sich zu Eruptionen führende Gase bildeten. – *was wird dadurch nun weiter fortgesetzt?:* Was folgt nun daraus?

S. 229 – *Myrmidonen:* hier: Ameisen. – *Imsen, Däumerlinge:* s. Anm. zu S. 221 und 222. – *kralle Beine:* mit Krallen bewehrte Beine. – *Rachesegen:* ein Segen, der von Rachegedanken geleitet ist und daher Unheil bringt. –

Dreinamig-Dreigestaltete: Die dreiköpfige Göttin des Mondes heißt auf der Erde *Diana,* am Himmel *Luna* und in der Unterwelt *Hekate.* – *ohne Zauber:* ohne besondere Beschwörungsformeln.

S. 230 – *rundumschriebner Thron:* die Mondscheibe (*Runde*) als Sitz Lunas. – *thessalische Frauen:* Als Erklärung der Mondfinsternis zauberten in der griech. Mythologie die thessalischen Zauberinnen den Mond auf die Erde herab. Anaxagoras verwechselt hier den Mond mit einem herabstürzenden Meteor. – *nur gedacht:* bloße Einbildung. – *Berggebäu:* ein Naturgebäude aus Bergen. – *die garstige Brut:* die Pygmäen.

S. 231 – *zum heitern Meeresfeste:* Übergang von der ›vulkanistischen‹ zur ›neptunistischen‹ Welt (vgl. V. 8034 ff.). – *Dryas:* Baumnymphe. – *Phorkyaden:* auch Graien; uralte, die Häßlichkeit personifizierende Töchter des Meergreises Phorkys. Sie besaßen zusammen nur ein Auge und einen Zahn, die sie abwechseln benutzten (daher *Dreigetüm,* V. 7975; *Auge* und *Raffzahn,* V. 8023 f.). – *Alraune:* Pflanze mit mißgestaltet-menschenähnlichen Wurzeln, vgl. Anm. zu S. 149. – *wir litten sie nicht:* Wir würden sie nicht dulden.

S. 232 – *Ops und Rhea:* lat. und griech. Name für die gleiche Göttin, die Gemahlin des Kronos (Saturn) und Mutter des Zeus (Jupiter). – *Parzen:* s. Anm. zu S. 158. – *Chaos:* s. Anm. zu S. 220. – *ehegestern:* vorgestern. – *der Meißel:* für: die Bildhauerkunst. – *Juno:* Gattin Jupiters. – *Pallas:* Beiname der Göttin Athene, Göttin der Weisheit und der Kunstfertigkeit. – *Bildnis:* hier: äußere Erscheinung. Mephisto legt nach Art der antiken Schauspieler Kothurnen und Maske der Phorkyaden an, die er am Schluß des 3. Aktes (nach V. 10038) wieder ablegt.

S. 233 – *Hermaphrodit:* Mannweib, Zwitter; ein Sohn des Hermes und der Aphrodite. – *Sirenen:* Sie erscheinen im folgenden als singende, schmeichelnde Meergeister. – *thessalische Zauberfrauen:* vgl. Anm. zu S. 230. – *Nereiden:* s. Anm. zu S. 177. – *Tritonen:* männliche Meergottheiten, Söhne des Triton; sie werden als Mischgestalt aus Mann und Delphin dargestellt.

S. 234 – *eure Frucht:* Gold und Schmuck entstammen untergegangenen Schiffen, deren Schiffer sich vom Gesang der Sirenen betören ließen. – *Samothrake ... Kabiren:* Auf der (nicht fern gelegenen, durch *kleinste Reise zu erreichenden*) Ägäis-Insel Samothrake wurden die Mysterien der Kabiren gefeiert. Diese archaischen Gottheiten (vgl. *uralt-verehrt,* V. 8177) galten bei den Griechen als menschenfreundliche (vor allem in der Seefahrt), helfende Wesen. – *Nereus:* Meergreis, der im Gegensatz zu Poseidon die guten Eigenschaften des Meeres verkörpert, Vater der Nereiden, von Thales als alter Griesgram geschildert.

S. 235 – *widerwärtig:* widerspenstig; auch: unangenehm. – *Flamme:* Homunculus. – *selbstwillig:* eigenwillig. – *Wie hab ich Paris ...:* Nereus konnte wahrsagen (vgl. V. 8088) und sagte angeblich Paris das Unheil voraus, das aus der Entführung Helenas entstehen würde: den Untergang Trojas. – *rhythmisch festgebannt:* Den Untergang (*Gerichtstag*) von *Ilion* (Troja) haben die Hexameter von Homers ›Ilias‹ und

›Odyssee‹ sowie Vergils ›Aeneis‹ festgehalten. – *des Pindus Adlern gar willkommnes Mahl:* Da eine frühere Handschrift an dieser Stelle die Worte *dem Dichtervolk* enthält, sind wohl weder wirkliche Aasvögel noch griechische Krieger, sondern die auf dem Musenberg Pindus (vgl. Anm. zu S. 227) beheimateten Dichter gemeint, die der Stoff von Trojas Untergang interessiert. – *Ulyssen auch …:* Daß Nereus auch Odysseus seine Irrfahrten vorhergesagt habe, ist eine Erfindung Gs.

S. 236 – *Der Circe Listen:* Kirke, eine Zauberin, verwandelte die Gefährten des Odysseus in Schweine. – *des Cyklopen Graus:* Der Zyklop Polyphemos verschlang mehrere Gefährten des Odysseus. – *weislich:* wohlweislich, wohldurchdacht. – *Humor:* Laune, Stimmung. – *Doriden:* anderer Name für Nereiden; hier benannt nach ihrer Mutter, der Nymphe Doris. – *Neptunus:* lat. Name für den Meergott Poseidon. – *Neptunus Pferde:* Hippokampen: mythologische Wesen, die Kopf und Brust von Pferden haben, deren Leib aber in einem Fischschwanz endet. – *Wasserdrachen:* vermutlich jene Mischwesen, die die Archäologen Ketos (Plural: Kete) nennen: Sie haben einen Adlerkopf, große Flossen, die wie Flügel aussehen, den Leib eines Reptils oder eines Löwen, den Schwanz einer Schlange. – *Galatee:* Galatea, Meernymphe, eine der Nereiden; sie ist an die Stelle der Venus (*Kypris;* so genannt nach ihrem Lieblingsaufenthaltsort Zypern) getreten. – *Paphos:* Stadt auf Zypern, Kultort der Venus/Kypris. – *Proteus:* Meergott, der weissagen konnte, sich aber einer entsprechenden Bitte meist durch Verwandlungen entzog.

S. 237 – *was wir auf Händen tragen:* Die Nereiden und Tritonen kehren zurück und bringen die Kabiren mit. – *Chelonens Riesenschild:* Eine mythische Riesenschildkröte trägt die Kabiren auf ihrem Schild. (Vgl.: In der indischen Mythologie ruht auf dem Schild der Schildkröte das Weltall.) – *Drei … vier … sieben … acht:* Ironische Anspielung auf den zeitgenössischen Streit unter den Gelehrten über die Zahl der Kabiren.

S. 238 – *alle noch nicht fertig, …. sehnsuchtsvolle Hungerleider:* nach Fr. W. J. Schelling ›Über die Gottheiten von Samothrake‹, 1815, verkörpern die Kabiren die Vorstellung der Sehnsucht des Anfangs, den Hunger nach Wesenhaftigkeit. – *das Goldene Vlies:* s. Anm. zu S. 218. – *Töpfe:* Die Kabiren wurden auch als Kruggötter, Götter der Fülle und des Segens, dargestellt. – *irden-schlecht:* aus Ton, schlicht, einfach.

S. 239 – *bescheiden:* maßvoll. – *auf menschlich beiden Füßen:* auf zwei Beinen, in menschlicher Gestalt.

S. 240 f. – *Jungfernsohn:* vor der Zeit geboren. – *hermaphroditisch:* zweigeschlechtig; Homunculus ist allerdings eher vorgeschlechtig, in seinem Geschlecht noch nicht festgelegt. – *gruneln:* Ableitung von »grün«. Das Wort soll den Geruch feuchten Grüns bezeichnen. – *Telchinen:* Urbewohner der Insel Rhodos; sie gelten als kunstfertige Schmiede und schmiedeten für Poseidon den *Dreizack.* – *Hippokampen:* vgl. Anm. zu S. 236. – *Helios:* der Sonnengott; er galt als *Bruder* der Luna und wurde in *Rhodus* (Rhodos) besonders verehrt.

S. 241 – *Päan:* Lobgesang. – *in hundert Gebilden:* in vielen Statuen. – *Riesen:* Der Koloß von Rhodos, eine Statue des Helios-Apollon, wurde 224 v. Chr. durch ein Erdbeben *(Erdestoß)* zerstört.

S. 242 – *Orden:* Ordnungen, Stufen der Ordnung. – *dann ist es völlig aus mit dir:* dann bist du am Ende der verwandelnden Umbildung und Weiterentwicklung. – *nachdem es kommt!:* je nachdem, wie es kommt. – *von deinem Schlag:* meint die antiken Philosophen. – *hält nach:* dauert an, wirkt weiter. – *Ring von Wölkchen:* Der Mondhof wird hier als Taubenschwarm verstanden. Die *Tauben,* sonst Vögel der Liebesgöttin Aphrodite, sind hier der Galatea zugeordnet. – *Paphos:* s. Anm. zu S. 236.

S. 243 – *Psyllen und Marsen:* archaische zauberkundige Volksstämme, die in der Antike als Schlangenbeschwörer bekannt waren. Weder vom *Meergott* noch von *Seismos* berührt, sind sie *umweht von ewigen Lüften,* bewahren Uralt-Heiliges *still-bewußt* und *leise-geschäftig.* – *Cypriens Wagen:* Muschelwagen der Cyprischen Venus. – *Adler ... Leu ... Kreuz ... Mond:* Symbole der römischen, venezianischen, ordensritterlichen und türkischen Herrschaft über Zypern. – *wegen:* bewegen. – *Zeil an Zeile:* eine Reihe nach der anderen. – *derb:* kräftig, tüchtig ohne abfälligen Sinn. – *Knaben sinds, die wir gerettet:* gerettete Schiffbrüchige, junge Männer.

S. 244 – *aufgewärmt:* Die bereits in Todeskälte Erstarrten wurden zu neuem warmem Leben erweckt. – *Was Zeus allein gewähren kann:* die Unsterblichkeit.

S. 245 – *daß er das ganze Jahr ersetzt:* Chiron und Manto sind das ganze Jahr getrennt. Eine Begegnung ist nur einmal im Jahr möglich. – *Alles ist aus dem Wasser entsprungen!!:* Einzigartig im ganzen ›Faust‹ sind die hier von G. selbst gesetzten doppelten Ausrufezeichen. – *Kettenkreise:* Reigen. – *holde Feuchte ... Lebensfeuchte:* das lebenspendende Wasser. – *Pulse:* Schläge, Herzschläge.

S. 246 – *verführen:* hier: fortführen. – *zerschellen am glänzenden Thron:* Die Vereinigung von Homunculus und Galatea symbolisiert die Vermählung der Urelemente Feuer und Wasser. – *Eros:* Der Gott der Liebe ist in den griech. Weltentstehungsmythen die alles erschaffende Kraft in der Natur. – *Abenteuer:* vgl. Anm. zu S. 224. – *All-alle!:* das einzige Ausrufezeichen hinter einer Sprecherangabe im ganzen ›Faust‹. – *Elemente:* Feuer, Luft, Wasser, Erde.

Dritter Akt

S. 246 – *Menelas:* Menelaos war der Gatte Helenas. – *erst:* vor kurzem. – *trunken:* ermattet, taumelnd. – *phrygisches Blachgefild:* Ebene in Phrygien, einer Landschaft Kleinasiens, in der Troja liegt. – *auf sträubig-hohem Rücken:* auf hoch sich sträubenden Wellenkämmen (mit Pferden verglichen). – *Poseidon:* s. Anm. zu S. 236. – *Euros:* Südostwind. – *Tyndareos:* s. Anm. zu S. 189. – *Pallas Hügel:* Hügel mit einem Tempel der Pallas Athene (vgl. Anm. zu S. 214). – *Klytämnestra:* Schwester der Helena, spätere Gattin des Agamemnon, König von Mykenä.

S. 247 – *Castor ... und Pollux:* Brüder Helenas (s. Anm. zu S. 189). – *Cytherens Tempel:* der Tempel der Aphrodite auf der Insel Kythera, in dem Helena opferte. Dort sah sie der aus Phrygien stammende *(phrygische)* Paris und entführte sie nach Troja. – *Mißgeschick:* Unglück. – *gegen mir:* mir gegenüber.

S. 248 – *Eurotas:* Fluß in der griechischen Landschaft Lakonien, wo Sparta liegt, dessen antiker Name *Lakedämon* ist. – *Schaffnerin:* Verwalterin. – *Dreifuß ... Gefäße ...:* Bestandteile des antiken Opferrituals.

S. 249 – *geb ich deiner Sorge hin:* geb ich deiner Sorge anheim. – *nichts lebendigen Atems zeichnet mir der Ordnende ...:* nichts Lebendiges (als Opfer) hat mir der Anordnende genannt. – *kindisch:* als Kind. Nach diesem Vers fehlt der Hinweis *ab*, den G. vergessen hat: Helena tritt ab. – *traurig gefangene:* Troerinnen, die als Gefangene mitgekommen sind.

S. 250 – *der Entbundene:* der nicht mehr durch Ketten Gefesselte. – *Ilios:* Troja. – *angefrischt:* ermuntert, neu belebt.

S. 251 – *die Stygischen:* die Götter der Unterwelt, benannt nach dem Fluß Styx, der den Hades umfließt. – *eingefaltet:* in die Falten der Kleidung gehüllt. – *mein Dräun:* mein Drängen. – *Thalamos:* das prunkvolle eheliche Lager im Schlafgemach. – *Wunder:* hier: unheimliche Erscheinung.

S. 252 – *Phöbus:* s. Anm. zu S. 140. – *Phorkyas:* s. Anm. zu S. 231. – *hört ich die Götter fürchterlich rufen:* Das Motiv, daß Rufe der Götter während des Kampfes um Troja zu hören waren, ist Homers ›Ilias‹ entnommen. – *Zwietracht:* die Göttin Eris.

S. 253 – *Phorkys Töchter ... Graien:* s. Anm. zu S. 231. – *wie sein heilig Auge nie nie erblickte den Schatten:* Da der Schatten im Sonnenlicht genau hinter die Gestalt fällt, konnte der Sonnengott den Schatten der Phorkyaden nicht erblicken. – *entgegenen:* entgegentreten.

S. 254 – *Orkus:* lat. Name für die Unterwelt (griech.: Hades). – *mänadisch wild:* in Ekstase rasend wie die Mänaden im Gefolge des Weingottes Dionysos. – *schlachterzogene Brut:* in Kriegszeit erzogene Nachkommen; in anderen Handschriften heißt es an dieser Stelle: *schlechterzogene.* – *entnerven:* der Kräfte berauben, schwächen. – *zu Hauf:* in Haufen.

S. 255 – *Erebus:* der unterste und finsterste Raum der Unterwelt, das Urdunkel am Anfang aller Zeit, aus dem Chaos entstanden. – *Mutter Nacht:* s. Anm. zu S. 220. – *Scylla:* weibliches, männerverschlingendes Seeungeheuer mit sechs Köpfen. – *Tiresias:* blinder Seher aus Theben. – *Orion:* riesiger Jäger, der durch Zeus unter die Sternbilder versetzt wurde. – *Harpyen:* Fabelwesen, die als Vögel mit weiblichem Oberkörper dargestellt wurden. Sie verunreinigten die Speisen, die sie nicht verschlingen konnten. – *unterschworener Zwist:* heimlich schwärender (schwelender) Zwist.

S. 256 – *daß ich selbst zum Orkus mich ...:* Helena erinnert sich jetzt deutlicher an den Orkus, aus dem sie heraufgeholt wurde. – *in Lebensreihe:* in der Reihe derer, die dir im Leben begegneten. – *Theseus, Aphidnus, Castor und Pollux:* s. Anm. zu S. 216. – *Patroklus:* Freund des Achill, der nach seinem Vater Peleus auch der *Pelide* genannt wurde. – *des Reichs Bestellung:* Menelaos erhielt die Herrschaft über Sparta. Während er sein *Erbe* auf *Kreta* gegen Thyestes verteidigte, wurde Helena entführt. - *auch jene Fahrt ... Sklaverei:* Während Paris Helena entführte, war Menelaos auf einem Kriegszug, von dem er sie, Phorkyas, als kretische Sklavin mitbrachte und als Schaffnerin einsetzte.

S. 257 – *ein doppelhaft Gebild:* Nach einer anderen Version der Sage hat Paris nur ein Schattenbild Helenas entführt, während diese in Ägypten lebte. – *Idol:* (lat.: idolum, griech.: eidolon) Bild, Schattenbild, Bild in der Seele, Trugbild, Gespenst. – *aus hohlem Schattenreich herauf gesellte sich ... Achill zu dir:* nach einer der Sagen hatte Achill eine Zeitlang die Unterwelt verlassen und mit der gleichfalls heraufgestiegenen Helena zusammenleben dürfen, sie als *Idol* mit ihm als dem *Idol.* – *Vlies:* Schaffell. – *dreiköpfiger Hund:* Kerberos (lat.: Cerberus), der den Eingang zur Unterwelt bewachte. – *letheschenkend:* Vergessen schenkend (vgl. Anm. zu S. 139).

S. 258 – *Königin, du bist gemeint:* Daß Helena geopfert werden soll, ist ein antikes Motiv. Die drohende Gefahr veranlaßt Helena, mit ihren Dienerinnen fortzugehen. Die Begegnung mit Faust in dessen Ritterburg ist Gs. Erfindung.

S. 259 – *Ungetüm:* Sammelbegriff für die herbeigerufenen Zwerge. – *mir aber deucht ...:* Ich aber halte es für meine Pflicht als Älteste ...

S. 260 – *Parzen ... halte gesperrt die goldene Schere:* vgl. Anm. zu S. 158. – *Sibylle:* s. Anm. zu S. 77. – *sich ergetzen:* sich erfreuen. – *Rhea:* s. Anm. zu S. 232. – *seiner Schwelle heilige Richte:* die Grenze des geschützten heimischen Bereichs; Schranke.

S. 261 – *Taygetos:* höchster Gebirgszug auf dem Peloponnes. – *Eurotas:* vgl. Anm. zu S. 248. – *Rohre:* Schilfrohr. – *cimmerisch:* hier in der Bedeutung von: nördlich. Die Kimmerier lebten nach der Aussage der ›Odyssee‹ am Rande der Welt »in Nacht und Nebel«. Gemeint sind Faust und seine Männer. – *placken:* plagen. – *zwanzig Jahre:* G. verknüpft hier den Trojanischen Krieg mit den mittelalterlichen Kreuzzügen. – *menschenfresserisch:* so Achill zum sterbenden Hektor in der ›Ilias‹. – *Cyclopen:* Die Zyklopen, einäugige Riesen, galten als Erbauer von aus riesigen unbehauenen Steinblöcken errichteten Bauwerken *(plumpes Mauerwerk).*

S. 262 – *Ajax:* einer der Helden vor Troja. – *Die Sieben:* Nach einer Sage belagerten sieben Helden erfolglos die griechische Stadt Theben. – *Leiter ... Fackeln:* Sturmleiter und Brandfackeln. – *Deiphobus:* Sohn des trojanischen Königs Priamus. Er heiratete Helena nach dem Tod des Paris. – *kebsen:* zur Konkubine machen; hier: heiraten in abwertendem Sinn.

S. 264 – *die Schwanenerzeugte:* Helena, vgl. Anm. zu S. 189. – *Hermes:* der Götterbote; er geleitete die Seelen der Verstorbenen in den *Hades.* Der *goldene Stab* war sein Kennzeichen.

S. 265 – *überquer:* über Kreuz. – *Pythonissa:* hier: Zauberin, Seherin. Gemeint ist Phorkyas, *das leidige Bild.* – *sonder:* ohne. – *halb:* halber, wegen. – *anständig:* mit dem gebührenden Anstand.

S. 266 – *Asche:* Anspielung auf die Sodomsäpfel, die bei Berührung in Staub zerfallen. – *Pfühl:* gepolsterter Thronsessel.

S. 267 – *solchen:* diesen. – *der, Pflicht verfehlend, mir die Pflicht entwand:* der seine Turmwächter-Pflicht außer acht ließ und mir so die Möglichkeit nahm, sogleich meiner Begrüßungspflicht zu genügen. – *der Mann mit seltnem Augenblitz:* der Mann mit außergewöhnlicher Blickschärfe. – *begegnen:* entgegentreten. – *schuldigster Empfang:* gebührender Empfang. – *Lynkeus:* (griech.) der Luchsäugige. – *dieser gottgegebnen Frauen:* Dativ Singular.

S. 268 – *das beschworne Horn:* Signalhorn, auf das der Wächter eingeschworen ist. – *Einfach ... doppelt ...:* s. Anm. zu S. 257. Hinzu kommt die Gefährdung ihrer Begleiterinnen und des Lynkeus.

S. 269 – *im Wahn das Meine:* was ich mein Eigen wähnte. – *Sitz:* Thron. – *Volksgewicht:* gewaltige Volksmenge.

S. 270 – *nun schwanke zwischen Ohr und Mund das Tropfenei:* die Perle, die sich als langer Ohrring an der Wange bewegt. – *erlaube mich:* dulde mich. – *einzigen:* einzigartigen. – *nun aber, lose, wird es dein:* Nun aber löst es sich von mir und wird dein. – *bar:* hier: wertvoll wie bares Gold oder Geld.

S. 271 – *Übermut:* hier in alter Bedeutung: hohe Gesinnung (vgl. mhd. muot). – *Widmung:* Huldigung gemäß dem mittelalterlichen Frauendienst. – *Rede ... Sprechart:* Lynkeus spricht in gereimten Versen; die antike Dichtung kennt dagegen keinen Reim. Der Szene zugrunde liegt die persische Sage von der Erfindung des Reims durch Behramgur und seine Freundin Dilaram (vgl. dazu Gs. ›Westöstlicher Divan‹).

S. 272 – *Wählerinnen:* wählerisch. – *Faune:* s. Anm. zu S. 171. – *vollerteilen:* ganz und gar erteilen.

S. 273 – *verlebt und doch so neu:* abgelebt und doch wie neugeboren. – *einzigste:* ganz einzigartig. – *Deiphobus:* s. Anm. zu S. 262. – *bammelt erst ...:* vgl. V. 8928 f. – *Fraungeleit:* »Geleit« hier im Sinne von »Schutz«. – *Dräun:* Drohen. – *Explosionen:* Kanonenschüsse. – *Zinken:* trompetenoder hornartige hölzerne Instrumente.

S. 274 – *Nestor:* König der Hafenstadt *Pylos,* der älteste und weiseste Griechenkönig vor Troja. – *Königsbande:* die zahlreichen, durch Königsherrschaft verbundenen Reiche auf dem Peloponnes. – *Germane, du ...:* Die Landschaften des Peloponnes werden an die verschiedenen Germanenstämme verteilt. Die Oberherrschaft *(überthronen)* behält der angestammte *(verjährte)* Sitz Helenas, Sparta.

S. 275 – *all-einzeln:* jeder einzelne und zugleich alle. – *Licht:* hier: Erleuchtung, kluger Rat. – *gebricht:* fehlt. – *jeden Winks gewärtig:* aufmerksam auf jeden Wink. – *Nichtinsel:* die Halbinsel Peloponnes. – *Bergast:* der mazedonisch-thessalische Gebirgszug, der über den Isthmus in den Peloponnes verläuft.

S. 276 – *Das Land ...:* Lob Arkadiens, einer Landschaft des Peloponnes; zugleich Sinnbild eines glücklichen, natürlichen Lebens, in dem sich die antiken Vorstellungen eines ›Goldenen Zeitalters‹ und die alttestamentli-

chen vom Gelobten Land wiederfinden. – *Schale:* Helena wurde aus dem
Ei geboren, da Zeus sie in Schwanengestalt zeugte. – *dem Geschwister:*
Kollektiv-Singular. – *überstechen:* hier: durch Glanz blenden. – *Flor:*
Schmuck. – *Zackenhaupt:* der vielzackige Taygetos, vgl. Anm. zu S. 261. –
genäschig: naschhaft. – *jäh:* steil. – *Pan:* s. Anm. zu S. 171. – *Lebensnym-*
phen: s. Anm. zu S. 172.

S. 277 – *Ein jeder ist an seinem Platz unsterblich:* göttergleich; meint den
zeitlos gleichförmigen Glückszustand Arkadiens. – *Apoll:* Apoll hütete in
Hirtengestalt *(zugestaltet)* längere Zeit die Herden des Königs Admetos in
Thessalien. – *ergreifen:* hier: sich miteinander verbinden. – *umschreiben:*
hier: umgrenzen. – *zirken:* im Umkreis liegen. – *...verwandelt sich durch-*
aus: verwandelt sich ganz und gar. – *Ihr Bärtigen:* Anrede der älteren Zuschauer nach dem Vorbild der antiken Komödie.

S. 278 – *von der Frauen Schoß:* hier Singular. – *abspinnen:* vgl.
»Seemannsgarn spinnen«. – *da springt ein Knabe ...:* Euphorion (griech.:
der Leichtfüßige, der Fruchtbringende) ist in der antiken Sage der Sohn
Helenas und Achills. Zeus tötete ihn durch einen Blitzstrahl. G. setzte mit
dieser Allegorie der Poesie dem englischen Dichter George Byron (1788–
1824) als »Repräsentanten der neuesten poetischen Zeit« ein literarisches
Denkmal (vgl. Gespräch mit Eckermann am 5.7.1827). – *faunenartig:* wegen des wilden Springens.

S. 279 – *Antäus:* s. Anm. zu S. 207. – *Busen:* Brust. – *Phöbus:* Apollon
war auch der Gott der Dichtkunst. – *Kretas Erzeugte:* Phorkyas-Mephisto
gibt vor, als Sklavin nach Sparta gebracht worden zu sein (vgl. V. 8864). –
Jonien: Ionien, an der Westküste Kleinasiens gelegen, gilt als Ursprungs-
land der griech. Kultur.

S. 280 – *Sohn ... der Maja:* Der Götterbote Hermes, zugleich Gott der
Diebe und Kaufleute, war Sohn des Zeus und der arkadischen Nymphe
Maia. Bald nach seiner Geburt stahl er dem Meergott Poseidon den
Dreizack *(Trident)*, dem Kriegsgott *Ares* das *Schwert*, dem *Phöbus*
Apollon *Pfeil und Bogen*, dem Gott der Schmiedekunst *Hephaistos* die
Zange; er besiegte den Liebesgott *Eros* im Ringkampf und raubte der auf
Zypern *(Cyprien)* verehrten Liebesgöttin Aphrodite den *Gürtel.* – *stren-*
gen: fest einwickeln. – *Schmetterling ...Puppenzwang:* der Mythos von
Hermes' Kindheit wird hier mit der Entwicklung des Schmetterlings
verglichen.

S. 281 – *als frisch genesen:* wie neu geboren. – *Ich bin dein ...:* alte
deutsche Verlobungsformel. – *dürft:* möchte. – *Verein:* Verbindung, Zu-
sammensein.

S. 282 – *mäßig:* hier: gemäßigt. – *stocken:* steckenbleiben. – *Plan:* ebener
Boden.

S. 283 – *künstlicher Reihen:* kunstvoller Reigen. – *schleichen:* hier: sich
leise und dicht über eine Fläche hinbewegen. – *das widert mir:* das wider-
strebt, mißfällt mir.

S. 284 – *derb:* tüchtig, kräftig (ohne abfälligen Sinn). – *widerwärtig:*
hier: widerstrebend. – *im Gedränge:* in Bedrängnis.

S. 285 – *Pelops Land:* die erde- wie seeverwandte Halbinsel Peloponnes; Pelops war ein Enkel des Zeus. – *Zeilen:* Reihen. – *geschieden:* fern, getrennt. – *Krieg:* Es folgen zeitgeschichtliche Anspielungen auf den griechischen Freiheitskampf gegen die Türken (1821–29). Dort kämpfte auch Lord Byron, *eine bekannte Gestalt* (S. 287), an der Spitze eines eigenen Söldnerheeres. Er starb am Fieber in Missolunghi. – *Welche dies Land gebar ...:* die Griechen, die aus der alten *Gefahr* der Fremdherrschaft in die neue *Gefahr* des Befreiungskampfes gerieten. – *sich selbst bewußt:* auf sich selbst gestellt.

S. 287 – *Ikarus:* Ikaros war der Sohn des Baumeisters Daidalos. Auf beider Flucht von Kreta, wo sie im Labyrinth des Minos gefangengehalten worden waren, geriet Ikaros mit seinen künstlichen Flügeln zu nahe an die Sonne, so daß das Wachs schmolz und er abstürzte. – *Aureole:* Heiligenschein um die ganze Gestalt. – *Trauergesang:* nach dem Muster der antiken Totenklage. Die folgenden Verse lassen sich nur mit Mühe auf den toten Euphorion beziehen; sie verweisen vielmehr auf Byron und seine Lebensgeschichte. – *Mitsinn:* mitfühlende Gesinnung.

S. 288 – *frei ins willenlose Netz:* aus freiem Willen. – *erfrischet:* stimmt frisch an. – *Ein altes Wort bewährt ...:* für diese Verse finden sich in den Handschriften zehn vorangegangene Fassungen! – *Persephoneia:* s. Anm. zu S. 218. – *alles Gemeine:* alles Gewöhnliche.

S. 289 ff. – *Proszenium:* Vorbühne. – *Exuvien:* Gewand eines Toten. – *Flamme:* das Genie Euphorion-Byrons (vgl. *Talent* und *Kleid*). – *Vettel:* im pejorativen Sinn: die Alte. – *Asphodelos:* lilienartige Blume, die als Symbol unfruchtbaren Bodens auf einer Wiese in der Unterwelt wuchs. – *zum Hades:* Der Chor will nicht zurück in die Unterwelt, sondern geht als Elementargeister, nicht als Individualitäten *(Personen),* in die Natur ein: Baumnymphen (Dryaden, V. 9992–9998), Bergnymphen (Oreaden, V. 9999–10004), Gewässernymphen (Najaden, V. 10005–10010) und Nymphen der Weinreben (Bacchantinnen, ab. V. 10011).

S. 290 – *mäandrisch:* gewunden; nach dem Verlauf des kleinasiatischen Flusses Mäander. – *durchaus:* ganz und gar. – *zweifelhaft Gelingen:* der Erfolg entspricht nicht immer der vorangegangenen Mühe.

S. 291 – *fördersamst:* vor allem, da am förderlichsten. – *Bacchus:* lat. Name des Weingottes Dionysos. – *faseln:* hier: Unsinn treiben. – *Faun:* s. Anm. zu S. 171. – *Helios:* s. Anm. zu S. 240. – *Tragebutten:* auf dem Rücken getragene Holzgefäße. – *Kufe:* Die Trauben werden in einem großen Gefäß mit den Füßen zertreten und so gekeltert. - *Ziegenfüßler:* Faune und Satyrn, die Begleiter des Dionysos. Unter ihnen ist Silenus, der auf einem Esel *(öhrig Tier)* reitet. – *Proszenium:* Vorbühne. – *Kothurn:* s. Anm. zu S. 55.

Vierter Akt

S. 292 – *meiner Wolke Tragewerk:* Abwandlung alter Entrückungsmythen. – *modeln:* gestalten, formen. – *Pfühlen:* Polster. – *Juno:* Gattin Jupiters. – *Leda:* s. Anm. zu S. 189. – *Helena:* vgl. dazu Gs. Paralipomenon 179.3: »Die Wolke steigt halb als Helena nach Süd Osten halb als Gretchen nach Nordwesten«. – *schmeichelhaft:* frühere Bedeutung: anschmiegend liebkosend. – *Aurora:* die röm. Göttin der Morgenröte. Hier Hinweis auf Fausts frühe Liebe zu Gretchen. – *der ... überglänzte jeden Schatz:* der würde jeden Schatz an Glanz übertreffen. – *Äther:* vorausweisend auf die Szene »Bergschluchten« im 5. Akt.

S. 293 – *endlich vorgeschritten:* im alten Sinn: schnell strebend vorausgeeilt. – *närrische Legenden:* die Theorie der Vulkanisten über die Entstehung der Erdoberfläche (vgl. V. 10111 ff.). – *Hellung:* Helligkeit. – *an einem andern Zipfel:* am anderen, entgegengesetzten Ende. – *Sie gründen auch hierauf die rechten Lehren ...:* Zur Bezeichnung der geologischen Vorgänge, die die Erdoberfläche formten, wurde seit dem späten 18. Jh. metaphorisch der Begriff »Revolution« verwendet, z. B. in Diderots und d'Alemberts ›Encyclopédie‹. Von einigen Jakobinern wurde die Analogie zum gesellschaftlichen Umsturz betont. – *(Ephes.* 6,12*):* G. selbst trug den Verweis auf die Bibelstelle im Manuskript ein, ebenso wie *Matth. 4* nach V. 10131. Seine bibelfesten Zeitgenossen wären allerdings sicher ohne diese Angaben ausgekommen. – *milden:* mildern, sänftigen, hier: sanft übergehen lassen.

S. 294 – *Moloch:* eigentlich ein alttestamentlicher Abgott; in Klopstocks ›Messias‹ (1748) ein kriegerischer Geist, der Gebirge auftürmt. – *fremde Zentnermassen:* große Stücke fremden Gesteins. – *Philosoph:* Naturphilosoph. – *treu-gemein:* treuherzig-schlicht. – *Begriff:* hier: Auffassung. – *Teufelsstein ... Teufelsbrücke:* Ungewöhnliche Gesteinsformationen wurden vom Volk als Werk des Teufels erklärt *(Glaubenskrücke).* – *Bürgernahrungsgraus:* Anspielung auf die abstoßenden Verhältnisse des städtischen Nahrungsmittelverkaufs in engen, unreinlichen Buden. – *Fleischbänke:* Verkaufsstände der Metzger. – *Schmeißen:* Fliegenart.

S. 295 – *mir selbst bewußt:* mit dem Selbstbewußtsein des Herrschers. – *ihre Mitte:* in ihrer Mitte. – *Und man erzieht sich nur Rebellen:* verweist auf die verbreitete Vorstellung, daß die Bildung und Belehrung breiter Schichten im Zeitalter der Aufklärung die Rebellion gegen das Ancien Régime verursacht habe. – *Schnurwege:* gerade Wege. – *schlecht und modern:* Anspielung auf den verschwenderischen Luxus der neuzeitlichen absolutistischen Herrscher. – *Sardanapal:* griech. Name des assyrischen Königs Assurbanipal (668–626 v. Chr.), dessen ausschweifendes Genußleben von Aristoteles in seinen ethischen Schriften als Beispiel der niedrigsten der Lebensformen genannt wurde. – *der du dem Mond um so viel näher schwebtest ...:* Anspielung auf V. 10041 und auch V. 1074.

S. 296 – *Heroine:* halbgöttliche Heldin im antiken Mythos; auch: Darstellerin einer Heldenrolle im Theater. – *durch Torheit Torheit zu entzünden:* ironisch über die Wirkung der Dichtung. – *gewährt:* verständlich, zugänglich, zugestanden. – *widrig:* widerstrebend. – *Grille:* Laune, Einfall. – *ad spectatores:* (lat.) zu den Zuschauern. – *der wüsten Strecke widerlich Gebiet:* das Watt als das dem Meer »entgegengesetzte«, aber auch als das »unfruchtbare« Gebiet.

S. 297 – *ausziehen:* hier: ausnutzen. – *Nu:* Augenblick, Gelegenheit. – *Regieren und zugleich genießen!:* vgl. G.: »Herrschen und Genießen geht nicht zusammen. Genießen heißt, sich und andern in Fröhlichkeit angehören; herrschen heißt, sich und andern im ernstlichsten Sinne wohltätig sein.« (›Maximen und Reflexionen‹).

S. 298 – *gemein:* verschieden gedeutet: durchschnittlich, gewöhnlich; aber auch: gesellig. – *Kapitel:* Versammlung der Domherren. – *das ging:* das nahm seinen vorherzusehenden Verlauf. – *Pfaffe:* abfällig für: Mann der Kirche. – *geheiligt:* hier: von der Kirche gutgeheißen.

S. 299 – *Vasall:* im mittelalterlichen Feudalsystem: Lehens-, Gefolgsmann. – *bei großen Sinnen:* auf Großes gerichtetes Bestreben. – *Zweck:* Ziel. – *Lehn:* Lehen (Plural). Die hier angekündigte Belehnung fehlt im folgenden, wird aber in V. 11035 f. vorausgesetzt. Bereits entworfene Verse nahm G. in die endgültige Fassung nicht auf. – *durchgemacht:* vollbracht. – *Das wäre mir die rechte Höhe:* Das wäre der Gipfel der Sinnlosigkeit, der Unverschämtheit. – *Kriegsunrat ... Kriegsrat: -unrat* hier in einer alten Bedeutung als: Not, Hilflosigkeit, Unglück. *-rat* wird daher zum Wortspiel: Hilfe, tätiges Eingreifen einerseits und: Gremium der obersten Heerführer andererseits. – *Peter Squenz:* In Shakespeares ›Sommernachtstraum‹ leitet dieser das Laienspiel von Handwerkern. Das Motiv wurde von Andreas Gryphius ausgeführt in ›Absurda Comica oder Herr Peter Squenz‹ (1657). – *das Bergvolk aufgeregt:* Berggeister aufgescheucht. – *Praß:* Plunder, Wertloses. – *Die Drei Gewaltigen:* Im Alten Testament (2 Sam. 23,8) heißen diese Jasobeam, Eleasar und Samma. Die Namen Raufebold und Eilebeute (V. 10530) stammen aus Jes. 8,1. – *Bursche:* Pluralform ohne -n. – *Harnisch:* Ritterrüstung; besonders der Teil zum Schutz des Oberkörpers; hier Anspielung auf die modischen Ritterromane der Zeit.

S. 300 – *Memme:* Feigling. – *Trabanten:* kaiserliche Leibwache. – *gelegen:* günstig. – *gänglich:* Neubildung Gs.: gangbar, zugänglich. – *Plan:* Wiesenfläche.

S. 301 – *Phalanx:* antike Schlachtordnung, bei der das mit Lanzen *(Piken)* bewaffnete Fußvolk oft im *Quadrat* aufgestellt war. Im 18. Jh. oft als Maskulinum gebraucht. – *gilt für die Doppelzahl:* ist so viel wert wie das doppelte. – *die falschen Anverwandten, wie sie mich Oheim, Vetter, Bruder nannten:* ungetreue Verwandte oder auch abtrünnige Fürsten (die Anreden waren im diplomatischen Umgang üblich). – *Untätigkeitsentschuldigung:* Amtsstil. – *wenn eure Rechnung voll ...:* etwa: Wenn ihr das Eure erreicht habt, kann euch immer noch des *Nachbarn Hausbrand* (nach einer Stelle bei Horaz: Episteln I,18,84) schaden.

S. 302 – *Lügenfahnen:* Fahnen eines Heereszuges mit unlauteren Zwecken. – *Ringspiel:* Ringelstechen; ein Turnierspiel des 16. Jhs. – *Feuerreich:* vgl. V. 5987 ff. – *Bergvolk:* hier Wichtelmänner und Berggeister, die im Deuten von Naturerscheinungen *(Natur- und Felsenschrift)* bewandert sind. – *simulieren:* (mundartl.) grübeln, nachdenken. – *Gas:*

Nach dem Volksglauben entstanden die Metalle als Niederschlag von Gasen.

S. 303 – *Schweignis:* Neubildung Gs.: das Schweigen. – *Nekromant von Norcia:* Zauberer aus Norcia in den *Sabiner*bergen, der zum Tode auf dem Scheiterhaufen verurteilt war und im letzten Augenblick vom Kaiser *(Majestät),* der zur Krönung in *Rom* weilte, begnadigt wurde (vgl. *dem weißen Barte kühle Luft zu schenken,* V. 10615). Faust führt sich und seine Gehilfen mit dieser Geschichte aus dem 14. Jh., die G. in der Biographie Benvenuto Cellinis vorfand, beim Kaiser ein. – *bieder:* nützlich, rechtschaffen. – *im hohen Augenblick:* im entscheidenden Augenblick.

S. 304 – *dein Haupt ... verpfänden:* als Pfand aussetzen, insofern der Kaiser im Ritterspiel des Zweikampfs um die Herrschaft die eigene Person einsetzen will. – *Schemeltritt:* Fußschemel. – *als schaler Possen:* als eines schlechten Witzes. – *verschollen:* (abgeleitet von: verschallen) öffentlich vorgeladen, jedoch nicht erschienen und daher seiner Rechte verlustig. – *Echo:* hier: leerer Nachhall.

S. 305 – *graß:* gräßlich. – *Geblüte:* Blut. – *Marketenderin:* fahrende Händlerin, die den Truppen Lebensmittel und sonstigen persönlichen Bedarf verkauft. – *angeweibt:* angetraut. – *Herbst:* im Sinne von: Ernte, Kriegsbeute.

S. 306 – *zu den Wissenden:* hier: zu den Zuschauern. – *aufgestutzt:* aufgemöbelt, aufgewertet.

S. 307 – *Gewehre:* hier in der alten Bedeutung: Waffen. – *naturgemäß:* hier: auf natürliche Weise. – *Nebelstreifen ... Mittellüfte:* Fata Morgana. – *Gesicht:* Anblick. Vgl. dazu auch Adelung: »was man sieht oder zu sehen glaubt«. – *Flämmchen:* das Sankt-Elms-Feuer, eine Form der elektrischen Entladung, auf den Lanzenspitzen; in der Antike Zeichen der *Dioskuren,* der Beschützer der Seeleute (vgl. Anm. zu S. 214). – *Meister:* der Nekromant von Norcia (s. Anm. zu S. 303).

S. 308 – *seit so manchen Jahren:* hier: nach ... – *Zeichen:* Vogelorakel; der *Adler* (Kaiser) besiegt den *Greifen* (Gegenkaiser).

S. 309 – *Raben:* s. Anm. zu S. 75. – *Segel:* hier: Flügel. – *folgerecht:* folgerichtig, befolgenswert. – *Rabenpost:* Analogie zu *Taubenpost:* Übermittlung durch Brieftauben. – *gewahren:* wahrnehmen.

S. 310 – *Pfiff:* hier: Kunstgriff, Einfall, um auch die letzte Verwicklung *(Knoten)* zu lösen. – *Gaukeln:* Zaubern. – *festes Glück:* beständiges Glück. – *Stab:* Kommandostab. – *Undinen:* Elementargeister des Wassers, *Wasserfräulein,* denen hier die Fähigkeit zugesprochen wird, *Menschenaugen* (V. 10735) mit einer scheinbaren künstlichen Überschwemmung, *ihrer Fluten Schein,* zu täuschen, später *Wasserlügen* (V. 10734) genannt.

S. 311 – *helle Haufen:* helle Scharen. – *der hohe Meister:* meist bezogen auf Satan, den obersten Teufel; nach Schöne ist der Nekromant von Norcia gemeint (vgl. V. 10606 und V. 10622). – *blickschnell:* etwa: dem schnellen Blick wahrnehmbar – *zuvörderst:* zuerst.

S. 312 – *Schreckgetön:* erschreckenden Lärm. – *die hohlen Waffen aus der Säle Grüften ...:* Mephistos Geisterheer, das er aus den Ritterrüstungen der leergeräumten *Waffensäle* (V. 10557) aufstellte. – *falsch:* hier: unwirklich, täuschend. – *Guelfen und ... Ghibellinen:* s. Anm. zu S. 145. – *im ererbten Sinne wöhnlich:* wie sie es in hergebrachter Weise gewöhnt sind. – *wider-widerwärtig:* nicht unbedingt verstärkend, sondern vielmehr das Gegeneinander betonend: im gegenseitigen Haß. – *Morgenstern:* mittelalterliche Schlagwaffe, deren Spitze mit Eisenstacheln besetzt war. – *Teppich:* Decke.

S. 313 – *beschieden:* bestimmt. – *Schoß:* hier: Schürze, Schürzentasche. – *Kontribution:* Abgabe der unterlegenen Bevölkerung an den Sieger.

S. 314 – *Flor:* Schleier. – *verräterischer Schatz:* Schatz des verräterischen Gegenkaisers. – *Stein ... Blut:* Wunderzeichen des Himmels nach alten Vorstellungen des Volksglaubens.

S. 315 – *verbind ich mich ... mit euch:* sich wechselseitig verpflichten. – *euch vier Würdige:* Im folgenden ist die Verleihung der Reichsämter an die Kurfürsten dargestellt. G. hält sich im wesentlichen an die von Karl IV. erlassene Goldene Bulle (1356), in der die Privilegien der Kurfürsten festgehalten sind. Der Sachse trägt als *Erzmarschall* das *Schwert*, der Brandenburger als *Erzkämmerer* ein goldenes *Becken* mit Handtüchern, in dem sich der Kaiser die Hände wäscht. Der Pfalzgraf bei Rhein als *Erztruchseß* kredenzt die Speisen in silbernen oder goldenen Schüsseln, der Böhmer als *Erzschenk* reicht den Wein. Von den drei geistlichen Kurfürsten aus Köln, Mainz und Trier tritt nur der Mainzer als Siegelführer auf. Er erinnert an den Kanzler des 1. Akts. – *Vorwerk:* hier: Landwirtschaft.

S. 316 – *venedisch Glas:* Venezianische Gläser galten als besonders kostbar. – *Gift:* hier: Gabe, Geschenk. – *Schlußstein:* Der Schlußstein eines Gewölbes hält dieses zusammen.

S. 317 – *vom Erbteil jener:* aus den Besitztümern des Gegenkaisers und seiner Anhänger. – *Anfall:* was durch Erbschaft, Stiftung, Lehen usw. zufällt. – *Beth:* Bede; ursprünglich eine »erbetene« Abgabe von Naturalien; später eine ständige Steuer. – *Geleit:* Schutzzoll. – *Regal:* Hoheitsrecht (Bergbau, Salzhandel, Münzprägung). – *hoher Ahnen Kette:* die Reihe der Thronfolgen. – *Folger:* Nachfolger. – *betätigt:* getan. – *durch Schrift und Zug bestätigt:* die in der Kanzlei ausgefertigte, gesiegelte Urkunde mit der Unterschrift des Kaisers. – *Beding:* Bedingung.

S. 318 – *Der Kanzler ging hinweg, der Bischof ist geblieben:* Bisher loyaler Untertan des Kaisers in seinem Amt als Kanzler, spricht der Geistliche nun als Vertreter der Kirche. – *sträflich:* hier: strafend. – *der heilige Strahl:* Bannstrahl. – *Strahl der Gnade:* Begnadigung. – *horchsam:* aufmerksam. – *erst* (V. 11005)*:* als erstes.

S. 319 – *Schluß und Formalität:* der förmliche Beschluß über die kaiserliche Schenkung und ihre Urkunde. – *Landsgefälle:* Gefälle: Abgaben, Einkünfte. – *Es ward dem sehr verrufnen Mann des Reiches Strand ver-*

liehn ...: Fausts Belehnung wird hier als bereits geschehen vorausgesetzt. Ursprünglich hatte G. eine eigene Belehnungsszene geplant. – *Bann:* Kirchenbann. – *zunächst:* als nächstes, demnächst noch.

Fünfter Akt

S. 320 – *Baucis ... Philemon:* altes griechisches Paar, das in der antiken Sage die umherwandernden Götter Zeus und Hermes aufnahm (Ovid: Metamorphosen VIII). Von G. hier auf »ähnliche Personen und ähnliche Verhältnisse« übertragen (zu Eckermann am 6.6.1831). – *alt schon jener Tage:* schon damals alt. – *Kömmling:* Ankömmling (altdt. Form ohne Vorsilbe). – *bist dus eben:* bist du es wirklich. – *empfahn:* empfangen. – *Schatz:* hier: Habe.

S. 321 – *anvertraut:* von der Vorsehung zugedacht – *mißgehandelt:* übel mitgespielt. – *Älter, war ich nicht zuhanden:* Da ich schon älter war, konnte ich bei dem Werk nicht mit zur Hand gehen. – *Port:* Hafen. – *Saum:* Rand.

S. 322 – *verlechzt:* ausgetrocknet, gierig. – *der erste Fuß gefaßt:* begonnen. – *Tags umsonst ...Flämmchen nächtig ...:* Während die Knechte mit der Tagesarbeit nichts erreichten, schien die Arbeit bei Nacht auf geheimnisvolle Weise voranzugehen. Ob es sich um *Feuergluten* der dampfgetriebenen Bagger und Schöpfmaschinen beim Dammbau oder um Mephistos Wirken handelt, bleibt offen. – *Menschenopfer:* Die Ausnutzung der menschlichen Arbeitskraft deutet Baucis im Sinne des alten Bauopfers (Einmauern von Lebendigem sowie Versprengen von Menschen*blut*, um die Geister zu bannen).

S. 323 – *im höchsten Alter:* G. zu Eckermann am 6.6.1831: »Der Faust, wie er im fünften Akt erscheint, soll nach meiner Intention gerade hundert Jahre alt sein, und ich bin nicht gewiß, ob es nicht gut wäre, dieses irgendwo ausdrücklich zu bemerken.« – *Ziergarten ... gradgeführter Kanal:* Bilder für die vom Menschen beherrschte und gestaltete Natur. – *Lynkeus:* s. Anm. zu S. 267. Es ist nicht dieselbe Person wie im 3. Akt, sondern eine vergleichbare Funktion. – *zur höchsten Zeit:* auf dem Höhepunkt; aber auch: in der letzten Stunde. – *neckt:* hier: quält. – *Hochbesitz:* großer, gewaltiger Besitz. – *rein:* hier: vollständig. – *Baute:* Gebäude. – *Patron:* hier: Schiffseigner.

S. 324 – *Das freie Meer befreit den Geist:* Mephisto spricht für die Seeräuber. – *hakeln:* mit dem Enterhaken herbeiholen. – *Als brächten wir ... Gestank:* als brächten wir etwas, das einen Dreck wert ist. – *widerlich:* hier: ablehnend, unzufrieden. – *die Langeweil:* hier: die lange Zeit auf See.

S. 325 – *die bunten Vögel:* mehrdeutig: entweder die (bunt bewimpelten) Frachtschiffe oder die fremdländischen Matrosen, auch deutbar als die Freudenmädchen, die Mephisto besorgen will. – *versöhnt:* friedlich verbunden. – *Bretterhaus:* Bauhütte der Arbeiter. – *Ein Gräbchen ... hinabgeritzt:* Ein kleiner Graben war als Anfang gezogen worden. – *leidig lastets mir:* Es quält mich.

S. 326 – *von Ast zu Ast Gerüste bauen:* für einen Aussichtssitz in den Linden. – *betätigen:* hier: schaffen. – *Wohngewinn:* Gewinn an Wohnraum. – *des Willens Kür:* Willkür, Wahlfreiheit des Willens. – *vom ersten Bad:* von der Taufe. – *verschollen:* (von »schallen«) verklungen. – *daß man ... ermüden muß, gerecht zu sein:* daß man aufhört, gerecht zu handeln. – *genieren:* ärgern. – *kolonisieren:* hier: umsiedeln.

S. 327 – *uns zu Recht:* steht uns zu. – *ad spectatores:* (lat.) zu den Zuschauern. – *Naboths Weinberg:* König Ahab von Samaria wollte den Weinberg seines frommen Nachbarn Naboth erwerben. Da dieser ablehnte, ließ ihn Ahabs Frau unter dem Vorwand der Gotteslästerung anklagen und töten, ohne daß Ahab, der so in den Besitz des Weinbergs kam, davon wußte (1. Kön. 21). – *dem Turme geschworen:* zum Wächterdienst auf dem Turme verpflichtet. – *Zier:* verweist auf die Schönheit des geordneten Kosmos. – *Funkenblicke:* aufblitzende Feuerfunken. – *durch der Linden Doppelnacht:* etwa: durch den Schatten der beiden Linden.

S. 328 – *Moosgestell:* die von Moos bewachsene Hütte von Philemon und Baucis. – *weitsichtig:* scharfsichtig. – *Das Wort ist hier, der Ton zu spat:* Hier kommen das Wort und der Ton zu spät. – *Luginsland:* Aussichtsturm. – *Da seh ich auch ...:* Da sähe ich dann ...

S. 329 – *geschicht:* (mundartl.) geschieht. – *gestreckt:* erschlagen, zur Strecke gebracht. – *teilt es unter Euch:* gemeint ist »mein Fluchen«. – *Stich halten:* in der Fechtersprache: einem Degenstoß standhalten.

S. 330 – *Vier graue Weiber:* In Vergils ›Aeneis‹ (VI, 273–281) begegnet der Held Aeneas am Eingang zur Unterwelt verschiedenen Gestalten (der Trauer, der Sorge, der Krankheit, dem Alter, der Furcht, der Nachrede, der Not, der Zwietracht, dem Krieg und anderen). In christlichen Mysterienspielen treten Todesboten als Mahngestalten auf, die den Menschen vor seinem Tod zur Umkehr bewegen wollen. – *Drin wohnt ein Reicher:* Mangel, Not und Schuld (hier im materiellen Sinn) finden bei einem Reichen keinen Einlaß. – *Könnt ich Magie von meinem Pfad entfernen:* Auf diesen Vers stützt sich die Ansicht der Kommentatoren, die vertreten, Faust zeige hier eine moralische »Besserung«, die ihn erlösungswürdig werden lasse. – *im Düstern suchte:* vgl. V. 377. – *die Welt verfluchte:* vgl. V. 1587 ff. – *nun ist die Luft:* doch ist die Luft ...

S. 331 – *junge Flur:* die frühlingshafte Natur. – *Ein Vogel krächzt!:* nach dem Volksglauben ein schlechtes Vorzeichen. – *sich eignen:* sich ereignen, spuken. – *Nimm dich in acht:* Faust warnt sich hier selbst. – *in verwandelter Gestalt:* in sich wandelnden Gestalten. – *ängstlich:* Angst einflößend, beklemmend. – *nach drüben:* ins Jenseits. – *Dem Tüchtigen ist diese Welt nicht stumm:* Vgl.: »Ein tüchtiger Mensch aber, der schon hier etwas Ordentliches zu sein gedenkt und der daher täglich zu streben, zu kämpfen und zu wirken hat, läßt die künftige Welt auf sich beruhen, und ist tätig und nützlich in dieser.« (zu Eckermann, 25. 2. 1824).

S. 332 – *den Erdentag entlang:* durch das irdische Leben. – *bei vollkommnen äußern Sinnen:* obwohl die Sinnesorgane gesund sind. – *Finsternisse:* die Symptome der Wirkung der Sorge lassen nach heutigem medizinischen

Verständnis an Depressionen denken. – *Grille:* Phantasiegebilde, Hirnge-spinst. – *schmerzlich Lassen, widrig Sollen:* schmerzlicher Verzicht, wider-strebende Pflicht.

S. 333 – *geistig-streng:* »streng« hier im Sinn von: fest bindend. – *haucht ihn an:* Nach dem Volksglauben ist der Anhauch durch böse Geister verderblich. – *gibt allein Gewicht:* ist allein maßgeblich. – *das Abgesteckte:* der durch Pfähle abgesteckte geplante Verlauf des Kanals. – *Ordnen:* hier: Anordnen. – *Lemuren:* In der römischen Antike die friedlo-sen, bösartigen Geister der Verstorbenen, dargestellt als Gerippe, die mit Haut überzogen sind. Ihre positive Entsprechung sind die Laren, die freundlichen Geister guter Menschen.

S. 334 – *für unsre Väter:* von alters her. – *Wie jung ich war ..:* freie Bearbeitung des Totengräberlieds aus Shakespeares ›Hamlet‹ (V,1), angelehnt an die leicht abweichende Fassung, die Thomas Percy in der Sammlung ›Reliques of Ancient English Poetry‹ (1765) veröffentlicht hatte. – *das enge Haus:* Grab. – *frönen:* Frondienste tun, dienen. – *Buhne:* Vorbau zum Deich im Meer. – *Neptun:* lat. Name des Meergottes Poseidon, vgl. Anm. zu S. 219. Mephisto sieht ihn auf seiner Seite.

S. 335 – *beipressen:* mit Gewalt in Dienst nehmen. – *faul:* übelriechend. – *gleich angesiedelt:* räumlich »in der Nähe« oder zeitlich »sogleich« ange-siedelt; nicht aber im Sinne sozialer Gleichheit. – *Hügel:* hier: Deich. – *Gemeindrang eilt …:* die Gemeinschaft eilt zu Hilfe … – *Zum Augenblik-ke dürft ich sagen:* vgl. V. 1699–1702. Die ursprüngliche Fassung: »Ich darf zum Augenblicke sagen …« wurde von G. selbst geändert; bei dieser Gelegenheit fügte er auch die beiden folgenden Verse ein. – *Äonen:* (griech./lat.) Ewigkeit; unendlich lange Zeiträume. – *so buhlt er fort:* so wirbt und bemüht er sich weiter.

S. 336 – *Uhr … Zeiger:* Wiederaufnahme von V. 1705. – *es ist vollbracht:* blasphemische Verwendung der letzten Worte Jesu am Kreuz (Joh. 19,30). – *Wer hat das Haus …:* Die ersten vier Verse lehnen sich an das ›Totengräberlied‹ an (s. Anm. zu S. 334). – *dumpf:* empfindungslos. – *hänfnes Gewand:* Totengewand aus Hanf. – *herkömmliche Gewohnheit:* Anspielung auf eine zeitgenössische Diskussion, wann, wie und wo die Seele den Körper verlasse und wann demzufolge das Begräbnis stattfinden könne. – *sonst:* früher.

S. 337 – *nun:* heutzutage. – *flügelmännisch:* Nach dem Flügelmann einer Mannschaft (hier Mephisto) haben sich die anderen auszurichten. – *Höl-lenrachen:* sowohl biblisches als auch mittelalterliches und barockes Motiv. Bei Dante erscheint eine *Flammenstadt,* und der Höllenschlund wird mit einem Raubtierrachen *(Hyäne)* verglichen. Geläufiges Bühnenrequisit in Passionsspielen und im Barockdrama. – *nach Standsgebühr:* dem gesell-schaftlichen Stand entsprechend. – *Sie haltens doch …* Sie würden es sonst … halten. – *Psyche:* (griech.) die Seele; sie wurde häufig als Schmet-terling dargestellt.

S. 338 – *mit meinem Stempel besiegeln:* als Eigentum kennzeichnen (vgl. Joh. 7,3). – *Schläuche:* Fettwänste, Dickbäuche. – *Im Nabel* ...: ironische Anspielung auf die Omphalopsychen; diese christlichen Sektierer versetzten sich durch Betrachtung des eigenen Nabels (griech.: omphalos) in Verzückung. – *strack:* gerade. – *Glorie:* hier ein Ausdruck der Theatertechnik des Barockdramas: der geöffnete Himmel. – *Gesandte:* wörtliche Übersetzung von griech. angeloi (Engel). – *Himmelsverwandte:* im Sinne von: dem Himmel zugehörig. – *Tag:* Helligkeit. – *bübisch-mädchenhaft:* Anspielung auf die Geschlechtslosigkeit der Engel. – *das Schändlichste:* verschieden gedeutet: der Sündenfall der Menschen, die Kreuzigung Jesu, das Martyrium der Heiligen o. ä. – *gleisnerisch:* heuchlerisch.

S. 339 – *Rosen:* Symbol der Liebe. – *Gauch:* hier: Teufel. – *Püstrich:* dickbackiger Bursche oder Kobold im niedersächsischen Volksaberglauben, dann auch feuerspeiender Götze: Durch Erhitzen von Wasser in einer Hohlplastik stieß diese Dampfstrahlen aus. – *vor eurem Broden bleicht der ganze Flug:* Vor eurem Atem bzw. Dampf verbleichen die Farben der Rosen.

S. 340 – *Gesegn euch* ...: ironischer Badesegen, nach altem Brauch der Bademeister. – *Irrlichter ... Gallertquark:* G. nimmt hier Anregungen aus dem ›Neuen Journal für Chemie und Physik‹ von 1812 über die Natur von Irrlichtern auf. – *Was euch nicht angehört* ...: Die Engel sprechen unter sich, nicht mit den Teufeln. – *ein überteuflisch Element:* vgl. V. 11784: *Liebeselement.* – *jene Seite:* die Seite der Himmelswesen.

S. 341 – *Wetterbuben:* möglicherweise Anspielung auf die auf- und niedersteigenden Wettermännchen eines Druckmeßgeräts, wie es im 17. Jh. von Otto v. Guericke erfunden wurde. – *von Luzifers Geschlecht:* Anspielung auf den Luzifermythos, vgl. Anm. zu S. 16. Ähnlich in V. 11696: *auch Teufel, doch verkappt.* – *anständig:* hier: wie es euch anstände. – *Racker:* (niederdt.) drolliges Kind.

S. 342 – *die sich verdammen:* die sich für verdammt halten. – *Allverein:* die Gemeinschaft der Erlösten. G. neigte der Wiederbringungslehre des Kirchenvaters Origenes (3. Jh.) zu, nach der alle Geschöpfe am Ende ihrer Existenz versöhnlich in Gott wiederaufgenommen werden. Origines' Lehre lehnte das von der Orthodoxie verkündete zu erwartende Jüngste Gericht ab und wurde daher als ketzerisch angesehen. – *hiobsartig:* Der Teufel veranlaßte, daß Hiobs Körper über und über von Schwären bedeckt wurde (Hiob 2,7). – *weggepascht:* heimlich beiseitegeschafft.

S. 343 – *mißgehandelt:* gegen ein Gesetz gehandelt. – *schmählich:* schmachvoll. – *ausgepicht:* mit Pech abgedichtet und daher wasserundurchlässig; im übertragenen Sinn gesagt von jemand, dem nicht beizukommen ist; vgl. V. 11841: *klugerfahren.* – *Anachoreten:* frühchristliche fromme Einsiedler. – *Pater ecstaticus:* Einsiedler in ekstatischer Verzückung. Die Aufhebung der Schwerkraft *(auf- und abschweifend)* bezeichnet die höchste Stufe der Entrücktheit. Die Patres vertreten Typen, die G. aus vorliegenden Heiligenlegenden abstrahierte, z. B. hier Philipp Neri. – *Pfeile, Lanzen, Keulen:* Marterwerkzeuge.

S. 344 – *Pater profundus*: der aus der Tiefe rufende Einsiedler. – *strack:* gerade. – *Verquält in stumpfer Sinneschranken scharfangeschloßnem Kettenschmerz:* etwa: in der Qual eines empfindungslosen Lebens in eisernen Ketten (als Bußübung). – *Pater seraphicus:* Einsiedler, der den Seraphim (hohen Engeln) gleicht. – *selige Knaben:* frühverstorbene Kinder, den *Eltern gleich Verlorne,* ohne eigene Welterfahrung, die Pater seraphicus durch seine *Augen* sehen läßt (V. 11906 ff.) – *Mitternachtsgeborne:* Um die um Mitternacht geborenen Kinder rankten sich abergläubische Vorstellungen.

S. 345 – *ein Liebender zugegen:* Ist Pater seraphicus gemeint oder Faust, dessen Unsterbliches von den Engeln getragen wird? – *abestürzen:* (mhd. und Mundart) herabstürzen. – *Ringverein:* Wortbildung Gs. für den Reigen der seligen Kinder.

S. 346 – *wer immer strebend ...:* meist ausgelegt als: wer unaufhörlich strebend sich bemüht. Doch ebenso berechtigt: wer auch immer strebend sich bemüht. – *erlösen:* nicht im christlichen Sinne; eher: ablösen von den Verstrickungen des irdischen Lebens, *in die Klarheit führen* (vgl. V. 309). – *peinlich:* qualvoll, schmerzlich. – *Asbest:* Der feuerbeständige Asbest gilt als unvergänglicher Stoff. – *geeinte Zwienatur:* Der Mensch ist nach dualistischer Auffassung eine Einheit von Geist und Materie, nach Gs. Auffassung ein Wesen zwischen unbedingtem Streben und irdischer Bedingtheit.

S. 347 – *bewegte Schar:* in Bewegung begriffen. – *Puppenstand:* Übergangsstadium zu höherer Lebensform (vgl. Schmetterlingspuppe). – *englisch:* engelhaft. – *Flocken:* hier: die Umhüllung der Puppe (Kokon). – *Doctor marianus:* Heiliger und Gelehrter der Marienverehrung; Beiname mehrerer mittelalterlicher Mystiker.

S. 348 – *heilige Liebeslust:* nicht nur himmlische Liebe, vgl. die frühere Fassung dieses Verses: *Glut und Liebeslust.* – *Mater gloriosa:* zugleich *Himmelskönigin, Herrscherin der Welt, Jungfrau, Mutter, Königin* und – antikisierend – *Göttern ebenbürtig,* im höchsten *Glanze.* – *traulich:* vertrauend. – *schmeichelhafter Odem:* schmeichelnde Reden; vgl. *der Rede Zauberfluß,* V. 3398 f.

S. 349 – *Magna peccatrix:* die große Sünderin. Vgl. die christliche Legende von Maria Magdalena (Luk. 7,36). – *Mulier samaritana:* das Samariterweib (vgl. Joh. 4,5 ff.). – *überflüssig:* im Überfluß. – *Maria aegyptiaca:* ägyptische Maria. In den *Acta Sanctorum,* einer Sammlung von Heiligen- und Märtyrerbiographien (seit 1643), wird von der ägyptischen Maria berichtet, die wegen ihres ausschweifenden Lebens auf geheimnisvolle Weise am Betreten der Grabkirche in Jerusalem gehindert wurde. Sie büßte mehr als 40 Jahre in der *Wüste.* – *Und ein büßendes Gewinnen in die Ewigkeiten steigerst:* Der Prozeß der Steigerung durch Buße zieht sich durch lange Zeit hin. – *dieser guten Seele:* gemeint ist Gretchen.

S. 350 – *Una poenitentium:* (lat.) eine der Büßerinnen. – *Neige ...:* vgl. V. 3587–3519. – *Lebechor:* Gemeinschaft der Lebendigen. – *der alten Hülle sich entrafft:* Fortsetzung des Bildes von der schmetterlingsartigen Verwandlung. – *umarten:* die alte Art in eine neue, bessere umwandeln.

S. 351 – *Chorus mysticus:* geheimnisvoller, überirdischer Chor. Zunächst hatte G. »Chorus in Excelsis« (himmlischer Chor) vorgesehen. Hier wie schon zuvor wurde die christliche Tradition zugunsten einer allgemeineren Bildlichkeit zurückgenommen. – *das Unzulängliche:* zu verstehen als »nicht zu erlangen«, obwohl in dieser Bedeutung sonst nicht in Gs. Wortgebrauch belegt, oder aber als »nicht zureichend, nicht genügend, unvollkommen«. – *Ereignis:* in Gs. Sinn nicht nur Geschehen, sondern auch: Erscheinung, etwas, das vor Augen tritt. – *Finis:* (lat.) Ende.

ZEITTAFEL

Die Zeittafel enthält Daten zur Entstehungs- und Aufführungsgeschichte des *Faust*-Stoffs sowie für Goethes *Faust* bedeutsame Orientierungspunkte aus Biographie, Werkechronologie und Zeitgeschichte des Dichters.

1480–1540	Georg Johann Faust, geb. in Knittlingen, gest. in Staufen/Breisgau.
1506–1536	Zeitgenössische Erwähnungen Fausts.
1548–1585	Berichte von Fausts Wanderleben und Zaubertaten.
1587	Anonymes Volksbuch: *Historia von D. Johann Fausten, dem weitbeschreyten Zauberer und Schwartzkünstler* (verlegt durch Johann Spies).
1599	Georg Rudolf Widmann: *Der wahrhafftigen Historien von den grewlichen und abschewlichen Sünden und Lastern ... so D. Johannes Faustus ... getrieben.*
1604	Christopher Marlowe: *The Tragicall History of D. Faustus.*
1608	Erste belegte Aufführung von Marlowes *Faust* als Volksschauspiel in Graz.
1666	Erste belegte Aufführung des *Faust* als Puppenspiel in Lüneburg.
1674	Bearbeitung des Volksbuchs durch den Nürnberger Arzt Nikolaus Pfitzer.
1725	*Des durch die gantze Welt beruffenen Ertz Schwartzkünstlers und Zauberers Doctor Johann Faust. Mit dem Teufel aufgerichtetes Bündnis ... In eine beliebte Kürtze zusammengezogen ... von einem Christlich Meynenden.*
1759	Gotthold Ephraim Lessings *17. Literaturbrief* (Faust-Fragment).
1768	Faust-Aufführung in Frankfurt durch die Kurzsche Truppe.
1770	Faust-Aufführung in Straßburg durch die Illgnersche Truppe.
28.8.1749	Goethe in Frankfurt/Main geboren.
1765/68	Student in Leipzig.
1768/70	Frankfurt.
1770/71	Straßburg.
1771–75	Frankfurt (1772 Wetzlar).
1773–75	Erste Arbeitsphase Goethes am *Faust* (*Urfaust*).
1773	*Götz von Berlichingen.*
1774	*Werther.*
1775	Ankunft Goethes in Weimar.

1776   Heinrich Leopold Wagner: *Die Kindermörderin.*
1777   Friedrich Maximilian Klinger: *Sturm und Drang.*
1778   Friedrich (Maler) Müller: *Fausts Leben dramatisiert.*

1786–88   Goethe in Italien, Studium der Bau- u.
            Kunstwerke der Antike und Renaissance.
1777–85   Arbeit an *Wilhelm Meisters Theatralische Sendung.*
1784   *Über den Granit.*
1785   *Über den Granit* (2. Fassung).
1787   *Iphigenie auf Tauris.*
1788   *Egmont.*
1788   Verbindung mit Christiane Vulpius.
1789   Sturm auf die Bastille, Beginn der Frz. Revolution.
            Geburt des Sohnes August.

1788–90   Zweite Arbeitsphase Goethes am *Faust.*

1790   *Faust. Ein Fragment* (Bd. 7 der *Schriften,* Göschen, Leipzig).
1790   *Versuch, die Metamorphose der Pflanze zu erklären.*
1791   Friedrich Maximilian Klinger: *Fausts Leben, Thaten und
            Höllenfahrt.*
1792   Teilnahme Goethes am Feldzug nach Frankreich.
1793   Belagerung von Mainz.
1794–1805   Freundschaft mit Schiller. Briefwechsel. *Horen.*
1795   *Römische Elegien. Unterhaltungen deutscher Ausgewanderten.*
1795/96   *Wilhelm Meisters Lehrjahre*

1797–1801   Dritte Arbeitsphase Goethes am *Faust.*

1797   *Hermann und Dorothea. Xenien..*
1798   *Balladenalmanach;* Elegie: *Metamorphose der Pflanze.*
1803   *Die natürliche Tochter.*
1806   Preußens Niederlage bei Jena und Auerstädt.
1806   Ende des Heiligen Römischen Reiches Deutscher Nation.
            Napoleonische Besatzung.
1806   Heirat mit Christiane Vulpius.
1808   *Faust. Der Tragödie Erster Teil* (Bd. 8 der *Werke,* Cotta,
            Tübingen).
1808   Begegnung mit Napoleon auf dem Erfurter Fürstentag.
1809   *Pandora. Die Wahlverwandtschaften.*
1810   *Geschichte der Farbenlehre*
1811   *Aus meinem Leben. Dichtung und Wahrheit. Bd. 1–3.*
1815   Ende Napoleons. Wiener Kongress. Sachsen-Weimar-Eisenach
            wird Großherzogtum.
1816   Tod Christianes.
1819   Privataufführung einiger Szenen aus *Faust I* in Berlin unter
            Leitung von Fürst Radziwill.

1820	Aufführung einiger Szenen von *Faust I* in Breslau nach dem Berliner Vorbild.
1821	*Wilhelm Meisters Wanderjahre oder Die Entsagenden.*

1825–1831 Vierte Arbeitsphase Goethes am *Faust.*

1827	*Helena. Klassisch-romantische Phantasmagorie. Zwischenspiel zu Faust* (Bd. 4 der *Vollständigen Ausgabe letzter Hand*). *Trilogie der Leidenschaft.*
1828	*Faust. Zweiter Teil.* (1. Akt bis Vers 6036; Bd. 12 der *Vollständigen Ausgabe letzter Hand*). *Novelle.*
1828	Tod des Herzogs Karl August.
1829	Uraufführung von *Faust I* in Braunschweig; weitere Aufführungen in Hannover, Frankfurt, Dresden, Leipzig, Weimar.
1830	Juli-Revolution in Frankreich. Tod des Sohnes August in Rom.
1831	*Aus meinem Leben. Dichtung und Wahrheit* und *Faust* abgeschlossen.
22.3.1832	Tod Goethes.
1832	*Faust. Der Tragödie Zweiter Teil,* postum (Bd. 41 der *Vollständigen Ausgabe letzter Hand*).
1846	Edition des Puppenspiels *Doctor Johannes Faust* durch Karl Simrock.
1849	Aufführung von Szenen des. 1., 2. und 3. Akts aus *Faust II* als *Der Raub der Helena* durch Karl Gutzkow in Dresden.
1854	Erste Aufführung von *Faust II* (auf ein Fünftel gekürzt) in Hamburg.
1856	Aufführung der Eckermannschen Bearbeitung des 1. Akts von *Faust II* in Weimar.
1862	Friedrich Theodor Vischer *Faust. Der Tragödie dritter Teil* (hg. unter dem Pseudonym Deutobold Symbolizetti Allegoriowitsch Mystifizinsky).
1876	Erste Aufführung von *Faust I und Faust II* durch Otto Devrient in Weimar.
1887	Entdeckung einer Abschrift des *Urfaust* im Nachlaß des Weimarer Hoffräuleins Luise von Göchhausen durch Erich Schmidt: Edition unter dem Titel *Goethes Faust in ursprünglicher Gestalt nach der Göchhausenschen Abschrift.*
1946	Paul Valéry: *Mon Faust* (postum).

Für eine Übersicht über die *Faust*-Aufführungen im 20. Jh. sei verwiesen auf: *Faust und Mephisto. Goethes Dramenfiguren auf dem Theater.* Hrsg. vom Theatermuseum der Universität Köln. Köln 1983.